사랑할 때와 죽을 때

Zeit zu Leben und Zeit zu Sterben

ZEIT ZU LEBEN UND ZEIT ZU STERBEN

by Erich Maria Remarque

세계문학전집 246

사랑할 때와 죽을 때

Zeit zu Leben und Zeit zu Sterben

에리히 마리아 레마르크

장희창 옮김

민음사

차례

1

러시아에서의 죽음은 아프리카에서의 죽음과는 다른 냄새를 풍겼다. 영국군의 격렬한 포화로 시체들이 묻히지도 않은 채 전장에 나뒹구는 것은 아프리카에서도 흔한 일이었다. 그러나 태양이 신속하게 작용했다. 그러다 밤이 되면 바람과 함께 달콤하면서도 숨 막히는 답답한 냄새가 전해져 왔다. 죽은 자들의 몸속으로 가스가 가득히 차오르면 낯선 별빛 아래서 마치 유령처럼 시체들이 몸을 일으켰다. 아무 희망도 없이, 모두들 제각각 혼자서, 말없이 다시 한 번 전투에 참가하기라도 하려는 듯이. 그러나 다음 날 아침이 되면 그것들은 다시 쭈그러들기 시작하여 그대로 땅에 착 달라붙을 것 같았다. 너무도 지쳐 땅속으로 기어들려는 것 같았다. 나중에 옮기려고 들어 보면 대부분은 이미 바싹바싹해진 상태로 가벼워져 있었다. 몇 주일 지나서 발견되면 해골만 남아 있었기 때문에, 갑자기 커져 버린 군복 속에서 달그락거리는 소리가 날 정도였다. 모래와 태양과 바람 속에서의 건조한 죽음이었다. 그러나 러시아에서의 죽음은 기름기가 번지르르하고 악취를 풍기는 죽음이었다.

며칠 내내 비가 내렸다. 눈이 녹기 시작했다. 한 달 전만 해도 2미터 이상이나 쌓여 있던 눈이었다. 파괴된 마을은 처음에는 까맣게 그슬린 지붕만 보이더니, 며칠 밤이 지나자 눈 밖으로 차츰차츰 말없이 솟아오르기 시작했다. 창문의 돌림띠가 기어 올라왔고, 사나흘이 지나자 문의 아치가 나타났으며, 이윽고 얼룩덜룩한 흰색 눈 속으로 층계가 보이기 시작했다. 눈은 계속해서 녹았고, 마침내 시체들이 모습을 드러냈다.

오래된 시체들이었다. 마을에서는 11월과 12월, 이듬해 1월과 이번 4월에 걸쳐 전투가 여러 번 벌어졌다. 점령했다 철수하고 철수했다 다시 점령하는 동안 눈보라가 휘몰아치면서 때로는 몇 시간 만에 시체들이 깊이 묻혀 버렸기 때문에, 위생병들이 찾아낼 수 없는 시체가 많았던 것이다. 마치 간호사가 피로 물든 침대 위로 시트를 펼치는 것 같이, 거의 매일 내리는 하얀 눈이 그 처참한 광경을 덮어 주었다.

처음으로 드러난 것은 1월에 죽은 사람들이었다. 맨 위에 누워 있다가 4월 초가 되어 눈이 녹아내리기 시작하자 모습을 드러냈다. 몸뚱이는 꽁꽁 얼어붙어 있었고 얼굴은 잿빛 밀랍 같았다.

시체들은 마치 널빤지처럼 매장되었다. 눈이 아직도 높이 쌓여 있는 마을 뒤편 언덕에서 삽으로 눈을 치우고 곡괭이로 얼어붙은 땅을 파헤쳤다. 매우 힘든 작업이었다. 그것도 독일인 시체들만 묻어 주었고, 러시아인 시체들은 그대로 목장 안으로 던져 버렸다. 날씨가 온화해지자 시체에서 냄새가 풍기기 시작했다. 참을 수 없을 정도가 되자 사람들은 삽으로 눈을 떠서 시체들을 덮어 버렸다. 러시아인 시체들까지 묻어 줄 필요는 없었다. 아군이 이 마을에서 오랫동안 버티리라고는 아무도 믿지 않았던 것이다. 연대는 후퇴하고 있었고, 러시아인 시체는 진격 중인 러시아군이 직접 매장하면 될 일이었다.

12월의 전사자들 곁에서는 1월의 전사자들이 가지고 있던 무기가 발견되었다. 총과 수류탄은 시체보다 깊이 묻혀 있었다. 철모도 발견되었다. 시체들이 걸치고 있던 군복에서 인식표를 쉽게 떼어 낼 수 있었다. 눈 녹은 물 때문에 옷감은 이미 흐물흐물했다. 열린 입에 물이 괴어 시체들은 마치 익사한 것 같았다. 팔다리가 이미 해동되어 있는 시체도 있었다. 이런 시체들은 들것으로 나를 때, 몸뚱이는 경직되어 있었지만 하나의 손이 달린 하나의 팔은 어느새 흔들거렸다. 마치 죽은 자가 어떤 신호를 보내는 듯했다. 경악스러우면서도 무덤덤하고 또한 외설적이기까지 한 움직임이었다. 시체들은 햇빛 아래 놓이면 우선 눈[目] 부위부터 녹아내렸다. 눈은 광채를 상실했고, 동공은 아교질처럼 번들번들했다. 눈 속의 얼음이 녹아서 천천히 흘러나왔다. 마치 울기라도 하는 것처럼.

며칠 동안 갑자기 날씨가 다시 얼어붙었다. 눈이 굳어 얼음이 되었다. 눈은 잦아들었다. 하지만 썩은 냄새를 풍기는 바람이 다시 불어왔다.

흰 눈이 줄어들고 잿빛 얼룩이 처음으로 나타났다. 한 시간이 지나자 그 얼룩은 허공을 향해 잔뜩 움켜쥔 주먹이 되었다.
"저기도 하나 있군." 자우어가 말했다.

"어디?" 임머만이 물었다.

"저기, 교회 앞에. 삽으로 파 볼까?"

"뭐 하러? 바람이 불면 저절로 눈이 녹을 거야. 저기는 아직도 눈이 1, 2미터는 될걸. 이 빌어먹을 마을은 주변 지대보다 훨씬 낮아. 그래, 자네는 장화 속에 얼음물을 잔뜩 채워 넣고 싶은 모양이지?"

"물론 아니지." 자우어는 그렇게 말하면서 야전 취사장 쪽을 바라보았다. "그건 그렇고 오늘은 뭐가 나올까?"

"양배추. 돼지고기 곁들인 양배추, 감자와 물이야. 물론 돼지고기는 없다고 써 붙이겠지."

"양배추라! 젠장! 이번 주만 해도 벌써 세 번째야."

자우어는 바지 단추를 끄르고 소변을 보기 시작했다. 그가 언짢은 듯 말했다. "일 년 전만 해도 오줌을 싸면 커다란 무지개를 그렸는데 말이야. 군인답게 팽팽하게. 기분 끝내줬지. 오로지 전진뿐이었어. 날마다 수 킬로미터씩 말이야! 그래, 곧 집으로 돌아갈 거라고 생각했지. 그런데 이제는 오줌도 민간인처럼 눈단 말이야. 우울하고 재미도 없어."

임머만도 군복 안으로 손을 넣어 기분 좋게 긁기 시작했다.
"빨리 제대만 할 수 있다면 오줌 누는 거야 아무래도 좋아."

"나도 마찬가지야. 하지만 이러다가는 영영 군복을 못 벗을 것 같아."

"그래. 뒈질 때까지 영웅 노릇이나 하게 생겼어. 아직도 무지개 오줌을 갈기는 놈들은 친위대 놈들뿐이야."

자우어가 바지 단추를 다시 채웠다. "그놈들은 가능해. 더러운 일은 우리가 다 하는데, 그놈들은 앉아서 명예만 가로챈단 말이야. 이 주나 삼 주 동안 힘들게 싸워서 빌어먹을 도시를 점령하고 나면, 뒤에 처져 있던 친위대 놈들이 우리보다 앞장서서 의기양양하게 들어오지를 않나. 그래 놓고는 환대를 받는 꼴이라니! 두터운 외투에 고급 장화를 신고 큼직한 고깃덩이도 차지해 버리지."

임머만이 입을 비죽이며 웃었다. "그래 봤자 그놈들도 더 이상 도시들을 가로채지는 못해. 퇴각하고 있잖아. 우리와 같은 신세야."

"우리와는 다르지. 우리는 포로들을 불태우거나 사살하지는 않잖아."

임머만은 긁다 말고 놀란 얼굴로 물었다. "자네 오늘 웬일인가? 그렇게 인간적으로 말하다니! 슈타인브레너가 엿듣지 않도록 조심해. 헌병대에 끌려갈라. 저기 교회 앞에 눈이 내려앉는군! 이번에도 시체의 팔이 나타나겠지."

자우어가 그쪽을 바라보았다. "이런 식으로 녹는다면 내일쯤에는 눈이 십자가 위에 걸리겠지. 안성맞춤인 자리야. 공동묘지 바로 위니까."

"저기가 공동묘지란 말인가?"

"물론. 아직도 그걸 모르고 있었나? 전에도 한 번 여기에 주둔한 적이 있어. 10월 말의 마지막 공격 때 말이야. 자네는 그때 없었던가?"

"없었어."

"그럼 어디 있었어? 군인 병원?"

"징벌 부대*에 있었지."

자우어가 이 사이로 히힛 소리를 냈다. "징벌 부대라! 젠장! 뭐 때문에!"

임머만이 자우어를 뚫어지게 바라보며 말했다. "전에 공산주의자였거든."

"뭐라고? 그런데도 풀려났단 말인가? 도대체 어떻게 된 일이야?"

"행운도 있는 법이지. 나는 유능한 기계공이야. 징벌 부대보다는 여기서 그 기술이 더 도움이 되거든."

"그럴 법해. 하지만 공산주의자라니! 여기 러시아에서 말이야! 또 어디론가 끌려갈 테지." 자우어는 갑자기 임머만을 의심스러운 눈초리로 쳐다보았다.

임머만은 조롱조로 히죽거리며 웃었다. "마음 놓게. 나는 첩자가 아니야. 자네가 친위대에 대해서 말한 걸 밀고하지는 않을 거야. 그게, 자네가 원하는 거지. 안 그런가?"

"내가? 당치도 않아. 그런 건 생각도 안 했어!" 자우어가 그의 반합을 잡았다. "취사차가 왔어! 빨리. 머뭇거리다가는 멀건 국물만 먹게 돼."

팔이 점차 길어졌다. 눈이 녹고 있는 것이 아니라 팔이 천천히 땅에서 솟아오르는 것 같았다. 맥 빠진 위협이거나 아니면 구원을 청하다가 굳어 버린 손짓으로 보였다.

중대장이 걸음을 멈추었다. "저건 뭐야?"

"러시아군입니다, 중대장님."

---

* 징계를 받은 병사들로 구성된 부대.

라에가 그것을 날카로운 시선으로 쳐다보았다. 색이 바랜 소매 끝이었다. "저건 러시아군이 아니야." 그가 말했다.

뮈케 하사가 장화 속에서 발가락을 움직였다. 중대장의 태도가 못마땅했던 것이다. 그는 나무랄 데 없는 부동자세로 중대장 앞에 서 있었다. 규율이란 어떤 개인적인 감정보다도 앞서는 것이다. 그러나 나름대로 경멸의 감정을 표현하기 위해 장화 속에서 보이지 않게 발가락을 움직였던 것이다. 그러면서 속으로 생각했다. 멍청한 녀석! 바보 자식!

"그놈을 끌어 올리게." 라에가 말했다.

"알겠습니다!"

"몇 사람 더 동원해서 해결하게. 별로 보기 안 좋아!"

뮈케 하사가 속으로 생각했다. 겁쟁이! 보기 안 좋다고! 우리가 시체를 처음 보난 말이야!

라에가 말했다. "저건 독일군이다."

"알겠습니다, 중대장님! 나흘 동안 우리가 발견한 건 모두 러시아군이었습니다."

"어쨌든 끌어 올리도록 하게. 그러면 알게 되겠지."

라에는 자기 숙소로 돌아갔다. 뮈케 하사가 생각했다. 우쭐대는 멍청이. 따뜻한 난로 옆에서 불이나 쬐다가 훈장을 목에 건 놈. 나는 거저 줘도 그런 건 안 매달아. 가슴에 훈장을 주렁주렁 달 정도로 공을 세웠지만 말이야. 그가 소리를 질렀다. "자우어! 임머만! 여기로! 삽 가져와! 또 누구 거기 없나? 그래버! 히르쉬란트! 베르닝! 슈타인브레너, 자네가 감독을 맡아! 저기 보이는 손을 파서 묻어 버려. 독일인이라면 말이야! 내기해도 좋아. 결코 독일군은 아니야."

슈타인브레너가 건들거리며 다가와서 물었다. "내기를 한다고?" 그는 저음을 내려고 시도하지만 언제나 실패하는, 어린애같이 가느다란 목소리를 가지고 있었다. "얼마로?"

뮈케 하사가 잠시 망설이다가 말했다. "3루블. 군표 석 장이다."

"다섯 하자. 5루블 이하로는 내기 안 해."

"좋아. 5루블이다. 하지만 꼭 완불이야."

슈타인브레너가 큰 소리로 웃었다. 그의 이가 핏기 없는 햇빛을 받아 희미하게 빛났다. 열아홉의 나이로 금발에 전형적인 천사의 얼굴을 하고 있었다. "완불이라고, 물론이지. 그 밖에 다른 조건은 없나, 뮈케?"

뮈케는 슈타인브레너를 그렇게 싫어하지는 않았다. 그러나 그를 두려워하며 조심했다. 슈타인브레너는 친위대 출신으로 히틀러 유겐트의 황금 배지를 달고 있었다. 그는 현재 이 중대에 속해 있지만, 그가 정보 제공자이며 게슈타포의 첩자라는 사실은 누구나 알고 있었다.

"좋아. 좋아." 뮈케 하사는 벚나무로 만든 담뱃갑을 주머니에서 꺼냈다. 상자의 뚜껑에는 불로 지진 꽃무늬가 새겨져 있었다.

"담배 할래?"

"물론이지."

"총통께서는 담배를 피우지 않으셔, 슈타인브레너!" 임머만이 툭 던지듯이 말했다.

"아가리 닥쳐!"

"너야말로 아가리 닥쳐. 쌍놈의 자식."

"어라, 막 나가는데!" 슈타인브레너가 쌍심지를 돋우며 삐딱하게 째려보았다. "이거 저거 다 잊은 모양이지?"

임머만이 크게 웃었다. "그렇게 쉽사리 잊지는 않아. 막스, 네가 무슨 말 하는지도 알아. 하지만 나는 총통께서 담배를 피우지 않으신다는 말 밖에 안 했어. 그게 전부야. 여기 증인이 넷이나 있어. 총통께서 담배를 피우지 않는다는 건 누구나 다 알고 있는 사실이지."

뮈케 하사가 소리쳤다. "쓸데없는 소리들 그만해! 시체 파는 일이나 시작하라고. 중대장 명령이다."

"좋아, 가자!" 슈타인브레너는 뮈케가 준 담배에 불을 붙였다.

"근무 시간에 담배를 피우는 건 도대체 언제부터 허락받은 거야?" 임머만이 물었다.

"지금은 근무 중이 아니야." 뮈케가 당황해하면서 대답했다. "잡담 그만하고, 이제 러시아 놈을 파내자. 히르쉬란트, 너도 해!"

히르쉬란트가 다가왔다. 슈타인브레너가 히죽히죽 웃었다. "너에겐 안성맞춤이야, 이삭! 시체 파내는 일은 너희들 유대인의 피에 맞아. 뼈와 정신에도 좋지. 저기 삽을 잡아."

"나는 4분의 3이 아리아인이야." 히르쉬란트가 반박했다.

슈타인브레너가 그의 얼굴에 담배 연기를 내뿜었다. "그건 내 알 바가 아니야! 어쨌든 넌 4분의 1이 유대인이야. 총통의 자비로 너는 순수 독일인들과 어깨를 나란히 하고 전투에 참가할 수 있게 된 거야. 그러니 저 러시아 돼지를 빨리 파내. 저 놈의 냄새가 지독해서 중대장님이 참기 어려워하신단 말이야."

"이건 러시아군이 아냐." 그래버가 말했다. 그는 혼자서 송판 조각으로 시체의 팔과 가슴 언저리에 있는 눈을 파내고 있었다. 축축하게 젖은 군복이 이제 뚜렷하게 드러났다.

"러시아군이 아니라고?" 슈타인브레너는 마치 흔들거리는 널빤지 위의 춤꾼처럼 빠르게 다가와서는 그래버 곁에 쪼그리고 앉았다. "정말 아니군! 이건 독일군 군복이야." 그는 얼굴을 돌렸다. "뮈케! 러시아군이 아냐! 내가 이겼어!"

뮈케가 무거운 발걸음으로 다가와, 가장자리에서 물방울이 천천히 떨어지고 있는 구덩이를 들여다보았다. 그러고는 무뚝뚝하게 말했다. "이해가 안 되는군. 거의 일주일 동안 러시아군 시체만 보았는데 말이야. 이건 12월에 더 깊이 파묻혔던 녀석이 분명해."

"어쩌면 10월일지도 모르지. 그때 우리 연대가 여길 통과했으니까." 그래버가 말했다.

"말도 안 돼. 그때 시체가 지금까지 남아 있을 리가."

"천만에. 우리가 여기서 러시아 놈들과 야간 전투를 했잖아. 놈들은 후퇴했고, 우리는 즉시 전진했어."

"그래, 맞아." 자우어가 거들면서 말했다.

"그럴 리 없어! 우리 보급 부대가 시체를 발견하는 내로 모조리 다 파묻었는데."

"그렇지 않아. 10월 말에 이미 눈이 많이 내렸고 우리는 그대로 신속하게 전진해 갔어."

"같은 말을 또 반복하는군." 슈타인브레너는 그래버를 노려보며 말했다.

"원한다면 다시 한 번 말해 주지. 그때 우리는 반격을 하면서 100킬로미터 이상이나 전진하고 있었어."

“그런데 지금은 후퇴하고 있다, 그 말인가?”

“어쨌든 우리는 지금 다시 여기에 있어.”

임머만이 경고조로 그래버를 손끝으로 쿡 찔렀다. 그래버는 개의치 않고 반문했다. “그렇다면 지금 우리가 전진하고 있단 말인가?”

임머만이 끼어들어 슈타인브레너를 조롱하듯 노려보면서 말했다. “우리는 전선을 단축하고 있는 거야. 이미 일 년이나 그러고 있지. 승리를 위해 작전상 필요하니까 말이야. 그건 누구나 다 아는 일이야.”

그때 히르쉬란트가 갑자기 말했다. “손에 반지가 있어.” 그가 구덩이를 더 파내자, 죽은 자의 두 번째 손이 드러났다. 뮈케가 허리를 숙이면서 말했다. “정말이군. 금반지야. 결혼반지.”

모두들 그것을 바라보았다. 임머만이 그래버에게 속삭였다. “저 녀석이 네 휴가를 망쳐 놓을 거야. 언제나 헐뜯거든. 적당한 기회를 노리고 있단 말이야.”

“잘난 척하는 것뿐이야. 너나 조심해.”

“난 상관없어. 휴가 같은 건 바라지도 않으니까.”

“이건 우리 연대 배지다!” 히르쉬란트가 소리쳤다. 그러고는 계속해서 파헤쳐 나갔다.

“그렇다면 러시아 놈이 아니라는 건 확실하군. 안 그래?” 슈타인브레너가 뮈케 쪽을 바라보며 씩 웃었다.

“그래. 러시아 놈이 아니군.” 뮈케가 성난 듯이 대꾸했다.

“5루블 내놓지! 10루블쯤 안 건 게 유감이군. 자, 얼른!”

“지금은 한 푼도 없어.”

“그럼 어디 있다는 거야? 국립 은행에? 자, 얼른!”

뮈케가 슈타인브레너를 사납게 노려보다가 지갑을 꺼내 돈을 내놓았다. "오늘은 모든 게 엉망이군! 젠장!"

슈타인브레너가 돈을 챙겼다. 그래버는 다시 몸을 숙여 히르쉬란트가 땅 파는 것을 거들어 주다가 말했다. "어, 이건 라이케 같은데."

"뭐라고?"

"우리 중대의 라이케 소위야. 여기 견장이 있잖아. 오른손 집게손가락의 끝마디도 없고 말이야."

"말도 안 돼. 라이케는 부상을 당해서 후송됐어. 우리가 들었잖아."

"라이케가 분명해."

"얼굴을 보자."

그래버와 히르쉬란트가 발굴 작업을 계속했다. "조심해!" 뮈케가 소리를 질렀다. "머리를 찍지 말란 말이야."

"이젠 아프지도 않잖아." 임머만이 말했다.

"아가리 닥쳐. 여기 쓰러진 건 독일군 장교야, 이 빨갱이 새끼!"

눈 속에서 마침내 얼굴이 드러났다. 젖어 있는 얼굴은 기이한 느낌을 주었다. 눈두덩이 아직도 눈으로 가려져 있어서 마치 조각가가 작업을 끝내지 않고 내버려 둔 작품 같았다. 파란 입술 사이에는 금니 하나가 반짝였다.

"틀림없는 라이케야. 그때 부상당한 장교는 라이케뿐이었으니까." 뮈케가 말했다.

"눈 부분을 털어 내 봐."

그래버는 잠시 주춤했다가, 장갑으로 조심스럽게 눈을 털어

냈다. "라이케가 맞아!"

뮈케는 몹시 흥분했다. 그는 이제 직접 작업을 지휘했다. 장교의 시체이므로 더 신중하게 해야 한다는 투였다. "들어 올려! 히르쉬란트와 자우어는 다리를 들고, 슈타인브레너와 베르닝은 팔을 들어. 그래버, 너는 머리를 들어! 자, 조심해서 동시에, 하나, 둘, 영차!"

시체가 움직였다. "다시 한 번. 하나, 둘, 올려!" 시체가 다시 움직였다. 시체 밑의 구덩이에 쉭 하며 공기가 밀쳐 드는 소리가 들렸다.

"하사님, 다리가 빠졌습니다!" 히르쉬란트가 소리를 질렀다. 그건 반쯤 밑으로 늘어진 장화였다. 다리가 가죽에 고여 있던 눈물에 썩어 문드러져 있었던 것이다. "손 떼! 내려놓아!" 뮈케가 명령했지만, 이미 늦었다. 시체는 미끄러져 내렸고, 히르쉬란트의 손에는 장화만 남았다.

"그 안에 다리가 있나?" 임머만이 물었다.

"장화를 옆에 두고 더 파 들어가!" 뮈케가 히르쉬란트에게 소리 질렀다. "이렇게 흐물흐물해졌을 거라고 누가 상상이나 했겠어! 그리고 임미만, 너는 말이야, 좀 가만히 있어! 죽은 사람한테는 애도를 표하는 법이야!"

임머만은 당황한 얼굴로 뮈케를 바라보면서도 대꾸는 하지 않았다.

잠시 후 시체를 덮고 있던 눈이 모조리 치워졌다. 축축한 군복 속에서 서류와 지갑이 나왔다. 글자가 지워져 희미했지만 쉽게 읽을 수 있었다. 그래버가 말한 대로 작년 가을까지 이 중대의 소대장으로 있던 라이케 소위였다.

“즉시 보고해야겠다. 여기서 대기하도록! 나는 곧 돌아올 테니까.” 뮈케가 말했다.

뮈케는 중대장이 있는 본부로 달려갔다. 그곳은 그나마 유일하게 쓸 만한 건물로, 혁명 이전에는 아마도 교황 소속이었을 것이다. 라에는 넓은 방에 앉아 있었다. 뮈케는 불이 타오르는 커다란 러시아제 난로를 증오에 찬 눈길로 쳐다보았다. 난로 곁 의자에 라에가 기르는 셰퍼드가 누워서 잠들어 있었던 것이다. 뮈케가 보고를 마치자 라에는 즉시 시체가 있는 곳으로 달려갔다.

잠시 동안 라이케의 시체를 바라보던 라에가 말했다. “눈을 감겨 줘라.”

“안 됩니다, 중대장님. 눈두덩이 너무 짓물러서 문드러질 겁니다.” 그래버가 말했다.

라에는 포탄을 맞은 교회 쪽을 바라보았다. “우선 저쪽으로 운반하도록 해. 관은 있던가?”

“관은 두고 왔습니다.” 뮈케가 보고했다. “특별한 경우에 대비해서 몇 개 남겨 두었는데, 그것들도 지금은 러시아군 수중에 있습니다. 그놈들도 필요할 테니까요.”

슈타인브레너가 소리를 내어 웃었지만 라에는 웃지 않았다. “하나 만들 수 있겠지?”

“시간이 너무 오래 걸릴 겁니다, 중대장님. 시체가 이미 짓물렀고, 마을에도 아마 적당한 판자 조각이 없을 겁니다.” 그래버가 대답했다.

라에가 머리를 끄덕였다. “시체를 천막 위에 눕혀. 거기에 싸서 묻기로 하자. 무덤을 파고 십자가도 하나 만들어.”

그래버와 자우어, 임머만, 베르닝은 자루에 담은 시체를 교회로 운반했다. 머뭇거리던 히르쉬란트는 아직도 다리의 일부가 들어 있는 장화를 들고 뒤를 따랐다.

"뮈케 하사!" 라에가 불렀다.

"예, 중대장님!"

"러시아 게릴라 네 놈이 오늘 이곳으로 압송된다. 내일 아침 일찍 총살해! 우리 중대가 그 일을 맡았다. 상사의 소대에서 자원자를 모집해. 자원자가 없으면 지명으로 차출한다."

"예, 중대장님!"

"젠장, 하필 우리가 이 일을 해야 하나? 이렇게 뒤죽박죽인 때에."

"제가 하겠습니다." 슈타인브레너가 앞으로 나섰다.

"좋아." 라에가 무표정한 얼굴로 말했다. 그는 눈을 치워 만든 길로 걸어갔다. 뮈케가 속으로 말했다. '난롯가로 가겠지, 겁쟁이 녀석! 게릴라 몇 놈 총살하는 것이 무어 대단하단 말이야? 그놈들은 우리 전우를 수백 명씩이나 마구 죽였는데!'

"러시아 놈들이 빨리 오면 라이케의 무덤을 파게 할 텐데." 슈타인브레너가 말했다. "순식간에 해치우게 해야지. 우리는 빈둥거리고. 내 생각이 어때, 하사?"

"난 상관없네!" 잔뜩 화가 난 뮈케가 말했다. 그러고는 속으로 중얼거렸다. '꼰대 같은 놈. 뿔테 안경잡이, 홀쭉이에다 전봇대 같은 놈! 1차 대전의 골동품 같은 중대장 새끼. 승진도 못하는 멍청이. 용감하다고? 웃기는 소리. 지휘관 자격도 없는 놈.' 그가 슈타인브레너에게 물었다. "넌 라에를 어떻게 생각해?"

슈타인브레너는 영문을 모르겠다는 듯이 멀뚱멀뚱 쳐다보았다. "그자는 우리 중대장 아닌가, 안 그래?"

"그렇긴 하지, 하지만 그것 말고 말이야."

"그것 말고라니, 무슨 소리지?"

"아무것도 아냐." 뮈케가 무뚝뚝하게 대답했다.

"이 정도면 깊이가 충분하지요?" 나이가 가장 많은 러시아군 포로가 서투른 독일어로 물었다. 희고 지저분하게 턱수염을 기르고 눈이 무척 파란 그는 일흔 살가량 되어 보였다.

"아가리 닥쳐, 볼셰비키 놈. 물을 때만 대답해." 슈타인브레너가 대답했다. 그는 기운이 끓어올랐고, 그의 눈길은 여자 게릴라에게서 떠날 줄을 몰랐다. 그녀는 젊고 생기가 있어 보였다.

"더 깊이." 그래버가 말했다. 그는 슈타인브레너, 자우어와 함께 포로를 감시하고 있었다.

"우리들 무덤이오?" 러시아 포로가 물었다.

슈타인브레너가 사뿐하게 구덩이로 뛰어내리면서 노인의 뺨을 후려쳤다. "이놈의 늙은이, 내가 아가리 닥치라고 말하지 않았나. 넌 이게 무어라고 생각해?"

슈타인브레너가 미소를 지었다. 그의 얼굴에 악의는 보이지 않았다. 다만 파리의 날개를 뜯어내는 어린아이의 만족스러움으로 가득했다.

"이 무덤은 당신네들 게 아냐." 그래버가 말했다.

러시아 포로는 꼼짝도 하지 않고 서서 슈타인브레너를 노려보았다. 슈타인브레너도 지지 않고 노려보았다. 그 순간 그의 표정이 돌변했다. 긴장이 감돌았다. 그는 러시아 포로가 자신에게 덤벼들 것이라고 예상하면서 상대방의 움직임에 대비했다. 그가 포로를 그 자리에서 사살한다 하더라도 별 탈은 없을 것이다. 이 포로는 이미 사형 선고를 받은 터라 정당방위 여부가 문제 되지 않을 것이기 때문이었다. 그러나 슈타인브레너는 생각이 좀 다른 것 같았다. 순간적으로 자기 자신을 망각하리만큼 러시아인을 도발하고 있는 것이 일종의 장난기인지 아니면 눈앞에 닥친 살인을 합법적으로 보이게 하려고 끊임없이 핑계거리를 찾는 특별나게 꼼꼼한 의도인지 그래버는 판단이 서지 않았다. 양쪽 다인 것 같았고 동시에 양쪽 다 작용하는 것 같았다. 그래버는 그런 점을 종종 보아 왔다.

노인은 꼼짝도 하지 않았다. 코에서 수염으로 피가 흘러 내렸다. 그래버는 곰곰이 생각했다. 내가 이런 경우를 당한다면 어떻게 할 것인가. 상대방에게 달려들어 당장 죽음을 자초할 것인가, 아니면 단지 몇 시간 동안, 하룻밤 동안 목숨을 연장하기 위해 굴욕을 참고 견딜 것인가.

노인은 천천히 허리를 숙여 곡괭이를 집어 들었다. 슈타인브레너는 한 걸음 뒤로 물러서서 사격 자세를 갖추었다. 그러나 노인은 다시 일어서지는 않고 곡괭이로 바닥을 파기 시작했다. 슈타인브레너가 이를 드러내고 웃으면서 말했다. "거기에 드러누워."

노인이 곡괭이를 옆으로 치우고는 구덩이 속에 조용히 드러누웠다. 슈타인브레너가 구덩이 밖으로 기어오르자, 눈뭉치 몇 개가 노인에게로 굴러 떨어졌다. "길이는 충분한가?" 그가 그래버에게 물었다.

"충분해. 라이케는 키가 크지 않아."

노인이 하늘을 향해 눈을 크게 떴다. 하늘의 푸른빛이 그의 눈에 비치는 것 같았다. 입가의 흰 수염이 숨을 쉴 때마다 들썩거렸다. 슈타인브레너는 잠시 동안 그를 그대로 내버려 두었다가 말했다. "올라와!"

노인이 기어 올라왔다. 외투에 축축한 흙이 달라붙어 있었다. 슈타인브레너가 여자 쪽을 바라보면서 말했다. "그럼, 이제는 너희들 무덤을 파러 간다. 그렇게 깊이 팔 필요는 없어. 여름에 여우들이 너희들 시체를 파먹을 거니까."

이른 아침이었다. 한 줄기 희미하고 붉은 띠가 지평선에 걸려 있었다. 밤사이에 다시 얼어붙은 눈이 바싹거렸다. 여기저기 널려 있는 구덩이들이 매우 침침하게 보였다. "제기랄!" 자우어가 투덜거렸다. "왜 우리가 이런 일을 맡아야 해! 우리가 왜? 보안부 녀석들은 뭐 하는 거야? 그자들이 총살 전문가 아닌가. 왜 우리야? 벌써 세 번째야. 우리는 신사 부댄데 말이야."

그래버가 느슨하게 총을 잡았다가 쇠붙이가 너무 싸늘하게 느껴져 장갑을 끼었다. "보안부 녀석들은 후방에서 바쁠 테지."

"맞아. 그자들은 전방에 나타나지 않아. 슈타인브레너가 이전에 보안부에 있었지?"

"내가 알기로 그놈은 집단 수용소에 있었어. 반장인가 뭔가 했지."

다른 병사들이 왔다. 잠이라도 푹 잤는지 슈타인브레너만 유일하게 생기가 넘쳤다. 그의 피부는 아이처럼 발그레했다.

"알겠나? 그것들 중에 암컷이 하나 있어. 그건 내게 맡겨."

"네게 맡기면 어쩌겠다는 거야? 지금 재미 볼 시간이 어디 있어. 진작에 서둘렀어야지." 자우어가 물었다.

"시도는 해 봤다면서." 임머만이 말했다.

"누가 그러던가? 빨갱이 년이 그러던가?" 슈타인브레너가 물었다.

"그년이 뿌리쳤다면서."

슈타인브레너가 화가 나서 주위를 둘러보았다. "뭐라고, 이 교활한 새끼. 내가 그 빨간 암소를 먹어 치우려 했다면 왜 못 했겠어."

"아니면 말고."

"집어치워. 여자를 혼자서 사살하고 싶다면 마음대로 해. 나는 관심 없으니까." 자우어가 담배를 씹어 대며 말했다. "나도 마찬가지야." 그래버도 덧붙였다.

다른 병사들은 아무 말도 하지 않았다. 날이 차츰 밝아졌다. 히르쉬란트가 시계를 보았다. "이번이 좋은 기회 아닌가, 이삭? 네가 이 일에 뽑힌 걸 고맙게 여기란 말이야. 너희들 유대인이 눈물 어린 근성을 뜯어고치기에 딱 좋은 기회니까." 슈타인브레너는 이렇게 말하고는 캭 하고 침을 뱉었다. "총살은 이런 빨갱이들한테는 낭비야! 탄약 낭비란 말이야! 그냥 목 졸라 죽여!"

"어디서 말이야?" 자우어가 주위를 둘러보았다. "어디 나무라도 있어야지? 교수대라도 세우란 말인가? 무엇으로?"

"저기 왔다." 그래버가 말했다.

뮈케가 네 명의 러시아 포로를 데리고 나타났다. 포로들 앞

뒤로 병사가 두 명씩 붙어 있었다. 늙은 러시아인이 제일 앞에 서고 바로 뒤에 여자 그리고 그 뒤에 젊은 포로들이 순서대로 왔다. 네 사람은 명령을 받은 것도 아닌데 구덩이들 앞에 줄을 섰다. 여자가 몸을 돌리기 전에 구덩이 속을 내려다보았다. 붉은 색 털 치마를 입고 있었다.

제1소대의 뮐러 소위가 중대 본부에서 왔다. 라에 중대장 대신 사형 집행을 참관하기 위해서였다. 우스꽝스러운 짓이긴 해도, 아직까지는 종종 형식적인 절차가 지켜지기도 했다. 이 네 러시아인이 게릴라일 수도 있고 아닐 수도 있다는 사실은 누구나 알고 있었다. 그들은 정식으로 재판을 받을 기회도 가지지 못한 채 온갖 심문을 당하고 사형 선고를 받았던 것이다. 도대체 무엇을 확증할 수 있단 말인가? 그들은 무기를 소지하고 있다고 고발당했고, 지금 장교 입회하에 총살당할 참이다. 마치 그들의 불법이 합법적으로 인정되기라도 한 것처럼 말이다.

스물한 살의 뮐러 소위는 육 주 전에 이 중대로 배속되었다. 그는 사형수들을 일일이 바라보면서 선고문을 읽었다.

"암소는 내 차지야." 슈타인브레너가 중얼거렸다.

그래버는 여자를 바라보았다. 붉은 치마를 입은 여자는 구덩이 앞에 침착하게 서 있었다. 그녀는 젊고 팔팔하고 건강해서 아이를 몇이라도 낳을 수 있을 듯싶었다. 그녀는 뮐러가 읽는 것을 알아들을 수는 없지만 그것이 자신에 대한 사형 선고문이라는 것은 알고 있었다. 지금 자신의 건강한 핏줄 안에서 힘차게 맥박치는 생명이 몇 분 후면 영원히 정지될 것이라는 사실을 알고 있었다. 하지만 그녀는 아무 일도 없다는 듯이,

싸늘한 아침 공기 때문에 조금 추워하면서 가만히 서 있었다.

그래버는 뮈케가 거드름을 부리면서 뮐러에게 무언가를 속삭이는 것을 보았다. 뮐러가 고개를 들어 그를 바라보았다. "그건 나중에 하면 안 될까?"

"지금이 좋습니다, 소위님. 간단합니다."

"좋아. 자네 좋을 대로 하게."

뮈케가 앞으로 나섰다. "저자에게 장화를 벗으라고 해." 뮈케가 젊은 포로 하나를 가리키면서 독일어를 아는 늙은 러시아인에게 말했다.

노인이 나지막한 목소리로 거의 노래라도 부르는 듯이 그 사내에게 명령을 전달했다. 깡마른 사내는 무슨 말인지 알아차리지 못했다.

"어서, 이놈아!" 뮈케가 버럭 소리를 질렀다. "장화 말이야! 장화를 벗으라고 해!"

노인이 앞서 한 말을 되풀이했다. 그제야 말귀를 알아차린 젊은 사내는 의무를 소홀히 한 사람처럼 허겁지겁 구두를 벗었다. 그는 한쪽 다리로 버티면서 다른 쪽 다리의 장화를 벗기다가 균형을 잃고 비틀거렸다. 그래버는 속으로 생각했다. '무엇 때문에 저리 서두르는 거야? 한시라도 빨리 죽고 싶은 걸까?' 사내가 자기의 장화를 두 손에 들고 고분고분한 태도로 뮈케에게 내밀었다. 좋은 장화였다. 뮈케가 다시 호통을 치며 옆쪽을 가리키자, 사내는 장화를 그곳에 내려놓고는 제자리로 돌아갔다. 이제 그는 더러운 발싸개가 감긴 맨발로 눈 위에 섰다. 누런 발가락이 발싸개 사이를 비집고 나왔다. 사내는 당황해서 발가락을 구부렸다.

뮈케는 다른 포로들도 조사했다. 그는 여자가 끼고 있던 모피 장갑을 발견하고는 장화 옆에 그것을 가져다 놓도록 명령했다. 그는 붉은색 치마도 잠시 쳐다보았다. 상한 데도 없고 옷감도 좋았다. 슈타인브레너가 이를 드러내며 슬그머니 웃었다. 하지만 뮈케는 여자더러 치마를 벗으라고 말하지 않았다. 라에가 자기 방에서 사형 집행 과정을 보고 있을 수도 있기 때문이었다. 아니면 치마를 어떻게 처분해야 할지 모르기 때문일 수도 있었다. 그는 뒤로 물러섰다.

여자가 러시아어로 무언가를 매우 빨리 말했다. "원하는 게 뭔지 알아봐." 그렇게 말하는 뮐러 소위의 얼굴이 창백했다. 그는 사형 집행이 처음이었다.

뮈케는 늙은 러시아인에게 물었다.

"저 여자는 소원을 말하는 게 아니오. 당신들을 저주하는 겁니다."

"뭐라고?" 아무것도 이해하지 못한 뮐러가 소리쳤다.

"저 여자는 당신들을 저주하고 있소." 러시아인이 큰 소리로 말했다. "러시아 땅을 밟은 당신과 모든 독일인을 저주하는 거요! 당신들의 아이도 저주하고 있소! 당신들이 지금 우리를 사살하는 것처럼 우리 자손이 언젠가는 당신들의 자손을 사살할 것이라고 말하는 거요."

"무례한 계집!" 뮈케가 여자를 노려보았다.

"저 여자한테는 애가 둘 있소. 나도 자식이 셋이오." 늙은이가 말했다.

"됐어, 뮈케!" 뮐러가 신경질적으로 소리쳤다. "우리는 목사가 아니야. 명심해!"

병사들은 말없이 서 있었다. 그래버는 자신의 총을 만지작거렸다. 그동안 다시 장갑을 벗었던 것이다. 강철의 냉기가 엄지손가락과 집게손가락으로 전해졌다. 그의 곁에는 히르쉬란트가 서 있었다. 창백한 표정이었지만 미동도 하지 않았다. 그래버는 제일 왼쪽의 포로를 쏘기로 했다. 처음으로 사형 집행 명령을 받았을 때는 공중을 향해서 발사했다. 하지만 이제는 지난 이야기다. 그래 봤자 총살당하는 자에겐 아무 도움도 되지 않는다. 다들 같은 생각이었기 때문에 병사들 대부분이 일부러 과녁을 빗나가게 쏘았다. 그래서 다시 쏘아야 했고, 결국 포로들은 두 번씩이나 사형 집행을 당해야 했다. 어떤 여자는 명중되지 않자 무릎을 꿇고 감사의 눈물을 흘리기도 했다. 불과 일이 분 생명이 연장될 뿐이었는데도 말이다. 이후로 다시는 그 여자 생각을 하기 싫었다. 어쨌든 그런 일이 또 일어나지는 않았다.

"사격 준비!"

그래버는 가늠자 너머로 포로를 보았다. 수염과 푸른 눈의 노인이었다. 가늠자 때문에 그의 얼굴이 둘로 나누어져 보였다. 그래버는 가늠자를 내렸다. 지난번에는 누군가의 아래턱을 명중시켰다. 가슴을 겨누는 것이 더 확실했다. 그는 히르쉬란트가 총신을 위쪽으로 쳐드는 것을 보고 포로의 머리 위로 발사할 것이라고 생각했다. "뮈케가 보고 있어! 너 내려. 옆으로!" 그가 속삭였다. 히르쉬란트가 총신을 내렸다. "사격!" 명령이 떨어졌다.

그래버는 노인이 몸을 일으켜 자기 쪽으로 달려온다고 생각했다. 그 순간 대목장의 만물상 가게에 있는 볼록 거울에 비친 것처럼 노인의 모습이 휘어져 보이는가 했더니 벌떡 나가자빠졌다.

노인의 몸은 반쯤 구덩이 안으로 처박히고, 다리는 구덩이 밖으로 나와 있었다. 다른 두 사내는 자기가 서 있던 자리에 쓰러졌다. 장화를 빼앗겼던 사나이는 마지막 순간에 손을 높이 쳐들어 얼굴을 가렸다. 누구도 포로들을 결박하거나 눈을 가리지 않았다. 그러한 절차를 잊어버렸던 것이다.

여자는 앞쪽으로 쓰러졌으나 죽지는 않았다. 두 손을 짚고 몸을 일으키더니 얼굴을 들고 병사들을 노려보았다. 슈타인브레너는 만족하는 표정이었다. 그를 제외하고는 누구도 여자를 겨냥하지 않았던 것이다.

늙은 러시아인은 구덩이 속에서 끙끙대며 신음 소리를 내다가 이내 조용해졌다. 여자만 몸을 버티면서 그 자리에 엎드려 있었다. 여자는 넓적한 얼굴로 병사들을 노려보며 욕설을 퍼부었다. 늙은 러시아인이 죽어 버렸기 때문에 여자가 무슨 말을 하는지는 아무도 알 수 없었다. 여자는 더 이상 앞으로 나아가지 못하는 커다란 얼룩 개구리처럼 팔로 버틴 채 쓰러져 있으면서도 한순간도 눈을 돌리지 않은 채 욕설을 퍼부었다

여자는 뮈케가 짜증스러운 얼굴로 옆에서 다가오는 것도 모르는 것 같았다. 쉬지 않고 욕설을 퍼붓던 여자는 마침내 목을 겨눈 권총을 보았다. 그 순간 여자는 재빨리 고개를 돌려 뮈케의 손을 물었다. 뮈케가 비명을 지르면서 왼손으로 여자의 아래턱을 때려 손을 빼냈다. 그러고는 여자의 목에 총을 발사했다.

"제기랄, 사격이 엉망이군! 조준도 제대로 못하나?" 뮐러가

투덜대면서 말했다.

"여자는 히르쉬란트의 담당입니다, 소위님." 슈타인브레너가 보고했다.

"히르쉬란트가 아냐." 그래버가 끼어들었다.

"조용히 해!" 뮈케가 소리를 질렀다. "묻기 전엔 대답하지 말란 말이야." 그러면서 그는 묄러를 힐끔 보았다. 묄러는 하얗게 질려 미동도 하지 않았다. 뮈케는 몸을 숙여 다른 포로들을 살펴보았다. 그러다가 젊은 사내의 귀에다 대고 다시 권총을 발사했다. 머리가 꿈틀하더니 다시 잠잠해졌다. 그는 권총을 집어넣고는 손을 살펴보았다. 그러고는 손수건을 꺼내어 손을 감쌌다.

"요오드를 발라야겠어. 의무병은 어디 있나?" 묄러가 말했다.

"우측의 세 번째 건물입니다, 소위님."

"곧바로 가 보게."

뮈케가 자리를 떠났다. 묄러는 시체들을 내려다보았다. 여자는 축축한 땅 위에 엎어진 채 쓰러져 있었다. "구덩이에 밀어 넣고 흙을 덮어라." 그는 갑자기 화가 치밀어 올랐다. 왜 그런지도 모르게.

2

그날 밤, 지평선에서 우르릉거리는 굉음이 다시 들려왔다. 하늘은 붉은빛이었고 포화의 섬광은 더욱 선명했다. 열흘 전 연대는 전선에서 퇴각하여 전투 없이 소강상태를 유지하고 있었다. 그러나 러시아군은 시시각각 다가왔다. 전선은 날마다 이동했기 때문에 이제는 뚜렷한 경계조차 없었다. 러시아군은 수개월에 걸쳐 공세를 계속했고, 연대는 후퇴를 거듭했다.

그래버는 문득 잠을 깼다. 바퀴 구르는 소리에 귀를 기울이다가 다시 자려고 했지만 잘 되지 않았다. 잠시 후 그는 장화를 신고 밖으로 나갔다.

밤은 청명하고, 차갑지 않았다. 오른쪽 숲 뒤편에서 포탄이 터지는 소리가 들렸다. 투명한 해파리 같은 조명탄들이 공중에 나타나더니 아래쪽으로 빛을 쏟아 냈다. 저 멀리 뒤편에서는 탐조등이 비행기를 찾고 있었다.

그래버는 걸음을 멈추고 하늘을 올려다보았다. 밤하늘에 달은 없었지만 별은 가득했다. 그래버의 눈에는 별이 들어오지 않았다. 그저 비행사에게 좋은 밤이라는 생각만 들었다.

"휴가병에게는 좋은 날씨야." 그의 곁에 있던 누군가가 말했다. 보초를 서던 임머만이었다. 연대는 주둔 상태였지만 게릴라가 곳곳에 침투해서 밤에는 보초를 서고 있었다.

"너무 일찍 왔군." 임머만이 말했다. "교대까지는 삼십 분이나 남았어. 쭉 엎드려서 잠이나 자게. 시간 되면 깨울 테니까."

"난 피곤하지 않아."

"집에 가고 싶어 안달 난 거 아냐?" 임머만이 그래버의 얼굴을 살피면서 말했다.

"어림없는 소리! 휴가라니!"

"나도 아직 못 가 봤어. 여차하면 휴가 금지잖아. 난 세 번이나 그랬으니까."

"그럴지도 모르지. 그래, 언제부터 못 간 거야?"

"육 개월째야. 언제나 일이 생겼어. 지난번에는 관통상을 입긴 했는데 후송될 정도는 아니었지."

"골 때리는군. 하지만 자네는 적어도 대기 중이기는 하지. 난 아니야. 반역 분자로 낙인 찍혔거든. 큰 공을 세운다면 몰라도. 하여간에 천년 제국을 위한 대포밥이나 거름이 될 운명이지."

그 순간 그래버가 주위를 살폈다.

임머만이 소리내어 웃었다. "독일 사람다운 눈초리로군. 걱정 말게. 모두들 곯아떨어져 있어. 슈타인브레너도 마찬가지고."

"그런 생각을 했던 건 아냐." 그래버가 화를 내면서 말했다.

실은 임머만이 정곡을 찔렀던 것이다.

"그렇다면 더욱 안 좋아." 임머만이 다시 웃음을 터뜨렸다. "깨닫지도 못할 정도면 더 큰일이지. 이 영웅적인 시대에 밀고자들이 우후죽순처럼 돋아나다니 우스꽝스러운 일 아닌가! 생각하고 말고 할 것도 없지, 안 그래?"

그래버는 잠시 주춤거리다가 작심한 듯이 말했다. "그렇게 잘 알고 있다면 슈타인브레너나 더 조심하시지그래."

"슈타인브레너 같은 놈은 걱정도 안 돼. 그자도 자네들처럼 나에 대해서는 어쩔 수가 없지. 부주의하다는 것 그 자체가 정직함의 표시로 여겨질 수 있으니까 말이야. 지나치게 꼬리를 흔들면 오히려 의심을 사는 법이지. 의심받지 않으려면 전 사회민주당 당원이라는 게 오히려 안전해. 안 그런가?"

그래버가 손에 입김을 불면서 말했다. "추운데."

그는 정치적인 논쟁 따위에는 말려들고 싶지 않았다. 아무 일에도 관여하지 않는 편이 더 나았다. 다만 휴가를 가고 싶을 뿐이었고 그것이 전부였다. 휴가를 위태롭게 하고 싶지는 않았다. 물론 임머만의 말은 옳았다. 불신은 제3제국에서 가장 흔히 볼 수 있는 특징이었던 것이다. 어디를 가든 안전하기는 어려웠다. 따라서 안전하지 않을 때는 입을 다무는 것이 상책이었다.

"최근에 집에 간 게 언제였지?" 임머만이 물었다.

"대략 이 년 전이야."

"젠장, 오래됐군. 고향에 가면 어리둥절하겠어."

그래버는 아무 대꾸도 하지 않았다.

"깜짝 놀랄 거야. 온통 변했을 테니까 말이야." 임머만이 말을 이었다.

“도대체 뭐가 변했단 말이야?”

“모든 게 변했어. 가 보면 알 거야.”

그래버는 그 순간 위장을 찌르는 듯한 격심한 공포를 느꼈다. 이런 공포는 때때로 아무런 이유도 없이 갑자기 엄습하곤 했다. 더 이상 아무것도 안전하지 않은 세상에서는 조금도 놀라운 일이 아니었다.

“어떻게 알지? 휴가 간 적도 없잖아?” 그래버가 말했다.

“물론 없지. 하지만 나는 알고 있어. 죄수 수용소에서는 여기보다 더 많은 걸 알게 되지.”

그래버는 자리에서 일어났다. 무엇 때문에 밖으로 나왔단 말인가? 그는 아무 말도 하고 싶지 않았다. 혼자 있고 싶었다. 제발 여기서 떠날 수만 있다면! 이런 생각은 이제 강박 관념이 되었다. 혼자 있고 싶었다. 단 몇 주만이라도 혼자 있으면서 생각해 보고 싶었다. 그 이상은 아니었다. 고향에 가면 생각해 보고 싶은 것이 너무도 많았다. 그러나 여기서는 아니었다. 저기, 고향으로 돌아가서, 전쟁을 벗어나서.

“교대 시간이군.” 그가 말했다. “복장을 갖추고, 자우어를 깨워야겠어.”

우르릉거리는 굉음은 밤새도록 계속되었다. 지평선에서 굉음이 지속되고 섬광이 번쩍거렸다. 그래버는 저 너머를 응시했다. 러시아군. 1941년 가을, 총통은 “이제 놈들은 끝장이다.”라고 선언했고, 또 실제로 그렇게 보였다. 1942년 가을, 총통은 다시 한 번 선언했고, 이제 그것은 더욱더 사실인 것처럼 보였다. 그러나 모스크바와 스탈린그라드 전선에서 이해할 수 없는 일이 전개되었다. 갑자기 진격이 중단되었다. 마치 마술에라도 걸린 것 같았다. 러시아군은 갑자기 대포를 쏘아 댔고, 지평선에서는 우르릉거리는 굉음이 다시 들려왔다. 그 굉음은 총통의 연설을 모두 집어삼키고도 멈추지 않았다. 그리고 독일군 전투 사단들을 퇴각시켰다. 도저히 이해할 수 없었다. 게다가 전 군단이 고립되어 항복했다는 소문이 나돌기도 했다. 승리가 패주로 일변했다는 소식이 모두에게 곧 알려졌다. 카이로를 바로 눈앞에 두고 아프리카에서 그랬던 것처럼.

그래버는 마을 주위를 터벅터벅 걸어서 돌았다. 달빛도 없는 어둠이 시야를 헷갈리게 했다. 어디선가 눈발이 다시 날리기 시작했다. 집들은 실제보다는 멀어 보이고 숲은 실제보다 가까워 보였다. 어디선가 이방인과 위험이 도사리고 있는 듯했다.

1940년 여름 프랑스. 파리를 향해 산책하듯 이루어졌던 진격. 혼란에 빠진 땅 위에서 윙윙거리던 폭격기 소리. 피난민과 와해된 군대로 막혀 버린 도로. 6월 중순의 공격받지 않은 시골의 밭과 숲과 늪지대. 그리고 마침내 한 방의 총격도 없이 성문을 연, 은색 불빛과 거리와 카페의 도시. 그때 나는 무언가 생각이 있었던가? 마음이 혼란스러웠던가? 아니다. 만사가 제대로 척척 진행되는 것으로 보였다. 호전적인 적들의 기습을 받은 독일이 자신을 방어하는 중이었다. 그것이 전부였다.

그리고 나중에 아프리카에서의 대진격 당시, 별과 덜커덩거리는 탱크 소리로 가득했던 사막의 밤에도 나는 무언가 생각했던가? 결코 그렇지 않았다. 퇴각 중에도 결코 생각 같은 것은 하지 않았다. 그곳은 아프리카, 이국의 땅이었다. 지중해가 중간에 놓여 있는 이곳으로, 처음에는 프랑스가 그리고 이제 독일이 왔다. 비록 그 땅을 잃는다 하더라도 노심초사할 게 뭐 있단 말인가? 가는 곳마다 승리를 거둘 수는 없는 법 아닌가.

그러나 이제 러시아가 밀어닥쳤다. 러시아, 패배, 도주. 이제는 적과 조국 사이에 바다도 없다. 독일로 끝없는 퇴각. 아프리카에서처럼 군단 몇 개가 패배한 것이 아니다. 독일군 전체가 후퇴하고 있는 것이다. 그러자 이제 그는 갑자기 생각하기 시작했다. 그도 다른 사람들도 마찬가지였다. 충분히 이해가 가고 지당했다. 승리를 거두고 있는 동안은 만사가 질서 정연했다. 그리고 질서 정연하지 않은 것에 대해서는 모른 척하거나 아니면 위대한 목표 때문이라고 변명했다. 위대한 목표라고? 목표라는 것에는 언제나 양면이 숨어 있지 않던가? 그중 한 면은 언제나 음산하고 비인간적이지 않던가? 나는 왜 그 점을 보다 빨리 생각하지 않았던가? 나는 정말 그 사실을 생각하지 않았던가? 사실은 모든 것을 의심했고, 구역질나는 것도 애써 외면해 왔던 것은 아닐까?

그래버는 자우어의 기침 소리를 듣고 그를 만나기 위해 파괴된 집을 두서너 곳 더 돌아보았다. 자우어가 북쪽을 가리켰다. 지평선에서 거대한 화염이 공중을 향하여 치솟고 있었다. 폭발 소리가 들렸고 불꽃이 타올랐다.

"러시아군이 벌써 저기까지 왔나?" 그래버가 물었다.

자우어가 머리를 좌우로 흔들었다. "아니야, 저건 우리 공병이야. 군사 시설을 폭파하고 있는 거지."

"그렇다면 우리가 후퇴를 한다는 말이군."

“왜 아니겠어?”

그들은 말없이 귀를 기울였다. “파괴되지 않은 집을 본 지가 오래됐어.” 자우어가 한참 있다가 말했다.

그래버가 라에의 숙소를 가리켰다. “저건 그래도 아직 멀쩡하잖아.”

“저게 멀쩡하다고? 기관총 구멍이 잔뜩 나고, 지붕은 불에 타고, 방은 허물어졌는데도 말인가?” 자우어가 요란하게 한숨을 토했다. “멀쩡한 거리를 본 것도 옛날 일이야.”

“나도 그래.”

“너는 곧 보게 되겠지. 고향으로 가서 말이야.”

“그렇게만 된다면 얼마나 좋을까.”

자우어는 저 멀리 불꽃을 바라보았다. “우리가 여기 러시아에서 파괴했던 것들을 보면 이따금 무서운 생각이 들어. 러시아 놈들이 우리 국경을 넘어서면 어떤 짓을 할 것 같나? 생각 안 해 봤어?”

“안 해 봤어.”

“나는 해 봤어. 우리 집은 동프로이센에 있거든. 1914년에 러시아군이 쳐들어왔을 때 도망가던 일이 지금도 기억나. 그때 나는 열 살이었지.”

“국경까지는 아직도 멀었어.”

“경우에 따라 다르지. 어쩌면 순식간에 도착할 수도 있어. 우리가 처음에 얼마나 빨리 진군했는지 기억 안 나?”

“아니. 나는 그때 아프리카에 있었어.”

자우어는 다시 북쪽을 바라보았다. 그곳에서 불기둥이 솟아올랐고, 격렬한 폭발음이 띄엄띄엄 들려왔다. “저기서 아군이 무슨 일을 하고 있는지 알겠어? 러시아 놈들이 우리한테로 와서 같은 짓을 한다면 도대체 무엇이 남겠나?"

"여기보다 나을 것도 없겠지."

"바로 그거야! 우리가 더 후퇴하면 분명히 그런 일이 일어날 거야."

"놈들은 아직 국경까지 오지 못했어. 너도 엊그제 연설을 들었지? 새로운 비밀 무기를 유리한 공격 지점으로 옮기려고 전선을 단축하고 있을 뿐이라잖아."

"저런, 멍청한 소리! 누가 그 말을 믿어? 그렇다면 처음에 왜 그렇게 깊숙하게 진격을 했지? 내 생각으로는 우리가 국경까지 밀리게 된다면 강화 조약을 맺어야 해. 다른 방법은 없어."

"왜?"

"뭐라고, 그걸 질문이라고 해? 우리가 놈들에게 했던 짓을 놈들이 우리에게 하지 않게 하려면 그 수밖에 없어. 이해가 안 돼?"

"알겠어. 하지만 강화 조약을 맺지 않겠다면?"

"누가?"

"러시아가 말이야."

자우어는 그래버를 물끄러미 쳐다보았다. "안 할 수 없어! 우리가 그들에게 제안하면 놈들은 받아들이는 거야. 강화는 강화라고! 그럼 전쟁이 끝나고 우리는 살아남는 거지."

"놈들은 우리가 무조건 항복을 해야만 강화 조약을 맺으려 할 거야. 그러면 놈들은 독일 전체를 점령하고 너 역시 집을 잃게 되지. 너도 그렇게 생각하지, 안 그런가?"

자우어는 순간 당황했다가 말했다. "물론 그래. 하지만 상황이 같지는 않아. 강화 조약이 맺어지면 놈들은 아무것도 파괴할 필요가 없어질 테니까." 그는 얼굴을 찡그리더니 갑자기 교활한 농부처럼 말했다. "그렇게 되면 우리 나라는 모든 게 안전할 테지. 놈들의 나라만 망가지고 말이야. 그리고 놈들은 언젠가는 다시 철수하겠지. 그러면 우리는 실제로는 승리를 거둔 셈이야."

그래버는 대답하지 않고 속으로 생각했다. 무엇 때문에 다시 대답해야 하나? 말려들고 싶지 않아. 말해 봤자 아무 소용없어. 지난 몇 년 동안 갖가지 견해들이 난무하지 않았던가? 온갖 신념들 말이야. 말이라는 건 의미도 없을뿐더러 위험하기도 하지. 소리도 없이 천천히 다가오는 낯선 것이야말로 훨씬 더 거대하고 막연하고 불길하지. 사람들은 근무와 먹을 것과 추위에 대해서는 이런저런 말들을 했지. 하지만 낯선 것 그리고 죽은 자에 대해서는 모두들 입을 다물었어.

그는 마을을 지나 막사로 돌아왔다. 녹아내리는 눈 위로 지나다니기 위해 길에는 널빤지와 판자를 깔아 놓았다. 그 위로 발을 딛자 널빤지들이 움직거려 여차하면 미끄러질 정도였다. 널빤지 밑은 단단하지 않았다.

그는 교회 앞으로 왔다. 작은 교회는 포탄으로 여기저기 구멍이 뚫려 있었고, 그 안에 라이케 소위의 시체가 안치되어 있었다. 문이 열려 있었다. 전날 저녁 병사들의 시체 두 구가 더 발견되었기 때문에, 다음 날 아침 시체 세 구를 군장(軍葬)하라고 라에가 명령을 내려 놓은 상태였다. 병사 중 상병의 시체는 누구인지 알아볼 수 없을 정도로 짓이겨져 있었고, 인식표 마저도 없었다. 찢어져 드러난 그의 배에는 간이 없었다. 아마도 여우나 쥐가 먹어치운 것 같았다. 그것들이 시체를 어떻게 찾았는지는 수수께끼였다.

그래버는 교회 안으로 들어갔다. 초 냄새, 썩는 냄새, 시체 썩는 냄새가 진동했다. 그는 회중전등을 켜고 구석구석을 살펴보았다. 한쪽 구석에 파괴된 성상이 두 개 서 있고 그 옆에는 찢어진 곡식 자루가 몇 개 놓여 있었다. 아마도 러시아가 지배하던 시절에 이 공간을 곡식 저장고로 사용한 모양이었다. 또 그 옆에는 바람에 불려 들어와 쌓인 눈 속에 체인도 타이어도 없는 녹슨 자전거가 한 대 서 있었다. 방 한가운데에는 기다란 방수포 위에 시체들이 뉘어 있었다. 거기서 그들은 모든 것을 거부하는 듯 준엄하고 고독하게 잠들어 있었고 그 어떤 것도 그들에게 접근할 수 없었다.

그래버는 문을 닫고 나와 마을 주변을 순찰했다. 폐허 주위로 그늘이 져 있어서 희미한 빛도 금방 눈에 띄었다. 그는 무덤을 팠던 언덕 위로 올라갔다. 라이케의 무덤은 두 병사의 시체도 함께 묻을 수 있도록 더 넓게 파여 있었다. 구멍 속으로 물방울이 흘러 떨어지는 소리가 나직하게 들려왔고, 파 올린 흙더미는 희미하게 빛났다. 이름을 새긴 십자가도 거기에 기대어 있었다. 누군가 관심을 가진 사람이 있다면 며칠 동안은 그 아래에 누가 누워 있는지 알 수 있을 것이다. 하지만 더 오래 유지되는 것은 불가능했다. 마을은 다시 전투 지역으로 변할 게 뻔했다.

그래버는 언덕 위에서 건너편을 바라보았다. 삭막하고 쓸쓸하고 기만적이었다. 빛은 풍경을 확대하고 진짜 모습을 감추었다. 그 무엇도 믿을 수 없었다. 모든 것은 낯설었고 미지의 고독이 스미어 떨고 있었다. 의지할 수 있는 것도 온기를 주는 것도 아무것도 없었다. 모든 것은 땅처럼 끝도 없었다. 경계도 없고 낯설기만 했다. 바깥으로도 안으로도 낯설었다. 그래버는 몸이 오싹했고, 그 이상도 그 이하도 아니었다.

파 올린 흙더미에서 흙 한 덩이가 풀려나 구덩이 속으로 떨어지는 둔탁한 소리가 들렸다. 이렇게 딱딱하게 얼어붙은 흙 속에서도 구더기가 살아남을 수 있을까? 아마도 그랬을 것이다. 그것들이 땅 속으로 충분히 깊게 기어 들어갔다면. 하지만 구더기들이 몇 미터 아래서도 살아남을 수 있단 말인가? 그 아래서 무엇을 먹고 살았을까? 만일 그것들이 아직 살아 있다면, 내일부터 한동안 먹을 식량은 충분히 확보한 셈이다.

구더기들은 지난 몇 년 동안 먹이를 충분히 공급받았어. 그는 생각했다. 우리가 있었던 곳 어디에서든 넘칠 만큼 풍성하게 먹을 수 있었지. 유럽과 아시아와 아프리카의 구더기들에게는 황금의 시대였어. 우리는 구더기들에게 썩은 고기를 무더기로 떠안겼던 거야. 병사들의 고기뿐만 아니라 여자들의 고기, 아이들의 고기, 그리고 폭탄에 의해 찢어발겨진 노인들의 무른 고기. 모든 것이 너무나 풍성했지. 구더기들의 전설 속에서 우리는 몇 세대에 걸쳐 풍성함을 내려 준 마음씨 좋은 신으로 기억될 거야.

그는 몸을 돌렸다. 주검들, 너무도 많은 주검들이 생겨났다. 초기에는 주로 적군의 주검들이었지만 죽음은 점점 더 강력하게 아군의 진영 속으로 파고들었다. 연대들은 끊임없이 보충되어야 했다. 처음에는 함께했던 전우들이 차츰차츰 사라져 이제는 소수의 분대원만이 살아남았다. 그가 사귀었던 친구들 중에서 이제 남은 것은 제4중대장인 프레젠부르크뿐이었다. 나머지는 죽었거나 부대를 옮기거나 아니면 병원에 입원했고, 운이 좋은 경우는 병역 불능 판정을 받고 독일로 돌아갔다. 이 모든 것이 잘나가던 예전과는 판이했고 예상 밖이었다.

그는 자우어가 올라오는 발소리를 들었다. "무슨 일이야?" 자우어가 물었다.

"아무것도 아니야. 무슨 소리가 들렸는데, 알고 보니 쥐새끼들이야. 러시아 놈들 시체가 있는 마구간에서 말이야."

자우어는 게릴라들이 묻혀 있는 둥그런 무덤을 쳐다보았다.

"여기 있는 놈들은 그래도 최소한 무덤에는 묻혔군."

"그래. 놈들이 스스로 판 거야."

자우어가 탁 하고 침을 뱉었다. "이 불쌍한 것들의 기분은 이해할 수 있어. 우리가 그놈들의 땅을 망가뜨렸잖아."

그래버는 그를 뚫어져라 쳐다보았다. 밤에는 낮과는 달리 생각하는 법이긴 해도, 자우어는 고참인 데다 지나치게 감상적이지도 않았다. "어째서 그렇게 생각해? 우리가 후퇴하고 있기 때문인 거야?" 그가 물었다.

"물론! 언젠가는 그들도 우리에게 똑같이 할 거라고 생각해 봐!"

그래버는 잠시 침묵을 지켰다. 그는 생각했다. 나도 마찬가지야. 될 수 있는 한 그런 생각은 뿌리치고 또 뿌리치려 했지. "공포에 질려 봐야만 다른 사람의 입장을 헤아릴 수 있게 된다는 건 이상한 일이야. 잘나갈 땐 그런 생각조차 들지 않는데 말이야. 안 그래?" 그가 말했다.

"물론이지. 누구나 다 마찬가지야!"

"그래. 하지만 그렇다고 그게 무슨 잘난 변명이 될 수는 없겠지."

"변명이라고? 자기 목숨이 오락가락하는 판에 그런 변명이 무슨 소용이겠어?" 자우어는 놀라움 반 짜증 반으로 그래버를 빤히 쳐다보았다. "물론 자네 같은 먹물들은 이런저런 복잡한 생각을 할 테지! 하지만 우리 둘이서 전쟁을 시작한 것도 아니고 우리에게 책임이 있는 것도 아니야. 우리는 다만 의무를 다하고 있을 뿐이야. 명령은 명령이니까. 안 그래?"

"그래." 그래버가 지친 목소리로 대답했다.

3

일제 사격 소리가 잿빛 탈지면과도 같은 거대한 하늘 속으로 질식하듯 빨려 들어갔다. 담장 위에 앉아 있던 까마귀들도 날아오르지 않았다. 새들은 몇 마디 울음으로 대답했는데, 그 소리는 총격보다 더 크게 들리는 것 같았다. 새들은 낯선 소리에 이미 익숙해져 있었다.

방수포 세 개가 눈 녹은 물에 반쯤 잠긴 채 놓여 있었다. 얼굴 없는 병사의 시체를 두른 방수포는 단단하게 묶여 있었다. 라이케의 시체는 가운데에 있었다. 축축한 장화는 제대로 신겨 주었지만 교회에서 운반해 오는 동안에 미끄러져서 지금은 달랑거리며 발에 매달려 있었다. 이제는 누구도 장화를 제대로 신겨 주지 않았다. 그래서 그런지 라이케는 땅속으로 더 깊이 할퀴며 파고 들어가려는 것처럼 보였다.

병사들이 축축한 흙덩이를 아래로 던져 넣었다. 구덩이를 다 메우고 난 후에도 흙이 많이 남았다. 뮈케가 묄러를 쳐다보며 물었다. "단단히 밟을까요?"

"뭐라고?"

"밟아서 다지자고요, 소위님. 무덤 말입니다. 그러면 남은 흙도 다 처리하고 그 위에 돌도 몇 개 놓을 수 있습니다. 여우나 늑대 때문에요."

"여기까지 오지야 않을 테지. 무덤은 충분히 깊어. 게다가."

무덤을 파헤칠 필요도 없어. 들판에는 여우와 늑대들이 먹을 게 충분히 있다고 뮐러는 생각했다. "멍청이. 어떻게 그런 생각을 하지?"

"전에 그런 일이 있었습니다."

뮈케는 멍하니 뮐러를 쳐다보았다. 이놈도 순전히 멍청이군, 하고 그는 생각했다. 돼먹지도 않은 놈들이 늘 장교가 되는군. 제대로 된 사람들은 죽고 말이야. 라이케처럼.

뮐러는 고개를 가로저었다. 그러고는 말했다. "남은 흙으로는 둥그렇게 봉분을 만들어! 그게 옳아. 그런 다음에는 머리맡에 십자가를 세워."

뮐러는 중대를 집합시키고는 행군을 지시했다. 그는 필요 이상으로 소리를 질렀다. 그는 고참병들이 자신의 말을 심각하게 받아들이지 않는다고 느끼고 있었는데, 사실 그랬다.

자우어와 임머만, 그래버는 남은 흙을 삽으로 퍼서 봉분을 만들었다. "십자가는 그렇게 오래 서 있지 못할 거야. 땅이 너무 물러." 자우어가 말했다.

"그럴 거야."

"사흘도 안 갈걸."

"너는 라이케하고 친척이라도 되나?" 임머만이 물었다.

"아가리 닥쳐! 그는 좋은 사람이었어. 네가 뭘 알아? 징벌 부대에 있느라 그를 만나 본 적도 없는 주제에 뭘 안다고."

임머만이 웃다가 갑자기 화를 냈다. "징벌 부대, 네가 내세울 수 있는 건 그것밖에 없나? 멍청이! 그곳엔 더 좋은 사람들도 있었어."

"십자가나 세울까?" 그래버가 물었다.

임머만이 뒤로 돌아다보았다. "참, 휴가병이시지. 마음깨나 급한 모양이야!"

"자네는 급하지 않단 말인가?" 자우어가 물었다.

"나한테 휴가 같은 건 없어. 너도 알잖아, 나쁜 새끼."

"그래. 휴가만 가면 그대로 탈영할 거니까."

"아마 돌아오기는 할 거야."

자우어는 탁 하고 침을 뱉었다.

임머만은 비웃음을 날렸다. "난 기꺼이 귀대할 거야."

"그래. 그럴 테지. 하지만 네가 무슨 짓을 할지 누가 알겠어? 겉으로야 이런저런 말을 하겠지만 속으론 무슨 생각을 하는지 누가 알겠어."

자우어는 아래쪽이 뾰족하게 다듬어진 십자가의 세로 막대기를 들어 올려 바르게 세웠다. 그러고는 삽 등으로 몇 번 내리쳤다. 십자가는 깊이 박혔다. "자, 어떨까. 채 사흘도 못 갈 테지." 그가 그래버에게 말했다.

"사흘이라도 서 있으면 다행이겠지." 임머만이 대답했다. "자우어, 자네에게 좋은 걸 가르쳐 주지. 사흘만 지나면 공동묘지의 눈이 녹아내릴 거야. 그러면 거기 있던 돌 십자가를 여기로 가지고 와서 세우는 거야. 그러면 너의 충성스러운 마음도 흡족해질 테지."

"러시아 놈의 십자가를?"

"뭐 어때? 하느님은 국제적이시니까. 아니, 하느님은 벌써 사라지신 게 아니던가?"

자우어가 고개를 돌리며 말했다. "뭐라고, 악동 같으니. 넌 정말 국제적인 악동이야!"

"나는 지금 막 그렇게 된 거야. 그렇게 된 거라고, 자우어. 이전에는 그렇지 않았어. 십자가 이야기는 네가 먼저 꺼냈어. 네가 어제부터 십자가 타령이었단 말이야."

"어제라고! 어제! 난 그게 러시아 놈인 줄 알았단 말이야, 이 자식 말 돌리는 거 보게!"

그래버가 삽을 들었다. 그리고 선언했다. "그만 돌아가겠어. 여기 일은 다 된 거지?"

"그래, 휴가병." 임머만이 대답했다. "꼼꼼쟁이. 여기 일은 끝났어."

그래버는 대답하지 않았다. 그런 식으로 자리를 뜨는 것은 별일도 아니었다. 그는 언덕길을 내려갔다.

분대는 천장의 구멍으로 빛이 새어 들어오는 지하 벙커에 대피하고 있었다. 구멍 아래에서 네 사람이 쪼그리고 앉아 카드놀이를 하고 있었고, 몇몇 사람은 구석에서 잠들어 있었다. 자우어는 편지를 쓰고 있었다. 지하 창고는 넓이로 보아 당 간부가 사용했던 것임에 틀림없었다. 약간이나마 방수가 될 정도였다.

슈타인브레너가 들어왔다. "최신 뉴스를 들었나?"

"라디오가 고장 났어."

"멍청이들! 제대로 간수했어야지."

"그럼 네가 고쳐 봐, 애송이." 임머만이 말했다. "라디오를 제대로 간수하던 놈은 이 주 전부터 머리가 없잖아."

"어디가 고장인가?"

"배터리가 없어." 베르닝이 말했다.

"배터리가 없다고?"

"그래." 임머만은 슈타인브레너를 쳐다보며 히죽히죽 웃었다. "하지만 전선을 네놈 코에 연결하면 제대로 들릴 거야. 네 머리는 언제나 충전되어 있으니까 말이야. 한번 시험해 보시지."

슈타인브레너가 머리카락을 쓸어 넘겼다. "혀끝이 늘 간질간질한 녀석들이 있지. 언젠가 불에 확 그을려 버릴 때까지 말이야."

"그런 식으로 수수께끼처럼 말하지 말게, 막스." 임머만이 침착하게 대꾸했다. "너는 벌써 여러 차례 나를 고자질했어. 누구나 다 알고 있지. 넌 아주 독한 놈이야. 그게 너야. 하지만 미안하게도 나는 뛰어난 기계공이고 훌륭한 기관총 사수란 말이야. 지금 여기서는 그런 사람이 너 따위보다 훨씬 더 필요한 거야. 그래서 너는 번번이 헛수고하는 거고. 그런데 넌 도대체 몇 살이야?"

"아가리 닥쳐!"

"스무 살 정도, 안 그래? 아니면 겨우 열아홉? 나이에 비하면 꽤나 경력이 좋군. 유대인이나 국민의 배신자들을 오륙 년씩 뒤쫓아 다니다니. 존경스러워! 내 나이 스물 때는 여자 꽁

무니만 따라다녔는데 말이야."

"말 안 해도 알아!"

"옳지, 어련하시겠어." 임머만이 대꾸했다.

뮈케가 입구에 모습을 드러냈다. "또 무슨 일인가?"

아무도 대답하지 않았다. 누가 봐도 뮈케는 너무 멍청했다.

"무슨 일이냐고 내가 묻지 않았나!"

"아무것도 아니오, 하사님. 그저 잡담하고 있었소." 가장 가까이에 있던 베르닝이 말했다.

뮈케가 슈타인브레너 쪽을 쳐다보며 말했다. "무슨 일이 있었나?"

"십 분 전까지 최신 뉴스를 들었지." 슈타인브레너가 몸을 꼿꼿이 세우면서 주위를 둘러보았다. 하지만 아무도 관심을 보이지 않았다. 그래버만 귀를 기울였다. 카드놀이를 하던 자들은 묵묵히 놀이를 계속했다. 자우어는 편지지에서 머리를 들지 않았다. 잠을 자던 자들도 쉬지 않고 코를 골았다.

"주목!" 뮈케가 소리를 질렀다. "너희들 모두 귀머거리냐? 최신 뉴스야! 모두 귀를 기울여! 이건 공식 보도야!"

"그렇군." 임머만이 대답했다.

뮈케가 그를 쳐다보았다. 임머만의 얼굴은 집중하는 듯했지만 무슨 표정인지는 알 수 없었다. 카드놀이를 하던 자들은 널빤지 위에 카드를 엎어 놓았다. 그들은 카드를 포개어 놓지는 않았다. 바로 계속할 수 있도록 일 초라도 시간을 아끼기 위해서였다. 자우어는 편지지에서 절반쯤 몸을 일으켰다.

슈타인브레너가 허리를 쭉 펴며 말했다. "중대 뉴스다! 국민의 뉴스 시간에 공식 발표한 것이다. 미국에서 강력한 파업이

발생했다. 제강업은 마비되고, 대부분의 군수 공장은 조업 중지. 항공기 산업에서는 사보타주 발생. 즉각적인 강화를 요구하는 시위 운동이 전국에서 일어났다. 정부는 흔들리고 있고, 쿠데타가 예상된다."

뮈케가 잠시 숨을 돌렸지만, 아무도 대답하지 않았다. 잠들어 있던 자들은 깨어나서 몸을 긁어 댔다. 천장의 구멍에서 눈 녹은 물이 아래쪽에 놓인 물통 속으로 방울방울 떨어졌다.

"독일의 잠수함이 미국의 해안 전체를 봉쇄했다. 어제 대형 병력 수송선 두 척과 군수품을 실은 화물선 세 척을 격침했다. 이번 주에만 3만 4천 톤이다. 영국은 폐허 속에서 굶주리고 있다. 독일 잠수함은 해상 교역을 모두 차단했고, 새로운 비밀 무기도 완성되었다. 그중 하나인 원격 조정 폭격기는 승무원 없이 착륙도 하지 않고 미국을 왕복할 수 있다. 대서양 연안은 거대한 요새로 변했다. 만일 적이 침공을 시도한다면 우리는 1940년에 그랬던 것처럼 적군을 바닷속으로 몰아넣을 것이다. 하일 히틀러!"

"하일 히틀러!" 분대원의 절반이 무덤덤하게 복창했다.

카드놀이를 하던 자들은 다시 카드를 들었다. 눈덩이 하나가 철썩 소리를 내면서 물통 속으로 떨어졌다. "좀 더 안전한 참호로 갔어야 했어." 슈나이더가 투덜대며 말했다. 그는 붉은 턱수염을 짧게 기른 건장한 사내였다.

"슈타인브레너, 당원 동지! 러시아에 대한 뉴스도 가져왔나?" 임머만이 물었다.

"왜 그러나?"

"우리 가운데 궁금해하는 사람들이 있어서 그래. 예를 들면 우리의 동지 그래버, 휴가병 말이네."

슈타인브레너는 망설였다. 그는 임머만을 믿지 않았지만, 당에 대한 충성심이 우선이었다. 그가 설명했다. "전선 단축 작전은 거의 완료되었다. 러시아 군은 막대한 손실을 입고 기진맥진한 상태이다. 반격을 위해 새로 구축한 거점들이 마련되었고, 예비군의 진군도 완료되었다. 적군은 신 무기를 보유한 아군의 반격을 막지 못할 것이다."

그는 손을 반쯤 들었다가 그대로 내렸다. 그는 하일 히틀러라고 다시 한 번 소리치지 않았다. 러시아와 히틀러는 더 이상 어울리지 않았다. 러시아와 관련해서 무언가 감동적인 말을 하기는 어려웠다. 무슨 일이 일어났는지 모두들 너무도 정확하게 알고 있었다. 그 순간 슈타인브레너는 시험을 재빨리 통과하려는 열성적인 학생처럼 보였다. "물론 이것들이 전부는 아니다. 가장 중요한 뉴스들은 비밀에 붙여지기 때문이다. 국민의 뉴스 시간에도 그것을 들을 수 없다. 하지만 확실한 건 올해 내로 적군을 섬멸한다는 것이다." 약간 기진맥진한 채로 그는 참호에서 나갔다. 다음 참호로 가기 위해서였다.

뮈케가 그의 뒤를 따랐다. "쓸개 빠진 녀석!" 잠을 자던 병사 중의 하나가 그렇게 말하고는 다시 벌렁 드러누워 코를 골기 시작했다.

카드놀이가 다시 시작되었다. "섬멸이라? 우린 해마다 두 번씩이나 놈들을 섬멸했지." 슈나이더가 말했다.

임머만이 종이를 들여다보며 말했다. "난 스무 번이나 섬멸했어. 러시아 놈들은 선천적으로 배신자야."

"놈들은 핀란드 전쟁에서는 일부러 훨씬 약한 척했지. 그거야말로 볼셰비키다운 비열한 속임수야."

자우어가 고개를 들었다. "좀 조용히 하면 안 돼? 공산주의자들에 대해서 속속들이 다 안단 말이지?"

"물론. 놈들은 몇 년 전에만 해도 우리의 동맹국이었지. 핀란드에 관해선 괴링 원수가 직접 말씀하셨어. 그래도 할 말 있나?"

"얘들아, 이제 제발 그만해라." 누군가가 벽 쪽에서 소리를 질렀다. "도대체 오늘 왜 이리 야단들이냐?"

주위가 조용해졌다. 널빤지 위로 철썩거리며 카드 던지는 소리, 물방울 떨어지는 소리만이 들려왔다. 그래버는 자기 자리에 웅크리고 앉아 있었다. 그는 무슨 일이 있었는지 알고 있었다. 그는 사형 집행이나 매장을 한 뒤에는 언제나 그런 식으로 앉아 있었다.

오후 늦게 부상병들이 무리를 지어 도착했다. 일부는 도착하자마자 후송되었다. 그들은 피투성이 붕대를 감은 채 잿빛 평원으로부터 와서는 반대편의 흐릿한 지평선을 향해 걸어갔다. 그들은 병원 같은 것을 결코 발견하지 못한 채 끝없는 잿빛 속 그 어디론가 가라앉을 것만 같았다. 대부분은 말이 없었고, 모두들 굶주리고 있었다.

걸을 수도 없고 구급차도 없어서 곤경에 처한 나머지 부상병들을 위하여 교회 안에 임시 병원이 마련되었다. 포격으로 파괴된 천장의 틈새는 메워졌고, 지칠 대로 지친 군의관 한 명이 간호사 둘을 데리고 와서 수술을 시작했다. 어둡지 않을 때는 문을 활짝 열어 놓고 들것으로 부상병을 실어 날랐다. 수술

대 위의 하얀 전등은 황금빛 여명으로 어른거리는 공간 가운데서 밝게 빛나는 천막처럼 보였다. 한쪽 구석에는 성상 두 개가, 남아 있는 부분들만 서 있었다. 두 팔을 내민 성모 마리아에게는 손이 없었다. 그리스도에게는 다리가 없어서 마치 두 다리가 잘린 인간을 십자가에 매어 놓은 것 같았다. 부상병들은 그렇게 자주 비명을 지르지는 않았다. 군의관에게 아직 마취제가 남아 있었던 것이다. 주전자와 니켈을 입힌 그릇에서는 물이 끓고 있었다. 절단된 수족들이 중대장 숙소에서 가져온 아연제 욕조를 천천히 채워 나갔다. 어디선가 개 한 마리가 나타났다. 개는 문 가까이에 서 있었고 아무리 쫓아내도 다시 돌아왔다.

"저 개는 어디서 온 놈일까?" 그래버는 의문이 들었다. 그래버는 프레젠부르크와 함께 차르 시절 성직자가 살았던 저택 근처에 서 있었다.

프레젠부르크는 오들오들 떨면서 목을 쑥 내밀고 있는 털투성이 개를 유심히 관찰했다. "아마도 숲 속에서 기어 나왔을 거야."

"숲 속에서 뭘 발견했겠어? 먹을 거라곤 없을 텐데."

"천만에. 먹이는 얼마든지 있어. 숲 속뿐만 아니야. 도처에."

그들은 개에게 가까이 다가갔다. 개는 언제라도 달아날 수 있도록 조심스럽게 경계 태세를 갖추었다. 두 사람은 멈추어 섰다.

개는 키가 크고 말랐으며, 털은 불그스레한 잿빛이었고, 목은 길고 가늘었다. "이건 동네 똥개가 아닌데. 혈통이 좋은 개야." 프레젠부르크가 말했다.

개가 나지막하게 입맛을 다시면서 두 귀를 쫑긋 세웠다. 프레젠부르크도 다시 입맛을 다시면서 개에게 말을 걸었다.

"여기서 먹이를 기다리고 있다고 생각하는 거야?" 그래버가 물었다.

프레젠부르크가 고개를 가로저었다. "먹이는 바깥에도 얼마든지 있어. 그 때문에 온 건 아니야. 여기엔 불빛이 있고 또 인가가 있어서 온 것 같아. 여기 인간들이 있잖아. 이놈은 아마도 친구를 찾는 것 같군."

들것 하나가 바깥으로 운반되어 나왔다. 거기에는 수술 중에 죽은 누군가가 누워 있었다. 개는 몇 발자국 껑충 뛰며 뒤로 물러났다. 부드러운 용수철에 의해 튕겨지기라도 한 듯이 긴장감도 없이 껑충 뛰었다. 그러고는 멈추어 서서 프레젠부르크를 바라보았다. 프레젠부르크는 계속해서 개에게 말을 건네며 천천히 한 걸음 다가갔다. 그 순간 개는 정신을 집중한 채 물러섰다가 다시 멈추어 섰다. 그러고는 거의 보이지 않을 정도로 꼬리를 몇 차례 흔들었다.

"무서워하고 있는 거야." 그래버가 말했다.

"그래. 하지만 정말 착한 개야."

"사람 잡아먹는 개일지도."

프레젠부르크가 뒤를 돌아보며 말했다. "그건 우리 모두 마찬가지야."

"왜?"

"사람도 마찬가지야. 우리도 저기 있는 저놈처럼 자신이 선량하다고 생각하지. 그러면서 이놈처럼 약간의 온기와 빛과 우정을 찾아 헤매는 거야."

프레젠부르크는 얼굴의 한쪽만을 씰룩거리며 미소를 지었다. 얼굴의 다른 쪽은 커다란 상처 자국 때문에 거의 움직이지 않아 마치 죽어 있는 것 같았다. 그래버는 상처를 입은 부분에서 그런 죽은 미소를 볼 때마다 언제나 야릇한 느낌이 들었다. 어쩐지 우연이 아닌 것 같았다.

"우리는 다른 사람들과 조금도 다르지 않아. 모든 건 전쟁 탓이야."

프레젠부르크는 고개를 가로저으며 산책용 지팡이로 각반에 들러붙은 눈을 털어 냈다. "그렇지 않아, 에른스트.* 우리는 척도라는 걸 상실했어. 사람들은 우리를 십 년 동안이나 고립시켰어. 하늘을 향해 소리 지르는, 무시무시하고 비인간적이고 가소로운 오만 속으로 우리를 고립시킨 거야. 그들은 우리가 지배자 민족이며, 다른 민족은 모두 노예로서 우리에게 봉사해야 한다고 선언했지." 그는 쓴웃음을 지었다. "지배자 민족! 모든 멍청이, 모든 사기꾼, 모든 명령에 복종하는 지배자 민족, 그게 도대체 무어란 말인가? 바로 여기에 그 답이 있네. 언제나 죄 지은 인간들보다는 죄 없는 인간들이 그 업보를 받는 거네."

그래버는 그를 뚫어져라 쳐다보았다. 프레젠부르크는 그가 이곳 바깥에서 전적으로 믿을 수 있는 단 한 사람이었다. 두 사람은 같은 도시 출신이었고 오래전부터 서로를 잘 알았다. "그렇게 잘 알면서 왜 여기 있는 거야?" 마침내 그가 말했다.

"무엇 때문에 여기 있냐고? 집단 수용소에 있거나 아니면

---

* 그래버의 이름. 친근한 사람에게는 성(姓)이 아니라 이름을 부른다.

병역 거부자로 총살당하지 않고서 말이지?"

"그 말이 아니야. 1939년에 너는 징집될 나이가 넘었잖아. 그런데 무엇 때문에 지원했어?"

"그땐 내 나이가 많은 셈이었지. 그사이에 사정은 달라졌지만. 이제는 나보다 나이가 많은 자들도 끌려오고 있으니까. 하지만 그런 건 문제도 아니고 변명거리가 될 수도 없어. 그것만으로는 우리가 지금 여기에 있는 이유를 설명할 수 없어. 그때 우리는 전쟁 중인 조국을 내버려 둘 수는 없다면서 스스로를 설득했던 거야. 무슨 일이 벌어졌고 누구에게 책임이 있고 누가 전쟁을 시작했건 조금도 상관없이 말이야. 하지만 결국 그건 변명에 지나지 않았어. 더 나쁜 일을 방지하기 위해 함께 싸운다고 말했던, 이전의 사람들이 했던 변명과 꼭 같아. 자기 자신에 대한 변명. 오직 그것뿐이야!" 그는 지팡이로 눈 속을 쿡쿡 찔렀다. 개는 소리도 없이 앞으로 뛰어가더니 교회 뒤로 사라졌다. "우리는 하느님을 시험한 거야, 에른스트. 알겠어?"

"모르겠어." 그래버가 대답했다. 그래버는 그런 것은 알고 싶지도 않았다. 프레젠부르크는 잠시 입을 다물었다가 말했다. "넌 이해하지 못할 거야." 그러고 나서 그는 좀 더 침착한 목소리로 말했다. "넌 너무 어려. 이 히스테리에 찬 원숭이 춤과 전쟁 말고는 달리 아는 게 없어. 하지만 나는 이전의 전쟁*에도 참전했고 그사이의 시대도 잘 알고 있지." 그는 다시 미소를 지었다. 얼굴의 절반은 미소를 지었고, 나머지 절반은 그대로 굳어 있었다. 미소는 그 절반을 향해 지친 파도처럼 물결쳐

* 1차 대전을 가리킨다.

갔지만 그 너머로 넘어가지는 못했다. "나는 오페라 가수가 되고 싶었어. 머리는 텅 비었지만 목소리는 호소력 있는 그런 테너 말이야. 어쨌거나 우린 전쟁에 졌어. 적어도 그 정도는 알겠지?"

"모르겠는걸."

"책임감 있는 장군이라면 전쟁을 벌써 그만뒀을 거야. 우리는 여기서 그저 헛된 전쟁을 하고 있을 뿐이야." 그가 되풀이해서 말했다. "부질없는 짓이야. 받아들일 만한 항복 조건도 물 건너갔어." 그는 점점 더 어두워지는 지평선을 향해 한쪽 손을 들어올렸다. "적은 이제 우리와 더 이상 협상을 하려고 하지 않아. 우리는 마치 아틸라나 칭기즈칸처럼 만행을 저질렀어. 우리는 모든 협정과 인간적인 법칙을 짓밟아 버렸어. 우리는……."

"그건 친위대 때문이야." 그래버가 절망적으로 외쳤다. 그는 임머만이나 자우어나 슈타인브레너를 피하고 싶어서 프레젠부르크를 만났던 것이다. 그와 함께 유서 깊고 평화로운 강변의 도시에 대해, 보리수나무가 있는 거리와 청춘에 대해 이야기하고 싶었다. 이제 모든 게 이전보다 악화되었고, 요즘은 모든 것이 저주받은 것 같았다. 그래서 다른 사람들한테서는 아무런 기대도 하지 않았지만, 혼란스러운 후퇴의 와중에 오래 만나지 못했던 프레젠부르크에게서는 위안을 받고 싶었다. 그런데 이제 그는 오랫동안 인정하고 싶지 않았던 것, 고국으로 돌아가 천천히 생각해 보려 했던 것, 가장 두려워하고 있었던 사실을 프레젠부르크로부터 직접 듣게 되었던 것이다.

"친위대." 프레젠부르크가 경멸조로 말했다. "우리는 다만 그들을 위해서 싸우고 있는 거야. 친위대, 게슈타포, 거짓말쟁이, 사기꾼, 광신자, 살인자, 미치광이, 이런 무리들이 일 년이나 더 권력을 장악할 수 있도록 말이야. 그 때문이야, 오직 그 때문이야. 전쟁은 이미 옛날에 졌거든."

점차 어두워졌다. 불빛이 새지 않도록 교회의 문은 닫혀 있었다. 가려놓은 창문에서 검은 그림자들이 어른거렸다. 지하 벙커도 방공호도 엄폐물로 차단되어 있었다. 프레젠부르크가 그쪽을 바라보았다. "우린 두더지가 됐어. 빌어먹을 우리 영혼까지도 말이야. 정말 멋지게 해낸 거야."

그래버는 윗옷 주머니에서 새 담배 한 갑을 꺼내 그에게 주려고 했으나 프레젠부르크는 거절했다. "너나 피워. 아니면 넣어 둬. 난 얼마든지 있으니까." 그래버는 고개를 가로저으면서 대꾸했다. "한 개비 피우지……."

프레젠부르크는 슬쩍 미소를 지으며 한 개비를 뽑았다. "언제 출발해?"

"나도 몰라. 아직 명령이 안 떨어졌어." 그래버는 연기를 깊이 들여 마셨다가 다시 토해 냈다. 담배가 있다는 건 고마운 일이었다. 때로는 친구보다도 좋았다. 담배는 사람을 혼란시키지 않았다. 담배는 말이 없으면서도 착했다. "나도 몰라." 그가 다시 말했다. "요즘엔 뭐가 뭔지 도무지 모르겠어. 이전에는 모든 게 분명했는데 이제는 모든 게 뒤죽박죽이야. 푹 잠들었다가 나중에 깨어났으면 좋겠어. 하지만 마음대로 되는 일은 아니지. 빌어먹을 나는 이제야 눈이 뜨이는 것 같아. 자랑할 일은 전혀 아니지만."

프레젠부르크는 손등으로 얼굴의 상처를 문질렀다. "괜찮아.

십 년 동안 놈들은 우리 귀에다가 북을 마구 쳐 대며 선동했어. 그래서 다른 소리를 듣기 어려웠던 거야. 마구 떠들지 않으니 조금도 전달되지 않았어. 특히 의문과 양심의 소리 말이야. 자네 폴만 선생을 아나?"

"역사와 종교를 배웠지."

"집으로 돌아가면 한번 찾아보게. 아직 살아 계실 거야. 내 안부도 전해 주고."

"그분이 살아 있지 않을 이유가 있겠어? 군인도 아닌데 말이야."

"아니지."

"그렇다면 살아 계시겠지. 예순다섯 이상은 아닐 거야."

"안부나 전해 주게."

"그래."

"이제 가 봐야겠어. 잘 지내게. 다시 볼 수 없을지도 모르는데."

"다시 돌아온다니까. 그리 길지도 않아. 겨우 삼 주야."

"그건 그래. 조심해."

"자네도."

프레젠부르크는 눈을 밟으며 터벅터벅 걸어서 파괴된 마을 바로 옆에 있는 자기 중대로 돌아갔다. 그래버는 그가 어스름 속으로 사라질 때까지 지켜보다가 마침내 발길을 돌렸다. 교회 앞에서 그는 어두운 개 그림자를 보았다. 문이 열리고 그 틈으로 아주 가느다란 불빛이 잠시 새어 나왔다. 입구에는 천막이 걸려 있었다. 약간의 불빛이 따뜻한 느낌을 주었다. 그 불빛이 왜 그곳에 있는지 모르는 사람이라면 그냥 집으로 돌아온 것으로 착각할 정도였다. 그는 개한테로 다가갔다. 개는 풀쩍 뛰며 물러섰다. 그래버는 훼손된 성상 두 개가 교회 바깥의 눈 속에 서 있는 것을 보았다. 그 옆에는 망가진 자전거가 있었다. 그것들은 밖으로 내던져진 게 분명했다. 안에서는 단 한 뼘의 공간도 아쉬우니까.

그는 부대가 주둔하고 있는 지하 참호 쪽으로 걸어갔다. 폐허 뒤로 흐릿한 저녁노을이 걸려 있었다. 교회에서 조금 떨어진 곳에 시체들이 놓여 있었다. 녹아 가는 눈 속에서 10월에 묻힌 시체 세 구를 발견했던 것이다. 그것들은 흐물흐물해져 반쯤은 흙이 되어 버린 것 같았다. 그 옆에는 오늘 오후 교회에서 죽은 부상병의 시체를 눕혀 놓았다. 시체들은 창백하고 적대적이고 낯설었으며 아직도 생을 체념하지 않은 것처럼 보였다.

4

모두들 잠에서 깨어났다. 지하 참호가 부르르 떨렸다. 귀가 쩡쩡 울렸다. 사방에서 부스러기와 파편이 쏟아졌다. 마을 뒤편의 고사포가 미친 듯이 사격을 했다.

"모두 밖으로!" 새로 온 보충병이 소리를 질렀다.

"조용! 불 켜지 마!"

"밖으로! 여기서 나가야 해!"

"멍청이! 어디로 나갈 거야? 조용! 제기랄, 너희들 모두 아직도 신병인가?"

쾅 하는 둔탁한 소리에 지하 참호가 다시 흔들렸다. 무언가가 어둠 속에서 허물어졌다. 돌과 쓰레기와 나무 파편이 후드득 사방으로 흩어졌다. 천장 틈새로 창백한 불빛이 번쩍거리며 지나갔다.

"사람들이 묻혔다."

"조용해! 벽이 조금 무너졌어."

"나가자! 꾸물거리다 묻혀 죽는다!"

희미하게 보이는 지하 참호 입구에 사람들의 그림자가 어른거렸다. "바보 같은 자식!" 누군가가 욕설을 퍼부었다. "여기 그대로 있어! 이곳에선 폭탄 파편을 피할 수 있어."

다른 사람들은 그 말에 귀를 기울이지 않았다. 단단하게 다져지지 않은 지하 참호를 믿을 수 없었던 것이다. 남아 있는 사람들이나 밖으로 뛰쳐나간 사람들이나 모두 옳았다. 이제 운명에 맡겨야 했다. 깔려 죽을 수도 파편에 맞아 죽을 수도 있었다.

그들은 기다렸다. 배고픔은 까맣게 잊어버리고 조심조심 숨을 쉬었다. 다음에 떨어질 폭탄을 기다렸다. 더 가까이에 떨어질 것이 분명했다. 하지만 폭탄은 떨어지지 않았다. 대신 몇 차례 연달아 폭발음이 들렸지만 훨씬 먼 곳이었다.

"제기랄!" 누군가가 욕설을 퍼부었다. "아군 전투기는 어디로 갔지?"

"영국 하늘로 갔겠지."

"닥쳐!" 뮈케가 소리 질렀다.

"스탈린그라드겠지!" 임미민이 말했다.

"닥치라니까!"

잠시 대공포가 사격을 멈춘 사이에 프로펠러 소리가 들려왔다. "이제 왔어! 아군 비행기야!" 슈타인브레너가 외쳤다.

모두들 긴장하며 귀를 기울였다. 기관포 소리가 요란하게 들리더니 폭발음이 연달아 세 차례 들려왔다. 마을 바로 뒤쪽이었다. 한 줄기 창백한 빛이 지하 참호를 스친다고 생각하는 순간 백, 적, 녹색의 빛이 미친 듯이 소용돌이쳤고 뇌성과 번갯

불과 암흑 속에서 땅이 솟구치더니 사방으로 흩어졌다. 그리고 순간 잠잠해지는 듯하더니 밖에서 찢어질 듯 비명이 터져 나왔고, 지하 참호의 벽이 삐걱거리는 소리와 함께 무너져 내렸다. 그래버는 석회질 비를 온몸에 뒤집어쓰면서 두 손을 더듬거려 앞으로 나아갔다. 교회에 명중한 것 같았다. 너무도 텅 빈 느낌이어서, 자신의 존재가 마치 껍질로만 이루어지고 다른 것은 모두 밖으로 빠져나간 것 같았다. 지하 참호의 입구는 그대로였다. 마비되었다가 다시 뜨인 두 눈에 보인 그의 몸은 온통 잿빛이었다. 그는 몸을 움직여 보았다. 다친 데는 없었다.

"제기랄! 바로 옆이야. 지하 참호가 폭삭 주저앉은 것 같아." 자우어가 그의 곁에서 말했다.

그들은 살금살금 기어 나왔다. 바깥이 다시 소란스러워졌고 뮈케의 호령 소리가 그 소리와 뒤섞여 들려왔다. 날아온 돌에 이마를 맞았는지, 깜박거리는 불빛 아래 보이는 그의 얼굴에는 검은 피가 흘러내리고 있었다. "빨리빨리! 모두들! 파내! 누가 없는 거야?"

아무도 대답하지 않았다. 너무도 멍청한 질문이었다. 그래버와 자우어는 파편과 돌덩어리를 들어 올렸다. 작업은 더뎠다. 쇠기둥과 커다란 돌덩어리가 앞을 가로막았고, 거의 아무것도 분간할 수 없었다. 보이는 건 오로지 희미한 하늘과 폭발로 인한 화염뿐이었다.

그래버는 모르타르 파편을 헤치며 무너진 지하 참호의 벽을 따라 기어갔다. 코앞으로 쓰레기 더미를 스쳐 지나가면서 두 손으로 주위를 더듬었다. 그는 소음 사이로 외침이나 신음 소리를 들으려고 귀를 쫑긋 기울였다. 폐허 속에 왠지 인간의 수족이 있을 것 같은 느낌이 들었다. 어쨌거나 운에 맡기고 찾는 것보다는 그런 방법이 더 나았다. 파묻힌 사람들을 구하는 일에는 시간이 중요하니까.

갑자기 움직이는 손이 눈에 띄었다. "여기 누가 있다!" 그래버가 소리를 질렀다. 그러고는 바닥을 파헤치며 머리를 더듬어 찾았고, 머리가 잡히지 않자 손을 잡아당겼다. "어디 있는 거야? 말해 봐!"

"여기." 생매장된 사내가 사격이 중지된 순간에 그의 귓전에 대다시피 하고 속삭였다. "잡아당기지 마. 눌려 있어."

손이 다시 움직였다. 그래버가 모르타르를 파헤치자 얼굴이 보였다. 그는 손으로 입을 더듬어 보았다. "여기다! 누구 좀 와 줘!" 그가 소리쳤다.

자리가 비좁아서 겨우 몇 사람만 파내는 작업을 할 수 있었다. 그래버는 슈타인브레너의 목소리를 들었다. "저리 가! 얼굴 밟지 마! 여기서부터 파내자!"

그래버가 옆으로 비켰다. 다른 사람들은 암흑 속에서 서둘러 작업을 계속했다. "이건 누구지?" 자우어가 물었다.

"모르겠어." 그래버가 아래로 머리를 숙였다. "누구냐?" 파묻힌 사내는 무어라고 말을 했으나 그래버는 알아들을 수 없었다. 그 옆에서 다른 사람들은 작업을 계속했다. 그들은 쓰레기 더미를 파헤치거나 들어내고 있었다. "아직 살았나?" 슈타인브레너가 물었다.

그래버가 얼굴을 쓰다듬었지만 아무런 반응이 없었다. "모르겠어. 몇 분 전에는 살아 있었는데." 그가 말했다.

소음이 다시 들려왔다. 그래버는 묻혀 있는 사내의 얼굴 가까이로 몸을 숙였다. “곧 꺼내 줄게! 내 말이 들려?”

그는 미세하나마 볼에 숨결을 느꼈지만 확신할 수는 없었다. 슈타인브레너와 자우어, 슈나이더는 그의 뒤에서 헉헉거리며 숨을 내쉬었다.

“아무 반응도 없어.”

“더 이상은 불가능해.” 자우어가 야전삽을 불쑥 앞으로 내밀자 철커덩하는 소리가 났다. “여기 쇠기둥이 있어. 돌도 너무 크고. 불과 연장이 있어야겠어.”

“불은 안 돼! 불을 켜면 그대로 끝이야!” 뮈케가 소리를 질렀다.

공습 중에 불을 켜면 자살행위라는 것을 그들은 알고 있었다. “멍청이!” 슈나이더가 욕설을 뱉었다.

“이 상태론 안 되겠어. 보일 때까지 기다려야 해.”

“그래.”

그래버는 벽에 기대 쪼그리고 앉아서 하늘을 올려다보았다. 요란한 소리가 하늘에서 지하 참호 속으로 쏟아져 들어왔다. 아무것도 분간할 수 없었다. 눈에 보이지 않는, 울부짖는 죽음의 소리만 들려왔다. 유별난 것도 아니었다. 오래전부터 종종 예상하긴 했지만 이제 상황은 점점 더 악화되었다.

그는 손바닥으로 미지의 얼굴을 조심스럽게 쓰다듬었다. 이제 쓰레기와 먼지는 치웠다. 그래버는 다시 한 번 입술을 더듬었고, 이어서 이를 만져 보았다. 살짝 손가락이 물리는 느낌이 들더니 차츰 더 세어지다가 갑자기 힘이 빠져 버렸다. “아직 살아 있어!” 그가 말했다.

“연장을 찾으러 두 사람이 갔다고 말해 줘.”

그래버는 다시 입술을 더듬었지만, 더 이상 반응이 없었다. 그래버는 파편 더미 속을 더듬어 손을 찾아내고는 꼭 쥐었다. 그게 그가 할 수 있는 전부였다. 그렇게 앉아서 공습이 끝날 때까지 기다렸다.

그들은 연장을 가지고 와서 파묻힌 사내를 파냈다. 라메르스였다. 안경을 낀 빼빼 마른 병사였다. 1미터쯤 떨어진 바닥에서 안경도 발견되었는데, 깨지지 않고 그대로였다. 하지만 라메르스는 죽었다.

그래버는 슈나이더와 함께 보초를 섰다. 안개는 자욱했고 화약 냄새가 풍겼다. 교회의 한쪽은 무너져 있었다. 중대장 숙소도 마찬가지였다. 그래버는 라에가 죽었을지도 모른다고 생각했다. 그 순간 건물 뒤 어스름한 곳에서 홀쭉한 모습의 라에가 보였다. 그는 교회에서 정리 작업을 감독하고 있었다. 부상병 중 일부는 매장되었고, 나머지는 밖에 뉘어 있었다. 그들은 땅에 깔아 놓은 모포나 천막 위에 누워 있었다. 그들의 눈은 하늘을 향하고 있었다. 도움을 청하기 위해서가 아니라 하늘이 두려워기 때문이었다. 그래버는 새로 생긴 폭탄 구덩이들을 지나갔다. 구덩이들은 냄새를 풍겼고, 눈 속에서 밑바닥도 없는 듯 검게 보였다. 안개가 구덩이 속까지 기어 들어갔다. 무덤이 있는 언덕 가까이에는 보다 작은 구덩이가 하나 있었다.

"저건 무덤으로 사용할 수 있겠어. 저기에 가득 찰 만큼 시체가 충분해." 슈나이더가 말했다.

그래버가 고개를 가로저었다. "저걸 메울 흙은 어디서 가져오고?"

"구덩이 가장자리를 파내면 돼."

"소용없어. 그래 봤자 지면보다 무덤이 더 낮을 거야. 무덤을 새로 파는 게 더 간단해."

슈나이더가 그의 붉은 수염을 문질렀다. "무덤은 늘 지면보다 높아야 하는 거야?"

"아니겠지. 관습일 거야."

그들은 앞으로 걸어갔다. 그래버는 라이케의 무덤에 십자가가 없는 걸 발견했다. 폭발 때문에 간밤에 어디론가 날아가 버렸을 것이다.

슈나이더는 걸음을 멈추고 귀를 기울였다. "네 휴가는 글렀군." 그가 말했다.

두 사람은 다시 귀를 기울였다. 전선이 갑자기 활기를 띠었다. 낙하산 조명탄과 로켓탄이 지평선 위에 걸려 있었다. 포화는 점점 더 심해지고 규칙적으로 변했다. 지뢰가 쿵 하고 터지는 소리도 계속 들려왔다. "집중 포격이야." 슈나이더가 말했다. "이건 우리가 다시 전선으로 배치된다는 거지. 휴가는 끝이야."

"그래."

그들은 계속해서 귀를 기울였다. 슈나이더의 말 그대로였다. 지금 들려오는 소리로 보아 국지전이 아닌 것 같았다. 불안정한 전선에서 주도권을 쥐기 위한 격렬한 사전 포격이었다. 내일 아침에 총공격이 시작될 것이다. 날씨는 밤새 안개가 끼어 앞을 분간하기 어려웠다. 러시아군은 우리 중대 병사가 마흔두 명이나 전사했던 이 주 전처럼 안개 뒤에서 돌진해 올 것이다.

휴가는 날아가 버렸다. 그래버는 안 그래도 휴가를 믿지 않았다. 그래서 부모님에게도 편지를 쓰지 않았던 것이다. 입대 후 단 두 번 휴가를 나갔는데, 그 두 번째 휴가도 오래전 일이라 가물가물할 뿐이었다. 거의 이 년 전 일이었다. 이십 년과도 같은 이 년이었다. 하지만 모든 건 그대로였다. 속았다는 생각은 들지 않았다. 다만 허무할 뿐이었다.

"어느 쪽으로 돌 텐가?" 그가 슈나이더에게 물었다.

"어디든. 오른쪽으로 가 볼까?"

"좋아. 그럼 난 왼쪽으로."

다시 안개가 끼었고 어느새 점점 더 짙어졌다. 걸쭉한 우유 수프 한가운데를 건너는 것 같았다. 수프는 목까지 차올라 찰랑거리며 차가운 요리를 제공했다. 슈나이더의 머리는 그 수프 위에서 헤엄쳐 가고 있었다. 그래버는 마을 주위로 커다란 원을 그리며 오른쪽으로 돌았다. 마을은 안개 속에서 이따금 가라앉았다 다시 떠올랐다. 그는 우윳빛 가장자리에서 일고 있는 전선의 알록달록한 불꽃을 바라보았다. 포격은 점점 더 거세졌다.

얼마나 걸었을까. 갑자기 총성이 몇 발 들렸다. 슈나이더구나 하는 생각이 들었다. 신경과민으로 그랬을 것 같았다. 그때 다시 총성이 몇 발 들렸고, 외치는 소리도 들렸다. 그는 몸을 앞으로 수그리고 안개 속에 몸을 숨긴 채 총을 겨누었다. 다시 부르는 소리가 가까이서 들렸다. 누군가가 그의 이름을 불렀다. 그는 대답하지 않았다.

"어디 있는 거야?"

"여기다."

그는 잠시 안개 밖으로 얼굴을 내밀었다가 안전을 위해 재빨리 옆으로 비켜섰다. 아무도 총을 쏘지 않았다. 이제 아주 가까운 곳에서 목소리가 들렸다. 그러나 안개가 자욱하고 또 밤중이라 좀체 거리를 가늠하기 어려웠다. 그때 슈타인브레너의 모습이 나타났다.

"개자식들! 놈들이 슈나이더를 잡았어. 머리를 쐈어!"

게릴라들이었다. 안개 속에 침투했던 것이다. 슈나이더의 붉은 수염이 좋은 표적이 된 것 같았다. 놈들은 중대원들이 모두 잠들었을 거라고 생각했을 텐데 발굴 작업으로 예상이 어긋났던 것이다. 하지만 그들은 슈나이더를 사살했다.

"한 패거리가 왔다 갔어! 하지만 이 빌어먹을 수프 때문에 추적할 수는 없어!"

슈타인브레너의 얼굴은 안개에 젖어 축축했고, 눈에는 불꽃이 튀었다. "2인 1조로 다시 순찰한다. 라에의 명령이야. 너무 멀리 가지 않도록." 그가 말했다.

"알았다."

그들은 서로 알아볼 수 있는 간격을 유지했다. 슈타인브레너는 안개 속을 예의 주시하면서 조심스럽게 전진했다. 그는 유능한 병사였다. "한 놈 잡고 싶어, 한 놈 낚아야 해." 그가 속삭였다. "여기 안개 속에서 멋지게 해치울 수 있어. 찍소리도 못하게 입에 헝겊을 틀어막고, 팔과 다리를 묶은 다음 일을 벌이는 거야! 눈알을 찢지 않고 통째로 뽑아낼 수 있다는 걸 넌 잘 모를 테지." 그는 무언가를 천천히 으스러뜨리는 듯한 손놀림을 보여 주었다.

"아니, 그럴 수 있을 것 같아." 그래버가 말했다.

그는 슈나이더를 생각했다. 만일 그가 오른쪽이 아니라 왼쪽으로 돌았더라면 놈들은 나를 잡았겠지. 하지만 안도감 같은 것은 들지 않았다. 그와 비슷한 일이 이전에도 여러 번 있었다. 병사들은 그저 우연히 살아남았다.

그들은 다른 조와 교대할 때까지 수색했지만 아무도 발견하지 못했다. 전선에서 사격 소리가 들려왔다.

기관총이 재봉틀처럼 타타타타 소리를 냈다. 공격이 시작되었다. "드디어 시작이다!" 슈타인브레너가 외쳤다. "최전선에 있었더라면! 이런 공격에는 보충 병력이 많이 필요해. 며칠 만에 하사관이 된다니까."

"아니면 탱크에 깔려 빈대떡이 되겠지."

"이런, 멍청이! 그따위 생각을 하다니! 그랬다간 출세는 말짱 꽝이야. 최전선이라고 모두 다 죽는 건 아니야."

"물론, 아니지. 그렇다면 전쟁이란 게 있을 수도 없을 테니까."

그들은 지하 참호로 다시 기어 들어갔다. 슈타인브레너는 모포를 펼쳐 잠자리를 만들고 그 위에 누웠다. 그래버는 그를 유심히 바라보았다. 이 스무 살 사내 혼자서 소잡병 십여 명이 해치운 것보다 더 많은 사람을 죽이지 않았던가. 전투에서가 아니라 후방의 집단 수용소에서. 그는 자신만의 방법으로 사람들을 무자비하게 살해한 일을 여러 차례 자랑하기까지 했다.

그래버는 몸을 눕히고 자려 했지만 좀처럼 잠을 이룰 수 없었다. 그는 전선에서 들려오는 굉음에 귀를 기울였다. 슈타인브레너는 이내 잠이 들었다.

날이 밝았다. 잿빛이고 축축했다. 전선이 요동쳤다. 탱크가 출동했다. 남쪽 전선은 이미 뒤로 밀렸다. 비행기는 굉음을 내며 날았고 수송대는 평원을 달려갔다. 부상병들이 후송되었다. 중대는 투입 명령을 기다렸다.

그래버는 10시에 라에의 호출을 받았다. 중대장이 새로 옮긴 숙소는 아직 남아 있던 석조 가옥의 또 다른 구석이었다. 그리고 숙소 옆이 사무실이었다.

라에의 사무실은 평지에 있었다. 다리가 세 개인 의자, 담요 몇 장이 위에 얹혀 있는 부서진 난로, 야전 침대 그리고 탁자 하나가 가구의 전부였다. 깨진 창문으로 폭탄 구덩이가 보였다. 유리창에는 마분지가 발려 있었다. 실내는 차가웠다. 탁자 위에는 커피와 알코올램프가 있었다.

"자네의 휴가 통지서가 왔어." 라에가 말했다. 그러고는 손잡이가 없는 알록달록한 잔에다 커피를 따랐다. "허가가 난 거야. 어때, 놀랐지?"

"예, 중대장님."

"나도 그래. 휴가증은 책상 위에 있어. 직접 가져와. 즉시 떠날 수 있도록 준비하고, 또 자동차 편도 있는지 알아보게. 사실 나는 모든 휴가가 금지되기를 늘 바라고 있네. 자네가 가버리고 나면, 자네는 여기 없는 거니까 말이야. 알겠어?"

"예, 중대장님."

라에는 무엇인가 더 말하고 싶은 눈치였다. 그러나 곰곰이 생각하더니 탁자 옆을 돌아와 그래버에게 악수를 청했다. "잘 다녀오게. 빨리 출발하도록 준비하게. 자네는 휴가가 오래 연기되었어. 갈 자격이 충분해."

라에는 몸을 돌려 창 쪽으로 갔다. 창은 그의 키에 비해 너무 낮았다. 그는 바깥을 보기 위해 몸을 숙여야 했다.

그래버는 되돌아 나왔고, 숙소를 빙 둘러 사무실로 갔다. 창문 옆을 지나다 안을 보니 라에의 훈장들이 보였다. 그러나 그의 머리는 보이지 않았다.

서기병은 스탬프가 찍히고 서명이 된 증서를 넘겨주었다. "횡재했군! 결혼한 것도 아닌데, 어째서!" 그가 무뚝뚝하게 말했다.

"기혼자는 아니야. 하지만 이 년 만에 가는 휴가야."

"어쨌든 재수야." 행정병이 다시 말했다. "이렇게 전투가 심한데!"

"내가 선택한 건 아니야."

그래버는 지하 참호로 들어갔다. 그는 휴가를 가리라고는 생각조차 않았기 때문에 소지품을 꾸려 놓지 않았다. 사실 소지품도 별로 없었다. 그래서 그는 신속하게 채비를 마쳤다. 에나멜 칠을 한 러시아제 성상이 하나 있었다. 어디선가 발견하고 어머니께 드리려 보관해 두었던 것이었다.

인기척이 있어 올려다보니 히르쉬란트가 앞에 서 있었다. 그는 종이쪽지를 들고 있었다.

"뭐야?" 그래버는 그렇게 물으면서 생각했다. 휴가 취소! 그들이 마지막 순간에 나를 붙잡는구나.

히르쉬란트가 주위를 둘러보았다. 지하 참호에 다른 사람은 없었다.

"출발해?" 그가 나지막한 목소리로 말했다.

그래버는 안도의 한숨을 쉬었다. "그래." 그가 대답했다.

"여기 주소가 있으니 가족들에게 내 안부를 전해 주지 않겠어?"

"왜? 네가 직접 편지를 쓸 수도 있잖아?"

"물론, 쓰고말고." 히르쉬란트가 낮은 목소리로 말했다. "늘. 하지만 그들은 나를 믿지 않아. 어머니는 나를 안 믿어. 어머니는……."

그는 말을 멈추고 그래버에게 쪽지를 건네주었다. "여기에 주소가 있어. 중대원 중의 하나가 와서 말하면 믿을 거야. 알겠지? 어머니는 내가 지원할 거라고는 믿지 않거든……."

"그래. 알겠어." 그는 쪽지를 받아 급료부 속에 넣었다. 히르쉬란트는 담배 한 갑을 꺼냈다. "이거, 여행 가면서 피워."

"왜?"

"나는 담배 안 피워."

그래버가 그를 올려다보았다. 사실이었다. 히르쉬란트가 담배 피우는 것을 본 적이 없었다. "고마워." 그렇게 말하면서 그래버는 담배를 받아들었다.

"아무 말도 하지 말고……." 히르쉬란트가 전선을 가리켰다. "우리가 푹 쉬고 있다는 말만 전해 줘"

"그래. 그것 말고 무슨 말을 할 수 있겠어"

"좋아. 고마워."

히르쉬란트는 재빨리 사라졌다.

고마워? 무엇 때문에 고맙다는 거야? 그래버가 생각했다.

그는 구급차의 빈 좌석에 겨우 자리를 잡았다. 부상병을 가득 태운 구급차가 눈구덩이에 빠졌고, 조수석에 있던 병사가 좌석에서 내동댕이쳐지는 바람에 팔이 부러졌다고 했다. 그래서 그래버가 그 자리를 차지할 수 있었던 것이다.

차는 말뚝 울타리와 짚단으로 표시를 해 놓은 도로를 따라 달렸다. 그리고 우회하면서 다시 마을 옆을 지나갔다. 그래버는 교회 앞 마을 공터에 중대가 정렬해 있는 것을 보았다. "저기 있는 병사들은 전방으로 가야 해. 투입되는 거야. 제대로 걸려든 거지! 큰일이야. 러시아군은 그 많은 대포를 어디서 몰고 온 거지?" 운전병이 말했다.

"그러게……."

"그들은 탱크도 충분해. 도대체 어디서 말이야?"

"미국. 아니면 시베리아겠지. 그곳에 공장이 무더기로 있다더군."

운전병은 구덩이에 빠져 꼼짝도 못하고 있는 화물차를 피해 갔다. "러시아는 너무 넓어. 내 말하지만 너무 넓어. 여기만 오면 길을 잃는 거야."

그래버는 고개를 끄덕이면서 헝겊으로 장화를 닦았다. 그 순간 그래버는 자신이 탈주병 같다는 생각이 들었다. 다른 중대원은 모두 마을 공터에 있는데 그 혼자만 집으로 돌아가는 중이었다. 그들은 전선으로 출동해야 했다. 하지만 나는 휴가를 받을 만한 자격이 있어, 하고 그는 생각했다. 라에도 그렇게 말하지 않았던가. 그런데 내가 왜 이런 생각을 하고 있는 걸까? 누군가가 쫓아와서 나를 도로 데려갈까 걱정하는 터에 말이야.

몇 킬로미터가량 달리자 부상병을 실은 차가 미끄러져 눈 속에 처박혀 있는 것이 보였다. 그들은 차를 세우고 차 안의 들것을 살펴보았다. 두 사람이 죽어 있었다. 그들은 시체를 내리고 대신 다른 차에 있던 부상병 셋을 태웠다. 그래버도 협조해서 그들을 태웠다. 두 사람은 다리가 절단되었고, 세 번째 사람은 얼굴에 총상을 입어서 앉아 있을 수 있었다. 뒤에 남겨진 사람들은 욕설을 퍼붓거나 비명을 질러 댔다. 그들도 들것에 실린 환자들이었지만 자리가 없었다. 그들 모두 부상병의 공포를 느낀다는 점에서는 마찬가지였다. 마지막 순간에 전쟁의 희생자로 버려질지 모른다는 공포감.

"무슨 일이 있었나?" 운전병이 내내 처박혀 있었던 운전수에게 물었다.

"차축이 끊어졌어."

"차축 절단이라고? 눈 속에서?"

"콧구멍을 후비다가 손가락을 부러뜨린 사람 이야기도 못 들었어? 정말 못 들은 거야? 이 풋내기야."

"좋아. 어쨌든 너는 그래도 운이 좋아. 제대로 된 겨울이 아니어서 말이야. 그랬다면 모두 얼어 죽었을 테지."

그들은 계속 달렸다. 운전병이 등을 뒤로 젖히며 말했다. "두 달 전에 이런 일이 있었지. 기어가 망가진 거야. 차는 아주 천천히 달릴 수밖에 없었고, 들것에 누워 있던 부상병들은 모두 꽁꽁 얼어 버렸어. 아무것도 할 수 없었지. 겨우 도착해서 보니 여섯 사람이 살아 있었어. 물론 손도 발도 코도 꽁꽁 언 채로 말이야. 러시아에서 부상을 입는다는 것, 그것도 겨울에 부상을 입는다는 건 장난이 아니야." 그는 잎담배를 꺼내서 씹었다. "걸을 수 있는 부상병들은 걸었지! 밤중에, 그 추위에 말이야. 그들은 우리 차를 덮치려 했어. 문과 발판에 벌떼처럼 마구 매달렸어. 발길로 차 버릴 수 밖에 없었지."

그래버는 건성으로 고개를 끄덕이며 주위를 둘러보았다. 마을은 더 이상 보이지 않았다. 눈보라 뒤로 사라졌다. 보이는 건 먼 하늘과 벌판뿐이었다. 차는 서쪽으로 달렸다. 한낮이었다. 태양은 잿빛 뒤로 흐릿하게 보였고, 눈은 희미하게 반짝거렸다. 그때 갑자기 가슴속에 뜨거운 그 무엇이 솟구쳐 올랐다. 비로소 탈출했다는 느낌, 죽음으로부터 멀어져 간다는 느낌이 들었다. 그는 바퀴에 눌려 사라져 버리는 눈을 물끄러미 바라보았다. 1미터 1미터 멀어질수록 1미터 1미터의 안전이 확보되었다. 서쪽으로, 고향으로, 구원의 지평선 너머에 있는 불가사의한 삶을 향하여 그는 달려갔다.

운전병이 기어를 바꾸느라 그의 옆구리를 쿡 찔렀다. 그래버는 움찔했다. 그는 주머니를 더듬어 담배 한 갑을 끄집어냈다. 히르쉬란트가 준 것이었다.

"이거 받아."

"고마워." 운전병이 쳐다보지도 않은 채 대꾸했다. "나는 안 피워. 그냥 씹거든."

5

협궤 열차가 멈추어 섰다. 위장해 놓은 작은 정거장이 햇빛 아래 서 있었다. 주변에 있던 몇 채의 집들은 폐허만 남아 있었다. 그 대신 임시 막사가 몇 개 세워졌는데, 지붕과 벽은 모두 위장 색으로 칠해져 있었다. 선로에는 철도 차량들이 대기하고 있었고 러시아인 포로들이 짐을 옮기고 있었다. 협궤 열차는 이 역에서 본선과 연결되었다.

부상병은 막사 한 곳으로 옮겨졌다. 걸을 수 있는 병사들은 거칠게 다듬은 목재 벤치에 쪼그리고 앉았다. 휴가병도 몇 명 도착했다. 그들은 되도록 표시내지 않으려고 애를 썼다. 눈에 띄어 복귀 명령을 받을까 두려웠던 것이다.

피곤한 하루였다. 희미한 등불이 눈밭 위에 어른거리며 흔적을 남겼다. 멀리서 비행기 엔진이 웡웡거리는 소리가 들려왔다. 공중에서 나는 소리는 아니었다. 아마도 근처에 은폐된 비행장이 있는 모양이었다. 잠시 후 비행 편대가 정거장 위를 지나 상승하기 시작했는데, 마치 종달새 한 무리가 나는 것 같았다. 그래버는 깜박 졸았다. 종달새로구나, 하고 그래버는 생각했다. 평화. 그는 야전 헌병 두 명이 외치는 소리에 깜짝 놀랐다. "휴가증!"

그들은 건강하고 힘차 보였으며, 위험에 처해 본 경험이라곤 없는 사람들처럼 절도가 있었다. 군복은 단정하고 총기는 번들번들 빛을 발했으며, 둘 다 휴가병들보다 몸무게가 최소한 10킬로그램은 더 나가는 것 같았다.

병사들은 말없이 휴가증을 꺼내 보였다. 헌병들은 그것들을 하나하나 꼼꼼하게 조사하고 난 후에 돌려주었다. 그들은 또한 급료부도 제시할 것을 요구했다.

"너희들은 제3막사에서 식사를 한다." 나이 많은 헌병이 마침내 말했다. "깨끗이 씻어라. 도대체 꼴들이 그게 뭐냐! 돼지 새끼 같은 몰골로 고향에 갈 참이냐?"

병사들은 제3막사 쪽으로 천천히 걸어갔다. "개자식들!" 꺼칠한 검은 수염의 사내가 욕설을 내뱉었다. "주둥이만 번지르르하지. 총 한 방 안 쏘면서! 우릴 죄인 취급해?"

"스탈린그라드에서 저놈들이 말이야, 소속 연대에서 낙오된 병사들을 탈영병으로 몰아 수십 명이나 사살했어." 다른 병사가 말했다.

"자네 스탈린그라드에 있었나?"

"거기 있었다면 내가 지금 여기 있을 수 있겠어? 그곳은 포위돼서 단 한 사람도 도망칠 수 없었어."

"이봐! 일선에선 멋대로 지껄였지만, 여기는 사정이 달라. 뭐가 몸에 좋은지 안다면 지금부터는 주둥이 닥치는 게 좋아. 알겠어?” 나이가 좀 든 하사관이 말했다.

그들은 반합을 들고 줄을 섰다. 한 시간 이상 기다려야 했다. 아무도 자리를 뜨지 않았다. 추웠지만 그들은 기다렸다. 그런 일에는 이미 만성이 되어 있었다. 마침내 수프를 한 국자씩 받았지만, 거기에는 고기 약간과 채소 그리고 감자 몇 조각만이 떠 있었다. 헌병들을 욕했던 병사는 조심스럽게 주위를 살폈다. 스탈린그라드에 있은 적이 없었다던 병사도 주위를 조심스럽게 둘러보며 말했다. “헌병들도 이런 걸 먹을까?”

“이 사람아, 쓸데없는 걱정 마.” 하사관이 비웃으며 말했다.

그래버는 수프를 먹었다. 그래도 따뜻하긴 하다고 생각했다. 집에 돌아가면 어머니가 다른 요리를 해 주실 거야. 양파와 감자를 곁들인 구운 소시지, 그리고 후식으로 바닐라 소스를 뿌린 딸기 아이스크림도 먹을 수 있을 거야.

그들은 밤까지 기다려야 했다. 헌병이 다시 조사를 했다. 부상병들이 점점 더 많이 도착했다. 한 무리가 새로 도착할 때마다 휴가병들은 신경이 곤두섰다. 뒤에 남겨질지도 모르기 때문이었다. 마침내 자정이 지나서야 열차가 편성되었다. 날씨는 점점 더 추워졌고 하늘의 별들은 더 밝게 빛났다. 그들은 별을 원망했다. 별빛에 비행기의 시계(視界)가 양호해지기 때문이었다. 자연 그 자체는 이미 오래전부터 아무 의미가 없었다. 다만 전쟁과 결부되어야만 좋고 나쁨이 결정되었다.

우선 부상병들이 열차에 실렸다. 그들 중 세 사람은 다시 내려졌다. 이미 죽었기 때문이었다. 들것은 승강장에 놓여 있었고 죽은 자들의 들것에는 담요가 없었다. 어디에도 등불은 보이지 않았다.

다음은 보행이 가능한 부상자들 차례였다. 그들은 세밀하게 조사를 받았다. 저들과는 함께 타지 말아야겠다고 그래버는 생각했다. 수가 너무 많아. 기차가 꽉 찼어. 그의 시선은 멍하니 밤을 향하고 있었다. 가슴이 두근거렸다. 머리 위에서는 눈에 보이지 않는 비행기들이 윙윙거렸다. 아군기라는 것을 알았지만 두려움을 떨칠 수 없었다. 전선에 있을 때보다도 오히려 더 두려웠다.

"휴가증!" 마침내 누군가가 소리를 질렀다.

휴가병들은 서둘러 앞으로 나갔다. 헌병이 다시 그곳에 서 있었다. 모두들 오후 마지막 점검 때 발급받았던 쪽지를 다시 제시해야 했다. 열차에 올라타니 부상병 몇 사람이 이미 앉아 있었다. 휴가병들은 서로 밀치고 부딪쳤다. 헌병이 고함을 질렀다. 모두들 다시 내려 정렬을 해야 했고, 그러고는 다른 칸으로 끌려갔다. 거기에도 마찬가지로 부상병들이 쪼그리고 앉아 있었다. 그들도 승차를 허락받았던 것이다. 그래버는 가운데에 자리를 잡았다. 창가에 앉고 싶지 않았다. 포탄 파편에 맞아 무슨 꼴은 당할지 몰랐다.

기차는 출발하지 않았다. 객실 안은 어두웠다. 모두들 기다렸다. 바깥은 조용해졌다. 하지만 기차는 그대로 서 있었다. 헌병 둘이 병사 한 명을 끌고 가는 것이 보였다. 러시아인 한 무리가 탄약 상자를 끌면서 지나갔다. 이어서 친위대 몇 명이 시끄럽게 떠들며 다가왔다. 기차는 여전히 움직이지 않았다. 부상병들이 처음으로 욕설을 퍼붓기 시작했다. 그들은 그럴 만한 권리가 있었다. 그들에게는 당분간 아무 일도 벌어지지 않을 것이기 때문이었다.

그래버는 머리를 뒤로 기댔다. 기차가 출발하면 눈을 뜰 생각으로 눈을 붙이려고 했다. 하지만 잠이 오지 않았다. 그는 온갖 소리에 귀를 기울였다. 어둠 속에서도 사람들의 눈이 보였다. 밖에서 비쳐 들어오는 희미한 눈빛과 별빛에 눈동자들이 반짝였던 것이다. 얼굴을 분간할 수 있을 만큼 밝은 빛은 아니었다. 오로지 눈동자만 구분되었다. 객실 안은 어둠과 불안한 눈동자들로 가득했고 간간이 희끄무레한 붕대가 눈에 띄었다.

기차가 덜커덩 소리를 내며 움직였다가 다시 멈추어 섰다. 고함 소리가 들렸고, 잠시 후 문이 쾅 하고 닫히는 소리가 났다. 들것 두 개가 다시 승강장에 내려졌다. 두 사람이 더 죽었던 것이다. 산 사람을 위해 자리 두 개가 생긴 거라고 그래버는 생각했다. 마지막 순간에 새로 탈 사람들이 와서 우리가 내리는 일만은 없어야 할 텐데! 모두들 똑같은 생각을 하고 있었다.

기차가 다시 움직였다. 승강장이 옆으로 천천히 미끄러져 지나갔다. 헌병, 포로들, 친위대, 상자 더미가 지나갔고, 이어서 갑자기 들판이 나타났다. 모두들 머리를 수그려 밖을 내다보았다. 아직도 믿을 수 없었다. 기차가 언제 다시 설지도 몰랐다. 그러나 기차는 미끄러지듯 계속 달렸다. 불규칙하게 덜커덩거리던 것이 차츰 규칙적인 리듬으로 변해 갔다. 탱크와 대포가 보였다. 물끄러미 기차를 바라보는 군인들도 보였다. 그래버는 갑자기 심한 피로를 느꼈다. 집으로 가는 거라고 생각했다. 집으로. 오, 하느님. 감히 기뻐할 수도 없네요.

새벽녘에 눈이 내렸다. 커피를 배급받기 위해 기차가 정거장에 멈추어 섰다. 작은 도시의 외곽에 있는 정거장이었다. 도시는 텅 비었고, 시체가 들것에 실려 운반되고 있었다. 기차가 선로를 바꾸었다. 그래버는 커피 대용품을 받아 들고 자기 자리로 뛰어서 돌아왔다. 빵도 타러 가야 하지만 마음 놓고 자리를 비울 수 없었다.

순찰 헌병들이 경상자를 찾아내기 위해 기차 안을 뒤졌다. 경상자들은 이 도시의 군용 병원에 남아야 했다. 이 소식이 기차 안에 빠르게 퍼지면서 팔을 다친 병사들은 몸을 숨기기 위해 변소로 몰려들었다. 그들은 서로 먼저 들어가려고 필사적이었다. 문이 닫히려 하자 그들은 미친 듯이 서로 끌어당기며 절망적으로 발버둥치기 시작했다. "왔다!" 누군가가 밖에서 소리를 질렀다.

뒤엉킨 실타래가 풀어지듯 그들은 흩어졌다. 두 사람이 변소 안으로 들어가서 쾅 하고 문을 닫았다. 밀고 밀치는 와중에 쓰러졌던 병사는 부목을 댄 자신의 팔을 쳐다보았다. 좁다란 붉은색 자국이 점점 더 커졌다. 또 한 병사는 승강장과 반대쪽의 문을 열고는, 눈보라 속으로 비칠거리며 내려갔다. 그러고는 기차 바깥쪽에 몸을 바싹 붙이고 숨었다. 나머지 사람들은 그냥 앉아 있었다.

"문 닫아!" 누군가가 외쳤다. "안 그러면 금방 발각돼."

그래버가 문을 닫아 주었다. 아래쪽에 쪼그리고 앉아 있는 사내의 창백한 얼굴이 휘몰아치는 눈보라 사이로 잠시 보였다. "난 집으로 돌아가고 싶어!" 붕대에서 핏방울이 뚝뚝 떨어지고 있는 부상병이 말했다. "나는 두 번씩이나 빌어먹을 야전 병원으로 후송되었는데, 그때마다 전선으로 돌아가야 했어. 요양 휴가도 없이 말이야. 고향으로 가고 싶어. 나는 그럴 자격이 있어."

그는 건강한 휴가병들을 증오에 찬 눈길로 노려보았다. 아무도 대꾸하지 않았다. 이윽고 순찰병이 왔다. 두 사람은 칸막이 객실을 조사했고, 다른 몇 명은 밖에서 하차 명령을 받은 부상병들을 감시했다. 그들 중 하나는 젊은 하급 군의관이었다. "하차." 그는 눈길을 이미 다음 진단서에 둔 채로 무심하게 말했다.

한 병사가 그대로 앉아 있었다. 그는 어깨에 붕대를 두르고 있었다.

"나가! 하차!" 헌병이 반복해서 소리를 질렀다.

그래도 사내는 그대로 앉아 있었다. 그는 입술을 꼭 다문 채, 아무것도 못 알아듣겠다는 듯이 앞만 바라보았다. 헌병은 그 앞에 두 발을 넓게 벌리고 섰다. "너! 특별 대접을 받고 싶은 거야 뭐야? 일어서!"

사내는 아무것도 듣지 못한다는 듯이 여전히 침묵을 지켰다. "일어서!" 헌병이 거칠게 몰아붙였다. "상관이 말하는 소리가 안 들려? 넌 군법 회의감이야. 알겠어?"

"진정해! 매사에 차분하게." 젊은 군의관이 말했다.

군의관은 장밋빛 얼굴에 속눈썹이 없었다.

"저런, 피를 흘리는군." 군의관은 변소에 들어가려고 다투었던 부상병에게 말했다. "붕대를 갈아야겠군. 차에서 내려!"

"나는……." 사내는 뭔가 말을 하려다, 두 번째 헌병이 기차에 오르는 것을 보았다. 그 헌병은 다른 헌병과 함께 핏기 없이 앉아 있던 병사의 건강한 팔을 잡고 일으켜 세웠다. 그 병사는 될 대로 되라는 표정으로 나직하게 비명을 질렀다. 그러자 두 번째 헌병이 그의 허리를 붙잡고는 가벼운 짐짝을 들어내는 것처럼 객실 바깥으로 밀쳐 버렸다. 거칠지는 않지만 사무적인 동작이었다. 병사도 더 이상 비명을 지르지 않았다. 그는 바깥에 서 있는 무리 사이로 사라졌다.

"자, 어쩔 텐가?" 보조 군의관이 말했다.

"군의관님, 붕대를 새로 갈고 나서 계속 기차를 타고 가면 안 될까요?" 피를 흘리는 병사가 물었다.

"우선 보고 난 후에. 그렇게 될 수도 있겠지. 하지만 일단은 붕대를 다시 감아야 해."

사내는 비통한 얼굴로 기차에서 내렸다. 보조 군의관을 군의관님이라고 불렀지만 아무 소용이 없었다. 헌병은 변소 문을 열려고 했다. "그렇지. 이놈들은 생각이라곤 없는 작자들이야. 늘 그래." 그는 경멸조로 말하더니 다시 명령했다. "문 열어! 얼른!"

문이 열리더니 병사 한 명이 밖으로 나왔다. "뭐야, 이 교활한 놈! 왜 거기 처박혀 있는 거야? 숨바꼭질이라도 하자는 거야?" 헌병이 호통을 쳤다.

"설사가 났습니다. 변소는 그래서 있는 거잖아요."

"그래? 하필 바로 지금 말이지? 나더러 그 말을 믿으라고?"

병사는 입고 있던 외투를 옆으로 밀쳐 열었다. 거기에는 1급 철십자 훈장이 매달려 있었다. 그는 일부러 아무것도 없는 헌병의 가슴 쪽을 쳐다보며 침착하게 말했다. "그래, 이건 믿어야겠지."

헌병의 얼굴이 새빨개졌다. 그러자 군의관이 나섰다. 그는 병사 쪽을 쳐다보지도 않고 말했다. "내려 주게."

"내가 어떤 상탠지 아직 모르겠소."

"붕대를 보면 알 수 있어. 어서 내려!"

병사가 미소를 흘리며 말했다. "좋아."

"자, 이 칸은 이제 끝났지?" 군의관은 신경질적으로 헌병에게 물었다.

"그렇습니다." 헌병은 휴가병들을 바라보았다. 모두 증명서를 손에 들고 있었다. "예, 끝났습니다." 그는 그렇게 선언하고는 군의관을 따라 내렸다.

변소 문이 소리 없이 열리고 상병 하나가 쪼그리고 있는 모습이 보였다. 얼굴이 땀범벅이었다. 그는 털썩 자리에 주저앉았다. "그 친군 내렸나?" 잠시 후에 그가 속삭였다.

"그런 모양이야."

상병은 자리에 앉아 오랫동안 침묵을 지켰다. 땀방울이 뚝뚝 떨어졌다. "그를 위해 기도할 거야." 마침내 그가 입을 열었다.

모두가 그를 쳐다보았다. "뭐라고?" 누군가가 믿을 수 없다는 듯이 물었다. "염병할 헌병을 위해 기도하겠다는 거야 뭐야?"

"아니. 그 새끼가 아니라, 나하고 변소에 있던 그 친구를 위해서 말이네. 그는 나더러 변소에 남으라고 했어. 자기가 멋지게 처리하겠다고. 그 녀석은 어디 있지?"

"밖에. 그 녀석, 멋지게 해냈어. 그 뚱보 새끼를 잔뜩 약 올려 놓아서 더 조사할 생각도 못한 거지."

"그를 위해 기도할 거야."

"그래, 좋으실 대로."

"진심이야. 내 이름은 뤼텐스야. 정말이지, 그를 위해 기도할 거야."

"좋아, 하지만 지금은 주둥이 닥쳐. 내일 기도하자고. 아니면 기차가 떠날 때까지는 참아." 누군가가 지겹다는 듯이 말했다.

"기도하겠어. 난 집에 가야 해. 여기서 병원으로 끌려가면 다시는 휴가를 받을 수 없어. 난 독일로 가야 해. 아내가 암에 걸렸어. 겨우 서른여섯의 나이에. 10월에 서른여섯이 됐어. 벌써 넉 달째 병원 신세야."

그는 불안한 눈초리로 이 사람 저 사람을 번갈아 쳐다보았다. 아무도 대꾸하지 않았다. 그런 정도는 흔해 빠진 일이었다.

기차는 한 시간 후에 출발했다. 문 밖으로 나갔던 병사는 다시는 나타나지 않았다. 아마도 붙들렸을 것이라고 그래버는 생각했다.

정오에 하사관 한 명이 들어왔다. "면도하고 싶은 사람 없어?"

"뭐라고?"

"면도 말이야. 나는 이발사고, 괜찮은 비누도 있어. 프랑스제야."

"면도라고? 기차가 달리고 있는데?"

"물론. 지금 막 장교실에서 면도를 하고 오는 길이야."

"얼마야?"

"50페니히. 반 마르크지. 이 정도면 싼 편이야. 너희들 턱수염을 깨끗이 밀어 주는 데 말이야."

"좋아. 대신 조금이라도 베이면 안 줄 거야." 한 사람이 돈을 꺼냈다.

이발사는 비누 접시를 내려놓고, 주머니에서 가위와 빗을 꺼냈다. 자른 머리털을 담을 커다란 봉지도 있었다. 그는 창가에 서서 비누 거품을 칠하기 시작했다. 비누거품이 너무도 희어서 마치 하얀 눈을 바르는 것 같았다. 그는 능숙한 솜씨로 세 사람을 깎았다. 부상자들은 면도를 거부했다. 그래버는 네 번째로 앉아서 이미 면도를 마친 셋을 쳐다보았는데, 그 모습이 기이했다. 얼굴은 햇볕에 타서 전체적으로 붉게 얼룩이 졌지만 턱 부분은 방금 면도를 해서 하얗게 빛났다. 반은 병사의 얼굴이었고, 나머지 반은 방에 틀어박혀 있는 사무원의 얼굴이었다. 그래버의 귀에 면도날 스치는 소리가 들려왔다. 면도로 기분이 명랑해져서 그런지 마치 집에라도 와 있는 것 같았다. 이발사가 상관이어서 더욱더 그런지도 몰랐다. 벌써 민간인의 옷으로 갈아입은 기분이었다. 기차는 오후에 다시 한 번 멈추어 섰다. 밖에는 야전 취사차가 와 있었다. 모두들 자기 몫의 식사를 받으러 나갔다. 그러나 뤼텐스는 자리를 뜨지 않았다. 그래버가 보니 그는 바쁘게 입술을 움직이고 있었다. 그는 건강한 한쪽 손을 눈에 보이지 않는 다른 손에 맞대어 기도하는 듯한 모습이었다. 그러나 붕대를 감은 그의 왼쪽 손은 상의에 걸쳐져 있었다. 나온 것은 미지근한 양배추 수프였다.

저녁 무렵이 되어서야 국경에 도착했다. 모두들 기차에서 내렸고 휴가병들은 해산하기 위해 한 곳에 모였다. 그들은 옷을 벗고 벌거벗은 채로 막사 안에 앉아서 몸의 이를 잡았다. 실내는 따뜻했고, 뜨거운 물도 있었으며, 석탄산 냄새를 강하게 풍기는 비누도 있었다. 그래버가 따뜻한 방에 앉아 본 것은 실로 몇 개월 만이었다. 전선에서도 이따금 난로를 피우기는 했지만 불 가까이 있는 병사들만 온기를 느낄 수 있었고 나머지는 추위에 떨어야 했다. 그런데 여기서는 실내 전체가 훈훈했고 마침내 뼈마디까지 부드러워졌다. 더 오랫동안 얼어붙어 있었던 머리까지도 녹아들었다.

그들은 앉아서 이를 잡았고, 잡은 이들을 터뜨려 죽였다. 그래버의 머리카락에는 이가 없었다. 털과 옷에 사는 이들은 머리 쪽으로 올라가지 않는다. 그것은 오래된 법칙이었다. 이들은 상대방의 영역을 존중하였으며 전쟁이라는 것을 몰랐다.

몸이 따뜻해지자 졸음이 쏟아졌다. 몽롱한 가운데 전우들의 창백한 몸뚱이와 동상으로 부푼 발과 붉게 갈라진 상처 자국이 보였다. 그들은 갑자기 군인 신분에서 벗어났다. 제복은 어슴푸레한 안개 속 어딘가에 걸려 있었다. 그들은 이를 잡고 있는 벌거벗은 인간일 뿐이었다. 화제가 갑자기 달라졌다. 그들은 더 이상 전쟁에 대해서 말하지 않고, 먹을 것과 여자에 대해 이야기했다

"마누라한테는 애가 있어." 베른하르트라는 사내가 말했다. 그는 그래버 곁에 앉아서 작은 손거울을 보며 눈썹에 붙은 이를 잡고 있었다. "난 두 해나 집에 못 갔어. 애는 태어난 지 이제 네 달 됐고. 그런데도 여편네는 애가 14개월째이고 내 아이라고 우겨 대는 거야. 어머니는 애가 러시아 놈의 핏줄인 것 같다고 편지에 썼어. 어머니도 열 달 전부터서야 아이에 대한 이야기를 적어 보내기 시작했어. 그전에는 숨겼고 말이야. 어떻게

생각하나?"

"뭐, 있을 수 있는 일이지. 시골에는 러시아 포로 놈들의 애가 얼마든지 있어." 대머리 사내가 무덤덤하게 말했다.

"난, 그런 년은 당장 내쫓는다. 추잡한 짓이야." 다리에 붕대를 새로 감은 병사가 끼어들며 말했다.

"추잡하다고? 어째서?" 대머리 사내가 어처구니가 없다는 듯 손을 내저었다. "전시에 그런 건 어쩔 수 없는 일이야. 이해해야 해. 그런데 애는 사내인가, 계집애인가?"

"사내야. 여편네는 나를 닮았다고 썼더군."

"사내라면 잘 기르는 게 좋아. 시골에서는 언제나 일손이 모자라니까."

"하지만 절반은 러시아 핏줄이야."

"뭐 어떤가? 러시아인들도 아리아인이야. 조국은 군인이 필요하고."

베른하르트가 거울을 옆으로 치웠다. "그렇게 간단한 일만은 아니야. 말하기는 쉽지. 너한테 일어난 일은 아니니까."

"그렇다면 고향의 황소 같이 살찐 놈이 네 마누라에게 애를 낳게 하는 편이 더 낫단 말인가?"

"그렇진 않지."

"그러면 됐잖아."

"마누라가 나를 기다릴 수도 있었어." 베른하르트가 당황한 듯 나지막하게 말했다.

대머리가 어깨를 으쓱했다. "기다리는 여자도 있고 그렇지 않은 여자도 있는 법이야. 모든 걸 요구할 수는 없어. 몇 년씩이나 집을 비우는 주제에 말이야!"

"넌 결혼했어?"

"아니. 다행히도 미혼이야."

"러시아인은 아리아인이 아니야." 얼굴이 뾰족하고 입이 작은, 생쥐같이 생긴 남자가 그때까지 가만히 있다가 갑자기 끼어들었다.

모두가 그를 쳐다보았다. "그건 네가 잘못 알고 있는 거야. 그들도 아리아인이야. 그들도 한때는 우리와 동맹국이었어." 대머리가 반박했다.

"놈들은 열등 인종이야. 볼셰비키 열등 인종. 아리아인이 아니야. 운명적으로 그런 거야."

"네 말은 틀려. 폴란드인, 체코인, 프랑스인 들이 열등 인종이야. 우리는 러시아 사람들을 공산주의자들로부터 해방시켰어. 그래서 그들은 아리아인이야. 공산주의자들은 빼고. 물론 우리처럼 지배자 아리아인은 아니지만. 그들은 단순한 노동자 아리아인이야. 근절할 필요는 없어."

생쥐같이 생긴 사내가 당황한 듯 말했다. "그들은 언제나 열등 인종이었어. 나는 그 점을 잘 알고 있어. 순전히 열등 인종이란 말이야."

"사정이 바뀐 지 오래됐어. 일본인들처럼 말이야. 전쟁에서 우리의 동맹국이 된 이후로 일본인들 또한 아리아인이야."

"너희 둘 다 틀렸어." 유별나게 수염이 텁수룩한 사내가 낮은 목소리로 말했다. "우리가 그들과 동맹을 맺고 있을 때는 열등 인종이 아니었지. 하지만 지금은 그래. 사정이 그런 거야."

"그렇다면 아이는 어떻게 하지?"

"넘겨주는 거지." 생쥐 같은 사내가 어깨에 새삼 힘을 주며 말했다. "고통 없는 안락사를 택하든지. 그밖에 무슨 방법이 있겠나?"

"그럼 마누라는?"

"그건 당국이 알아서 해야지. 낙인을 찍거나 삭발을 하거나 감옥에 넣거나 집단 수용소로 보내야지. 징역형에 처하거나 교수대로 보내든지."

"당국은 지금까지는 마누라에게 아무것도 안 했어." 베른하르트가 말했다.

"그들이 아무것도 몰라서 그럴 테지."

"알고 있어. 어머니가 신고했거든."

"그렇다면 당국도 전염되어 썩어 버렸군. 그놈들도 집단 수용소에나 보내야겠어. 아니면 교수대로 보내든지."

"제발, 제발, 날 좀 내버려 둬." 베른하르트가 격분해서 갑자기 소리를 지르며 고개를 돌려 버렸다.

안짱다리로 불안하게 실내를 왔다 갔다 하던 새가슴을 가진 사내가 멈추어 서며 말했다. "분명한 건 우리는 지배자 인간이고, 다른 놈들은 모조리 열등 인종이라는 점이야. 하지만 보통 인간은 누굴까?"

"스웨덴인들이지. 아니면, 스위스인." 대머리가 곰곰이 생각하더니 말했다.

"천만에, 야만인이야, 흰색의 야만인." 낮은 목소리 사내가 말했다.

"흰색의 야만인이란 있을 수 없어." 생쥐가 대꾸했다.

"없다고?" 낮은 목소리가 그를 노려보았다.

그래버는 꾸벅꾸벅 졸았다. 다른 병사들이 여자 이야기를 시작하는 것이 얼핏 들렸다. 그는 여자에 대해서는 별로 할 말이 없었다. 그들이 말하는 인종론은 그가 사랑에 대해 이해하고 있는 것과는 맞지 않았다. 아울러 그는 우수 종자라든지, 족보라든지 출산 능력 같은 것에 대해 생각하고 싶지 않았다. 그는 자신이 참전했던 나라의 매춘부 몇 명을 제외하면 여자에 대해 아는 게 거의 없었다. 그 여자들은 독일 소녀단의 단원들처럼 사무적이었다. 그러나 매춘은 그 여자들에게는 하나의 직업이었다.

그들은 소지품을 돌려받았고, 원래대로 옷을 입었다. 그들은 갑자기 다시 졸병이 되고 상병이 되고 하사가 되고 하사관이 되었다. 러시아인의 아이가 생긴 사내는 하사관이 되었고, 낮은 목소리 사내도 마찬가지였다. 생쥐는 병참병이었다. 생쥐는 다른 사람들이 하사관이라는 사실을 알게 되자 몸이 움츠러들었다. 그래버는 제복 상의를 살펴보았다. 아직 따뜻했고, 초 냄새가 풍겼다. 그는 바지 멜빵의 버클 아래에서 일렬종대로 피신한 이들을 발견했다. 모두 죽어 있었다. 가스 소독을 당해서. 그는 이들을 털어 냈다.

그들은 막사로 집합했다. 나치스의 정보 장교가 일장 연설을 했다. 그는 총통의 사진이 걸려 있는 연단에 서서 조국으로 돌아가는 제군들은 지금 커다란 책임을 지고 있다고 선언했다. 전선의 상황을 일절 말하지 말라. 진지, 장소, 군대 배치, 군대 이동에 대해서도 절대 입에 담지 말라. 도처에 간첩이 침투해 있으므로 침묵을 지키는 것이 아주 중요하다. 함부로 발설하면 엄중한 처벌을 받을 것을 각오하라. 사실과 맞지 않는 비판도 반역 행위이다. 총통께서 전쟁을 지휘하며 그는 자신이 할 일을 알고 있다. 정세는 유리하고, 러시아군은 피투성이 상태로 전대미문의 손실을 입고 있으며, 아군은 반격을 준비하고 있다. 보급은 일급이며 군대의 사기는 왕성하다. 다시 한 번 강조하지만 지명이나 군대의 위치를 발설하는 것은 반역죄에 해당한다. 비방도 마찬가지이다. 게슈타포가 도처에서 감시하고 있다.

장교는 잠시 연설을 중단하더니 어조를 바꾸어 다시 말했다. 총통께서는 엄청난 업무량에도 불구하고 늘 모든 장병들을 배려하고 계신다. 특히 휴가병 모두에게 고향에 들고 갈 선물을 하사하셨다. 식료품 꾸러미를 하나씩 줄 것인데, 이것은 고향의 가족들에게 반드시 전달되어야 한다. 그래야 선물을 가져갈 정도로 군대의 보급이 원활하다는 것을 보여 줄 수 있기 때문이다. 그러므로 도중에 꾸러미를 열어서 먹어치우는 자는 처벌을 받게 된다. 목적지의 정거장에서 조사를 실시할 것이다. 하일 히틀러!

모두들 차려 자세를 취했다. 그래버는 제3제국의 영광을 기리는 애국가의 「호르스트 베셀」 가(歌)를 합창하게 될 것이라고 예상했다. 그러나 아무도 노래를 부르지 않았다. 대신에 명령이 떨어졌다. "라인란트 지방으로 가는 휴가병은 삼 보 앞으로!"

병사 몇 명이 앞으로 나갔다. "라인란트 지방으로 가는 휴가는 막혔다." 장교가 선언했다. 그러고는 맨 앞에 서 있는 병사를 향해 말했다. "넌, 그 대신에 어디로 가고 싶나?"

"쾰른입니다."

"라인란트 지방은 막혔다고 지금 말했잖아. 어디로 갈 텐가?"

"쾰른입니다. 저는 쾰른 출신입니다." 병사가 영문도 모른 채 말했다.

"쾰른으로는 갈 수 없어. 그래도 모르겠나? 대신에 다른 도시로 가는 거야, 알겠어?"

"다른 도시로는 가고 싶지 않습니다. 처자식이 쾰른에 있습니다. 그곳에서 철물공을 했습니다. 휴가 증명서도 쾰른행으로 되어 있습니다."

"알고 있어. 하지만 그곳으로 갈 수는 없어. 못 알아먹겠나! 당분간 쾰른으로 가는 건 금지야."

"금지라고요? 왜요?" 철물공이 되물었다.

"미쳤어, 이 자식아? 누가 감히 질문을 하나? 질문은 네가 아니라 당국이 할 일 아닌가?"

대위가 와서 장교에게 귓속말을 했다. 장교는 고개를 끄덕이고는 명령했다. "함부르크와 알자스로 가는 휴가병 앞으로!"

아무도 앞으로 나가지 않았다. "라인란트 출신은 이곳에 남는다! 나머지는 제자리걸음으로 좌향좌! 앞으로 갓! 귀대 선물 수령!"

그들은 다시 정거장에 서 있었다. 라인란트 출신들이 잠시 후에 합류했다. "어떻게 됐어?" 낮은 목소리 사내가 물었다.

"네가 들은 대로."

"쾰른으로 갈 수 없다고? 그럼 이제 어디로 갈 건가?"

"로텐부르크로 갈 거야. 거기에 누나가 살고 있어. 하지만 로텐부르크에서 뭘 하란 말인가? 나는 쾰른에 살아. 쾰른에 무슨 일이 있는 거야? 왜 내가 쾰른으로 갈 수 없는 거지?"

"조심!" 누군가가 그렇게 말하면서 친위대원 둘이 삐걱거리는 소리를 내며 지나가는 것을 바라보았다.

"저놈들은 문제도 아니야! 나더러 로텐부르크에서 뭘 하란 말이야? 내 가족은 어디 있는 거야? 그들은 쾰른에 있었어. 그런데 지금 무슨 일이 일어난 거야?"

"아마 너희 가족도 로텐부르크에 있을 거야."

"그렇지 않아. 거기엔 살 곳이 없어. 내 마누라와 누나는 서로 앙숙이야. 대체 쾰른은 어떻게 된 걸까?"

철물공은 다른 사람들을 물끄러미 쳐다보았다. 눈물이 글썽거리고 두꺼운 입술이 떨렸다. "너희들은 다 집으로 돌아가는데 난 왜 못 가는 거야? 죽도록 고생했는데 말이야! 무슨 일이 있는 걸까? 마누라와 자식들은 괜찮을까? 큰놈 이름은 게오르크야. 열한 살이지. 그런데 어쩌라고?"

"잘 들어 봐." 낮은 목소리가 말했다. "별 수 없어. 마누라에게 전보를 치게. 로텐부르크로 오라고 말이야. 안 그러면 만날 수 없어."

"여행이라고? 누가 차비를 지불해 주지? 그리고 잠은 어디서 자고?"

"네가 쾰른으로 들어갈 수 없다면 네 마누라도 절대로 그곳에서 나올 수 없어. 확실해. 규정이란 건 대체로 그런 거야." 생쥐가 말했다. 철물공은 입을 열었으나, 아무 말도 하지 않았다. 잠시 후에 그가 말했다. "어째서 나올 수 없다는 거야?"

"네가 잘 생각해 봐."

철물공은 주위를 둘러보며 휴가병들의 얼굴을 하나하나 살폈다. "완전히 망가지지는 않았겠지! 그럴 리가 없어!"

"전선으로 즉시 돌려보내지지 않은 걸 다행으로 생각해. 그런 일도 있을 수 있잖아." 낮은 목소리가 말했다.

그래버는 말없이 듣고 있었다. 온몸이 오들오들 떨렸지만 그게 바깥으로부터 온 건 아니란 것을 깨달았다. 이해할 수 없는 것, 유령과 같은 것이 다시 한 번 나타났다. 그것은 오래전부터 살금살금 돌아다녔지만 결코 붙들 수 없는 것이었다. 그것은 사라졌다가 다시 나타나 사람을 빤히 쳐다보곤 했다. 그것은 불분명한 얼굴을 백 개나 가지고 있는가 하면 또한 하나의 얼굴도 가지고 있지 않았다. 그래버는 선로를 보았다. 선로는 고향, 안정된 것, 따스한 것, 기다림, 평화, 그리고 아직도 남아 있는 유일한 것으로 통하는 길이었다. 그리고 이제 그것은 바깥에서 살금살금 기어오는 것처럼 보였다. 그것은 그래버의 곁에서 으스스하게 숨을 쉬었다. 그것은 이제 위협하여 쫓아 버릴 수도 없었다.

"휴가라고. 이게 나의 휴가라고? 이제 어쩔 건가?" 쾰른 출신의 사내가 쓰디 쓴 웃음을 날렸다.

다른 사람들은 그를 물끄러미 쳐다보기만 할 뿐 더 이상 대답하지 않았다. 잠복해 있던 병이 그에게서 갑자기 모습을 드러내기라도 한 것 같았다. 그는 죄가 없었다. 다만 그의 운명이 특별할 뿐이었다. 다른 사람들은 눈에 띄지 않게 그에게서 천천히 물러났다. 모두들 자신이 그런 운명에 처하지 않은 것을 다행으로 생각했다. 하지만 아직도 확신할 수는 없었다. 그래서 그들은 그의 곁을 떠났다. 불행은 전염되는 법이니까.

기차가 역 구내를 천천히 굴러갔다. 기차는 검은색이어서 마지막 남은 불빛을 어둡게 물들였다.

6

다음 날 아침, 풍경은 달라져 있었다. 옅은 새벽안개 속으로 주변 풍경이 뚜렷하게 드러났다. 그래버는 이제 창가에 앉아 유리창에 얼굴을 기대고 있었다. 아직도 눈이 남아 있는 경작지와 들판, 쟁기로 고르게 파낸 검은 밭고랑과 연한 녹색을 띤 어린 싹이 여기저기 보였다. 폭탄 구덩이도, 파괴당한 흔적도 없었다. 한적한 평원이 펼쳐져 있을 뿐이었다. 지하 참호도 벙커도 없는 전형적인 시골이었다. 이윽고 마을이 나타났다. 십자가가 반짝이는 교회. 지붕 위 풍향계가 한가로이 돌고 있는 학교. 사람들이 앞에서 어슬렁거리고 있는 선술집. 집집마다 문이 활짝 열려 있고 하녀들은 빗자루를 들고 있었다. 깨지지 않은 창으로 아침 햇살을 받고 있는 차량. 온전한 지붕들, 파괴되지 않은 집들, 가지를 활짝 펼친 나무들. 온전하게 제 기능을 하는 길들, 학교로 가는 아이들. 그래버가 아이들을 본 것은 참으로 오랜만이었다. 그래버는 깊게 숨을 내쉬었다. 이것이야말로 그가 기다리던 것이었고, 여기에 있었다. 바로 여기에!

"여기는 정말 달라 보여, 왜 그럴까?" 바로 옆에 있는 창에 기대 있던 하사관이 말했다.

"정말 그렇네."

안개가 점차 사라졌다. 지평선으로부터 숲이 다가왔고, 멀리까지 풍경이 다 보였다. 전깃줄이 기차와 함께 달리면서 오르락내리락했다. 끝도 없고 소리도 없는 멜로디를 담은 오선지였다. 새들이 그 위에서 마치 노래를 부르듯이 날개를 푸드득거렸다. 평화로운 풍경이었다. 전방의 굉음은 가라앉았고 비행기는 하나도 눈에 띄지 않았다. 그래버는 이미 여러 주 동안 여행을 한 듯한 느낌이 들었다. 전우들에 대한 기억조차도 갑자기 희미해졌다.

"오늘 무슨 요일이지? 그가 물었다.

"목요일이야."

"그렇구나, 목요일이구나."

그랬다. 어제가 수요일이었으니까. "어디서 커피 좀 구할 수 없을까?"

"그럴 수 있을 거야. 여긴 옛날 그대로니까."

몇몇 병사들은 배낭에서 빵을 꺼내 씹기 시작했다. 그래버는 기다렸다. 커피와 함께 빵을 먹고 싶어서였다. 전쟁이 일어나기 전에 집에서 했던 아침 식사가 떠올랐다. 어머니는 청백색 줄무늬가 있는 식탁보를 씌우고 그 위에 꿀과 빵, 커피를 탄 뜨거운 우유를 차렸다. 카나리아가 노래하고 여름에는 창가의 제라늄에 햇살이 가득했다. 그래버는 짙은 이파리들을 두 손으로 문질러 낯설고 진한 냄새를 맡으면서 이국의 풍경을 떠올리곤 했다. 이제 그는 이국의 풍경들을 질리도록 보았지만, 그 시절 꿈꾸던 풍경은 결코 아니었다.

그는 다시 창밖을 내다보았다. 갑자기 마음이 놓였다. 밖에서 들일을 하던 사람들이 기차를 바라보았다. 머릿수건을 한 여자들도 있었다. 하사관이 창문을 열고 손을 흔들었다. 하지만 아무도 답례를 하지 않았다.

"싫다면 그만이지 뭐, 촌놈들." 하사관이 실망해 투덜거렸다.

몇 분 후 들판 위로 몇 사람이 더 보였고, 하사관은 다시 손을 흔들었다. 이번에는 창밖으로 몸을 한껏 내민 채 손을 흔들었다. 하지만 역시 아무런 반응이 없었다. 사람들은 똑바로 서서 그저 기차를 바라보기만 했다.

"우리가 대체 무엇 때문에 싸우고 있는 거야." 하사관이 화가 나서 말했다.

"저기서 일하는 사람들은 아마 포로들이거나 아니면 외국인 노동자들일 거야."

"여자들도 있었어. 최소한 손이라도 흔들어야지."

"아마 러시아 놈들일 거야. 아니면 폴란드 놈들일 수도 있고."

"말도 안 돼. 그렇게는 안 보였어. 전혀 그렇지 않았어. 독일인들도 분명히 그 사이에 있었어."

"이 기차는 부상병들을 나르는 기차야. 그래서 아무도 손을 안 흔드는 거야." 대머리가 말했다.

"멍청이들." 하사관이 매몰차게 말했다. "시골뜨기들, 촌년들." 그는 힘껏 반동을 주어 창문을 올려 닫았다. "쾰른 사람들은 이렇지 않아." 철물공이 말했다.

기차는 계속 달렸다. 터널 속에서 두 시간가량 멈추어 있기도 했다. 조명등도 없는 터널은 암흑 천지였다. 그들은 지하에서 사는 데 익숙하기는 했으나, 그래도 터널 속에서 시간이 흐르자 마음이 답답해졌다.

그들은 담배를 피웠다. 어둠 속에서 빨간 담뱃불이 오르락내리락하는 모습이 마치 반딧불이 같았다.

"이건 기관 고장이야." 하사관이 말했다.

모두들 귀를 기울였다. 비행기 소리도 폭탄 터지는 소리도 들리지 않았다. "로텐부르크에서 살아 본 적 있는 사람 없어?" 쾰른 출신의 사내가 물었다.

"오래된 도시라며." 그래버가 말했다.

"가 본 적 있어?"

"없어. 너도 가 본 적 없어?"

"없어. 거기서 난 어떻게 해야 하지?"

"넌 차라리 베를린으로 가는 게 좋았을걸." 생쥐가 말했다. "휴가는 단 한 번이야. 베를린에는 이런저런 재밋거리가 있는데 말이야."

"베를린으로 갈 차비도 없어. 그리고 잠은 어디서 자니? 호텔에서? 가족들이 있는 곳으로 가고 싶어."

기차가 덜커덩하며 움직이기 시작했다. "마침내 가는군. 난 여기서 생매장되는 줄 알았지." 낮은 목소리가 말했다.

어둠 속으로 회색빛이 스며들었고 차츰 은빛으로 변하더니 이윽고 평원이 다시 모습을 드러냈다. 병사들은 이전보다 온순해 보였다. 모두들 창가로 몰려들었다. 술기운이라도 있는 듯 그들은 무언가에 마비되어 있었다. 무심결에 그들은 새로 생긴 폭탄 구덩이를 찾았지만 눈에 띄는 것은 없었다.

몇 정거장 더 가서 낮은 목소리가 내렸다. 한 시간 후 그래버에게 낯익은 풍경들이 나타나기 시작했다. 이미 황혼이 내리고 있었고, 나무들은 푸른 베일에 싸여 있었다. 그가 알아본 것은 특정한 사물이 아니었다. 특정한 집도 특정한 마을도 특정한 언덕도 아니었다. 풍경 그 자체가 갑자기 말을 걸어왔던 것이다. 그것들은 온 사방에서 다가왔다. 달콤하고 당황스럽게 그리고 날카로운 기억들이 가득 찬 채로. 풍경은 명료하지 않았고, 실제 사실들과는 아무 관련이 없었다. 그것은 귀향 자체라기보다는 귀향에 대한 예감과도 같은 것이었다. 그러나 바로 그 때문에 풍경은 더욱 강력한 느낌으로 다가왔다. 풍경 속에는 꿈속에서 본 것처럼 어둑어둑한 가로수 길이 끝없이 늘어져 있었다.

정거장 이름들은 익숙했다. 산보를 하면서 알게 되었던 장소들이 휙 스쳐 지나갔다. 기억 속에서 갑자기 따스한 햇살 아래 딸기와 전나무 송진과 히스 냄새가 풍겨 왔다. 이제 몇 분만 가면 도시가 나타날 것이다. 그래버는 배낭을 다시 꾸렸다. 그는 일어서서 첫 번째 거리가 보이기를 기다렸다.

기차가 멈추었다. 그래버는 밖을 살펴보았다. 도시 이름을 알리는 소리가 들려왔다. "그럼, 또 만나세." 쾰른 출신의 사내가 말했다.

"아직 다 안 왔어. 정거장은 시내 한복판에 있어."

"정거장이 바뀌었을 수도 있으니 물어보게."

그래버가 문을 열었다. 어둑어둑한 가운데 사람들이 올라타고 있었다. "여기가 베르덴 맞습니까?" 그가 물었다.

몇몇 사람이 그를 올려다보았으나 아무도 대답하지 않았다. 그들은 바삐 서두르고 있었다. 그는 차에서 내렸다. 그때 역무원이 외치는 소리가 들렸다. "베르덴! 하차하십시오!"

그는 배낭끈을 꼭 움켜쥐고는 사람들을 밀어붙이면서 역무원에게로 갔다. "이 기차는 정거장까지 가지 않습니까?"

역무원이 지친 표정으로 그를 훑어보았다. "베르덴으로 가실 겁니까?"

"그렇습니다."

"저기 승강장 뒤에서 오른쪽으로 가십시오. 거기서 버스를 타고 더 가야 합니다."

그래버는 승강장을 따라 걸었다. 기억에 없는 승강장이었다. 승강장은 생나무로 새롭게 다시 만들어져 있었다. 버스가 보였다.

"베르덴 갑니까?" 그가 운전수에게 물었다.

"예."

"기차가 시내 안에까지는 안 들어가는군요?"

"예."

"왜 그렇지요?"

"여기까지만 올 수 있으니까요."

그래버는 운전수를 바라보았다. 더 물어봤자 소용없고, 제대로 된 답을 들을 수 없겠다는 생각이 들었다. 그는 천천히 버스에 올랐다. 구석에 빈자리가 있었다. 밖은 온통 깜깜했다. 새로 깐 선로 같은 것이 어둠 속에서 희미하게 빛나는 것을 볼 수 있을 뿐이었다. 선로는 도시 방향에서 오른쪽으로 직각으로 꺾여 있었다. 기차는 이미 선로를 바꾸었다. 그래버는 구석으로 밀쳐 앉았다. 아마도 안전 때문에 그렇게 만들었을 거라고 막연하게 생각했다.

버스가 출발했다. 질 나쁜 휘발유를 쓰는 고물 차였다. 엔진이 씩씩거리며 기침을 토해 냈다. 메르세데스 몇 대가 버스를 추월했다. 한 대에는 나치스 장교들이 타고 있었고, 다른 두 대에는 친위대 장교들이 앉아 있었다. 버스에 탄 사람들은 메르세데스가 미친 듯이 빠른 속력으로 지나가는 것을 지켜보았다. 그들은 아무 말도 하지 않았다. 차가 달리는 동안 아무도 말을 하지 않았다. 어린애 하나만 웃으면서 통로에서 장난을 쳤다. 머리에 푸른색 리본을 단 두 살 정도의 금발 여자아이였다.

그래버는 처음으로 나타나는 거리들을 보았다. 옛날 그대로였다. 그는 안도의 한숨을 쉬었다. 버스는 몇 분 동안 덜컹거리며 더 달리다가 멈추어 섰다. "내리십시오! 모두!"

"여기가 어딥니까?" 그래버는 옆에 앉은 남자에게 물었다.

"브람셰 가입니다."

"더 안 갑니까?"

"그렇소."

남자가 내렸고, 그래버는 그 뒤를 따라 내리며 말했다. "난 휴가를 나왔습니다. 이 년 만에 처음 오는 거지요." 누구한테라도 그 말을 하지 않으면 견딜 수 없었던 것이다.

남자가 그를 쳐다보았다. 이마에 새로 생긴 흉터 자국이 있고, 앞니 두 개가 빠져 있었다. "댁이 어디죠?"

"하켄 가 18번지입니다."

"구시가입니까?"

"경계에 있습니다. 루이제 가의 모퉁이에 있지요. 거기서 카타리나 성당이 보입니다."

"아, 그렇군요……." 남자는 어두운 하늘을 올려다보았다. "그렇다면 길은 알겠군요."

"물론입니다. 그건 잊지 않고 있습니다."

"그럴 테죠. 조심해 가십시오."

"감사합니다."

그래버는 브람셰 가를 따라 걸었다. 올려다보니 집들은 옛날 그대로였다. 창문을 보니 모두 어두웠다. 물론 공습에 대비하느라 그럴 것이다. 충분히 예상할 수 있는 일이었지만 미처 거기까지 생각이 미치지 못했다. 그는 도시 거리에 불이 밝혀져 있을 것이라고 지레짐작했던 것이다. 그는 거리를 급히 걸어갔다. 빵 가게가 보였지만 빵은 없었다. 진열대에는 종이 장미꽃 몇 송이가 유리병에 꽂혀 있었다. 이어서 일용품 가게가 나타났다. 쇼윈도는 상자로 가득했지만 상자 안은 비어 있었다. 이어서 마구상이 보였다. 그래버는 이 가게를 기억하고 있었다. 전에는 쇼윈도 안에 박제한 갈색 말이 서 있었다. 그는 살며시 안을 들여다보았다. 말은 여전히 거기 서 있었다. 말 앞에는 예전 그대로 희고 검은 무늬가 있는 박제 사냥개가 고개를 든 채 짖는 모습을 하고 있었다. 그는 지난 이 년간 있었던 일들에도 불구하고 변하지 않은 이 창 앞에 잠시 멈추어 섰다가 다시 걸음을 옮겼다. 갑자기 마음이 푸근해졌다. "안녕하십니까?" 그는 바로 다음 집 문 아래에 서 있는 낯선 사람에게 인사를 건넸다.

"안녕하세요." 그 사람은 잠시 후 그래버의 등 뒤에서 놀란 듯이 말했다.

그래버의 군화 소리가 포장된 도로를 울렸다. 이 무거운 신발을 빨리 벗고 가벼운 일상화를 신어야지. 맑고 뜨거운 물에 목욕을 하고 깨끗한 셔츠로 갈아입어야지. 그의 걸음이 빨라졌다. 거리가 살아 있거나 전기로 가득 차기라도 한 듯 그의 발 아래에서 출렁거렸다. 갑자기 무언가 타는 냄새가 났다.

그는 멈추어 섰다. 굴뚝에서 나온 연기나 모닥불을 피운 연기가 아니라 화재 같았다. 주위를 둘러보았다. 집들은 파괴되지 않았고 지붕도 멀쩡했다. 지붕 뒤로는 짙푸른 하늘이 끝없이 펼쳐져 있었다.

그는 계속 걸어갔다. 거리는 공원이 있는 작은 광장으로 이어졌다. 연기 냄새가 더욱 짙어졌다. 냄새는 마치 나무들의 벌거벗은 우듬지 위에 걸려 있는 것 같았다. 그래버는 코를 킁킁거리며 냄새를 맡았다. 어디서 나는지 가늠할 수가 없었다. 이제 냄새는 사방에서 났다. 마치 하늘에서 재가 떨어지고 있는 것 같았다.

그는 다음 모퉁이에서야 비로소 파괴당한 집을 발견했다. 그는 놀라서 움찔했다. 지난 몇 해 동안 폐허만 보아 왔기 때문에 폐허를 봐도 아무런 느낌도 들지 않았다. 그런데 지금은 생전 처음으로 파괴된 건물을 보는 것처럼 눈을 부릅뜨고 그것을 바라보았다.

이 집만 그렇겠지, 단 한 채만, 하고 그는 생각했다. 다른 집들은 모두 그대로였다. 그는 잔해 옆을 서둘러 지나가며 코를 쿵쿵거렸다. 화재 냄새는 그곳에서도 나지 않았다. 이 집은 이미 옛날에 파괴된 것이었다. 아마도 귀로 비행에 나선 비행기가 잊어버리고 있던 폭탄을 우연히 떨어뜨려서 그렇게 된 것 같았다.

그는 거리 이름을 보았다. 브레머 가였다. 하켄 가까지는 아직도 한참이었다. 최소한 삼십 분 거리였다. 그는 빠르게 걸었다. 사람들은 거의 보이지 않았다. 어두운 문의 둥그런 아치 아래로 작은 전구들이 푸르스름하게 빛나고 있었다. 전구에 갓이 씌워져 있어서 둥그런 아치는 마치 결핵을 앓는 것처럼 보였다. 얼마 후 폐허가 된 거리가 나오고 파괴된 집들도 여러 채 보였다. 톱니 모양으로 앙상하게 남은 검은 벽들은 하늘을 향하고 있었다. 숨겨져 있던 강철 버팀대들이 돌 사이에서 빠져나오려고 몸부림치는 검은 뱀처럼 여기저기 삐져나와 있었다. 폐허 더미의 일부는 삽으로 뜨여 한쪽에 치워져 있었다. 이 폐허도 오래전에 생긴 것이었다. 그래버는 바로 그 옆을 지나갔다. 그는 보도를 가로막고 있는 폐허 더미 위로 기어 올라갔고, 어둠 속에서 검은 그림자들이 딱정벌레처럼 기어 다니는 것을 보았다.

"여보세요! 거기 누가 있어요?" 그가 소리를 질렀다.

모르타르가 잘게 부서지고 돌들이 삐걱거리는 소리가 들렸다. 기침 소리도 들렸다. 그래버의 귀에 격렬한 숨소리가 들려왔다. 그런데 가만히 귀를 기울여 들어 보니 그렇게 요란하게 숨 쉬는 사람은 다름 아니라 자기 자신이었다.

그는 이제 달렸다. 화재 냄새는 더 짙어졌다. 파괴 현장은 점점 더 늘어났다. 이윽고 구시가로 들어선 그는 걸음을 멈춘 채

보고 또 보았다. 이전에는 거기에 중세 때부터 내려오던 목재 주택들, 돌출된 박공과 뾰족한 지붕과 알록달록한 문양을 가진 주택들이 줄을 지어 서 있었다. 그런데 이제 그것들은 사라지고 없었다. 그 대신에 뒤죽박죽이 된 화재 현장, 숯이 된 들보, 뼈대만 남은 벽, 돌무더기, 일부만 트여 있는 거리가 보였다. 그리고 그 모든 것들 위로 희끄무레한 연기가 피어오르고 있었다. 집들은 바싹 마른 널빤지처럼 전소되어 버렸다. 갑자기 그는 격렬한 불안에 사로잡혔다. 집에서 그리 멀지 않은 곳에 작은 구리 공장이 있었던 것이 떠올랐다. 그것이 폭격의 목표물이 되었을지도 몰랐다. 그는 거리를, 그리고 연기가 피어오르는 습기 찬 폐허 위를 비틀거리며 걸어갔다. 가능한 한 빨리 걸었다. 그는 사람들과 부딪쳤고, 앞으로 무턱대고 걸었으며, 폐허 더미 위를 걷다가 멈추어 섰다. 그는 자신이 어디쯤에 있는 것인지 알 수가 없었다.

어릴 때부터 알았던 거리가 너무나 변해 버려 방향을 알 수가 없었다. 그는 건물의 정면을 보고 길을 분간하는 데 익숙했다. 그런데 이제는 그것이 없었다. 그는 지나가는 여자에게 하켄 가로 가는 길을 물었다.

"뭐라고요?" 여자는 놀라며 되물었다. 누추한 용모의 여자는 두 손을 가슴 쪽으로 가져갔다.

"하켄 가로 가려고 합니다."

여자가 방향을 가리켰다. "저기, 저 건너편, 모퉁이를 돌아서 갑니다."

그는 여자가 가리키는 쪽으로 갔다. 그을린 나무들이 옆에 서 있었다. 크고 작은 나뭇가지들은 새까맣게 타 버렸지만 나무둥치 몇 개와 굵은 가지들은 그대로 하늘을 향해 솟아 있었다. 그것들은 땅에서부터 하늘을 향해 내뻗고 있는 검고 거대한 손처럼 보였다.

그래버는 자기가 어디쯤 있는지 알아내려고 애썼다. 여기쯤에서 카타리나 성당의 탑이 보일 것 같았는데, 탑은 보이지 않았다. 아마 성당도 파괴된 것 같았다. 이제 그는 아무에게도 묻지 않았다. 한쪽에 들것이 보였고, 사람들은 삽질을 하고 있었다. 소방대원들은 여기저기를 뛰어다녔다. 치솟는 연기 사이로 물줄기가 튀었다. 구리 공장 위로 검은 기운이 도는 불꽃이 타올랐다. 그는 어느새 하켄 가에 와 있었다.

7

구부러진 가로등에 표지판이 붙어 있었다. 그것은 바로 아래의 포탄 구멍을 향해 가파르게 기울어져 있었다. 구덩이에는 무너진 벽의 잔해와 철제 침대가 처박혀 있었다. 그는 포탄 구멍을 우회해서 계속 걸어갔다. 조금 앞에 파괴되지 않은 집 한 채가 서 있는 것이 보였다. 18번지다! 그가 중얼거렸다. 저 집은 18번지가 틀림없어! 제발 18번지이기를!

그는 헷갈렸다. 집의 정면만 남아 있기 때문이었다. 멀리 어둠 속에서는 온전해 보였는데 가까이 다가가 보니 집의 뒤채가 허물어져 있었다. 피아노 한 대가 철제 기둥 사이에 높다랗게 끼어 있었다. 뚜껑은 떨어져 나가고 건반은 이빨로 가득한 거대한 아가리처럼 희미하게 빛났다. 마치 선사 시대의 육중한 동물이 격분하여 노려보는 것 같았다. 정면의 현관은 활짝 열려 있었다.

그래버는 그곳으로 내려갔다. "어이!" 누군가가 소리를 질렀다. "조심하라고! 어디로 가는 거야?"

그는 대답하지 않았다. 부모가 살았던 집이 어딘지 아무래도 종잡을 수가 없었다. 전쟁 동안 내내 그는 집을, 창문을, 현관, 층계, 계단을 눈앞에 그려 보곤 했다. 그런데 이제 오늘 밤 모든 것이 뒤죽박죽이 되어 버렸다. 그는 거리의 어느 쪽에 서 있는지조차 분간할 수 없었다.

"어이, 이봐!" 아까 그 목소리가 다시 고함을 질렀다. "머리통에 벽돌을 맞으려고 그러는 거야?"

그래버는 현관 안을 들여다보았다. 층계의 아랫부분이 보였다. 그는 집의 번지를 찾았다. 그때 공습 경비원이 왔다. "여기서 뭐 하고 있는 거야?"

"여기가 18번지입니까? 18번지는 어딥니까?"

"18번지?" 공습 경비원은 철모를 똑바로 고쳐 썼다. "18번지가 어디냐고? 18번지가 어디 있었느냐는 말이겠지?"

"뭐라고요?"

"젠장. 눈 두고 뭐 하는 거야?"

"여긴 18번지가 아니군요!"

"18번지는 이미 없어! 옛날 일이야! '이다.'라는 말은 이제 없어. '였다.'라는 말만 통해."

그래버는 그의 윗옷 소매를 잡아당겼다. "잠깐만요. 농담이나 들으려고 여기 온 건 아닙니다. 18번지는 어딥니까?" 그가 거친 목소리로 말했다.

공습 경비원이 그를 노려보았다. "이거 놓지 못해? 아니면 호각으로 경찰을 부를 테다. 이곳엔 못 들어와. 여긴 정리 구역이야. 넌 체포당할 거야."

"날 체포하지는 못할 거요. 난 일선에서 왔소."

"대단하시군! 그렇다면 여긴 전선이 아니란 말인가?"

그래버는 잡고 있던 옷을 놓았다. "난 18번지에 살았소. 하켄 가 18번지. 부모님도 여기 살고 있소."

"이 거리엔 아무도 살지 않아."

"아무도?"

"아무도. 난 잘 알아. 나도 전에 여기 살았으니까." 사내는 갑자기 이를 드러내며 소리를 질렀다. "여기 살았지! 여기 살았다고! 우린 여기에서 이 주일 동안 여섯 번이나 공습을 당했어. 일선 군인 양반! 하지만 자네들 빌어먹을 놈들은 전선에서 빈둥거리기만 했어. 자네들은 건강하고 즐거워 보여. 금방 보면 알지! 그런데 내 마누라는? 저기……." 그러면서 그는 바로 앞의 집을 가리켰다. "누가 내 마누라를 파 주겠나? 아무도 못 해! 죽었어! 지금 파내도 소용없다고 구호반이 말하더군. 시급한 일이 너무 많다면서 말이야. 빌어먹을 문서들, 사무실, 관청부터 구해야 한다는 거야."

그는 수척한 얼굴을 그래버 쪽으로 내밀었다. "군인 아저씨, 하나 가르쳐 줄까? 사람이란 자신에게 닥치기 전까지는 무슨 일이 일어나더라도 모르는 거야. 알게 된다면 이미 그때는 너무 늦었지. 알겠어? 일선 군인 양반!" 그는 침을 탁 뱉었다. "훈장을 탄 용감한 군인 아저씨! 18번지는 저기야. 지금 삽질하고 있는 곳이야."

그래버는 멍해졌다. 삽질하고 있는 저기라고, 그는 생각했다. 삽질하고 있는 저기라고! 그럴 리가 없어! 나는 지금 깨어나서 지하 참호에 있는 거야. 러시아의, 이름도 없는 마을의 지하 참호에서 잠을 깬 거야. 임머만이 저기서 욕을 하고 있어. 뮈케도 보이고 자우어도 보이는군. 여기는 러시아지 독일이 아니야. 독일은 건재해, 온전하다고. 독일은……

고함 소리와 달그락거리는 삽질 소리가 들려왔다. 연기가 모락모락 피어오르는 잔해 위로 사람들이 보였다. 거리 한쪽에서는 파괴된 수도관에서 물이 쏟아져 나왔다. 물은 갓을 씌운 램프의 불빛을 받아 반짝거렸다.

그는 작업을 지시하고 있는 사내에게 다가갔다. "여기가 18번지입니까?"

"뭐라고? 저리 비켜! 여기서 뭘 찾고 있는 거야?"

"부모님을 찾고 있습니다. 18번지요. 우리 부모님은 어디 있습니까?"

"이봐, 내가 그걸 어떻게 알아? 내가 하느님이야?"

"그분들은 구조됐나요?"

"다른 데서 물어봐. 우리하곤 상관없는 일이야. 우리는 그저 파내기만 하는 거야."

"여기 묻힌 사람들이 있습니까?"

"그래. 우리가 그냥 장난하고 있는 줄 아나?" 그렇게 말하면서 사내는 작업하는 사람들한테로 가 버렸다. "중지! 조용히! 빌만, 두들겨 봐!"

일꾼들이 몸을 일으켰다. 스웨터를 입은 사람, 흰 칼라에 때가 묻은 사람, 엔지니어 복장을 한 사람, 군복 바지와 민간인 상의를 입은 사람 들이었다. 그들은 먼지를 덮어쓰고 얼굴은 땀으로 번들거렸다. 한 사람이 망치를 들고 폐허 더미에 꿇어앉아, 밖으로 삐죽 나온 파이프를 두들겼다. "조용!" 감독이 소리를 질렀다.

주위가 조용해졌다. 망치를 든 사내가 파이프에 귀를 바짝 갖다 댔다. 사람들의 숨소리와 석회 가루가 흘러내리는 소리가 들렸다. 멀리서 구급차와 소방차의 사이렌 소리가 들려왔다. 사내는 망치로 다시 한 번 두들겼다. 그러고 나서 사내는 몸을 일으켰다. "아직도 응답을 합니다. 하지만 더 빨리 두드리고 있어요. 공기가 얼마 남지 않았을 텐데."

그는 땅속에서 두드리는 소리에 응답하여 몇 차례 더 신속하게 파이프를 두들겼다. "빨리!" 감독이 소리쳤다. "계속해! 오른쪽으로! 파이프를 더 박아서 공기가 안으로 들어가게 해야 해."

그래버는 그 옆에 서 있었다. "여긴 방공호 지하실입니까?"

"물론이지. 그럼 뭐겠어? 방공호 지하실이 아니면, 밑에서 파이프를 두드리는 소리가 어떻게 들리겠어?"

그래버는 꿀꺽 침을 삼켰다. "이 집 사람들이 아닐까요? 저기 있는 공습 경비원은 여기에 아무도 살지 않는다고 말하던데요."

"그 경비원 놈은 머리가 모자라. 여기 밑에서 두드리는 소리가 들리잖아. 그러면 그걸로 충분한 거야."

그래버는 배낭을 벗었다. "저는 팔팔합니다. 파내는 걸 도울 수 있어요." 그는 사내를 뚫어져라 쳐다보았다. "저는 해야 합니다. 아마도 부모님이……."

"좋으실 대로! 빌만, 여기 교대할 사람이 생겼다. 도끼 남는 거 있나?"

두 다리가 짓뭉개진 남자가 첫 번째로 땅속에서 나왔다. 들보 하나가 다리를 부러뜨리고 짓눌렀던 것이다. 남자는 아직 살아 있었고 의식도 있었다. 그래버는 그의 얼굴을 자세히 들여다보았다. 모르는 얼굴이었다. 일꾼들은 쇠톱으로 들보를 자르고 들것을 가져왔다. 남자는 비명을 지르지 않고 눈만 부릅떴다. 그러더니 두 눈이 갑자기 하얗게 변했다.

그들은 입구를 넓히고 시체 두 구를 발견했다. 시체들은 납작하게 눌려 있었다. 얼굴은 평평했다. 아무것도 돌출해 있지 않았다. 코는 없어져 버렸고, 치아는 납작한 씨앗들처럼 두 줄로 납작하게 눌려 있고 반죽에 넣어 구운 아몬드 씨처럼 흩어져 있었다. 그래버는 허리를 굽혀 시체를 들여다보았다. 검은 머리카락이 보였다. 그의 가족들은 금발이었다. 일꾼들은 시체를 끌어냈다. 시체들은 평평하게 그리고 기이한 모습으로 거리에 누워 있었다.

주위가 좀 더 밝아졌다. 달이 떠올랐다. 하늘은 부드럽고, 거의 무채색이며, 아주 차가운 푸른색으로 변했다.

"언제 공습이 있었습니까?" 그래버가 교대하면서 물었다.

"이젯밤이었어."

그래버는 손을 펴 보았다. 밋밋한 빛 아래 두 손이 까맣게 보였다. 시체에서 흘러내린 검은 피였다. 아니면 자신의 손에서 나온 피일지도 몰랐다. 그는 자신이 맨손으로 쓰레기 더미와 유리 조각을 긁어냈던 사실도 기억하지 못했다. 그들은 계속해서 작업을 했다. 눈에서는 눈물이 흘렀다. 폭탄 증기에서 발산된 산이 눈을 자극했던 것이다. 소매로 닦아 냈지만 눈물은 자꾸만 고였다.

"이봐, 군인 아저씨!" 누군가가 뒤에서 그를 불렀다.

그래버가 고개를 돌렸다. "저건 당신 배낭인가?" 눈에 눈물이 가득 고여 균형을 제대로 잡지 못하고 있는 사내가 물었다.

"어디 말입니까?"

"저기. 저놈이 들고 달아난다."

그래버가 몸을 돌리려 했다. "저놈이 훔쳤어." 그 사내가 말하면서 손가락으로 가리켰다. "지금이라도 따라잡을 수 있어. 빨리! 내가 교대해 줄 테니."

그래버는 더 이상 생각할 겨를이 없었다. 목소리와 손가락이 가리키는 방향으로 달려갔다. 아래쪽으로 거리를 내달려 간 그는 누군가가 폐허 더미 위로 기어오르는 것을 보고는 그 사람을 잡아당겼다. 배낭을 놓지 않으려고 악을 쓰는 사람은 알고 보니 노인이었다. 그래버가 끈을 밟아 버리자 노인은 배낭을 놓았고, 몸을 돌려 두 손을 들었다. 그러고는 가녀리고 날카롭게 비명을 질렀다. 달빛 아래 그의 입은 크고 검었으며 두 눈은 반짝거렸다.

순찰차가 달려왔다. 두 명의 친위대였다. "무슨 일인가?"

"아무것도 아닙니다." 그래버는 이렇게 대답하면서 배낭을 멨다. 비명을 지르던 노인도 침묵을 지켰다. 그는 헐떡거리며 숨을 쉬고 있었다.

"여기서 뭘 하는 거야?" 친위대 중 한 사람이 물었다. 중년의 소위였다. "증명서."

"발굴 작업을 돕고 있습니다. 저기서. 부모님이 거기에 살았어요. 저는……."

"신분증!" 소위가 더욱 몰아치면서 말했다.

그래버는 두 사람을 응시했다. 친위대가 사병을 조사할 권한이 있는지 없는지 다투는 것은 아무런 의미도 없었다. 그들은 두 명이고 또 무장을 하고 있었다. 그는 주머니를 뒤져 휴가증을 찾았다. 소위는 회중전등을 꺼내 그것을 읽었다. 전등을 비춘 순간 휴가증이 너무나 밝아져서 마치 그 안에서 빛이 나오는 것 같았다. 그래버는 근육이 후들후들 떨리는 것을 느꼈다. 마침내 불이 꺼지고 소위가 증명서를 돌려주었다. "하켄가 18번지에 살았나?"

"그렇습니다." 그래버가 대답했다. 초조한 나머지 미칠 것 같았다. "저깁니다. 지금 막 발굴 작업을 하고 있어요. 부모님을 찾고 있습니다."

"어디라고?"

"저깁니다. 지금 파내고 있는 곳이요. 안 보입니까?"

"저기는 18번지가 아냐." 소위가 말했다.

"뭐라고요?"

"18번지가 아니라 22번지야. 18번지는 저쪽이야." 그는 철근이 삐죽 나온 폐허를 가리켰다.

"그게 정말입니까?" 그래버는 말을 더듬었다.

"물론이지. 이제 이 근처는 다 비슷비슷하게 보여. 하지만 저기가 18번지가 분명해. 나는 정확히 알고 있어."

그래버는 잿더미를 바라보았다. 연기도 나지 않았다. "이 부근은 어제 폭격을 당한 게 아냐. 내 생각으로는 지난주일 거야. 더 이전일 수도 있고." 소위가 말했다.

"그런데……." 그래버는 더듬거리다가 말을 이었다. "사람들이 살았는지는 잘 모르시겠죠?"

"그건 몰라. 하지만 늘 몇 사람씩은 구조됐어. 아마 자네 부모도 집에 있지는 않았을 거야. 공습경보 중에는 대개 지하 방공호로 대피하니까 말이야."

"어디서 찾을 수 있을까요? 부모님이 지금 계신 데를 어디서 알아보면 됩니까?"

"오늘 밤은 소용없어. 시청도 파괴되었고 모든 게 뒤죽박죽이야. 내일 아침 시청에 가서 물어봐. 그런데 이 사람은 무슨 일인가?"

"아무것도 아닙니다. 그런데 이 잿더미 밑에도 사람이 묻혔습니까?"

"온통 시체야. 전부 다 꺼내려면 엄청나게 많은 인원이 있어야 해. 개새끼들이 도시에 무차별로 폭격을 퍼붓고 있어."

소위가 가려고 돌아섰다. "여긴 금지 구역입니까?" 그래버가 물었다.

"뭐 때문에?"

"저 공습 경비원이 그러던데요?"

"그 녀석은 머리가 돌았어. 해임됐지. 원한다면 얼마든지 있어도 상관없어. 적십자를 찾아가면 잘 데가 있을 거야. 운만 좋나면. 전에 정거장이 있던 자리야."

그래버는 입구를 찾으려고 했다. 한 군데에 쓰레기가 치워져 있었지만 지하로 통하는 입구는 보이지 않았다. 그래서 벽돌 더미 위로 기어 올라갔더니 그 한복판에 층계의 일부가 나와 있었다. 발판과 난간은 상하지 않은 채 그대로였지만 아무 의미도 없이 허공을 향하고 있었다. 폐허 더미는 계단 뒤로 더 높이 치솟아 있었다. 그리고 벨벳 소파 하나가 한쪽 구석에 단정하게 놓여 있었는데, 마치 누군가가 일부러 그곳에 가져다 놓은 것 같았다. 집의 뒤쪽 벽은 정원 쪽으로 비스듬하게 쓰러져 다른 폐허 더미 위로 쌓여 있었다. 그곳으로 무언가가 재빠르게 지나갔다. 그래버는 아까 그 노인일 거라 생각했는데 자세히 보니 고양이였다. 그는 아무 생각도 없이 돌멩이를 집어서 던졌다. 그때 갑자기 고양이가 시체를 뜯어먹고 있었을 거라는 엉뚱한 생각이 떠올랐다. 그는 바삐 폐허 더미를 기어 넘어서 반대편으로 갔다. 이제야 자신이 살았던 집을 분명히 알아볼 수 있었다. 정원 일부가 그대로 남아 있었고 목조 정자도 그 자리에 있었다. 벤치도 있고 그 뒤로 보리수나무 둥치도 그대로였다. 그는 조심스럽게 나무 껍질을 더듬었다. 자신이 몇 년 전에 새겨 넣었던 글자들이 만져졌다. 그는 주위를 둘러보았다. 달이 폐허 더미 위로 떠올라 이제 그곳을 비추고 있었다. 비인간적이고 낯설며, 꿈에서나 보일 뿐 현실에서는 찾아볼 수 없는 그런 폭탄 구멍의 풍경이었다. 그는 지난 몇 년 동안 그러한 풍경 이외에 다른 것을 보지 못했다는 사실을 잊고 있었다.

뒤쪽 출입구는 어떻게 해 볼 수도 없는 상태로 묻혀 있었다. 그래버는 귀를 기울였다. 그는 쇠기둥을 두드렸다가 가만히 서 있으면서 다시 귀를 기울였다. 갑자기 흐느끼는 소리가 들려오는 듯했다. 바람이겠지, 하고 그는 생각했다. 바람 이외에 다른 것일 수는 없어. 무슨 소리가 다시 들렸다. 그는 층계 쪽으로 달려갔다. 계단에 숨어 있던 고양이가 휙 하며 앞으로 지나갔다. 그는 다시 소리를 기다렸다. 다리가 후들후들 떨리는 것이 느껴졌다. 순간 그는 자신의 부모가 폐허 더미 아래에 누워 있다는 확신이 들었다. 그들은 아직 살아 있다. 그들은 암흑 속에 갇혀서, 껍질이 벗겨진 손으로 절망적으로 흙을 긁어 대고 나를 부르면서 흐느끼고 있는 것이다.

그는 돌멩이와 폐허 더미를 헤치다가 가만히 생각한 끝에 작업 현장으로 급히 되돌아갔다. 넘어지고 무릎이 깨지고 모르타르와 돌멩이 위로 미끄러지면서 거리 쪽으로 내려갔고, 밤 동안 함께 작업했던 집 쪽으로 달려갔다.

"이봐요! 여긴 18번지가 아닙니다! 18번지는 저쪽이오. 파내는 걸 도와주십시오!"

"뭐라고?" 감독은 그렇게 말하면서 몸을 일으켰다.

"여긴 18번지가 아닙니다! 내 부모는 저쪽에……."

"어디라고?"

"저쪽이오! 빨리!"

감독은 그래버가 가리키는 곳을 보았다. "거긴 늦었어." 그는 아주 조심스럽고 부드럽게 말했다. "너무 늦었네, 군인 아저씨. 우리는 여기 일을 계속해야 해."

그래버가 어깨에서 배낭을 벗어 던졌다. "저기에 부모님이 묻혀 있어요! 이봐요! 물건들 좀 봐요. 먹을 것도 있고 돈도 있어요……."

사내는 눈물이 흐르는 충혈된 눈으로 그를 바라보았다. "그래서 여기 묻혀 있는 사람들을 죽게 내버려 두라고?"

"아닙니다. 하지만……."

"말이야, 이 밑에는 아직 살아 있는 사람들이 있어."

"나중에 하면……."

"나중에라고! 사람들이 녹초가 되어 쓰러지는 걸 보고서도 그런 말이 나와?"

"저도 여기서 밤새 도와드렸잖아요. 그러니 당신도 저를 좀 도와주시면……."

"이 사람아." 감독이 갑자기 화를 내며 말했다. "답답한 소리 그만하게! 거길 파낸다 해도 아무 소용없어. 무슨 말인지 모르겠나? 그 밑에 사람이 있는지조차도 모르잖아? 아마 아무도 없을 거야. 그렇지 않다면 우리가 무슨 소리라도 들었을 테니까. 그러니 더 이상 귀찮게 굴지 말게!"

그는 곡괭이를 들었다. 그래버는 가만히 서서 작업 중인 사람들의 등을 쳐다보았다. 들것이 보였고, 환자를 나르기 위해 온 사람들도 있었다. 터진 수도관에서 새어 나온 물이 거리에 넘치고 있었다. 그는 온몸에서 힘이 쑥 빠져나가는 것 같았다. 삽질하는 것을 도울까 하는 생각도 했지만 도저히 일을 계속할 수 없었다. 그래버는 지친 몸을 이끌고 한때 18번지였던 집으로 되돌아왔다.

그는 폐허 더미를 바라보았다. 그리고 다시 돌멩이를 치우다가 금방 그만두고 말았다. 불가능한 일이었다. 산더미처럼 쌓인 파편을 치운다 해도 쇠기둥과 콘크리트 그리고 네모꼴의 거다란 돌들이 남아 있었다. 이 집은 아주 잘 지어진 건물이야. 그 때문에 폐허 더미를 치우기가 더 힘들어. 부모님은 아마도 피신했을 거야. 어쩌면 남부 독일의 어느 마을에 계실지도 몰라. 로텐부르크에 계실지도 모르고. 어디선가 침대에 누워 주무시고 있을 거야. 어머니, 제게는 아무것도 남아 있지 않아요. 머리도 위장도 남아 있지 않아요.

그는 층계 옆에 쪼그리고 앉았다. 야곱의 사다리라고 그는 생각했다. 저건 무엇이었을까? 하늘로 올라가는 사다리가 아니었을까? 천사들이 그 위로 날아다니지는 않았을까? 천사들은 어디로 간 것일까? 비행기로 변했을까. 모든 것은 어디에 있는가? 지구는 어디에 있는가? 지구는 오로지 무덤을 위해서 아직도 그대로 있는 것인가? 나는 무덤을 팠어, 많은 무덤을, 하고 그는 생각했다. 나는 여기서 무엇을 하고 있는가. 왜 아무도 나를 도와주지 않는가? 나는 폐허들을 수없이 보아 왔어. 하지만 진짜 폐허를 본 적은 한 번도 없었어. 오늘에서야 진짜를 본 거야. 바로 이 폐허를. 이것은 다른 폐허들과는 달라. 왜 나는 저 아래에 누워 있지 않은 걸까? 나는 저 아래 누워 있어야 마땅해.

사방이 조용해졌다. 마지막 들것이 옮겨졌다. 달은 더 높이 떠올랐다. 초승달은 아무런 온정도 없이 도시 위에 떠 있었다. 고양이가 다시 나타났다. 고양이는 그래버를 한참 동안 관찰했다. 두 눈은 희미한 불빛 아래 녹색으로 빛났다. 고양이가 조심스럽게 다가왔다. 그래버의 주위를 미끄러질 듯 소리도 없이 몇 차례 돌더니 그의 발을 스치며 지나갔다. 그러고는 등을 둥그렇게 말면서 그르렁거리기 시작했다. 마침내 고양이는 그의 곁으로 기어와서 자리를 잡았다. 그러나 그는 그것을 알아차리지 못했다.

8

아침은 눈부시게 밝아 왔다. 그래버는 폐허 속에서 자는 데 익숙해져서 자신이 지금 어디에 있는지 알아차리는 데 한참이 걸렸다. 그러다가 갑자기 모든 것이 되살아났다.

그는 층계에 기대고 앉아 생각하려고 애를 썼다. 고양이는 조금 떨어진 곳, 반쯤 묻힌 욕조 옆에 앉아 평화롭게 자기 몸을 핥고 있었다. 파괴 같은 것은 고양이와는 아무 상관도 없었다.

시계를 보았다. 시청에 가기에는 아직 이른 시간이었다. 그는 천천히 일어났다. 관절이 뻑적지근하고, 손은 더럽고 피가 묻어 있었다. 욕조 안에는 깨끗한 물이 조금 남아 있었는데 소방용 물이거나 아니면 빗물이 남은 것 같았다. 수면에 자기 얼굴을 비추어 보았다. 낯설었다. 배낭에서 비누를 꺼내 세수를 하기 시작했다. 물은 더러워졌고 손에는 다시 피가 흘렀다. 그는 두 손을 햇볕에 내놓고 말렸다. 그러고 나서 자신을 내려다보았다. 바지는 찢어지고 상의는 더럽혀져 있었다. 손수건에 물을 적셔 상의를 여기저기 문질렀다. 더 이상 할 수 있는 일은 없었다.

배낭에는 빵이, 수통에는 아직 커피가 있었다. 그는 커피를 마시고 빵을 먹었다. 갑자기 배 속이 아주 허전해졌다. 밤새도록 소리를 지른 것처럼 목구멍이 꺼칠꺼칠했다. 고양이가 슬금슬금 다가왔다. 빵을 조금 떼어 내밀자 조심스럽게 받아 물고는 구석으로 가서 쪼그리고 앉아 빵을 씹었다. 그러면서 그를 관찰했다. 고양이의 털은 검은색이고 앞발은 흰색이었다. 폐허 더미에 있는 깨진 유리 조각에 햇빛이 반사되어 번쩍거렸다. 그는 배낭을 메고 거리 쪽으로 기어 내려갔다.

아래쪽에서 잠시 멈추어 주위를 둘러보았다. 어디를 보아도 도시의 외형을 다시는 알아볼 수 없었다. 손상된 치아처럼 도처에 구멍이 나 있었다. 녹색에 둥그런 모양의 성당 지붕은 사라지고 없었다. 카타리나 성당은 무너져 있었다. 열을 지어 늘어선 지붕들은 비루먹은 것처럼 파괴되었다. 마치 원시 시대의 거대한 곤충들이 개미집을 파헤쳐 버린 것 같았다. 하켄 가에는 집들이 드문드문 남아 있을 뿐이었다. 도시는 더 이상 그가 기대한 고향의 모습이 아니었다. 도시는 마치 러시아 한가운데 있는 것 같았다.

정면만 남아 있는 집의 문이 열렸다. 어젯밤에 본 공습 경비원이 밖으로 나왔다. 더 이상 집이라고도 할 수 없는 곳에서 마치 모든 것이 제자리에 있는 듯 그가 문에서 나오는 것을 보니 허깨비라도 본 기분이었다. 그가 눈짓을 했다. 그래버는 잠시 망설였다. 이 사내가 미쳤다고 소위가 말했던 것이 기억나서였다. 하지만 그에게로 가까이 갔다.

경비원은 잇몸을 드러내며 날카롭게 물었다. "여기서 뭘 하는 거야? 노략질이라도 하는 거야? 여기선 금지되어 있다는 걸 모르나?"

"이봐요! 쓸데없는 소리는 그만두고, 우리 부모님 소식이나 알면 말해 주십시오. 파울 그래버와 마리 그래버입니다. 저곳에서 살았어요."

경비원은 비쩍 마른 수염투성이 얼굴을 앞으로 내밀었다. "아아, 자네였군! 어젯밤의 군인 아저씨! 그렇게 큰 소리로 고함치지 말게, 군인 아저씨. 가족 잃은 게 자네뿐이란 말인가? 저기 있는 걸 보니 무슨 생각이 드나?" 그는 방금 나온 집을 가리켰다.

"뭐라고요?"

"저기 저거 말이야! 문 위를 봐! 눈깔은 어디다 뒀어? 저게 장난질한 쪽지로만 보이나?"

그래버는 대답하지 않았다. 바람에 문이 천천히 흔들렸고, 문의 바깥쪽에 잔뜩 붙어 있는 쪽지들이 보였다. 그는 재빨리 그쪽으로 갔다.

행방불명된 가족을 찾는 주소와 호소문이었다. 일부는 연필이나 잉크나 숯으로 바로 문짝에다 써 놓았지만, 대개는 종이에 써서 핀이나 접착제로 고정한 것들이었다. "하인리히와 게오르크는 헤르만 숙부 댁으로 오너라. 이르마는 죽었다. 엄마."라는 글이 줄을 친 커다란 종이 위에 씌어 있었다. 공책에서 찢어 낸 이 종이는 핀 네 개로 고정되어 있었다. 바로 그 밑에는 누군가가 구두 상자 뚜껑에다 "제발 부탁합니다. 브룬힐데 슈미트를 아시는 분은 튀링거 가 4번지로 꼭 연락 주십시오." 라고 써 놓았다. 그리고 그 옆의 엽서는 이런 내용을 담고 있었다. "오토, 우리는 지금 이부르크에 있어. 초등학교." 제일 아래쪽에는 뾰족뾰족하게 톱니모양으로 자른 냅킨 위에 연필과 잉크로 주소를 적고 알록달록한 파스텔로 서명도 없이 이렇게 써 붙인 것도 있었다. "마리, 지금 어디 있니?"

그래버는 몸을 일으켰다. "어떤가? 자네를 찾는 이름도 있나?" 공습 경비원이 물었다.

"아닙니다. 부모님은 내가 돌아온 걸 모릅니다."

미치광이는 소리 없이 웃기라도 하듯 얼굴을 찌푸렸다. "찾고 있는 사람들의 행방은 그 누구도 모르네, 군인 아저씨! 누구도! 언제나 나쁜 놈들만 살아남기 마련이야. 악당들에게는 일이 생기지 않아. 아직도 그걸 모르고 있나?"

"알고 있어요."

"그럼, 자네 이름도 올려놓게! 가련한 자들의 명단에 올리란 말이야! 그러고는 무작정 기다리는 거야! 우리 모두처럼 말이야 우리처럼 스스로 새까맣게 될 때까지 기다리는 거야!" 공습 경비원의 표정이 변했다. 무언가 헤아릴 수 없는 고통에 의해 갑자기 찢기기라도 한 것 같았다.

그래버는 몸을 돌리고 허리를 굽혀 쪽시를 남길 수 있는 종이 같은 것이 있나 폐허 더미를 뒤졌다. 그리고 부서진 사진틀에 들어 있는 히틀러의 초상화를 발견했다. 뒷면은 백지 상태로 아무것도 인쇄되어 있지 않았다. 그는 윗부분을 찢고 연필을 꺼낸 후 잠시 생각에 잠겼다. 갑자기 쓰려고 하니 무얼 쓸지 잘 떠오르지 않았다. 마침내 그는 인쇄체 문자로 이렇게 적었다. "파울 그래버와 마리 그래버에 대한 소식을 알려 주세요. 휴가 중인 에른스트."

"반역이다." 공습 경비원이 뒤에서 나지막하게 말했다.

"뭐라고?" 그래버는 뒤를 돌아보았다.

"반역이다! 자네는 총통의 초상화를 찢었어!"

"이건 찢긴 채로 흙더미 속에 처박혀 있었소." 그래버가 화난 목소리로 설명했다. "이제 멍청한 소리 그만하시오!"

종이를 꽂아 놓을 만한 것이 없었다. 그래서 어머니를 찾는다는 다른 쪽지를 고정해 놓은 핀 네 개 중에서 두 개를 빼내 자신의 쪽지를 붙였다. 기분이 찝찝했다. 마치 낯선 사람의 관에서 꽃다발을 훔친 것 같았다. 하지만 다른 방법이 없었고, 또 두 개의 핀으로도 어머니를 찾는 그 종이쪽지는 잘 붙어 있었다.

공습 경비원은 그래버의 어깨 너머로 그의 행동을 지켜보고 있었다. "됐어!" 그는 마치 명령이라도 내리는 듯이 말했다. "승리 만세, 군인 아저씨, 애도는 금물! 상복도 물론! 그런 건 전투 정신을 약하게 해! 희생하는 걸 자랑으로 여기게! 자네들 개 같은 놈들이 임무를 제대로 마쳤다면 이런 일은 일어나지도 않았을 거야!"

그러고는 갑자기 방향을 돌려 길고 가는 다리로 성큼성큼 걸어갔다.

그래버는 공습 경비원을 금방 잊어버렸다. 히틀러 초상화의 나머지 부분을 조금 찢어 내어 문짝에 붙어 있던 쪽지에서 발견한 주소를 거기에다 적었다. 그것은 로제 가족의 주소였다.

그들을 찾아가서 부모님의 소식을 물을 생각이었다. 그리고 다시 액자에서 초상화의 나머지 부분을 찢어 뒤쪽에다 아까 적었던 쪽지 내용을 그대로 적고는 18번지로 돌아갔다. 그곳에서 쪽지를 남의 눈에 쉽게 띄도록 돌과 돌 사이에 끼워 놓았다. 이렇게 해서 그는 자신의 쪽지를 발견할 수 있는 조치 두 가지를 해 놓은 셈이었다. 그것이 이 순간에 그가 할 수 있는 전부였다. 그런 다음 그는 무덤일 수도 있고 아닐 수도 있는 쓰레기와 돌 더미 앞에 잠시 서 있었다. 한쪽 구석에 있는 벨벳 소파는 햇빛을 받아 에메랄드처럼 빛났다. 거리에는 밤나무 한 그루가 조금도 상하지 않은 채로 서 있었다. 잎사귀들은 햇빛 아래 부드럽게 빛났고, 되새 한 무리가 나무 사이에 둥지를 틀고 짹짹거렸다.

시계를 보았다. 시청에 가기에 적당한 시간이었다.

실종자 창구는 생나무로 엉성하게 차려 놓은 곳이었다. 생나무에 칠을 하지 않아서 송진 냄새와 숲 냄새가 그대로 났다. 한쪽에서는 지붕이 무너져 내려 있었다. 목수들이 그곳에다 목재들을 가져다 놓고 망치질을 하고 있었다. 방 안 가득 사람들이 인내심을 가지고 말없이 차례를 기다렸다. 창구에는 외팔인 남자 직원 한 명과 여자 두 명이 앉아 있었다.

"성함은요?" 제일 오른쪽에 앉은 여자가 물었다. 납작하고 넓은 얼굴에, 땋은 머리에는 빨간색 비단 리본을 매고 있었다.

"그래버. 파울 그래버와 마리 그래버입니다. 세무 서기. 하켄가 18번지입니다."

"뭐라고요?" 여자는 손을 귀에다 갖다 댔다.

"그래버." 그래버가 망치질 소리를 뚫고 큰 소리로 되풀이했다. "파울 그래버와 마리 그래버. 세무 서기."

여자 직원이 카드를 뒤졌다. "그래버, 그래버……." 그녀의 손가락이 카드 위를 미끄러져 내려가다 멈추었다. "그래버……. 네……. 그런데 이름이 뭐라고 하셨지요?"

"파울과 마리입니다."

"뭐라고요?"

"파울과 마리!" 그래버는 갑자기 화가 치솟았다. 자신의 불행을 다시 한 번 크게 외쳐야 하는 것이 견딜 수 없었다.

"아니군요. 이 사람은 에른스트 그래버이군요."

"에른스트 그래버는 내 이름입니다. 우리 가족 중에 그런 이름은 없어요."

"그럼, 아니군요. 다른 그래버는 여기 없어요." 여직원은 올려다보며 미소를 지었다. "며칠 후에 다시 와 보세요. 아직 다 보고를 받지는 않았으니까. 다음 분!"

그래버는 그대로 서 있었다. "여기 말고 또 알아볼 데는 없어요?"

여직원은 머리에 단 빨간색 비단 리본을 어루만졌다. "호적과로 가세요, 다음 분."

그래버는 누군가가 그의 등을 밀치는 것을 느꼈다. 새 발톱 같은 손을 가진 자그마한 노파가 뒤에 서 있었다. 그는 옆으로 비켜섰다.

그는 이러지도 저러지도 못해 창구 앞에 잠시 서 있었다. 이게 전부인가 싶어 어이가 없었다. 순식간에 일어난 일이었다. 거기에 비하면 그의 손실은 너무도 컸다. 외팔인 남자 직원이 그를 보고 있다가 머리를 숙이며 말을 건넸다. "친척 분의 이름이 여기에 없다면 오히려 다행입니다."

"왜 그렇죠?"

"이건 사망자나 중상자의 명부입니다. 보고되지 않았다면 실종자입니다."

"그렇다면 실종자는요? 그 명부는 어디 있지요?"

직원은 매일 여덟 시간씩, 도와주지도 못하면서 타인의 불행을 취급해야 하는 사람답게 인내심을 갖고 그를 바라보았다. "잘 생각해 보세요. 실종자는 실종자일 뿐입니다. 실종자 명부를 만들어서 소용이 있겠습니까? 그런 명부를 만들어 봤자 그들에게 무슨 일이 일어났는지 알 수 없어요. 그리고 그들의 행방을 우리가 안다면 그들은 더 이상 실종자가 아니지요. 안 그래요?"

그래버는 그를 쳐다보았다. 직원은 자신의 정연한 논리에 자부심을 느끼는 것 같았다. 하지만 이성과 논리라는 것은 손실이나 고통과는 어울리지 않는 것이었다. 한쪽 팔을 잃은 사람에게 더 이상 무슨 말을 하겠는가?

"그럴 테지요." 그래버는 그렇게 말하고는 몸을 돌렸다.

그는 호적과를 물어 찾아갔다. 호적과는 시청의 다른 쪽 건물에 있었는데 아직도 산과 화재 냄새를 풍겼다. 한참 기다린 끝에 그는 코안경을 쓴 신경질적인 여자에게로 갔다.

"아무것도 몰라요." 여자가 곧장 쉿소리를 냈다. "여기선 아무것도 확인할 수 없어요. 카드가 완전히 뒤죽박죽이에요. 일부는 불에 타 버렸고, 타지 않은 건 소방서의 멍텅구리들이 물을 뿌려 망쳐 버렸어요. 나는 책임이 없어요."

"어째서 서류를 안전한 곳으로 옮기지 않았지요?" 그래버 곁에 서 있던 하사관이 물었다.

"안전한 곳이라고요? 안전한 곳이 어디죠? 알고 있어요? 나는 시장이 아닙니다. 거기 가서 따져요." 여자는 축축하게 젖은 서류 더미를 어이가 없다는 듯 바라보았다. "모든 게 파괴됐어! 호적과 전체가! 이제 어쩌란 말이지? 이젠 누구나 마음대로 자기 이름을 불러도 돼!"

"그거 참 무시무시하군, 안 그래?" 하사관은 침을 탁 뱉더니 그래버의 옆구리를 찔렀다. "여보게. 이리 오게. 여기 있는 것들은 모두 머리가 돌았어!"

그들은 밖으로 나가 시청 앞에 섰다. 주위 건물들은 모두 잿더미가 되어 있었다. 비스마르크의 동상은 장화만 남아 있었다. 흰 비둘기 한 무리가 원을 그리며 마리아 교회의 붕괴된 탑 주위를 날아다녔다. "끝장이군, 이게 뭐람?" 하사관이 말했다.

"누구를 찾고 있나?"

"부모님을 찾고 있어."

"난 마누라를 찾고 있어. 온다는 소식을 편지로 쓰지 않았어. 놀래 주려고 말이야. 자네는 어떤가?"

"거의 마찬가지야. 공연히 부모님을 흥분시키고 싶지 않았으니까. 휴가 날짜가 몇 번이나 연기됐거든. 그러다가 갑자기 휴가가 결정된 거야. 편지 쓸 틈도 없었고."

"딱하군그래! 그럼 이제 어떡할 작정인가?"

그래버는 파괴된 시장 광장을 쳐다보았다. 1933년 이래로 그것은 히틀러 광장으로 불리고 있었다. 그전에, 패전한 1차 대전 이후에 그 광장은 에베르트 광장이라 불렸다. 그전에는 빌헬름 황제 광장이었고, 그전에는 시장 광장이었다. “모르겠어. 모든 게 막막하기만 해. 여기 독일 한복판에서 행방불명이 되다니, 어떻게 그런 일이 일어날 수 있을까?” 그가 대답했다.

“그래?” 하사관은 웃음과 동정이 섞인 눈으로 그를 쳐다보았다. “이 순진한 양반, 좀 더 놀라야겠는걸! 난 마누라를 벌써 닷새 동안이나 찾아 헤맸어. 아침부터 밤까지 꼬박 닷새야. 마누라는 마술에라도 걸린 것처럼 이 지상에서 사라져 버린 거야!”

“어떻게 그런 일이 가능하지? 어딘가에 있을 테지…….”

“그냥 사라져 버렸어.” 하사관은 되풀이해서 말했다. “그런 사람이 수천 명이나 돼. 일부는 임시 수용소나 작은 도시로 이주되었어. 우체국이 제 기능을 못하니까 직접 가서 찾아야 할 거야. 그리고 또 일부는 떼를 지어 시골로 피난 갔지.”

“시골에! 그래! 그걸 생각하지 못했어. 시골은 안전하지. 부모님은 틀림없이 시골에 계실 거야.” 그래버는 마음을 놓으며 말했다.

“시골에 계실 수도 있을 테지!” 하사관은 같잖다는 투로 말했다. “그렇다고 해도 더 나아지기는 어려워! 이 빌어먹을 도시 주변에 있는 마을이 스무 개도 넘는다는 걸 알고 있나? 미처 다 돌아보기도 전에 휴가가 끝나겠지. 알겠나?”

그래버도 알고 있었지만 그런 건 아무래도 좋았다. 오로지 부모님이 살아 있기만 하면 족했다. 어디에 계시든 그건 아무래도 좋았다.

“이봐, 내 말 잘 듣게.” 하사관이 침착하게 말했다. “신중하게 계획을 세워야 돼. 무턱대고 찾아 나섰다간 시간만 버린 채 미쳐 버리고 말 거야. 계획을 세워야 해. 자넨 우선 무얼 할 생각인가?"

"아직 모르겠어. 아는 사람들을 몇 명 찾아가서 소식을 들어 볼까 해. 폭격을 받은 사람 주소를 하나 가지고 있기도 하고. 같은 거리에 말이야."

"별로 얻어들을 게 없을 거야. 모두들 주둥이를 여는 걸 꺼려해. 난 느꼈지. 잠깐만! 우리가 서로 도울 수도 있겠어. 자네가 찾으러 다닐 때마다 내 아내의 소식도 물어 주게. 나도 물을 때마다 자네 부모의 행방도 알아볼 테니까. 어때?"

"좋아."

"좋아. 내 이름은 뵈트허야. 아내 이름은 알마야. 적어 두게."

그래버는 그것을 적고 자기 부모의 이름도 종이쪽지에 적어 그에게 넘겨주었다. 뵈트허는 그것을 꼼꼼하게 보더니 주머니에 넣었다. "그런데 그래버, 자넨 어디서 잘 건가?"

"아직 숙소가 없어. 알아봐야 해."

"병영 안에 폭격을 맞은 휴가병들을 위해 임시 숙박소가 마련돼 있어. 사령부에 신고하게. 그러면 증서를 받을 수 있어. 벌써 갔다 왔나?"

"아니."

"그럼, 48호로 가도록 하게. 병실로 쓰던 곳인데 다른 방보다 식사가 더 좋아. 나도 거기 묵고 있거든."

뵈트허는 주머니에서 담배꽁초를 꺼내 바라보다가 도로 집어넣었다. "오늘은 병원을 뒤져 볼 거야. 이따 저녁에 어디서 만나기로 하지. 어쩌면 우리 둘 중 하나가 소식을 알게 될지도 모르니까."

"좋아. 그럼 어디서?"

"여기가 가장 좋아. 9시 어때?

"좋아."

뵈트허는 머리를 끄덕이고 나서 푸른 하늘을 올려다보았다. 그가 한숨을 쉬며 말했다. "생각해 보게나. 지금은 봄이야. 그런데도 닷새 밤이나 예비대 녀석들 열두 명과 한 방에서 잤어. 양조장의 말처럼 푸짐한 엉덩이를 가진 마누라 대신에 말이야!"

가르텐 가의 첫 번째 두 집은 파괴되어 있었다. 아무도 살고 있지 않았다. 하지만 세 번째 집은 거의 멀쩡한 편이었다. 지붕만 불에 탔을 뿐이었다. 치글러 일가가 살던 집이었다. 치글러는 그래버의 아버지와 친구 사이였다.

그래버는 층계를 올라갔다. 층계참에는 모래와 물을 담아 놓은 통들이 있었고, 벽에는 사용법을 적은 쪽지가 붙어 있었다. 그는 초인종을 눌렀고, 막상 소리가 나자 깜짝 놀랐다. 잠시 후에 얼굴이 수척한 나이 많은 부인이 조심스럽게 문을 열었다.

그래버가 말했다. "치글러 부인. 저는 에른스트 그래버입니다."

"그렇군, 그렇군." 그녀는 그를 뚫어져라 쳐다보았다. "그렇군……." 그녀가 잠시 망설이다가 다시 말했다. "들어와요, 그래버 씨."

그녀는 문을 활짝 열더니 그래버가 들어서자 다시 빗장을 걸었다. 그녀가 안에다 대고 큰소리로 말했다. "영감, 아무 일도 아네요. 에른스트 그래버, 파울 그래버의 아들이에요."

거실에서 왁스 냄새가 났다. 바닥에 바른 리놀륨이 거울처럼 반들거렸다. 창문턱에 놓인 분재 식물의 커다란 잎사귀에는 마치 버터가 방울방울 떨어지기라도 한 것처럼 노란 반점이 있었다. 소파 뒤로 덮개가 걸려 있었는데, 거기에는 붉은색 십자수로 "초가삼간이라도 내 집이 제일이다."라는 문구가 수놓아져 있었다.

치글러가 환하게 미소를 지으며 침실 밖으로 나왔다. 그래버는 그가 몹시 긴장한 상태임을 알아차렸다. 그가 말했다. "어떤 자들이 올지 알아야지. 자네가 오리라고는 생각지 못했지. 일선에서 오는 길인가?"

"그렇습니다. 부모님을 찾고 있는 중입니다. 폭격을 받았어요."

"배낭이나 내려놓고요." 치글러 부인이 말했다. "커피를 갖고 오겠어요. 우리한테는 아직 질 좋은 맥아 커피가 있어요."

그래버는 배낭을 현관에 내려놓으며 말했다. "저는 먼지투성입니다. 여긴 모든 게 깨끗하군요. 그래서 불편합니다."

"괜찮네. 그냥 아무 데나 앉게. 저기, 소파에." 치글러 부인은 부엌으로 들어갔고, 치글러는 그래버를 불안한 시선으로 바라보았다. "이걸 어쩌나……."

"부모님 소식 못 들으셨어요? 찾을 수가 없어요. 시청에도 가 봤지만 알 수 없었습니다. 거긴 모든 게 엉망이었습니다."

치글러가 고개를 가로저었다. 그의 부인이 다시 거실로 나왔다. 그녀가 급하게 말했다. "우린 더 이상 바깥으로 나가지 않아요. 오랫동안 집 안에만 있었기 때문에 거의 아무것도 듣지 못하고 있어요, 에른스트."

"그동안 부모님을 뵌 적이 없으시군요? 그러면 마지막으로 뵌 게 언젭니까?"

"오래됐어요. 적어도 오륙 개월은 되었지요. 그때는……." 그녀가 입을 다물었다.

"그때는 어땠다는 말씀인가요? 그땐 어떠셨나요?"

"건강하셨지요, 그래, 아주 건강하셨어요. 다만 그동안에, 물론……."

"그래요. 저도 보았어요. 도시들이 폭격당했다는 소식은 전선에서도 듣고 있었습니다. 하지만 이 정도까지라고는 생각지 못했어요."

두 사람은 아무 말도 하지 않았고, 부인은 그를 쳐다보지도 않았다. "곧 커피를 가져올게요. 한 모금 마실래요? 따뜻한 커피는 언제나 몸에 좋아요."

그녀는 푸른색 커피 잔을 탁자 위에 놓았다. 그래버는 그것을 쳐다보았다. 그의 집에도 같은 잔이 있었다. 무슨 이유에서인지 그 장식 무늬는 양파꽃이라고 불렸다. "어쩌나……." 치글러가 다시 말했다.

"혹시 부모님이 수송대와 함께 다른 곳으로 옮겨진 것이 아닐까요?"

"그럴지도 모르지. 여보, 에르빈이 가져온 비스킷 남은 거 아직 있나? 있으면 그래버에게 좀 주지."

"에르빈은 뭐 하고 지내지요?"

"에르빈?" 노인은 깜짝 놀라며 되물었다. "에르빈은 잘 있어. 잘 지낸다고."

부인이 커피를 가져왔다. 그리고 커다란 양철통도 탁자에 놓았다. 상표는 네덜란드어로 적혀 있었다. 그 속에 비스킷이 많이 남아 있지는 않았다. 네덜란드 과자구나, 하고 그래버는 생각했다.

부인은 비스킷을 그래버에게 권했다. 그는 장밋빛 설탕이 발린 과자 하나를 집었다. 좀 텁텁한 맛이었다. 두 노인은 아무것에도 손을 대지 않았고 커피도 마시지 않았다. 치글러는 별다른 의도도 없이 테이블을 탕탕 두드렸다.

부인이 말했다. "하나 더 들어요. 다른 건 대접할 게 없어요. 하지만 이 비스킷은 고급이에요."

"아닙니다, 아주 고급인걸요. 고맙습니다. 하지만 조금 전에 식사를 했거든요."

그는 치글러 부부로부터는 아무 소식도 들을 수 없다는 것을 알아차렸다. 아마 그들은 아무것도 모를 것이다. 그는 자리에서 일어섰다. "혹시 소식을 알 수 있는 데가 있을까요?"

"우리는 정말 아무것도 몰라. 미안하네, 에른스트. 그게 다야."

"예, 알겠습니다. 커피는 잘 마셨어요." 그래버는 문 쪽으로 걸어갔다.

"그런데 숙소는 어딘가?" 치글러가 갑자기 물었다.

"곧 잘 데를 구하게 될 겁니다. 다른 데가 없으면 병영에서 잘 생각입니다."

"우리 집엔 방이 없어요." 치글러 부인은 급하게 말하고는 남편의 얼굴을 살폈다. "군 당국이 폭격으로 다친 휴가병들을 위해 침식을 마련해 놓았어요."

“그렇습니다.” 그래버가 대답했다.

“자리를 잡을 때까지 배낭을 우리가 맡아 두는 게 좋겠지, 여보. 배낭이 무거우니까.” 치글러가 말했다.

그래버는 부인이 살짝 눈짓하는 것을 보았다. “괜찮습니다. 이미 익숙해졌으니까요.” 그가 대답했다.

그는 문을 닫고 층계를 내려갔다. 공기가 후덥지근했다. 무엇인지는 불확실하지만 치글러 부부는 무언가를 두려워하고 있는 것 같았다. 그랬다. 1933년 이래로 두려워할 것은 얼마든지 있었다.

로제 일가는 하모니 클럽의 커다란 홀에 살고 있었다. 방에는 침대와 매트리스가 가득했다. 벽에는 깃발 몇 개, 간결하고 힘찬 구절이 적힌 십자가 장식들, 그리고 전에 애국 집회에서 사용되었던 널따란 금테두리 액자에 들어 있는 총통의 유화 초상화 하나가 걸려 있었다. 침대 사이에는 가까스로 남아 있는 트렁크, 항아리, 코펠, 식료품, 그리고 가구들이 어지럽게 늘어져 있었다.

로제 부인은 홀의 가운데에 있는 침대에 멍한 표정으로 걸터앉아 있었다. “자네 부모님이라고?” 그녀는 생기 없는 눈으로 그래버를 쳐다보면서 한참 동안 생각했다. 그리고 마침내 중얼거렸다. “돌아가셨어, 그래버.”

“뭐라고요?”

“돌아가셨다고.” 그녀가 되풀이해서 말했다.

운동복을 입은 사내아이가 달려와서 그래버의 무릎에 부딪쳤다. 그는 아이를 옆으로 밀쳤다. “어떻게 아셨습니까?” 그래버가 물었다. 그는 더 이상 목소리가 나오지 않는 것 같았고, 힘들게 침을 삼켰다. "제 부모님을 보셨나요? 어디서요?"

로제 부인은 피곤한 듯 고개를 가로저었다. "아무것도 볼 수가 없었어. 온통 불바다고 비명 소리만 들렸으니까. 그리고……." 그녀가 중얼거렸다.

말은 속삭임으로 변했고, 이윽고 그마저도 그쳤다. 부인은 말문을 닫고는 정면을 응시했다. 두 팔로 침대를 짚고 멍한 표정으로 꼼짝도 않고 있는 모습이 마치 홀 안에 혼자 있는 것 같았다. 그래버는 그녀를 뚫어져라 쳐다보았다. "로제 부인." 그는 천천히 그리고 힘들여서 말했다. "잘 생각해 보세요! 제 부모님을 언제 보셨습니까? 부모님이 돌아가셨다는 걸 어떻게 아셨습니까?"

부인은 멍한 눈길로 그를 쳐다보며 중얼거렸다. "레나도 죽었어. 그리고 아우구스트도. 너도 그들을 알지."

그래버는 두 아이의 이름을 어렴풋이 기억했다. 아이들은 언제나 꿀 바른 빵을 입에 달고 있었다. "로제 부인." 그는 반복해서 말했고, 그녀를 잡아 일으켜서 뒤흔들고 싶은 충동을 간신히 참았다. "제 부모님이 돌아가셨다는 것을 어떻게 아셨는지 말씀해 주세요! 기억해 보세요! 부모님을 보셨습니까?"

그녀는 더 이상 그의 말을 듣고 있는 것 같지 않았다. 그녀가 속삭였다. "레나. 난 그 애도 보지 못했어. 모두들 나를 가까이 가지 못하게 했으니까. 에른스트. 그 아이는 몸이 제대로 붙어 있지 않았어. 작아져 있었어. 무엇 때문에 그래야 하는 거야? 넌 그것을 알아야 해. 넌 군인이잖아."

그래버는 절망하며 주위를 둘러보았다. 한 남자가 침대를 밀어붙이며 다가왔다. 로제였다. 그는 그새 마르고 늙어 있었다. 그는 다시 슬픔에 빠져 침대에 쪼그리고 앉아 있는 아내의 어깨에 조심스럽게 손을 얹고는 그래버에게 눈짓을 했다.

"아내는 일이 어떻게 돌아가는지 아무것도 모르고 있어, 에른스트."

남편의 손길을 그대로 둔 채 부인은 몸을 움직였고 천천히 고개를 들어 쳐다보았다.

"당신은 알고 있단 말인가요?"

"레나……."

"만약에 알고 있다면." 갑자기 그녀가 수업 시간에 하듯이 크고 또렷한 목소리로 말했다. "당신은 그런 짓을 한 인간들보다 나을 게 없어요." 로제의 눈길은 두려운 듯이 가까이에 있는 침대 쪽을 흘깃 쳐다봤다. 아무도 들은 사람이 없었다. 체육복을 입은 사내아이는 다른 아이들과 트렁크 사이에서 떠들면서 숨바꼭질을 하고 있었다.

"조금도 나을 게 없어요." 부인이 다시 한 번 중얼거렸다. 그러고는 머리를 푹 숙였고, 다시 동물적인 슬픔에 잠긴 작은 덩어리로 되돌아갔다.

로제는 그래버에게 눈짓을 했다. 그들은 한쪽 구석으로 갔다. 그래버가 물었다. "제 부모님은 어떻게 되셨나요? 부인께선 부모님이 돌아가셨다고 하는데."

로제는 고개를 흔들었다. "그 사람은 아무것도 몰라, 에른스트. 우리 아이들이 죽었기 때문에 모두들 죽어 마땅하다고 생각하는 거야. 그녀는 온전하지 않아……. 자네도 보았겠지만……." 그는 침을 꿀꺽 삼켰다. 가느다란 목의 목젖이 아래위로 오르락내리락거렸다. "그녀는 그 일을 말하는 거야. 사람들이 우리를 신고했거든. 여기 사람들이……."

그래버는 순간 로제가 불결한 회색 불빛 아래서 아주 작고 멀리 있는 것처럼 느껴졌다. 그러고 나서 로제는 다시 앞으로 다가왔고 그가 알고 있는 그런 사람이 되어 있었다. 방 안은 조용했다. "부모님은 그러니까 돌아가신 게 아니죠?" 그가 물었다.

"자네에게 자신 있게 말할 수는 없네, 에른스트. 자네는 지난해에 여기서 무슨 일이 있었는지 몰라. 모든 게 악화되었고 누구도 다른 사람을 믿을 수 없었지. 서로가 서로를 두려워했어. 아마도 자네 부모는 어디선가 안전하게 계실 거야."

그래버는 안도의 한숨을 쉬었다. "부모님을 보셨나요?" 그가 물었다.

"거리에서 한 번 보았어. 벌써 사 주나 오 주 전일 거야. 아직 눈이 조금 남아 있을 때였어. 공습 전이었지."

"모습이 어땠어요? 건강하시던가요?"

로제는 얼른 대답을 하지 못했다. "그래, 아마 그랬을 거야." 그렇게 말하고 그는 꿀꺽 침을 삼켰다.

그래버는 갑자기 부끄러워졌다. 이런 상황에서 사 주 전에 건강했느냐 그렇지 않았느냐를 묻는 것은 우스운 일이었다. 지금은 누가 살았고 누가 죽었는지를 알면 되었지 그 외에는 문제가 되지 않았던 것이다. "실례가 많았습니다." 그는 당황해서 말했다. 로제가 고개를 저었다. "그만두게, 에른스트. 지금은 자기 입장만 생각하는 게 당연해. 세상에 너무나도 불행이 넘쳐나니까……."

그래버는 거리로 나왔다. 처음으로 하모니 클럽에 갔을 때 거리는 음산하고 죽어 있었다. 그러던 것이 이제는 갑자기 환하게 밝아졌다. 거리의 삶은 아직 죽지 않았던 것이다. 파괴된 집들 대신에 이제는 움을 틔우는 나무들, 장난을 치는 개 두 마리, 그리고 습기를 머금은 푸른 하늘이 눈에 들어왔다. 부모님은 돌아가신 게 아니라 행방불명이 되었을 뿐이다. 한 시간 전에 외팔이 직원이 그렇게 말했을 때는 위안이 되지 않고 견딜 수가 없었던 것이 이제는 수수께끼같이 희망으로 변했다. 그것은 잠시 동안이라도 부모님이 더 이상 살아 계시지 않는다고 믿었기 때문이었던 것이다. 음식보다 더 긴요한 것은 희망이 아니던가? 희망은 그 어떤 알 길 없는 뿌리들로부터 솟아오르지 않던가?

9

그래버는 집 앞에서 걸음을 멈추었다. 어두워서 번지를 확인할 수 없었다. “어디로 가시려고요?” 문 옆에 기대 있던 남자가 물었다.

“여기가 마리엔 가 22번지입니까?”

“그렇소. 헌데 누구를 찾으십니까?”

“보건위원 크루제입니다.”

“크루제? 무슨 용무로요?”

그래버는 어둠 속에 서 있는 남자를 살펴보았다. 장화를 신고 돌격대원의 제복을 입고 있었다. 잘난 척하는 졸개 녀석이로군, 난 그런 식으로는 살지 않아, 하고 그는 생각했다. “용건은 크루제 박사님께 직접 말하겠습니다.” 그는 그렇게 말하고 안으로 들어갔다.

아주 피곤했다. 눈과 뼈마디뿐만 아니라 온몸이 피곤으로 절어 있었다. 온종일 묻고 찾아다녔지만 들은 소식은 없었다.

부모님은 이 도시에 친척이 없었고, 이웃 사람들도 거의 대부분 사라지고 없었다. 뵈트허의 말대로 도시 전체가 마술에 걸린 것 같았다. 사람들은 게슈타포가 두려워 입을 다물었다. 사람들은 오직 소문만 알고 있었고, 다른 사람들에게 또 다른 사람을 소개해 주지만 그 사람 역시 아무것도 몰랐다.

그는 계단을 올라갔다. 복도는 어두웠다. 보건위원은 2층에 살았다. 그래버는 박사를 잘 몰랐지만 어머니가 이 사람한테서 여러 번 치료를 받았던 사실은 알고 있었다. 어쩌면 어머니가 이곳에 왔는지도 모르고, 박사가 어머니의 새로운 주소를 알고 있을지도 모르는 일이었다.

말끔한 얼굴을 한 중년의 부인이 문을 열었다. "크루제요? 크루제 박사를 만나시려는 겁니까?" 그녀가 물었다.

"그렇습니다."

여자는 말없이 그를 훑어보았다. 안으로 들어갈 수 있게 옆으로 비켜서지도 않았다. "지금 계십니까?" 그래버가 초조하게 물었다. 여자는 대답하지 않았다. 아래쪽에 귀를 기울이고 있는 것 같았다.

"진찰받으러 오셨나요?" 마침내 여자가 물었다.

"아닙니다. 개인적인 일로 왔습니다."

"개인적인 일이라고요?"

"그렇습니다. 개인적인 일입니다. 실례지만 사모님 되십니까?"

"어머나, 천만의 말씀입니다!"

그래버는 눈을 치뜨고 여자를 쳐다보았다. 오늘 여기저기서 온갖 경계와 증오와 회피에 시달렸지만 이런 대면은 또 처음이었다. 그가 말했다. "아시겠습니까? 저는 여기 사정을 잘 모릅니다. 관심도 없고요. 다만 크루제 박사를 만나서 얘기할 게 있습니다. 그뿐입니다. 아시겠어요?"

"크루제 씨는 이곳에 없습니다." 여자는 갑자기 쌀쌀맞고 적대적인 목소리로 소리쳤다.

"하지만 저기 이름이 붙어 있잖아요." 그래버는 문 옆에 있는, 황동으로 만든 표찰을 가리켰다.

"그 표찰은 미처 떼지 못한 겁니다."

"그래도 붙어 있는 건 그렇군요. 그럼 가족 중 누가 이곳에 살고 있군요?"

여자는 아무런 대꾸도 하지 않았다. 그래버는 정말 지긋지긋한 여자라는 생각이 들었다. 그래서 막 욕설이라도 퍼부으려고 하는 순간 집 안에서 문이 열리는 소리가 들렸다. 한 줄기 빛이 방 안에서 어두운 앞뜰로 비스듬하게 쏟아졌다.

"누가 저를 찾으시죠?" 어떤 목소리가 말했다.

"그렇습니다." 그래버는 될 대로 되라는 심정으로 말했다. "크루제 보건위원을 알고 있는 분하고 얘기를 나누고 싶습니다. 그런데 그게 쉽지 않군요."

"제가 엘리자베스 크루제입니다."

그래버는 말끔한 얼굴의 여자를 쏘아봤다. 여자는 길을 비켜 주더니 집 안으로 들어가 버렸다. "불빛이 너무 환해! 그렇게 등을 밝게 하는 건 금지돼 있어!" 여자는 열린 방 안에서 와락 소리를 질렀다.

그래버는 그대로 서 있었다. 스무 살 정도 된 처녀가 마치 강물을 따라 오기라도 하듯 불빛을 받으며 그에게로 다가왔다. 그 순간 둥근 눈썹, 검은 눈, 그리고 어깨까지 자연스럽게 흘러내린 마호가니 색 머리칼이 눈에 들어왔다. 그녀는 복도의 어둑어둑한 어둠으로부터 나타나 그 앞에 섰다.

"아버지께선 이제 진료를 안 하신답니다."

"진찰을 받으러 온 게 아니라, 소식을 알기 위해서 왔습니다."

처녀의 안색이 변했다. 좀 전의 그 여자가 아직도 그 자리에 있는지 확인하려고 반쯤 몸을 돌려 보더니 빠르게 문을 활짝 열고는 속삭였다. "들어오세요." 그는 불빛이 쏟아져 나왔던 방 안으로 처녀를 따라 들어갔다. 그녀는 다시 몸을 돌려 그를 유심히 훑어보았다. 그녀의 눈은 이제 더 이상 어둡지 않고 아주 투명한 잿빛을 띠었다.

그녀가 말했다. "나는 당신을 알아요. 전에 김나지움에 다녔죠?"

"그래요. 내 이름은 에른스트 그래버입니다."

그래버도 이제 그녀가 기억이 났다. 유난히 눈이 크고 머리숱이 많은 말라깽이 소녀였다. 어머니가 일찍 돌아가셔서 다른 도시에 사는 친척에게 가 있었던 것이다. 그가 말했다. "세상에, 엘리자베스로군. 넌 줄 몰랐어. 마지막으로 본 지 벌써 칠팔 년 되었지. 많이 변했군."

"당신도 그래요."

두 사람은 서로 마주 보고 서 있었다. "그런데 여기 무슨 일이 있는 거야? 네가 마치 장군처럼 호위를 받고 있으니." 그래버가 물었다.

엘리자베스 크루제는 씁쓸하게 살짝 웃었다. "장군이 아니라 죄수처럼이죠."

"뭐라고? 왜? 그럼 네 아버님은."

그녀는 재빨리 움직였다. "잠시 기다려요!" 그렇게 속삭이고는 그의 옆을 지나 축음기가 놓여 있는 탁자 쪽으로 갔다. 그리고 축음기를 돌렸다. 호엔프리트베르크 행진곡이 울리기 시작했다. "자, 됐어요. 이제 마음 놓고 이야기할 수 있어요."

그래버는 영문을 모르겠다는 듯이 그녀를 쳐다보았다. 이 도시의 사람들 거의가 미쳐 버렸다고 했던 뵈트허의 말이 사실인 모양이었다. "이건 뭐지? 꺼 버려! 행진곡이라면 지긋지긋하게 많이 들었으니까. 그보다도 여기 무슨 일이 벌어진 건지 말해 봐! 도대체 왜 네가 죄수란 말이야?" 그가 물었다.

엘리자베스가 돌아왔다. "아까 그 여자가 밖에서 엿듣고 있어요. 밀고자거든요. 그래서 축음기를 틀었어요." 그녀는 그의 앞에 섰다. 갑자기 숨결이 거칠어져 있었다. "아버지는 어떻게 되셨지요? 아버지 소식을 알고 있나요?"

"내가? 아무것도 몰라. 나도 네 아버님께 여쭈어 보려고 했거든. 도대체 그분한테 무슨 일이 생긴 거니?"

"아버지 소식을 모른다고요?"

"몰라. 나는 박사님께 내 어머니의 주소를 여쭤 보려고 했어. 부모님이 행방불명이라서."

"그게 전부인가요?"

그래버는 엘리자베스를 뚫어져라 쳐다보면서 했다. "그래, 그게 다야."

그녀의 얼굴에서 긴장감이 풀렸다. "그렇군요." 그녀가 지친 목소리로 말했다. "난 우리 아버지의 소식을 전하러 온 줄 알았어요."

“도대체 박사님한테 무슨 일이 있는 거니?”

“강제 수용소에 계세요. 벌써 사 개월째죠. 고발을 당했어요. 당신이 소식 때문에 왔노라고 해서 혹시 아버지 소식을 가져왔나 하고 생각했어요.”

“알고 있다면 진작 말했을 테지.”

엘리자베스가 고개를 가로저었다. “함부로 공개할 수 없는 소식이라면 말하지를 말아야죠. 당신도 조심해야 해요.”

조심. 그래버는 하루 종일 이 말 외에는 들은 것이 없다고 생각했다. 호엔프리트베르크 행진곡이 양철 소리와 함께 견딜 수 없이 계속 이어졌다. “이제 저런 건 그만 꺼도 되겠지?”

“그래요. 당신도 빨리 돌아가는 게 좋아요. 여기 사정은 방금 말한 대로니까.”

“난 밀고자가 아냐.” 그래버가 화를 내면서 말했다. “밖에 있는 저 여잔 뭐지? 그 여자가 박사님을 고발했어?”

엘리자베스는 축음기의 레버를 들어 올리긴 했지만 끄지는 않았다. 레코드판은 소리 없이 계속 돌아갔다. 그때 정적을 깨고 사이렌이 울리기 시작했다. “경보예요!” 그녀가 속삭였다. “또 시작이야.”

누군가가 문을 두드렸다. “불을 꺼! 늘 이렇다니까! 불이 너무 밝아요!”

그래버가 문을 와락 열었다. “무엇이 늘 이렇단 말이요?”

여자는 어느새 현관의 다른 쪽 방향으로 가고 있었다. 무언가 소리치면서 모습을 감추었다. 엘리자베스는 손잡이를 잡고 있는 그래버의 손을 떼고 다시 문을 닫았다. “정말 역겨운 악마로군? 어째서 저런 여자가 여기에 있는 거야?” 그가 물었다.

"강제 입주자예요. 여기로 보내진 거지요. 내가 이 방에서 살 수 있는 것만 해도 다행으로 여겨야 해요."

밖에서는 다시 소음이 들렸다. 여자가 외치는 소리와 아이가 우는 소리가 들렸다. 아까의 경계경보 신호가 더욱 커졌다. 엘리자베스는 레인코트를 꺼내어 입었다. "방공호로 가야 해요."

"아직 시간이 많아. 그런데 왜 이런 곳에서 나가 버리지 않아? 저런 밀고자와 함께 산다는 건 지옥일 텐데."

"불 꺼!" 여자가 밖에서 또 소리를 질렀다. 엘리자베스는 몸을 돌려 급히 불을 끄고는 어두운 방을 지나 창가 쪽으로 미끄러지듯 걸어갔다. "왜 이사하지 않느냐고? 도망치고 싶지 않아서 그래요!"

그녀가 창을 열었다. 갑자기 사이렌 소리가 밀려들면서 방을 가득 채웠다. 그녀는 밖에서 산발적으로 비쳐 오는 희미한 빛을 받아 검은 실루엣이 된 채로 서 있었다. 그리고 두 창문짝을 단단하게 걸어 닫았다. 유리창은 폭발 때의 공기 압력으로 쉽사리 부서졌다. 그녀는 다시 제자리로 돌아왔다. 소음이 마치 격류처럼 그녀를 몰아가고 몰아오는 것 같았다. 그녀가 울부짖는 소음을 뚫고 소리쳤다. "도망치는 것이 싫어요. 이해가 되지 않나요?"

그래버는 그녀의 눈을 들여다보았다. 그 눈은 처음 문간에서 마주쳤을 때처럼 다시 까맣게 빛났고, 정열적인 힘으로 넘쳐흘렀다. 그는 무언가의 앞에서, 이 눈 앞에서, 이 얼굴 앞에서, 소음의 폭풍우 앞에서, 그리고 그들 뒤의 창문을 통해서 밀려 들어오는 혼돈 앞에서 자신을 방어해야 할 것 같다는 느낌이 들었다. 그가 말했다. "모르겠군. 이해가 가지 않아. 자신을 망치고 말 거야. 지킬 수 없는 진지는 포기한다, 병사들은 그렇게 배우지."

그녀가 그를 빤히 쳐다보았다. "그렇다면 포기해요!" 그녀가 몹시 흥분하여 소리쳤다. "포기해요. 그리고 날 그냥 내버려 둬요!"

그녀는 그의 곁을 지나 문간으로 가려고 했다. 그는 그녀의 팔을 잡았고, 그녀는 그것을 뿌리쳤다. 생각했던 것보다는 완강한 힘이었다. 그는 고함을 질렀다. "기다려! 나도 함께 갈 테니."

소음이 그들을 내몰았다. 소음은 도처에서, 방 안에서, 복도에서, 현관에서, 그리고 층계에서도 울려 퍼졌다. 소음은 벽에 부딪혔다가 메아리가 되어 다시 자신에게로 돌아갔다. 그래서 마치 모든 방향에서 소음이 펴져 나가고, 소음 앞에서 아무도 구조받을 수 없을 것 같았다. 소음은 고막과 피부 표면에서 멈추지 않고 그것을 찢고 들어와 피에 거품을 일으켰으며, 온몸의 신경을 곤두세우고 뼈마디를 떨게 하면서 생각이란 생각은 모두 앗아가 버렸다.

"도대체 저 소리는 어디서 들려오는 거야? 미칠 것 같아." 그래버가 층계에서 비명을 질렀다.

문이 닫히자 울부짖는 소리가 잦아들었다. 엘리자베스가 말했다. "바로 옆 거리에서 울리고 있어요. 우린 카를 광장의 방공호로 가야 해요. 이 집의 지하는 별로 도움이 안 돼요."

사람 그림자들이 트렁크와 보따리를 들고 층계를 뛰어 내려왔다. 회중전등이 켜지면서 엘리자베스의 얼굴을 비췄다. "혼자라면 따라 오시오!" 누군가 고함을 질렀다. "혼자가 아닌데요."

그 사내는 서둘러 가 버렸다. 문이 다시 열렸다. 여기저기서 사람들이 집을 뛰쳐나왔다. 마치 납 병정들이 장난감 상자에서 우르르 쏟아져 나오는 것 같았다. 공습 경비원들이 고함을 지르며 명령을 내렸다. 붉은 비단 잠옷을 걸친 여자가 금발을 휘날리며 아마존의 용감한 여인처럼 달려갔다. 노인 몇은 담벼락을 따라 비틀거리며 걸어갔다. 그들은 무슨 말인가를 했지만 몰아치는 소음 속에서는 들리지 않았다. 시들시들해진 입이 소리도 내지 않고 죽은 말들을 씹고 있는 꼴이었다.

그들은 카를 광장으로 갔다. 방공호 입구에서는 흥분한 사람들이 밀고 당기고 야단법석이었다. 공습 경비원들이 셰퍼드처럼 바쁘게 뛰어다니며 질서를 유지하려고 애를 썼다. 엘리자베스가 멈추어 섰다. "옆쪽으로 해서 들어가는 게 좋겠어." 그래버가 말했다.

그녀가 고개를 가로저었다. "여기서 기다리기로 해요."

군중들은 어둠 속에서 검은 그림자처럼 층계를 내려가 지하로 사라졌다. 그래버는 엘리자베스를 쳐다보았다. 그녀는 갑자기 무엇과도 관련이 없다는 듯이 침착하게 걸음을 멈추었다. "용기가 대단하군." 그래버가 말했다.

그녀가 그를 올려다보았다. "천만에요. 난 그저 지하실이 무서울 뿐이에요."

"빨리! 빨리!" 공습 경비원이 고함을 쳤다. "아래로 내려가! 특별 호출이라도 받고 싶은 거야?"

방공호는 넓고 천장이 낮았으며 튼튼하게 잘 지어져 있었다. 수평 통로와 복도도 있고 전등도 켜져 있었다. 기다란 나무 의자들도 있었다. 감시원들, 그리고 여러 사람들이 매트리스와 이불과 트렁크, 상자와 접는 의자 등을 가지고 있었다. 지하 생활은 이미 조직적으로 이루어지고 있었다. 그래버는 주위를 둘러보았다. 민간인들, 여자들과 아이들과 함께 방공호에 들어온 것은 처음이었다. 독일에서는 처음이었다.

창백한 불빛에 사람들의 얼굴이 바래서 마치 익사한 사람들의 얼굴 같았다. 붉은 비단 잠옷을 걸친 여자의 모습도 멀지 않은 곳에서 눈에 띄었다. 잠옷은 이제 보랏빛이었고 머리칼은 녹색으로 보였다. 그는 엘리자베스를 쳐다보았다. 그녀의 얼굴도 잿빛으로 수척해 보였고, 두 눈은 검은 그림자 속으로 깊이 잠겨 있었다. 머리카락도 윤기를 잃고 죽어 있었다. 그들의 모습은 꼭 익사한 사람들 같았다. 그들은 거짓과 두려움 속으로 익사하고 지하로 내쫓겨, 빛과 명석함 그리고 진실과 대적하고 있는 사람들이었다.

어린아이 둘을 데리고 있는 여자가 그의 맞은편에 쪼그리고 앉아 있었다. 아이들은 여자의 무릎에 몸을 딱 붙이고 있었다. 얼굴은 얼어붙기라도 한 것처럼 납작하고 무표정했다. 오직 눈동자만 살아 있었다. 커다랗고 동그란 눈은 불빛 아래 반짝였고, 대공포의 미친 듯한 울부짖음이 더 강하고 더 깊게 들려올 때면 입구 쪽을 향했다가 나지막한 천장과 벽을 지나 다시 입구 쪽을 향했다. 아이들의 눈은 충동적으로 빨리 움직이는 것이 아니라 마치 사로잡힌 동물의 눈처럼 소리를 따라 움직였다. 무겁긴 하지만 상하좌우로 진동하고, 동시에 신속하게 움직이면서 깊은 최면에 빠져 있는 것처럼 보였다. 그들의 눈은 무언가를 따라 움직이고 맴돌았으며, 흐릿한 불빛이 눈에 반사

되고 있었다. 아이들의 눈은 그래버는 물론이고 어머니조차도 보지 않고 있었다. 알아보고 전달하는 능력은 그들의 눈에서 사라지고 없었다. 어떤 정체 모를 각성 속에서 아이들의 눈은 알아볼 수 없는 그 무엇을 좇고 있었다. 그것은 굉음과 죽음이었다. 아이들은 위험을 느끼지 못할 정도로 어린 것도 아니었고 쓸데없는 용기를 위장할 정도로 나이 든 것도 아니었다. 아이들은 깨어 있었지만 무방비 상태로 내던져져 있었다.

그래버는 아이들뿐만 아니라 다른 사람들의 눈동자도 같은 방식으로 움직이고 있다는 사실을 문득 깨달았다. 얼굴과 몸뚱이는 가만히 있었지만, 그것들은 귀를 기울이고 있었다. 귀를 기울이고 있는 것은 귀뿐만이 아니었다. 앞으로 숙인 어깨, 허벅지, 무릎, 어딘가를 딛고 있는 팔과 손도 마찬가지로 귀를 기울였다. 그것들은 움직이지도 않으면서 귀를 기울였다. 다만 두 눈만이 들리지 않는 명령에 복종하기라도 하듯이 소음을 따르고 있었다. 불안의 냄새가 가득했다.

답답한 공기 가운데서 눈에 띄지 않게 무언가가 변하고 있었다. 바깥에서는 광란이 계속되었지만, 어디선가 신선한 바람이 불어오는 것 같았다. 서서히 긴장이 풀렸다. 복도는 갑자기 웅크린 몸뚱이들이 아니라 사람들로 가득 찼다. 그들은 더 이상 멍하게 체념하고 있는 것이 아니라, 몸을 일으켜 움직이고 서로를 쳐다보았다. 그들은 마스크가 아니라 다시 얼굴을 가지게 되었다.

"비행기들은 가 버렸어." 엘리자베스의 곁에 있던 노인이 말했다. "다시 올지도 모르지." 누군가가 대꾸했다. "그것들은 늘 그런 식이야. 사람들이 지하에서 나오자마자 급히 방향을 바꾸어 다시 날아오거든."

두 아이가 몸을 움직이기 시작했다. 한 사내는 하품을 했다. 어디선가 닥스훈트 한 마리가 나타나 킁킁거리며 돌아다녔다. 젖먹이가 울음을 터뜨렸다. 사람들은 보따리를 풀고 먹기 시작했다. 갑자기 한 여자가 북구 신화에 나오는 발퀴레*처럼 소리를 질렀다. "아놀드! 가스 잠그는 걸 잊고 왔어요! 밥이 다 타버렸겠어요. 당신은 왜 그 생각을 못했죠?"

"걱정 말아. 경계경보가 울리면 시에서 가스를 전부 차단하게 돼 있어." 노인이 말했다.

"걱정하지 말라고요? 시에서 다시 가스를 보내면 집 안은 가스로 가득 차요! 그건 더 위험해요."

"경계경보 정도로는 가스를 끄지 않아. 공습이 시작될 때만 가스를 끄거든." 한쪽 구석에서 아는 척하는 목소리가 말했다.

엘리자베스는 핸드백에서 빗과 거울을 꺼내 머리를 빗었다. 어둑어둑한 불빛 아래서 빗은 바싹 마른 잉크로 만든 것처럼 보였다. 그러나 그 빗은 사각사각 소리를 내면서 머리칼을 둥글게 빗었다.

"밖으로 나가요! 여기 오래 있으니 숨이 막힐 것 같아요!" 그녀가 속삭였다.

그러나 그들은 다시 삼십 분을 기다려야 했다. 마침내 문이 열리자 사람들은 출구 쪽으로 몰려들었다. 문 위에는 어디

---

* 북구(北歐) 신화에 나오는 반신녀. 인간 세상에 전쟁이 나서 영웅이 죽으면 그들의 영혼을 운반한다고 한다. 발퀴레(Die Walküre)는 리하르트 바그너의 오페라 「니벨룽의 반지」 가운데 두 번째 극의 제목이기도 하다.

나 갓이 씌워진 작은 전등이 켜져 있었다. 밖에서 달빛이 들어와 층계 위를 가득 비추었다. 한 발 내디딜 때마다 엘리자베스의 표정은 달라졌다. 그녀는 마치 혼수상태에서 깨어나는 것 같았다. 눈에 어렸던 검은 그림자는 사라졌다. 머리카락은 납색에서 구릿빛으로 돌아왔고, 피부는 다시 따뜻해지고 윤기를 발했다. 생명은 다시 돌아왔다. 이전보다 더 힘차게 호흡하면서. 잃어버린 줄 알았더니 다시 돌아왔다. 생명은 눈 깜박할 새에 더 귀하고 더 알록달록하게 제자리로 돌아왔다.

두 사람은 방공호 앞에 섰다. 엘리자베스는 공기를 깊게 들이마시고 우리에서 벗어난 동물처럼 어깨와 머리를 이리저리 움직였다.

"지하의 이 집단 무덤! 정말 싫어! 거기선 숨 막혀 죽을 것 같아요!" 그녀는 그렇게 말하면서 머리카락을 재빨리 뒤로 넘겼다. "거기 비하면 차라리 폐허가 나아요. 적어도 하늘은 보이니까."

그래버가 그녀를 쳐다보았다. 층계들이 지하 세계로 이어질 것 같고, 방금 사람들이 탈출해 나온 밋밋하고 육중한 콘크리트 구조물. 그 앞에 서 있는 그녀의 내부에는 무언가 야성적이고 격렬한 것이 있었다. "이제 집으로 돌아갈 거야?"

"예. 아니면 어디로 가겠어요? 어두운 거리를 방황하라고요? 그렇게 하는 덴 이미 질려 버렸어요."

그들은 카를 광장을 건너갔다. 바람이 마치 커다란 개처럼 킁킁거리며 그들을 몰아 댔다. "이사하면 안 돼? 다른 사정이야 있겠지만." 그래버가 물었다.

"하지만 어디로? 빈 방이라도 알고 있어요?"

"아니."

"나도 몰라요. 집 없는 사람들이 수천이나 돼요. 대체 어디로 이사를 하죠?"

"그렇군. 너무 늦었군."

엘리자베스가 걸음을 멈추었다. "갈 곳이 생긴다 해도 난 안 가겠어요. 그건 아버지를 내버려 두는 거나 마찬가지니까. 알겠어요?"

"알겠어."

그들은 계속 걸어갔다. 그래버는 갑자기 엘리자베스를 내버려 두는 것이 좋겠다는 생각이 들었다. 갑자기 피로가 밀려왔고 초조해지기 시작했다. 갑자기 지금, 바로 이 순간에 부모님이 하켄 가에서 자기를 찾고 있다는 느낌이 들었다. "이제 그만 갈게. 약속이 있는데 좀 늦었어. 그럼 안녕. 엘리자베스."

"안녕, 에른스트."

그는 잠시 그녀 쪽을 바라보았다. 그녀는 이내 어둠 속으로 사라졌다. 집까지 데려다 줄걸 그랬다는 생각이 들었다. 하지만 곧 무덤덤해졌다. 어렸을 때도 그녀를 그다지 좋아하지 않았다는 사실이 떠올랐다. 그는 방향을 돌려 하켄 가로 갔지만 새로 발견한 건 아무것도 없었다. 거기엔 아무도 없었다. 오직 달빛 아래, 새로운 폐허를 시배하며 모든 것을 마비시키는 특이한 정적만이 감돌고 있었다. 그 정적은 공중으로 울려 퍼지는 말 없는 아우성과도 같은 것이었다. 이전의 정적과는 전혀 다른 것이었다.

뵈트허는 시청의 층계에서 이미 기다리고 있었다. 달빛 아래 낙수구(落水口)의 찌푸린 얼굴*이 그의 뒤편에서 창백하게 빛나고 있었다.

"어때, 좋은 소식 좀 들었나?" 그가 멀리서부터 물었다.

"아니. 당신은?"

"나도 없어. 병원에는 없는 것 같아. 이건 확실해. 병원이란 병원은 거의 다 돌아다녔거든. 정말 눈뜨곤 못 보겠더군! 여자와 아이들은 아무래도 군인과는 달라! 자, 우리 어디 가서 맥주나 한잔하지."

그들은 히틀러 광장을 가로질러 가서 걸음을 멈추었다. "또 하루가 지나갔군. 이제 어쩌지? 곧 휴가가 끝날 텐데." 뵈트허가 말했다.

그들은 주점의 문을 열고 들어가 창가에 있는 탁자에 앉았다. 커튼이 빈틈없이 쳐져 있었다. 어둑어둑한 가운데 카운터의 니켈 꼭지가 희미하게 빛을 발했다. 뵈트허는 이 주점에 자주 온 모양이었다. 여주인은 주문도 받지 않고 맥주 두 잔을 가져왔다. 그는 그녀의 뒷모습을 바라보았다. 그녀는 뚱뚱했고 엉덩이가 출렁거렸다. 코르셋을 하지 않고 있었다.

뵈트허가 말했다. "여기 이렇게 외롭게 앉아 있어야 하다니. 마누라도 어딘가에 앉아 있을 테지. 역시 쓸쓸하게 말이야. 아무렴 그럴 테지! 그러니 사람이 미치지 않을 수 있겠나?"

"나는 달라. 부모님이 어디에 앉아 계신지 알기만 해도 행복

---

* 고딕식 건축에서는 종종 빗물 배수구를 괴물의 얼굴 모습으로 만들었는데 그 얼굴을 가리키고 있다.

하겠어: 어디든 상관없이 말이야."

"자네는 몰라. 부모님하고 마누라는 달라. 사실 부모는 그다지 필요한 존재가 아니야. 건강하시다는 소식만 있으면 돼. 그러나 마누라는 다르지……."

그들은 다시 맥주를 두 잔 주문했고, 저녁거리를 배낭에서 꺼냈다. 여주인은 식탁 주위를 서성이며 소시지와 지방 덩어리를 쳐다보았다. "이봐요, 당신들 신났군!" 그녀가 말했다.

"그래, 우린 고급이야." 뵈트허가 맞장구를 쳤다. "우린 고기든 사탕이든 멋진 휴가 식량을 가져왔어! 하지만 어디 써 먹을지는 몰라."

그는 맥주를 한 모금 삼켰다. "그래도 넌 나보다는 나아." 그가 씁쓸한 목소리로 그래버에게 말했다. "자넨 잔뜩 먹고 사창가로 가 아가씨랑 놀면서 불행을 잊으면 돼!"

"당신도 그렇게 할 수 있잖아."

뵈트허는 고개를 흔들었다. 그래버는 깜짝 놀라서 그를 쳐다보았다. 고참 군인이 이렇게 아내에게 충실하리라고는 미처 생각도 못했던 일이었다. "이 사람아, 그것들은 모두 말라깽이야." 그가 큰소리로 말했다. "빌어먹을 나는 포동포동 살찐 여자가 아니면 기분이 안 나. 다른 것들은 쳐다보기도 싫고, 되지도 않아. 말라깽이랑 자느니 차라리 옷걸이를 끌어안고 자는 게 나아. 포동포동한 여자라야 돼! 아니면 어림도 없어."

"그렇다면 여기 있네." 그래버가 여주인을 가리키며 말했다.

"틀렸어!" 뵈트허는 펄쩍 뛰며 말했다. "이 양반아, 완전히 달라. 네가 보는 건 흐물흐물하고 연한 비계덩이라 파묻히고 말아. 내 마누라는 살찌고 포동포동하지만 쿠션 침대야. 내 마누라 같은 이중 쿠션 침대는 어디에도 없어. 마누라에 비하면 다른 건 모두 딱딱한 쇳덩이야. 마누라가 발동이 걸리면 초가삼간이 대장간처럼 부르르 떨게 되지. 벽에 달린 장식품도 마구 떨어지고 말이야. 없어. 길거리에선 눈을 닦고 찾아도 마누라 같은 여자는 없어."

뵈트허는 앞을 바라보면서 골똘히 생각에 잠겼다. 그래버의 코에 순간 제비꽃 향기가 스쳤다. 주위를 둘러보았다. 창문턱의 화분에 핀 제비꽃이 끝없이 달콤한 향기를 풍겼다. 숨결과 함께 흐르는 그 향기엔 모든 것이 들어 있었다. 안심, 고향, 기대 그리고 청춘 시절의 잊힌 꿈. 그것은 너무도 강렬했고, 기습하듯 빨리 왔다가는 즉시 다시 돌아갔다. 하지만 그를 당황스럽게 하고 기진맥진하게 했다. 무거운 짐을 지고 깊이 쌓인 눈길을 지나오기라도 한 것 같았다.

그는 자리에서 일어났다. "어디로 가려고?" 뵈트허가 물었다.

"모르겠어. 어디든 가야지."

"사령부엔 가 보았나?"

"응. 영내로 가는 허가증을 받았어."

"좋아. 반드시 48호실로 가도록 해."

"알겠어."

뵈트허의 눈길은 느릿하게 여주인의 엉덩이를 좇고 있었다. "난 여기 좀 더 있다 갈 거야. 한 잔 더 하고."

그래버는 병영 쪽으로 천천히 걸어 올라갔다. 밤은 차가웠다. 교차로에 오니 폭탄 구덩이 위로 솟은 레일이 반짝거렸다. 집들의 열린 문틈 사이로 달빛이 마치 금속처럼 빛났다. 자신의 발소리가 저벅저벅 들리는 것이, 마치 땅 아래의 누군가와 함께 걷고 있는 것 같았다. 모든 것은 공허하고 명료하고 차가웠다.

병영은 도시 외곽의 조금 높은 언덕에 있었다. 건물은 피해를 입지 않았다. 연병장은 눈이 내린 것처럼 하얀 빛으로 가득했다. 그래버는 정문으로 들어갔다. 휴가가 벌써 끝나 버린 듯한 기분이었다. 이전의 생활은 부모님의 집처럼 붕괴되었다. 이제 또다시 전선으로 떠나야 하는 것이다. 이번에는 또 다른 전선이었다. 대포도 총도 없지만 위험하기는 마찬가지인 전선으로 떠나야 했다.

10

그로부터 사흘 후. 48호실 안 테이블에서 사내 넷이 도박을 하고 있었다. 그들은 잠잘 때와 식사할 때를 제외하고는 이틀 동안 계속 카드에 빠져 있었다. 그들 중 세 사람은 다른 사람과 수시로 교대했고, 한 사내는 교대도 없이 도박을 계속했다. 그의 이름은 룸멜이었는데, 사흘 전 휴가를 받아 집으로 왔더니 마침 아내와 딸이 무덤에 묻히는 중이었다. 그가 아내를 가까스로 알아본 것도 엉덩이에 있는 배내 점 때문이었다. 아내의 목은 이미 달아나고 없었던 것이다. 그렇게 처자를 묻고는 병영에 들어와 도박을 시작했다. 그는 누구와도 말을 나누지 않았다. 꼼짝도 않고 제자리에 앉아서 도박만 했다. 그는 매번 이겼다. 그래버는 창가에 쪼그리고 앉아 있었다. 그래버의 옆에는 로이터 병장이 한 손에 맥주를 든 채 붕대를 감은 오른발을 창턱에 올려놓고 있었다. 그는 이 방 안에서 제일 연장자였고 통풍을 앓고 있었다. 48호실은 불행이 닥친 휴가병의 항구

일 뿐만 아니라 경상자의 병실이기도 했다. 그들 뒤에는 공병인 펠트만이 누워 있었다. 그의 열망은 삼 년의 전쟁 동안 잃어 버렸던 잠을 삼 주 만에 만회하는 것이었다. 그는 식사 때만 침상을 떠났다.

"뵈트허는 어디 있는 걸까? 아직 돌아오지 않았나?" 그래버가 물었다.

"그는 하스테와 이부르크에 갔어. 오늘 낮에 자전거를 빌려 타고 말이야. 이번에는 하루에 마을 두 개는 찾아볼 수 있을 테지. 하지만 아직도 마을이 열 개도 넘게 남아 있어. 그리고 여기저기서 온 피난민들이 있는 수용소도 있지. 몇백 킬로미터나 떨어진 곳에 말이야. 그곳까지 어떻게 갈 수 있을까?"

"난 수용소 네 곳에 편지를 보냈어." 그래버가 말했다. "우리 두 사람의 편지를 말이야."

"회신이나 받을 수 있겠어?"

"아니. 하지만 그런 건 상관없어. 계속해서 편지를 쓸 거야."

"누구 앞으로 썼나?"

"수용소장에게 썼어. 그리고 수용소마다 직접 부모님과 뵈트허의 아내 앞으로도 보냈어."

그래버는 주머니에서 편지 다발을 꺼내 보여 주었다. "지금 우체국으로 갈 참이야."

로이터가 고개를 끄덕였다. "오늘은 어디에 갔나?"

"시립 학교와 성당 부속 학교의 체육관에 갔어. 그리고 집회소에도 갔고 다시 한 번 호적과에도 들렀지. 하지만 아무 소용없었어."

교대를 하고 도박판에서 빠진 사내가 두 사람 사이에 끼어

들었다. "휴가병들이 왜 병영 안에서 어슬렁거리는지 이해가 안 가. 가급적이면 프로이센 사람을 멀리 하라. 나라면 이걸 신조로 삼겠어! 그리고 방을 하나 빌리고 사복을 입고 이 주일 동안 인간답게 사는 거지."

"사복만 입으면 인간답게 되는 건가?" 로이터가 물었다.

"물론이지. 그 밖에 뭐가 있겠어?"

"들었지?" 로이터가 그래버에게 말했다. "인생이란 간단하게 받아들이면 간단한 거야. 자넨 사복이 있나?"

"아니. 하켄 가의 벽돌 더미 밑에 묻혀 버렸어."

"원한다면 내가 빌려 줄게."

그래버는 창 너머로 연병장을 바라보았다. 몇몇 분대 병력이 실탄을 장전하는 방법과 안전장치를 채우는 법, 수류탄을 던지는 법, 경례 등을 연습하고 있었다. "내가 멍청이야. 휴가 전에는 집에 도착하는 대로 빌어먹을 누더기는 구석으로 벗어던지고 양복으로 갈아입으려고 했지. 하지만 지금은 상관없어." 그가 말했다.

"넌 아무짝에도 쓸모없는 군바리야." 카드에 열중해 있던 사내가 그렇게 말하고는 소시지 한 조각을 삼켰다. "보병 놈들은 자기한테 뭐가 좋은지 몰라. 너무 웃겨. 언제나 모자라는 인간들이 휴가를 얻는다 말이야!" 그러고는 다시 카드에 몰두했다. 그는 룸멜에게 4마르크나 잃었고 오늘 아침에는 군의관로부터 복무 가능이라는 선고를 받았기 때문에 약이 올라 있었던 것이다.

그래버가 자리에서 일어났다. "어디로 가려고?" 로이터가 물었다.

"시내에 가서 우체국에 들를 거야. 그리고 또 찾아봐야지."

로이터는 빈 맥주병을 옆으로 치웠다. "지금은 휴가 중이라는 걸 알아야 해. 그리고 휴가가 곧 끝난다는 것도."

"그건 잊지 않고 있어." 그래버는 무뚝뚝하게 대답했다.

로이터는 붕대를 감은 다리를 조심스럽게 창문턱에서 내려 원래 자리로 가져갔다. "내 말은 그런 뜻이 아냐. 부모님을 찾는 데 최선을 다해야 하지만, 네가 지금 휴가 중이라는 것도 잊지 말라는 말이야. 다시 휴가를 얻으려면 오래 걸릴 테니까."

"알고 있어. 그래도 죽기 전까지는 이런저런 기회들이 많이 있을 거야. 난 그렇게 생각해."

"좋아. 그것만 알고 있다면 별 문제 없어."

그래버는 문 쪽으로 걸어갔다. 탁자에서는 룸멜이 그랑*을 손에 쥐고 있었다. 다른 판에서도 룸멜은 좋은 패를 쥐고 연전연승했다. 그는 얼굴색 하나 변치 않은 채 다른 도박꾼들을 요절내 버렸다. "본전도 못 찾았어!" 그래버를 쓸모없는 군바리라고 불렀던 사내가 절망적으로 외쳤다. "저런 끗발엔 속수무책이야! 그런데도 이 자는 무덤덤하군!"

"에른스트!"

그래버는 뒤를 돌아보았다. 지구당(地區黨) 제복을 입은 키가 작달만한 사내가 서 있었다. 그는 잠시 망설이며 생각하다가, 비로소 붉은 뺨과 개암 열매 같은 눈을 가진 둥근 얼굴을 기억해 냈다. "빈딩. 알폰스 빈딩!"

---

* 카드 놀이의 하나인 스카트에서 최고의 단계.

"몸소 왕림하셨네."

빈딩은 환한 표정으로 그를 쳐다보았다. "이런, 에른스트! 우린 천 년 동안이나 못 만났어! 도대체 어디 갔다 온 거야?"

"러시아에."

"그럼 휴가로군! 당연히 축하해야지. 내가 있는 곳으로 가지. 여기서 그렇게 멀지 않아. 고급 코냑도 있어! 방금 전선에서 돌아온 옛 동창을 만나다니! 축배를 들어 마땅해!"

그래버는 그를 물끄러미 쳐다보았다. 빈딩은 몇 년 동안 그와 같은 반이었는데도, 그동안 그를 거의 잊고 있었다. 그가 돌격대에 입대했고 거기서 잘 나가고 있다는 소문을 이따금 들었을 뿐이었다. 그런데 이제 그가 예기치도 않게 자기 앞에 유쾌한 모습으로 나타난 것이다. "가자, 에른스트!" 그가 재촉했다. "그렇게 빼지 마! 고급술도 몸에 나쁘지 않아."

그래버는 고개를 흔들었다. "시간이 없어."

"에른스트! 사나이들끼리 한잔하는 거야! 죽마고우 사이엔 늘 시간이 있는 법 아닌가!"

죽마고우라! 그래버는 빈딩의 제복을 바라보았다. 빈딩은 출세 가도를 달리고 있었다. 그는 갑자기 이런 생각이 들었다. 어쩌면 부모님을 찾는 일에 도움을 받을 수 있을지도 모른다. 그는 당의 간부가 아닌가. "좋아, 알폰스." 그가 말했다. "우리 한잔하러 가세."

"좋았어, 에른스트. 따라와, 멀지 않아."

빈딩이 주장한 것보다 길은 멀었다. 그는 교외의 작고 하얀 별장에 살고 있었다. 자작나무가 솟아 있는 정원이 딸린 별장은 아무런 피해도 없이 평화를 누리고 있었다. 나무에는 여기저기 새장이 걸려 있고, 어디선가 졸졸거리며 물 흐르는 소리가 들려왔다.

빈딩이 앞장서서 집 안으로 들어갔다. 현관에는 사슴 뿔, 멧돼지 머리, 박제된 곰 머리가 걸려 있었다. 그래버가 깜짝 놀라 말했다. "알폰스, 자네 유능한 사냥꾼이었군?"

빈딩은 이를 드러내며 씩 웃었다. "결코 아니야. 엽총은 만져 본 적도 없어. 모두 장식품이야. 보기엔 그럴듯하지? 게르만적이라고 할까!"

그는 바닥 전체에 융단이 깔린 방으로 그래버를 데려갔다. 벽에는 화려한 액자로 멋을 낸 그림들이 걸려 있었다. 그리고 여기저기 커다란 가죽 소파가 놓여 있었다. 그가 자랑스러운 듯이 물었다. "내 오막살이가 어떤가? 안락하지. 안 그래?"

그래버가 고개를 끄덕였다. 당은 당원을 대접하고 있었다. 알폰스는 원래 가난한 우유 장수의 아들이었다.

"앉아, 에른스트. 나의 루벤스가 마음에 드는가?"

"뭐라고?"

"저 루벤스를 보게! 저기 피아노 옆에 있는 싸구려 그림 말이야!"

그것은 연못가에 서 있는 아주 육감적인 나체 여인의 그림이었다. 금발에 엉덩이가 통통했고, 그 위로 햇살이 쏟아졌다. 이 정도면 뵈트허도 좋아하겠군. 그래버는 속으로 생각했다. "예쁜데." 그가 말했다.

"예쁘다고?" 빈딩은 아주 실망한 표정이었다. "이 사람아, 저건 한마디로 뛰어난 그림이야! 제국 원수와도 거래하는 화상한테서 직접 구입한 거야. 걸작이지! 난 중개인을 넣어서 헐값으로 이걸 산 거야. 마음에 들지 않아?"

"근사해. 헌데 난 전문가가 아냐. 이걸 보면 미쳐 버릴 남자를 알고 있긴 하지만."

"그래? 대수집가인가?"

"그런 건 아니야. 하지만 루벤스 전문가지."

빈딩의 표정이 밝아졌다. "그거 반가운 얘긴데, 에른스트! 정말 기뻐. 내가 미술품 수집가가 되리라고는 생각도 못 했어. 그런데 자넨 지금 어떻게 지내고 무얼 하고 있지? 내가 도움이 되었으면 하는데. 연줄이 좀 있거든." 그가 교활하게 웃었다.

그래버는 의지와는 반대로 조금 감동을 받았다. 누군가가 아무 경계심도 없이 도와주겠다고 나선 것은 처음이었다. "자네가 나한테 해 줄 일이 있어. 부모님이 행방불명이야. 아마도 지방으로 이송되었거나 아니면 시골 마을에 계실 거야. 어떻게, 찾아낼 수 있을까? 이 도시에는 계시지 않는 것 같아."

빈딩은 구리로 두들겨 만든 흡연 탁자 옆에 있는 안락의자에 풀썩 앉았다. 번쩍번쩍 빛나는 그의 장화는 난로 연통처럼 그의 앞쪽에 세워져 있었다. "시내에 계시지 않다면 쉬운 일이 아니야." 그가 설명했다. "한번 알아보기는 하지. 며칠은 걸릴 거야. 어쩌면 더 걸릴지도 모르고. 그분들이 어디 계시는가가 문제야. 모든 것이 순식간에 뒤죽박죽이 되어 버렸거든. 너도 알다시피."

"그래, 나도 보았어."

빈딩은 자리에서 일어나 진열장으로 갔다. 그리고 술병과 컵 두 개를 꺼내 왔다. "우선 한잔하세, 에른스트. 진짜 아르마냑

브랜디야. 난 코냑보다 이걸 더 즐겨 마시지. 건배."
"건배, 알폰스."
빈딩은 다시 술잔을 채웠다. "그런데 어디서 묵고 있나? 친척 집에?"
"시내에는 친척 집이 없어. 지금 병영에서 지내."
빈딩은 잔을 내려놓았다. "에른스트, 말도 안 돼! 병영에서 휴가라니! 그건 휴가도 아냐! 차라리 여기서 지내게! 여긴 방은 얼마든지 있어! 목욕탕이 딸린 거실도 있고. 난공불락으로 튼튼해. 원하는 건 다 있고."
"자넨 여기서 혼자 살고 있나?"
"물론이지! 내가 결혼했다고 생각하나? 난 그 정도로 바보는 아냐! 나 정도의 지위에 있으면 여자들이 문전 쇄도야!" 알폰스는 눈을 찡긋하면서 튼튼한 가죽 소파를 가리켰다. "소파가 목격자지! 에른스트, 내 말하지만 여자들이 죄다 내 앞에 무릎을 꿇는 거야."
"정말이야? 왜?"
"암, 무릎을 꿇고말고! 어제도 하나가 찾아 왔어! 상류 계급의 귀부인이야. 붉은 머리, 멋진 젖가슴, 베일, 모피 외투를 걸친 여자가 이 융단 위에서 마치 분수처럼 펑펑 눈물을 흘리면서 무슨 말이든 듣겠다고 하더군. 집단 수용소에서 남편을 빼달라면서 말이야."
그래버가 그를 올려다보았다. "네가 그런 일도 할 수 있는 거야?"
빈딩이 큰 소리로 웃었다. "난 누구라도 수용소에 집어넣을 수 있어. 하지만 석방은 그렇게 간단한 문제가 아니야. 물론 그 여자한텐 그렇게 말할 수 없지. 그건 그렇고, 이리로 오는 게 어떻겠나? 보다시피 여긴 만반의 준비가 되어 있어."

"그래, 그렇군. 하지만 지금 이사하기는 어려워. 여기저기 부모님 소식을 알게 되면 병영으로 연락해 달라고 말해 놓았거든. 당분간 연락이 올 때까지 기다려야 해."

"좋아, 에른스트. 자네가 잘 판단할 테지. 그렇지만 알폰스에게 집이 있다는 사실은 잊지 말아 주게. 식사도 일급이야. 미리 준비해 놓았거든."

"고맙네, 알폰스."

"고맙긴! 우린 동창이야. 서로 돕고 살아야지. 네가 나더러 숙제를 베끼도록 허락해 준 것도 한두 번이 아니었어. 그런데 자네, 부르마이스터를 기억하나?"

"수학 선생 말인가?"

"바로 그자야. 내가 김나지움 7학년에서 쫓겨난 건 바로 그자 때문이었어. 루시 에들러 사건 말이야. 자네도 기억하지?"

"물론." 그래버는 그렇게 대답했지만 기억이 나지 않았다.

"맙소사, 내가 그자에게 사건을 덮어 달라고 얼마나 사정했는지 몰라! 하지만 아무 소용도 없었어. 그 사탄은 무자비했어. 도덕상의 의무니 뭐니 그런 소리를 하면서 말이야. 그 때문에 아버지한테서 죽도록 두들겨 맞았지. 부르마이스터!" 알폰스는 음미하듯이 그 이름을 혀끝에 올렸다. "하지만 난 그자에게 단단히 보복을 해 주었어, 에른스트! 반년 동안 집단 수용소에 집어넣었지. 그자가 풀려 나왔을 때 어땠는지 자네가 봤어야 하는 건데! 나를 보고는 잔뜩 긴장해 가지고 거의 오줌을 지릴 정도였지. 그자가 나를 가르쳤지만, 나는 그걸 원래대로 되돌려 놓은 거야. 어때, 재밌지?"

"그래."

알폰스가 웃었다. "그런 식으로 해야 뼛속까지 느끼거든. 그런 자들에게 알맞은 기회를 준다는 것, 그게 우리 운동의 좋은 점이야." 그는 그래버가 일어나는 걸 보았다. "벌써 가려고?"

"그래, 가야 돼. 마음을 안정시킬 수가 없어."

빈딩은 고개를 끄덕였다. 근엄한 표정이었다. "이해가 가네, 에른스트. 정말 딱하게 생각하네. 알겠나, 내 마음을?"

"그래, 알폰스." 그래버는 다음에 무슨 말이 나올지 짐작이 갔기 때문에 급히 서둘렀다. "며칠 뒤에 다시 들르겠어."

"내일 오후에 오게. 5시 30분경에."

"좋아, 내일. 5시 30분경에. 그때까진 뭘 좀 알 수 있을까?"

"글쎄. 두고 보세. 어쨌든 한잔해야지. 그런데 에른스트, 병원에는 가 보았나?"

"가 봤어."

빈딩은 고개를 끄덕였다. "그리고…… 할 말은 아니지만 공동묘지는?"

"아니."

"가 보게. 만에 하나 모르니까 말이네. 거기에는 아직도 신고되지 않은 게 많아."

"내일 가 보기로 하지."

"좋아, 에른스트." 빈딩은 안심하는 기색이 역력했다. "내일은 좀 더 오래 있도록 하게. 우리 동창생끼리는 되도록 뭉쳐야지. 나 정도의 위치에 있으면 얼마나 쓸쓸한지 잘 모를 거야.

다들 이런저런 부탁만 하거든."

"나도 그렇지 않았나."

"그건 다른 문제야. 내가 말하는 건 이득을 보려는 사람들이네."

빈딩은 아르마냑 병을 집어 들더니 손바닥으로 쳐서 코르크 마개를 막았다. 그리고 그것을 그래버에게 내밀었다. "여기 있네, 에른스트! 가지고 가게! 고급 술이야. 꼭 필요할 거야. 참, 잠시만 기다려!" 그는 문을 열었다. "클라이네르트! 종이 한 장! 아니, 봉투!"

그래버는 술병을 손에 들었다. "그럴 필요 없네, 알폰스."

빈딩은 거세게 손을 내저었다. "가져가! 여기 창고엔 그런 게 얼마든지 있어!" 그는 가정부가 가져온 봉투를 받아 술병을 거기에 넣었다. "조심해, 에른스트! 늘 용기를 잃지 말고! 그럼 내일."

그래버는 하켄 가로 갔다. 그는 알폰스에게 조금 주눅이 들어 있었다. 돌격대장이라! 그는 생각했다. 처음으로 조건 없이 자기를 도와주고 숙소와 식사를 제공하겠다고 말한 인간이 돌격대장이라니! 그는 술병을 외투 주머니에 쑤셔 넣었다.

초저녁 무렵이었다. 하늘은 진주 빛이었고, 나무들은 드넓고 밝은 하늘을 배경으로 서 있었다. 폐허 위로는 황혼이 푸른빛으로 서려 있었다.

그래버는 폐허 한가운데서 신문 구실을 하는 문 앞에 섰다. 그가 붙인 쪽지는 보이지 않았다. 처음에는 바람에 날아간 것이려니 하고 생각했지만, 그렇다면 핀이라도 남아 있어야 했다.

누군가가 쪽지를 떼어 간 것이 분명했다.

갑자기 온몸의 피가 심장으로 몰리는 것 같은 느낌이었다. 혹시 무슨 기별이라도 남기지 않았는가 해서 훑어보았지만 아무것도 발견할 수 없었다. 그는 다시 부모님의 집으로 달려갔다. 두 번째 쪽지는 돌 사이에 그대로 끼어 있었다. 그래서 그것을 빼내 자세히 살펴보았다. 아무도 거기에 손을 대지 않았으므로 아무 소식도 얻을 수 없었다.

그는 어쩔 줄 몰라 하며 자리에서 일어나 주위를 둘러보았다. 저쪽 아래에서 흰색의 종이쪽지 같은 것이 바람에 날리고 있었다. 그는 그곳으로 달려갔다. 바로 그가 남긴 쪽지였다. 그는 쪽지를 집어서 들여다보았다. 누군가가 쪽지를 떼어 낸 게 분명했다. 쪽지의 여백에 달필로 이렇게 씌어 있었다. "남의 것을 훔치지 마시오." 처음에는 그게 무슨 뜻인지 몰랐다. 하지만 곧 두 개의 핀이 없어졌고, 그가 핀을 빼냈던 어떤 어머니를 찾는 메모에 다시 핀이 네 개 꽂혀 있다는 것을 알아차렸다. 그녀는 자신의 소유물을 도로 가져가고 덤으로 훈계까지 남겼던 것이다.

그는 납작한 돌을 두 개 집어 와서 문 옆 바닥에다가 종이쪽지를 눌러놓았다. 그러고 나서 다시 부모님의 집터로 돌아갔다.

그는 폐허 앞에 서서 위를 올려다보았다. 누군가가 집어갔는지 녹색 안락의자가 보이지 않았다. 의자가 있던 자리에는 신문 몇 장이 폐허 더미 사이로 삐져나와 있었다. 그는 위로 기어 올라가 신문을 끄집어냈다. 승리와 위대한 이름으로 가득한 오래된 신문은 누렇게 변색되고 찢기고 더러워져 있었다. 그는 신문을 옆으로 치우고 계속 더듬어 찾기 시작했다. 잠시 후 그는 나무 기둥 사이에서 누렇게 퇴색된 작은 책을 발견했는데, 누군가가 일부러 그렇게 한 것처럼 펼쳐져 있었다. 빼내서 들여다보니 눈에 익은 책이었다. 그가 쓰던 교과서였다. 책장을 앞으로 넘기자 첫 장에 희미한 필체로 쓰인 그의 이름이 보였다. 그가 열두 살 혹은 열세 살 때 적어 넣은 것이 분명했다.

그것은 종교 수업 시간에 쓰던 교리 문답서였다. 거기에는 수백 개의 질문과 답이 수록되어 있었다. 종이들은 얼룩이 졌고, 그가 직접 써 넣은 메모도 있었다. 그는 멍하니 그것을 들여다보았다. 그 순간 모든 것이 요동치는 것 같았다. 하지만 무엇이 요동치는지 알지 못했다. 진주 빛의 고요한 하늘을 머리 위로 이고 있는 파괴된 도시인가 아니면 인간의 모든 질문에 답을 주는 자그마한 갈색 책인가.

그는 책을 옆으로 치우고 다시 구석구석 뒤졌다. 하지만 더 이상은 찾지 못했다. 부모님의 집에서는 어떠한 책도 물건도 보이지 않았다. 그러고도 남을 것 같았다. 그들은 3층에 살았으므로 그들의 물건은 폐허 더미 더 깊은 곳에 있어야 했다. 교리 문답서는 아마도 폭발 와중에 우연히 하늘 높이 내던져졌다가 가벼운 무게 때문에 천천히 떨어진 모양이었다. 마치 비둘기 같았을 것이라고 그는 생각했다. 자기 확신과 평화의 화신인 고독하고 하얀 비둘기, 온갖 물음과 명료한 답변을 가지고서 화염과 연기와 질식과 비명과 죽음으로 가득한 밤하늘로 날아오른 비둘기와 같았을 것이다.

그는 한동안 폐허 위에 앉아 있었다. 저녁 바람이 불기 시작했고, 눈에 보이지 않는 누군가가 책을 읽기라도 하듯 책장이 넘어갔다. 하느님은 자비로우시고 전지전능하시며 현명하시다. 끝없이 선하고 정의로우시다…….

그래버는 빈딩이 건네준 아르마냑 병을 더듬어서 마개를 딴 다음 한 모금 마셨다. 그러고는 거리로 내려갔다. 교리 문답서는 그대로 내버려 두었다.

거리는 어두워졌지만 어디에서도 불은 켜지지 않았다. 그래버는 카를 광장을 지나갔다. 방공호가 있는 모서리에서 그는 누군가와 충돌할 뻔했다. 서둘러 걸어오던 젊은 장교였다. "조심해!" 소위가 화가 나서 버럭 소리를 질렀다.

그래버가 그를 쳐다보고는 말했다. "잘 알았어, 루드비히. 다음엔 조심할게."

눈을 크게 뜨고 바라보던 소위의 얼굴에 함박웃음이 피었다. "에른스트, 너였군!"

루드비히 벨만이었다. "웬일인가? 휴가?" 그가 물었다.

"그래, 넌?"

"끝났어. 지금 막 돌아가는 길이야. 그래서 이렇게 급히 서두르는 거지."

"재미있었나?"

"그저 그랬어! 뻔할 뻔 자잖아! 다음엔 다른 방식으로 보낼 거야. 아무한테도 말하지 않고 어디론가 갈 거야. 집으로는 절대 가지 않겠어."

"왜?"

벨만은 인상을 찌푸리며 말했다. "에른스트, 가족은 재미없어! 부모님! 절대 아니야! 휴가가 완전히 엉망이 되어 버렸어!

그런데 여기 온 지 며칠이나 됐나?"

"나흘."

"두고 보게! 금방 알게 될 테니까!"

벨만은 담배에 불을 붙이려고 했다. 바람에 성냥불이 꺼졌다. 그래버는 그에게 라이터를 켜 주었다. 그 순간 라이터의 불꽃이 벨만의 깡마르고 정력적인 얼굴을 비췄다. "그분들은 나를 아직도 어린애라고 생각해." 그렇게 말하면서 그는 담배 연기를 토해 냈다. "단 하룻밤만이라도 집에 들어가지 않으면 나무라는 표정을 짓는단 말이야. 그저 집에서 시간을 함께 보내야만 한다고 생각해. 어머니한테 나는 아직도 열세 살 철부지 소년이야. 어머닌 휴가의 처음 절반은 내가 왔기 때문에 눈물로 보내더니, 나머지 반은 내가 다시 떠나야 하기 때문에 울면서 보냈어. 그러니 어쩌겠어?"

"아버지는? 1차 대전 때 군인이셨잖아?"

"그건 벌써 잊고 계셔. 최소한 일부는 잊으신 것 같아. 영감한테 난 영웅이야. 아버진 내 가슴의 훈장이 자랑스러워서 그 마음을 내게 전하려고 안달이야. 잿빛 구석기 시대의 불쌍한 노인이지. 우리 젊은이를 더 이상 이해하지 못해, 에른스트. 너도 부모님에게 꼭 붙들리지 않도록 조심해!"

"그래, 조심할게." 그래버가 말했다.

"그분들이 좋은 마음에서 그런 건 물론이야. 줄곧 근심하고 사랑을 베풀지. 하지만 바로 그게 문제야. 싫은 소리를 할 수도 없고, 그런 순간엔 마치 무덤덤한 죄인 같다는 느낌이 들어."

벨만은 마침 옆으로 지나가던 소녀의 뒷모습을 힐끗 쳐다보았다. 바람 부는 어둠 속에서 소녀의 밝은색 양말이 희미하게 빛을 발했다. "어물어물하다간 모처럼의 휴가를 망쳐 버릴 거야! 내가 한 거라고는 기껏 부모님이 정거장까지 나를 따라오지 못하게 한 거야. 하지만 어디 숨어 있다 나타날지도 몰라!" 그가 웃었다. "그러니까 처음부터 잘해야 돼! 에른스트! 적어도 밤엔 집을 빠져나가야 해. 무슨 구실이든 만들어서 말이야! 강습이든! 야간 근무든! 안 그러면 너도 나처럼 엉망이 될 거야. 김나지움 학생 같은 휴가 말이야!"

"난 그렇지 않을 거야."

벨만은 그래버의 손을 잡고 흔들었다. "그래야지! 넌 나보다 운이 좋아! 그런데 학교엔 가 보았나?

"아니."

"안 가는 게 좋아. 난 갔지만 헛수고만 했어. 역겨워. 단 하나뿐인 괜찮은 교사가 쫓겨났어. 종교를 가르치던 폴만 선생님 말이야. 그분 기억나지?"

"물론. 직접 가서 뵐 생각이야."

"조심해. 그분은 감시 대상이야. 되도록 못 본 척해! 대세를 거슬러선 안 돼. 그러니 잘해, 에른스트! 우리의 짧고 영광스러운 생을 위해서 말이야, 안 그래?"

"그래, 루드비히. 그래, 공짜로 외국 여행이나 하고 마지막엔 국립묘지에 묻히고."

"이런 녀석을 봤나! 우리 언제 또 만나게 될까!" 벨만은 웃으면서 어둠 속으로 사라졌다.

그래버는 계속 걸어갔다. 무얼 해야 할지 몰랐다. 도시는 무덤 속처럼 깜깜했다. 더 이상 찾아 헤매기도 어렵고, 인내심을 가져야 한다는 것을 깨달았다. 긴 밤이 두려웠다. 병영으로 돌아가고 싶지도 않았다. 아는 사람들을 찾아갈 생각은 더더욱 없었다. 그들이 당황하며 동정심을 보내는 꼴을 참을 수 없었고, 자기가 사라지면 기뻐한다는 것을 그는 알았다.

그는 타다 남은 집들의 지붕을 올려다보았다. 나는 무엇을 기대하고 있었던가? 후방에 있는 섬? 고향, 안전, 도피, 위안? 아마도 그랬을 것이다. 하지만 희망의 섬은 오래전에 무의미한 죽음의 단조로움 속에서 소리 없이 사라졌고, 전선들도 무너졌으며, 전쟁은 도처에서 벌어지고 있었다. 도처에서, 머릿속에서도 마음속에서도.

그는 영화관을 지나치려다 안으로 들어갔다. 홀은 거리보다 덜 어두웠다. 어두운 거리를 헤매거나 술집에 쪼그리고 앉아 흠뻑 취하는 것보다는 이곳이 한결 나았다.

11

공동묘지에는 햇빛이 밝게 비치고 있었다. 그래버는 포탄이 정문에 명중했다는 것을 알아차렸다. 깨진 십자가와 화강암 묘비가 길바닥과 주위 무덤에 흩어져 있었다. 수양버들은 거꾸로 뒤집어져서 뿌리가 가지처럼 보이고 나뭇가지는 땅바닥을 기는 녹색의 기다란 뿌리가 되어 있었다. 마치 해조를 그대로 붙인 채 바다 밑에서 끌어 올린 기묘한 식물처럼 보였다. 포탄을 맞은 시체들의 뼈는 대부분 다시 가지런히 모아서 단정하게 쌓아 놓았다. 다만 오래되어 썩은 관의 자잘한 나뭇조각과 잔해가 풀밭 여기저기 놓여 있었다. 해골은 보이지 않았다.

예배당 옆에 세워진 움막에서는 감독 한 사람과 묘지기 두 사람이 일하고 있었다. 땀흘리며 일하던 감독은 그래버가 원하는 것을 듣자 손을 흔들며 거부했다. "틈이 없어요, 군인 아저씨! 점심 전에 시체를 열두 구나 묻어야 해요! 맙소사, 당신 부모가 여기 묻혀 있는지 아닌지 우리가 어떻게 알겠소? 묘비도 없고 이름도 없는 무덤이 부지기수요. 시체가 대량 생산되고 있는 셈이지요! 그러니 무슨 수가 있겠소?"

"혹시 사망자 명단을 가지고 계시는지요?"

"명단이라." 감독은 씁쓸한 표정으로 대답하며 묘지기들을 돌아보았다. "이분이 명단을 보시겠대, 들었나? 명단이라! 거리에 얼마나 많은 시체가 나뒹굴고 있는지 알고 있소? 자그마치 삼백이오. 지난번 공습 때 얼마나 죽었는지 아시오? 칠백이었소. 그리고 그 이전의 공습 때는? 오백이었소. 불과 나흘 만에 말이오. 그러니 우리가 어떻게 감당하겠소? 어림도 없는 일이지요! 거리에 나뒹구는 시체들을 어느 정도 수습하려면 인부들 대신에 굴삭기가 필요한 형편이오. 게다가 언제 또 공습이 있을지도 모르지 않소? 오늘 밤? 명단이라니, 가당치도 않은 일이오!"

그래버는 아무런 대꾸도 하지 않았다. 그는 담배 한 갑을 꺼내 탁자 위에 놓았다. 감독과 묘지기들은 눈짓을 교환했다. 그래버는 잠시 기다리다가 이번에는 잎담배 세 개를 그 옆에 놓았다. 아버지께 드리려고 러시아에서 가져온 것이었다.

"좋소." 감독이 말했다. "할 수 있는 데까지 해 보도록 하겠소. 이름을 적어 주시지요. 우리 중 한 사람이 묘지 사무소에 가서 물어볼 테니까요. 그동안에 아직 등록되지 않은 시신들을 살펴볼 수도 있습니다. 저기 교회 담벼락 옆에 뉘어 놓았소."

그래버는 교회 쪽으로 걸어갔다. 시신 중의 일부는 이름이나 관, 관대(棺臺), 덮개, 그리고 꽃다발까지 있었지만, 나머지는 대개 흰 광목으로 가려져 있을 뿐이었다. 그는 이름을 확인하고 이름이 없는 것은 광목을 일일이 들춰 보았다. 그러고 나서는 담벼락을 따라 임시로 마련된 천막 아래 줄을 지어 안치되어 있는 시신들 쪽으로 갔다.

일부는 두 눈을 감고 있었고 또 다른 일부는 두 손을 가슴 위에 모으고 있었다. 하지만 시신들은 대부분 발견할 당시의 모습 그대로였다. 팔은 몸에 바짝 붙여져 있고, 다리는 자리를 적게 차지하도록 곧게 펴져 있었다.

침묵의 행렬이 시신 곁을 통과했다. 그들은 고개를 숙인 채 뻣뻣하고 창백한 얼굴로 죽어 있는 가족들을 찾았다.

그래버도 그 행렬에 끼어들었다. 몇 걸음 앞에서 가고 있던 여자가 갑자기 한 시신 앞에 주저앉아 흐느끼기 시작했다. 다른 사람들은 묵묵히 그녀를 우회하여 앞으로 나아갔다. 머리를 숙이고 걸어가는 그들의 얼굴에는 팽팽한 긴장감이 돌았다. 하지만 불안에 찬 예감을 제외하고는 어떤 느낌도 없는 듯 텅 빈 표정이었다. 그러다가 시신들의 마지막 열에 도달할 때쯤에야 비로소 그들의 얼굴에 불안한 가운데서도 희미한 희망의 기색이 떠올랐다. 열의 끝에 도달하자 그들은 안도의 한숨을 쉬었다.

그래버는 다시 돌아왔다. "예배당 안에는 가 보셨소?" 감독이 물었다.

"아니요."

"찢긴 시체들은 거기 있어요." 감독이 그래버를 쳐다보았다. "마음 단단히 먹어야 할 거요. 하지만 당신은 군인이 아니오?"

그래버는 예배당으로 갔다가 다시 돌아왔다. 감독은 바깥에 서 있었다. "소름 끼치지요, 안 그렇소?" 그는 그래버를 빤히 쳐다보았다. "우리 중 몇 사람도 그 광경을 보고 주저앉았소. 바로 어제 집단 수용소 부대장이 여기를 왔거든요. 몸집이 거대한 사람이었는데."

그래버는 아무 대꾸도 하지 않았다. 지금까지 시체들을 너무도 많이 보아 왔기 때문에 이 정도는 별것 아니었다. 시체 대부분이 민간인이고 또 여자와 아이가 다수라는 사실조차도 특별나게 생각되지 않았다. 시체라면 신물이 날 정도로 보아 왔던 것이다. 러시아인과 네덜란드인, 프랑스인의 참상도 그가 지금 여기서 목격한 것 못지않게 끔찍했다. 한꺼번에 교수형에 처해진 오십 명의 시체들, 러시아의 겨울 추위에 얼어붙었다가 녹았다가 잘게 부서지기를 반복하면서 머리가 부풀어 오르고 눈알이 튀어나온 채로 부서지고 입술이 찢기고 두툼한 검은 혀를 내민 시체들은 지금 예배당 안에서 조각나 있는 시체들보다 더 끔찍했다.

"묘지 사무소에는 아무 기록이 없네요." 감독이 설명했다. "시에 커다란 시체 안치소가 두 개 더 있습니다. 가 보셨소?"

"예."

"거긴 얼음이라도 있지요. 우리보다 형편이 나아요." 감독이 부럽다는 어조로 말했다.

"시신이 넘쳐 나던데요."

"그렇소. 하지만 차가운 상태로 보존되고 있어요. 우리는 그렇지 못한데. 게다가 날씨도 점점 더 따뜻해지고 있소. 몇 차례 연이어 공습이라도 있고 날씨마저 따뜻해지면 그야말로 재앙이지요. 그러면 집단으로 매장할 수밖에요."

그래버는 고개를 끄덕였지만 그런 것이 재앙이라고는 생각하지 않았다. 집단 매장을 야기하는 바로 그것이 재앙이었다.

"우리는 최선을 다하고 있어요. 무덤 일꾼들을 많이 고용했지만 늘 모자라오. 기술도 시대에 뒤처지고 또 종교상의 규정도 장애가 되고." 감독은 근심에 차서 이마를 문질렀다. "유일하게 정말 현대적인 기구는 — 실례되는 말씀입니다만 — 집단 수용소입니다. 수용소에선 수백의 시신을 하루 만에 처리할 수 있어요. 최신의 방법으로 말입니다. 그들은 물론 대형 소각로를 활용합니다. 우리가 볼 때 별로 문제가 되지 않는 방식이지요."

그는 무언가 생각을 하면서 잠시 담벼락 너머를 쳐다보았다. 그러고는 그래버에게 살짝 손을 흔들고 움막으로 성큼성큼 걸어갔다. 죽음을 지키는 충실하고 열성적인 관리였다.

그래버는 몇 분 동안 기다려야 했다. 두 차례의 장례 행렬이 입구를 막고 있었다. 그는 다시 한 번 주위를 둘러보았다. 목사들은 무덤에 기도를 하고 친인척들은 새로 생긴 봉분 옆에 서 있었다. 시든 화환과 쌓아 올린 흙에서 냄새가 났다. 새들은 노래하고 가족을 찾는 사람들의 행렬은 담벼락을 따라 앞으로 나아갔다. 무덤 파는 인부들은 반쯤 판 구덩이에서 곡괭이를 휘둘렀고 석공과 장의사들은 주변을 오락가락했다. 죽음의 현장은 도시에서 가장 생기 있는 장소였다.

빈딩의 작고 하얀 집이 막 어둑어둑해지는 정원 안으로 보였다. 잔디밭에는 물이 찰랑거리는 새들의 연못이 있었다. 라일락 숲 앞에는 수선화와 튤립이 피어 있고 자작나무 아래에는 대리석으로 된 소녀상이 빛을 발하고 있었다.

가정부가 문을 열어 주었다. 백발 여인으로 커다란 흰색 앞치마를 두르고 있었다. "그래버 씨죠?"

"그렇습니다."

"대장님은 지금 안 계십니다. 당의 중요한 회의에 참석하셨어요. 당신께 쪽지를 남기셨습니다."

그래버는 그녀의 뒤를 따라 사슴뿔과 그림이 있는 집 안으로 들어갔다. 루벤스의 그림은 어둠 속에서도 스스로 빛을 발했다. 구리로 만든 흡연 탁자 위에는 잘 포장된 병이 하나 놓여 있고 그 옆에 편지가 있었다. 알폰스의 전언이었다. '아직 여기저기 수소문해 보지는 못했지만, 지금까지는 자네 부모님이 도시 안에서 사망하거나 부상을 입었다는 보고는 없었네. 아마 지방으로 이송되거나 아니면 이사를 가셨을 거야. 그리고 내일 다시 들러 주게. 보드카는 자네가 멀리 러시아에서 온 걸 축하하는 것이니 오늘 밤에 실컷 즐기게.'

그는 편지와 술병을 주머니에 넣었다. 가정부는 문간에서 기다리고 있었다. "대장님은 안부도 전하셨습니다."

"제 안부도 전해 주세요. 내일 다시 들를 거고, 보드카도 정말 고맙다는 말도 전해 주세요. 잘 마실 겁니다."

부인은 자애로운 미소를 지었다. "대장님이 몹시 기뻐하실 겁니다. 정말 친절하신 분이니까요."

그래버는 정원으로 되돌아 나왔다. 친절하신 분이라니, 하고 그래버는 생각했다. 알폰스는 자기가 집단 수용소에 집어넣은 수학 교사 부르마이스터에게도 친절했던가? 아마도 모든 사람은 어떤 사람한테는 친절할 것이다. 그러나 또 다른 사람에게는 정반대겠지.

그는 편지와 술병을 만져 보았다. 그리고 생각했다. 축하하라고? 무엇을? 부모님이 아직 돌아가시지 않았을 거라는 희망을? 그러면 누구와 축하한단 말인가? 병영의 48호실 사람들과? 그는 점점 더 푸르고 어두워지는 저녁놀을 바라보았다. 그래, 이 술병을 엘리자베스 크루제에게로 가져가자. 그녀라면 자신과 똑같은 기분으로 마실 수 있을 것이다. 그리고 그에게는 아직도 아르마냑이 남아 있었다.

말끔한 얼굴의 여자가 문을 열었다. "크루제 양을 만나려고 합니다." 그래버는 단호하게 말하고 여자 옆을 그대로 지나치려고 했다.

여자는 문을 막고 서서 비키지 않았다. "크루제 양은 지금 없어요. 이미 알고 계실 텐데요."

"제가 어떻게 알죠?"

"크루제 양이 당신에게 말하지 않던가요?"

"제가 잊어버렸군요. 언제 돌아오죠?"

"7시요."

그래버는 엘리자베스가 외출하리라고는 미처 생각하지 못했다. 보드카를 놓고 갈까 하는 생각도 들었지만 이 여자 밀고자가 자기 마음대로 할지도 모르는 일이었다. 심지어 자기가 마셔 버릴지도 몰랐다. "좋습니다. 그럼 다시 오겠습니다." 그가 말했다.

그는 하릴없이 거리에 서 있었다. 시계를 보니 6시 조금 전이었다. 그의 앞에는 다시 길고 어두운 밤이 놓여 있었다. 휴가 중이라는 사실을 잊지 말라고 로이터는 말했다. 물론 그 사실을 잊지 않았지만, 잊지 않았다는 것만으로는 아무것도 아니었다.

그는 카를 광장으로 가서 공원 벤치에 앉았다. 무시무시한 두꺼비처럼 방공호가 거기에 움츠리고 있었다. 조심성 많은 사람들이 그림자처럼 그 안으로 살금살금 들어갔다. 덤불숲에서 어둠이 다가와 마지막 빛을 삼켜 버렸다.

그래버는 말없이 벤치에 앉아 있었다. 한 시간 전까지만 해도 엘리자베스를 다시 만나리라고는 생각도 하지 않았다. 그녀를 바로 만났더라면 아마도 그녀에게 보드카를 건네주고 그대로 발길을 돌렸을 것이다. 그런데 그녀를 만나지 못한 지금은 7시가 되기를 초조하게 기다리고 있는 것이다.

엘리자베스가 직접 문을 열어 주었다. "네가 나올 줄 몰랐어." 그가 깜짝 놀라며 말했다. "대문을 지키고 있는 괴물이 나올 줄 알았거든."

"리저 부인은 지금 집에 없어요. 여성 애국단 모임에 갔어요."

"너절한 여편네들의 모임, 그렇지! 그 여자라면 어울리는 곳이지!"

그래버는 주위를 둘러보았다. "그 여자가 없으니 여기 분위기도 금방 달라지는군."

"지금은 현관에 불이 켜져 있어서 다르게 보여요." 엘리자베스가 대꾸했다. "난 그 여자가 나가자마자 곧 불을 켜요."

"그 여자가 있을 때는?"

"아껴야 한다, 그것이 애국심이다 하면서 잔소리가 심해요.

그래서 모두들 암흑 속에 있지요."

"맞아. 그들은 우리가 그런 상태에 있기를 바라는 거야." 그는 주머니에서 술병을 꺼냈다. "여기 보드카를 가지고 왔어. 어느 돌격대장의 창고에서 가지고 온 거야. 옛 동창의 선물인 셈이지."

엘리자베스가 그를 물끄러미 쳐다보았다. "그런 동창도 있어요?"

"그래. 네가 원치 않는 사람과 한집에 살고 있는 것처럼 말이야."

그녀는 웃으면서 술병을 받았다. "병따개가 어디 있는지 찾아볼게요."

그녀는 그의 앞을 지나 부엌으로 갔다. 그녀는 검은 스웨터에 역시 몸에 꼭 끼는 검은 치마를 입고 있었다. 그리고 굵고 빛나는 붉은색 털실로 머리카락을 목덜미 부근에서 동여매고 있었다. 어깨는 당당하고 허리는 잘록했다.

"병따개가 안 보여요. 리저 부인은 술을 마시지 않는 것 같아요." 그녀가 서랍을 닫으면서 말했다.

그래버가 술병을 받아 들고는 병목 부분의 밀랍을 벗겨 냈다. 그러고는 허벅지에다가 술병을 두 차례 세게 부딪쳤다. 마개가 펑 소리를 내며 빠졌다. "군대에서는 늘 이렇게 해." 그가 설명했다. "컵은 없어? 아니면 병째로 마셔도 되고?"

"내 방에 있어요. 따라와요."

그는 그녀를 따라갔다. 문득 여기에 오기를 정말 잘했다는 생각이 들었다. 또 하룻밤을 혼자서 쓸쓸하게 지내야 했는데 이제 엘리자베스와 함께 있게 된 것이다.

엘리자베스는 벽에 기대 있는 서가에서 가느다란 컵 두 개를 꺼냈다. 그래버는 주위를 둘러보았다. 방은 완전히 달라 보였다. 침대 하나, 녹색 시트를 씌운 안락의자 몇 개, 책들, 비더마이어 양식의 책상이 있는 그녀의 방은 고풍스러우면서도 평화로웠다. 그의 기억 속에 있는 그녀의 방은 덜 정돈되어 있었고 더 자유분방했다. 공습경보의 소음 때문에 그렇게 보였을 거라고 그는 생각했다. 소음은 모든 것을 헝클어 버렸다. 엘리자베스도 오늘은 옛날과 달라 보였다. 달랐다. 하지만 고풍스럽지도 평화롭지도 않았다.

그녀가 몸을 돌렸다. "우리 얼마 만에 다시 만난 거죠?"

"한 백 년은 됐을 거야. 당시에 우린 어렸고, 전쟁 같은 건 없었지."

"그런데 지금은?"

"이제 우리도 나이가 들었어. 별다른 경험도 없이 말이야. 나이만 먹고 냉소적이고 신앙도 없고 때로는 슬프기만 하고. 자주 우울해져."

그녀가 그를 쳐다보았다. "그게 정말일까요?"

"모르겠어. 하지만 진실이란 무얼까? 너는 알아?"

엘리자베스는 고개를 흔들었다. "모든 사람에게 진실해야 할까요?" 그녀가 물었다.

"그렇진 않겠지. 그런데 왜 그런 질문을?"

"모르겠어요. 하지만 저마다 자기가 진실이라고 믿는 것을 다른 사람한테 그렇게 강요하지만 않는다면 전쟁은 덜 일어날 거라는 생각이 들어요."

그래버가 미소를 지었다. 그녀가 하는 말이 귀에 쏙쏙 들어왔다.

"문제는 관용이군. 모자라는 건 바로 그거야, 그렇지?"

엘리자베스가 고개를 끄덕였다. 그래버는 잔을 들어 술을 가득 따랐다. "관용을 위해 건배! 이 술을 선물한 돌격대장의 뜻과는 전혀 다르긴 하지만. 그래서 더 의미가 있기도 하고."

그는 단숨에 잔을 비웠다. "한 잔 더 할래?" 그가 물었다.

엘리자베스는 살짝 머리를 흔들었다가 "그러죠." 하고 대답했다.

그는 보드카를 다시 따르고 병을 탁자 위에 놓았다. 보드카는 독하고 맑고 순수했다. 엘리자베스는 잔을 내려놓았다. "이리 와요. 관용의 모범을 보여 줄 테니."

그녀가 앞장서서 걸어갔고 현관을 지나서 문 하나를 열었다. "리저 부인은 서두르느라 문도 잠그지 않았네요. 그 여자의 방을 한번 봐요. 신뢰를 배반하는 건 아녜요. 내가 집을 비우면 그 여자가 항상 내 방을 뒤지니까."

방의 일부는 여느 집들과 다름없이 배치되어 있었다. 하지만 창문 맞은편 벽에 걸린 화려한 액자 속에는 전나무 잎과 떡갈나무 잎으로 장식된 히틀러의 천연색 초상화가 큼지막하게 걸려 있었다. 그 밑의 탁자에는 커다란 갈고리 십자가가 새겨진 깃발이 깔려 있고 그 위에 검은 가죽 표지를 한 특제본 『나의 투쟁』*이 놓여 있었다. 책의 양쪽에는 초가 꽂힌 은 촛대가 세워져 있었고 그 옆에는 총통의 사진들이 있었다. 셰퍼드와 함께 찍은 사진, 흰옷을 입은 아이가 총통에게 꽃을 전

* 히틀러의 자서전.

달하는 사진이었다. 그리고 명예의 단검과 당원 배지가 진열품의 백미를 장식했다.

그래버는 그렇게 놀라지 않았다. 비슷한 것들을 이미 여러 차례 보았기 때문이었다. 독재자 숭배는 자연스럽게 종교로 이어졌던 것이다.

"그 여자가 여기서 고발장을 써?"

"아니에요. 저기 아버지의 책상에서 쓰고 있어요." 그래버는 책상을 쳐다보았다. 구르는 덮개가 있는 구식 가구였다. "오랫동안 사용하지 못했어요. 다가가지도 못하게 해요. 그동안 여러 번 시도했지만." 엘리자베스가 말했다.

"그 여자가 아버님을 고발했어?"

"확실히는 몰라요. 아버지가 끌려가시고 난 후 아무런 소식도 못 들었으니까요. 그 여자는 이전부터 아이와 함께 여기서 살았어요. 방 하나에서요. 그런데 아버지가 끌려가신 다음부터는 방을 하나 더 쓰게 되었어요."

그래버가 그녀를 돌아다보았다. "방을 하나 더 쓰려고 고발했을지도 모른다는 얘기네?"

"그럴 가능성이 왜 없겠어요? 그보다 못한 이유로도 그럴 수 있는데."

"그건 그래. 이렇게 제단을 꾸며 놓은 걸로 봐서는 그 여자도 여성 애국단의 광신자일 거야."

"에른스트. 광신이라는 것이 때로는 개인의 이익과 일치한다고 생각하지 않나요?" 엘리자베스가 씁쓸한 표정으로 물었다.

"그래 일치하는 때가 많아. 그런데도 그 점을 늘 잊고 있다는 게 정말 이상해! 일단 한번 익히고 나서 아무 생각 없이 반복하게 되면 그게 바로 상투적인 게 된다는 거지. 이 세상은 원래 라벨이 붙어 구분되어 있던 건 아니야. 인간도 물론 그렇지 않고. 아마 그 독사 같은 여자도 자기 아이나 남편, 꽃이나 귀중한 건 모두 사랑할 거야. 그런데 이 여자는 네 아버지를 고발할 이유가 있었던 걸까, 아니면 모든 걸 지어낸 걸까?"

"아버진 선량한 분이지만 조심성이 별로 없었어요. 아마 오래전부터 감시를 당했던 것 같아요. 자기 집이라 해도 하루 종일 당의 연설을 들어야 한다면 가만히 있지 못하는 사람도 생길 수밖에요."

"도대체 그분이 무슨 말씀을 하셨을까?"

엘리자베스는 어깨를 으쓱했다. "아버진 독일이 승리할 거라고 믿지 않으셨어요."

"지금도 믿지 않는 사람이 얼마든지 있어."

"당신도?"

"물론. 자, 여기서 나가! 그 악녀가 불쑥 나타나서 무슨 짓을 할지 모르잖아!"

엘리자베스가 살짝 미소를 지었다. "들킬 염려는 없어요. 복도 문을 걸어 놓아서 안으로 들어올 수 없어요."

그녀는 문 쪽으로 가서 빗장을 벗겼다. 그는 속으로 그나마 다행이라고 생각했다. 그녀가 순교자 스타일이라면 조심도 하지 않고 망설임도 없었을 것이기 때문이었다. "여긴 공동묘지 냄새가 나. 빌어먹을 저 시든 떡갈나무 잎 때문에. 자, 술이나 마셔." 그가 말했다.

그는 잔에다가 보드카를 가득 따랐다. "우리가 왜 나이가 들어 버렸다고 느끼는지 이제 알 것 같아. 더러운 걸 너무 많이 보았기 때문이야. 우리보다 나이가 많고 따라서 당연히 현명해야 할 사람들이 휘저어 놓은 똥물 말이야."

"난 별로 나이가 들었다는 느낌이 들지 않아요." 엘리자베스가 대답했다.

그가 그녀를 물끄러미 쳐다보았다. 조금도 나이 들어 보이지 않았다. "기뻐할 일이네." 그가 말했다.

"난 감금당한 느낌이에요. 나이가 많다는 것보다 더욱 나쁜 일이죠."

그래버가 비더마이어풍 의자에 앉았다. "그 여자가 너도 고발할지 몰라." 그가 말했다. "이 집 전체를 차지하려고 말이야. 무엇 때문에 그때까지 기다리려는 거야? 여기서 나가도록 해! 지금 세상이 어떻게 돌아간다는 건 너도 잘 알 테니."

"알아요." 그녀는 갑자기 어쩔 줄 몰라 하면서도 고집을 부렸다. "미신일지는 몰라도 나는 믿어요." 그녀는 스스로 백번이나 같은 대답을 했던 사람처럼 고통스럽고 다급하게 대답했다. "내가 여길 떠나지 않는 한 아버지가 다시 돌아오실 거예요. 내가 가 버린다면 그건 아버지를 버리는 거나 마찬가지예요. 이해하겠어요?"

"굳이 이해할 것까지도 없어. 그게 좋다고 생각한다면 그렇게 하는 거지. 말이 안 되는 일이라도 말이야."

"그래요."

그녀는 술잔을 들고 죽 들이켰다. 바깥에서 쩔그렁거리는 열쇠 소리가 났다. "그 여자가 왔어." 그래버가 말했다. "시간이 정확하군. 모임이 오래 걸리지 않았던 모양이네."

그들은 현관에서 들려오는 발소리에 귀를 기울였다. 그래버는 축음기를 쳐다보았다. "행진곡밖에 없어?" 그가 물었다.

"아니에요. 하지만 행진곡은 요란하잖아요. 정적이 가끔 고함을 지를 때면 우리가 가진 소리 중에서 제일 시끄러운 걸로 그걸 덮어 버려야 하니까요."

그래버가 그녀를 쳐다보며 말했다. "우린 지금 멋진 이야기를 하고 있어! 학교 시절에 청춘은 생의 낭만적인 시간이라는 이야기를 종종 듣곤 했지."

엘리자베스가 웃었다. 현관에서 무언가가 바닥으로 떨어졌다. 리저 부인이 욕을 했고, 문이 달그락거리는 소리가 들렸다. "내가 불을 켜 놓았나 봐요." 엘리자베스가 속삭였다. "자, 우리 나가도록 해요. 더 이상 못 참겠어요. 다른 이야기를 해요."

"어디로 가지?" 그래버가 밖에서 물었다.

"나도 몰라요. 발 닿는 대로."

"근처에 카페나 주점이나 바 같은 건 없나?"

"금방 다시 실내로 들어가고 싶지는 않아요. 조금 걷는 게 어때요?"

"그렇게 하지."

거리는 텅 비어 있었고, 도시는 어둡고 조용했다. 그들은 마리엔 가를 따라 걸었다. 가를 광장을 지나고 강을 건너 구시가로 들어갔다. 잠시 후 그들은 비현실적인 세계로 들어온 듯한 느낌이 들었다. 모든 생명은 사라지고 그들이 마지막으로 남은 사람인 것 같았다. 그들은 주택가를 걸어갔다. 지나가면서 방이나 의자, 탁자와 생명의 증인들을 확인하려고 창문 안을 들여다보았지만 보이는 건 유리창에 비친 달빛과 그 뒤에 있는 검은 커튼 그리고 등화관제를 위한 검은 마분지들뿐이었다. 도시 전체가 상(喪)을 당한 것 같았다. 끝없는 집들 하나하나가 관이 되어 검은 장막으로 가려진 시체 공시소(公示所) 같았다.

"도대체 어찌 된 일일까?" 그래버가 물었다. "사람들은 어디 있는 거야? 오늘은 다른 날보다 더 조용하네."

"사람들이 집 안에 죽치고 있는 것 같아요. 며칠째 공습이 없었거든요. 그래서 함부로 밖으로 나오지 못하는 거예요. 다음 공습을 기다리고 있는 거죠. 언제나 그런 식이에요. 공습이 끝난 직후라야 사람들이 밖으로 나와요."

"이미 습관으로 굳어 버렸군, 그렇지?"

"그래요. 일선에서도 마찬가지죠?"

"그래."

그들은 폐허가 된 거리를 걸어갔다. 섬유질 모양의 구름이 하늘 한가운데를 지나가자 빛이 어른거렸다. 폐허에 비친 구름 그림자가 마치 달빛을 싫어하는 문어 괴물처럼 앞으로 뒤로 오락가락했다. 그때 사기그릇이 달그락거리는 소리가 들렸다. "다행이군! 누군가가 무얼 먹고 있어. 커피 마시는 소리 같기도 하고. 어쨌든 누군가가 살아 있어." 그래버가 말했다.

"아마 커피를 마실 거예요. 요새는 그런 게 나오거든요. 질도 좋고요. 포탄 커피라고들 하죠."

"포탄 커피?"

"그래요, 포탄 커피 혹은 폐허 커피라고 해요. 사람들이 그런 식으로 불러요. 심한 공습이 지나간 후에 나오는 특별 보너스거든요. 그게 설탕일 수도 초콜릿일 수도 혹은 담배 한 갑일 수도 있어요."

"그건 전선에서도 그래. 공세를 취하기 전에 소주나 담배 같은 게 나오거든. 참 우습지 않아? 한 시간 동안의 죽음의 공포를 보상하기 위한 200그램의 커피라니."

"100그램이 맞아요."

그들은 계속 걸어갔다. 잠시 후 그래버가 걸음을 멈추며 말했다. "엘리자베스, 이렇게 헤매고 다니니까 집에 앉아 있는 것보다 더 쓸쓸하다는 생각이 들어. 보드카나 들고 오는 건데! 술이나 한잔하고 싶어. 근처에 술집이 없을까?"

"술집에 가고 싶지는 않아요. 온통 등화관제를 하고 창을 막아 놓아서 마치 지하실에 감금당한 느낌이 들 거예요."

"그럼 병영으로 올라가지. 술이 아직 한 병 남아 있거든. 술을 가지고 내려와서 야외에서 마시면 되니까."

"좋아요."

그들은 고요를 깨고 마차가 덜컹거리며 다가오는 소리를 들었다. 그리고 곧 말 한 마리가 질주해 오는 것을 보았다. 말은 불안해 보였고, 그림자를 보고는 뒷발로 멈추어 서려 했다. 사나운 두 눈과 뻥 뚫린 콧구멍을 가진 말은 창백한 달빛 아래 무시무시하고 기괴한 느낌이었다. 마부가 고삐를 잡아당기자 말은 앞발을 높이 들었다. 말의 주둥이에서 거품이 튀었다. 그들은 말이 지나가도록 폐허 쪽으로 몸을 비켜야 했다. 엘리자베스는 말이 자기 몸을 스치지 않을 만큼 멀찌감치 폐허 더미 위로 뛰어올랐다. 그녀가 헐떡거리는 말의 등 위로 몸을 던져 달려가 버릴 것 같은 그런 동작이었다. 어느새 그녀는 파괴되어 텅 비어 버린 하늘의 광대함 앞에 홀로 서 있었다.

"네가 말에 뛰어올라 멀리 가 버릴 것 같은 그런 느낌이었어." 그래버가 말했다.

"그렇게라도 할 수 있다면! 하지만 어디로 가죠? 온 세상이 전쟁턴데."

"사실 그래. 온 세상이 그래. 영원히 평화로울 것 같던 시골도 마찬가지야. 남태평양도 인도도. 달아날 곳은 어디에도 없어."

그들은 병영에 도착했다. "여기서 기다려, 엘리자베스. 술을 가져올게. 오래 걸리지 않아."

그래버는 연병장을 가로질러 발소리가 울리는 계단을 올라갔다. 48호실 안은 전체 인원의 절반 정도가 내는 코 고는 소리로 진동을 했다. 탁자에는 갓을 씌운 전등이 켜져 있었다. 카드 노름을 하는 병사들은 아직도 깨어 있었다. 로이터는 그 옆에서 책을 읽고 있었다.

"뵈트허는 어디 갔지?" 그래버가 물었다.

로이터가 탁 소리를 내면서 책을 덮었다. "아무것도 찾아내지 못했다고 전해 달래. 자전거를 타고 가다가 벽을 들이받아서 자전거를 부숴 버린 모양이야. 옛 속담에도 있잖아. 불행은 엎친 데 또 덮친다고. 내일은 다시 걸어 다녀야 하거든. 그래서 오늘 저녁엔 술집에 가서 기분을 달래고 있지. 넌 왜 그래? 무척 창백해 보이는데?"

"아무것도 아냐. 다시 나가야 해. 가져갈 게 있어."

그래버는 배낭을 더듬어 찾았다. 그에게는 러시아에서 가져온 진과 보드카가 한 병씩 있었다. 그리고 빈딩에게서 받은 아르마냑도 있었다. "진이나 아르마냑을 가져가게. 보드카는 없어." 로이터가 말했다.

"어째서?"

"우리가 마셨지. 네가 자발적으로 내놨다면 더 좋았을 텐데. 러시아에서 오는 자는 자본가처럼 처신해서는 안 되는 거야. 전우들도 즐기도록 허락해야지! 보드카 맛이 좋았어!"

그래버는 아직 남아 있던 병 두 개를 끄집어내어 아르마냑은 주머니에 넣고 진은 로이터에게 주었다. "그래, 네 말이 맞아. 자 가져, 네 통풍에 쓸 약으로 받아 둬. 너도 자본가는 아닐 테지. 다른 동지들한테도 맛 좀 보여 주고."

"고맙군." 로이터는 절뚝거리면서 간이 옷장으로 걸어가 코르크 마개를 뽑는 도구를 가져왔다. "내 생각에 넌 아주 풋내기 방식으로 여자를 꼬시려고 하는 것 같아." 그가 말했다. "취하게 만들어서 말이야. 하지만 우선 병의 코르크를 따야 한다는 것을 잊지 말게. 병목을 쳐서 마시면 흥분해서 주둥이를 다치거든. 이봐, 내가 노파심에서 하는 소리야!"

"머저리 같은 놈! 병 마개는 벌써 열렸어."

로이터는 진의 마개를 땄다. "그런데 러시아에서 네덜란드 술은 어떻게 구한 거야?"

"돈 주고 산 거야. 또 질문 있나?"

로이터가 씩 웃었다. "없어. 아르마냑을 따게. 이 풋내기 카사노바. 어쨌든 너무 수줍어하지는 마. 차분하게 해. 시간이 모자라니까. 휴가는 짧고 전쟁은 길어."

펠트만이 침대에서 몸을 일으켰다. "콘돔이 필요한가, 그래버? 내 지갑 속에 몇 개 있어. 난 필요 없어. 잠을 자더라도 매독은 걸리지 않아야지."

"꼭 그럴 필요는 없어." 로이터가 끼어들었다. "순결한 임신도 있어야 하는 법이야. 그래버는 순수한 핏줄이야. 12대째 순순한 혈통을 자랑하는 씨받이 아리아인이지. 그러니까 콘돔은 조국에 대한 범죄에 해당해."

그래버는 아르마냑의 마개를 빼내어 한 모금 마시고는 다시 주머니 속에 넣었다. "너희들은 빌어먹을 낭만주의자들이야. 왜 너희들 자신에 대해서는 걱정을 하지 않아?"

로이터가 손짓을 했다. "마음 놓고 가라고, 이 사람아! 군사교범일랑은 잊고 사람이 되도록 노력하게! 살기보다는 죽기가 더 쉬운 법이야. 특히 너희들, 젊은 영웅과 국가의 꽃은 말이지!"

그래버는 담배 한 갑과 잔을 주머니에 챙겼다. 나오면서 보니 카드 노름을 하는 테이블에서는 룸멜이 여전히 이기고 있었다. 그의 앞에는 돈이 수북하게 쌓여 있었다. 그의 얼굴은 표정이 없었지만 이마에는 맑은 땀방울이 방울방울 맺혀 있었다.

병영 계단에는 인기척이 없었다. 이미 소등나팔을 분 후였나. 그래버의 발소리가 복도에 메아리를 남겼다. 그는 넓은 연병장을 가로질렀다. 그녀가 가 버렸을지도 모른다는 생각이 들었고, 내심으로도 그렇게 되기를 바랐다. 무엇 때문에 그녀가 자신을 기다린단 말인가?

"아가씨가 저기서 기다려." 보초가 말했다. "너 같은 멍청이가 어떻게 저런 아가씨를 얻었지? 저 정도면 장교용이야."

그래버의 눈에 엘리자베스가 보였다. 그녀는 담에 기대어 있었다. 그는 보초의 어깨를 두드렸다. "이봐, 새로운 규칙이 생겼어. 일선에서 사 년간 근무한 자에게는 훈장 대신에 저걸 받을 수 있어. 모두 장군의 딸들이지. 너도 일선 근무를 지원하라고, 이 멍청아. 그리고 근무 중에 말을 하면 안 된다는 수칙도 모르는 거야?"

그래버는 엘리자베스에게로 갔다. "네놈이 멍청이다." 보초가 그의 등에 대고 뗣다는 듯이 말했다.

그들은 병영 뒤 언덕에서 벤치를 발견했다. 밤나무 사이에 있는 벤치에서는 시내 전체가 내려다보였다. 불빛은 찾아볼 수 없었고 다만 강물만이 달빛 아래 반짝이고 있었다.

그래버는 아르마냑을 잔에 절반쯤 따랐다. 아르마냑은 잔 안에서 마치 액체 상태인 호박(琥珀)처럼 빛을 발했다. 그는 엘리자베스에게 잔을 내밀었다. "한잔 마셔." 그가 말했다.

그녀는 한 모금 마시고 나서 잔을 돌려주었다. "다 비우지 그래." 그가 말했다. "술 마시기 좋은 날이야. 자, 그 무언가를 위해서, 우리의 저주받은 인생을 위해서 혹은 우리가 아직 살아 있는 것을 위해서, 자, 쭉 들이키자고. 죽어 버린 도시에선 이게 필요해. 오늘은 정말이지 이렇게 할 필요가 있어."

"좋아요. 보는 것을 위하여."

그는 잔을 가득 채워서 자기가 마셨다. 금방 몸이 달아올랐다. 또한 너무 허전하다는 것도 느꼈다. 그 점은 미처 깨닫지 못하고 있었다. 그것은 아무런 고통도 없는 허전함이었다.

그는 다시 잔을 반쯤 채우고 그 절반을 비웠다. 그러고는 잔을 둘 사이에 내려놓았다. 엘리스베스는 다리를 위로 끌어 올리고 두 팔로 무릎을 껴안은 채 벤치에 쪼그리고 앉아 있었다.

그들의 머리 위로 밤나무의 싱싱한 잎이 달빛을 받아 하얗게 빛났다. 조금 전에 나비 한 무리가 거기에 앉았다가 날아가기라도 한 것처럼.

"칠흑 같아요. 다 타 버린 탄광 같아요." 그녀가 도시를 가리키면서 말했다.

"그쪽은 보지 마. 뒤를 봐. 경치가 달라."

벤치는 바로 언덕의 정상에 있었고, 언덕은 반대편으로 완만하게 기울어져 밭으로, 그리고 달빛에 비친 도로, 포플러 가로수 길, 마을 교회의 탑, 숲, 지평선의 푸른 산들로 이어졌다. "저 세상은 정말 평화롭군. 너무도 간단해, 그렇지?" 그래버가 말했다.

"그래요, 정말 간단해요. 뒤돌아보기만 하고 다른 쪽은 더 이상 생각하지 않는 게 가능하다면 말이에요."

"곧 그렇게 될 거야."

"그렇게 믿나요?"

"물론. 안 그렇다면 이렇게 살아 있지도 않았을 거야."

"나도 그걸 원했어요. 나도 믿을 수 있어요."

"그렇고말고. 우리의 인생은 이미 그곳을 향하고 있어. 인생은 거기서 힘을 얻는 거야. 위험 속에 있어도 인생은 약점을 보이거나 감상에 빠지지 않아." 그는 그녀에게 잔을 내밀었다.

"이것도 평화에 속하는 것이겠죠?" 그녀가 물었다.

"그래. 오늘 저녁에는 특히."

그녀가 잔을 비웠고, 그는 그녀를 물끄러미 지켜보며 말했다. "이제 한동안은 전쟁에 대해서 말하지 않기로 하지."

엘리자베스가 뒤로 몸을 기댔다. "아무것도 말하지 않기로."

"좋아."

그들은 말없이 앉아 있었다. 너무도 고요했다. 고요함이 밤의 평화로운 음성과 더불어 천천히 생기를 얻었다. 밤의 음성은 밤을 방해하는 것이 아니라 밤을 더욱 깊게 만들었다. 숲의 호흡과도 같은 나지막한 바람, 부엉이의 울음, 풀밭에서 바스락거리는 소리, 구름과 빛의 끝없는 유희가 고요함과 함께했다. 고요함은 힘을 얻어 깨어나 모든 것을 둘러싸고 모든 것 속으로 들어갔다. 모든 숨결에 고요함이 배어들었고 호흡 자체가 고요함이 되었다. 호흡은 점점 더 나지막해지고 다시 부드러워지고 길어졌다. 호흡은 이제 더 이상 적이 아니라, 아득하고 호의로 가득한 잠 그 자체였다…….

엘리자베스가 몸을 움직였다. 그래버도 깜짝 놀라 일어나 주위를 둘러보았다.

"어, 이게 어떻게 된 거야? 깜박 잠이 들었어."

"나도." 그녀가 눈을 떴다. 산란된 빛이 차분해지자 눈앞이 너무도 환해졌다. "이렇게 깊이 잠들어 본 건 오랜만이네요." 그녀가 놀라서 말했다. "늘 어둠이 무서워서 불을 켜고 있었고, 공포에 놀라 깨어나곤 했어요. 지금과는 전혀 다르게 말예요."

그래버는 말없이 앉아 있었다. 그녀에게 아무것도 묻지 않았다. 많은 것들이 일어난 시간 속에서 호기심은 죽어 있었다. 다만 물속 바위 위에서 해초가 흔들리듯이 자신이 맑은 잠 속에서 편안하게 앉아 있었다는 사실이 조금 경이로웠다. 러시아에서 돌아온 후 처음으로 긴장이 풀린 느낌이었다. 부드러운 평안이 그의 내부로 마치 밀물처럼 밀려들었다. 평안은 밤 동안에 몸을 일으켜 그을리고 건조해진 영역들을 갑자기 덮치면서 그것들을 전체와 하나 되게 하는 밀물처럼 그렇게 밀려들었다.

그들은 시내로 내려갔다. 거리는 다시 그들을 받아들였고, 오래된 화재의 현장에서 나는 차가운 냄새가 다시 몰려들었다. 검게 밀폐된 유리창은 상여 행렬처럼 그들을 따라왔다. 엘리자베스는 부르르 몸을 떨었다. "이전에는 집이나 거리나 빛으로 가득했고, 난 그걸 당연하게 생각했어요. 거기에 익숙해 있었던 거죠. 그런데 이제야 그게 무언지를 알 것 같아요."

그래버가 하늘을 바라보았다. 하늘은 맑고 구름 한 점 없었다. 비행사들에게는 좋은 밤이었다. 하지만 그에게는 하늘이 너무 눈부셨다. "유럽에서는 거의 모든 곳이 이런 형편이야." 그가 말했다. "스위스만 아직도 밤에 불이 환하게 켜져 있다고 해. 그래야 조종사들이 그곳이 중립 지대라는 것을 알아볼 수 있으니까 말이야. 비행 편대를 이끌고 프랑스와 이탈리아에 비행했던 친구가 말해 줬어. 스위스는 빛의 섬, 그러니까 빛과 평화의 섬이라는군. 하나는 이미 다른 하나를 의미하는 거지. 그리고 그 뒤로는 끝없이 펼쳐진 수의처럼 암흑이 온 세상을 덮고 있다고 해. 독일, 프랑스, 이탈리아, 발칸 반도, 오스트리아 그리고 전쟁 중인 모든 나라들 말이야."

"우리는 빛을 받았고, 빛은 우리를 인간으로 만들어 주었어요. 그런데 우리가 빛을 죽였고, 우리는 다시 동굴 속에 살게 된 거에요." 엘리자베스가 흥분해서 말했다.

빛이 과연 우리를 인간으로 만들었을까, 하고 그래버는 생각했다. 너무 과장된 이야기라는 생각이 들었다. 하지만 그녀의 말이 옳을지도 모른다. 동물은 빛을 가지고 있지 않다. 빛도 불도 그리고 폭탄도 가지고 있지 않다.

그들은 마리엔 가에 서 있었다. 그래버는 엘리자베스가 울고 있다는 사실을 갑자기 깨달았다. "보지 말아요." 그녀가 말했다. "술을 마시지 말았어야 하는데. 나는 술을 잘 못 마셔요. 슬픈 건 아니지만 갑자기 너무 긴장이 풀리는 것 같아요."

"긴장이 풀리면 풀리는 대로 그대로 둬. 그걸로 염려할 필요는 없어. 나도 마찬가지니까. 그것도 거기에 속하니까."

"거기라니요?"

"아까 우리가 얘기한 것 말이야. 몸을 돌려 반대쪽 방향만 보도록 해. 내일 밤에는 거리를 헤매고 다니지 말자. 너와 함께 어딘가 밝은 곳으로 가고 싶어. 이 도시가 몰아내 버린 빛을 찾아서 말이야. 내가 찾아볼게."

"무엇 때문에요? 나보다 더 명랑한 여자를 찾으면 돼요."

"명랑한 여자 같은 건 필요 없어."

"그럼 뭐가 필요하죠?"

"명랑한 상대는 아니야. 참을 수가 없어. 동정심을 가진 여자들도 마찬가지로 필요 없어. 그런 여자들은 낮에 얼마든지 만날 수 있어. 거짓 동정심도 있고 진짜 동정심도 있지. 너도 그 점은 알아야 해."

엘리자베스는 더 이상 울지 않았다. "그래요. 나도 잘 알고 있어요."

"우린 그들과 달라. 우린 아무것도 속일 필요가 없어. 이미 너무 넘치거든. 내일 저녁, 시내에서 가장 밝은 술집으로 가서 밥도 먹고 술도 마시고 저녁 내내 이 저주받은 현실을 잊어버리자고!"

그녀가 그를 쳐다보았다. "그것도 그것 중의 하나인가요?"

"그래. 그중의 하나야. 네가 가진 옷 중에서 제일 밝은 걸로 입고 나와."

"좋아요. 8시에 와요."

그는 갑자기 그녀의 머리카락이 그의 얼굴에 그리고 입술에 와 닿는 것을 느꼈다. 그것은 재빨리 사라지는 바람과도 같았다. 그녀도 그가 미처 깨닫지 못하는 사이에 문간으로 사라졌다. 그는 주머니에 있는 병을 더듬었다. 술병은 비어 있었다. 그는 옆집 앞에 병을 내려 두었다. 다시 하루가 지났구나, 하고 그는 생각했다. 로이터와 펠트만이 지금 나의 모습을 보지 않은 건 다행이야! 그러면 또 이 말 저 말 지껄여 댈 텐데!

12

“좋아! 동지, 인정할게.” 뵈트허가 말했다. “난 술집 주모와 잤어. 달리 할 일도 별로 없지 않은가? 난 뭔가 해야만 해! 아니면 휴가가 무슨 의미가 있겠어? 순진한 송아지 새끼처럼 일선으로 그대로 돌아갈 순 없단 말이야.”

그는 펠트만의 침대에 걸터앉아 커피가 찰랑거리는 반합 뚜껑을 들고 두 발은 차가운 물이 담긴 물통 속에 담그고 있었다. 자전거가 부서진 후로 너무 많이 걸어 다녀 발이 부르텄기 때문이었다. “그런데 자네는? 오늘은 무얼 했나? 오전에도 나갔나?” 그가 그래버에게 물었다.

“아니.”

“나가지 않았다고?”

“이 녀석은 잠만 잤어.” 펠트만이 말했다. “오늘 점심때까지. 아무리 소동을 떨어도 일어나지 않더군. 처음으로 제정신이 든 거지.”

뵈트허는 물통에서 발을 빼고 발바닥을 들여다보았다. 발바닥은 커다랗고 흰 물집으로 덮여 있었다. "이것 봐! 난 힘깨나 쓰는 놈이지만, 발은 젖먹이처럼 예민해. 평생 이런 상태였어. 딱딱해지지가 않아. 온갖 수를 다 써 봤지만 말이야. 이 발로 다시 출발해야 해."

"왜 그러나? 좀 더 기분을 낼 수도 있을 텐데. 주모도 있고." 펠트만이 말했다.

"아아, 이 사람아, 그 술집 여편네! 그건 아무 상관도 없어. 게다가 몹시 실망했으니까."

"일선에서 돌아와 처음으로 하면 대개는 실망하지. 그건 다 아는 사실이야."

"내 말은 그게 아냐, 동지. 일이야 제대로 했지. 하지만 꼭 맞는 여자는 아니야."

"단 한 번에 찰떡궁합이 될 수는 없는 거야. 여잔 우선 분위기를 잘 잡아 주어야 해." 펠트만이 말했다.

"내 말을 아직 못 알아들었군. 그 여자는 상당했어. 하지만 영혼까지 들어맞진 않았다고. 들어 봐! 침대에서 일을 벌이다 너무 열중해 깜박하고는 그 여자를 알마라고 부른 거야. 실은 루이제인데 말이야. 알마는 내 마누라 이름이고, 알겠어……."

"저런."

"정말 가관이었어, 동지."

"별일도 아닌 걸 가지고 뭘 그래." 테이블에 있던 카드 노름꾼 중 하나가 갑자기 뵈트허를 향해 신랄하게 말했다. "그건 간통에 어울리는 벌이야, 돼지 놈아! 너는 그 여자한테서 실컷 두들겨 맞아야 했어!"

"간통이라고?" 뵈트허가 두 다리를 내려놓았다. "누가 방금 간통이라고 했어?"

"너 말이야! 바로 너보고 한 말이야! 이런 멍청이 봤나?" 이렇게 말한 카드 노름꾼은 머리가 계란처럼 생긴 작은 남자였다.

그는 독살스러운 눈으로 뵈트허를 노려보았다. 뵈트허는 잔뜩 약이 올랐다. "이런 바보 같은 소리를 들어 본 적 있나?" 그가 주위를 돌아보며 물었다. "여기서 간통이란 말을 꺼낸 놈은 너 하나뿐이야! 골 빈 놈! 멍청이 녀석, 만일 마누가가 곁에 있는데도 딴 여자랑 잔다면 간통이겠지! 하지만 마누라는 여기 없어, 바로 그거야! 그러니 어떻게 간통인가? 마누라만 있었다면 그 여편네랑 자지도 않았을 거야!"

"그놈 말에 신경 쓰지 말게. 부러워서 그러는 거야. 그게 전부야. 그런데 네가 루이제라고 부르고 나서는 어떻게 됐어?" 펠트만이 말했다.

"루이제라고? 루이제가 아냐. 참 루이제 맞아. 그런데 내가 알마라고 불렀지."

"그래, 알마였지. 그래 어떻게 됐어?"

"어떻게 됐냐고? 넌 상상도 못할 거야, 동지! 웃거나 소동을 피우는 대신에 어떻게 한 줄 알아? 마구 소리치며 울기 시작하는 거야. 악어 같은 눈물이라니, 생각해 보게! 뚱뚱한 여자는 울어선 안 돼, 동지……."

로이터는 기침을 하면서 책을 덮고는 재미있다는 표정으로 뵈트허를 바라보았다. "왜?"

"어울리지가 않아. 뚱뚱한 여자한테 어울리지 않아. 뚱뚱한 여자는 웃어야 돼."

"네가 마누라를 루이제라고 부른다면 네 마누란 어지간히 좋아하겠지?" 계란 머리가 독살스럽게 물었다.

"나의 알마가 있었다면." 뵈트허가 차분하게 그리고 우월감을 과시하며 말했다. "나는 우선 앞에 있는 맥주를 나발 불겠지. 그러고 나서는 따 놓은 맥주를 모조리 마실 거야. 그리고 다시 정신을 차리면 내 마누라는 구두만 남을 정도로 나를 녹초로 만들겠지. 요 정도야, 알겠어? 이 멍청이!"

계란 머리는 잠시 침묵을 지켰다. 그의 묘사에 압도당한 것 같았다. "그런데 그런 마누라를 배반해?" 그가 쉰 목소리로 다시 물었다.

"아니, 이놈이. 난 마누라를 배반한 게 아니라고! 마누라만 내 옆에 있었다면 그런 여자는 거들떠보지도 않았을 거라고! 이건 배반이 아니야. 정당방위라고."

로이터가 그래버 쪽으로 몸을 돌렸다. "그런데 넌 어땠어? 그 아르마냑으로 어떤 업적을 이뤘나?"

"아무 일도 없있어."

"아무 일도 없었다고? 그런데도 대낮까지 송장처럼 축 늘어져 잠만 잔 거야?" 펠트만이 물었다.

"그래. 내가 왜 그렇게 갑자기 피로를 느꼈는지 악마도 모를 거야. 지금이라도 다시 잘 수 있어. 일주일 내내 한숨도 못 잔 것 같아."

"그러면 또 퍼질러 자게."

"현명한 충고군. 잠의 대가 펠트만 선생의 충고니까." 로이터가 말했다.

“펠트만은 당나귀야.” 계란 머리가 얼른 끼어들었다. “휴가 내내 잠만 잤지. 휴가를 오기나 한 건지 모르겠어. 차라리 일선에서 자면서 휴가 꿈을 꾸는 게 나을 거야.”

“이봐, 그건 네 생각일 뿐이야. 사실은 정반대거든.” 펠트만이 대꾸했다. “여기서 꿈을 꾸면 내가 일선에 있는 꿈을 꾸거든.”

“그런데 넌 실제로는 어디 있는 거니?” 로이터가 물었다.

“뭐라고? 여기, 아니면 어디겠어?”

“확실해?”

계란 머리가 빈정대며 말했다. “내 말이 그 말이야. 계속 퍼질러 자기만 할 바엔 어디 있으나 마찬가지란 거지. 멍청이만 그걸 모르는 거지.”

“그래도 잠을 깰 때는 달라, 이 약아빠진 놈.” 펠트만이 갑자기 화를 내며 말했다. 그러고는 침대에 벌렁 누웠다.

로이터가 그래버를 돌아보며 물었다. “그런데 넌? 도대체 너의 그 잘난 영혼을 위해서 오늘은 뭘 할 생각이야?”

“저녁 식사 하기 좋은 데 있으면 가르쳐 주게.”

“혼자서?”

“아니.”

“그러면 게르마니아로 가게. 거기밖에 없어. 문제는 들어갈 수 있는가 하는 건데. 그런 전투복 차림으로는 어림도 없어. 장교용 호텔인데 레스토랑도 있어. 아마도 웨이터는 너의 훈장에 경의를 표할 거야.”

그래버는 자신을 내려다보았다. 헝겊을 대고 기운 데다가 아주 초라했다. "상의를 빌려 입으면 안 될까?"

"좋아. 그런데 넌 나보다 15킬로그램이나 가벼워. 문간에서 쫓겨날 거야. 내가 네 몸에 맞는 하사관 정복을 빌려 보도록 하지. 바지도 함께. 그 위에 외투를 걸치면 병영에서 아무도 눈치채지 못할 거야. 그런데 넌 어째서 아직도 졸병이지? 벌써 소위가 되고도 남았을 텐데."

"하사관으로 진급했는데 소위를 때렸다가 강등됐어. 징벌부대에 가지 않은 것만 해도 다행이었지. 이후론 진급이 중지됐고."

"좋아. 그럼 넌 하사관 복장을 해도 될 도덕상의 권리가 있어. 만약에 숙녀와 함께 게르마니아에 가면 와인은 G. H. 폰 뭄에서 제조한 요하니스베르거 코흐스베르크 1937년산으로 주문하게. 죽은 송장도 이 냄새를 맡으면 벌떡 일어나거든."

"좋아. 그런 게 필요해."

안개가 퍼지고 있었다. 그래버는 강물 위를 지나는 다리에서 있었다. 강물은 쓰레기로 가득했고 목재와 가구들 사이로 느릿느릿 검게 기어갔다. 하얀 안개 저편으로 학교의 실루엣이 검게 솟아 있었다. 그는 잠시 그것을 바라보다가 다리를 건너 교정으로 향하는 작은 골목길에 들어섰다. 습기로 축축해진 커다란 철문이 활짝 열려 있었다. 그는 교문 안으로 들어갔다. 교정은 텅 비어 있고 아무도 없었다. 너무 늦은 시간이었다. 그는 교정을 가로질러 강가로 갔다. 밤나무 둥치들이 안개 속에서 마치 석탄처럼 검은빛으로 자라 있었다. 밤나무 아래에는 젖은 벤치들이 있었다. 여기에 종종 들렀던 기억이 났다. 그가 당시에 꾸었던 꿈은 하나도 이루어지지 않았다. 학교에서 곧바로 전쟁터로 갔던 것이다.

그는 한동안 강물을 바라보았다. 부서진 침대가 기슭에 떠내려와 있었다. 거기엔 또 물에 젖어 무거워진 베개들이 부풀린 해면처럼 뒹굴고 있었다. 오싹 몸이 떨렸다. 그는 되돌아와서 학교 건물 앞에 서 있다가 현관문으로 들어가 보려고 했다. 문은 닫혀 있었다. 그는 문을 열고 조심스럽게 안으로 들어갔다. 잠시 현관에 서서 주위를 둘러보았다. 가슴을 답답하게 하는 학교 냄새가 풍겼고, 침침한 층계가 보였다. 그리고 강당과 회의실로 통하는, 까맣게 칠해진 문들도 보였다. 아무 느낌도 들지 않았다. 경멸 또는 역설의 느낌도 들지 않았다. 가 봤자 별 볼일 없을 거라고 말한 벨만이 생각났다. 그 녀석의 말이 맞았어. 공허함이 몰려왔다. 학교를 나온 후 그가 경험했던 것은 여기 학교에서 배웠던 것과는 모두 정반대였다. 아무것도 남아 있지 않았다. 파산 그 자체였다.

그는 몸을 돌려 다시 밖으로 나왔다. 입구 양쪽에 전사자를 위한 기념 현판이 두 개 보였다. 오른쪽의 현판은 그가 알고 있는 것으로, 1차 대전의 전사자를 기념하는 것이었다. 전당대회 행사 때면 그 현판은 언제나 녹색 전나무와 떡갈나무로 장식되었고, 교장 선생인 쉼멜은 복수와 위대한 독일 그리고 앞으로 있을 응징에 대해 침을 튀기며 열변을 토했다. 쉼멜은 뚱뚱하고 배는 물렁물렁하고 늘 비지땀을 흘렸다. 왼쪽의 현판은 처음 보는 것이었다. 그것은 이번 전쟁에서 죽은 자들을 위해 마련된 것이었다. 그는 이름들을 읽어 내려 갔다. 숫자가 많았지만 현판도 컸다. 그리고 그 옆에는 두 번째 현판을 위한 공간도 있었다.

밖의 교정에서 수위를 만났다. "무얼 찾고 있소?" 노인이 물었다.

"아닙니다. 아무것도 찾지 않습니다."

그래버는 그대로 걸어가다가 무언가 생각이 나서 되돌아왔다. "혹시 폴만 선생님이 사시는 데를 아세요? 여기 선생님이셨는데요." 그가 물었다.

"폴만 씨는 이미 그만두셨소."

"그건 알고 있습니다. 그런데 어디 살고 계실까요?"

수위가 사방을 둘러보았다. "엿들을 사람은 없어요. 그분은 어디 사시죠?" 그래버가 말했다.

"이전에는 얀 광장 6번지에 살았는데, 아직 거기 계신지는 잘 모르겠소. 당신은 이 학교 학생이었습니까?"

"예. 쉼멜 씨는 아직 근무하십니까? 교장 말이에요."

"물론입니다." 수위가 이상하다는 듯이 대답했다. "물론 계십니다. 여기 계실 수 없는 이유라도 있소?"

"없을 겁니다. 그럴 이유가 왜 있겠어요?" 그래버가 말했다.

그래버는 계속 걸었다. 십오 분 정도가 지난 후에 그는 자기가 어디에 있는지조차 알 수 없다는 것을 깨달았다. 안개가 더욱 짙어져 폐허 속에서 길을 잃고 말았던 것이다. 폐허는 다 비슷해 보였고 거리는 구분이 되지 않았다. 자기 자신 속에서 길을 잃어버린 듯한 기이한 느낌이었다.

한참 지나서야 하켄 가로 가는 길을 찾았다. 갑자기 바람이 불자 안개가 물결치기 시작했다. 소리 없이 유령처럼 움직이는 바다 같았다.

그는 부모님의 집터로 갔다. 아무 전갈도 없어 돌아서려는 순간 묘한 소리가 들려왔다. 하프 소리 같았다. 주위를 둘러보았다. 거리는 텅 비어 있었다. 그때 다시 소리가 들려왔다. 이번에는 더 고음이었다. 눈에 보이지 않는 부표가 안개의 바다를 떠돌며 경고하는 듯 비탄에 찬 소리였다. 소리는 반복해서 들려왔다. 더 깊고 더 높게, 불규칙적으로 하지만 거의 규칙적인 간격을 유지하면서. 누군가가 지붕 위에서 하프를 연주하는 듯 공중에서 들려오는 것 같았다.

그래버는 귀를 기울이다가 소리 나는 쪽으로 가 보려고 했지만 방향을 알 수 없었다. 그것은 사방에 있고 또 사방에서 오는 것 같았다. 무언가 강력하게 요구하는 소리였다. 때로는 홀로 때로는 아르페지오처럼 들려왔고, 더없는 슬픔을 위한 영원한 화음 같았다.

그는 공습 경비원일 거라는 생각을 했다. 그 미치광이다, 아니면 누구겠는가? 그는 정면만 남은 건물로 가서 문을 왈칵 열었다. 안쪽 안락의자에서 누군가가 벌떡 일어나는 게 보였다. 부모님 집의 폐허에 있던 녹색 안락의자였다. "무슨 일인가?" 공습 경비원은 깜짝 놀라 날카로운 소리로 물었다.

그래버는 그의 손에 아무것도 들려 있지 않은 것을 보았다. 하지만 소리는 여전히 들렸다. "저건 무슨 소립니까? 어디서 들리는 거죠?" 그가 물었다.

공습 경비원은 축축한 얼굴을 그래버의 얼굴 가까이로 가져갔다. "이런, 군인 아저씨로군! 조국의 수호자! 저게 뭐냐고? 들리지 않나? 저건 생매장당한 자들을 위한 진혼곡이야! 구원을 요청하는 부르짖음이지. 빨리 파내 다오! 살인을 멈추어라!"

"말도 안 되는 소리!" 그래버는 밀려 올라가는 안개 속으로 위를 올려다보았다. 검은 전선 같은 것이 바람에 흔들리고 있는 것이 보였고, 그것이 튕기어 나올 때마다 수수께끼 같은 징소리가 났다. 그는 갑자기 폐허의 높은 곳에 걸려 있던 뚜껑 없는 피아노가 생각났다. 전선이 밖으로 드러나 있는 피아노 현을 건드렸던 것이다. "피아노로구나!" 그가 말했다.

"저건 피아노야! 피아노야!" 공습 경비원은 그래버의 흉내를 내며 말했다. "저게 무언지 알아? 이 절망적인 살인자! 그건 죽은 자들이 치는 종소리야, 바람이 치고 있는 거지. 하늘이 그렇게 종을 쳐서 자비를 베푸는 거야, 이 지상에는 더 이상 존재하지 않는 자비를! 너, 이 총 쏘는 자동 기계들아! 죽음이 무언지 알기는 아느냐, 이 파괴자들아! 어떻게 알겠나? 죽음을 부르는 자들은 죽음을 모르는 법이야!" 그는 고개를 숙였다. "죽은 자들이 사방에 있어." 그가 속삭였다. "폐허 아래 시체들이 있어. 얼굴은 짓뭉개지고 가슴은 딱 벌린 채 누워 있다가, 부활하여 네놈들을 모조리 처단할 거야……."

그래버는 거리로 되돌아 나왔다. "모조리 처단하는 거야. 죽은 자들이 너희들을 고발하고 너희들 모두를 하나하나 심판할 것이다." 공습 경비원이 그의 등에 대고 소리쳤다.

그래버는 더 이상 그를 볼 수 없었다. 소용돌이치는 안개의 파편 속에서 그의 쉰 목소리만이 들려올 뿐이었다. "너희들이 내 형제들 중 가장 보잘것없는 자에게 행한 것은 바로 나에게 행한 것이라고 하느님은 말하네……."

그래버는 계속 걸어갔다. "악마에게나 가거라!" 그가 중얼거렸다. "악마에게나 가거라! 그리고 죽음의 새처럼 지금 네가 쪼그리고 앉아 있는 폐허 아래 너 자신을 묻어 버려라!" 그래버는 계속 걸어갔다. 처참한 생각이 들었다. 죽은 자들, 죽은 자들, 죽은 자들! 나는 죽은 자들을 너무나 많이 보지 않았던가! 그래서 내가 돌아오지 않았던가? 또한 이 황량한 어느 곳에 아직도 삶이 있다는 것을 느끼기 위해 돌아온 것이 아니었던가?

그래버가 초인종을 눌렀다. 누군가가 문 뒤에서 기다리고 있었기라도 하듯 바로 문이 열렸다. "이런, 당신이군요." 리저 부인이 놀라며 말했다.

"그렇습니다. 접니다." 그래버가 대답했다. 그는 엘리자베스가 나올 것이라고 생각했다.

그 순간 엘리자베스가 방에서 나왔다. 이번에는 리저 부인도 아무 말 하지 않고 물러갔다. "들어와요, 에른스트. 곧 준비할게요." 엘리자베스가 말했다.

그는 그녀를 따라 들어갔다. "이게 네 옷 중에서 제일 멋있는 거야?" 그는 엘리자베스가 입고 있는 검은 스웨터와 어두운 색 외투를 가리키면서 그렇게 말했다. "오늘 밤에 외출한다는 것을 잊었어?"

"정말 그렇게 생각했나요?"

"당연하지! 나를 봐! 이건 하사관 정장이야. 친구가 마련해 줬어. 난 사기꾼이 된 거야. 너와 함께 호텔 게르마니아에 들어가기 위해서 말이야. 문제는 거긴 소위 위로만 들어갈 수 있을지도 모른다는 거야. 그러니까 이건 너한테 달린 거야. 다른 옷은 없어?"

"물론 있어요. 하지만……."

그래버는 탁자 위에 놓여 있는, 빈딩이 준 보드카를 쳐다보았다. "네가 무슨 생각을 하는지 알아." 그가 말했다. "그런 건 잊어버려. 리저 부인도 이웃집 여자들도. 누구한테도 해가 되지 않아. 중요한 건 이거지. 넌 가끔 이곳을 빠져나가야 돼. 그렇지 않으면 미쳐 버릴 거야. 자, 보드카를 한 모금 마시라고."

그는 잔을 채워서 그녀에게 건넸다. 그녀는 그것을 단숨에 비웠다. "좋아요." 그녀가 말했다. "빨리 나가요. 실은 나도 기다리고 있었어요. 하지만 당신이 잊어버렸는지도 모른다고 생각했어요. 옷을 갈아입는 동안 잠깐 방에서 나가 있어요. 타락했다고 리저 부인한테 밀고당하고 싶지는 않으니까."

"이번에는 상관없어. 군인과 같이 있는 건 애국심으로 간주될 테니까 말이야. 하지만 밖에서 기다릴게. 현관이 아니라 길에서."

그래버는 이리저리 걸었다. 안개는 옅어지긴 했지만 아직도 집들의 벽과 벽 사이에서 마치 세탁장에서처럼 여기저기 맴돌았다. 갑자기 창문이 삐걱거리는 소리가 들렸다. 엘리자베스가 맨 어깨를 드러낸 채 드레스 두 벌을 창밖으로 내밀었다. 하나는 금빛이 나는 갈색이었고, 다른 것은 분간할 수 없는 어두운 색이었다.

"어느 거?" 그녀가 물었다.

그는 금빛을 가리켰다. 그녀는 고개를 끄덕이고는 창문을 닫았다. 그래버는 주위를 살폈다. 등화관제 규칙을 위반한 장면을 목격한 사람은 아무도 없었다.

그는 다시 거리를 서성거렸다. 갑자기 밤이 더 깊고 완전해지는 것 같았다. 낮의 피곤함, 저녁의 묘한 분위기, 과거로부터 멀어지겠다는 결심이 부드러운 흥분과 왠지 모를 기대감으로 바뀌었다.

엘리자베스가 문밖으로 나왔다. 그녀는 재바르고 호리호리하고 유연했고, 희미한 빛을 발하는 기다란 금빛 드레스를 입은 모습은 이전보다 더 눈이 부셨다. 그녀의 얼굴도 달라져 있었다. 얼굴은 더 날씬해 보였고 머리는 더 작아 보였다. 그래버는 조금 지나서야 그녀가 목덜미를 드러낸 드레스를 입어서 그렇게 보인다는 사실을 깨달았다.

"리저 부인이 봤어?" 그가 물었다.

"예, 봤어요. 아무 말도 못하더군요. 그 여잔 내가 누더기를 걸치고 참회나 하는 게 당연하다고 생각해요. 잠깐 마음에 걸리긴 했어요."

"마음에 걸려야 하는 건 오히려 위선적인 인간들이야."

"마음에 걸리기도 하지만 또 두렵기도 해요. 당신은 어떻게 생각해요……."

"아니." 그래버가 대답했다. "난 아무 생각도 안 해. 오늘 밤에는 더 이상 아무것도 생각하지 말아야 해. 우리는 그동안 충분히 생각했고 그러면서 우리를 괴롭혔어. 그러니 이제는 단 한 번이라도 유쾌한 기억을 남기도록 시험해 보는 거야."

호텔 게르마니아는 무너진 건물 사이에 서 있었다. 마치 가난한 친척들 사이에 끼어 있는 돈 많은 여자 같았다. 호텔 양편의 폐허 더미는 깨끗이 치워 쌓아 놓았기 때문에 두 폐허 더미는 더 이상 황량해 보이지도 않았고 죽음의 기운이 감돌지도 않았다.

문지기는 요모조모 재는 눈빛으로 그래버의 제복을 훑어보았다. "주점은 어딘가?" 그래버는 상대방이 무언가 말하기도 전에 단호하게 물었다.

"아, 예, 홀의 오른쪽 끝에 있습니다. 지배인이신 프리츠 씨에게 여쭈어 주십시오."

그들은 홀을 걸어갔다. 소령과 대위 두 사람이 그들의 옆을 스쳐 지나갔다. 그래버는 경례를 했다. "여기는 장군들이 우글거린다고 해. 2층에는 군사위원회 사무실이 몇 개 있고." 그가 설명했다.

엘리자베스가 멈추어 섰다. "그렇다면 너무 조심성 없는 것 아닌가요? 혹시 당신의 제복을 보고 눈치를 채면 어떡해요?"

"그들이 눈치를 챈다고? 하사관 흉내를 내는 건 일도 아니야. 나도 전엔 하사관이었으니까."

키가 작고 마른 여자를 동반한 육군 중령이 박차 소리를 요란하게 내며 나타났다. 그는 그래버의 머리 너머를 보며 걸었다. "만일 발각되면 어떻게 되죠?" 엘리자베스가 물었다.

"별게 아냐."

"총살당하는 건 아니죠?"

그래버가 웃었다. "그들은 그렇게 못해, 엘리자베스! 일선에선 내가 필요하기 때문에 그럴 순 없어."

"그러면 어떤 일이?"

"별거 아니래도. 몇 주 정도 구류를 받겠지. 그러면 몇 주

동안 휴식을 얻는 셈이지. 거의 휴가나 마찬가지야. 대략 이 주 후면 일선으로 돌아가는 마당에 그렇게 심각한 일은 일어날 수 없어."

지배인 프리츠가 통로의 오른쪽에서 나타났다. 그래버는 그의 손에 지폐 한 장을 쥐어 주었다. 프리츠는 별일 아니라는 듯 지폐를 슬쩍 집어넣었다. "물론 주점으로, 뭘 좀 드시러 가는 거죠?" 그는 그렇게 말하고는 기품 있게 앞장서서 걸었다.

프리츠는 기둥 옆의 은밀한 공간에 그들을 안내한 다음 공손한 태도로 자리에서 물러났다. 그래버는 주위를 둘러보았다. "그래, 바로 이거야. 나는 분위기에 익숙해지려면 시간이 좀 걸려. 너는 어때?" 그가 엘리자베스를 쳐다보았다. "너는 좀 다르군. 마치 매일 여기 오는 단골 같아." 그래버가 경탄하며 말했다.

황새처럼 생긴, 키가 작고 나이가 좀 있는 웨이터가 메뉴를 들고 왔다. 그래버는 메뉴를 받았다가 지폐 한 장을 끼운 후 돌려주었다. "우린 메뉴에 없는 걸 먹고 싶은데 뭐가 있을까?"

황새는 무표정한 얼굴로 그를 쳐다보았다. "메뉴에 적혀 있지 않은 건 없습니다만."

"좋아. 우선 G. H. 폰 뭄에서 나온 요하니스베르거 코흐스베르크 1937년산으로 한 병 가져다주게. 너무 차지 않게 해서 말이야."

황새의 눈동자가 생기를 띠었다. "기꺼이 가져다 드리죠." 그는 갑자기 경의를 표하면서 말했다. 그러고는 고개를 숙였다. "마침 오스텐데 혀 넙치가 조금 들어와 있습니다. 아주 싱싱합니다. 여기에 벨기에 샐러드와 파슬리 포테이토를 약간 첨가하시면 됩니다."

"좋아. 그런데 전채 요리로는 뭐가 있나? 물론 포도주에 캐비아는 별로고."

황새는 더욱 신이 났다. "물론 그건 아닙니다. 대신 송로 버섯으로 맛을 낸 슈트라스부르크의 오리 간이 있습니다만……."

그래버는 고개를 끄덕였다.

"그다음에는 네덜란드 치즈를 한 조각 드시는 게 어떻습니까? 곁들이면 포도주의 향이 한결 더하지요."

"그거 괜찮군."

황새는 흥분한 상태로 자리에서 물러났다. 처음에는 그래버를 길을 잘못 찾아 어쩌다가 여기로 들어온 군인쯤으로 보았던 것이다. 그런데 이제 보니 그래버야말로 어쩌다가 군인이 된 전문가였다. 엘리자베스는 놀란 표정으로 대화를 들었다. "에른스트, 어디서 그런 걸 다 알았어요?" 그녀가 물었다.

"동료인 로이터에게서 들었어. 오늘 아침까지만 해도 전혀 몰랐지. 그 사람은 대단한 식도락가야. 그 때문에 통풍까지 걸릴 정도니까. 그런데 이제 그 통풍으로 일선에 가지 않게 된 거지. 언제나 그렇듯이 죄는 그런 식으로 보상받는 거야."

"하지만 팁을 그런 식으로 메뉴에 끼워 주는 건 좀……."

"그것도 모두 로이터에게 배운 거야. 그 녀석은 이 방면에 도사야. 내가 세속적인 면모를 화끈하게 발휘하는 데 기여한 셈이지."

엘리자베스가 갑자기 웃음을 터뜨렸다. 따뜻하고 막힘없고 부드러운 웃음이었다. "맙소사, 내 기억 속의 당신은 전혀 달라요." 그녀가 말했다.

"나도 네가 지금 그런 모습으로 있을 사람이라는 걸 몰랐어."

그가 그녀를 쳐다보았다. 이렇게 아름다운 모습은 정말이지 처음이었다. 웃을 때는 표정이 완전히 달라졌다. 어둠에 쌓인 집의 창문들이 일순간에 모두 열어젖혀지는 것 같은 웃음이었다. "정말 아름다운 드레스야." 그가 조금 당황해하면서 말했다.

"이건 어머니가 입던 옷이에요. 어젯밤에 조금 손질해서 고쳤어요." 그녀가 살짝 웃었다. "당신이 왔을 때 아무 준비도 없이 있었던 건 아니에요."

"바느질을 할 수 있단 말이지? 그렇게 안 보이는데."

"이전에는 할 줄 몰랐어요. 최근에 배웠거든요. 날마다 군용 외투를 여덟 시간씩 깁고 있어요."

"정말이야? 근로 봉사에 끌려 다니는구나?"

"그래요. 내가 자원했어요. 그렇게 하면 아버지를 구하는 데 도움이 될 것 같아서."

그래버가 고개를 흔들었다. "너한텐 어울리지 않아. 엘리자베스란 이름이 어울리지 않는 것처럼 말이야. 어떻게 그런 이름을 얻게 되었지?"

"어머니가 이름을 골랐어요. 어머닌 오스트리아 남부 출신인데 이탈리아 사람처럼 보였어요. 그래서 내가 파란 눈을 하고 금발로 태어나길 바라셨대요. 엘리자베스란 이름도 그 때문에 붙이신 거고. 결국 어머니의 기대는 어긋났지만, 이름은 그대로 남은 거죠."

황새가 술을 들고 왔다. 그는 보석이라도 다루는 것처럼 술병을 들고는 조심스럽게 따랐다. “아주 얇고 소박한 크리스털 잔을 가져 왔습니다.” 그가 말했다. “그래야 색깔을 아주 잘 볼 수 있어요. 아니면 백포도주 잔이 좋을까요?”

“아니. 얇고 투명한 이 잔이 좋아.”

엘리자베스가 웃었다. “너무 사치스러워요!”

“사치라고! 맞아!” 그래버가 잔을 들어 올렸다. 그리고 반복해서 말했다. “사치, 바로 그거야! 우린 바로 그걸 위해 건배하는 거야, 엘리자베스. 난 이 년 동안이나 반합으로 음식을 먹었어. 무사히 다 먹을 수나 있을까 의심하면서 말이야. 그러니까 이건 사치가 아냐. 그 이상의 것이야. 평화이고 안전이고 기쁨이고 축제야. 밖에는 존재하지 않는 그런 거야.”

그는 포도주 맛을 음미하면서 엘리자베스를 바라보았다. 그녀도 눈을 마주쳤다. 그건 경쾌함과 비약을 가져다주는 예기치 못한 어떤 것이었다. 그는 갑자기 느꼈다. 그것은 필수적인 것을 넘어서는 어떤 불필요한 것, 유용함과는 상관없는 그런 것이었다. 왜냐하면 그것은 존재의 다른 측면, 보다 빛나는 측면, 잉여와 유희적인 것 그리고 꿈에 속하는 것이기 때문이었다. 죽음과도 같은 수년간의 혹독한 시련 이후 술은 더 이상 술이 아니고, 은은 더 이상 은이 아니며, 어딘가에서 스며드는 음악은 더 이상 음악이 아니고, 엘리자베스도 엘리자베스가 아니었다. 모든 것은 그 이상의 것이었으며, 저 다른 삶의 상징이었다. 죽음도 파괴도 없는 삶, 이미 신화가 되어 버려 하나의 바랄 수 없는 꿈이 되어 버린 삶 그 자체를 위한 상징이었다.

“사람은 때때로 자기가 살아 있다는 걸 깜박 잊기도 해. 나는 오늘 그걸 알게 됐어." 그가 말했다.

엘리자베스가 다시 웃었다. "나는 이미 알고 있는 사실이에요. 하지만 그다음에 어떻게 할지는 몰랐어요."

황새가 다가왔다. "손님, 술이 어떻습니까?"

"대단한 술인 게 분명해. 그렇지 않다면 오랫동안 생각하지 않았던 것들이 이렇게 갑자기 되살아나겠어?"

"그건 바로 태양 때문입니다. 가을날 술을 익게 하는 태양 말입니다. 말하자면 술이 태양을 다시 발산하는 거지요. 라인란트에서는 이러한 술을 성체현시(聖體顯示)라고 부르지요."

"성체현시라고?"

"그렇습니다. 그 술은 황금과 같이 사방으로 빛을 발산한답니다."

"그렇게 된 거로군."

"첫 잔에 바로 느낄 수 있습니다, 안 그렇습니까? 압착기로 짜낸 태양 말입니다!"

"바로 첫 잔에 그랬어. 술이 위장으로 가지 않고 바로 눈으로 가서 세계를 바꾸어 놓는군."

"술에 대해 좀 아시네요, 손님!" 황새는 친밀한 태도로 그에게 머리를 숙였다. "저기 오른쪽 테이블에서도 같은 술을 마시고 있어요. 장교 두 명이 앉아 있는 데 말입니다. 마치 물을 마시듯 술을 넘기는군요. 저런 자들은 차라리 보름스산(産) 포도주를 마시는 게 나아요."

황새는 못마땅하다는 듯이 그쪽 테이블을 바라보며 물러났다.

"오늘은 사기꾼에게 운이 좋은 날인 것 같아, 엘리자베스."

그가 말했다. "너한텐 술맛이 어때? 마찬가지로 성체현시야?"

그녀는 몸을 뒤로 기대며 어깨를 으쓱했다. "난 꼭 감옥에서 탈출한 것 같은 기분이에요. 사기죄로 금방 체포될 것 같기도 하고."

그가 웃었다. "우리 모습이 그렇지! 자기감정을 지나치게 두려워해. 자신을 사기꾼이라고 느끼는 순간 사기꾼이라고 즉시 믿어 버리는 거야."

황새는 혀 넙치 요리와 샐러드를 날라 왔다. 그래버는 그의 시중을 아주 느긋하게 지켜보았다. 어떻게 보면 얇은 얼음판을 멋도 모르고 밟았는데 놀랍게도 그것이 깨지지 않아 살아난 사람 같은 기분이었다. 그는 얼음판이 얇고 또 오래 견디지 못하리라는 것을 알고 있었다. 하지만 지금 깨지지 않고 견디고 있다는 사실, 그것만으로 만족스러웠다. "폐허 더미 속에 오래 있는 것에도 좋은 점은 있어. 처음 경험하는 것처럼 모든 게 새롭고 흥미진진하니까 말이야. 모든 것, 잔이라든지 하얀 식탁보도." 그가 말했다.

황새가 술병을 들었다. 마치 아들을 보살피는 어머니 같은 성성이있다. 그가 설명했다. "보통 생선에는 모젤 와인이 따르는 법이지만 혀 넙치의 경우는 조금 다릅니다. 이 고기는 거의 견과류 같은 맛이 납니다. 여기에는 라인가우 주(酒)가 안성맞춤이지요, 안 그렇습니까?"

"당연하고말고."

황새가 고개를 끄덕이고는 물러갔다.

"에른스트, 이렇게 잔뜩 주문해 놓고 돈을 치를 수 있어요? 엄청나게 비쌀 텐데." 엘리자베스가 말했다.

“문제없어. 이 넌치 전쟁 수당을 가져왔으니까. 이런 돈은 오래 갖고 다닐 필요가 없어. 잠깐만 지니고 있으면 돼. 이 주. 그걸로 충분해.” 그래버가 웃었다.

그들은 대문 앞에 서 있었다. 바람은 잦아들었고, 안개가 다시 짙어졌다.

“언제 귀대해요? 이 주 후?” 엘리자베스가 물었다.

“대충 그래.”

“금방이군요.”

“금방이지. 하지만 아직 많이 남았다고 볼 수도 있어. 매 순간 달라지니까 말이야. 전시의 시간은 평화로울 때의 시간과 달라. 너도 알 거야. 여기도 일선과 마찬가지로 전쟁터니까 말이야.”

“똑같지는 않아요.”

“아냐, 똑같아. 난 오늘 밤 처음으로 휴가다운 휴가를 보냈어. 황새와 로이터와 그리고 너의 금빛 드레스와 포도주 덕에.”

“그리고 우리 덕에. 그 말도 해야죠.” 엘리자베스가 말했다. 그녀는 그의 바로 앞에 서 있었다. 안개가 그녀의 머리카락에 걸려 있었고, 머리카락은 희미한 빛으로 반짝였다. 그녀의 드레스도 반짝였다. 안개는 그녀의 얼굴을 마치 과일처럼 촉촉하게 적셨다. 그래버는 부드러움, 이완, 고요함 그리고 흥분으로 짜인 직물, 저녁 동안 예기치 않게 펼쳐졌던 이러한 직물을 찢어 버리고 병영의 역겨운 냄새와 저속한 위트, 미래에 대한 위안 없는 기다림과 번민으로 돌아간다는 것이 갑자기 힘들게 느껴졌다.

그때 날카로운 목소리가 정적을 깼다. "자네 골통엔 눈도 안 달렸나, 하사관?"

하얀 턱수염을 가진, 땅딸한 소령이 그들 앞에 서 있었다. 고무창 달린 구두를 신고 몰래 다가온 것이 틀림없었다. 그래버는 이 소령이 제대한 예비역임을 금방 알아보았다. 고물 상자에서 계급장을 꺼내 단 제복을 입고 허세를 부리고 있는 것이었다. 그는 이 노인을 들어 올려 내팽개치고 싶은 마음이 굴뚝 같았지만 위험을 감수하기는 싫었다. 다만 관록 있는 군인처럼 아무 소리도 않고 부동자세를 취했다. 노인은 그에게 회중전등을 비추며 아래위를 살폈다. 그래버는 무엇 때문인지 심한 모독을 느꼈다. "특별복이라!" 노인이 소리질렀다. "손쉬운 행정 일을 보는 자가 아니면 입고 다닐 수 없는 건데, 어찌 된 건가? 특별복을 입은 휴가병이라! 엄청나군! 자넨 어째서 일선에 있지 않은 거지?" 그래버는 아무 대답도 하지 않았다. 자신의 낡은 전투복 상의에서 기장을 떼어내 제복에 다는 것을 잊었던 것이다.

"여자랑 시시덕거리고 다니기만 하면 다란 말인가?" 소령이 호통을 쳤다. 엘리자베스가 갑자기 몸을 움직였다. 회중전등의 둥그런 불빛이 그녀의 얼굴을 정면으로 비추기 때문이었다. 그녀는 노인을 노려보다가 불빛에서 빠져 나와 그래버에게로 갔다. 소령은 헛기침을 했고, 다시 한 번 그들을 째려보다가 물러났다.

"정말 역겨웠어요!" 그녀가 말했다.

그래버가 어깨를 으쓱했다. "저런 영감탱이들은 어쩔 도리가 없어. 길거리를 어슬렁거리고 돌아다니며 경례를 받고 싶어 안

달이지. 그게 저들의 생활이야. 자연이 수백 년 동안 수고를 한 결과 마침내 저런 자들이 생겨난 거야."

엘리자베스가 웃었다. "자넨 어째서 일선에 있지 않는 건가?"

그래버가 씩 웃었다. "이 특별복으로 사기를 쳐서 그런 일을 당한 거야. 내일은 사복을 입을 거야. 빌릴 데가 있어. 경례라면 지긋지긋해. 군복을 벗어 버리면 게르마니아에서 마음 놓고 있을 수 있어."

"또 거기로 가려고요?"

"그래, 엘리자베스. 나중에 일선에서 기억날 일은 그것뿐이야. 시시한 일상은 기억도 안 나. 내일 8시에 데리러 올게. 이제 나는 갈게. 우물쭈물하다가 그 노인과 또 마주치면 이번엔 급료부를 꺼내 보라고 할지도 몰라. 안녕."

그가 그녀를 끌어안았고, 그녀는 순순히 안겼다. 그는 팔 안에서 그녀를 느꼈다. 갑자기 모든 것이 녹아들었다. 그녀를 원했다. 오로지 그녀만을 원했다. 그는 그녀를 힘껏 껴안고 키스를 했다. 놓고 싶지 않았지만, 그녀를 놓아주었다.

그는 다시 하켄 가로 갔다. 부모님의 집터 앞에서 걸음을 멈췄다. 달이 안개 사이로 얼굴을 내밀었다. 그는 몸을 숙이고 돌 사이에서 황급히 종이쪽지를 끄집어냈다. 한쪽 구석에 굵은 연필 글씨로 무언가가 적혀 있었다. 그는 회중전등을 더듬어 찾았다. '중앙 우체국에 문의할 것, 창구 15번.'이라고 쓰여 있었다.

그는 무심결에 시계를 보았다. 너무 늦은 시간이었다. 우체국은 밤에는 열지 않는다. 8시 이전까지는 아무것도 들을 수 없다. 하지만 내일 아침이면 마침내 부모님 소식을 들을 수 있는 것이다. 그는 우체국에 보이기 위해 종이쪽지를 접어서 주머니에 넣었다. 그러고 나서 죽은 듯이 고요한 도시를 통과해 병영으로 갔다. 몸의 중력이 없어진 듯했고, 감히 통과하려고 시도해 보지 않았던 진공 상태에서 걸어가는 듯한 느낌이었다.

13

우체국의 일부는 아직 남아 있었다. 나머지는 붕괴되고 타 없어졌다. 사방에서 사람들이 들끓었다. 그래버는 잠시 기다려야 했다. 그러고 나서 15번 창구로 가 전갈이 적힌 종이쪽지를 내밀었다.

직원은 그에게 종이쪽지를 도로 돌려주었다. "신분증명서 같은 거 있습니까?"

그래버는 격자창 아래로 급료부와 휴가증을 밀어 넣었다. 직원은 그것을 자세히 들여다보았다. "무슨 일이지요? 전갈이라도 있는 겁니까?" 그래버가 물었다.

직원은 아무 대답도 하지 않았고, 사리에서 일어나더니 안으로 사라졌다. 그래버는 기다리면서 책상 위에 펼쳐져 있는 그의 서류들을 바라보았다.

직원은 찌그러진 소포 하나를 손에 들고 돌아왔다. 그는 소포에 적힌 주소와 그래버의 휴가증을 다시 한 번 대조했다. 그러고는 창구를 통해 소포를 내밀었다. "여기 서명해 주십시오."

그래버는 소포에 쓰인 어머니의 필적을 보았다. 어머니가 일선으로 보냈던 것인데, 그게 다시 회송된 것이었다. 발신인을 보니 주소는 아직도 하켄 가로 되어 있었다. 그는 소포를 받아 들고 영수증에 서명했다. "이게 답니까?" 그가 물었다.

직원이 그를 물끄러미 바라보았다. "우리가 다른 걸 남겨 두었다는 말씀인가요?"

"그런 게 아닙니다. 혹시 제 부모님의 새 주소를 알 수 있을까 해서."

"여기선 다루지 않습니다. 2층 배달과에 가서 문의하시지요."

그래버는 위층으로 올라갔다. 2층은 지붕이 절반밖에 남아 있지 않았다. 뚫린 천장으로 구름이 끼고 해가 비치는 하늘이 보였다. "새 주소는 없습니다." 창구 뒤에 앉아 있던 여직원이 대답했다. "새 주소가 있었다면 우리가 이 소포를 하켄 가로 배달했을 리는 없죠. 하지만 당신 구역의 배달부에게 알아볼 수는 있을 겁니다."

"그 배달부는 어디 있죠?"

여자가 시계를 보았다. "지금 담당 구역을 돌고 있어요. 오늘 오후 4시경에 오시면 만날 수 있어요. 우편물을 그때부터 배분하거든요."

"여기서 모르는데 그 배달부가 주소를 알 수 있을까요?"

"물론 모르겠죠. 배달부도 우리한테 주소를 물으니까요. 그래도 배달부에게 물어보고 싶어 하시는 분들이 있어요. 그래야 안심이 된다면서요. 사람들은 대개 다 그렇잖아요. 안 그런가요?"

"그래요, 아마도."

그래버는 소포를 들고 층계를 내려왔다. 날짜를 확인해 보니 삼 주 전에 발송한 것이었다. 전방까지는 오래 걸렸지만 여기로는 빨리 도착한 것이었다. 그는 구석으로 가서 갈색 포장지를 풀었다. 마른 과자, 모직 양말 몇 짝, 담배 한 상자, 그리고 어머니의 편지가 들어 있었다. 편지를 읽었다. 주소 변경이라든지 공습에 대해서는 아무 말도 없었다. 그는 편지를 주머니에 집어넣고 마음이 안정될 때까지 기다렸다. 이윽고 거리로 나왔다. 머지않아 새 주소가 적힌 편지가 올 거라고 생각했다. 그러나 모든 것이 예상보다 훨씬 비참했다.

그는 빈딩을 찾아가기로 결심했다. 혹 새 소식을 알고 있을지도 모르는 일이었다.

"들어오게, 에른스트!" 알폰스가 소리쳤다. "방금 최고급 술을 마시려던 참이었어. 자네도 거들게."

빈딩은 혼자가 아니었다. 친위대원 한 사람이 루벤스 그림 아래에 있는 커다란 소파에 비스듬히 기대 있었다. 금방이라도 드러누워 당분간은 일어나지 않을 그런 자세였다. 빼빼 마른 데다가 얼굴은 누렇고, 흰색에 가까운 금발이어서 눈썹도 속눈썹도 없는 것처럼 보였다. "이쪽은 하이니야." 알폰스가 꽤나 정중하게 소개했다. "하이니, 별명은 뱀 조련사야! 그리고 여기는 내 친구인 에른스트, 러시아 전선에서 휴가를 받고 나왔어."

하이니는 상당히 취해 있었다. 그의 눈빛은 아주 창백했고 입은 작았다. “러시아라고! 나도 거기 간 적이 있지. 좋은 시절이었어! 여기보단 나았지!” 그가 중얼거렸다.

그래버가 의심스러운 눈초리로 빈딩을 쳐다보았다. “하이니는 벌써 한 병 해치웠어.” 그가 설명했다. “근심이 있어서 그래. 부모님 집이 폭격을 당했어. 방공호에 있는 바람에 가족은 무사했지만 집은 폭삭했지.”

“방이 넷이야! 전부 새 가구였어. 피아노도 그렇고. 괜찮은 피아노였는데! 소리도 잘 나고! 이 원수 놈의 새끼들!” 하이니가 투덜댔다.

“하이니는 피아노를 부순 놈들에게 복수할 거야.” 알폰스가 말했다. “자, 에른스트, 뭘 마실 텐가? 하이니는 코냑을 마시지만 보드카도 있고 캐러웨이 화주도 있어. 자네가 원하는 건 무엇이든.”

“난 생각 없어. 자네가 뭘 좀 알아낸 게 있는지 궁금해서 들른 거야.”

“아직 새로운 소식은 없어, 에른스트. 자네 부모님은 이 지역에는 계시지 않아. 아무 소식도 남기지 않으셨어. 시골 마을로 가지도 않았을 거야. 아마도 이사를 가고 아직 신고하지 않으셨거나 아니면 어디론가 이송되었을 거야. 요새 사정이 어떤지 자네도 알잖아. 놈들이 온 나라에 폭격을 퍼붓고 있어. 통신이 회복되려면 시간이 좀 걸릴 거야. 자, 한 잔만 하라고. 한 잔 정도는 맛봐야지.”

“좋아, 보드카를 마실게.”

“보드카? 우린 보드카를 물처럼 마셨어! 그러고는 놈들의 아가리에 보드카를 퍼붓고 불을 질러 버렸지. 놈들은 화염 방사기가 되어 버린 거야. 이놈들이 펄쩍펄쩍 뛰는 꼴이라니! 웃느라 배꼽이 빠질 지경이었어! 그때 러시아에서는 정말 재미있었지." 하이니가 중얼거렸다.

"무슨 말인가?" 그래버가 물었다.

하이니는 대답하지 않았다. 그는 무표정하게 앞만 노려보았다. "화염 방사기! 멋진 아이디어야." 그가 중얼거렸다.

"도대체 무슨 말을 하는 거야?" 그래버가 빈딩에게 물었다.

알폰스가 어깨를 으쓱했다. "하이니는 여러 가지 일을 했어. 보안부에 있었거든."

"러시아 보안 부대 말인가?"

"그래. 자, 한 잔 더 하게, 에른스트."

그래버는 구리제 흡연 탁자에서 보드카 병을 집어 들고는 유심히 관찰했다. 맑은 술이 찰랑찰랑 소리를 내며 흔들렸다.

"이 보드카는 몇 도나 되지?"

알폰스가 웃었다. "상당히 독한 술이야. 육십 도는 확실히 넘어. 로스케* 놈들은 독한 술을 좋아하거든."

그럴 거라고 그래버는 생각했다. 그렇게 도수가 높으면, 술을 목구멍에 처 넣고 불을 지르면 활활 타오를 것이다. 그는 하이니를 쳐다보았다. 친위대의 보안부에 대한 이야기는 충분히 알고 있었다. 그 때문에 하이니가 취중에 한 말이 과장이 아니라는 사실을 알았다. 보안부는 독일 국민에게 생활 공간을 마련해 준다는 구실 아래 전방의 배후에서 한꺼번에 수천 명씩 살

---

* 러시아 사람을 낮잡아 이르는 말.

해하고 있었다. 보안부는 바람직하지 않은 것이라면 닥치는 대로 섬멸했다. 게다가 이 집단 살육을 너무 단조롭지 않게 하기 위해 친위대는 때때로 우스꽝스러운 방법들을 고안해 냈다. 그래버도 그중 몇 가지는 알고 있었고, 또 몇 가지는 슈타인브레너가 그에게 말해 주었다. 하지만 살아 있는 화염 방사기는 처음 듣는 이야기였다.

"왜 술병만 노려보고 있는 거야?" 알폰스가 물었다. "병이 자네를 물어뜯지는 않아. 그러니 한 잔 따르게."

그래버는 술병을 내려놓았다. 당장 일어나서 가고 싶었지만 그대로 앉아 있었다. 간신히 참으면서 머물렀다. 이전에도 못 보고 못 들은 척하며 아무것도 알지 않으려 했던 것이 한두 번이 아니었다. 그도 수십만의 다른 사람들도 그렇게 하면서 자기들의 양심을 달랠 수 있다고 생각했다. 하지만 이번만은 그러고 싶지 않았다. 더 이상 회피하고 싶지 않았다. 무작정 참으려고 휴가를 나온 것은 아니었다.

"한 잔 더 안 하겠어?" 알폰스가 물었다.

그래버가 반쯤 잠들어 있는 하이니를 쳐다보았다. "이 사람 아직도 보안부에 있나?"

"아냐. 지금은 여기 있어."

"여기라니?"

"집단 수용소 소장이야."

"집단 수용소?"

"그래. 한 잔만 더하게, 에른스트! 다음에 다시 만날 땐 둘 다 지금처럼 젊지는 않을 테니 말이야! 그러니 좀 더 놀다가게. 빼지만 말고."

"알았어. 난 이제 더 이상 달아나지는 않아." 그래버는 대답하면서 하이니를 다시 노려보았다.

"오랜만에 철이 들었군. 뭘 마실래? 보드카를 한 잔 더 할까?"

"아니. 캐러웨이 화주나 코냑을 줘. 보드카는 말고."

하이니가 몸을 움직거렸다. "물론 보드카는 안 돼." 그가 혀 꼬부라진 소리로 말했다. "거기에 쓰긴 너무 아까워. 그래서 우리는 보드카는 마셔 버리고 벤젠을 사용했지. 벤젠이 훨씬 잘 타거든."

하이니가 욕실에서 구토를 했다. 알폰스와 그래버는 문 앞에 서 있었다. 하늘에는 하얗게 빛나는 양떼구름이 가득했다. 지빠귀 한 마리가 자작나무에서 노래를 불렀다. 노란 주둥이에다가 검은 공 모양을 한 작은 새의 목소리에 봄이 한껏 들어 있었다. "이 녀석 미친놈이지, 안 그래?" 알폰스가 물었다.

알폰스는 소년이 피에 굶주린 인디언 추장에 대해 말하는 것처럼 공포와 찬탄이 섞인 목소리로 말했다.

"저 사람은 방어 능력이 없는 사람에게만 미치광이 짓을 하는 거야." 그래버가 대답했다.

"저 녀석은 한쪽 팔을 못 써, 에른스트. 그래서 정규군이 될 수 없는 거야. 1932년 정치 집회에서 공산당원들과 난투극이 벌어졌을 때 당했다는군. 그래서 성격이 거칠어진 모양이야. 그 당시 몽땅 불태워 버렸던 얘기를 들어 봤어야 하는 건데, 안 그래?" 알폰스는 불이 꺼진 잎담배를 쭉쭉 빨았다. 하이니가 러시아에서의 무용담을 떠벌일 때 알폰스가 불을 붙였으나 얘기를 듣다가 흥분한 나머지 불이 꺼지는 것도 몰랐던 잎담배였다. "한쪽 편에는 장작 그리고 다른 한쪽 편에는 포로들이 있고, 포로들은 모두 자기들을 태울 장작을 직접 끌고 와 그 위에 드러누웠다는군. 그러고 나서는 모두 뒷머리에 총을 맞은 거고. 어때, 너무 심하지?"

"그래, 너무 심해."

"그리고 여자들도 있었어! 여자들한테 어떤 일이 벌어졌을지 짐작이나 가나?"

"그래, 알겠어. 그런데 너도 그런 현장에 있었더라면 하고 바라는 거니?"

"여자들 있는데 말이야?"

"아니, 그것 말고. 장작 더미 위에서 태워 죽이고, 교수형 당한 사람들을 크리스마스트리에 가득 매달고, 또 기관총을 난사하며 사람들을 마구 쏘아 죽였던 현장 말이야."

빈딩은 잠시 생각하더니 고개를 흔들었다. "그렇진 않아. 한 번쯤 보는 건 몰라도. 난 그런 타입의 인간은 아니네. 난 너무 낭만적이야, 에른스트."

하이니가 문간에 나타났다. 아주 창백한 얼굴이었다. "근무 개시! 이미 늦었어! 서둘러! 돼지 새끼들을 혼쭐 내야 해!" 그가 으르렁거리며 말했다.

그는 정원의 좁은 길을 비틀거리며 걸어갔다. 대문 앞에서 모자를 똑바로 쓰고 자세를 바로 잡더니 마치 황새처럼 걸어갔다.

"지금 집단 수용소에서 저 손에 걸리는 놈은 뼈다귀도 못 추려." 알폰스가 말했다.

그래버는 눈을 치켜떴다. 그도 같은 생각을 하고 있었던 것이다. "그게 옳은 일이라고 생각하나, 알폰스?" 그가 물었다.

빈딩이 어깨를 으쓱했다. "놈들은 조국에 대한 반역자들이야, 에른스트. 안 그러면 거기 있을 이유가 없지."

"부르마이스터도 조국에 대한 반역자인가?"

알폰스가 웃었다. "그건 사적인 문제야. 그리고 그 녀석은 그렇게 많이 당하지는 않았어."

"만일에 당했다면?"

"그랬다면 운이 나쁜 거야. 요즘엔 재수 없게 걸려드는 자들이 얼마든지 있어, 에른스트. 예를 들면 폭탄에 맞은 사람들이지. 이 도시만 해도 오천이야. 모두가 집단 수용소에 있는 인간들보다 나은 인간들이지. 그러니 거기서 일어나는 일이 나와 무슨 상관이겠어? 내 책임이 아닌 거지. 물론 네 책임도 아냐."

참새 몇 마리가 짹짹거리며 잔디밭 한가운데에 있는 연못을 향해 날아갔다. 그중 한 마리는 연못 안으로 걸어 들어가 날개로 물을 철벅거렸다. 그러자 참새들이 모두 물속으로 들어가 날개로 물을 첨벙이며 장난질을 했다. 알폰스는 꼼짝도 않고 그것을 관찰했다. 하이니 따위는 이미 잊어버린 것 같았다.

그래버는 그의 만족스럽고 악의 없는 얼굴을 유심히 바라보았다. 그러다가 갑자기 정의감도 연민의 정이라는 것도 영원히 절망의 선고를 받을 수밖에 없으며 이기주의와 무관심과 불안감에 부딪쳐 언제나 난파하기 마련이라는 사실을 깨달았다. 또한 자신도 예외가 아니라 익명으로 거기에 함께, 간접적으로 그리고 두려운 방식으로 얽혀 있음을 깨달았다. 아무리 거부하려고 해도 그와 빈딩은 어떤 식으로든 함께 엮여 있다는 느낌이 들었다.

"책임이란 건 그리 간단한 게 아냐, 알폰스." 그래버가 우울하게 말했다.

"에른스트! 농담 그만하게! 자기가 한 일만 책임을 지면 돼. 그것도 명령을 받지 않고 한 행동에 대해서만 말이야."

"하지만 우리가 포로를 총살할 때는 정반대로 말하지. 너희들은 다른 사람이 저지른 일에 대해서 책임이 있다고."

"포로를 총살해 본 적이 있나?" 빈딩은 재미있다는 듯이 몸을 돌리며 말했다.

그래버는 대답하지 않았다.

"포로의 경우는 예외야, 에른스트. 그건 불가피한 예외야."

"알고 보면 모든 게 불가피한 예외지." 그래버가 무뚝뚝하게 말했다. "자신이 하는 건 무엇이든지 불가피하다고 하지. 하지만 다른 사람들이 하는 건 그렇게 보지 않아. 우리가 도시를 폭격할 때는 전략상의 필요 때문이고, 적국이 그렇게 하면 비열한 범죄가 되는 거야."

"바로 그거야! 상당히 그럴듯해!" 알폰스는 그래버를 슬쩍 옆으로 쳐다보면서 교활하게 미소 지었다. "그게 오늘날의 정치라는 거야! 독일 국민에게 유용한 것은 정의롭다고 제국 법무상이 말했지. 그 점을 알아야 해! 우리는 우리의 의무를 다하면 되는 거야. 책임 같은 건 없어." 그는 앞으로 몸을 숙였다. "저기, 지빠귀를 보게! 저게 멱을 감는 건 처음이야! 참새들처럼 물을 뿌리는군!"

그래버의 눈에 앞서 가고 있는 하이니의 모습이 보였다. 거리는 인적이 끊겼고, 정원의 울타리 사이에 흐릿하게 햇빛이 비쳤다. 보도와 접한 모래밭 위에는 노랑나비 한 마리가 나지막하게 나풀거리고 있었다. 그리고 대략 100미터 앞에서 하이니가 막 모퉁이를 돌고 있었다. 그래버는 모래밭 위를 걷고 있었다. 사방은 조용했고 그의 발소리는 들리지 않았다. 만일 누군가가 하이니를 처치하고 싶다면 지금이야말로 절호의 기회라고 그는 생각했다. 주위에는 아무도 없었다. 거리는 잠들어 있는 것처럼 보였다. 모래밭 위로 거의 소리 내지 않고 접근할 수 있었다. 하이니는 아무 눈치도 채지 못할 것이다. 때려죽이거나 목 졸라 죽이거나 찔러 죽이면 된다. 총을 쏜다면 소리가 너무 커서 사람들이 몰려올 것이다. 하이니는 그렇게 건장하지 않으므로 목을 조를 수 있다.

그래버는 자신의 걸음이 빨라지는 것을 느꼈다. 알폰스는 조금도 나를 의심하지 않고, 누군가가 하이니에게 복수했다고 생각할 것이다. 그럴 만한 이유는 얼마든지 있었다. 다시 못 올 절호의 기회였다. 보복을 당하지 않고 살인자를 이 세상에서 제거할 수 있는 기회이기도 했다. 이자는 한 시간 후면 여러 사람을 공포에 떨게 하고 방어 능력도 없는 사람들을 죽도록 고문할 예정이었다.

그래버는 손에 땀이 흐르는 것을 느꼈다. 갑자기 온몸이 달아올랐다. 모퉁이를 돌아서서 보니 어느새 30미터 정도로 거리가 좁혀져 있었다. 아직 아무도 눈에 띄지 않았다. 모래 밭 위를 재빨리 뛰어가면 일 분 내로 모든 것을 끝낼 수 있다. 하이니를 찌르고 달아나면 된다.

그래버는 갑자기 심장이 큰 망치처럼 두들기는 것 같았다.

두들기는 소리가 너무 요란해서 일순간 하이니의 귀에 들릴지도 모른다는 생각이 들었다. 나에게 무슨 일이 벌어지고 있는 건가, 하고 그는 생각했다. 어째서 이렇게 말려들었단 말인가? 조금 전만 해도 우연에 지나지 않았던 생각이 이제는 순식간에 불길한 강박 관념으로 변해 버렸다. 모든 것이 갑자기 거기에 달린 것 같았다. 과거에 있었던 많은 일, 그래버 자신의 삶, 그가 잊어버리고 싶었던 일, 그가 이미 했거나 혹은 놓치고 하지 못했던 모든 일을 그것이 정당화한다는 생각이 들었다. 복수다. 그는 혼란의 와중에 그렇게 생각했다. 하지만 상대는 내가 잘 모르는 인간이고 나에게 아무 짓도 하지 않았으므로 개인적으로 복수할 필요는 없는 인간이다. 엘리자베스의 아버지가 이미 하이니의 희생자 중 한 사람이 되어 버렸는지 아닌지는 아직 모른다. 오늘이나 내일까지는 희생되지 않을지도 모른다. 그리고 포로들도 아니 수많은 무고한 사람들도 누군가에게 나쁜 짓을 했는지 모른다. 그렇다면 그것에 대한 책임은 어떻게 물을 것이며 속죄는 어떻게 할 것인가?

그는 하이니의 등을 노려보았다. 입술이 바싹 말랐다. 어디신가 개 한 마리가 대문 뒤에서 짖어 댔다. 그는 깜짝 놀라며 주변을 돌아보았다. 그가 생각했다. 너무 취했어, 멈추어야 해, 이 모든 건 나하고는 상관없는 일이야, 이건 미친 짓이야. 그러나 그는 더 빠르게 살금살금 앞으로 걸어갔다. 어떤 목소리에 의해 내몰리고 있었다. 윙윙거리며 내면을 울리는 정의의 필연성, 지금까지 있었던 수많은 죽음에 대해 보상하고 균형을 맞추어야 한다는 어떤 목소리.

그는 결단을 내리지 못한 채 하이니 가까이 20미터까지 접근했다. 그때 거리의 끝 부분에서 한 여자가 문에서 나와 울타리 쪽으로 걸어가는 것이 보였다. 오렌지색 블라우스를 입고 바구니를 든 여자는 그래버 쪽으로 걸어왔다. 그는 멈추어 섰다. 일시에 모든 긴장이 풀렸다. 그래도 그는 다시 걸어갔다. 여자는 바구니를 앞뒤로 흔들면서 느긋하게 하이니의 곁을 지나 자기 쪽으로 다가왔다. 여자는 침착하게 걸었다. 가슴은 크고 팽팽했고, 얼굴은 갈색으로 넓적했으며, 검은 머리카락은 매끈하게 가르마를 하고 있었다. 그녀의 머리 뒤로 하늘은 창백하고, 흐릿한 빛으로 가물거렸다. 그 순간 그 여자만이 분명한 존재였다. 다른 모든 것은 희미하게 사라지고 오직 그 여자만 살아 있었다. 그 여자는 생명이었고 넓은 어깨로 생명을 운반하고 있었다. 그녀와 함께하는 생명은 위대하고 선량했다. 그리고 그녀의 뒤로는 폐허와 살인이 있었다.

여자는 지나가면서 그를 보고는 다정하게 인사했다. "안녕하세요."

그래버가 고개를 끄덕였다. 하지만 아무 말도 할 수 없었다. 등 뒤로 여자의 발소리가 들렸다. 폐허가 다시 눈앞에 가물거리며 나타났다. 가물거리는 가운데 하이니의 어두운 그림자가 모퉁이를 돌아가고 거리는 다시 인적이 끊겼다.

그래버는 뒤를 돌아보았다. 여자는 아무 걱정도 없이 한가하게 걸어가고 있었다. 왜 나는 달려가지 않는가? 그는 생각했다. 아직도 실행할 기회는 있다. 하지만 하지 않을 것이라는 사실을 자신은 이미 알고 있었다. 무언가 일이 틀어진 것이다. 지금은 행동할 수 없다고 그는 생각했다. 여자는 나를 보았고 아마도 나를 기억할 것이다. 이제는 불가능하다. 하지만 여자가 나타나지 않았더라도 나는 일을 저질렀을까? 무언가 또 다른 구실을 만들지는 않았을까? 그로서는 알 수 없었다.

그는 하이니가 돌아서 간 교차로에 당도했다. 하이니는 더 이상 보이지 않았다. 그다음 모퉁이서 하이니가 다시 보였다. 하이니는 거리 한 가운데 서 있었다. 친위대 한 사람이 그와 이야기를 나누다가 함께 걸어갔다. 성문의 통로 쪽에서 우편 배달부가 걸어왔다. 조금 떨어진 곳에는 자전거를 끌고 나오는 남자 두 사람이 보였다. 이미 끝난 일이었다. 그래버는 마치 방금 잠에서 깨어난 것 같았다. 뒤를 돌아보았다. 무슨 일이 있었던 것일까? 그는 생각했다. 제기랄, 거의 실행할 뻔했는데! 무엇 때문이었던가? 나에게 무슨 일이 있었던가? 갑자기 무엇이 빠져나가 버린 건가? 그는 계속 걸어갔다. 나부터 정신 차려야 해! 그는 이렇게 생각했다. 나는 내가 냉정하다고 믿었지만 실은 그렇지 않았다. 나라는 존재는 내가 아는 것보다 훨씬 더 뒤죽박죽이다. 나부터 정신 차려야 해. 그렇지 않으면 멍청이가 되고 마는 거야!

그래버는 가판대에서 신문을 사서 선 채로 국방군의 발표문을 읽었다. 처음 있는 일이었다. 휴가 동안만은 전쟁에 대해 알고 싶지 않았기 때문이었다. 후퇴를 계속하고 있다는 사실을 알았다. 신문에 나온 작은 지도로도 그의 연대가 있을 만한 위치를 알 수 있었지만 더 자세한 일은 알 수 없었다. 국방군 발표문은 군단 단위의 움직임만 보도하고 있었던 것이다. 하지만 전선이 대략 100킬로미터 정도 후퇴했다는 사실은 알아차릴 수 있었다.

그는 잠시 동안 가만히 서 있었다. 휴가를 나온 이후로 전우들은 거의 생각하지 않았던 것이다. 기억은 마치 돌덩어리처럼 그의 안으로 가라앉았는데 이제 다시 떠올랐다.

땅에서 잿빛 고독이 소리도 없이 솟아오르는 것 같은 느낌이었다. 국방군의 발표는 그래버가 소속된 연대의 치열한 전투 상황을 전하고 있었다. 그러나 그의 잿빛 고독은 소리도 색깔도 없이 솟아올랐다. 빛도 그리고 전투에서의 저항도 그 고독 속에서 사라져 버린 지 오래인 것 같았다. 그림자들이 몸을 일으켰다. 피도 흘리지 않고 공허하게. 그림자들은 그를 빤히 들여다보았고 그를 관통하며 지나갔다. 그림자들은 바닥으로 떨어지면서 파헤쳐진 잿빛 바닥과 하나가 되었다. 바닥도 그림자와 하나가 되었다. 바닥이 움직이고 그림자 속에서 자라나는 것 같았다. 그의 머리 위로 높게 솟은 반짝이는 하늘은, 대지에서 솟아나와 태양을 덮어 버릴 것처럼 보이는 이 무한한 죽음의 잿빛 연기 앞에서 자신의 색깔을 잃어버린 것 같았다. 이건 처참한 배신이다. 그는 그렇게 생각했다. 그들은 배신을 당하고 모욕당했으며, 그들의 투쟁과 죽음은 살인과 거짓과 불의와 폭력과 한몸이 되었다. 그들은 기만당했다. 모든 면에서 기만당한 것이다. 심지어 그들의 가련하고 용감하며 비통하고 쓸모없는 죽음마저도 기만을 당한 것이다.

그때 자루를 가슴에 안은 여인이 그와 부딪쳤다. "눈이 안 보여요?" 화가 난 여자가 욕설을 퍼부었다.

"보입니다." 그 자리에 서 있었던 그래버가 대답했다.

"그러면 왜 길을 막고 있죠?"

그래버는 대답하지 않았다. 그는 자신이 왜 하이니의 뒤를 쫓아갔는지 갑자기 깨달았다. 그것은 그가 전선에서 자주 느꼈던 암흑과도 같은 것이었다. 감히 단 한 번도 대답할 수 없었던 의문이었으며, 낭떠러지 앞에 선 심정이긴 해도 계속해서 회피해 왔던 절망이었다. 그것이 마침내 그를 궁지로 내몰았고, 그도 이제는 그것이 무엇인지를 알게 되었으며, 더 이상 그것을 피하고 싶지 않았다. 이제 끝장을 보고 싶었다. 만반의 준비가 되었다. 그는 폴만을 생각했다. 프레젠부르크가 폴만을 찾아가 보라고 했는데 잊고 있었다. 그와 이야기를 나누자. 믿을 수 있는 사람과 얘기를 나누어야 한다.

"멍청이!" 무거운 자루를 안고 있던 여자는 그렇게 말하고 가던 길을 계속 걸어갔다.

얀 광장은 절반 정도가 파괴되어 있었고 나머지 절반은 피해를 입지 않은 상태였다. 다만 창문이 몇 개 부서졌을 뿐이었다. 일상생활은 그대로 지속되고 있었다. 여자들은 청소를 하거나 요리를 했다. 그러나 바로 건너편에는 건물들의 정면이 붕괴되어 있었고, 남아 있는 방에는 패전 후 누더기가 된 깃발처럼 찢겨진 양단자들이 늘어져 있었다.

폴만이 살았던 집은 파괴당한 쪽에 있었다. 위층이 내려앉으면서 출입구를 메워 버린 그 집에는 아무도 살고 있지 않은 것 같았다. 그래버는 포기하고 돌아서다가 폐허 더미 사이로 사람이 다닌 좁다란 흔적을 발견했다. 그것을 따라가자 삽으로 퍼낸 길이 나타났고 이어서 그 길은 부서지지 않은 뒷문으로 이어졌다. 노크를 했지만 아무 대답이 없었다. 다시 노크를 하자 조금 후에 무슨 소리가 들렸다. 사슬이 쩔그렁 소리를 냈고

문이 조심스럽게 열렸다.

"폴만 선생님." 그래버가 말했다.

한 노인이 밖을 내다보았다. "그렇습니다만, 무슨 일로?"

"저는 에른스트 그래버라고 합니다. 예전에 선생님께 배웠습니다."

"아아, 그래. 그런데 무슨 일인가?"

"한번 찾아뵙고 싶었습니다. 저는 지금 휴가 중입니다."

"나는 학교를 그만두었네." 폴만이 무뚝뚝하게 말했다.

"알고 있습니다."

"좋아. 그렇다면 내가 파면되었다는 것도 알고 있겠군. 나는 이제 학생들을 만나지 않아. 그리고 그럴 권리도 없네."

"저는 이제 학생이 아니고 군인입니다. 저는 러시아에서 돌아왔는데, 프레젠부르크가 선생님께 안부를 전해 달라고 했습니다. 선생님을 한번 찾아뵈라고 했거든요."

노인은 그래버를 유심히 쳐다보았다. "프레젠부르크? 그 사람이 아직도 살아 있나?"

"열흘 전까지는 살아 있었어요."

폴만은 다시 한 번 그래버를 쳐다보았다. "좋아, 들어오게." 그렇게 말하고 그는 뒤로 물러섰다. 그래버는 그의 뒤를 따라갔다. 그들은 복도를 지나 부엌처럼 보이는 곳으로 갔고, 다시 거기를 빠져나와 두 번째 짧은 통로를 지나갔다. 폴만은 갑자기 걸음을 빨리 하더니 문을 열고는 아까보다 큰 소리로 말했다. "들어오게. 자네가 경찰인지도 모른다고 생각했어."

그래버는 깜짝 놀라 그를 보았다. 비로소 사정을 알 수 있었다. 그는 주위를 보지 않았다. 폴만은 누군가를 안심시키기 위해서 일부러 그렇게 크게 말한 것이었다.

방에는 녹색 갓을 씌운 작은 석유램프가 타오르고 있었다. 창문은 전부 부서졌지만 창밖에 벽돌을 쌓아 놓아서 바깥을 내다볼 수 없었다. 폴만은 방 한가운데 멈추어 섰다. "이제야 자네를 알아보겠네. 바깥은 햇빛이 너무 강해서 말이야. 밖으로 나가는 일이 거의 없어서 햇빛에 익숙하지가 않아. 여긴 햇빛은 없고 석유램프만 있어. 그리고 석유도 많지 않아 종종 오랫동안 어둠 속에 앉아 있기도 하지. 전기는 이미 끊어졌고."

그래버는 그의 얼굴을 자세히 보았다. 우연히 마주치더라도 알아보기 힘들 정도로 많이 늙어 있었다. 방 안을 둘러보니 마치 딴 세상에 온 것 같았다. 고요함 때문만도 아니었고, 램프 불빛으로 예기치 않게 드러난 공간, 바깥의 눈부신 태양 아래 있다가 지하 납골당 안으로 들어왔을 때와 같은 느낌을 주는 공간 때문만도 아니었다. 거기에는 또 다른 원인이 있었다. 벽에는 갈색과 황금색 책들이 열을 지어 가득 꽂혀 있었던 것이다. 독서대도 있고 바이마르에서 온 강판 판화들도 있었다. 그리고 무엇보다도 백발에다가 주름지고 여러 해 동안 감옥에 있었던 것처럼 창백한 밀랍의 얼굴을 한 노인이 있었던 것이다.

폴만은 그래버의 시선을 알아차렸다. "그래도 난 운이 좋았어. 거의 모든 책을 그대로 가지고 있거든."

그래버가 몸을 돌렸다. "저는 오랫동안 책을 보지 못했습니다. 지난 몇 년 동안 거의 아무것도 읽지 못했어요."

"그럴 수밖에 없었을 테지. 책은 배낭에 지고 다니기에는 너무 무거워."

"머릿속에 넣고 다니는 것도 힘들었어요. 벌어진 현실과 동떨어져 있어서요. 그리고 현실을 말하는 책들은 읽고 싶지 않았고요."

폴만은 램프의 부드러운 녹색 불빛을 통해 그를 보았다. "그런데 자네는 왜 나를 만나러 왔는가, 그래버?"

"프레젠부르크가 선생님을 꼭 방문하라고 했어요."

"자네는 그 친구를 잘 아는가?"

"제가 전적으로 믿을 수 있었던 유일한 사람입니다. 그 친구가 저에게 선생님과 이야기를 나누라고 했어요. 선생님은 진실을 말씀하신다면서요."

"진실이라? 무엇에 대해서?"

그래버는 노인을 물끄러미 쳐다보았다. 그의 수업을 듣던 시절이 아득하게 느껴졌다. 하지만 한순간 다시 학생이 되어 자신의 생활에 대해 질문을 받는 듯한 느낌이 들었다. 많은 책들이 둘러싸고 있고, 소년 시대의 선생, 지금은 파면당한 선생을 앞에 두고 있는 이 작은 방, 벽돌로 파묻힌 방 안에서 자신의 운명이 결정되고 있는 것 같았다. 책들과 선생은 한때 있었던 친절과 관용 그리고 학문을 구현하고 있었다. 그리고 창밖의 폐허는 현재가 그러한 과거로부터 만들어 낸 것이었다.

"저는 지난 십 년 동안의 범죄에 제가 어느 정도 관계되어 있는지 알고 싶습니다. 그리고 제가 무슨 일을 해야 하는지도 알아야 합니다." 그가 말했다.

폴만은 묵묵히 그를 지켜보다가 자리에서 일어나 방 한구석으로 갔다. 그리고 거기서 책 한 권을 꺼내 펼쳤다가는 들여다보지도 않고 도로 제자리에 놓았다. 이윽고 그는 그래버 쪽으로 몸을 돌렸다. "자네가 지금 한 질문이 무슨 의미인지 알고 있나?"

"그렇습니다."

"요새는 그보다 더 의미 없는 말을 해도 목이 달아나."

"일선에서는 아무 이유도 없이 죽습니다." 그래버가 말했다.

폴만이 자리로 돌아와서 다시 앉았다. "자네가 말하는 범죄는 전쟁을 말하는 건가?"

"전쟁을 일으킨 온갖 것들을 말합니다. 거짓과 억압, 불의와 폭력. 그리고 전쟁과 그 전쟁을 하는 방법도 범죄에 포함됩니다. 노예 수용소, 집단 수용소, 민간인에 대한 대량 학살 말입니다."

폴만은 침묵을 지켰다. "몇 가지는 직접 목격했습니다." 그래버가 말했다. "그리고 여러 가지 얘기를 듣기도 했고요. 저는 우리가 이미 전쟁에 패했다는 사실도 알고 있습니다. 지금까지 전쟁을 계속하는 건 정부와 당 그리고 그 모든 것을 일으킨 인간들이 권력을 좀 더 연장하려고 하기 때문이고, 그 결과 더 많은 불행이 이어지고 있는 것입니다."

폴만은 여전히 그래버를 말없이 쳐다보았다. "자네는 그 모든 것을 알고 있군?"

"지금에서야 알게 된 겁니다. 이전에는 몰랐고요."

"그러면서도 또 전선으로 가야 하는군?"

"그렇습니다."

"무서운 일이야."

"더 무서운 것은 그것을 알면서도 다시 일선으로 가고, 그것을 알면서도 공범자가 되는 것입니다. 제가 그렇게 해야 할까요?"

폴만은 침묵을 지키다가 잠시 후에 속삭이듯 물었다. "그건 무슨 뜻인가?"

그래버가 말했다. "무슨 말인지 선생님은 이미 알고 계십니다. 선생님은 우리에게 종교를 가르치셨어요. 저는 전쟁에 패했다는 사실을 알고 있고, 또한 노예 제도와 살인, 집단 수용소, 친위대와 보안부, 대량 학살과 비인도적 행위를 중단시키기 위해선 전쟁에 패해야 된다는 것도 잘 압니다. 그렇게 알고 있으면서도 이 주 후에 다시 일선으로 가서 전투에 가담한다면 도대체 저는 어디까지 공범자가 되는 것입니까?"

폴만의 얼굴이 갑자기 잿빛으로 변하며 핏기를 잃었다. 하지만 눈빛만은 생생했는데, 기이할 정도로 투명한 푸른빛이었다. 어디선가 본 듯한 눈빛이었지만 어디서 보았는지는 잘 기억이 나지 않았다. "자네는 다시 일선으로 가야 하는가?" 마침내 폴만이 물었다.

"거부할 수도 있어요. 하지만 그렇게 되면 교수형이나 총살을 당합니다. 혹은 탈영할 수도 있지만, 얼마 지나지 않아 체포되고 말 겁니다. 경찰 조직과 정보원들이 철통같이 지키고 있으니까요. 그리고 성공한다 해도 어디에 몸을 숨길 수 있을까요? 숨겨 주는 사람은 자기 목숨을 버릴 각오를 해야 하는데요. 그뿐 아니라 제 부모님께도 보복할 겁니다. 아주 가벼운 죄로도 집단 수용소로 끌려가 거기서 죽습니다. 그러니 어떻게 하는 것이 좋겠습니까? 일선으로 돌아가 아무런 방어도 하지 말아야 할까요? 그러면 그건 자살행위가 될 겁니다."

시계가 종을 치기 시작했다. 그래버가 이전에 보지 못했던 그런 시계였다. 문 뒤의 한쪽 구석에 있는 오래된 괘종시계였다. 시계가 내는 깊은 음향은 고요한 무덤 같은 공간 속에서 갑자기 유령과도 같은 시간의 속성을 드러내 보였다.

"또 다른 방법은 없을까?" 폴만이 물었다.

"스스로 몸을 불구로 만드는 방법이 있어요. 거의 언제나 발각되지만요. 처벌은 탈영의 경우와 마찬가지이고요."

"부대를 옮길 수는 없을까? 국내로?"

"불가능합니다. 저는 아주 건강하고 힘도 좋습니다. 물론 그렇게 한다고 해도 제 의문에서 벗어날 수는 없을 거고요. 도피에 지나지 않고 해결책이라고는 볼 수 없을 거 같아요. 사무실에 앉아 있으면서도 공범일 수는 있으니까요, 안 그래요?"

"그래." 폴만은 두 주먹을 꽉 쥐었다. "그건 죄악이야." 그가 조용한 목소리로 말했다. "죄악이 어디서 시작되고 어디서 끝나는지 아무도 몰라. 죄악은 어디서든 시작되지만 어디서도 끝나지 않는다고 말할 수 있을 거야. 아니면 정확히 정반대일 수도 있고. 그러나 공범 관계라는 것! 누가 그것을 알겠는가? 오직 하느님만이 알 뿐이지."

그래버는 초조한 표정을 지으며 대답했다. "물론 하느님은 알고 계실 겁니다. 그렇지 않다면 원죄라는 게 존재하지도 않을 테니까요. 공범 관계라는 것은 수천 세대에 걸쳐 연결된 것입니다. 하지만 개인으로서의 책임은 어디서 시작되는 걸까요? 명령에 따라 행동했다는 사실 뒤에 간단하게 숨어 버릴 수는 없는 겁니다."

"그건 강제야. 명령일 뿐만 아니라."

그래버는 말없이 기다렸다. "기독교 시대의 순교자들은 강제에 굴복하지 않았어." 폴만이 주저하면서 말했다.

"우린 순교자가 아닙니다. 하지만 공범 관계는 어디서 시작되는 걸까요? 보통 영웅주의라고 불리는 것은 언제 살인이 되는 겁니까? 더 이상 명분을 믿지 않을 때일까요? 아니면 목적을 믿지 않을 때일까요? 그렇다면 그 경계선은?" 그래버가 물었다.

폴만은 고통스러운 눈길로 그래버를 바라보았다. "내가 어떻게 그걸 말할 수 있겠나? 너무도 큰 책임이 따르는 문제야. 나는 자네를 대신하여 결정할 수가 없네."

"모두가 스스로 결정해야 하는 겁니까?"

"나는 그렇게 생각해. 다른 도리가 있겠나?"

그래버는 침묵했다. 그리고 생각했다. 더 물어봤자 무슨 소용이 있겠는가. 나는 이 자리에서 갑자기 피고가 아니라 판사가 되어 앉아 있다. 나는 어째서 이 노인을 괴롭히고 있는가? 그리고 그가 이전에 내게 강의한 것과 내가 혼자서 배운 것에 대한 해명을 그에게 요구하는 것인가? 그는 폴만을 물끄러미 바라보았다. 그가 날이면 날마다 이 공간에서, 어둠 속에서 혹은 램프 곁에서 마치 옛 로마의 지하 납골당 같은 곳에서 쪼그리고 앉아 있는 광경이 눈에 선했다. 직장에서 쫓겨나고 매시간 체포의 불안에 시달리며 책에서나마 힘겹게 위로를 받고 있는 것이다. 그래버가 입을 열었다. "선생님의 말씀이 맞습니다. 다른 사람에게서 답을 구하는 것은 결정을 회피하는 것밖에 되지 않습니다. 저도 선생님께 실제로 답을 기대한 것은 아니었습니다. 실은 자신을 향해서 물어본 것이지요. 종종 다른 사람에게 물어본다는 것은 곧 자신에게 물어보는 것입니다."

폴만이 고개를 가로저었다. "자네는 질문할 권리가 있어. 공범!" 그가 갑자기 말했다. "공범 관계라고 하지만 자네가 무엇을 알고 있나? 자네는 아직 어렸고, 스스로 판단할 수 있기도 전에 거짓으로 중독되었던 거네. 하지만 우리는, 우리는 그것을 눈앞에서 보고도 그대로 내버려 두었네! 무엇 때문에? 나태한 마음? 무관심? 이기주의? 혹은 절망이라고 할 것인가? 어떻게 해서 그런 페스트가 만연하게 되었을까? 자네는 내가 이 일을 날마다 외면한 채 지낸다고 생각하나?"

그래버는 갑자기 폴만의 눈동자가 누구를 떠오르게 하는지 깨달았다. 그것은 그가 총살한 러시아인의 눈이었다. 그는 자리에서 일어났다. "이만 가 보겠습니다. 저를 받아 주시고 또 좋은 말씀을 해 주셔서 고맙습니다." 그가 말했다.

그가 모자를 들었다. 폴만은 눈을 번쩍 떴다. "벌써 가려고 하나, 그래버? 어떻게 할 생각인가?"

"모르겠습니다. 생각할 시간이 아직 이 주나 남아 있습니다. 순간순간 겨우 살아남는 데 익숙했던 때에 비하면 아주 긴 시간입니다."

"한 번 더 오게! 떠나기 전에 다시 오게. 약속할 텐가?"

"약속드립니다."

"찾아오는 사람은 거의 없어." 폴만이 중얼거렸다.

그래버는 벽돌로 가려진 창 가까이에 있는 책들 사이에서 작은 사진을 하나 보았다. 자신과 같은 또래의 젊은이가 군복을 입고 찍은 사진이었다. 폴만에게 외아들이 있었다는 사실이 떠올랐다. 하지만 이런 시절에 그런 건 물어보지 않는 게 좋을 것 같았다.

"프레젠부르크에게 편지 쓸 때 내 안부도 전해 주게." 폴만이 말했다.

"알겠습니다. 선생님은 그 친구에게도 지금 제게 말한 대로 말씀하셨죠, 그렇죠?"

"그렇다네."

"제게 좀 더 빨리 그렇게 말씀해 주셨으면 했습니다."

"그런데 그런 말이 프레젠부르크에게 도움이 됐을까?"

"아닙니다. 아마 더 힘들었을 겁니다." 그래버가 대답했다.

폴만은 고개를 끄덕였다. "나는 자네에게 아무 말도 할 수 없었어. 변명에 지나지 않는 그런 답변은 얼마든지 있지만, 그러고 싶지는 않았네. 모두들 번지르르하게 입만 살아서 그럴듯하게 말하지만 모두 다 구실에 지나지 않아."

"교회도 마찬가질까요?"

폴만은 잠시 망설였다가 대답했다. "교회도 마찬가지야. 하지만 교회는 운이 좋아. '네 이웃을 사랑하라.', '살인하지 마라.'라는 말이 있는가 하면 '카이저의 것은 카이저에게, 하느님의 것은 하느님에게.'라는 말도 있으니까 말이야. 이것만 있으면 영혼의 함석장이는 어떤 물건이라도 만들어 낼 수 있지."

그래버가 미소를 지었다. 폴만이 이전에 보여 주었던 신랄한 풍자를 다시 보았기 때문이었다. 폴만이 그것을 알아차리고 말했다. "자네 미소를 짓는군. 차분하게 말이야. 왜 고래고래 소리를 지르지 않는가?"

"저는 부르짖고 있습니다. 다만 안 들릴 뿐입니다." 그가 말했다.

그는 다시 문 앞에 섰다. 눈부신 햇살의 창이 눈을 찔렀다.

하얀 모르타르 벽이 반짝거렸다. 그는 광장을 천천히 가로질러 갔다. 오랫동안 결과를 기다리다 마침내 판결을 받았지만 그것이 무죄 판결인지 아닌지 별로 관심도 가지 않는 그런 기분이었다. 이제 지나갔다. 원하던 바였다. 그것은 휴가 동안 곰곰이 생각했던 것으로, 이제 그 정체가 무엇인지를 알았다. 그것은 절망이었다. 그는 이제 더 이상 그것을 회피하지 않았다.

그는 폭탄 구덩이 가장자리에 아슬아슬하게 자리 잡고 있는 벤치에 한참 동안 앉아 있었다. 완전히 긴장이 풀리고 마음이 허전해졌다. 위안을 받지 못한 건지 그렇지 않은지 알 수 없었다. 다만 갑자기 아무것도 생각하고 싶지 않았다. 아니 생각할 것도 없었다. 그는 머리를 뒤로 젖히고 눈을 감으며 얼굴에 비치는 따스한 햇살을 느꼈다. 다른 것은 아무것도 느껴지지 않았다. 그는 가만히 앉아서 깊이 숨을 쉬었고, 정의도 불의도 상관없이 세속을 초월하여 위안을 주는 온기를 느꼈다.

잠시 후 그래버는 눈을 떴다. 광장은 밝고 아주 선명하게 펼쳐져 있었다. 그는 무너진 집 앞에 서 있는 커다란 보리수나무를 바라보았다. 다친 데 하나 없는 보리수나무의 둥치는 나뭇가지와 함께 땅 위로 꼿꼿하게 솟아 있었다. 녹색이 감도는, 활짝 편 무시무시한 손을 빛과 밝은 구름을 향하여 뻗치고 있었다. 구름 뒤의 하늘은 짙은 청색이었다. 모든 것이 비 내린 후처럼 환하게 반짝였고, 깊이와 힘으로 가득했다. 그것이야말로 존재, 강력하고 활짝 열린 존재였다. 물어볼 필요도 의문도 비애도 절망도 없는 순수한 존재였다. 마치 악몽에서 깨어난 것 같은 느낌이었다. 모든 것이 그에게로 부딪쳐 왔고 모든 것이 이 순간 속으로 녹아들었다. 그것은 모든 의문과 모든 생각의 저편에 있는 말 없는 대답이었다. 그것은 죽음이 그를 스치고 경련과 마비와 종말의 순간이 다가왔을 때, 생명이 갑자기 뜨겁고 충동적으로, 그리고 구원의 손길로 터질 것 같은 뇌를 식히며 그의 내부로 밀치고 들어왔던 밤과 낮의 시간들로부터 알게 되는 그러한 대답이었다.

그는 자리에서 일어났다. 보리수나무 옆을 지나 폐허와 파괴된 집 사이로 걸어갔다. 그는 자신이 무엇을 기다리고 있는지 알았다. 자기 내부의 모든 것이 기다리고 있었다. 그는 휴전을 기다리는 것처럼 밤을 기다렸다.

14

“오늘은 최고급 비엔나 슈니첼*이 있습니다.” 황새가 말했다.

“좋아. 그걸 먹도록 하지. 그리고 당신이 추천하고 싶은 건 다 가져오게. 전적으로 당신에게 맡기겠어.” 그래버가 대답했다.

“술도 같은 걸로 할까요?”

“그것도 마음대로 정하게.”

웨이터는 만족스러운 표정으로 물러났다. 그래버가 몸을 뒤로 젖히면서 엘리자베스를 쳐다보았다. 총탄이 빗발처럼 쏟아지는 전선에서 구원의 평화 구역으로 전근을 온 느낌이었다. 오후는 이제 거의 저녁으로 기울었다. 이제 남은 것은 그에게 생명이 갑자기 가까이 다가온 순간, 녹색의 손으로 빛을 붙들기 위해 포석과 폐허에서 살아남은 나무들처럼 그 순간을 되살리는 것이다. 이 주였다. 이 주간의 생명이 아직 남아 있다.

* 돼지고기나 송아지 고기를 튀겨 낸 오스트리아 전통 요리.

보리수나무가 빛을 붙드는 것처럼 이 주 동안 생명을 붙들어야 한다.

황새가 돌아왔다. "오늘은 요하니스베르거 칼렌베르크를 드시는 게 어떻습니까?" 그가 물었다. "저희한테 한 상자가 있어요. 거기에 비하면 샴페인 정도는 생수에 지나지 않습니다. 아니면……."

"칼렌부르크로 가져오게."

"알겠습니다. 전문가다운 선택이십니다. 이 술은 슈니첼과 정말 잘 어울립니다. 신선한 채소 샐러드도 거기에 곁들이겠습니다. 이 술은 향이 정말 독특합니다. 정말이지 샘물과도 같은 포도주이지요."

사형수 최후의 만찬이라고 그래버는 생각했다. 아직 이 주 남은 사형수의 식사! 그는 담담하게 사실을 직시했다. 휴가에 대해 별다른 기대도 않았다. 휴가가 끝도 없이 길게만 느껴졌던 것이다. 지금까지 너무 많은 일들이 일어났고 앞으로도 더 많은 일들이 일어날 것 같았다. 하지만 국방부 발표문을 읽고 폴만과 이야기를 나눈 후에, 그는 휴가가 얼마 남지 않았다는 사실을 깨달았다.

엘리자베스는 황새의 행동거지를 좇고 있었다. "당신의 친구 로이터 씨가 고마워요. 덕분에 우리가 전문가가 되었으니까요." 그녀가 말했다.

"우린 전문가가 아니야, 엘리자베스. 우린 그 이상이야. 우리는 모험가야. 평화의 모험가. 전쟁이 모든 것을 송두리째 뒤집어 놓았어. 그래서 이전에는 넘치는 안전과 얼빠진 부르주아지의 상징이었던 것이 지금은 위대한 모험이 되고 만 거야."

엘리자베스가 웃었다. "우리가 지금 거기 참여하는 거죠."

"그건 시대의 문제야. 다만 단 하나, 권태와 단조로움은 우리가 불평할 게 아니라 해결해야 하는 거야."

그래버가 물끄러미 엘리자베스를 쳐다보았다. 그녀는 꼭 끼는 옷을 입고 소파에 앉아 있었다. 그녀의 머리카락은 작은 모자 아래에 가려져 있었다. 마치 소년과 같은 모습이었다. 그녀가 말했다. "단조로움이라. 그렇다면 오늘은 양복을 입고 싶었군요?"

"할 수가 없었어. 옷을 갈아입을 만한 데가 없었거든."

그래버는 알폰스의 집에서 옷을 갈아입고 올 생각이었지만 오후 시간 동안 폴만과 이야기하다 그냥 왔던 것이다.

"우리 집에서 갈아입어도 되잖아요." 엘리자베스가 말했다.

"너희 집에서? 리저 부인은 어쩌고?"

"리저 부인 따윈 같잖아요. 곰곰이 생각해 봤어요."

"같잖은 일은 널리고 널렸어. 나도 곰곰이 생각해 봤거든." 그래버가 말했다.

웨이터가 술을 가져와 뚜껑을 열더니 따르지는 않았다. 그는 고개를 비스듬하게 돌리더니 귀를 기울였다. "또 시작이군요! 정말 죄송합니다." 그가 말했다.

왜 그러는지 설명할 필요도 없었다. 그 순간 방 안의 모든 대화를 삼켜 버리는 사이렌 소리가 울리기 시작했다.

엘리자베스의 컵이 덜거덕거렸다. "가장 가까운 지하실이 어딘가?" 그래버가 황새에게 물었다.

"우리 호텔 안에 있습니다."

"호텔 손님 전용인가?"

"당신도 손님이십니다. 지하실은 매우 견고합니다. 다른 지하실보다 잘 만들어졌어요. 높은 장교 분들도 여기 계십니다."

"좋아. 그런데 비엔나 슈니첼은 어쩌지?"

"아직 불에 올려놓지 않았습니다. 보관해 놓도록 하지요. 지하실에서 드릴 수는 없으니까요. 왜 그런지 아실 테죠."

"물론." 그래버는 황새의 손에서 술병을 빼앗아 잔 두 개를 채웠고, 하나를 엘리자베스에게 주었다.

"마셔 봐. 단숨에 들이켜."

그녀가 고개를 흔들었다. "대피해야 하잖아요?"

"아직 시간이 많아. 저건 예비 경보야. 지난번처럼 아무 일도 안 생길지도 몰라. 술이나 마셔, 엘리자베스. 진정제가 될 거야."

"이분 말씀이 맞습니다. 이런 귀중한 와인을 단번에 마시긴 아깝지만, 이번은 특별한 경우니까요." 황새가 말했다.

황새는 창백한 얼굴로 힘들게 미소를 지으며 그래버에게 말했다. "손님, 전에는 기도하기 위해 하늘을 보았지만 지금은 저주하기 위해 봅니다. 일이 이 지경이 되었어요."

그래버가 엘리자베스를 쳐다보았다. "어서 마셔! 아직도 시간은 많아. 한 병을 다 비울 수도 있어."

엘리자베스가 술잔을 들더니 천천히 마셨다. 결연한 각오를 나타내는 몸짓 같기도 하고 혹은 무분별한 낭비를 나타내는 몸짓 같기도 했다. 그녀는 컵을 내려놓고는 미소를 지었다. "공포 같은 건 없어요. 그런 건 떨쳐 버려야 해요. 하지만 왜 이렇게 떨리죠?" 그녀가 말했다.

"네가 떠는 게 아냐. 네 안의 생명이 떨고 있는 거야. 그건 용기와는 아무 상관 없어. 용기는 자기 자신을 지킬 수 있을 때만 나오는 거야. 그 밖의 모든 건 허영이지. 우리 안의 생명은 우리 자신보다 더 이성적이야, 엘리자베스."

"좋아요. 더 줘요."

황새가 중간에 끼어들었다. "아가씨, 우리 집 꼬마는 아파요. 결핵이죠. 겨우 열한 살인데 말입니다. 지하실도 시원찮고요. 마누라는 꼬마를 데리고 지하실로 내려갈 때마다 무척 애를 먹지요. 마누라는 몸무게가 48킬로그램 밖에 안 될 정도로 연약하고, 쥐트 가 29번지에 살아요. 그런데도 마누라를 도울 수는 없답니다. 여기에 머물러야 하니까요."

그래버는 옆자리에서 술잔을 가져와 가득 채우고는 웨이터에게 권했다. "자! 같이 한잔하지. 병사들의 오랜 규칙 하나 소개할게. 어쩔 도리가 없을 땐 당황하지 말아야 한다는 거야. 맞는 말 아닌가?"

"말로 하기야 쉽지요."

"맞아. 우리가 목석으로 빚은 조각은 아니니까 말이야. 자, 잔을 비우세."

"금지되어 있어요, 근무 중에는……"

"이건 특별한 경우야. 아까 당신이 말한 것처럼."

"좋습니다." 황새는 주변을 살펴보고는 잔을 들었다. "당신의 승진을 축하하는 뜻에서 건배를 해도 좋을까요?"

"무얼 축하한다고?"

"하사관으로 승진한 것 말입니다."

"고마워. 당신 눈은 정말 예리하군."

황새가 잔을 내려놓았다. "도저히 단숨에 마실 수는 없습니다, 손님. 이런 고급술을. 이번 같은 특별한 경우라도 말입니다."

"당신은 과연 멋지군. 그럼 잔을 그대로 가져가게."

"고맙습니다, 손님."

그래버는 엘리자베스의 잔에도 자기 잔에도 다시 술을 가득 따랐다. "우리가 냉정하다는 것을 남에게 보이려고 이러는 건 아니야. 공습을 받을 때는 있는 대로 모조리 마시는 게 백번 나아. 다시 마실 기회가 없을지도 모르니까." 그가 말했다.

엘리자베스가 그의 군복을 쳐다보았다. "지하실에 장교들이 우글거릴 텐데 누가 눈치채지 않을까요?"

"걱정 마, 엘리자베스."

"왜요?"

"난 아무렇지도 않아."

"아무렇지도 않다고 해서 남의 눈에 띄지 않을까요?"

"그럴 가능성이 별로 없어. 두려워하면 오히려 발각돼. 자, 가자. 이제 첫 번째 충격은 극복했으니까."

방공호는 술 저장고의 일부를 콘크리트로 보강하고 철근으로 떠받쳐 개조한 것이었다. 의자와 안락의자, 탁자와 소파가 여기저기 놓여 있고, 바닥에는 낡은 양탄자가 몇 개 깔려 있었으며, 벽은 흰색으로 새로 칠해져 있었다. 라디오도 있고 식기 선반에는 술잔과 술병이 있었다. 그야말로 호화판 지하실이었다.

그들은 원래의 술 저장고를 격자문으로 나누어 놓은 곳에 마련된 자리로 갔다. 손님들이 떼를 지어 몰려들었다. 그중에서 흰색 야회복을 입은 아주 아름다운 여성이 눈에 띄었다. 그녀는 등을 그대로 드러내고 왼쪽 팔에는 번쩍이는 팔찌를 하고 있었다. 잉어처럼 생긴 금발 여성이 바로 그 뒤를 따라왔고 이어서 남자들이 몇 명 들어왔다. 중년 여성 몇 명 그리고 장교 한 무리도 들어왔다. 웨이터 한 명과 보조 웨이터가 나타나 병을 따기 시작했다.

"우리도 술을 가지고 올걸." 그래버가 말했다.

엘리자베스가 고개를 흔들었다.

"네 말이 맞아. 빌어먹을 영웅들의 무대로군."

"이런 짓거린 하면 안 되는데 말예요. 불행을 가져오거든요." 그녀가 말했다.

그녀의 말이 맞다고 그래버는 생각했다. 그러고는 이리저리 쟁반을 나르고 있는 웨이터를 성난 눈으로 쳐다보았다. 저건 용기가 아니라 경박한 짓이야. 위험이 바로 코앞에 닥쳤는데 말이다. 무수한 사람이 죽고 난 후에야 얼마나 심각한 상황인지 알게 될 거다.

"두 번째 경보다. 그들이 온다!" 누군가가 옆에서 말했다.

그래버는 그의 의자를 엘리자베스에게로 밀었다. "두려워요. 좋은 포도주를 마시고 마음을 굳게 먹어도 소용이 없어요." 그녀가 말했다.

"나도 그래."

그는 그녀의 어깨를 감싸 안았고, 그녀가 몹시 긴장하고 있다는 것을 알았다. 갑자기 연민의 물결이 치솟았다. 그녀는 위험을 깨닫고 움츠러든 한 마리 짐승 같았다. 그녀는 태연하지 않았고 그런 척도 하지 않았다. 그녀의 용기는 그녀의 방어였다. 사이렌 소리를 듣고 그녀의 내부에서 생명이 팽팽하게 긴장했다. 이어졌다 끊어졌다 하는 사이렌 소리는 죽음을 의미했고, 그녀는 그 불안감을 숨기려 하지 않았다.

그는 금발 여인의 파트너인 사내가 자신을 보고 있음을 깨달았다. 턱선이 가파르고 깡마른 중위였다. 금발 여인이 웃자 옆자리에 있던 사람들이 경외의 눈길을 보냈다.

약한 진동에 지하실이 떨렸다. 이윽고 나지막한 폭발의 굉음이 들려왔다. 사람들이 떠드는 소리가 딱 멎었다가 다시 들려왔다. 더 큰 소리로, 더 의도적으로 떠들었다. 세 번째 폭발음이 더 빠르게 그리고 더 가까이서 들려왔다.

그래버는 엘리자베스를 꼭 안고 있었다. 그는 금발 여인의 웃음이 멈춘 것을 알아차렸다. 예기치 못한 격렬한 충격이 지하실을 뒤흔들었다. 보조 웨이터가 쟁반을 내려놓고 뷔페 탁자의 나선형 나무 다리를 끌어안았다. "당황하지 마! 이제 멀리 갔어." 어떤 사람이 단호한 목소리로 외쳤다.

갑자기 벽에서 부스러기가 흘러내리더니 여기저기 금이 가기 시작했다. 조명 시설이 좋지 않은 영화관처럼 전등이 깜박거렸고 우지끈하는 소리가 들려왔다. 어둠과 밝음이 두서없이 반복되고, 경련을 일으키는 불빛 아래 탁자에 있는 사람들은 엄청나게 느린 슬로 모션 화면에 나오는 인물들 같았다. 등을 드러낸 여성은 처음에는 여전히 앉아 있었다. 그러나 다시 포탄이 떨어지고 불이 깜박이자 자리에서 일어났고, 세 번째 포탄이 떨어지자 그녀는 바로 옆의 어둠 속으로 달아났다. 사람들이 그녀를 꽉 붙들고 있어야 했고 그녀는 비명을 질렀다. 다시 전등이 완전히 꺼져 버리자 끝없이 메아리치는 굉음 속에서 지구의 중력이 모두 제거되어 지하실이 공중으로 떠다니는 것 같았다. “전등이 나갔을 뿐이야, 엘리자베스!” 그래버가 소리를 질렀다. “불이 꺼지고, 폭발로 공기압이 높아진 거야. 더 이상은 아니야. 전선이 어디선가 끊어졌어. 호텔이 명중된 건 아니야.”

그녀는 그에게 몸을 밀착시켰다. “양초! 성냥!” 누군가가 소리를 질렀다. “어디에 양초가 있을 텐데! 제기랄, 양초는 어디 있는 거야? 회중전등은 어디 있나?”

성냥불이 몇 개 타올랐다. 흔들거리는 거대한 지하 공간에서 마치 작은 도깨비불처럼 보였다. 성냥불은 얼굴과 손만 겨우 밝혀 줄 정도였기 때문에, 몸뚱이들은 굉음과 함께 이미 떨어져 나가 버리고 얼굴과 손만 공중으로 떠다니는 듯이 보였다.

“제기랄, 비상용 전등도 없단 말인가? 웨이터는 어디 있나?”

동그란 불빛이 아래위로 흔들렸고, 벽면 여기저기를 어지럽게 비추었다. 일순간 야외복을 입은 여성의 벌거벗은 등짝이 눈에 띄었고, 번쩍거리는 보석과 검게 벌린 입이 드러났다. 검은 바람 속에서 나부끼는 것 같았다. 목소리들은 아가리를 벌린 심연의 우르릉거리는 소리에 겁을 먹은 들쥐들의 가느다란 비명 소리 같았다. 이어서 참기 어려울 정도로 강력하고 미친 듯한 울부짖음이 울려 퍼졌다. 마치 거대한 강철 유성이 곧장 지하실에 충돌한 것처럼 모든 것이 뒤흔들렸다. 동그란 불빛들이 추락하면서 꺼져 버렸다. 지하실은 더 이상 공중으로 떠다니지 않았다. 이제 무시무시한 굉음이 모든 것을 부수어 버리고 공중으로 내팽개쳐 버린 것 같았다. 그래버는 머리가 천장

쪽으로 날아오른다고 생각했다. 그는 엘리자베스를 두 팔로 꽉 껴안았다. 그녀가 그에게서 떨어져 나갈 것 같은 느낌이었다. 그는 몸을 그녀 쪽으로, 그녀 위로 던져 바닥으로 쓰러뜨렸고 안락의자를 뒤집어 그녀의 머리 위로 덮었다. 그러고는 천장이 내려앉기를 기다렸다.

쪼개지고 덜커덩거리고 찢어지고 쏴쏴거리고 쾅 하며 터지는 폭음이 들려왔다. 내려치는 듯한 거대한 주먹이 지하실을 진공 속으로 내던져, 몸에서 허파와 위장이 터져 나가고 혈관에서 피가 뿜어져 나가는 것 같았다. 이번에야말로 윙윙대는 최후의 암흑과 질식이 덮쳐 올 것 같았다.

그러나 최후의 순간은 오지 않았다. 그 대신 갑자기 불이 들어왔다. 소용돌이치며 타오르는 불은 마치 불기둥이 바닥으로부터 솟아오른 것 같았다. 하얀 횃불이었다. 한 여자가 비명을 질렀다. "앗, 뜨거워! 뜨거워! 사람 살려! 사람 살려."

여자는 깡충깡충 뛰면서 두 손으로 온몸을 두드렸다. 그렇게 두드릴 때마다 불꽃이 사방으로 튀었다. 보석이 번쩍거리고 놀란 얼굴이 눈부시게 환해졌다. 그러자 목소리들이 터져 나오고 군복 조각들이 여자의 몸을 덮었다. 누군가가 여자를 바닥으로 쓰러뜨렸다. 여자는 몸을 뒤틀며 울부짖었다. 인간이 낼 수 없는 높은 소리가 사이렌 소리, 고사포 소리, 파괴의 소리를 삼켜 버렸다. 이윽고 그 소리는 나지막해지다가 멈추었다. 상의와 천 조각과 방석 아래에서 잦아들었다. 다시 어두워진 지하실은 마치 무덤 속 같았다.

그래버는 그의 아래에 있는 엘리자베스의 머리를 감싸 안고 두 팔로는 그녀의 귀를 막고 있었다. 마침내 화염과 비명은 사라지고 흐느낌과 어둠, 옷과 살과 머리카락이 타는 냄새로 변했다.

"의사! 의사를 데리고 와! 의사는 어디 있나?"

"뭐라고?"

"병원으로 데리고 가야 해! 제기랄! 아무것도 안 보이는군! 이 여자를 여기서 데리고 나가야 해."

"지금? 어디로?" 누군가가 물었다.

모두들 잠자코 귀를 기울였다. 밖에서는 고사포를 미친 듯이 쏘아 댔다. 하지만 폭발음은 이제 들리지 않았다. 고사포만 불을 뿜고 있었다.

"이제 갔어! 끝났어!"

"그대로 누워 있어." 그래버가 엘리자베스의 귀에 대고 속삭였다. "움직이면 안 돼. 폭격은 이미 끝났어. 하지만 그대로 있어야 해. 다른 사람들 발에 밟힐 우려가 있어. 그러니 움직이지 마."

"더 기다려야 해. 또 올지도 몰라." 교장 선생님 같은 느릿한 목소리가 들려왔다. "밖은 아직 안전하지 않아. 고사포 유탄도 위험해!"

문간에서 둥근 빛이 비쳐 들었다. 회중전등의 불빛이었다. 바닥에 엎어져 있던 여자가 다시 비명을 질렀다. "안 돼요! 안 돼! 불 꺼요! 불을 꺼!"

"불이 아니다. 회중전등이야."

어둠 속에서 둥근 불빛이 깜박거렸다. 아주 작은 전등이었다. "여기로! 이리로 오란 말이야! 누구야? 전등을 든 자는 누구냐고?"

전등의 불빛은 재빨리 방향을 돌리며 천장을 비추었다가 내려와서 풀을 먹인 와이셔츠의 앞부분과 연미복의 일부, 검은 넥타이 그리고 당황한 얼굴을 비추었다. "지배인 프리츠입니다. 식당이 무너져서 더 이상 여러분을 모실 수 없습니다. 손님 여러분께서는 계산을 해 주시면……."

"뭐라고?"

프리츠는 회중전등 불빛으로 여전히 자신을 비추고 있었다. "공습은 끝났습니다. 그래서 제가 전등과 계산서를 가져왔습니다."

"뭐라고? 뻔뻔함의 극치군!"

"손님 여러분." 프리츠는 암흑을 향해서 기어드는 목소리로 말했다. "지배인은 레스토랑에 대해 모든 책임을 집니다."

"뻔뻔한 소리! 우리를 사기꾼으로 보나? 멍청한 네 얼굴만 비추지 말고 이리로 와! 빨리! 여기 부상자가 있어!" 어둠 속에서 한 남자가 호통을 쳤다.

프리츠는 다시 어둠 속으로 사라졌다. 둥근 불빛이 벽을 비추다가 엘리자베스의 손을 일부 비추었고 바닥을 따라가다가 뭉쳐진 군복들 위에서 멈추었다. "맙소사!" 셔츠 바람의 창백하게 보이는 사내가 고함을 질렀다.

사내가 몸을 뒤로 기댔다. 전등은 사내의 두 손만 비추고 있었다. 지배인은 후들후들 떨고 있었다. 군복 상의가 옆으로 날려갔다.

"맙소사!" 사내가 다시 한 번 소리를 질렀다.

"보지 마." 그래버가 말했다. "흔히 있는 일이야. 어디서나 벌어지고 있어. 공습과는 또 다른 문제야. 하지만 너는 시내에 있어서는 안 돼. 공습이 없는 시골로 내가 데려다 줄게. 내가 아는 마을이야. 빠를수록 좋아. 그곳 사람들을 내가 잘 알아. 그들이 너를 받아 줄 거야. 우린 거기서 살 수 있어. 너는 거기서는 안전해."

"들것 가져와! 호텔에 들것이 있나?" 무릎을 꿇고 있던 사내가 말했다.

"예, 그런데 저, 저." 지배인 프리츠는 사내의 계급을 알 수 없었다. 그의 군복 상의는 다른 사람들 것과 함께 여자 옆에 뒹굴고 있었다. 그가 지금 걸치고 있는 것은 멜빵바지와 허리의 단검과 명령조의 목소리뿐이었다. "계산서 얘기는 죄송합니다. 부상자가 생겼으리라고는 미처 생각지 못했습니다." 프리츠가 말했다.

"얼른! 들것이나 가져와! 아니면 기다려, 내가 가지러 갈 테니. 바깥은 어떤가? 나갈 수 있을까?"

"예."

사내가 일어나 상의를 걸치자 순식간에 소령이 되었다. 불빛이 꺼졌다. 그와 함께 일말의 희망도 사라져 버린 것 같았다. 여자의 흐느낌만 들려왔다. "반다! 반다, 이제 어떻게 해야 하지? 반다!" 한 사내가 당황한 목소리로 말했다.

"나가도 됩니다." 누군가가 대답했다.

"경고 해제 사이렌이 울리지 않았어." 교장 선생의 목소리였다.

"경고 해제 좋아하시네! 전등은 어디 있어? 전등!"

"안 돼, 안 돼, 불은 안 돼!" 여자가 비명을 질렀다. "불은 안 돼."

“의사가 필요해. 아편이.”

“반다! 에버하르트에게 뭐라고 말해야 되지? 뭐라고 말이야?” 다시 당황한 목소리가 들려왔다.

불이 다시 들어왔다. 이번에는 석유램프였다. 소령이 직접 램프를 들고 있었다. 그 뒤로 연미복을 입은 웨이터 두 명이 들것을 들고 따라왔다. “전화도 안 돼. 전화선이 끊겼어. 들것을 이리로.” 소령이 말했다.

그는 램프를 바닥에 내려놓았다. “반다!” 아까의 사내가 다시 소리쳤다.

“저리 비켜! 그런 건 나중이야.” 소령이 명령했다. 그는 여자 앞에 무릎을 꿇었다가 다시 몸을 일으켰다. “됐어, 이제 됐어. 곧 잠들 거야. 만일의 경우에 대비해 주사 한 대를 남겨 놓았지. 조심! 조심해서 들것에 태워! 밖에서 기다리다가 구급차를 세워야 해. 구급차를 발견하면…….”

“알겠습니다, 소령님.” 지배인 프리츠가 굽실거리며 말했다.

들것이 흔들거리며 밖으로 나갔다. 불에 타서 머리카락이 없어진 새까만 머리가 들것 위에서 이리저리 흔들렸다. 여자의 몸은 식탁보로 가려져 있었다.

“죽었나요?” 엘리자베스가 물었다.

“아니. 살아남을 거야. 머리카락도 다시 자랄 거고.” 그래버가 말했다.

“얼굴은?”

“그 여자는 보고 있었어. 눈은 상처를 입지 않은 거지. 상처는 별로 대단치 않아. 깨끗하게 나을 거야. 나는 화상 입은 사람들을 많이 봤거든. 이번 경우는 그리 심한 게 아냐.”

"어떻게 저런 일이 생긴 거예요?"

"성냥불이 옷에 붙은 거야. 너무 가까이 대고 성냥불을 켰어. 그런데 이 지하실은 정말 튼튼하게 만들어졌군. 강력한 직격탄을 견뎌 낸 걸 보니."

그래버는 엘리자베스의 머리 위로 엎어 놓았던 안락의자를 치웠다. 그러다가 깨진 유리조각을 밟았다. 술 저장고로 통하는 격자문이 부서졌던 것이다. 술을 얹어 놓은 선반들이 기울어져 있었고, 술병들이 깨져 사방에 흩어져 있었다. 술은 검은 기름처럼 바닥 위를 흐르고 있었다.

"잠깐만." 그는 엘리자베스에게 그렇게 말하고는 외투를 들었다. "곧 돌아올게." 그는 술 저장고로 들어갔다가 다시 나왔다. "자, 가도록 하지."

호텔 밖에는 여자를 태운 들것이 서 있었다. 웨이터 두 명이 손가락으로 휘파람 소리를 내며 구급차를 불렀다. "에버하르트에게 뭐라고 해야 하나?" 뒤따라오던 사내가 당황한 목소리로 다시 말했다. "정말이지, 재수 옴 붙었어! 그에게 어떻게 설명해야 하나."

에버하르트는 여자의 남편일 거라고 그래버는 생각했다. 그는 휘파람을 불고 있는 웨이터의 어깨를 짚으며 말했다. "음주실의 웨이터는 어디 있나?"

"누구 말입니까? 오토입니까, 카를입니까?"

"황새처럼 생긴, 작달막한 노인인데."

"오토로군요." 웨이터가 그래버를 쳐다보았다. "오토는 죽었습니다. 음주실이 내려앉는 바람에 샹들리에에 깔리고 말았어요."

그래버는 잠시 침묵을 지켰다. "계산을 아직 안 했어. 술 한 병인데." 그가 말했다.

웨이터가 이마의 땀을 닦았다. "저한테 주세요, 손님. 무슨 술이었나요?"

"요하니스베르거 칼렌베르크."

웨이터가 주머니에서 가격표를 꺼내고, 회중전등을 켜서 그래버에게 보여 주었다.

그래버가 그에게 돈을 지불했다. 웨이터는 그것을 주머니에 쑤셔 넣었다. 그래버는 그가 돈을 전해 주지 않을 거라고 생각했다. "가자." 그가 엘리자베스에게 말했다.

그들은 폐허 한가운데로 걸었다. 도시 남쪽이 불에 타고 있었다. 하늘은 잿빛과 붉은빛으로 뒤섞여 있었다. 바람은 연기를 사방으로 몰아댔다.

"너희 집이 아직 괜찮은지 가 봐야 해, 엘리자베스."

그녀가 고개를 흔들었다. "그건 나중에 봐도 돼요. 어디서 좀 쉬도록 해요."

그들은 처음 만난 날 저녁에 함께 있었던 방공호가 있는 광장으로 갔다. 입구에는 흐릿한 연기가 피어오르고 있었는데, 마치 명부의 세계로 통하는 입구 같았다. 그들은 공원에 있는 벤치에 앉았다.

"배고프지?" 그래버가 물었다. "아무것도 안 먹었잖아."

"괜찮아요. 지금은 아무것도 먹을 수가 없어요."

그가 외투를 펼치자 달그락거리는 소리가 났다. 그는 주머니에서 술병 두 개를 꺼냈다. "내가 무얼 들고 왔는지도 모르겠군. 이건 코냑처럼 보이네."

엘리자베스가 눈을 동그랗게 뜨고 그를 쳐다보았다. "어디서 가져왔어요?"

"술 저장고에서. 문이 열려 있었거든. 수십 병이 박살 나 있었으니, 이것도 깨져 버린 걸로 치면 아무 일도 아냐."

"그냥 들고 왔다고?"

"물론. 열려 있는 술 저장고를 보고 그냥 지나치는 병사는 중병이 든 놈이야. 나는 실용적으로 생각하고 행동하라고 교육을 받았거든. 군대에서는 십계명 같은 건 통하지 않아."

"물론 통하지 않죠. 통하지 않는 건 또 얼마든지 있고." 엘리자베스가 그를 물끄러미 쳐다보았다. 그러다 갑자기 큰 소리로 웃었다. "난 당신에 대해서 얼마나 알고 있는 걸까요?"

"이미 너무 많이 알아."

"당신에 대해서 실제로 아는 게 있을까요!" 그녀가 반복해서 말했다. "지금 내 앞에 있는 당신은 당신이 아니에요. 본래 당신이 당신인 거예요. 하지만 당신에 대해서 누가 알까요?"

그래버는 외투의 다른 쪽 주머니에서 병 두 개를 더 꺼냈다. "이건 병따개가 필요 없는 술이야. 샴페인이지." 그는 철사를 돌려서 마개를 열었다. "이걸 마시면서 도덕적인 자책감 같은 걸 느끼는 건 웃기는 일이야."

"물론 안 느껴요. 조금도."

"이걸로 무슨 잔치를 하는 것도 아니고, 이게 우리에게 불행을 가져다 줄 리도 없어. 다만 지금 목이 마르고 다른 게 없으니까 마시는 거라고. 우리가 살아 있기 때문에 말이야."

엘리자베스가 씽긋 미소를 지었다. "일부러 설명할 필요 없어요. 이미 알고 있는 일이니까요. 우리 다른 얘기 해요. 그런데 네 병씩이나 몰래 가져왔으면서 한 병 값은 왜 치렀어요?"

"그건 달라. 무전취식이야."

주위는 고요했다. 붉은 노을이 점점 번져 가고 있었다. 이 특이한 빛 아래 모든 것이 비현실적으로 보였다. "저기 있는 나무 좀 봐요. 꽃을 피우고 있어요." 엘리자베스가 불쑥 말했다.

그래버가 그쪽을 쳐다보았다. 나무는 폭격으로 땅에서 거의 뽑혀 있었다. 뿌리의 일부는 허공에서 힘없이 늘어져 있었고 둥치는 꺾여 있었으며 나뭇가지들은 잘려 있었다. 그런데도 하얀 꽃들이 가득 피어 있었다. 저녁놀에 불그스레하게 물들어.

"옆에 있는 집이 불에 타면서 아마도 그 열기로 나무가 꽃을 피웠을 거야. 이 나무는 다른 나무들보다 훨씬 더 가까이에 있어. 상처도 가장 심하고." 그가 말했다.

엘리자베스가 자리에서 일어나 나무가 있는 곳으로 갔다. 그녀가 앉았던 벤치는 그늘 속이었다. 이제 그녀는 거기서 나와 마치 무용수가 무대의 조명 속으로 걸어 들어가듯 일렁이는 화염의 잔영 속으로 들어갔다. 붉은 바람이 그녀를 에워싸고 세계 종말이나 때늦은 구세주의 탄생을 고지하는 중세의 거대한 혜성처럼 그녀의 등 뒤에서 불타올랐다.

"꽃이 피고 있어요. 나무들에게는 지금이 봄, 완연한 봄이에요. 다른 건 나무들에게 아무 문제도 안 돼요." 그녀가 말했다.

"맞아." 그래버가 맞장구를 쳤다. "나무는 우리에게 가르쳐 주고 있어. 오늘 오후에는 보리수나무에게서 배웠는데, 지금은 이 나무한테서 배우는군. 나무는 자라서 잎을 만들고 꽃을 피우지. 비록 찢어지는 한이 있어도 일부는, 땅 속에 조금이나마 뿌리를 뻗고 있는 일부는 계속해서 잎과 꽃을 피우는 거야. 나무는 끊임없이 가르침을 주면서도 결코 비통해하거나 자신을 동정하는 법이 없어."

엘리자베스가 천천히 자리로 돌아왔다. 그녀의 피부는 그림자도 없는 기이한 빛으로 반짝였고 그녀의 얼굴은 일순간 마법에라도 걸린 것 같았다. 그녀의 얼굴에는 솟아나는 봉오리의 비밀, 파괴의 비밀 그리고 불굴의 성장이라는 비밀이 스미어 있었다. 그녀는 탐조등 불빛에서 벗어나듯 다시 빛에서 걸어 나왔고 그래버 곁의 그늘 속에서 다시 따뜻해지면서 싱싱한 숨결을 내뿜었다. 그가 그녀를 끌어당겨 눕혔다. 나무가, 불그스레한 하늘을 향해 뻗어 있던 나무가 갑자기 커졌고, 꽃들은 아주 가까이 있었다. 보리수나무가 보이는가 하더니 다시 대지가 보였다. 그녀의 문이 둥글게 열렸다. 그녀는 밭이 되고 하늘이 되고 엘리자베스가 되었다. 그는 그녀의 안에서 자신을 느끼고 있었다. 그녀는 그를 순순히 받아들였다.

15

48호실은 어수선했다. 계란 머리와 카드 노름꾼 두 명은 일선으로 복귀할 준비를 했다. 그들은 복무 적합 판정을 받아 수송대와 함께 전선으로 출발할 예정이었다.

계란 머리는 얼굴이 하얘져서 로이터를 노려보았다. "다리도 멀쩡한 녀석! 기피자! 넌 여기 남게 되었지만, 한 집안의 가장인 난 전선으로 끌려가게 됐어!"

로이터는 대답하지 않았다. 펠트만이 침대에서 몸을 일으켰다. "아가리 닥쳐, 계란 머리 녀석! 넌 로이터 대신으로 일선에 가는 게 아냐. 넌 복무 적합자이기 때문에 가는 거야. 로이터가 복무 적합사가 되어 일선으로 간다 하더라도 너 역시 일선으로 가야 하는 거야, 알겠어? 멍청한 소린 그만 지껄여." 그가 말했다.

"하고 싶은 말은 해야겠어!" 계란 머리가 격분해 소리를 질렀다. "난 일선으로 가니까 하고 싶은 말은 하겠어! 네놈들이 여기 남아 먹고 자고 하는 동안 우린 일선으로 가야 해. 일가의 가장인 내가 말이야. 그런데 저기 뚱뚱이 기피자 녀석은 제기랄 다리가 나을까 봐 술을 잔뜩 퍼마시고 있어!"

"그건 생각만 있다면 너도 할 수 있을 텐데?" 로이터가 물었다.

"내가? 난 아냐! 난 한 번도 회피한 적이 없어!"

"그래, 그렇다면 모든 게 순리대로 됐잖아. 뭐 때문에 소리를 지르고 야단인가?"

"뭐라고?" 계란 머리가 당황해하면서 말했다.

"넌 회피하지 않은 걸 자랑으로 알잖아. 그러니 계속 자부심을 갖고, 소리는 지르지 말게."

"뭐라고? 이 빌어먹을 요령꾼! 네가 할 수 있는 건 그런 짓밖에 없지, 이 비겟덩어리 녀석! 말재주나 살살 피우고 말이야. 그러다가 네놈도 걸려들 줄 알아! 내가 네놈을 고발해서 끌려가게 만들 거야!"

"죄 짓지 말게. 자, 빨리 나가 봐야지!" 복무 적합자로 판정된 카드 노름꾼 중의 한 사람이 말했다.

"죄를 짓는 게 아냐! 저놈들이 죄를 지은 거야! 가장인 내가 저 주정뱅이 뚱자루를 대신해서 일선으로 가는 건 말이 안 돼! 난 그저 공정한 걸 원해."

"아, 이런, 공정이라고! 군대에 그런 게 어디 있어? 자, 우린 가야 해! 이놈이 고발하진 않을 거야. 그저 말로 그래 보는 거지. 잘 있게, 동지들! 잘 지내! 현 위치 사수!"

카드 노름꾼 두 명은 미친 듯이 날뛰는 계란 머리를 끌고 나갔다. 그는 창백한 얼굴에 식은땀을 흘리며 문간에서 다시 한 번 고개를 돌려 무언가 소리치려고 했다. 하지만 두 사내가 그를 문밖으로 밀어냈다.

“멍청이 같은 놈! 마치 배우처럼 연기하는군! 내가 휴가를 잠으로 때운다고 놈이 말하던 거 기억나지?” 펠트만이 말했다.

“그자는 돈을 많이 잃었어.” 룸멜이 갑자기 말했다. 그때까지 아무 내색도 안 하고 테이블에 앉아 있기만 하던 그였다. “상당히 잃었어! 23마르크야! 적은 돈이 아니야! 돈을 돌려주었어야 하는 건데.”

“지금도 안 늦었어. 수송대는 아직 출발하지 않았으니까.”

“뭐라고?”

“그 녀석은 아직도 밖에 있다고. 그렇게 마음에 걸리면 내려가서 돈을 돌려주라고.”

룸멜은 자리에서 일어나 밖으로 나갔다. “미친놈이 또 있군! 전쟁터에서 돈을 가지고 뭘 하라고?” 펠트만이 말했다.

“또 도박을 하면 돼.”

그래버가 창가로 가서 밖을 내다보았다. 수송대가 집결해 있었다. “애들하고 노인만 보이는군. 스탈린그라드 이후로는 눈에 띄기만 하면 모조리 잡아 왔어.” 로이터가 말했다.

“그래.”

수송대가 정렬했다. “룸멜은 왜 저러지? 저 녀석, 이제 말을 하잖아.” 펠트만이 놀라워하면서 물었다.

“네가 자는 동안에 녀석이 말을 하기 시작했어.”

펠트만은 내의 바람으로 창가로 갔다. “계란 머리가 저기 서 있어. 녀석은 이제야 구분할 테지. 여기서 잠을 자면서 전선의 꿈을 꾸는 것과, 전선에 있으면서 고향을 꿈꾸는 것이 같은지 어떤지를 말이야.” 그가 말했다.

"우리도 곧 알게 될 거야." 로이터가 말했다. "군의관 녀석이 다음에는 나를 복무 적합자로 판정하려고 하거든. 놈은 무지막지한 스타일이야. '참다운 독일인은 도망치는 다리를 필요로 하지 않는다. 우리는 앉아서도 싸울 수 있다.'고 하더군."

바깥에서 호령 소리가 들렸고 수송대가 출발했다. 그래버는 모든 것이 작아 보이는 오목 렌즈로 보듯이 그 광경을 보았다. 멀리 사라져 가는 병사들은 장난감 총을 가진 살아 있는 인형들이었다.

"불쌍한 계란 머리. 그 녀석은 내게 화난 게 아니라 마누라한테 화가 난 거야. 일선으로 가면 마누라가 배신할 거라고 믿고 있어. 게다가 마누라가 결혼 수당을 받는다고 속이 부글부글 끓었어. 그 돈으로 마누라가 정부와 놀아날 거라고 생각하는 거지." 로이터가 말했다.

"결혼 수당? 그런 것도 있나?" 그래버가 물었다.

"이 양반아, 넌 어디 갔다 온 거야?" 펠트만이 고개를 흔들었다. "여자들은 매달 200마르크를 받아. 상당한 금액이지. 그 때문에 결혼한 사람들이 꽤 된다고. 뭐 때문에 그 돈을 국가에 바치겠나?"

로이터가 창가에서 뒤를 돌아보았다. "자네 친구인 빈딩이 여기 와서 자네를 찾았어." 그가 그래버에게 말했다.

"무슨 일로? 남긴 말이라도?"

"집에서 소박하게 파티를 연다고 너도 꼭 참석해 달래."

"그 밖에는?"

"없어."

룸멜이 들어왔다. "계란 머리를 만났나?" 펠트만이 물었다.

룸멜이 고개를 끄덕였다. 그의 얼굴이 무언가를 말하고 있었다. "그에게는 아내가 있어. 그런데도 전쟁터로 가야 하고 또 빈털터리라니." 그가 헐떡이며 말했다.

룸멜은 갑자기 몸을 돌리더니 침대에 몸을 던졌다. 하지만 모두들 아무것도 듣지 않은 것처럼 행동했다. "계란 머리가 저 꼴을 봐야 하는 건데! 녀석이 내기를 걸었거든. 룸멜이 오늘 주저앉게 될 거라고." 펠트만이 속삭였다.

"그냥 내버려 둬. 너도 언젠가 우는 소리를 하게 될지 누가 알겠어? 아무도 자신할 수 없어. 몽유병자도 마찬가지야." 로이터가 화가 나서 말했다. "넌 얼마나 남았니?" 그가 그래버 쪽을 쳐다보며 말했다.

"열하루."

"열하루라! 아직도 꽤 남았네."

"어제까지는 지루했어. 그런데 오늘부턴 너무 짧다는 생각이 들어." 그래버가 말했다.

"아무도 없어요. 리저 부인도 아이도 없어요. 집은 우리 독차지예요." 엘리자베스가 말했다.

"천만다행이군! 오늘 밤 그 여자가 한마디라도 잔소리를 하면 때려죽일 작정이었어. 어제도 뭐라고 했어?"

엘리자베스가 웃었다. "그 여잔 나를 창녀로 여겨요."

"왜? 어제 저녁에 우린 여기서 한 시간밖에 같이 있지 않았는데."

"그저께 때문이에요. 그제 당신이 밤새도록 있었잖아요."

"우린 열쇠 구멍도 단단히 채우고 축음기도 계속 틀었잖아.

어떻게 그런 생각을 할 수 있지?"

"그러게요, 왜 그랬을까요." 그렇게 말하면서 엘리자베스는 살며시 그를 훑어보았다. 그래버도 그녀의 눈을 바라보았다. 그의 이마로 어떤 뜨거운 기운이 솟구쳤다. 처음 만나던 날 밤에 내 눈은 도대체 뭘 본 거야, 하고 그는 생각했다. "그런데 마녀는 어딜 간 거야?" 그가 물었다.

"시골 마을에 갔어요. 동계, 하계 구호 기금을 모으려고요. 내일 밤에 돌아와요. 그러니 오늘 밤과 내일 하루 종일은 우리만의 세상이에요."

"어째서 내일 하루 종일이야? 공장에 일하러 가지 않나?"

"내일은 일하지 않아요. 일요일이잖아요. 요새는 일요일엔 쉬어요."

"일요일이라! 정말 잘됐어! 전혀 몰랐어! 그러면 드디어 밝은 대낮에 너를 볼 수 있군. 우린 늘 저녁과 밤에만 만났잖아." 그래버가 말했다.

"그랬나요?"

"그래. 월요일에 우린 처음으로 밖에 나갔어. 아르마냑 한 병을 들고 말이야."

"그랬군요. 나도 낮 동안에 당신을 본 적이 없어요." 엘리자베스가 깜짝 놀라며 말했다. 그녀가 잠시 말없이 그를 바라보다가 다시 시선을 돌렸다. "우린 너무 열에 들뜬 생활을 하고 있어요, 안 그래요?"

"다른 뾰족한 수가 없잖아?"

"그렇긴 해요. 우리가 내일 화창한 대낮에 서로를 마주 본다면 어떻게 될까요?"

"그건 하느님의 섭리에 맡기기로 하지. 하지만 오늘 밤엔 무얼 할까? 어제 갔던 레스토랑에나 갈까? 시원찮았지만 말이야. 게르마니아로는 갈 수가 없어. 문을 닫은 게 아쉽군."

"여기 있기로 해요. 마실 건 아직 충분하고. 요리는 내가 만들어 볼게요."

"여기서 괜찮겠어? 밖으로 나가고 싶지 않아?"

"리저 부인만 없으면 여기도 낙원이에요."

"그럼 여기 있기로 하자. 멋질 거야. 음악도 없는 밤이니. 나는 병영으로 돌아가지 않아도 되고. 그런데 식사는 어떻게 하지? 너, 정말 요리할 줄 아는 거야? 그렇게 보이지 않는데."

"한번 해 볼게요. 배급 받은 것 말고는 재료가 그렇게 많지 않지만요."

"넉넉할 리가 없지."

그들은 부엌으로 갔다. 그래버는 엘리자베스가 비축해 둔 것을 보았다. 거의 아무것도 없었다. 빵 약간과 대용 꿀, 마가린과 계란 두 개, 그리고 쪼그라진 사과 몇 알이 전부였다. "아직 배급표가 좀 있어요. 조금 더 받아올 수 있어요. 밤에도 여는 가게를 알고 있거든요." 그녀가 말했다.

그래버가 찬장 서랍을 닫았다. "배급표는 그냥 보관해. 나중에 필요할 때 써. 오늘은 다른 방식으로 하자. 방법이 있어."

"여기서는 아무것도 손댈 수 없어요, 그래버." 엘리자베스가 불안한 목소리로 말했다. "리저 부인은 자기 물건이라면 속속들이 알고 있어요."

"그렇겠지. 충분히 짐작할 수 있어. 그리고 나도 오늘은 훔칠 생각이 없어. 적국에 주둔하고 있는 병사처럼 징발을 할 거야. 알폰스 빈딩이란 자가 나를 작은 파티에 초대했거든. 거기서 내가 파티에 참석해 먹어 치울 분량만큼 가져오겠어. 먹을 게 산더미처럼 있는 집이니까. 삼십 분 내로 돌아올게."

알폰스는 붉은 얼굴과 활짝 벌린 두 팔로 그를 맞았다. "와 줘서 고마워, 에른스트! 어서 오게! 오늘은 내 생일이야! 친구들이 몇 명 와 있어."

실내는 어수선하고 담배 연기와 사람들로 가득 차 있었다. "들어 봐, 알폰스." 그래버가 복도에서 급히 말했다. "난 오래 있을 수 없어. 잠시 들른 거야. 곧 돌아가야 해."

"돌아간다고? 에른스트! 말도 안 돼!"

"할 수 없어. 네가 초대했다는 걸 알기 전에 이미 약속을 한 사람이 있어."

"그게 무슨 상관인가! 예기치 않은 공식 모임에 가야 한다고 말해. 아니면 심문을 받으러 간다고 하든지!"

알폰스가 큰 소리로 웃었다. "게슈타포 장교 두 사람이 와 있어! 당장 소개해 주지. 게슈타포에게 끌려갔다고 둘러대게. 그래도 거짓말은 아니지. 아니면 그들을 이리로 데려오게. 멋진 사람들이라면 말이야."

"그건 안 돼."

"왜 안 된다는 거야? 우리에겐 불가능이 없어!"

그래버는 솔직하게 말하는 게 상책이다 싶었다. "짐작했을 텐데 말이야, 알폰스. 네가 생일 파티를 열고 있을 줄은 정말 몰랐어. 난 먹을 것과 마실 것이나 좀 얻으려고 들른 거야. 누군가를 만나려고 하는데, 절대로 그 사람과 여기에 올 수는 없어. 그렇게 한다면 나는 그야말로 멍청이가 되는 거지. 알겠어?" 그가 말했다.

빈딩이 씩 하고 웃었다. "이제 알아먹었어! 영원한 여성! 마침내! 자네 하는 걸 보고 영 틀렸다고 생각했는데 말이야! 알겠어, 에른스트. 좋아. 하지만 여기도 멋쟁이 여성이 몇 있어. 어때, 한번 만나 보지나 않겠어? 이르마라는 여성은 정말이지 팽팽하고 야한 여자야. 저기 하이힐을 신은 금발을 보게. 여성 집단 수용소의 감독관인데 몹시 뜨거운 여자지. 네가 마음만 있다면 저 열혈 여성과 오늘 밤에라도 침대에서 뒹굴 수 있어. 저 여잔 일선 장병이라면 언제나 오케이야. 참호 냄새가 그녀를 흥분시킨다나."

"나는 별로야."

알폰스가 웃었다. "이르마의 몸에서 풍기는 집단 수용소 냄새도 싫단 말이야, 그런가? 슈테게만이란 녀석은 몸이 달아 있어. 소파에 앉아 있는 저 뚱보 말이야. 물론 그녀는 내 취향은 아니지. 나는 정상적이고 보드라운 여자가 좋아. 저기 구석에 있는 아담한 아가씬 어때? 별론가?"

"상당한데."

"원하는 거야? 그럼 내가 양보할게. 여기 머문다는 조건으로 말이야, 에른스트."

그래버가 고개를 흔들었다. "그럴 순 없어."

"알겠어. 네가 꼬불쳐 놓은 여잔 대단한 상류층인가 보군! 당황할 필요는 없어, 에른스트. 알폰스도 알고 보면 신사야. 자, 부엌으로 가서 자네가 좋아하는 걸 찾아보도록 하지. 그런 다음엔 내 생일을 위해 한잔하는 거야. 됐지?"

"좋아."

부엌에는 흰 앞치마를 두른 클라이네르트 부인이 있었다. "야외용 뷔페를 마련했어, 에른스트. 자넨 운이 좋아! 원하는 걸 가져가게! 아니 이편이 낫겠어. 클라이네르트 부인, 멋지게 포장해 놓으세요. 우린 우선 지하실에 가 볼 테니까요." 빈딩이 말했다.

지하실에는 물건들이 잔뜩 저장되어 있었다. "지금은 알폰스에게 맡겨 보게." 빈딩이 싱긋이 웃으면서 말했다. "자네도 후회하지는 않을 거야. 자, 우선 진품 거북이 고기 수프 통조림을 소개하네. 데워서 먹어야 하네. 프랑스에서 온 거야. 두 통 받게나."

그래버가 통조림을 받았다. 알폰스는 계속해서 여기저기 뒤졌다. "네덜란드산 아스파라거스 두 통, 차게 먹어도 되고 데워 먹어도 좋아. 요리 솜씨가 별로 필요 없어. 그리고 여기 프라하산 햄을 한 통 가지게. 체코슬로바키아에서 온 거야." 그는 작은 사다리 위로 올라갔다. "덴마크산 치즈 한 조각 그리고 버터 한 통. 온갖 게 다 들어 있어. 그게 통조림의 장점이지. 여기엔 또 복숭아 통조림도 있어. 아니면 숙녀 분이 딸기를 더 좋아하실까?"

그래버는 번쩍거리는 장화를 신고 앞에 서 있는 짧은 다리를 쳐다보았다. 다리 사이로 유리병과 통조림 들이 희미하게 반짝이고 있었다. 그 순간 엘리자베스의 초라한 배급품이 떠올랐다. "뭐든 이중으로 기워야 더 오래 가는 법이야." 그가 말했다.

알폰스가 웃었다. "맞았어! 마침내 자네도 옛날의 자네로 되돌아갔군. 슬퍼해 봤자 아무 소용도 없어, 에른스트! 기왕에

버린 건 버린 거야! 우선 네 손에 들어오는 거라도 움켜잡아. 나머지에 대해선 목사에게 맡겨 버리고. 그게 나의 신조라네."

그는 사다리에서 내려와 술병들이 가득 차 있는 두 번째 지하실로 갔다. "여기도 멋진 전리품이 꽤나 있지. 적군이 이런 술을 잔뜩 가지고 있었던 거야. 무얼 마시고 싶나? 보드카? 아르마냑? 그리고 폴란드산 매실주도 있어."

그래버는 애초부터 술에는 관심이 없었다. 게르마니아에서 들고 온 것으로도 충분했다. 그러나 빈딩의 말도 옳기는 옳았다. 전리품은 전리품이므로 보는 대로 가져야 하는 것이다. "샴페인도 있어. 난 이런 건 좋아하지 않아. 하지만 사랑을 위해서는 끝내주는 술이지. 한 병 집어넣게. 이걸 가지고 오늘 밤 멋지게 보내게!" 빈딩이 크게 웃었다. "내가 제일 좋아하는 술이 무언지 아나? 믿기지 않을지 모르지만 캐러웨이 화주야. 오래된, 진짜 캐러웨이 화주! 그것도 하나 가져가게. 병을 기울이면서 알폰스 생각도 좀 하고 말이야."

그는 병들을 팔 아래에 끼우고는 부엌으로 갔다. "꾸러미를 두 개로 만들어요, 클라이네르트 부인. 하나는 음식, 다른 하나는 술병으로. 병과 병 사이에는 종이를 끼워서 깨지지 않도록 하고요. 그리고 원두커피도 100그램 정도 넣으세요. 이만하면 됐나, 에른스트?"

"이걸 다 가져갈 수 있을지나 모르겠네."

빈딩은 환하게 미소를 지었다. "알폰스는 한번 한다면 하는 성격이야, 안 그래? 오늘은 내 생일이잖아! 그리고 오랜 동창의 일이니 말이야."

그는 그래버 앞에 서 있었다. 그의 눈은 반짝였고 두 뺨은

빨갛게 달아올랐다. 마치 새 둥지를 발견한 소년 같았다. 그래버는 알폰스의 친절에 감동했지만 그가 하이니의 러시아 체험담을 들었을 때도 비슷한 표정이었던 것이 떠올랐다.

빈딩이 그래버에게 의미심장하게 윙크했다. "내일 아침을 위해 커피도 마련했어. 내일은 일요일이니까 병영에서 묵을 생각은 말게! 자, 잠깐만 들어와! 몇 사람을 간단히 소개할게. 게슈타포에 있는 리제와 호프만이야. 언제든 도움이 되는 자들이지. 잠깐이면 돼. 그리고 나를 위해서 건배해 주게! 모든 게 지금 이대로일 수 있도록 말이야! 집도 재산도!" 빈딩의 눈에 물기가 서렸다. "우리 독일인은 정말이지 구제불능 낭만주의자야."

"저걸 부엌에 놓아둘 수는 없어요." 엘리자베스가 눈이 둥그래져 말했다. "숨겨야 해요. 리저 부인이 당장 암거래 죄로 고발할 거예요."

"제기랄! 미처 생각을 못했군! 어떻게 그 여자를 매수하는 방법이 없을까? 우리 마음에 들지 않는 물건을 주든지 해서 말이야."

"우리 마음에 들지 않는 게 있나요?"

그래버가 웃었다. "대용 벌꿀 정도면 되지 않을까. 아니면 마가린으로. 며칠 지나면 다시 구할 수 있으니까."

"그 여자를 매수하기는 어려워요. 그 여잔 배급표만으로 살아가는 것을 자랑으로 여기니까." 엘리자베스가 말했다.

그래버는 이런저런 궁리를 했다. "내일 밤까지 어느 정도는 먹어치울 수 있어. 그래도 전부 먹을 수는 없을 테니 나머지 어떻게 하지?"

"내 방에 숨겨 두기로 해요. 옷이나 책 속에. 잠글 수 있는 짐 가방도 있고."

"하지만 그 여자가 냄새를 맡는다면?"

"난 아침마다 방에 자물쇠를 채우고 나가거든요."

"그 여자가 똑같은 열쇠를 갖고 있다면?"

엘리자베스가 고개를 들었다. "그건 생각 못했군요. 그럴 가능성도 있어요."

그래버가 술병을 땄다. "모든 건 내일 오후에 생각하기로 하고, 지금은 먹을 수 있는 만큼 먹기나 하자. 자, 포장을 풀자! 우리의 식탁을 생일날 식탁으로 상상하는 거야. 몽땅 꺼내놓고 단번에 먹는 거야!"

"통조림도?"

"통조림도. 장식용으로 놓도록 해! 뚜껑을 열 필요는 없겠지. 우선 빨리 상하는 것부터 먹기로 하자. 술병도 나란히 세워 놓고. 도둑질과 매수로 당당하게 입수한 전 재산을 먹어 치우는 거야."

"게르마니아에서 가지고 온 것도?"

"물론. 그건 죽음의 공포를 치른 대가로 가져온 거야." 그들은 탁자를 방 한가운데로 옮기고는 꾸러미를 풀었고, 매실주와 코냑과 캐러웨이 화주의 마개를 땄다. 샴페인만은 마개를 그대로 두었다. 샴페인은 따자마자 마셔야 하지만 다른 술들은 다시 코르크 마개로 막아 놓을 수 있기 때문이었다.

"굉장해요! 그런데 무얼 축하하죠?" 엘리자베스가 말했다.

그래버가 그녀에게 술잔을 넘겼다. "모든 걸 한꺼번에 축하하는 거야. 따로따로 구분해서 축하할 시간은 없어. 그러니 모든 걸 한꺼번에 축하하는 거야. 그게 뭐든 상관없이 말이야. 무엇보다도 우리가 여기 함께 있고 이틀간이나 둘이서만 지낼 수 있게 된 걸 축하하는 거야!"

그는 탁자를 돌아가서 엘리자베스를 가슴에 안았다. 그는 그녀를 느낄 수 있었다. 그녀는 그의 안에서 열리는 제2의 자신 같았다. 자기 자신보다도 더 따뜻하고 더 풍성하고 더 다채로운 제2의 자신이었다. 한계도 과거도 없고, 어떠한 죄의 그림자도 없는 완전한 현재이고 생명이었다. 그녀가 그에게 몸을 기댔다. 가득 차려진 식탁은 그들 앞에서 축제의 빛을 발하고 있었다. "건배의 말이 너무 거창하지 않았어요?" 그녀가 물었다. 그가 고개를 저었다. "너무 장황하게 말한 느낌은 있어. 하지만 근본적으로는 같아. 우리가 여기 살아 있음을 기뻐하는 거지."

엘리자베스가 잔을 비웠다. "우리가 자유롭기만 하다면 생을 어떻게 살아야 할지 답이 이미 주어져 있다는 생각이 종종 들어요."

"우리의 이 순간이 바로 그 답이야." 그래버가 말했다.

창문은 열려 있었다. 대각선으로 맞은편에 있는 집이 어젯밤 직격탄을 맞았고, 그 바람에 엘리자베스가 사는 방의 유리창도 산산조각이 났다. 그래서 그녀는 등화관제용 검은 종이로 창문을 가리고 그 위에 얇은 밝은색 커튼을 쳐 놓았던 것이다. 바람에 커튼이 살랑살랑 흔들렸고, 그 때문에 방 안은 무덤처럼 보이지는 않았다.

방에는 불이 없었다. 그래서 창문을 열린 상태 그대로 둘 수 있었다. 이따금 거리를 지나가는 발소리가 들렸다. 어디선가 라디오 소리가 들렸고, 문이 쾅 닫혔다. 누군가가 기침을 했다. 창의 블라인드가 내려졌다. "도시가 잠들었어요. 나는 몹시 취했고요." 엘리자베스가 말했다.

그들은 침대에 나란히 누웠다. 탁자에는 남은 음식, 그리고 보드카와 코냑과 샴페인을 제외한 병들이 놓여 있었다. 그들은 아무것도 치우지 않고 다시 배가 고파질 때까지 기다렸다. 보드카는 다 비웠고, 코냑은 침대 옆 바닥에 세워 놓았다. 침대 뒤쪽 세면기에는 물이 찰랑거렸다. 샴페인 병은 그 안에 차갑게 보관되어 있었다.

그래버는 침대 옆의 작은 탁자에 잔을 내려놓았다. 그는 어둠 속에 누워 있었다. 전쟁이 시작되기 전의 도시에 있는 듯했다. 샘물이 졸졸거리며 솟아나고, 보리수나무에는 꿀벌들이 윙윙거리며, 창문들은 닫혀 있었다. 어디선가 누군가가 잠자러 가기 전에 바이올린을 켰다. "곧 달이 뜰 거예요." 엘리자베스가 말했다.

곧 달이 뜰 거라고 그도 생각했다. 달, 부드러움, 그리고 생물이 느낄 수 있는 단순한 행복. 그것들은 이미 그곳에 있었다. 그것들은 졸리는 듯 느릿느릿 순환하는 그의 피 속에, 고요한 무소망(無所望) 상태의 머릿속에 있었고, 그의 내부에서 불어오는 피곤한 바람과도 같은 느린 호흡 속에 있었다. 폴만과의 대화가 떠올랐다. 아득한 옛일처럼 느껴졌다. 뼈에 사무치도록 절망한 후 얼마 있지도 않아 이토록 강렬한 느낌에 빠져들 수 있다는 것이 이상했다. 하지만 그것은 별달리 이상한 일도 아니었다. 어떻게 보면 당연한 일이었다. 인간이란 의문에 잠겨 있는 동안에는 다른 것에 주목할 수 없는 그런 존재이기 때문이다. 인간은 더 이상 기대할 것이 없어졌을 때에야 비로소 공포에서 벗어나 모든 것을 향해 새롭게 눈을 뜨는 것이다.

한 줄기 빛이 창가를 스치고 지나갔다. 그 빛은 사라졌다가 깜박거리다가 다시 들어왔다. "벌써 달이 떠올랐을까?" 그래버가 물었다.

"그럴 리는 없어요. 달빛은 저렇게 하얗지 않아요."

사람들의 목소리가 들렸다. 엘리자베스가 자리에서 일어나 슬리퍼를 신었다. 그리고 창가로 가서 살며시 밖을 내다보았다. 그녀는 가운이나 잠옷을 걸칠 생각을 하지 않았다. 그녀는 아름다웠고 그 점을 스스로 확신했으며 그래서 조금도 부끄러워하지 않았다. "방공단의 작업 인부들이에요. 탐조등과 삽과 곡괭이를 들고 맞은편 집에 모여 있어요. 지하실에 아직도 사람들이 묻혀 있을까요?" 그녀가 말했다.

"그 사람들이 낮에도 땅을 팠어?"

"모르겠어요. 나는 여기 없었으니까."

"아마도 전깃줄을 수리하는 중인지도 몰라."

"그래요, 아마도."

엘리자베스가 침대로 돌아왔다. "나는 때때로 공습을 받고 나서 이곳으로 돌아왔을 때 차라리 집이 불타 버렸으면 하고 바라기도 했어요. 집도 가구도 옷도 그리고 기억까지도. 모든 것이. 이해하겠죠?"

"그럼."

"물론 아버지에 대한 기억까지 없어지길 바라는 건 아니에요. 다른 것들, 공포라든가 절망이라든가 증오 같은 기억 말이에요. 집이 타 버리면 모든 게 사라져 버릴 거라고 생각했어요. 그러면 다시 시작할 수 있을 거라고."

그래버는 그녀를 묵묵히 바라보았다. 밖에서 비쳐 들어온 창백한 빛이 그녀의 어깨 위에 떨어졌다. 곡괭이로 내려찍는 둔탁한 소리와 삽질하는 소리가 들려왔다. "세면대에 있는 술 좀 가져와." 그가 말했다.

"게르마니아에서 가져온 것?"

"그래. 폭발해 버리기 전에 마셔야 해. 그 대신 빈딩이 준 술병을 찬물에 담그고. 다음 공습이 언제 있을지 모르고, 탄산가스가 가득 찬 그런 병은 공기 압력만으로도 쉽게 폭발하니까 말이야. 그런 술병들은 집 안에서는 수류탄만큼이나 위험해. 잔은?"

"물컵밖에."

"샴페인은 물컵이 어울려. 파리에서 그런 식으로 마셨지."

"파리에도 갔나요?"

"그래. 전쟁 초기에."

엘리자베스는 컵을 들고 와 그의 곁에 쪼그리고 앉았다. 그는 병마개를 조심스럽게 뽑았다. 샴페인이 컵 안으로 쏟아져 들어왔고 거품이 일었다. "파리엔 얼마나 있었어요?"

"몇 주 정도."

"프랑스인들은 당신들을 아주 증오했을 테죠?"

"잘 몰라. 아마도 그랬을 테지. 난 그런 건 신경 쓰지 않았고 알고 싶지도 않았어. 다만 사람들이 우리에게 알려 준 사실들만 믿었어. 전쟁이 빨리 끝나고 거리의 카페에 앉아 햇빛 아래 처음 보는 포도주를 마시기만을 바라고 있었어. 그때 우리들은 아주 젊었으니까.”

“젊었을 때라. 마치 오래전 얘기를 하는 것 같네요?”

“그렇게 느껴지는걸.”

“그렇다면 지금 당신은 젊지 않다는 거예요?”

“아직 젊지. 하지만 그때와는 달라.”

엘리자베스가 창가에서 번쩍 비쳐 들어오는 카바이드 불빛을 배경 삼아 잔을 들어 올렸다. 그녀는 잔을 가볍게 흔들고 거품이 이는 것을 지켜보았다. 그래버는 그녀의 어깨와 물결치는 머리카락과 잔등, 그리고 길고 부드러운 그림자로 이어진 척추의 선을 바라보았다. 이 여자는 무언가를 새롭게 시작하기 위해 이리저리 따지지 않는 그런 사람이라는 생각이 들었다. 그녀는 옷을 벗고 있는 동안에는 이 방과도 자신의 직업과도 리저 부인과도 아무 상관이 없었다. 다만 창밖의 번쩍거리는 불빛과 불안한 밤, 피가 끓어오르는 맹목적인 흥분, 이어서 찾아오는 기이한 소외감, 생명, 그리고 사람들이 지금 발굴하고 있는 죽은 자들의 세계에 속해 있었다. 그녀는 우연이나 공허함 그리고 무의미한 상실의 세계에 속하지 않았다. 결코 그렇지 않았다! 그렇다. 그녀는 가면을 벗어던져 버린 것 같았다. 갑자기 별다른 생각도 없이, 어제까지만 해도 몰랐던 법칙들을 따르는 것 같았다.

“당신과 함께 파리에 있다면 얼마나 좋을까요. 전쟁이 아니라면 지금이라도 차를 타고 갈 수 있을 테죠. 그러면 파리 사람들이 우리를 맞아 줄까요?” 그녀가 말했다.

“아마도 그럴 거야. 우린 파리에서는 아무것도 파괴하지 않았어.”

"그럼 프랑스 다른 지역에서는요?"

"다른 나라에서처럼 그렇게 많이 파괴하지는 않았어. 금방 끝나 버렸으니까."

"그렇지만 오랜 세월 동안 증오받을 만큼 파괴했는지도 모르죠."

"그래, 아마도. 전쟁이 오래 지속되면 사람들은 여러 가지를 잊게 돼. 그러니까 프랑스인들이 우리를 증오할 수도 있어."

"아무것도 파괴되지 않은 다른 나라로 가고 싶어요."

"그런 나라는 거의 없어." 그래버가 말했다. "마실 거 더 없어?"

"아직도 많아요. 그리고 또 어디에 가 봤나요?"

"아프리카에."

"아프리카에도? 많은 걸 보았겠네요."

엘리자베스가 바닥에서 술병을 들어 올려 두 컵에 술을 가득 부었다.

그래버는 그녀를 물끄러미 바라보았다. 모든 것이 현실이 아닌 것 같았다. 그들이 취했기 때문은 아니었다. 두 사람의 대화는 어스름 속에서 이리저리 이어졌지만 아무 의미도 없었다. 그리고 의미가 있는 것은 모두 말을 벗어나 있어서 그것에 대해 말할 수도 없었다. 그는 이름 없는 강 속에서 떠오르고 가라앉고를 반복하는 것 같았고, 말은 강 위를 이리저리 흔들리며 나아가는 돛 같았다.

"또 다른 나라에도 갔나요?" 엘리자베스가 물었다.

그래버는 돛을 떠올렸다. 어디서 돛을 보았던가? 강물 위에서? "네덜란드에도 갔어." 그가 말했다. "전쟁이 막 시작될 무렵이었어. 운하 위로 배가 다녔는데, 운하가 아주 얕고 평평해서 마치 땅 위로 다니는 것 같았지. 배들은 커다란 돛을 달고 소리도 내지 않아서 황혼 무렵에 미끄러지듯 나아가는 모습이 성발 기이했어. 마치 흰색 푸른색 붉은색을 띤 거대한 나비들 같았지."

"네덜란드로 가요. 우리 전쟁이 끝나면 그곳으로 가요. 코코아를 마시고 흰 빵도 먹고 네덜란드 치즈도 종류별로 먹고 밤에는 돛단배도 구경해요."

그래버가 그녀를 물끄러미 보았다. 먹는 것, 전쟁 중에 행복에 대한 상념은 언제나 먹는 것과 연결되어 있었다는 생각이 들었다.

"이제 네덜란드론 갈 수 없나요?"

"아마도 갈 수 없을 거야. 우리는 네덜란드를 공격하고 아무 경고도 없이 로테르담을 파괴했으니까. 나는 그 폐허를 봤어. 건물이란 건물은 모조리 파괴되었지. 3만 명이나 죽었고. 그러니 네덜란드는 우리를 받아 주지 않을 거야, 엘리자베스."

그녀는 잠시 침묵을 지키더니 갑자기 잔을 바닥에 내팽개쳤다. 잔은 쨍그랑 소리를 내며 박살났다. "우린 아무 데도 갈 수 없군요! 우리 무슨 꿈을 꾸는 거예요! 어디에도 갈 수 없는데! 우리는 감금되고 차단되고 저주받았어요!" 그녀가 소리를 질렀다.

그래버가 몸을 일으켰다. 그녀의 눈동자는 바깥에서 깜박이며 비쳐 들어오는 카바이드 불빛을 받아 투명한 잿빛 유리처럼 빛났다. 그는 그녀의 어깨 너머로 몸을 굽히고 바닥을 살펴보았다. 모서리가 하얗게 된 유리 조각들이 검게 가물거렸다.

"불을 켜고 유리 조각을 모아야 돼. 안 그러면 유리를 밟게 돼. 기다려, 우선 창문을 닫을 테니까." 그가 말했다.

그는 침대 위로 기어 올라갔고, 엘리자베스는 전등을 켜고 가운으로 몸을 가렸다. 전등불이 그녀를 부끄럽게 만들었던 것이다. "보지 말아요. 왜 그랬는지 모르겠어요. 이런 적이 없는데." 그녀가 말했다.

"넌 그럴 자격이 있어. 네 말이 옳아. 너는 이런 곳에 있을 사람이 아냐. 그러니 별 신경 쓰지 말고 무엇이든 한 번 더 던져서 부숴 버려."

"내가 어디에 어울리는지 알고 싶어요."

그래버가 웃었다. "그건 나도 몰라. 서커스단이나 아니면 바로크식 저택, 또는 강철로 만든 가구에 둘러싸여 있거나 혹은 천막 안이 어울릴지도 모르지. 어쨌거나 이런 하얀 소녀의 방은 아니야. 처음에 보았을 때 어쩔 줄 모르는 너를 정말로 보호해 주고 싶었어!"

"내가 원하는 건 바로 그거예요."

"우리 모두 그래. 우린 보호도 도움도 없이 살고 있어."

그는 신문을 집어 들어 한 장은 바닥에 펼쳐 놓고 다른 한 장으로 유리 조각을 쓸어 모았다. 신문의 표제가 눈에 띄었다. 전선이 다시 좁혀지다. 오렐 지역의 격전. 그는 신문으로 유리 조각을 덮고 한 덩이로 뭉쳐 휴지통에 버렸다. 방의 따뜻한 불빛이 갑자기 곱으로 따뜻해지는 것 같았다. 밖에서는 작업 인부들의 망치질 소리와 구멍 뚫는 소리가 들려왔다. 탁자 위에는 빈딩에게 받은 선물이 놓여 있었다. 때로는 사람들이 동시에 여러 일을 생각해야 한다는 생각이 들었다.

"탁자를 얼른 정리해야겠어요. 갑자기 보고 싶지가 않아요." 엘리자베스가 말했다.

"어디로 치우지?"

"부엌에. 내일 밤까지는 나머지를 숨겨야 해요."

"내일 밤에는 그렇게 많이 남아 있지 않을 거야. 그런데 리저 부인이 더 빨리 돌아오면 어떻게 하지?"

"더 빨리 올 테면 오라지요."

그래버가 깜짝 놀라 그녀를 쳐다보았다. "나도 내가 날마다 달라지는 모습에 놀라고 있어요." 그녀가 말했다.

"날마다가 아니라 매 시간마다야."

"당신은?"

"나도 마찬가지야."

"그게 좋은 현상일까요?"

"그래. 좋지 않더라도 이젠 상관없어."

"무슨 일이 일어나도 괜찮다는 거예요, 그런가요?"

"그래."

엘리자베스가 불을 껐다. "우리 이제 무덤을 다시 열기로 해요."

그래버가 창문을 열자 곧 바람이 불어 들어왔다. 커튼이 나부꼈다. "달이 떴어요." 엘리자베스가 말했다.

연기 사이로 둥그런 붉은 달이 건너편의 부서진 지붕 위로 떠올랐다. 달은 벌겋게 달아오른 두개골로 거리를 덮치는 괴물 같았다. 그래버는 물컵을 두 개 가져와 코냑을 절반쯤 따르고 컵 하나를 엘리자베스에게 건네주었다. "우리 이번에는 이걸 마시기로 하자. 어두운 곳에서는 포도주가 어울리지 않아." 그가 말했다.

달은 더 높이 떠오르자 더 환해지고 더 금빛으로 물들었다. 그들은 한참 동안 말없이 누워 있었다. 엘리자베스가 고개를 돌렸다. "우린 지금 행복한 걸까요, 불행한 걸까요?" 그녀가 물었다.

그래버는 곰곰이 생각했다. "둘 다야. 그럴 수밖에 없어. 이 시대에 행복만을 누리는 건 암소들뿐이야. 아니, 암소들도 더 이상 행복하지 않을지도 몰라. 아마도 돌멩이라면 행복할 테지."

엘리자베스가 그래버를 물끄러미 쳐다보았다. "아무려면 어때요, 안 그래요?"

"그래."

"그 무엇이 중요한 거예요."

"맞아." 그래버는 방 안을 천천히 채우는 싸늘한 금빛을 바라보았다. "우리는 죽지 않았어." 그가 말했다. "아직 죽지 않았어."

16

일요일 아침, 그래버는 하켄 가를 찾았다. 폐허의 모습이 약간 달라져 있었다. 욕조는 사라지고 남아 있던 층계도 없어졌다. 담장을 돌아 안마당으로 통하는 좁은 길이 삽으로 퍼내어 만들어졌고 안마당에서부터 옆쪽으로 건물의 나머지 부분과 연결되었다. 작업 인부들이 정리를 시작한 듯했다.

그는 몸을 웅츠리고 삽으로 퍼내 만든 출입구를 통과하여 절반쯤 묻혀 있는 방으로 갔다. 원래는 이 집의 세탁실이 있던 자리였다. 거기서부터 낮고 어두운 복도가 이어졌다. 그는 성냥불을 켜서 안쪽을 비추어 보았다.

"거기서 뭐 하는 거야? 빨리 나오지 못해!" 누군가가 뒤쪽에서 소리를 질렀다.

그는 뒤를 돌아보았다. 하지만 어둠 속에서 아무도 보이지 않았다. 그래서 그냥 밖으로 나왔더니 양 겨드랑이에 지팡이를 짚은 사내가 서 있었다. 사내는 사복 차림에다 그 위에 군용 외투를 걸치고 있었다. "당신 여기서 무얼 하는 거야?" 그가 호통을 쳤다.

"난 여기 살고 있소. 그런데 당신은?"

"내가 여기 살고 있어. 다른 사람이 아니라. 알겠나? 넌 아니야! 여기서 뭘 하려고 서성거리고 있는 거야? 훔치려고?"

"이 사람아, 그렇게 흥분하지 말게." 그래버는 그렇게 말하면서 지팡이와 군용 외투를 노려보았다. "내 부모님도 여기 사셨고, 나도 러시아로 가기 전까지는 여기 살았어. 이제 알겠나?"

"누구라도 그렇게 주장할 수는 있지." 그래버는 불구자의 지팡이를 잡고 조심스럽게 옆으로 밀치고는 통로를 빠져 나왔다.

밖으로 나오자 한 여자가 어린애를 데리고 다가왔다. 그 뒤로 또 다른 사내가 곡괭이를 들고 따라왔다. 여자는 집 뒤에 세워져 있던 창고에서 나왔다. 처음의 사내는 반대편에서 다가왔다. 그들은 그래버를 에워쌌다. "무슨 일인가?" 곡괭이를 든 사내가 불구자에게 물었다.

"내가 저놈을 여기서 붙들었어. 이 근처를 서성이는 게 수상해서. 자기 부모가 여기에 살았다나."

곡괭이를 든 사내가 음침하게 웃었다. "그래, 할 말 있나?"

"없어. 전혀 없어." 그래버가 말했다.

"별로 할 말이 안 떠오르는 거지, 안 그래?" 사내가 곡괭이를 손에 잡고 흔들며 높이 치켜들었다. "꺼져! 셋을 세는 동안. 그렇지 않으면 골통을 빠개 버릴 거야. 하나."

그래버는 옆쪽으로 덤벼들며 그에게 일격을 가했다. 사내가 쓰러졌고, 그래버는 그의 손에서 곡괭이를 빼앗았다. "그래, 이게 낫군. 자, 원한다면 경찰을 부르시지! 하지만 원하지 않을 테지, 안 그래?" 그가 말했다.

곡괭이를 들고 있었던 사내가 천천히 일어났다. 코피가 흐르고 있었다. "그만두는 게 나을걸. 난 군대에서 격투 훈련을 배운 몸이야. 너희들이나 여기서 무얼 하고 있는지 말해." 그래버가 말했다.

여자가 앞으로 나섰다. "우리는 여기 살고 있어요. 그게 범죄인가요?"

"아니야. 난 부모님이 여기 살았기 때문에 찾아온 거야. 그게 범죄라도 된단 말인가?"

"그게 사실인가?" 불구자가 물었다.

"물론이지! 도대체 여기에 뭐 훔칠 만한 거라도 있단 말인가?"

"빈털터리한테는 얼마든지 있어요." 여자가 말했다.

"나한텐 아니오. 난 휴가를 나왔기 때문에 다시 돌아가야 해. 혹시 문 앞에 꽂아 놓은 종이쪽지를 보았소? 부모님을 찾는다는 쪽지 말이오? 내가 쓴 거란 말이오."

"당신이 쓴 건가?" 불구자가 물었다.

"그렇소."

"우린 사정이 다르오. 이해하실 거요, 군인 아저씨. 우리가 사람을 믿지 못하는 걸. 우린 폭격을 당했고 그래서 여기서 지내고 있는 거요. 어디서건 잠은 자야 하니까."

"그럼, 여기를 당신들이 모두 정리한 거요?"

"부분만. 다른 사람들이 도와주었소."

"누가?"

"연장을 가진 친구들이오."

"죽은 사람들을 보았소?"

"아니요."

"정말 못 보았소?"

"정말이오. 우린 못 보았소. 이전에는 있었는지 모르지만 우린 시체는 한 구도 발견하지 못했소."

"내가 알고 싶었던 건 바로 그거였소." 그래버가 말했다.

"그렇다면 다른 사람의 얼굴을 때릴 필요까지는 없지 않았나요?" 여자가 대꾸를 했다.

"이 사람이 당신의 남편이오?"

"그건 당신과 상관없는 일이오. 남편이 아니라 오빠예요. 코피를 흘리고 있어요."

"코피 정도야."

"이에서도 피가 나요."

그래버가 곡괭이를 들었다. "이건 뭐요? 이걸로 뭘 하려고 했소?"

"당신을 치지는 않았을 거예요."

"이봐요, 부인. 난 공격받을 때까지 마냥 기다리라고 배우지는 않았소."

그는 곡괭이를 빙빙 돌려 폐허 더미 속으로 던져 버렸다. 모두가 곡괭이를 쳐다보았다. 아이가 막 곡괭이 쪽으로 기어 올라가려고 하자 여자가 얼른 아이를 붙들었다. 그래버는 주위를 둘러보았다. 욕조가 보였는데, 가건물 옆에 놓여 있었다. 층계는 아마 장작으로 사용되었을 것이다. 열려진 통조림들, 다리미, 찌그러진 식기, 누더기 천, 상자와 가구 조각들이 한 무더기를 이루고 있었다. 이 가족이 이곳으로 이사를 와서 가건물을 세우고, 폐허 더미에서 긁어모을 수 있는 건 모두 하느님의 양식으로 간주하고 있음이 틀림없었다. 누구도 이의를 제기할 형편은 아니었다. 삶은 그럭저럭 유지되고 있었다. 아이는 건강해 보였다. 죽음은 극복되었다. 폐허는 어느새 숙소로 변해 있었던 것이다. 누구도 거기에 이의를 제기할 수는 없었다.

"정말이지 빨리도 해치웠어." 그가 말했다.

"머리 위에 지붕이 없을 때는 동작이 빨라야 해." 불구자가 대꾸했다.

그래버는 돌아가려고 몸을 돌렸다. "혹시 여기서 고양이를 못 보았소? 흑백 반점이 있는 자그마한 고양이인데." 그가 물었다.

"우리 로자인데요." 아이가 말했다.

"아뇨! 고양이 같은 건 보지도 못했어요." 여자가 무뚝뚝하게 대답했다.

그래버는 뒤를 돌아 기어 올라갔다. 가건물 안에는 다른 사람들도 살고 있는 게 분명했다. 그렇지 않다면 그처럼 짧은 시간에 그 많은 일을 해치울 수는 없었다. 아마 특별 기동대도 일을 도왔을 것이다. 그리고 이제 밤 동안에는 집단 수용소의 죄수들도 정리 작업을 위해 이따금 시내로 파견되고 있었다.

그는 되돌아갔다. 갑자기 자신이 더 초라해졌다는 느낌이 들었다. 왜 그런지는 알 수 없었다.

그래버는 조금도 손상을 입지 않은 거리로 나왔다. 상점의 대형 쇼윈도에 걸린 유리조차 멀쩡했다. 그는 아무 생각도 없이 무작정 걸었다. 그러다가 깜짝 놀라 걸음을 멈추었다. 누군가가 자기를 향해서 걸어오고 있다고 생각했는데, 알고 보니 기성복 가게의 비스듬한 측면 거울 속에서 다가오는 자신의 모습이었다. 기이한 순간이었다. 마치 제2의 자신을 보는 것 같았다. 아니 더 이상 자신이 아니라 한 발자국만 앞으로 더 나아가면 금세 사라져 버릴 것 같은 기억 속의 존재를 보는 것 같았다. 그는 그 자리에 멈추어 서서 누르스름한 거울 속의 창백한 모습을 들여다보았다. 움푹 팬 두 눈과 눈알을 덮고 있는 검은 그림자만 보였다. 마치 죽은 사람의 머리 같았다. 갑자기 싸늘하고 기이한 공포가 스며들었다. 그것은 격앙도 흥분도 아니었고 도피와 방어와 경계를 위한 인간 존재의 다급한 비명도 아니었다. 그것은 조용하게 작용하며 인간 영역에 속한다고 보기 어려운 싸늘한 공포였다. 그것은 눈에 보이지 않고 붙들 수도 없어서 공격의 대상이 될 수 없었다. 그 공포는 무시무시한 펌프가 소리도 없이 핏줄로부터 혈액을 빨아들이고 뼈로부터 삶을 흡입해 버리는 그 어떠한 진공에서 유래하는 것 같았다. 그는 여전히 거울 속의 자기 모습을 바라보았다. 하지만 그 모습은 즉시 흐릿해지고 물결처럼 퍼져 나갔다. 마치 테두리가 해체되고 흩어지고, 침묵 속에 작동하는 펌프에 의해 빨아들여지는 것 같았다. 잠시 동안 에른스트 그래버라고 불리었던 우연한 형태와 유한자(有限者)에서 벗어나, 죽음일 뿐만 아니라 훨씬 더 경악스러운 것, 소멸과 해체, 자아의 종말, 의미 없는 원자들의 소용돌이, 무의 상태인 무한자로 돌아가는 것 같았다.

그는 잠시 그 자리에 서 있었다. 도대체 무엇이 남았는가? 그는 경악하며 자신에게 물었다. 내가 이 세상에 없다면 도대체 무엇이 남는 것인가? 몇 사람들의 머릿속에 남아 있는 희미해져 가는 기억 이외에는 아무것도 없다. 아직 살아 계실지도 모르는 부모님, 동지들 몇 명, 그리고 아마도 엘리자베스의 머릿속에 남을 기억 이외에는 아무것도 없다. 그리고 그것조차도 얼마나 오래 남을 것인가? 그는 거울 속을 들여다보았다. 그는 이미 종이 한 장처럼 얇아지고 그림자처럼 가벼워진 느낌이었다. 훅 불기라도 하면 날려가 버리고, 펌프에 의해 빨아들여진 텅 빈 껍질 같았다. 도대체 무엇이 남았는가? 어디에 정주할 수 있을 것인가, 어디에 닻을 던질 것인가, 어디에서 멈출 것인가, 완전히 내쫓기지 않도록 그를 지탱해 줄 그 무엇을 어디에 남겨야 한단 말인가?

"에른스트." 누군가가 뒤에서 그를 불렀다.

그는 재빨리 뒤를 돌아보았다. 목발을 하고 한쪽 발로 서 있는 사내였다. 그 순간 그래버는 하켄 가에서 만난 불구자라고 생각했으나, 자세히 보니 동급생 무치히였다.

"카를! 너로군? 네가 여기 있으리라고는 생각도 못했어." 그래버가 말했다.

"정말 오래됐어. 거의 반년 만이야."

그들은 서로의 모습을 살폈다. "이런 꼴이 되리라고는 생각도 못했지, 안 그래?" 무치히가 말했다.

"무슨 말인가?"

무치히가 목발을 들어 올렸다가 다시 내려놓았다. "이것 말이야."

"하지만 넌 그래도 지옥에서 빠져 나온 셈이야. 난 다시 돌아가야 해."

"보는 사람에 따라 달라. 전쟁이 몇 년 더 계속된다면 내가 운이 좋은 거지. 그러나 전쟁이 육 주 만에 끝나 버리면 엉망이 되는 거야."

"어떻게 육 주 만에 끝날 수 있다는 거야?"

"나도 잘 몰라. 다만……."

"물론 그럴 수도 있을 테지."

"그런데 자넨 왜 한 번도 우리한테 들리지 않나?" 무치히가 말했다. "베르크만도 여기 와 있어. 팔꿈치 아래로 두 팔을 잃었지."

"지금 어디들 있나?"

"시립 병원. 절단 환자들 병실에 있어. 왼쪽 병동은 통째로 우리가 점령했지. 한번 오라고."

"알았어. 찾아갈게."

"정말이지? 모두들 말은 그렇게 하지만 얼굴은 한 녀석도 안 내밀어."

"난 진심이야."

"좋아. 재미있을 거야. 유쾌한 녀석들이거든. 적어도 우리 방에 있는 녀석들은 말이야."

그들은 서로의 얼굴을 다시 살폈다. 그들 친구들은 벌써 삼 년이나 만나지 못했던 것이다. 그러나 그들은 할 수 있는 말은 이미 다 한 셈이었다.

"그럼, 잘 가, 에른스트."

"너도, 카를."

그들은 서로 악수를 했다. "그런데 지베르트가 죽은 거 알아?" 무치히가 물었다.

"아니."

"육 주 전이었지. 그럼 라이너가 죽은 것도?"

"라이너? 난 그것도 정말 몰랐는데."

"라이너와 링겐. 그들은 같은 날 아침에 죽었어. 브뤼닝은 미쳐 버렸고. 홀만도 당했다는 소식은 못 들었나?"

"몰랐어."

"베르크만이 그 소식을 들은 모양이야. 그럼 잘 지내게, 에른스트! 그리고 우릴 찾아오는 거 잊지 말고."

무치히는 다리를 절뚝거리면서 걸어갔다. 죽은 사람들에 대해서 이야기를 하니 그래도 위안이 된다고 그래버는 생각했다. 자신의 불행이 좀 가벼워지는 것 같았다. 그래버는 그의 뒷모습을 지켜보았다. 한쪽 다리가 무릎 위에서 절단되어 있었다. 이전에 무치히는 동급생 중에서 최고의 달리기 선수였다. 그래버는 그를 동정해야 할지, 부러워해야 할지 알 수 없었다. 무치히의 말은 옳았다. 모든 건 앞으로 전황이 어떻게 되느냐에 달려 있었다.

그래버가 문간에 들어섰을 때 엘리자베스는 흰 목욕 수건을 걸치고 침대에 앉아 있었다. 수건을 터번처럼 머리에 감고 있는 그녀의 모습은 아름답고 조용했으며 홀로 당당한 모습이었다. 창문을 통해 들어왔다가 다시 날아가기 위해 편히 쉬고 있는 한 마리의 명민하고 커다란 새 같았다. "따뜻한 물 일주일 분을 다 써 버렸어요. 상당히 사치를 한 거죠. 리저 부인이 버럭버럭 고함을 지를 거예요." 그녀가 말했다.

"소리 지르도록 내버려 둬. 그러지 않고는 못 배길 테니. 사실 참다운 국가 사회주의자들에게는 목욕물이 별로 필요하지 않아. 그들에게 청결이란 유대인의 악덕이니까."

그래버는 창가로 가서 밖을 내다보았다. 하늘은 잿빛이고 거리는 조용했다. 마주 보이는 창가에서 멜빵바지를 입은 털투성이 남자가 하품을 했다. 또 다른 창에서는 피아노 소리가 들려왔고, 한 여성이 찢어질 듯한 목소리로 발성 연습을 하고 있었다. 그래버는 파헤쳐진 지하실 입구를 뚫어져라 바라보면서 거울 가게 거리에서 느꼈던 정말로 싸늘했던 공포에 대해 생각했다. 다시 오싹한 기분이 들었다. 도대체 무엇이 남았는가? 무엇인가가 남아야 한다고 그는 생각했다. 사라져 버리지 않고 다시 돌아오기 위해서는 나를 지탱해주는 닻이 있어야 한다.

하지만 무엇이 남았는가? 엘리자베스? 그녀는 내게 속하는가? 그녀를 만난 건 아주 짧은 시간 동안이고, 나는 다시 몇 년간 일선으로 돌아간다. 그러면 그녀가 나를 잊지 않겠는가? 어떻게 그녀를 지키고, 나를 그녀의 마음속에 남길 수 있을까?

그가 창가에서 몸을 돌렸다. "엘리자베스, 우린 결혼해야 해." 그가 말했다.

"결혼이라고? 왜죠?" 그녀가 웃었다.

"너무 허무하기 때문이야. 우린 서로 안 지도 며칠 안 되었고, 며칠 후면 난 다시 전선으로 돌아가야 해. 우린 서로를 원하는지도 잘 모르고, 또 이렇게 짧은 시간 동안에는 그걸 알 수도 없기 때문이야. 그러니까 결혼해야 해."

그녀가 그를 물끄러미 쳐다보았다. "우리가 고독하고 절망적인 상태이고 아무것도 기대할 수 없기 때문에 그런가요?"

"아냐."

그녀는 침묵했다.

"그 때문만은 아냐." 그가 말했다.

"그럼?"

그가 그녀를 쳐다보았다. 그녀는 숨을 쉬고 있었다. 갑자기 그녀가 낯설게 느껴졌다. 그녀의 가슴은 부풀어 올랐다 다시 가라앉았다. 그녀의 팔도 그녀의 손도 그의 것과 달랐다. 그녀의 생각과 생활도 그의 것과 달랐다. 그녀는 나를 이해하지 못할 것이다. 나 자신도 왜 갑자기 결혼하려는지 모르는데 그녀가 어떻게 알 수 있을까?

"결혼하게 된다면 넌 리저 부인을 더 이상 두려워할 필요가 없어. 군인의 아내로서 보호를 받으니까." 그가 말했다.

"그래요?"

"물론. 조금 도움은 될 거야." 그녀의 눈길에 그래버는 당황했다.

"그런 건 이유가 될 수 없어요. 리저 부인 따윈 조금도 문제가 안 돼요. 결혼이라고! 그럴 시간도 없어요."

"시간이 왜 없어?"

"서류와 허가증과 아리아인의 혈통 증명서, 건강 진단서 등이 필요해요. 그러면 몇 주일이나 걸려요."

몇 주일. 그녀가 아주 쉽게 그 말을 입에 올린다고 그래버는 생각했다. 그때 나는 어디에 있을까? "군인의 경우는 달라. 전시의 결혼 절차는 빨라. 며칠 만에 가능해. 병영에서 그런 얘기를 들었어." 그가 말했다.

"그럼 거기서 그런 생각을 하게 됐나요?"

"아니야. 오늘 아침에야 그런 생각이 들었어. 하지만 병영에선 이런 이야기를 종종 하지. 휴가 나온 병사들이 결혼을 많이 하거든. 왜 안 하겠어? 일선 병사가 결혼을 하면 그 아내는 매달 연금을 받을 권리를 얻게 돼. 200마르크야. 그걸 왜 국가에 기부하겠어? 자기 목을 내놓아야 하는 마당에, 왜 최소한의 자기 권리를 챙기지 않겠다는 거야? 네가 그 돈을 사용해야 해. 안 그러면 국가가 가지거든. 그렇지 않아?"

"그런 관점에서 본다면 맞아요."

"내 생각이 바로 그거야." 그래버가 안심하며 말했다. "그리고 결혼 자금도 대여받을 수 있어. 1000마르크는 될 거야. 그러니 결혼하면 넌 외투 공장에 나가지 않아도 되는 거야."

"아네요. 그건 또 다른 얘기죠. 어떻게 하루 종일 집에서만 지낼 수 있어요? 혼자서."

"그렇군."

그 순간 그래버는 어쩔 수 없는 무력감에 빠졌다. 도대체 그들은 우리를 어떻게 할 것인가? 우리는 젊고 더불어 행복하게 살 권리가 있다. 우리 부모들이 일으킨 전쟁과 우리가 무슨 상관이란 말인가? "우린 곧 헤어져야 해. 결혼하면 떨어져 있어도 덜 외로울 거야." 그가 말했다.

엘리사베스가 고개를 저었다.

"나하고 결혼하고 싶지 않은 거야?" 그가 물었다.

"결혼해도 고독은 줄어들지 않아요. 오히려 더 고독해질 거예요." 그녀가 말했다.

그래버의 귀에 갑자기 건너편 집 가수의 목소리가 다시 들려왔다. 그녀는 이제 발성 연습을 멈추고 고음의 노래를 불렀는데, 메아리만 들려오는 비명 소리 같았다. "원한다면 나중에 취소할 수도 있어. 이혼할 수도 있는 거지." 그가 말했다.
"그렇다면 왜 결혼하는 거예요?"
"그럼 뭐 때문에 국가에다 헌납하는 거야?"
엘리자베스가 자리에서 일어났다. "당신 어제와는 다르군요." 그녀가 말했다.
"어떻게 다르다는 거지?"
그녀가 슬쩍 미소를 지었다. "이제 그 이야긴 그만하기로 해요. 우린 함께 있잖아요. 그걸로 충분해요."
"결혼하고 싶지 않은 거로군?"
"그래요."
그가 그녀를 물끄러미 쳐다보았다. 그녀 속의 무언가가 닫혀 있었고 그로부터 멀어져 있었다. "젠장, 난 전부 좋은 뜻으로 얘기한 건데."
엘리자베스가 다시 미소를 지었다. "바로 그 점이에요. 너무 호의를 베풀어도 안 되는 거예요. 아직 술이 남았나요?"
"매실주가 있어."
"폴란드산 말이죠?"
"그래."
"전리품이 아닌 건 없나요?"
"캐러웨이 화주가 한 병 있어. 독일산이지."
"그럼, 그걸로 한 잔 줘요."
그래버는 병을 가지러 부엌으로 갔다. 자신에게 화가 났다. 묵은 음식 냄새가 나는 어두한 공간에서 접시와 빈딩의 선물 앞에 잠시 서 있었다. 허전하고 허탈한 느낌이었다. 그는 다시 돌아갔다.

엘리자베스는 창가에 기대어 서 있었다. "온통 잿빛이에요. 비가 올 것 같아요. 아까워요!" 그녀가 말했다.

"아깝다고?"

"오늘은 우리의 첫 번째 일요일이고 외출할 수도 있었는데 말예요. 교외는 벌써 봄인걸요."

"나가고 싶어?"

"아니. 나는 리저 부인이 집에 없는 것만으로도 충분해요. 하지만 당신은 여기 앉아 지내는 게 따분하겠죠?"

"나도 상관없어. 난 자연 속에서 충분히 지냈기 때문에 당분간은 별로 나가고 싶지도 않아. 내가 꿈꾸는 자연은 포탄을 맞지 않고 제대로 된 가구들도 있는 따뜻한 방이야. 지금 우리는 거기에 있어. 내가 아무리 상상해도 모자랄 수밖에 없는 최고의 모험인 셈이지. 하지만 넌 방 안에 있는 게 신물이 날 수도 있겠지. 원한다면 극장에라도 갈까?"

엘리자베스가 고개를 가로저었다. "그럼 꼼짝 말고 여기 있기로 하지. 밖으로 나가면 하루가 쪼개어지고 그러면 여기 있는 것보다 시간이 더 빨리 지나갈 거야. 여기서는 시간이 더 길어질 거니까." 그래버는 엘리자베스에게로 다가가 그녀를 껴안았다. 테리 천으로 된 목욕 가운의 거친 질감이 느껴졌다. 그녀의 눈에 눈물이 가득 고여 있었다. "내가 방금 말도 안 되는 소리를 했나?" 그가 물었다.

"아니에요."

"내 말에 속이 상했던 거지. 안 그러면 왜 눈물을 흘리겠어?"

그가 그녀를 다시 꼭 껴안았다. 그녀의 어깨 위로 거리가 보였다. 멜빵바지를 입은 털투성이 남자는 보이지 않았다. 아이들 몇 명이 붕괴된 집의 지하실로 통하는 방공호 속에서 전쟁놀이를 하고 있었다. "우리 슬퍼하지 말자."

건너편 집의 여가수가 다시 노래를 시작하더니 그리그의 가곡을 목청껏 불렀다. "너를 사랑해! 너를 사랑해!" 여가수가 떨리고 찢어질 듯한 목소리로 노래를 불렀다. "그대를 사랑해, 세월이 가고 고난이 닥쳐도. 그대를 사랑해!"

"그래요. 우리 슬퍼하지 말아요." 엘리자베스가 말했다.

오후에 비가 내리기 시작했다. 일찌감치 어두워졌고 먹구름이 더욱더 짙어졌다. 그들은 불도 켜지 않고 침대에 누워 있었다. 창문은 열려 있었다. 비는 비스듬히 내렸다. 흔들거리는 축축한 종이 위로 추적추적 내렸다.

그래버는 단조롭게 들려오는 빗소리에 귀를 기울였다. 지금쯤 러시아에서는 모든 것을 흙탕물 속으로 몰아넣는 수렁의 계절이 시작되었을 거라고 생각했다. 내가 다시 돌아갈 쯤에도 수렁은 그대로일 거야. "이제 가야겠지? 리저 부인이 곧 올 것 같은데." 그가 물었다.

"올 테면 오라죠. 벌써 시간이 그렇게 됐나요?" 엘리자베스가 졸면서 중얼거렸다.

"잘 모르겠어. 하지만 비가 와서 그 여자가 더 빨리 돌아올 거야."

"비가 오니까 오히려 더 늦을 수도 있어요."

"그럴 수도 있겠지."

"어쩌면 내일 돌아올 수도." 엘리자베스가 그렇게 말하면서 그의 가슴에 얼굴을 묻었다.

“어쩌면 화물차에 치어 버릴 수도 있을 거야. 그것까지 바라는 건 너무하지만.”

“당신은 그렇게 박애주의자는 아니군요.” 엘리자베스가 중얼거렸다. 그래버는 창문으로 흘러내리는 잿빛 빗줄기를 물끄러미 쳐다보았다.

“우리가 결혼하게 된다면 나는 일선으로 돌아가지 않을 수도 있을 거야.” 그가 말했다.

엘리자베스는 아무 말도 하지 않았다.

“뭐 때문에 나와 결혼하려고 해요? 나를 잘 모르잖아요.” 그녀가 다시 중얼거렸다.

“널 안 지는 충분히 오래됐어.”

“오래라고요? 겨우 며칠인데.”

“며칠이 아니야. 일 년 이상이야. 그 정도면 긴 거지.”

“어째서 일 년 이상이라는 거죠? 어린 시절을 포함하는 건 의미가 없어요. 너무 오래전이니까.”

“나도 그런 식으로 날짜를 따지는 건 아냐. 하지만 난 이 년간 전선에 있다가 삼 주간의 휴가를 얻었어. 그리고 이곳에 온 지 거의 이 주가 됐으니 이건 일선으로 치면 대략 십오 개월에 해당하는 거야. 그러니 난 당신을 일 년 이상이나 알고 지낸 셈이야. 이 주간의 휴가에 해당하는 기간이지.”

엘리자베스가 눈을 동그랗게 떴다. “그런 생각은 못했어요.”

“나 역시. 조금 전에 그런 생각이 들었거든.”

“언제?”

“네가 자는 동안에. 비도 내리고 어둡고 하니까 온갖 생각이 드는 거지."

"비가 오거나 어두워야 그렇게 된다는 거예요?"

"아니. 그저 그럴 때면 좀 다른 생각을 하는 법이잖아."

"또 다른 생각도 떠올랐어요?"

"그래. 인간이 자기 손이나 팔을 총을 쏘거나 수류탄을 던지는 이외의 목적으로 사용할 수 있다면 얼마나 좋을까 하는 그런 생각도."

그녀가 그를 물끄러미 바라보았다. "오늘 낮엔 왜 그런 말을 하지 않았어요?"

"낮에는 그런 말을 하기가 좀 그렇잖아."

"연금이나 결혼 보조금 같은 이야기보다는 그래도 나았을 텐데."

그래버가 고개를 들며 말했다. "결국 그게 그거야. 표현을 달리 했을 뿐이지."

그녀는 무언가 알아들을 수 없게 중얼거렸다. "말이란 중요한 거예요. 적어도 이런 문제에 있어서는."

"나는 표현에 익숙지 않아. 하지만 앞으로는 나아질 거야. 시간이 필요할 뿐이지만."

"시간!" 엘리자베스가 한숨을 쉬었다. "우린 시간이 별로 없어요, 그렇죠?"

"그래. 어제는 오늘보다는 시간이 많았지. 그러나 내일이 오면 우리는 또 어제는 시간이 더 많았다고 생각할 테지."

그래버는 가만히 누워 있었다. 엘리자베스의 머리는 그의 팔 위에 놓여 있었고 그녀의 검은 머리카락은 빛바랜 베개 위에 흩어져 있었다. 비의 그림자가 그녀의 얼굴 위로 어른거렸다. "나와 결혼하고 싶어요? 당신이 나를 사랑한다고 믿나요?" 그녀가 중얼거렸다.

"그런 걸 어떻게 알겠어? 그런 걸 알기 위해선 더 많은 시간을 함께 보내야 하는 게 아닐까?"

"그럴 테죠. 그런데 왜 나와 결혼하려는 거죠?"

"어쨌든 네가 없는 삶은 이제 더 생각할 수 없기 때문이야."

엘리자베스는 잠시 침묵을 지키다가 물었다. "나와 있었던 일이 다른 여자와도 있을 수 있었다는 생각은 들지 않나요?"

그래버는 창문으로 내리는 비에 흔들거리는 잿빛 양탄자를 바라보았다. "아마 다른 사람과도 그런 일이 일어날 수 있었겠지. 하지만 그런 일을 누가 미리 알겠어? 나하고 너 사이가 이미 이렇게 된 지금, 나와 다른 여자 사이에 그런 일이 일어난다고 상상할 수는 없는 거야." 그가 말했다.

엘리자베스는 그의 팔에 안긴 채 고개를 움직였다. "당신은 뭔가를 깨달았어요. 오늘 낮과는 다른 식으로 말하는 걸 보니. 물론 지금은 밤이에요. 하지만 그런 식이라면 내가 일생 동안 당신 곁에 있으면서 밤이 되기만을 기다려야 한다고 생각지 않아요?"

"아냐. 난 교훈을 얻었어. 앞으로 연금에 대해선 결코 말하지 않을 거야."

"하지만 그래도 그걸 무시할 수는 없겠죠?"

"무얼 말이야?"

"연금 말이에요."

그래버는 잠시 호흡을 멈추었다. "그럼 결혼을 할 거야?" 그가 물었다.

"우리가 일 년 이상이나 사귀었다면 결혼하는 게 맞지 않나요? 게다가 언제든 이혼할 수도 있는데. 안 그래요?"

"그래."

그녀는 그의 품에 안겨 다시 잠들었다. 그는 오랫동안 눈을 뜨고 있으면서 빗소리에 귀를 기울였다. 그녀에게 하고 싶었던 말이 갑자기 이것저것 떠올랐다.

17

"필요한 건 뭐든 가져가게, 에른스트. 자네 집이라고 생각하고 말이야." 빈딩이 문밖에서 말했다.

"좋아, 알폰스."

그래버는 욕조 안에서 몸을 쭉 폈다. 한쪽 구석의 의자 위에 던져 놓은 그의 푸르스름한 잿빛 군복은 누더기처럼 볼품이 없었다. 그 옆에는 로이터가 빌려 준 푸른색 양복이 걸려 있었다.

빈딩의 널찍한 욕실은 녹색 타일이 발라져 있고 자기와 니켈로 만든 수도꼭지가 번쩍거렸다. 소독제 냄새가 풍기는 병영의 샤워기와 샤워 시설에 비하면 그야말로 천국이었다. 비누는 프랑스제였고 목욕 타월과 수건은 높다랗게 쌓여 있었다. 수도관은 폭탄 공격을 받지 않았으며 뜨거운 물은 얼마든지 쓸 수 있었다. 심지어는 방향제가 든 커다란 자수정 병까지 있었다.

그래버는 아무 생각도 없이 물속에 몸을 푹 담그고 따뜻한 행복을 누렸다. 따스함, 물, 지붕, 빵, 고요함 그리고 자신의 몸에 대한 믿음 같은 단순한 것들은 결코 자신을 속이는 일이 없음을 그는 알고 있었다. 그는 남은 휴가를 별다른 생각 없이 가능한 한 긴장을 풀고 행복하게 보내리라 생각했다. 휴가를 다시 나오기까지는 긴 세월이 걸린다는 로이터의 말이 옳았다. 그는 군복이 걸쳐진 의자를 한쪽 구석으로 밀어 버렸고 욕실 방향제를 한 움큼 집어 여유롭게 탕 속에 뿌렸다. 그것은 게르마니아에서 엘리자베스와 함께 누렸던 흰 식탁보가 깔린 식탁과 포도주 그리고 맛있는 음식과 꼭 마찬가지로 한 줌의 사치이자 한 줌의 평화였다.

그는 천천히 몸을 말리고 나서 옷을 입었다. 무거운 군복 대신에 입은 사복은 가볍고 산뜻했다. 옷을 다 입었는데도 아직 속옷만 입은 느낌이었다. 장화도 신지 않고 검대도 차지 않고 무기도 없는 차림이 어색했다. 거울에 자신의 모습을 비춰 보았지만 거의 알아볼 수 없을 정도였다. 바깥에서 만난다면 알아보지 못할 것 같은 어벙하고 미숙한 젊은이가 거울 속에서 자기를 깜짝 놀란 듯 쳐다보았다.

“마치 성찬식에 처음 참석하는 아이 같군. 전혀 군인답지 않아. 무슨 일인가? 결혼이라도 할 작정인가?” 알폰스가 말했다.

“그래. 어떻게 알았어?” 그래버가 깜짝 놀라며 대답했다.

알폰스가 웃었다. “척 보니 그래. 전과는 달라. 전에는 숨겨 둔 뼈다귀를 찾아 헤매는 개와 같았는데 지금은 그렇지 않아. 그런데 정말 결혼할 생각인가?”

“그럼.”

"에른스트! 신중하게 잘 생각해 본 거야?"
"아니."
빈딩은 어안이 벙벙해서 그래버를 쳐다보았다. "벌써 몇 년 동안이나 무언가를 심각하게 생각해 볼 여유가 없었다네." 그래버가 말했다.
알폰스가 씩 웃었다. 그러고는 고개를 들어 코를 킁킁거렸다. "이게 뭐지……." 그는 다시 킁킁거렸다. "정말 그런 거야, 에른스트? 욕실 방향제가 틀림없어! 그걸 사용한 거 맞아? 자네한테서 제비꽃 냄새가 나."
그래버는 손을 코에다 대고 냄새를 맡았다. "아무 냄새도 안 나는데."
"자네는 잘 모르겠지만 난 알 수 있어. 빨리 날아가도록 해야 해. 그건 고약한 물건이야. 어떤 사람이 파리에서 가져와 나에게 주었지. 처음에는 거의 아무런 냄새도 나지 않지만 나중에는 온통 꽃나무가 된 것처럼 냄새가 퍼져. 하지만 고급 코냑을 마시면 냄새를 없앨 수 있을 거야."
빈딩이 술 한 병과 잔 두 개를 들고 왔다. "에른스트, 건배! 마침내 결혼이라니! 진심으로 축하하네! 나야 독신이고 계속 독신으로 남을 테지만. 그런데 자네 아내가 될 사람을 내가 만난 적이 있나?"
"아니." 그래버가 코냑을 쭉 들이켰다. 그는 결혼을 실토한 자신에게 화가 났다. 얼떨결에 대답하고 말았던 것이다.
"한 잔 더 하게, 에른스트! 매일 결혼하는 건 아니잖아!"
"좋아."
빈딩은 잔을 내려놓았다. 그는 조금 흥분하고 있었다. "혹시 도움이 필요하다면 이 알폰스가 있다는 사실을 잊지 말게."
"무슨 도움? 아주 간단한 일인데."
"자네야 그렇지. 군인이니까 다른 서류가 필요 없지."
"우리 둘 다 서류가 필요 없어. 전시에 하는 결혼이니까."
"하지만 내 생각으로 자네 아내는 서류가 필요할 거야. 자네도 왜 그런지 알게 될 거고. 절차가 너무 늦게 되면 우리가 도와줄 수도 있어. 게슈타포에 좋은 친구들이 좀 있거든."
"게슈타포? 게슈타포가 전시 결혼과 무슨 상관이 있는 거야? 아무 상관도 없는 것 같은데."
알폰스가 느긋한 표정으로 웃었다. "에른스트, 게슈타포가 관여하지 않는 건 하나도 없어! 자네는 병사라서 잘 모르니까 그렇지. 하지만 조금도 염려할 필요는 없어. 자네가 유대인 아가씨나 공산당 아가씨와 결혼하진 않을 테니까 말이야. 어쨌든 조사는 하게 될 거야. 규칙이니까."
그래버는 아무 대답도 하지 않았지만 내심으로는 깜짝 놀랐다. 조사가 시작되면 엘리자베스의 아버지가 집단 수용소에 있다는 사실이 드러날 것이다. 그 점을 미처 생각하지 못했고 누군가 그런 말을 해 주는 사람도 없었다. "정말 그런가, 알폰스?"
빈딩은 다시 잔에 술을 가득 따랐다. "그래. 하지만 조금도 걱정하진 말아. 자네 설마 아리아인의 피를 열등 인간이나 국가의 적과 섞어 더럽힐 생각은 하지 않겠지." 그가 씩 웃었다. "벌써 아내한테 절절매는 거야, 에른스트?"
"그래."
"좋아, 좋아! 건배! 전에 게슈타포 친구들을 여기서 만난 적이 있었지. 너무 시간이 오래 걸리면 압력을 가하도록 그들이 도와줄 거야. 그놈들은 상당히 거물이거든. 특히 리제 말이야. 코안경을 낀 그 말라깽이."

그래버는 앞을 바라보며 눈길을 돌리지 않았다. 오늘 아침 엘리자베스는 서류를 신청하기 위해 시청에 갔다. 그가 그렇게 하라고 했던 것이다. 제기랄, 도대체 내가 무슨 일을 저지른 거야. 놈들이 그녀를 주목하게 된다면! 지금까지 그녀는 놈들의 관심 밖이었다. 하지만 위험한 낌새가 있으면 몸을 숨기는 것은 옛날부터 내려온 관습이 아니던가? 만약 게슈타포가 눈치를 챈다면 아버지가 집단 수용소에 있다는 이유만으로 엘리자베스가 집단 수용소로 끌려갈지도 모르는 일이다. 그는 몸이 확 달아오르는 것을 느꼈다. 놈들이 그녀를 조사한다면 어떻게 되는 거지? 예컨대 열성 당원인 리저 부인한테 물어보기라도 한다면? 그는 자리에서 일어났다.

"무슨 일인가? 아직 잔도 안 비웠어. 너무 행복에 겨워 그런 거지, 안 그래?" 빈딩이 물었다.

그는 자신의 농담에 만족해서 큰 소리로 웃었다. 그래버는 그를 물끄러미 바라보았다. 불과 몇 분 전까지 그는 우쭐대기 좋아하고 마음씨 좋은 친구에 지나지 않았다. 그런데 이제 그가 갑자기 위험하기 짝이 없고 헤아릴 수 없는 권력의 대변자로 변해 버린 것이다.

"건배, 에른스트! 죽 들이키게, 고급 코냑이야, 나폴레옹이라고!" 빈딩이 말했다.

"건배, 알폰스."

그리고 그래버는 잔을 놓았다. "알폰스, 부탁 좀 들어주지 않겠나? 자네 식품 저장실에서 설탕을 1킬로그램쯤 가져가도 괜찮겠나? 봉지 두 개에 500그램씩 말이야."

"각설탕 말인가?"

"아무 거나 상관없어. 설탕이면 돼."

"좋아. 그런데 설탕이 왜 필요한 거야? 지금은 너 자신이 달콤함 그 자체인데 말이야."

"그걸로 어떤 인간을 매수할 생각이야."

"매수하겠다고? 그럴 필요 없어! 협박이 훨씬 더 간단하고 효과적이야. 자네를 위해서 내가 해 줄 수도 있어."

"이번 경우는 아니야. 설탕을 정말 뇌물로 주려는 것도 아니고. 나에게 도움을 준 사람한테 그저 감사의 뜻을 전하는 정도야."

"좋아, 에른스트. 그럼 결혼 축하 파티는 우리 집에서 하도록 하지, 어떻게 생각해? 알폰스가 훌륭한 증인이 되는 거지."

그래버는 속으로 재빨리 생각했다. 십오 분 전이었다면 어떤 핑계를 대도 좋았다. 그러나 지금은 그럴 수 없었다. "우리가 요란하게 파티를 벌이는 건 별로라고 생각하네." 그가 말했다.

"모든 건 이 알폰스에게 맡겨 두게! 자넨 여기서 자는 거야, 오늘 밤. 알겠어? 무엇 때문에 다시 군복으로 갈아입고 병영으로 허둥지둥 돌아가려는 거야? 차라리 여기 머물게. 집 열쇠를 줄 테니 언제든 원할 때 와."

그래버는 잠시 망설였다. "좋아, 알폰스."

빈딩의 표정이 환해졌다. "그게 좋겠어. 그러면 우린 느긋하게 앉아서 세상 돌아가는 이야기나 나누는 거지. 지금까지 그럴 기회가 없었잖아. 따라오게, 자네의 방을 보여 줄 테니." 그는 그래버의 군복을 들고는 훈장이 달린 상의를 바라보았다. "이 모든 걸 어떻게 해냈는지 나한테 이야기해 주어야 하네. 물론 거기에 값하는 대단한 공을 세웠겠지!"

그래버가 고개를 들어 그를 쳐다보았다. 빈딩의 얼굴은 갑자기 전에 친위대의 하이니가 만취 상태로 보안부에서의 공적을 떠벌릴 때와 똑같은 표정을 하고 있었다. "별로 내세울 것도 없네. 그저 시간만 지나면 받는 거니까." 그래버가 말했다.

리저 부인은 잠시 동안 그래버의 양복을 뚫어지게 바라보았다. 그러고는 그를 알아보았다. "당신이었군? 크루제 양은 지금 집에 없어요. 그 정도는 이미 알고 있을 텐데."

"물론. 알고 있습니다, 리저 부인."

"그런데, 왜?"

그녀는 적의에 찬 눈초리로 그를 쳐다보았다. 그녀의 갈색 블라우스에는 갈고리 십자가 모양의 핀이 빛나고 있었다. 그녀의 머리카락은 번들번들하고 헝클어져 있었고, 오른손에는 총유탄 발사기라도 되는 양 걸레를 들고 있었다.

"크루제 양에게 선물을 하고 싶은데, 이걸 그녀의 방에 좀 갖다 놓아 주시겠습니까?"

리저 부인은 망설이는 듯 쳐다보더니 그가 내미는 설탕 봉지를 받아들었다. "그리고 봉지가 하나 더 있는데 부인께 선물로 드리고 싶습니다만. 크루제 양의 말로는 당신이 공공의 안녕을 위해 정말 모범적으로 희생하신다고 들었습니다. 그리고 마침 부인에게도 설탕이 필요한 아이가 있으니까 말입니다." 그래버가 말했다.

그러자 리저 부인은 딱딱한 표정을 지었다. "우린 밀매한 물건 같은 것은 필요 없어요. 우리는 총통께서 허락하신 물건만으로 지내는 것을 자랑스럽게 여기고 있어요."

"부인의 아이도?"

"내 아이도 마찬가집니다!"

"그거야말로 올바른 자셉니다." 그래버는 그렇게 말하면서 갈색 상의에 시선을 고정했다. "후방에 있는 사람들이 모두 부인처럼 생각한다면 일선의 병사들은 더욱 든든할 겁니다. 하지만 이건 밀매 물건이 아닙니다. 이건 휴가 나온 병사들이 가족에게 선물할 수 있도록 총통께서 하사하신 겁니다. 그런데 제 가족은 행방불명이고요. 그러니 부담 없이 받으셔도 되는 겁니다."

리저 부인의 표정이 다소 누그러졌다. "일선에서 왔나요?"

"물론입니다. 아니면 어디겠습니까?"

"러시아에서요?"

"그렇습니다."

"제 남편도 러시아에 있어요."

그래버는 일부러 놀랍다는 표정을 지었다. "어디 소속이시죠?"

"중앙 군단에 배속되어 있어요."

"다행입니다. 거긴 지금은 조용하니까요."

"조용하다고요? 그렇지 않아요! 중앙 군단은 지금 치열하게 전투하고 있어요. 남편은 최전방에 있다고요."

최전방이라! 그는 생각했다. 마치 최전방이라는 것이 여전히 존재하고 있는 것처럼 말하는군! 그는 순간적으로 명예와 총통과 조국이라는 열렬한 구호의 저 너머 실상이 어떤지 리저 부인에게 말해 주고 싶은 충동이 일었지만 꾹 참고 말았다.

"곧 휴가를 나오실 테죠." 그가 말했다.

"때가 되면 나올 테죠. 애당초 특전 같은 건 바라지도 않습니다. 우린 아닙니다!"

"저도 마찬가집니다." 그래버가 냉정한 목소리로 말했다. "오히려 정반대입니다. 전 이 년 만에 휴가를 나온 겁니다."

"그럼 계속 일선에 있었나요?"

"처음부터요. 물론 부상당했을 때는 제외하고."

그래버는 흔들림 없는 당의 여전사를 물끄러미 바라보았다. 나는 왜 이 여자 앞에서 구차하게 자신을 변명하고 있는 걸까? 이런 여자는 간단히 사살하는 게 더 낫겠어. 아마도 보안부에 근무할 그녀의 남편이 총통으로 하여금 저 악명 높은 지역을 정복하도록 러시아의 농부들을 살해한 것처럼 말이야, 하고 그래버는 생각했다.

리저의 아이가 공부방에서 나왔다. 윤기 없는 머리카락에 바싹 마른 소녀는 콧구멍을 후비면서 그래버를 유심히 쳐다보았다. "그런데 무슨 일로 갑자기 사복을 입으셨죠?" 리저 부인이 물었다.

"군복은 세탁소에 맡겼습니다."

"그렇군요! 내 생각엔……."

그래버는 그녀가 무슨 생각을 했는지 듣지 못했다. 그러나 그 순간 그녀가 누런 이를 드러내며 웃는 걸 보았는데, 끔찍해서 거의 놀라 자빠질 정도였다. 그녀가 말했다. "그렇다면 좋아요. 고마워요. 우리 애를 위해 설탕을 받을게요."

그녀는 봉지 두 개를 받아들었고, 그래버는 그녀가 두 손으로 봉지의 무게를 비교하는 것을 알아차렸다. 그래버는 자신이 나가자마자 그녀가 엘리자베스의 봉지를 뜯어보리라는 것을 알았지만 그건 바로 자신이 원하는 바였다. 그녀는 봉지 안에 설탕 500그램만 들어 있고 그 외에 아무것도 없는 것을 보고 깜짝 놀랄 것이다. "이제 됐습니다, 리저 부인. 그럼 안녕히 계십시오."

"하일 히틀러!" 부인이 그를 날선 눈길로 쳐다보았다.

"하일 히틀러!" 그래버가 말했다.

그는 밖으로 나왔다. 대문 옆 담장에 문지기가 기대서 있었다. 돌격대원의 바지와 장화를 착용한, 새가슴 아래로 배가 볼록한 작달막한 사내였다. 그래버는 걸음을 멈추었다. 이러한 허수아비조차도 이제 갑자기 위험한 존재가 되었다. "좋은 날씨야, 오늘은." 그래버는 그렇게 말하고는 담뱃갑을 꺼내 한 개비를 뽑고는 그에게 담뱃갑을 내밀었다.

문지기는 무어라고 투덜거리면서 담배 한 개비를 뽑았다. "제대했소?" 그가 그래버의 옷차림을 흘낏거리며 물었다.

그래버가 고개를 가로저었다. 그리고 엘리자베스에 대해 몇 마디 할까 하다가 그만두었다. 문지기가 아무것에도 신경 쓰지 않도록 하는 게 더 나았다. "일주일 후에는 다시 돌아가야 하오. 네 번째 귀대인 셈이지." 그가 말했다.

문지기가 천천히 고개를 끄덕였다. 그러고는 입에서 담배를 꺼내 이리저리 살피더니 담배 가루를 내뱉었다.

"맛이 없소?" 그래버가 물었다.

"그런대로요. 하지만 난 원래 잎담배를 더 좋아하오."

"잎담배는 흔하지 않은데, 안 그렇소?"

"그런 셈이지요."

"고급 잎담배를 몇 통 가지고 있는 친구가 있는데, 다음 기회에 한 움큼 구해 갖다 드리리다. 고급 잎담배 말이오."

"수입품이오?"

"아마도. 난 잎담배를 잘 모르지만, 그건 띠를 두르고 있던 걸요."

"띠가 있는 건 아무것도 아니오. 싸구려 잎담배도 띠를 두를 수 있으니까."

"하지만 그 사람은 돌격대장이거든요. 고급 담배를 피워요."

"돌격대장이라고?"

"그렇소. 알폰스 빈딩. 나와 가장 친한 친구."

"빈딩이 당신의 친구?"

"말하자면 옛날 학교 동창이지요. 방금 그 친구를 만나고 오는 길이오. 그 친구 말고도 친위대 대장인 리제도 있소. 우리는 옛날 친구들이지요. 지금은 리제한테 가는 길이오."

문지기가 그래버를 물끄러미 쳐다보았다. 그래버는 그 눈초리의 의미를 알았다. 문지기는 빈딩과 리제가 그렇게 친한 친구라면 어째서 보건위원인 크루제가 집단 수용소에 있는지를 납득할 수 없었던 것이다. "약간의 오해도 풀렸소." 그래버가 무덤덤하게 말했다. "곧 만사가 제대로 풀릴 거요. 어떤 사람은 궁금해할 테지만, 언제나 너무 서두르면 안 되는 법이오, 안 그렇소?"

"그렇소." 문지기가 확신하며 말했다.

그래버는 시계를 보았다. "자, 이제 가야겠소. 잎담배는 잊지 않겠소."

그는 계속 걸어갔다. 매수의 출발은 아주 좋았다고 생각했다. 하지만 곧 새로운 불안이 그를 사로잡았다. 어쩌면 오늘 한 행동은 아주 어설픈 짓이었는지도 모른다. 갑자기 유치한 짓을 했다는 생각이 들었다. 차라리 아무것도 하지 않은 게 나았을지도 몰랐다. 그는 걸음을 멈추고 자신의 모습을 내려다보았다. 이 빌어먹을 사복! 모든 게 옷 때문이라는 생각이 들었다. 그는 억지로라도 군대의 규율에서 벗어나 자유로운 기분을 느끼고 싶었다. 그런데 그러자마자 순식간에 불안과 불확실성의 세계로 빠져 버린 것이다.

이제 무슨 일을 할까, 하고 생각했다. 저녁까지는 엘리자베스를 만날 수도 없었다. 서류를 조급하게 신청한 게 후회막급이었다. 어제 아침에는 결혼이 그녀를 보호해 줄 것이라고 힘주어 강조했는데, 오늘 이미 결혼은 위험이 되고 있었던 것이다.

"아주 잔치 기분을 내고 있군?" 어떤 거친 목소리가 고함을 질렀다.

그는 눈을 들어 쳐다보았다. 땅딸막한 소령이 앞에 서 있었다. "시국이 엄중하다는 것을 모르는가, 이 철부지 같은 놈?"

그래버는 잠시 어안이 벙벙해서 소령을 바라보았다. 그러다가 마침내 이유를 깨달았다. 자신이 사복을 입은 사실을 잊고 소령에게 군대식으로 경례를 했던 것이다. 그리고 노인은 자신을 조롱하는 것으로 생각했던 것이다. "실수였습니다. 고의가 아니었습니다." 그가 말했다.

"뭐라고? 뻔뻔한 놈, 어디다 대고 멍청한 농담을 하는 거야? 그런데 넌 왜 군대도 가지 않았나?"

그래버는 노인을 더 자세히 살폈다. 엘리자베스와 함께 그녀의 집 앞에 있었을 때 그에게 호통을 쳤던 바로 그 소령이었다.

"너 같은 병역 기피자는 땅 속으로 꺼져 버려야 해. 멍청한 짓거리나 하고 다니고 말이야." 소령은 고래고래 고함을 질렀다.

"그렇게 흥분하지 마십시오. 고리짝 둥지로나 빨리 돌아가시든지." 그래버가 화를 내며 말했다.

노인의 눈은 당황스러운 기색이 역력했다. 그는 침을 꿀꺽 삼켰고 얼굴은 삶은 게처럼 빨개졌다. "너를 체포한다." 그가 콜록거리며 말했다.

"그렇게 할 수는 없습니다. 잘 아시면서. 자, 이제 나를 내버려 두시오. 안 그래도 근심이 많으니까."

"뭐라……." 소령은 다시 화를 내려다가 갑자기 한 걸음 다가서더니 털이 숭숭 나 있는 넓은 콧구멍으로 킁킁대기 시작했다. 그러더니 얼굴을 찌푸리고 역겨워하며 말했다. "그래, 이제 알겠어. 그래서 군복을 입지 않았군! 이 동성연애자 녀석! 이런 제기랄! 계집 같은 놈! 향수를 뿌리다니! 남창 녀석이로구나!"

노인은 침을 탁 뱉었고 흰 콧수염을 슬쩍 문질렀다. 그러고는 구역질나서 못 참겠다는 시선으로 그래버를 노려보다가 사라졌다. 욕실 방향제 때문이었다. 그래버는 손을 들어 냄새를 맡았다. 아직도 냄새가 났다. 남창이라고? 그는 생각했다. 하지만 내가 창녀와 그리 다를 게 뭐가 있겠는가? 이만한 일로 이렇게 노심초사하다니! 리저 부인, 문지기 이런 사람들 앞에서 무엇 때문에 그렇게 쩔쩔매느냐 말이다! 나는 나의 도덕적 높이에서 순식간에 굴러떨어지고 만 거야!

그는 게슈타포 건물의 대각선 맞은편에 서 있었다. 입구에서 젊은 친위대원 한 명이 하품을 하면서 서성거렸다. 그리고 친위대 장교들이 웃으면서 밖으로 나왔다. 그때 한 중년 남자가 다가와서는 망설이다가 창문을 올려다본 후 멈추어 섰다. 그러고는 주머니에서 종이쪽지를 꺼냈다. 그는 그것을 읽고는 주위를 돌아보았고 이어서 하늘을 쳐다본 후 천천히 위병소를 향해 걸어갔다. 친위대원은 무덤덤하게 그의 호출장을 읽고는 그를 안으로 들여보냈다.

그래버는 창문 쪽을 뚫어져라 쳐다보았다. 그는 다시 불안감이 들었다. 이전보다 더 숨 막히고 더 무겁고 더 끈적끈적한 불안이었다. 그는 이미 여러 종류의 불안을 알고 있었다. 날카롭고 어두운 불안, 질식할 듯 마비시키는 불안, 그리고 죽음을 앞둔 생명체의 마지막 커다란 불안 등. 그러나 이번 불안은 또 다른 것이었다. 기어 들어오면서 목을 조르는 듯한 불안, 불확실하고 위협적이며 모독하는 듯한 불안, 끈적끈적하면서도 해체시키고 붙들 수도 맞설 수도 없는 불안, 무기력의 불안, 파고드는 의심의 불안, 다른 사람을 위해, 죄 없는 인질들을 위해, 불법으로 박해당한 사람들을 위해 타락하는 불안이며, 횡포와 권력과 기계적인 비인간성 앞에서의 불안, 요컨대 시대에서 오는 검은 불안이었다.

그는 돌아섰다. 무기력하고 가련하다는 느낌이 들었다. 히르쉬란트. 그래, 히르쉬란트는 이것을 이미 알았어! 그는 자신의 가족을 지키기 위해 병사가 되었고 자발적으로 정찰대에 지원했다. 훈장을 받으면 아버지가 집단 수용소로 끌려가는 것을 막을 수 있으리라 믿었기 때문이었다. 그리고 그래버는 히르쉬란트에게 그의 부모님을 찾아보겠다고 약속했던 것이다.

그는 멈추어 섰다. 주소를 적은 쪽지는 어디에 두었던가? 갑자기 지금 바로 거기에 가는 게 아주 중요한 일로 여겨졌다. 그 일이 엘리자베스와도 연관이 있고, 또 당장 거기로 가야만 그녀의 일도 모두 순조롭게 풀릴 것 같은 느낌이 들었다. 물론 유치한 생각이었지만 병사가 기이한 일을 믿게 되는 것은 늘상 있는 일이었다. 그는 여기저기 호주머니를 뒤졌고 마침내 급료부 속에서 쪽지를 찾아냈다.

자그마한 삼층집이었다. 그는 3층으로 올라가 초인종을 눌렀다. 재차 초인종을 누르자 조심스럽게 문이 열리고 창백한 얼굴을 한 여자가 밖을 내다보았다.

"히르쉬란트 부인을 뵐 수 있을까요?"

"바로 접니다."

여자는 맑으면서도 굳은 눈으로 그를 바로 쳐다보았다. "저는 댁의 아드님과 같은 중대에 있습니다." 그래버가 말했다.

여자는 여전히 그를 물끄러미 바라보았다. 마치 궁지에 몰려 일전을 벌일 태세를 하고 있는 공포에 질린 동물의 시선과 흡사했다. "아드님이 저에게 댁을 방문해 달라는 부탁을 했습니다. 저는 휴가 중이어서 사복을 입고 있습니다." 그래버가 말했다.

"그렇군요." 여자는 문을 활짝 열었다. "그래요, 들어오세요, 저……."

"저는 그래버, 에른스트 그래버입니다."

여자는 그를 거실로 데려갔다. 그녀는 아무 소리도 내지 않고 아주 가볍게 걸음을 디뎠다. 거실 벽 쪽에 다리가 길고 폭이 넓은 안락의자가 놓여 있었다. 그 위에는 파란 덮개가 앞쪽으로 드리워져 있었다. 그래버가 안락의자에 막 앉으려 하자 부인은 다른 의자를 권했다. "여기 이 의자가 더 편해요. 저건 침대로 사용하고 있습니다. 놓을 데가 여기 밖엔 없어요."

그래버가 의자에 앉았다. 실내는 청결하고 가구는 소박했다. 안락의자 위쪽으로 그림이 몇 개 걸려 있고 양쪽 벽도 마찬가지였다.

"이 주 전까지 저는 아드님과 함께 근무했습니다." 그래버가 말했다.

부인은 앉지 않고 그대로 서 있었다. 그녀의 눈은 유리 같은 냉정함을 잃지 않았지만 두 손은 후들후들 떨렸다.

"괜찮으시다면 뭐 좀 마실 거라도?"

그래버는 갑자기 심한 갈증을 느꼈다. "고맙습니다. 물이나 한잔. 혹 있으시다면." 그가 말했다.

"예, 물론이죠." 히르쉬란트 부인은 방 안을 둘러보았다. "그래요, 부엌으로 가서, 잠시, 가서 가져올게요."

그녀는 방을 나가다가 문간에서 다시 한 번 뒤를 돌아보았다. 도대체 무슨 일일까? 그래버는 생각했다. 그는 불안에 떠는 인간에 익숙해 있었지만 이번의 경우는 좀 달랐다.

그는 자리에서 일어나 벽에 걸린 그림들을 보았다. 모두 복제품이었다. 하나는 꽃이 핀 밤나무 그림이었고, 다른 하나는 플로렌스 지방 소녀의 옆모습을 그린 것이었다. 안락의자 위쪽의 그림은 대형 동판화였다. 그는 더 자세히 보기 위해 가까이

다가갔다. 그러다가 덮개 뒤에 늘어져 있는 물건에 발이 걸렸다. 그는 무엇에 부딪쳤는지 보려고 무릎을 굽히고 덮개를 들어 올렸다. 좁다란 마분지 상자 두 개가 나란히 놓여 있었는데, 길이가 안락의자와 거의 비슷했다. 하나가 비스듬하게 놓여 있어서 그래버는 그것을 똑바로 잡아 놓았다. 그때 상자 사이의 틈새에서 소녀의 손이 눈에 들어왔다. 누군가가 벽과 상자들 사이에 팔을 몸에 꼭 붙인 채 누워 있었다. 그는 덮개를 도로 제자리에 놓고는 의자 있는 데로 돌아왔다.

히르쉬란트 부인이 돌아왔다. 그녀는 래커 칠을 한 쟁반을 들고 왔는데, 적포도주를 담은 작은 잔 하나 그리고 그 옆의 접시에는 빵이 두 조각 담겨 있었다. "조금 드셔 보시지요." 그녀가 말했다.

그래버는 포도주를 한 모금 마셨다. 포도주는 아주 달콤하고 입에 착 달라붙었다. "아드님은 잘 있습니다. 제가 휴가 올 무렵에 우리는 예비대에 있었습니다. 우리 모두 말입니다. 아드님도 포함해서요." 그가 말했다.

부인은 그를 뚫어져라 쳐다보았다. 그는 다시 포도주를 한 모금 마셨다. 그들이 지금 어디에 있는지, 식사는 어떤지, 위험하지는 않은지 등등 어머니라면 당연히 물어볼 질문을 하지 않아 그래버는 놀라지 않을 수 없었다.

"그래요, 잘 있단 말이죠?" 마침내 그녀가 물었다.

"일선에 있지만 무사히 잘 있습니다. 지금은 일선이나 여기나 위험하기는 마찬가지고요."

그는 잠시 기다렸다. 그러나 히르쉬란트 부인은 아무것도 더 묻지 않았다. 숨겨 놓은 소녀를 걱정하고 있다고 그래버는 추측했다. "이게 전붑니다." 마침내 그래버는 당황해서 말하고는 자리에서 일어났다. 부인은 아무 소리도 내지 않고 그래버와 함께 문간으로 갔다.

"아드님과 저는 친한 친구 사입니다. 혹시 전하실 말씀이라도 있으면? 저는 일주일 후에 출발하니까요."

"아무것도 없어요." 부인이 들릴락말락하는 목소리로 말했다.

"전할 게 있으면 뭐든 주십시오. 편지든 꾸러미든. 가기 전에 다시 오겠습니다."

그녀가 고개를 흔들었다.

그래버는 놀란 눈으로 그녀를 쳐다보았다. 그는 부인이 자신을 믿지 않는다는 생각이 들어 급료부를 꺼냈다. "제 증명서입니다. 지금은 사정이 있어서 사복을 입고 있고요."

그녀는 급료부를 옆으로 밀치기라도 할 듯 손을 치켜들었으나 그렇게 하지는 않았다. "그 애는 죽었어요." 그녀가 속삭이듯 작은 소리로 말했다.

"뭐라고요?"

그녀가 고개를 끄덕였다.

"어떻게 그럴 수가? 제가 얼마 전에 이야기를 나누었는데."

"죽었어요. 나흘 전에 통지가 왔어요." 그녀가 속삭이듯 말했다. 그래버가 더 물으려고 하자 급히 고개를 저었다. "됐어요, 제발, 미안합니다, 고마워요, 할 수 없어요, 오늘도 그 애에게서 편지가 왔어요, 바로 오늘 말입니다, 제발, 절 내버려 두세요."

그녀가 문을 닫았다. 그래버는 층계를 내려갔다. 그는 히르쉬란트에 대해 무언가를 생각해 내려고 애를 썼다. 그에 대해서는 아는 게 거의 없었다. 그의 성만 알 뿐 이름도 몰랐다. 그는 히르쉬란트가 준 담배를 생각해 냈다. 그에 대해서 더 이상 아무것도 할 수 없는 것이 유감이었다. 하지만 그런 일은 비일비재했다. 히르쉬란트의 삶은 어쨌든 가련하기 그지없었다. 그의 어머니는 저 위에 있고 또 다른 아이를 숨기고 있다. 아마도 두 번째 결혼에서 얻었을 그 아이에게는 집단 수용소에 들어가기에 충분할 만큼 유대인의 피가 흐르고 있을 것이다. 그는 어둑어둑한 층계 위에 멈추어 섰다. 그리고 갑자기 혼란스러워졌다. 위협적이고 희망도 없는 어둠이 그를 둘러싸는 것 같았고, 출구는 그 어디에도 없는 것 같았다. 그는 생각했다. 이 정도 일로 그렇게 몸을 숨겨야 한다면 엘리자베스의 신변에도 어떤 일이 생길지 모른다!

그는 퇴근 시간이 되기 훨씬 전부터 공장 앞에 서 있었다. 한참 후에야 엘리자베스가 나타났다. 혹시나 공장 안에서 체포된 것은 아닌가 하고 걱정했는데, 마침내 그녀가 모습을 보였다. 그녀는 양복 차림의 그를 보고 멈칫하더니 웃음을 터뜨렸다.

"정말 젊어 보여요!" 그녀가 말했다.

"난 젊다는 기분이 들지 않아. 오히려 백 살은 된 느낌이야."

"왜요? 무슨 일이 있어요? 예정보다 빨리 돌아가야 하나요?"

"아니. 그런 건 문제가 아냐."

"그럼 양복을 입었다고 백 살이나 된 느낌이에요?"

"모르겠어. 하지만 이 빌어먹을 양복을 입으면서 온 세상의 근심을 혼자 짊어진 것 같은 기분이야. 그런데 서류는 어떻게 됐어?"

"점심시간에 전부 신청했어요." 엘리자베스가 환한 얼굴로 대답했다.

"전부. 그럼 이제 어쩔 수 없군." 그래버가 말했다.

"또 할 일이 있어요?"

"없어. 다만 갑자기 걱정이 돼서 그래. 어쩌면 우리가 잘못하고 있는지도 몰라. 너한테 불리하게 될 수도."

"나한테? 왜요?"

그래버가 망설이다 말했다. "게슈타포가 종종 결혼을 신청한 사람들의 신원을 조회하는 모양이야. 그러니 모든 걸 그대로 내버려 두는 게 나을 것 같아."

엘리자베스는 가만히 서 있었다. "또 무슨 소리를 들었어요?"

"아무것도. 갑자기 두려워져서 그래."

"우리가 결혼하면 내가 체포된다는 말이에요?"

"그건 아냐."

"그럼 뭐죠? 아버지가 집단 수용소에 있다는 사실이 드러날지도 모른다는 거죠?"

"그것도 아냐." 그래버가 말을 끊었다. "그건 이미 알려진 사실이야. 내가 바라는 건 네가 다른 사람들의 주목을 받지 않았으면 하는 거야. 게슈타포는 예측불허야. 거기 있는 어떤 놈이 멍청한 간계를 꾸밀지도 몰라. 너도 알다시피. 정의라고는 눈곱만큼도 기대할 수 없는 놈들이거든."

엘리자베스는 잠시 침묵을 지켰다. "그럼 우린 어떻게 하죠?"

"나도 하루 종일 생각해 봤어. 하지만 별 대책이 없어. 우리가 지금 신청한 서류를 취소하면 오히려 더 주목을 받을지도 몰라."

그녀는 고개를 끄덕이며 그를 의미심장한 시선으로 쳐다보았다. "그래도 취소하는 게 나을 것 같아요."

"너무 늦었어, 엘리자베스. 이제는 운에 맡기고 기다리는 수밖에 없어."

그들은 무작정 걸었다. 공장은 작은 광장을 끼고 있었고 주변이 탁 트여 있었다. 그래버는 공장을 유심히 관찰했다. "여기는 한 번도 폭격당하지 않았어?"

"한 번도."

"건물이 거의 노출되어 있는데. 공장이라는 걸 쉽게 알아차릴 수 있어."

"커다란 방공호가 여러 개 있어요."

"안전해?"

"아마도, 조금은."

그래버가 눈을 들어 그녀를 보았다. 그러나 엘리자베스는 옆에서 걸어가면서 그에게 눈길을 돌리지 않았다. "제발 내 말을 오해하지 말았으면 해. 다만 네가 걱정이 되어서 그래." 그가 말했다.

"나 때문에 걱정할 필요는 없어요."

"넌 걱정도 안 돼?"

"난 이미 걱정이란 걱정은 다 해 봤어요. 이젠 새로운 걱정을 할 여유조차 없어요."

"난 그렇지 않아. 누군가를 사랑하게 되면 이전에는 몰랐던 새로운 걱정이 자꾸 생기는 법이야." 그래버가 말했다.

엘리자베스가 그에게로 몸을 돌리며 갑자기 미소를 지었다. 그는 그녀를 보면서 고개를 끄덕였다. "그저께 토했던 열변을 나는 잊지 않았어. 누군가를 사랑한다는 것을 알기 위해서는 우선 걱정부터 해야 하는 게 아닐까?"

"잘 모르겠어요. 하지만 그게 도움이 되기는 할 테죠."

"이 빌어먹을 양복! 내일은 다시 벗어 버릴 거야. 일반 시민들의 생활이 부러웠거든."

엘리자베스가 큰 소리로 웃었다. "그게 양복 탓인가요?"

"아니지." 그가 시원스럽게 대꾸했다. "내가 다시 산다는 게 중요해. 나는 다시 살고 살아갈 거야. 그래서 걱정도 생기는 거야. 제기랄, 하루 종일 걱정이라니. 이제 너를 보니 걱정이 사라져. 하지만 그렇다고 바뀐 건 아무것도 없어. 걱정이라는 게 이렇게 허망하다는 건 정말 기막힌 일이야."

"사랑도 마찬가지예요, 다행스럽게도!" 엘리자베스가 말했다.

그래버는 그녀를 물끄러미 바라보았다. 그녀는 그와 나란히 아무 걱정도 없이 태평스럽게 걸었다. 그녀가 변했다고 생각했다. 이 여자는 매일매일 달라지고 있어. 이전에는 그녀가 두려워했고 나는 그렇지 않았지. 그런데 이제는 정반대야.

그들은 히틀러 광장을 지나갔다. 교회 뒤편으로 저녁놀이 짙게 물들어 있었다. "또 어디서 불이 난 걸까요?" 엘리자베스가 물었다.

"불난 곳은 없어. 그냥 저녁놀이야."

"저녁놀이라고! 저건 무엇과도 비교할 수 없어요, 그렇죠?"

"그래."

그들은 계속 걸어갔다. 저녁놀은 더 짙고 더 깊어졌다. 그들의 얼굴과 손이 붉게 물들었다. 그래버는 맞은편에서 다가오는 사람들을 보았다. 갑자기 그들이 이전과 달라 보였다. 각자 자신의 운명을 지고 있는 것이다. 아무것도 가진 게 없을 때는 판단을 내리고 용감해지는 것이 쉽다. 그러나 무언가를 가지게 되면 세상은 달라 보인다. 더 쉬워질 수도 더 어려워질 수도 있으며 때로는 거의 불가능해질 수도 있다. 용감해지는 것은 언제든 가능했지만, 이제 그것은 다른 모습이고 전혀 다른 이름으로 나타나며 또 바로 거기서 출발해야 한다. 그는 숨을 깊이 들이켰다. 적의 점령지에서 정찰대에 쫓겨 아슬아슬하게 피난처로 도피했지만, 이전보다 더 안전하지도 않고 잠깐 동안만 한숨을 돌릴 수 있는 그런 느낌이었다.

엘리자베스가 말했다. "신기해요. 그래도 봄이 온다는 게. 여긴 파괴된 거리이고 봄이 올 이유도 전혀 없어요. 그런데도 어디선가 제비꽃 향기가 나는 것 같아요."

18

뵈트허가 소지품을 꾸렸다. 동료들이 그의 주위로 몰려들었다. "정말 아내를 찾은 거야?" 그래버가 물었다.

"그래, 하지만……."

"어디서?"

"거리에서. 켈러 가에 서 있었어. 비어 가 모퉁이, 이전에 우산 가게를 하던 곳 옆에서 말이네. 처음에는 아내인지도 몰랐어." 뵈트허가 말했다.

"그동안 내내 어디 있었던 거야?"

"에르푸르트 근처의 집단 수용소에 있었던 것 같아. 한번 들어 보게! 아내는 우산 가게 옆에 서 있었는데도 난 알아보지 못했어. 그런데 내가 그냥 지나가니까 아내가 나를 부른 거야. '오토! 날 모르겠어요?'" 뵈트허는 잠시 쉬었다가 병영 내부를 둘러보았다.

"아무리 그래도 30킬로그램도 넘게 줄어든 여자를 내가 어떻게 알아보겠어?”

“아내가 있었던 수용소 이름이 뭐지?”

“잘 모르겠어. 발트 캠프 2호라고 알고 있어. 아내에게 물어보기로 하지. 하여간 들어 보라고. 난 아내를 멍하니 바라보며 말했어. ‘알마, 당신이야?’ ‘나예요! 오토, 난 당신이 휴가를 나왔을 거라고 믿었어요. 그래서 이곳에 돌아와 있었던 거예요!’ 아내가 대답했어. 나는 아내를 여전히 멍하게 바라보았어. 전에는 맥주 배달 마차의 말처럼 뚱뚱하던 여자가 바싹 마른 채로 거기 서 있는 거야. 90킬로그램이나 나갔는데 지금은 50킬로그램이 된 거야. 완전히 해골처럼 돼서는 옷도 헐렁거리는 게 영락없는 막대기야!”

뵈트허가 숨을 헐떡였다. “그런데 키는 얼마나 돼?” 펠트만이 흥미롭다는 듯이 물었다.

“뭐라고?”

“키가 얼마나 되느냐고?”

“160센티미터 정도야. 왜?”

“그러면 이제 정상 체중이라고 할 수 있어.”

“정상 체중? 멍청이, 왜 그런 소릴 하는 거야?” 뵈트허가 펠트만을 노려보았다. “내겐 아니야! 내가 보기에 아내는 실처럼 가늘어졌어! 제기랄, 정상 체중 같은 건 관심도 없어! 나는 원래 상태의 마누라를 가지고 싶단 말이야. 애처로운 아기 엉덩이가 아니라 마음 놓고 할 수 있는 그런 당당한 엉덩이를 가진 아내가 좋단 말이야. 그런데 우리가 왜 싸우고 있는 거야? 무엇을 위해서?”

“넌 말이야, 우리의 친애하는 총통과 사랑하는 조국을 위해서 싸워 왔어. 네 아내의 살가죽을 위해서가 아니라. 삼 년이나 일선에 있었으면 그만한 것쯤은 이미 알았어야지." 로이터가 말했다.

"살가죽이라고? 누가 살가죽 운운 하면서 난리치는 거야?" 뵈트허는 화가 나서 이 사람 저 사람 보고 소리를 질러 댔지만 별로 소용은 없었다. "원래는 오동통했단 말이야! 자네들은 그저……."

"그만둬!" 로이터가 경고의 뜻으로 손을 들었다. "생각이야 자유지만 함부로 발설하지는 말아! 아내가 살아 있다는 것만으로 다행으로 생각하라고!"

"그야 물론이지! 하지만 아내가 옛날처럼 건강해질 순 없느냐 말이야!"

"그렇지만 뵈트허! 잘 먹여서 다시 살찌울 수도 있잖아." 펠트만이 말했다.

"그래? 그럼 무얼 먹이지? 배급표에 있는 참새 먹이로?"

"이리저리 구해 봐."

"뚫린 게 입이라고 말이야 쉽지!" 뵈트허가 비통하게 말했다. "휴가는 사흘밖에 남지 않았어. 사흘 만에 어떻게 아내가 뚱뚱해지도록 먹일 수 있겠어? 간유로 목욕하고 하루에 일곱 번씩 먹는다 해도 기껏해야 몇 킬로그램 늘겠지만, 그거야 아무것도 아니지 않은가? 전우들이여, 나는 이렇게 불쌍하다네!"

"어째서? 비계가 문제라면 그 뚱보 여주인이 있잖아?"

"바로 그거야! 아내를 만나게 된다면 그 여주인은 생각도 안 할 참이었어. 난 원래 가족적인 남자고 바람둥이도 아냐. 하지만 지금은 그 여자가 더 나아."

"넌 정말이지 둔한 놈이다." 로이터가 말했다.

"난 둔하지 않아! 내겐 무슨 일이든 너무 심각해, 그게 나의 결점이라고. 그렇지 않다면 대충 만족하고 살 텐데 말이야. 너희 멍청이들은 이해하지 못할 거야."

뵈트허는 자기 옷장으로 가서 나머지 소지품을 배낭에 꾸렸다.

"아내하고는 어디서 묵을 생각인가? 아니면 이전에 살던 집이라도?" 그래버가 물었다.

"물론 없어. 폭탄을 맞았어! 하지만 하루라도 여기보다는 폐허의 지하실이 더 편해. 아내가 마음에 들지 않는다는 게 불행이긴 하지만. 물론 난 아내를 사랑해. 그래서 결혼도 한 거고. 그러나 그런 상태로는 더 이상 마음에 들지 않아. 어쩔 도리가 없어. 어떻게 해야 할까? 아내도 그걸 느끼고 있고."

"휴가는 얼마나 남았나?"

"사흘."

"며칠만이라도 어떻게 즐거운 척할 수는 없을까?"

"어이, 친구." 뵈트허가 차분하게 말했다. "여자라면 잠자리에서 그럴 수도 있어. 하지만 남자는 달라. 차라리 아내를 만나지 말고 떠나 버렸으면 더 좋았을걸. 서로 부담만 되고."

그가 짐을 들고 밖으로 나갔다.

로이터는 그의 뒷모습을 보고 있다가 그래버에게로 고개를 돌렸다. "그런데 넌? 무슨 계획이라도 있나?"

"난 보충대에 가 볼 거야. 만일을 위해서 서류가 더 필요한지 알아볼 생각이야."

로이터가 씩 웃었다. "뵈트허의 불행을 보고 놀란 모양이군.

안 그래?"

"아냐. 내가 걱정하는 건 전혀 다른 일이야."

"치열해, 일선은 전투가 치열하다고. 그럴 땐 어떻게 해야 하는지 알아?" 보충대의 사무병이 말했다.

"물론 몸을 숨겨야지. 그런 건 애들도 알아. 그런데 그게 나와 무슨 상관이지? 난 휴가 중이야." 그래버가 대답했다.

"본인이 아직도 휴가 중이라고 생각하시는군. 하지만 오늘 하달된 명령을 본다면 그렇게 생각할 수가 있을까?" 사무병이 다시 말했다.

"그런 문제가 있었군."

그래버는 담뱃갑을 꺼내 탁자 위에 놓았다. 위장이 오그라드는 느낌이 들었다. "전투가 치열해." 사무병이 반복해서 말했다. "막대한 손실. 보충병을 즉시 보낼 것. 머무를 만한 긴급 사유가 없는 휴가병은 즉각 귀대 조치하라! 이제 알겠어?"

"그래. 그런데 긴급 사유는?"

"가족의 사망, 중대한 가정 문제의 처리, 그리고 중병……."

사무병이 담배를 집었다. "그러니까 사라지라고! 눈에 띄지 말란 말이야. 널 찾을 수 없으면 송환할 수도 없는 거야. 전염병을 피하듯이 병영을 피해. 휴가가 끝날 때까지 숨어 있는 거야. 그럼 난 네가 없다고 보고하는 거지. 그런다고 해서 네게 불리할 일이 있겠어? 주소 변경을 신고하지 않았다고 처벌할 수 있겠어? 어차피 일선으로 복귀하면 그걸로 끝인데."

"난 결혼하는데 그것도 이유가 될까?" 그래버가 말했다.

"결혼한다고?"

"그래. 그래서 온 거야. 급료부 말고 또 어떤 서류가 필요한 거지?"

"결혼이라! 그거라면 사유가 될 거다. 확신할 순 없지만." 사무병이 담배에 불을 붙였다. "긴급 사유에 해당될 수 있어. 그런데 이 와중에 왜 결혼하려는 건가? 너 같은 일선 돼지들은 서류 같은 건 필요 없어. 그러나 필요할 경우엔 날 찾아와. 아무도 모르게 만들어 줄게. 그런데 양복이라도 있나? 그런 누더기를 걸치고 장가갈 수는 없는 거야."

"여기서 교환할 수 있을까?"

"보급계 상사를 찾아가 봐. 결혼한다고 말하라고. 그리고 내가 보냈다는 이야기도 하고. 이런 담배 또 있나?" 그가 말했다.

"없어. 하지만 한 다스 정도는 구할 수 있어."

"내가 아니고 상사에게 주는 거야."

"알아볼게. 그런데 전시 결혼에 여자는 어떤 서류가 필요한지 알고 있나?"

"잘 모르겠어. 하지만 필요하지 않을 것 같은데. 빨리 해치워야 하니까." 사무병이 시계를 보며 말했다. "빨리 보급계로 가 봐. 지금 상사가 있을 거야."

그래버는 보급계가 있는 건물에 들어섰다. 보급계는 다락방에 있었다. 특무 상사는 뚱뚱했고, 좌우의 색이 다른 안경을 끼고 있었다. 하나는 인공적인, 거의 보랏빛에 가까운 청색이었고 다른 하나는 밝은 갈색이었다.

"그렇게 사람을 흘끔거리는 게 아냐." 그가 호통을 쳤다. "안경알 처음 보나?"

"보기야 했지만 이렇게 색깔이 다른 건 처음입니다."

"이건 내 것이 아냐, 멍청이!" 특무상사는 파랗게 빛나는 안경알을 툭툭 쳤다. "친구한테 빌린 거야. 내 것은 어제 떨어뜨려 깨졌어. 갈색이었는데. 이런 건 셀룰로이드로 만들어야 해."

"그런 건 불에 약하지요."

상사는 고개를 들어 그래버의 훈장을 살펴보고는 씩 웃었다. "그럴 테지. 그런데 자네에게 줄 옷은 없네. 유감이야. 전부 자네가 입고 있는 것보다 못해."

그는 파란 눈으로 그래버를 쏘아보았다. 그래버는 빈딩에게 받은 담뱃갑을 탁자 위에 놓았다. 상사는 갈색 눈으로 그것을 흘끔 보고는 안으로 들어가 상의 한 벌을 가지고 돌아왔다. "이게 전부야."

그래버는 상의에 손도 대지 않았다. 그리고 만일에 대비해 가지고 있던 작은 코냑 병을 안주머니에서 꺼내 담배 옆에 놓았다. 상사는 다시 자리를 비우더니 더 좋은 상의와 거의 새것에 가까운 바지를 가지고 돌아왔다. 그래버는 우선 바지를 손에 들었다. 자신의 바지는 기운 데가 많았다. 그는 바지를 뒤집어보았고, 상사가 손바닥 크기만 한 얼룩을 가리려고 그쪽을 아래로 해서 놓았다는 것을 알아차렸다. 그래버는 말없이 그것을 바라보았고 이어서 코냑 병을 쳐다보았다.

"피가 아냐. 고급 올리브유지. 그 옷을 입었던 주인은 이탈리아에서 왔어. 벤젠만 조금 있으면 그런 얼룩은 금방 지워진다고." 상사가 말했다.

"그게 그렇게 쉽다면 그 사람은 손수 지워서 입을 것이지 왜 교환했을까요?

상사가 이를 드러내며 씩 웃었다. "조리 있는 질문이군. 그 녀석은 전쟁터 냄새가 풍기는 군복이 필요했어. 자네가 지금 입고 있는 것처럼 말이야. 이 넌간이나 밀라노의 사무실에 있으면서 자기 약혼자에게 일선에 있는 것처럼 편지를 보냈다는 거야. 그래서 샐러드를 엎지른 새 바지를 입고 집으로 돌아갈 수는 없었던 거지. 그건 여기 있는 것 중에서 최고 좋은 옷이야, 정말로."

그래버는 상사의 말을 믿지 않았지만 더 좋은 물건을 얻어낼 수 있을 만한 물건이 수중에 없었다. 하지만 그는 고개를 가로저었다. "그럼 좋아. 다른 제안을 하지. 넌 군복을 교환하지 않아도 돼. 그 누더기 군복도 가지고 가라고. 그러면 여벌의 군복이 생기는 셈이지. 됐나?" 상사가 말했다.

"수량을 맞추려면 헌 옷이 필요하지 않습니까?"

상사는 그런 것쯤 별일 아니라는 몸짓을 했다. 창에서 쏟아진 햇살이 부연 먼지를 뚫고 그의 파란 눈에 비쳤다. "수량 따위가 맞지 않은 건 이미 오래전이야. 수량을 맞춘다고? 사정이나 알고 하는 소리야?"

"모릅니다."

"그럼 됐어." 상사가 말했다.

그래버는 시립 병원 앞을 지나다가 멈추어 섰다. 문득 무치히 생각이 났기 때문이었다. 한번 찾아가겠다고 그에게 약속했다. 그는 잠시 망설이다가 안으로 들어갔다. 좋은 일을 하면 행운이 찾아올지도 모른다는 미신 같은 게 갑자기 떠올랐던 것이다.

사지 절단병들은 2층에 있었다. 1층에는 중환자나 방금 수술을 받아 누워 있어야 하는 병사들이 수용돼 있었다. 그래야 공습받을 때 즉시 지하실로 옮길 수 있기 때문이었다. 사지 절단병들은 혼자서도 해낼 수 있으므로 2층에 수용되어 있었다. 그들은 경보가 울리면 서로 도와줄 수도 있었다. 두 다리를 절단한 자는 비상시에 팔이 절단된 병사 두 명의 목에 팔을 감고서 지하실로 갈 수도 있는 것이다.

"자네로군?" 무치히가 그래버를 보고 말했다. "자네가 오리라고는 생각지도 못했어."

"나도 그랬어. 하지만 여기 오지 않았나."

"고마워, 에른스트. 슈토크만도 여기 있어. 넌 그 녀석과 함께 아프리카에 갔지?"

"그래."

슈토크만은 오른팔을 잃었는데, 다른 불구자 두 명과 카드놀음을 하고 있었다. 그가 말했다. "어이, 에른스트. 네가 웬일이야?" 그의 시선은 이상하다는 듯이 그래버를 훑어보았다. 그는 본능적으로 자신과 같은 상처를 찾고 있었던 것이다.

"별일 아니네." 그가 대답했다. 모두가 그래버를 바라보았고, 슈토크만과 똑같은 눈길이었다. "휴가 나왔어." 그가 당황해서 말했다. 몸이 멀쩡하다는 게 무슨 죄악인 것 같은 느낌이 들었다.

"난 네가 아프리카에서 큰 부상을 당해서 귀국이라도 한 줄 알았어."

"응급 처치를 해 주고는 러시아로 보내더군."

"그래도 넌 운이 좋았어. 나도 마찬가지고. 다른 녀석들은 모두 포로가 되었어. 달아날 수도 없었어." 슈토크만은 한쪽 팔을 흔들어 보였다. "여기선 이만하면 다행이야." 한가운데 앉아 있던 사내가 카드를 테이블에 팽개쳤다. "카드하는 거야, 아니면 잡담하는 거야?" 그가 화를 내며 말했다. 그래버는 그에게 양쪽 다리가 없는 것을 보았다. 몸통 쪽으로 아주 높이 절단되어 있었다. 더구나 오른손에도 손가락이 두 개나 없었다. 속눈썹도 없었다. 눈꺼풀은 불그스레하게 반짝이며 새로 생겨나 있었는데, 아마도 불에 타 버린 것 같았다.

"계속하게. 난 바쁘지 않으니까." 그래버가 말했다.

"이번 한 판만 할게. 곧 끝나거든." 슈토크만이 말했다.

그래버는 무치히와 나란히 창가에 걸터앉았다. "아놀트는 모른 척해. 저 녀석 오늘 저기압이야." 무치히가 속삭였다.

"저 한가운데 있는 놈?"

"그래. 마누라가 어제 면회 왔거든. 그러면 며칠 동안은 저기압이야."

"무슨 쓸데없는 소리를 지껄이는 거야?" 아놀트가 그들을 향해 소리를 질렀다.

"옛날 얘기하는 거야. 그래도 되는 거지, 안 그래?"

아놀트는 뭐라고 투덜대면서 카드 노름을 계속했다. "여긴 아주 느긋하고 좋아." 무치히가 힘주어 말했다. "아주 재미있어. 아놀트는 프리메이슨 회원이었어. 너도 알다시피 간단한 일은 아니지. 그런데 저 녀석의 아내가 그를 속이고 있거든. 그의 어머니가 그에게 사실을 털어놓았지."

슈토크만이 카드를 테이블 위로 던졌다. "젠장! 클로버로 한 몫 잡으려 했는데, 한 사람이 잭을 석 장이나 들고 있을 줄이야!"

아놀트는 계속 투덜대며 카드를 섞었다. "결혼하려고 하면 한쪽 팔이 없는 게 나을까, 한쪽 다리가 없는 게 나을까? 슈토크만은 한쪽 팔이 없는 게 더 낫다고 하는군. 하지만 한쪽 팔로 여자를 어떻게 안아? 단단히 안아야 되는데 말이야." 무치히가 말했다.

"그런 건 중요한 게 아냐. 살아 있다는 게 중요해."

"그건 그래. 하지만 그런 상태로 평생을 지내기는 어려울 거야. 전쟁이 끝나면 사정이 달라질 거야. 그때 우린 더 이상 영웅이 아니라 불구자가 되는 거야."

"내 생각은 달라. 의수나 의족 기술이 놀랍거든."

"내 말은 그게 아니야. 일 문제가 아니라니까."

"우린 뭐래도 전쟁을 이겨야 해." 아놀트가 갑자기 큰 소리로 말했다. 두 사람의 이야기를 엿듣고 있었던 것이다. "다른 자들이 목숨을 걸어야 해. 우린 충분히 싸웠으니까."

그는 그래버에게 적대적인 눈길을 던졌다. "만일 기피자들이 모두 일선으로 간다면 우리가 이렇게까지 후퇴할 필요는 없을 거야."

그래버는 아무 말도 하지 않았다. 사지가 절단된 사람과 싸울 수는 없었다. 수족을 잃은 사람의 주장은 언제나 옳은 것이다. 총알이 폐를 관통하거나 포탄 파편이 위장 속에 들어가거나 혹은 더 심한 피해를 입은 병사라면 다툴 수가 있었다. 그러나 이상하게도 사지가 절단된 병사와는 싸울 수가 없었다.

아놀트는 다시 카드를 계속했다. "에른스트, 넌 어떻게 생각하나?" 잠시 후 무치히가 물었다. "뮌스터에 여자 친구가 있는

데, 우린 편지를 주고받고 있지. 그녀는 내가 다리에 부상을 입은 줄로 알고 있어. 절단한 사실은 알리지 않았거든."

"조급히 굴지 마. 다시 일선으로 돌아가지 않게 된 것만도 다행으로 생각해야지."

"물론 그래, 에른스트. 하지만 계속 이런 상태로 있을 수는 없잖아."

"너희들 얘기를 듣고 있자니 역겨워." 노름꾼들 옆에 앉아서 구경하며 훈수를 두던 남자가 갑자기 무치히에게 말했다. "술이라도 잔뜩 퍼마시고 남자답게 굴라고!"

슈토크만이 웃었다. "넌 왜 웃는 거야?" 아놀트가 물었다.

"이런 생각을 해 봤어. 오늘 밤 우리 머리 바로 위로 폭탄이 떨어져 잿더미만 남게 된다면 우리가 이런 식으로 걱정하는 게 무슨 의미가 있겠어?"

그래버가 자리에서 일어났다. 그는 훈수꾼에게 두 다리가 없는 것을 보았다. 지뢰를 밟았거나 아니면 동상에 걸렸을 것이었다. "아군의 고사포는 도대체 어디에 있는 거야?" 아놀트가 그래버를 향해 소리를 질렀다. "모두 일선에 가 있는 건가? 여긴 거의 하나도 없어."

"일선에도 없어."

"뭐라고?"

그래버는 자신이 실수했음을 깨달았다. "일선에서는 새로운 비밀 병기가 공급되기를 기다리고 있어. 정말 대단한 무기라는군." 그가 말했다.

아놀트가 그래버를 노려보았다. "제기랄, 도대체 뭐라고 하는 거야? 우리가 전쟁에 질 거라고 말하고 있잖아! 그런 일은 있을 수 없어! 넌 내가 1차 대전 상이군인들처럼 휠체어에 앉아 성냥이나 팔라는 거야? 우린 권리가 있어! 총통께서 약속하셨다고!"

그는 흥분해서 카드를 테이블 위로 던졌다. "라디오를 틀어! 음악을!" 훈수꾼이 무치히에게 말했다.

무치히가 라디오를 틀었다. 스피커에서 쉿소리 가득한 연설이 홍수처럼 쏟아졌다. 그는 계속 다이얼을 돌렸다. "그대로 둬!" 아놀트가 화를 내며 말했다.

"왜 그러는 거야? 매일 나오는 연설인데."

"그대로 켜 두란 말이야! 당의 연설이야. 계속 열중해서 듣는다면 우리 사정도 나아질 거야!"

무치히는 한숨을 쉬면서 다이얼을 원래대로 돌려놓았다. 승리를 외치는 연설가의 고함이 온 방 안에 울려 퍼졌다. 아놀트는 턱을 악다물고 라디오에 귀를 기울였다. 슈토크만이 그래버에게 눈짓을 하면서 어깨를 으쓱했다. 그래버가 그에게로 다가가 속삭였다. "잘 지내게, 슈토크만, 나는 가야 해."

"더 좋은 일이 있군, 그렇지?"

"그런 건 아냐. 하지만 이제 가야 해."

그래버는 밖으로 나갔다. 다른 병사들의 눈길이 그래버의 뒤를 좇았다. 발가벗은 느낌이었다. 그는 방 가운데를 천천히 걸어갔다. 그렇게라도 하면 사지가 절단된 병사들이 덜 흥분할 거라는 생각이 들었다. 그는 모두들 자신을 지켜보고 있다는 것을 알았다. 무치히는 절뚝거리면서 문간까지 따라왔다. "다시 오게. 오늘 좀 힘들었을 거야. 보통 땐 훨씬 즐거운 분위긴데." 그가 잿빛 복도의 희미한 불빛 아래서 말했다.

그래버는 거리로 나섰다. 밖은 땅거미가 지고 있었다. 갑자기 엘리자베스에 대한 불안감이 그를 엄습했다. 하루 종일 그녀에 대한 생각에서 벗어나려고 했다. 그런데 이제 어렴풋한 불빛 가운데 그녀에 대한 걱정이 온갖 방향에서 그를 향해 다시 기어오는 것 같았다.

그는 폴만에게로 갔다. 노인은 즉시 문을 열었다. 마치 다른 사람을 기다리고 있기라도 한 것 같았다. "자네로군, 그래버." 그가 말했다.

"그렇습니다. 잠깐 여쭐 말씀이 있어서 들렀습니다."

폴만이 문을 열어 주었다. "어서 들어오게. 밖에 서 있지 않는 게 좋아. 다른 사람들이 모르는 게 좋아."

그들은 램프가 켜진 방으로 들어갔다. 방금 피운 담배 냄새가 났다. 폴만의 손에는 담배가 들려 있지 않았다.

"물어보겠다는 게 뭔가?"

그래버가 주위를 돌아보았다. "선생님 방은 이것뿐입니까?"

"왜?"

"며칠 동안 숨겨 놓아야 할 사람이 있어서요. 여기서 가능할까요?"

폴만이 침묵을 지키자 그래버가 말했다. "지명 수배된 사람은 아닙니다. 만일에 대비해서 그런 겁니다. 어쩌면 그럴 필요가 없을지도 모르고요. 누군가의 신변이 걱정돼서 그런 겁니다. 지나친 걱정일 수도 있지만요."

"그 때문에 내게 온 건가?"

"달리 아는 사람도 없어요."

그래버는 무엇 때문에 폴만을 찾아왔는지 자신도 정확히 알 수 없었다. 다만 최악의 경우에 대비해 은신처가 필요하다는 느낌이 들었을 뿐이었다.

"그게 누군가?"

"제가 결혼하려는 여자입니다. 아버지가 지금 집단 수용소에 있어요. 혹시 그녀도 체포될까 걱정이 됩니다. 그녀는 아무 잘못도 없습니다. 제가 지나치게 상상하는지도 모르지만요."

"억측은 아니네. 나중에 후회하느니 조심하는 게 나아. 필요하다면 이 방을 쓰게." 폴만이 말했다.

"고맙습니다, 정말 고맙습니다." 그가 말했다.

폴만이 미소를 지었다. 그는 웬일인지 더 이상 쇠약해 보이지 않았다. "고맙습니다." 그래버가 다시 한 번 말했다. "가능하면 그 방을 사용하는 일이 없으면 해요."

그들은 죽 진열된 책들 앞에 서 있었다. "자네가 원하는 걸 뽑게. 하룻밤 지내는 데 도움이 될 걸세." 폴만이 신중하게 말했다.

그래버가 고개를 흔들었다. "제게는 아닙니다. 하지만 하나는 알고 싶어요. 이것들이 어떻게 하나로 일치될 수 있을까요? 이 책들, 이 시집들, 이 철학책과 친위대의 잔인함, 집단 수용소 그리고 무고한 인간들의 대량 학살 말입니다."

"그건 일치하는 게 아니야. 그저 동시대에 공존하고 있을 뿐이야. 이 책들을 쓴 사람들이 지금 살아 있다면 대부분은 집단 수용소에 끌려갔을 거야."

"그렇겠지요."

폴만이 그래버를 물끄러미 쳐다보았다. "결혼할 생각인가?"

"예."

노인이 서가에서 책을 한 권 뽑았다. "다른 건 줄 게 없네. 이걸 가지고 가게. 읽을 필요는 없어. 그림들, 그저 그림들만 있네. 책이 잘 읽히지 않을 땐 그림만 뒤적이면서 온통 밤을 새운 적이 좀 있었어. 그림과 시만으로 말이야. 석유가 있을 때면 언제나 가능한 일이지. 그러다가 불이 꺼지면 어둠 속에서 기도나 할 수밖에 없었고."

"그렇군요." 그래버가 어정쩡하게 말했다.

"난 자네에 대해서 많이 생각했어, 그래버. 그리고 자네가 최근에 한 말도 곰곰이 생각해 봤어. 하지만 해답은 없네." 폴만은 잠시 멈추었다가 다시 나지막한 목소리로 말했다. "오직 하나. 믿음은 있어야 하네. 믿음. 그렇지 않으면 우리에게 무엇이 남겠는가?"

"무엇에 대한 믿음 말입니까?"

"하느님이야. 그리고 인간의 마음속에 있는 선이지."

"선생님은 그것을 의심하신 적이 없나요?" 그래버가 물었다.

"물론 있지. 종종. 안 그러면 어떻게 내가 믿음을 가질 수 있겠나?" 노인이 대답했다.

그래버는 공장으로 갔다. 바람이 불고 가늘게 흩어진 구름이 나지막하게 지붕 위로 지나갔다. 어둑어둑한 가운데 군인 한 무리가 광장을 가로질러 행진했다. 그들은 모두 배낭을 메고 정거장으로, 일선으로 향하고 있었다. 그는 파괴된 집 앞에 검게 솟아 있는 보리수나무를 보았다. 갑자기 이 나무를 처음 보았을 때 느꼈던 것과 같은 강력한 생명력이 어깨와 근육으로 전해졌다. 이상한 일이야. 나는 폴만 선생님을 동정하는데, 선생님은 나를 도울 수가 없어. 하지만 그분 곁에만 있으면 이전보다 더 깊고 더 친근한 생명력이 느껴져.

19

"서류라고요? 잠시만 기다리시오."

담당자는 안경을 벗고 엘리자베스를 유심히 보았다. 그러고는 천천히 자리에서 일어나 창구와 커다란 홀을 갈라놓은 목재 벽 뒤로 들어갔다.

그래버는 그의 행동을 지켜보다가 주위를 살폈다. 출입구로 가는 통로는 사람들이 득실거렸다. "문간으로 가 있어. 거기서 기다려. 내가 모자를 벗어들면 즉시 폴만 선생님께 가. 아무 걱정도 말고 곧장 가도록 해. 나도 곧 따라갈 테니까." 그가 나직하게 말했다.

엘리자베스가 망설였다.

"가라니까!" 그가 성급하게 재촉했다. "그 늙은 놈이 누군가를 부르러 갔을지도 몰라. 위험을 감수하면 안 돼. 그러니까 밖에서 기다리고 있어."

"혹시 나한테 물어볼 말이 있을지도 모르잖아요."

"그런 건 금방 알게 돼. 네가 몸이 안 좋아서 잠시 밖에 나갔다고 할게. 어서 가, 엘리자베스!"

그는 창구에 서서 그녀의 뒷모습을 바라보았다. 그녀는 뒤돌아보며 미소를 지었다. 그러고는 사람들 속으로 사라졌다.

"크루제 양은요?"

그래버가 몸을 돌렸다. 담당자는 다시 제자리로 돌아와 있었다. "곧 돌아옵니다. 그런데 일은 아무 이상도 없나요?"

담당자가 고개를 끄덕였다. "언제 결혼할 겁니까?"

"가급적 빨리요. 시간이 별로 없어서요. 제 휴가가 거의 끝나가고 있거든요."

"원하신다면 즉시 결혼할 수도 있습니다. 서류는 구비되어 있어요. 군인인 경우에는 절차가 간단하고, 또 신속하게 처리할 수 있습니다."

그래버는 그의 손에 들린 서류를 보았다. 담당자는 싱긋 미소를 지었다. 그래버는 갑자기 온몸의 힘이 빠져나가는 듯했고 얼굴이 화끈거렸다. "서류는 다 갖춰진 겁니까?" 그는 그렇게 말하면서 땀을 닦으려고 모자를 벗었다.

"모든 게 잘되었소." 담당자가 확언했다. "그런데 크루제 양은 어디에?"

그래버는 모자를 창구에 내려놓고 뒤돌아서서 엘리자베스를 찾았다. 홀은 사람들로 북적댔기 때문에 그녀의 모습은 보이지 않았다. 그 순간 그는 창구에 놓은 모자에 생각이 미쳤다. 모자가 두 사람 사이의 신호였는데, 그것을 잊어버렸던 것이다. "잠깐만요. 금방 데려오겠습니다." 그가 급히 말했다.

그는 서둘러서 사람들 속으로 밀고 들어갔다. 어쩌면 거리에서 그녀를 데려올 수 있을지도 몰랐다. 그러나 출입구 밖으로 나가자 그녀는 문밖 기둥 뒤에 서서 말없이 기다리고 있었다. "다행이야, 여기 있었군! 모든 게 잘됐어, 잘됐다고, 엘리자베스."

그들은 창구로 돌아왔다. 담당자는 그녀에게 서류를 넘겨주었다. "보건위원이신 크루제 씨의 따님이 맞죠?"

"예."

그래버는 호흡을 멈추었다. "당신 아버님을 알고 있습니다." 담당자가 말했다.

엘리자베스가 그를 쳐다보았다. "제 아버지 소식을 들으신 게 있나요?"

"그런 건 없소. 당신도 아무것도 못 들었나요?"

"예."

담당자가 안경을 내려놓았다. 근시의 파란 눈에 물기가 어려 있었다. "좋은 일이 있기를 바랍니다." 그가 엘리자베스에게 손을 내밀었다. "행운을 빕니다. 당신이 제출한 서류는 내가 직접 맡아 처리했소. 오늘이라도 결혼할 수 있어요. 당장 원한다면 내가 주선해 줄 수도 있고요."

"당장에요." 그래버가 말했다.

"오늘 낮에 하겠어요." 엘리자베스가 대답했다. "2시에도 괜찮을까요?"

"그렇게 되도록 준비하겠습니다. 장소는 시립 학교 체육관입니다. 지금은 거기에 호적과가 있으니까요."

"고맙습니다."

그들은 출입구에 서 있었다. "지금 당장하면 안 돼? 그럼 아무런 방해도 받지 않을 텐데." 그래버가 물었다.

엘리자베스가 미소를 지었다. "준비하려면 시간이 좀 걸려요, 에른스트. 모르겠어요?"

"절반밖에 이해가 안 돼."

"절반만 이해해도 충분해요. 1시 45분에 데리러 와요."

그래버가 망설이다 말했다. "정말 간단하게 끝났어. 나는 무슨 일이 일어날까 봐 조마조마했거든! 내가 무엇 때문에 그렇게 조바심을 냈는지 모르겠어. 정말 가소롭지, 안 그래?"

"아녜요."

"아니, 사실이야."

엘리자베스가 고개를 가로저었다. "아버지도 당신에게 경고하는 사람들을 보고 바보 같은 짓이라고 생각하셨어요. 우리 시대에 그런 일은 있을 수 없다면서 말이에요. 하지만 일은 벌어지고 말았어요. 우린 그저 운이 좋았을 뿐이죠. 그게 다예요, 에른스트."

몇몇 거리를 더 지나자 재단사의 작업장이 보였다. 캥거루처럼 보이는 사내가 그 안에 앉아서 군복을 깁고 있었다.

"바지를 세탁할 수 있을까요?" 그래버가 물었다.

사내가 그를 올려다보았다. "여기는 재단하는 곳이지 세탁소가 아니오."

"알고 있어요. 다리미질도 해야 하거든요."

"당신이 입고 있는 거 말이오?"

"그렇습니다."

재단사가 무어라 투덜거리고는 자리에서 일어났다. 그는 바지의 얼룩을 살펴보았다. 그래버가 말했다. “피가 아니라 올리브유요. 벤젠을 가지고 지울 수 있을 거요.”

“그렇게 잘 알면서 왜 직접 지우지 않는 거요? 이런 얼룩은 벤젠으로는 결코 지울 수 없소.”

“그럴 수도. 당신이 더 잘 아실 테죠. 그동안에 좀 입을 옷이 없을까요?”

재단사는 커튼 쪽으로 가서 격자무늬 바지와 흰색 윗옷을 들고 돌아왔다. 그래버는 옷을 받아들었다. “얼마나 걸릴까요? 결혼식에 쓸 군복입니다.” 그가 물었다.

“한 시간은 걸릴 거요.”

그래버는 옷을 갈아입었다. “그럼 한 시간 후에 다시 오겠소.”

캥거루는 미심쩍다는 듯이 그를 쳐다보았다. 캥거루는 그가 작업장에 머물러 있기를 바랐던 것이다. “내 군복이 충분한 담보요. 달아나지는 않을 거요.” 그래버가 설명했다.

재단사는 놀라면서 이를 드러내 보였다. “당신의 군복은 국가의 것이오, 젊은 양반. 하지만 가 보도록 하시오. 이발이나 하시든지. 결혼하려면 그래야 할 거요.”

“옳은 말씀이오.”

그래버는 미용실로 갔다. 광대뼈가 불거진 여자가 일하고 있었다. “내 남편은 일선에 있어요. 나는 그 사람 편이에요. 앉으시죠. 면도하실 거예요?” 그녀가 말했다.

“이발하고 싶은데요. 하실 수 있죠?”

“물론입니다! 한 눈 감고도 자신 있을 정도예요. 머리도 감으실 거죠? 좋은 비누가 있거든요.”

"그래요. 머리도 감을게요."

여자는 꽤나 억센 편이었다. 그녀는 그래버의 머리를 깎고 비누와 꺼칠꺼칠한 손수건으로 머리를 구석구석 손질해 주었다. "머릿기름도 바를까요? 프랑스제가 있거든요." 그녀가 물었다.

그래버는 반쯤 졸다 깨어나 거울에 비친 자신의 모습을 보고는 깜짝 놀랐다. 두 귀가 갑자기 자라난 것 같았다. 머리카락이 관자놀이까지 짧게 잘려져 있었던 것이다. "머릿기름을 바를까요?" 여자는 명령조로 다시 물었다.

"그건 어떤 냄새가 납니까?" 그래버는 알폰스의 욕실 방향제가 생각나서 물었다. "그저 머릿기름 냄새죠. 무슨 냄새겠어요? 프랑스제라고요."

그래버는 화장품 통을 들고 냄새를 맡았다. 오래되어 변질된 기름 냄새가 났다. 승리의 순간들도 머릿기름과 마찬가지로 이미 오래전의 것이었다. 그는 머리카락을 쳐다보았다. 머리카락이 긴 곳은 다소 뭉쳐 있었다. "좋습니다, 머릿기름을 바릅시다. 하지만 아주 조금만 바를게요." 그가 말했다.

그는 계산을 하고 재단사에게 갔다. "너무 일찍 오시는군." 캥거루가 투덜거리며 말했다.

그래버는 대꾸하지 않았다. 그는 자리를 잡고 앉아서 재단사가 다리미질하는 것을 보았다. 따뜻한 공기에 졸음이 왔다. 갑자기 전쟁은 아득히 멀어졌다. 파리가 게으르게 날아다니고 다리미는 수증기를 내뿜었다. 실내는 익숙지 않은, 잊어버렸던 평화로 가득 차 있었다.

"이 정도가 내가 할 수 있는 전부요."

재단사는 그래버에게 바지를 내밀었고, 그래버는 바지를 이리저리 살펴보았다. 얼룩은 거의 지워져 있었다. "잘됐군요." 그가 말했다. 바지에서 벤젠 냄새가 나긴 했지만 그는 아무 말도 하지 않았다. 그는 급히 바지를 갈아입었다.

"이발은 누가 해 준 거요?"

"남편이 일선에 가 있는 여자가 해 준 거요만."

"마치 당신이 손수 깎은 것 같소. 잠시만 그대로 있어 봐요."

캥거루가 가위로 머리카락을 대충 손질했다. "이만하면 괜찮군."

"얼마 드리면 되겠소?"

그러나 재단사는 손을 내저었다. "1000마르크를 내시든지. 아니면 한 푼도 안 받겠소. 결혼 선물로 생각하시구려."

"고맙소. 혹시 꽃집이 어디에 있는지 아시오?"

"슈피헤른 가에 하나 있소."

꽃 가게는 열려 있었다. 여자 손님 두 명이 점원과 화환 값을 흥정하는 중이었다. "여기 달린 건 진짜 전나무 열매라서 비쌉니다." 여점원이 말했다.

손님 중 하나가 격분한 표정으로 여점원을 쳐다보았다. 그녀의 무르고 주름진 뺨이 부르르 떨렸다. "이건 폭리야! 미나, 나가자! 다른 데 가면 싸게 살 수 있을 거야." 그녀가 말했다.

"사지 않아도 돼요. 얼마든지 팔릴 물건이니까." 여점원이 비꼬며 말했다.

"그 가격에?"

"그래요, 그 가격에요. 재고품도 얼마 없고 또 매일 밤 다 팔려 버리거든요, 손님."

두 여자는 발을 동동 구르면서 밖으로 나갔다. 여점원은 그들을 향해 무슨 소리라도 하려는 듯이 숨을 가쁘게 몰아쉬었다. 그러다가 그녀는 그래버 쪽으로 몸을 돌렸다. 그녀의 얼굴에 갑자기 붉은 반점이 두 개 생겨났다. "손님은요? 화환을 원하시나요, 아니면 관에 올릴 꽃을 원하시나요? 보시다시피 재고는 그리 많지 않지만 무척 아름다운 것들이랍니다."

"장례식에 쓸 건 아니오."

"그러면요?" 여점원이 깜짝 놀라며 물었다.

"꽃을 좀 사고 싶은데."

"꽃이라고요? 백합은 있지만."

"그것 말고. 결혼식에 쓸 것 말이오."

"결혼식에는 백합이 잘 어울립니다, 손님! 백합은 무구함과 처녀의 상징이니까요."

"옳은 말이오. 하지만 장미는 없나요?"

"장미라고요? 이 시절에? 어디서? 온실에선 지금 채소만 재배해요. 장미를 구하는 건 어려운 일이랍니다."

그래버는 진열대 주위를 돌아보았다. 그리고 마침내 갈고리 십자가 모양의 화환 뒤쪽에서 수선화 한 다발을 발견했다. "이걸 주시오."

여점원은 수선화 다발을 들어 올려 물을 털어 냈다. "죄송하지만 신문지에 싸서 드릴 수밖에 없어요. 다른 포장지가 없거든요."

"상관없어요."

그래버는 값을 치르고 밖으로 나왔다. 그는 곧 손에 든 꽃이 거북하게 느껴졌다. 모두가 그를 주시하는 것 같았다. 처음에는 꽃을 밑으로 해서 꽃다발을 들었다가 나중에는 겨드랑이 사이에 끼고 걸었다. 그리고 꽃다발을 싼 신문지를 내려다보았다. 노란 꽃 옆에 입을 벌리고 있는 남자의 사진이 실려 있었다. 국민 재판소 의장이었다. 그는 기사를 읽었다. 네 사람이 독일의 승리를 믿지 않았다는 이유로 처형되었다는 내용이었다. 도끼로 목을 내리쳤다고 했다. 제3제국에서 단두대는 폐쇄 처분된 지 오래였다. 단두대는 너무 인간적이라는 것이다. 그래버는 신문지를 마구 구겨 던져 버렸다.

담당자의 말대로 호적과는 시립 학교의 체육관에 있었다. 호적과의 뒤쪽 벽에는 등산용 로프의 끝 부분이 매어져 있었다. 로프 사이에는 제복을 입은 히틀러의 초상이, 그 아래에는 독일의 독수리와 함께 갈고리 십자가가 걸려 있었다. 두 사람은 기다려야만 했다. 그들 앞에 중년 병사가 서 있었다. 그 옆에는 여자가 서 있었는데, 가슴에 돛단배 모양의 브로치를 달고 있었다. 남자는 흥분해 있었으나 여자는 태연했다. 여자는 우리가 모반자가 아니냐고 말하는 것처럼 엘리자베스를 향해 미소를 지었다.

"결혼 증인은요. 결혼 증인은 어디 있소?" 호적과의 서기가 말했다.

병사는 더듬거렸다. 증인이 없었던 것이다. "전시 결혼이라 증인이 필요 없다고 생각했습니다." 마침내 그가 대답했다.

"하지만 있는 게 낫지요. 형식은 갖추어야 하니까!"

병사가 그래버를 돌아보았다. "좀 도와주실 수 있겠습니까? 당신과 여성분? 서명만 하면 됩니다."

"좋습니다. 그럼, 당신들도 마찬가지로 서명해 주시지요. 저도 증인이 필요하다는 걸 몰랐습니다."

"그런 걸 누가 생각했겠습니까?"

"국민으로서의 의무를 아는 사람이라면 누구나 다 아는 것이오." 서기가 날 선 목소리로 말했다. 병사들의 태만을 모욕으로 느낀 것 같았다. "당신들은 총도 없이 전쟁터로 갑니까?"

병사가 서기를 노려보았다. "그건 전혀 다른 얘기잖소. 증인은 결코 무기가 아니오!"

"나도 그렇게 주장한 건 아니오. 비유일 뿐이지. 그건 그렇고, 증인은 있습니까?"

"여기 있는 전우와 부인이 증인이오."

서기는 불쾌한 표정으로 그래버를 쳐다보았다. 문제를 그렇게 간단히 처리하는 게 마음에 들지 않는 모양이었다.

"신분증이 있소?" 그가 기대된다는 눈초리로 그래버에게 물었다.

"물론입니다. 우리도 결혼을 할 거요."

서기가 뭐라고 투덜대면서 서류를 받아들었다. 그러고는 엘리자베스와 그래버의 이름을 호적부에 기입했다. "여기에 서명하시오."

네 사람이 모두 서명을 했다. "총통의 이름으로 축하드립니다." 서기는 병사와 병사의 아내에게 싸늘한 목소리로 선언했다. 그러고는 그래버에게로 고개를 돌렸다. "당신의 증인은?"

"여기요." 그래버가 두 사람을 가리켰다.

서기가 고개를 가로저었다. "둘 중 한 사람만 증인이 될 수 있소."

"왜 그렇죠? 우리 두 사람은 증인으로 받아들이지 않았소."

"당신들은 아직 독신이요. 하지만 저 두 사람은 이미 결혼한 부부입니다. 증인으로는 독립된 두 사람이 필요하단 말이요. 아내는 자격이 없어요."

그래버는 관리의 말이 사실인지 아니면 생트집을 잡는 것인지 판단이 서지 않았다. "혹시 증인이 되어 줄 사람이 여기 없겠소? 다른 직원분이라도?" 그가 물었다.

"나는 그런 일을 하려고 여기 있는 게 아닙니다." 서기가 자신이 승리했다는 듯이 나지막한 목소리로 말했다. "당신들은 증인이 없으면 결혼할 수 없습니다."

그래버가 주위를 둘러보았다. "왜 그러십니까?" 그들에게로 가까이 다가와 귀를 기울이고 있던 중년의 남자가 물었다. "결혼 증인이라고요? 나를 증인으로 하시오."

그가 엘리자베스 옆에 섰다. 서기는 싸늘한 눈초리로 그를 살폈다. "신분증 있소?"

"물론." 중년 남자가 대충 신분증을 꺼내 탁자 위에 던졌다. 그것을 확인한 서기는 벌떡 일어섰다. "하일 히틀러! 친위대 대장님!"

"하일 히틀러!" 친위대 연대장이 무뚝뚝하게 대납했다. "이제 그런 연극은 그만둬. 알겠나? 병사에게 그런 태도를 보이는 이유가 뭔가?"

"알겠습니다, 대장님! 죄송하지만 여기에 서명 좀 해 주시겠습니까?"

그래버는 친위대 연대장인 힐데브란트가 자신의 두 번째 결혼 증인이 되었음을 알았다. 첫 번째 증인은 공병인 클로츠였다. 힐데브란트는 엘리자베스와 그래버에게 악수를 청했고 클로츠 부부와도 악수를 나누었다. 서기는 교수형 집행을 위한 것처럼 보이는 등산 로프 뒤쪽에서 『나의 투쟁』 두 권을 꺼냈다. "국가의 선물입니다." 그는 떨떠름한 표정으로 말하면서 힐데브란트의 뒷모습을 지켜보았다. "사복을 입고 있으니 알아볼 수가 있나?"

두 부부는 가죽으로 만든 장애물 경기용 말과 평행봉 옆을 지나 출구로 갔다. "언제 출발해야 합니까?" 그래버가 공병에게 물었다.

"내일입니다." 클로츠가 눈을 움찔하며 대답했다. "전부터 결혼하려고 했지요. 뭐 때문에 국가에 헌납하겠습니까? 내가 전사하더라도 최소한 마리에 대한 걱정만은 덜 수 있는데 말입니다. 그렇지 않습니까?"

"저도 그렇게 생각합니다."

클로츠가 배낭을 내려 끈을 풀었다. "덕분에 결혼식을 무사히 치렀습니다, 친구. 여기 체르벨라트 소시지가 있으니 맛이라도 보십시오! 사양은 마십시오. 난 시골 출신이라 이런 건 얼마든지 있습니다. 실은 서기에게 줄 생각이었습니다만, 저런 야비한 녀석에게 주기는 싫었지요."

"절대로 그럴 필요는 없어요!" 그래버가 소시지를 받았다. "대신에 이 책을 받아 주십시오. 결혼 선물로 드릴 게 이것밖에 없습니다."

"하지만, 친구. 그건 나도 한 권 받았습니다."

"상관없습니다. 두 권 가지면 어떻습니까. 한 권은 부인께 드리십시오."

클로츠는 『나의 투쟁』을 들고 이리저리 살폈다. "장정이 아름답군요. 정말로 주시는 겁니까?" 그가 말했다.

"제겐 필요 없습니다. 우리 집엔 은박을 두른 가죽 장정 책이 있으니까요."

"그건 또 색다르겠군요. 그럼 잘 지내십시오."

"잘 지내십시오."

그래버는 엘리자베스의 뒤를 따라갔다. "난 알폰스 빈딩에게 아무것도 알리지 않았어. 그 녀석을 결혼 증인으로 세우고 싶진 않았거든. 우리 이름 옆에 돌격대장의 이름을 나란히 올리고 싶지는 않았지. 그런데 그 대신에 친위대 연대장이 증인이 되었군. 그것도 좋은 의도로 말이야." 그가 말했다.

엘리자베스가 웃었다. "대신에 당신은 위대한 영도자의 성서를 체르벨라트 소시지와 교환했어요. 균형을 맞춘 셈이죠."

그들은 마르크트 가를 가로질렀다. 두 발만 남아 있는 비스마르크의 석상은 똑바로 놓여 있었다. 그리고 마리아 교회 위로는 비둘기들이 날개를 푸드득거리며 날아다녔다. 그래버는 엘리자베스를 물끄러미 바라보며 나는 정말 행복한 거라고 생각했다. 그러나 생각한 만큼 그렇게 행복이 와 닿지는 않았다.

그들은 교외 숲 속의 빈터에 누워 있었다. 나뭇가지 사이로 보랏빛 안개가 걸려 있었다. 빈터의 가장자리에는 앵초 꽃과 제비꽃이 피어 있었다. 미풍이 불어왔다. 엘리자베스가 갑자기 몸을 일으켰다. "저기 보이는 게 뭘까요? 마치 마법에 걸린 숲 같아요. 아니면 내가 꿈을 꾸고 있는 걸까요? 나무들이 은빛으로 가득해요. 보이죠?"

그래버가 고개를 끄덕였다. "금속 실 같아 보여."

"그게 뭐죠?"

"은박지일 거야. 아니면 아주 얇은 알루미늄을 가늘게 잘라 놓은 것들이야. 초콜릿을 싸는 은종이 같은 거지."

"그렇군요. 숲이 온통 그걸로 덮여 있어요! 왜 그런 걸까요?"

"비행기가 다발로 뿌린 거야. 무선 통신을 방해하려고 말이야. 그러면 비행기가 어디 있는지 위치를 알 수 없게 되거든. 대충 그런 거야. 잘게 자른 은박지들은 공중에서 빙빙 돌고 날아다니면서 전파를 방해하거나 교란시켜."

"겨우 그런 거예요? 크리스마스트리로 가득한 숲처럼 보였는데. 그런데 또 전쟁과 관련이 있다니! 겨우 전쟁에서 벗어났다고 생각했는데."

그들은 숲 쪽을 바라보았다. 숲 속 빈터의 나무에는 나뭇가지마다 은박지가 걸려 반짝거리며 바람에 나부꼈다. 태양이 거대한 구름을 뚫고 비치면서 세상을 온통 반짝반짝 빛나는 동화로 바꾸었다. 급작스러운 죽음과 파괴, 그리고 그에 이어 날카로운 울부짖음을 불러일으키며 쏟아져 내렸던 은박지들이 이제는 아무 소리도 없이 빈짝이며 나뭇가지에 걸려 있었다. 그것들은 그저 은박이고 가물거리는 빛이며 어린 시절의 이야기와 평화의 축제를 떠오르게 하는 추억일 뿐이었다.

엘리자베스가 그래버에게 몸을 기댔다. "우리 저 숲을 그저 보이는 대로 생각하기로 해요. 그 의미가 아니라."

"좋아." 그래버는 외투 주머니에서 폴만이 준 책을 꺼냈다. "우린 신혼여행은 갈 수 없어, 엘리자베스. 하지만 폴만이 내게 이걸 줬어. 스위스의 풍경이 들어 있는 그림책이야. 언젠가 전쟁이 끝나면 그곳으로 가서 못 다한 꿈을 이루는 거야."

"스위스! 밤에도 불이 환한 곳 말이죠."

그래버가 책을 펼쳤다. "스위스도 지금은 어두워. 병영에서 들었는데 우리 정부가 등화관제를 하라고 최후통첩을 보낸 모양이야. 스위스도 어쩔 수 없이 따랐겠지."

"왜 그럴까요?"

"아군기만 스위스 상공을 통과한다면 상관없겠지. 그러나 지금은 적기도 그곳을 통과해서 독일로 오고 있거든. 폭탄을 가득 싣고 말이야. 도시가 불을 밝히고 있으면 비행기들이 쉽게 위치를 찾게 되지. 바로 그 때문이야."

"그렇다면 스위스로 가는 것도 틀렸군요."

"그래. 하지만 한 가지만은 분명해. 언젠가 전쟁이 끝나서 스위스로 가면 그곳의 모든 것은 이 그림들과 똑같을 거야. 이탈리아나 프랑스나 영국의 그림책이라면 결코 그럴 수가 없어."

"독일의 그림책도 그럴 거예요."

"독일의 그림책도 더 이상은 그렇지 않아."

그들은 책을 넘겼다 "산뿐이군요. 스위스에는 산 말고는 없나요? 따뜻한 곳도 남쪽도 없나요?" 엘리자베스가 물었다.

"물론 있지! 여기가 이탈리아와 가까운 스위스야."

"로카르노, 여기서 대규모 평화 회담이 열렸지요. 다시는 전쟁을 일으키지 않겠다고 결의했던 곳이죠?"

"그랬을 거야."

"하지만 그것도 오래가지 않았어요."

"오래가지 않았지. 그래, 여기가 로카르노야. 자, 이걸 봐. 종려나무와 오래된 교회들, 그리고 마지오레 호수도 여기 있어. 여기 섬들에는 진달래도 피었고. 미모사도 태양도 평화도 넘치는 곳이야."

"그렇군요. 그곳은 뭐라고 부르죠?"

"포르토 론코."

"좋아요." 엘리자베스는 그렇게 말하고는 몸을 뒤로 기댔다. "그곳을 기억해 두었다가 다음에 꼭 가기로 해요. 지금은 더 이상 여행하고 싶지 않아요."

그래버는 책을 덮었다. 나뭇가지 사이로 흔들거리는 은빛을 보았다. 그는 엘리자베스의 어깨를 껴안았다. 그녀가 느껴졌다. 숲의 바닥이 갑자기 풀과 넝쿨 그리고 섬세하고 가느다란 이파리들을 가진 꽃잎과 함께 눈앞에 나타났고 그 이파리들은 점점 더 커지더니 마침내 지평선을 덮었다. 그는 두 눈을 감았다.

바람이 멎더니 금방 어두워졌다. 멀리서 나지막하게 우르릉거리는 소리가 들려왔다. 그래버는 몽롱한 잠결에 대포 소리라고 생각했다. 어디서 나는 걸까? 여긴 어딘가? 전선은? 마침내 그는 곁에 있는 엘리자베스를 느끼고 마음을 놓았다. 여기 근처에 포좌가 있는 걸까? 사격 연습을 하는지도 모르는 일이었다.

엘리자베스가 몸을 움직였다. "어디서 나는 소리죠? 폭격할까요, 아니면 계속 날아갈까요?" 그녀가 속삭였다.

"비행기 소리는 아냐."

우르릉거리는 소리가 다시 들려왔다. 그래버는 몸을 일으키고 귀를 기울였다. "저건 폭탄도 대포도 비행기 소리도 아냐,

엘리자베스. 저건 천둥소리야." 그래버가 말했다.

"천둥이 치기에는 아직 이르잖아요?"

"천둥 치는 데 정해진 시간은 없어."

이번에는 번갯불이 번쩍했다. 인간이 만든 번갯불보다 창백하고 인공적이었다. 천둥소리조차 비행 편대의 굉음과 거의 구별되지 않았다. 폭격 소리는 말할 것도 없었다.

비가 내리기 시작했다. 그들은 빈터를 가로질러 전나무 밑으로 달려갔다. 그림자가 그들과 함께 달리는 것 같았다. 그들 위로 나무 꼭대기에 떨어지는 빗소리가 멀리 떨어진 곳에서 군중들이 박수를 치는 소리 같았다. 그리고 그래버는 희미한 빛 아래로 엘리자베스의 머리카락에 나뭇가지에서 떨어진 은빛 실들이 온통 매달려 있는 것을 보았다. 마치 번갯불을 포로로 사로잡는 그물 같아 보였다.

그들은 숲 속에서 나와 걸어가다가 지붕이 있는 전차 정류장을 보았다. 지붕 아래 많은 사람들이 모여 있었는데, 그중에는 친위대원도 몇 명 섞여 있었다. 그들은 젊었고 엘리자베스에게서 눈을 떼지 못했다.

삼십 분 쯤 후에 비가 그치기 시작했다. "우리가 어디에 있는지 모르겠어. 어느 방향으로 가지?" 그래버가 말했다.

"오른쪽으로."

그들은 거리를 가로질러 어둑어둑한 가로수 길로 꺾어 들었다. 사람들이 한 줄로 늘어서서 파이프를 묻는 작업을 하고 있었다. 그들은 줄무늬 옷을 입고 있었다. 엘리자베스는 갑자기 긴장하더니 거리에서 벗어나 노동자들이 있는 곳으로 다가갔다. 그녀는 천천히 그리고 가까이 붙어서 누군가를 찾는 것처럼 그들을 자세히 살펴보았다. 그래버도 노동자들의 옷에 번호가 붙어 있는 것을 알아챘다. 집단 수용소에서 나온 수인들이 분명했다. 그들은 고개도 들지 않고 묵묵히 그리고 서둘러 일만 했다. 그들의 머리는 죽은 자의 해골 같았고 옷은 비썩 마른 몸 위에서 흔들거렸다. 수인 두 명이 판자로 막아 놓은 탄산수 가게 앞에 쓰러져 있었다.

"어이, 이봐! 물러서! 접근 금지다!" 친위대원 하나가 소리를 질렀다.

엘리자베스는 못 들은 척하고 더욱 서둘러서 수인들의 풀죽은 얼굴을 훑어갔다.

"돌아와! 너 거기! 아가씨! 당장! 제기랄, 내 말이 안 들리는 거야?"

친위대원이 욕설을 퍼부으며 다가왔다. "무슨 일인가?" 그래버가 물었다.

"무슨 일이냐고? 귓구멍에 똥이라도 찬 거야? 아니면 무슨 일인가?"

그래버는 또 다른 친위대원이 뛰어오는 것을 보았다. 분대장이었다. 그래버는 엘리자베스에게 돌아오라고 할 수가 없었다. 그녀가 돌아오지 않을 것임을 알았다.

"우린 무언가 찾고 있어." 그가 친위대원에게 말했다.

"무얼? 얼른 말해!"

"여기서 뭔가를 잃어버렸어, 브로치야. 다이아몬드가 박힌 놋단밴데 어젯밤 늦게 이곳을 지나가다 떨어뜨린 게 분명해. 혹시 못 봤어?"

"뭐라고?"

그래버는 거짓말을 반복했다. 엘리자베스가 대열의 중간쯤을 지나가는 것이 보였다. "여기서 발견된 건 아무것도 없어." 분대장이 대답했다.

"시시한 소리로 누구를 속이는 거야! 신분증 있나?" 친위대원이 말했다.

그래버는 말없이 그를 쏘아보았다. 당장이라도 때려눕히고 싶었다. 친위대원은 스무 살도 채 되지 않은 것 같았다. 슈타인브레너, 하이니, 이런 자들과 같은 부류야. "나는 증명서뿐만 아니라 대단한 서류도 가지고 있어. 게다가 친위대 연대장인 힐데브란트는 나와 가까운 친구다. 흥미가 있다면 보여 주지." 그가 말했다.

친위대원이 비웃었다. "그밖엔 또 없나? 총통과도 관계가 있겠지, 안 그래?"

"총통과는 상관없어." 엘리자베스는 거의 대열의 끝에 당도했다. 그래버는 천천히 결혼 증명서를 주머니에서 꺼냈다. "자, 가로등 밑으로 가서 보자. 여기 있는 게 눈에 보이나? 내 결혼 증인의 서명이 보이나? 날짜도? 보다시피 오늘이야. 더 물어볼 것 있나?"

친위대원이 증명서를 자세히 살펴보자 분대장이 다가와 어깨 너머로 들여다보았다. "힐데브란트의 서명이 맞아." 분대장이 인정했다. "알겠소. 하지만 이곳은 다닐 수 없습니다. 금지되어 있어요. 우리로서도 방법이 없소. 브로치 일은 정말 안됐지만."

엘리자베스는 이제 대열의 끝까지 갔다. "나도 미안하오. 금지 구역이라면 더 이상 찾는 걸 포기하겠소. 명령은 명령이니까." 그래버가 대답했다.

그는 엘리자베스 쪽으로 걸어갔다. 분대장이 그래버 옆에서 따라왔다. "혹시 브로치를 찾게 되면 어디로 보내 드릴까요?"

"힐데브란트한테. 그게 제일 간단하오."

"알겠습니다." 분대장이 경의를 표하며 말했다. "뭔가를 찾으셨나요?" 그러고 나서 그는 엘리자베스를 향해 물었다.

그녀는 방금 잠에서 깨어난 것처럼 멍한 시선으로 그를 바라보았다. "여기서 잃어버린 브로치에 대해서 분대장님에게 얘기했어. 만일 찾게 되면 힐데브란트에게 전해 주시겠대." 그래버가 급히 말했다.

"고맙습니다." 엘리자베스가 깜짝 놀라며 대답했다.

분대장은 그녀의 얼굴을 쳐다보며 고개를 끄덕였다. "우리를 믿으십시오! 우리 친위대 대원은 모두 신사입니다."

엘리자베스가 수인 쪽을 쳐다보았고, 분대장은 그것을 알아차렸다. "만일 저 돼지들 중의 하나가 감추었다면 틀림없이 찾아내겠습니다." 분대장이 정중하게 말했다. "놈들이 녹초가 될 때까지 조사해 보겠습니다."

엘리자베스가 움찔했다. "여기서 떨어뜨렸는지 확실하지 않아요. 어쩌면 저 위에 숲 속에서 잃어버렸는지도 모르고요. 그래요, 거기서 잃어버린 것 같아요."

분대장이 씩 웃었다. 그녀는 얼굴을 붉혔다. "아마도 숲 속인 것 같아요." 그녀는 다시 한 번 반복했다.

분대장이 더 환한 얼굴로 씩 웃었다. "물론 거기는 우리의 관할 밖입니다." 그가 설명했다.

그래버는 고개를 푹 숙이고 있는, 뼈만 앙상한 수인 바로 곁에 서 있었다. 그는 주머니에 손을 넣어 담배 한 갑을 꺼내어 수인 곁에 떨어뜨리고는 몸을 돌렸다. “고맙습니다. 내일 숲 속을 찾아보도록 하겠습니다. 혹시 거기 있을지도 모르니까요.” 그가 분대장에게 말했다.

“고마워할 것 없습니다. 하일 히틀러! 그리고 진심으로 결혼을 축하합니다!”

“고맙소.”

그들은 수인들이 보이지 않을 때까지 말없이 나란히 걸었다. 홍학 무리처럼 진주조개 빛과 장밋빛으로 빛나는 한 줄기 구름이 맑게 갠 하늘을 가로질렀다.

“다가가지 말았어야 해요. 이제야 알겠어요.” 엘리자베스가 말했다.

“아무 일도 아냐. 사람 일이란 게 그런 거지 뭐. 위험에서 벗어났다고 생각하는 순간 또 새로운 위험에 빠지는 거야.”

그녀가 고개를 끄덕였다. “당신은 브로치로 우릴 구했어요. 힐데브란트도 써먹었고. 당신은 정말 뛰어난 거짓말쟁이군요.”

“그건 우리가 십 년 동안 완벽에 가깝도록 배운 거야. 이제 집으로 돌아가자. 나는 이제 네 집으로 옮길 수 있는 완전하고 또 문서화된 권리를 가지고 있어. 난 병영에서 잘 권리를 잃었고 오늘 오후엔 알폰스의 집에서도 나왔어. 그러니 이제 집으로 가고 싶어. 아주 사치스럽게 침대에 누워 빈둥거릴 작정이야. 넌 내일 아침 일찍 가족이 먹을 빵을 벌기 위해 직장으로 달려가고 말이야.”

“내일은 공장에 안 나가도 돼요. 이틀 동안 휴가거든요.”

“그 말을 이제 하는 거야?”

"내일 아침까지 말하지 않을 작정이었어요."

그래버가 고개를 가로저었다. "사람 놀라게 하지 마! 그럴 시간도 없어. 일 분이라도 아껴 즐겨야 해. 이제 곧장 시작하는 거야. 아침 식사는 충분해?"

"충분해요."

"좋아. 내일 아침은 요란한 식사를 하자. 원한다면 호엔프리트베르크 행진곡을 틀어 놓고 말이야. 그리고 리저 부인이 도덕적인 이유로 분기탱천한다면 그 밀고자의 낯짝 앞에 결혼 증명서를 내밀어 실망하는 꼴도 감상해야지. 우리의 결혼 증인 친위대 연대장의 서명을 본다면 눈이 얼마나 동그래질까!"

엘리자베스가 미소를 지었다.

"그렇게 심술을 부리진 않을 거예요. 그저께 당신이 놓고 간 설탕을 전해 주면서 당신이 훌륭한 남자라고 갑자기 칭찬하던걸요. 도대체 왜 이렇게 돌변했는지 누가 알겠어요! 당신은 알겠어요?"

"나도 모르겠어. 매수된 거겠지. 우리가 지난 십 년 동안 완벽에 가깝도록 배운 두 번째가 바로 그거야."

20

정오에 공습이 있었다. 흐리고 습기가 가득하면서도 온화한 날이었다. 구름이 잔뜩 끼었고 폭발의 화염은 구름 쪽으로 내던져졌다. 마치 대지가 보이지 않는 적을 향하여 화염을 내던지는 것 같았다. 자신의 무기로 적을 화재와 파괴의 소용돌이 속으로 끌어내리는 것 같았다.

마침 점심시간이었고 거리는 몹시 붐볐다. 그래버는 공습 경비원으로부터 가장 가까운 곳에 있는 방공호에 들어가도록 지시를 받았다. 처음에는 단순한 경보라고 생각했는데 첫 폭발음을 듣는 순간 그는 사람들 사이로 비집고 나와 출입구 가까이로 향했다. 사람들을 들이기 위해 문이 열리는 순간 그래버는 쏜살같이 밖으로 뛰쳐나갔다.

"돌아가! 아무도 거리에 있으면 안 돼! 공습 경비원만 빼고!" 공습 경비원이 밖에서 소리를 질렀다.

"나도 공습 경비원이다!"

그는 공장이 있는 쪽으로 달렸다. 엘리자베스를 만날 수 있을지는 몰랐다. 하지만 폭격이 벌어지면 공장이 주요 목표가 된다는 것을 알고 있었기 때문에 가만히 있을 수는 없었다.

길모퉁이를 돌았다. 그때 거리의 끝에서 집 한 채가 천천히 공중으로 솟아올랐다. 그러고는 공중에서 산산조각이 났고 잔해들은 흩어져 소리도 없이 풀밭으로 떨어졌다. 그래버는 두 팔로 귀를 막은 채 도랑 속에 누웠다. 두 번째 폭발의 공기압이 마치 거인의 손처럼 그를 집어 들어 몇 미터 내동댕이쳤다. 돌조각이 그의 주위로 비처럼 쏟아졌다. 미친 듯한 소용돌이 속에서 소리 없이 떨어져 내렸다. 그는 자리에서 일어나 비틀거리며 세차게 고개를 흔들고 귀를 잡아당겼다. 그리고 정신을 차리려고 다시 이마를 두들겼다. 거리는 순식간에 폭풍우 같은 불꽃에 휩싸였다. 그는 앞으로 나아가지 못하고 몸을 돌렸다.

사람들이 공포에 찬 시선으로 입을 딱 벌린 채 그가 있는 쪽으로 몰려왔다. 그들은 비명을 질렀지만 그는 비명 소리를 들을 수 없었다. 그들 모두 귀먹고 입 막혀 내쫓긴 사람들처럼 그의 옆을 지나쳐 갔다. 그 뒤로 의족을 한 사내가 커다란 뻐꾹 시계를 질질 끌면서 따라갔다. 셰퍼드 한 마리도 머리를 수그린 채 사내의 뒤를 따랐다. 어떤 집의 모퉁이에 다섯 살 가량으로 보이는 여자아이가 서 있었다. 아이는 갓난애를 가슴에 꼭 껴안고 있었다. 그래버가 그 자리에 멈추어 섰다. "가까운 방공호로 돌아가! 부모님은 어디 가셨어? 왜 혼자 여기 있는 거니?" 그가 소리를 질렀다.

아이는 고개를 들지 않았다. 머리를 숙인 채 벽에 몸을 기대고 있었다. 그래버는 갑자기 공습 경비원이 자신을 향해 무언가 들리지도 않게 소리를 지르는 것을 알아차렸다. 그래버도 소리를 질렀지만 자신에게도 들리지 않았다. 공습 경비원은 다시 들리지도 않게 소리를 질렀고 몸짓을 했다. 그래버는 거절의 손짓을 하면서 두 아이를 가리켰다. 유령이 무언극을 하는 것처럼 보였다. 공습 경비원은 한쪽 손으로 그를 제지하면서 다른 손으로는 아이들을 잡으려고 했다. 그래버는 그의 손길을 뿌리쳤다. 그 순간 우레 같은 소리가 들렸다. 그래버는 갑자기 무중력 상태로 빠져들어 하늘로 무한정 뛰어오르는 것 같았다. 그러나 그다음 순간 자신이 물렁물렁한 납덩이가 되고 거대한 망치가 그를 납작하게 내려친 것 같은 느낌이었다.

문이 활짝 열린 옷장이 마치 선사 시대의 육중한 새처럼 그의 머리 위를 스치고 지나갔다. 강력한 회오리바람이 그를 사로잡아 빙빙 돌렸다. 바닥에서 치솟은 화염은 눈부신 황색 빛이 되어 하늘을 가렸으며 환한 백색으로 타오르다가 마치 구름 조각인 양 아래로 추락했다. 그래버는 화염을 잔뜩 마셨고 폐는 불타는 것 같았다. 그는 길바닥에 쓰러져 두 팔로 머리를 감싸고 숨을 멈추었다. 이윽고 머리가 터질 것 같아 고개를 들었다. 눈물과 타오르는 불길을 통해 천천히 하나의 모습이 헤엄치다가 일그러졌고 다시 굳어졌다. 부서지고 얼룩진 담벼락이 계단 위로 쏟아졌고, 다섯 살 소녀의 몸뚱이에는 산산조각 난 층계 조각들이 박혔다. 짧은 스코틀랜드식 치마는 위로 벗겨졌고, 두 다리는 벌려져 속살을 드러내었으며, 두 팔은 십자가형을 당한 것처럼 펼쳐졌다. 철제 격자가 소녀의 가슴을 꿰뚫었는데, 격자 꼭지가 등 뒤로 불쑥 솟아 있었다. 그리고 그 옆으로 공습 경보원의 몸뚱이가 머리도 없이, 살아 있을 때보다는 관절이 더 많아진 채로 축 늘어져 있었다. 조금씩 솟구쳐 올랐던 피들은 서로 합쳐져 흘렀다. 두 다리가 어깨 위에 있어서 마치 죽은 뱀 인간 같았다. 갓난애는 보이지 않았다. 아마도 폭풍 속에 어디론가 내동댕이쳐졌을 것이다. 그리고 그 폭풍은 다시 돌아와 소용돌이치고 불꽃을 쏟아내면서 뜨겁게 활활 타올랐다. 그래버는 옆에 있는 누군가가 소리를 지르는 것을 들었다. "씹할 놈들! 씹할 놈들! 저주받을 놈들!" 그러고는 하늘을 멍하니 쳐다보다 다시 주위를 둘러보았다. 그리고 그렇게 소리치는 사람이 바로 자신이라는 것을 깨달았다.

그는 벌떡 일어나 달리기 시작했다. 공장이 있는 광장까지 어떻게 달려왔는지 몰랐다. 공장은 피해를 입지 않은 것 같았다. 다만 공장 오른편에 새로 폭탄 구덩이가 하나 생겨 있었다. 공장의 공습 경비원이 그를 가로막았다. "내 아내가 여기 있어! 들어가게 해 줘!" 그래버가 소리를 질렀다.

"여기 통행금지야! 방공호는 다른 쪽이야. 광장 끝에 있어."

"젠장, 이 나라에서 금지 안 한 게 있나! 비켜, 아니면……."

공습 경비원이 안쪽 마당을 가리켰다. 거기에는 철근 콘크리트로 만든 작고 납작한 토치카가 있었다. "기관총과 감시 초소다! 멍청한 군바리 녀석! 들어갈 테면 들어가, 멍청이! 아군끼리 싸울 테면 싸워 봐. 안 그래도 네놈을 기다리고 있었다!"

그래버는 더 이상 설명을 들을 필요도 없었다. 기관총이 안마당을 제압하고 있었던 것이다. "감시 초소라고!" 그가 격분해서 말했다. "어디 쓰려고? 다음엔 변소에도 초소를 배치해라. 안에 죄수라도 가두어 두었단 말인가? 빌어먹을 군용 외투 공장에서 뭘 감시한단 말이야?"

"네 생각보단 더 어마어마하지!" 공습 경비원이 가소롭다는 듯이 말했다. "여기서 군용 외투만 만드는 건 아냐. 여자들만 있는 것도 아니고. 군수 공장에는 집단 수용소 죄수들이 수백 명이나 일하고 있어. 이제 알겠나, 일선 애송이?"

"알았어. 그럼 여기 방공호들은 어때?"

"방공호는 나하고 상관없어! 난 밖에서 근무해. 시내에 있는 마누라에게 무슨 일이 있는지도 모르고 있어."

"방공호는 안전한가?"

"물론. 공장에서 필요한 인원들이거든. 자, 이제 꺼져 버려! 누구도 거리에 있어선 안 돼! 저기 있는 사람들이 벌써 낌새를 차렸어. 사보타주를 벌이는지 감시하는 거야!"

폭격은 잦아들었지만 고사포는 계속 발사되고 있었다. 그래버는 옆길을 통해 광장으로 되돌아갔다. 그는 가까운 방공호로 가지 않고 광장 한쪽 끝에 새로 생긴 폭탄 구덩이 속으로 들어갔다. 구덩이는 악취로 질식할 것만 같았다. 그는 가장자리로 기어 나와 거기 누워서 공장을 노려보았다. 그래버는 생각했다. 여기서의 전쟁은 또 달라. 일선에서는 각자가 자신만 보살피면 돼. 같은 중대에 형제라도 있다면 그만큼 신경을 쓰면 되고. 하지만 여기서는 누구든지 가족이 있어. 그리고 누가 총을 맞을지도 몰라. 누구든 같이 당하는 거야. 그러니 곱, 세곱, 아니 열 곱으로 힘든 전쟁이야. 그는 다섯 살짜리 여자애의 시체가 떠올랐다. 자신이 보았던 수많은 시체들, 그리고 부모님과 엘리자베스도 떠올랐다. 별안간에 이 모든 것을 빚어낸 인간들에 대해 발작과도 같은 증오심이 일었다. 조국의 경계선에 머무는 그런 증오심이 아니었으며, 신중함이라든지 정의와는 아무 상관없는 증오심이었다.

비가 내리기 시작했다. 은빛 빗방울이 유린당해 악취를 풍기는 공기 속으로 눈물처럼 떨어졌다. 빗방울들은 다시 튀어 올랐고 사방을, 대지를 어둡게 물들였다. 그때 또 다른 폭격기 편대가 나타났다.

마치 누군가가 가슴을 갈기갈기 찢는 것 같았다. 우레 같은 굉음이 금속성 발광을 일으키는가 하더니, 공장의 일부가 부채꼴처럼 펼쳐진 불꽃 앞에서 검은색이 되어 공중으로 치솟아 올랐다가 산산이 흩어졌다. 땅 아래에서 거인이 장난감을 가지고 놀다가 하늘 높이 던지기라도 한 것 같았다.

그래버는 흰빛으로, 노란빛으로, 푸른빛으로 터지는 유리창을 굳은 표정으로 바라보았다. 그러고는 다시 공장의 정문으로 달려갔다. "왜 또 온 거야? 공장이 박살 난 걸 모르나?" 공습 경비원이 소리를 질렀다.

"알아! 어디야? 어느 쪽이야? 혹시 외투부 쪽이 아닌가?"

"외투부라고! 멍청이, 외투부는 훨씬 뒤쪽이야."

"그래? 내 아내는……."

"이런, 네 아내고 나발이고! 모두 다 방공호로 피신했어. 여긴 부상자와 시체만 남아 있어. 방해하지 말고 빨리 가!"

"모두 방공호로 피했다면서 어째서 사상자가 생긴 건가?"

"그건 다른 것들이야, 멍청이! 집단 수용소에서 온 것들이라고. 그들은 방공호에도 들어갈 수 없어. 그건 분명해. 그것들을 위해 특별 방공호라도 만들어야 한다고 생각하는 거야?"

"아니. 나도 그렇게 생각하지 않아." 그래버가 말했다.

"그럼 됐어! 마침내 정신이 돌아왔군. 그럼 썩 꺼져. 고참병이 그렇게 신경이 약해서야 되겠나. 그리고 폭격은 이미 지나갔어. 완전히 끝났을 거야."

그래버는 고개를 들어 하늘을 쳐다보았다. 고사포만 여전히 짖어 대고 있었다. "친구, 하나만 물어볼게. 하나만! 외투부가 무사한지 알고 싶어. 나를 들여보내 주든지 아니면 자네가 알아봐 주게. 당신은 결혼도 안 했나?"

"물론 했지. 이미 말했다시피. 자네는 내가 아내 생각을 조금도 안 한다고 생각하나?"

"그러니까 알아봐 주게! 그렇게 하면 당신 아내한테는 아무 일도 안 일어날 거야."

공습 경비원이 고개를 가로저으며 그래버를 쳐다보았다. "야, 머리가 돈 거야? 아니면 네가 하느님이라도 되는 거야?"

그는 별채로 들어갔다가 다시 나왔다. "전화를 해 봤어. 외투부는 무사해. 집단 수용소 죄수들만 직격탄을 맞았다는군. 이제 돌아가게! 그런데 넌 결혼한 지 얼마나 된 거야?"

"오 일째야."

공습 경비원이 갑자기 씩 웃었다. "왜 진작 그 말을 하지 않았어? 그렇다면 얘기가 다른데."

그래버는 발길을 돌리며 생각했다. 나는 나를 지탱해 줄 무언가를 가지려고 했어. 하지만 그것을 가지게 되면 그것이 오히려 나를 두 곱이나 고통스럽게 한다는 점은 몰랐던 거야.

이제 지나갔다. 시내는 화재와 죽음의 냄새로 가득했고 온통 불바다였다. 빨간 불, 녹색 불, 노란 불과 하얀 불. 그리고 붕괴된 폐허 위로 뱀처럼 기어 다니는 불, 지붕에서 하늘을 향해 소리 없이 타오르는 불, 아직 그대로 남아 있는 현관에서 아주 부드럽게 밀치고 나와 현관을 수줍고 조심스럽게 꼭 감싸는 듯한 불, 그리고 뻥 뚫린 창에서 거세게 쏟아져 나오는 불. 날름거리는 불꽃과 불의 벽 그리고 폭풍우 같이 밀어닥치는 불도 있었다. 타오르는 시체도 타오르는 부상자도 있었다. 부상자들은 비명을 지르며 집 밖으로 뛰어나와 미친 듯이 맴돌고 달려가다가 곤두박질쳤고, 다시 기어가다가 쉰 목소리로 무언가 소리를 질렀다. 그리고 경련을 일으키고 숨이 가빠 그르렁거렸다. 살이 타는 냄새가 진동했다.

"사람 횃불이다." 그래버의 옆에 서 있던 남자가 말했다. "구할 수도 없어. 산 채로 타 버리는 거야. 저주받을 소이탄에 맞아 피부고 살이고 뼈고 간에 모두 타 버리는 거야."

"어째서 끌 수 없는 거요?"

"일일이 다 끄려면 한 사람당 소화기가 한 개씩은 있어야 해. 그리고 그렇게 갖춘다고 해도 도움이 될지는 미지수요. 저 놈의 악마는 모든 걸 삼켜 버려. 그리고 저 비명 소리!"

"살려 줄 수 없을 바에야 빨리 쏴 주는 게 낫겠군."

"쏴 봐, 그러면 교수형을 당하지! 미친 것처럼 마구 달릴 때 쏴 보라고! 저렇게 달리면 더 불행해질 뿐이야! 그렇게 하면 저절로 횃불이 되거든. 바람을 일으키니까 말이야, 알겠어? 달리면 바람이 일어나고, 그 바람이 불을 부채질하는 거야. 그러면 순식간에 온통 불에 휩싸이게 되는 거지."

그래버가 그 남자를 물끄러미 쳐다보았다. 철모 밑으로 두 눈이 움푹 패여 있었고, 이는 거의 다 빠지고 없었다. "그러면 움직이지 말고 가만히 서 있으란 말인가?"

"이론적으론 그렇게 하는 게 나아. 가만히 서 있거나 아니면 담요 같은 걸로 덮어서 불을 꺼야지. 하지만 누가 지금 여기서 모포를 구할 수 있겠나? 그리고 자기 몸에 불이 붙었는데 누가 가만히 서 있을 수 있겠나?

"불가능하지. 그런데 대체 당신은 뭐야? 방공단인가?"

"말도 안 돼. 난 시체 운반대야. 물론 부상자도 발견하면 운반하지. 저기 마차가 오는군. 드디어."

그래버는 폐허 사이로 흰말이 끄는 마차 한 대가 굴러오는 것을 보았다.

"기다려, 구스타프!" 그래버와 얘기를 나누던 사내가 외쳤다. "여긴 더 이상 마차가 들어올 수 없어. 우리가 날라야 해. 들것을 가져왔나?"

"두 개야."

그래버는 사내의 뒤를 따라갔다. 담벼락 뒤에 시체가 뒹굴고 있었다. 그는 생각했다. 도살장 같아. 아니 도살장보다 못해. 도살장은 더 질서 정연하지. 동물들은 가지런하게 절단되고 피를 흘리고 내장이 제거돼. 하지만 여기서 인간들은 갈가리 찢어지고 뭉개지고 해체되고 그슬려지고 구워져. 헝겊 조각들도 그대로 걸려 있고. 양모 스웨터의 소매, 무늬가 있는 치마, 다리 한쪽만 남은 갈색 코듀로이 바지, 검게 변색된 피투성이 가슴이 철사 줄에 걸려 있는 브래지어. 그리고 한쪽에는 어린애들의 시체가 한 무더기가 되어 널려져 있었다. 아이들은 튼튼하지 않은 방공호에 피신했다가 폭격을 맞은 것이다. 여기저기 흩어진 손과 발, 머리카락이 약간 붙어 있는 짓뭉개진 머리들,

뒤틀린 다리들, 그리고 그 밑에는 책가방이 깔려 있고 죽은 고양이 한 마리가 바구니에 담겨 있었다. 백반증 환자처럼 창백한 얼굴을 한 소년은 상처도 없이 쭉 뻗어 있었는데, 아직 혼이 들어오지 않아서 살아나기를 기다리고 있는 것 같았다. 그리고 그 앞에는 발 한쪽만 제외하고 아주 심하게는 아니지만 골고루 검게 탄 시체 하나가 놓여 있었다. 시신은 남자인지 여자인지 구분할 수 없었다. 성기는 물론이고 가슴까지 불에 타 버린 것이다. 다만 금반지가 하나가 검게 쪼그라든 손가락에서 보란 듯이 반짝거렸다.

"눈동자도 타 버렸어, 눈동자가!" 누군가가 소리를 질렀다.

시체는 자꾸 쌓였다. "린다!" 어떤 여자가 들것 뒤를 따라오면서 부르짖었다. "린다! 린다!"

해가 구름 사이로 얼굴을 내밀었다. 비에 젖은 거리가 반짝거렸다. 쓰러지지 않은 나무들은 벌거벗은 채 녹색으로 빛났다. 비 온 뒤의 햇빛은 신선하고 강렬했다. "절대로 용서할 수 없어." 그래버의 뒤에서 누군가가 말했다.

그래버가 몸을 돌렸다. 우아한 붉은색 모자를 쓴 여인이 아이들의 시체를 내려다보고 있었다. "절대로! 절대로! 이 세상에서도 저 세상에서도 절대로 용서할 수 없어!" 그녀가 말했다.

순찰대가 다가왔다. "저리들 비켜! 여기 서 있으면 안 돼. 빨리들 가라고! 빨리!"

그래버는 발길 닿는 대로 걸었다. 그는 생각했다. 도대체 무얼 용서할 수 없다는 말인가? 이 전쟁이 끝나면 용서받을 것과 용서받지 못할 것은 얼마든지 많이 있을 것이다. 한 생애 동안은 다 정리하지도 못할 것이다. 그는 죽은 아이들을 지금보다 더 많이 보아 왔다. 도처에서, 프랑스, 네덜란드, 폴란드, 러시아에서 죽은 아이들을 보아 왔던 것이다. 그들 모두 그들을 위해 울어 줄 어머니가 있었다. 독일의 어머니들, 아직도 울 수 있고 친위대에 의해 제거되지 않은 어머니들만 있는 것은 아니었다. 하지만 그는 무엇 때문에 이런 생각을 하는 것인가? 한 시간 전만 해도 그는 씹할 놈들! 씹할 놈들! 하면서 비행기들이 떠 있는 하늘을 향해 소리치지 않았던가?

엘리자베스의 집은 직격탄을 맞지 않았다. 하지만 다음다음의 이웃집에 소이탄이 떨어졌고 바람에 불이 옮겨 붙어 세 집 모두 지붕이 불타고 있었다.

문지기가 거리를 서성거렸다. "왜 아무도 불을 끄지 않는 거지?" 그래버가 물었다.

문지기는 멀리 시내 쪽을 가리키면서 되물었다. "왜 아무도 불을 끄지 않는 거지?"

"물이 없는 건가?"

"물은 아직도 조금 있어. 하지만 수압이 약해. 질질 새는 정도야. 물줄기가 지붕까지 올라갈 수 없어. 지붕도 언제 무너질지 모르고."

거리에는 안락의자, 짐 가방, 새장에 넣은 고양이, 그림, 옷 보따리 등이 널려 있었다. 아래층 창에서는 얼굴이 온통 땀으로 젖은 사람들이 흥분한 채 이불과 쿠션으로 감싼 물건들을 거리로 던지고 있었다. 층계를 올라갔다 내려갔다 하는 사람들도 있었다.

"집 전체가 내려앉을까?" 그래버가 문지기에게 물었다.

"소방대가 빨리 안 오면 그럴 수도 있을 거야. 다행히 바람이 잠잠하군. 위층의 수도꼭지란 수도꼭지는 모조리 틀어 놓았고, 탈 만한 것들은 다 치워 버렸어. 더 이상은 도리가 없어. 그런데 약속했던 잎담배는 어떻게 됐나? 하나쯤 맛보고 싶은데?"

"내일, 내일 틀림없이 가져다줄게." 그래버가 말했다.

그는 엘리자베스의 집을 올려다보았다. 그녀의 방은 당장 위험에 처한 것은 아니었다. 두 층이 그 사이에서 완충 역할을 하고 있었다. 엘리자베스의 방 옆 창문으로 리저 부인이 들락날락 하는 모습이 보였다. 그녀는 흰색 보따리를 소중하게 꾸리고 있었는데, 아마도 그 안에 이부자리가 들어 있는 것 같았다.

"나도 짐을 꾸려야지. 그게 좋겠지." 그래버가 말했다.

"물론." 문지기가 대답했다.

코안경을 걸친 남자가 굴린 무거운 짐 가방이 계단 위에 있던 그래버의 정강이뼈에 세차게 부딪쳤다. "죄송합니다." 그는 허공을 향해 공손하게 말하고는 그대로 지나갔다.

출입문은 열려 있었다. 복도는 보따리로 가득했다. 리저 부인이 입술을 깨물고 눈물을 흘리며 그래버 곁을 지나갔다. 그는 엘리자베스의 방으로 들어가서 문을 닫았다.

그는 창가의 안락의자에 앉아 주위를 둘러보았다. 실내에는 갑자기 바깥 세계와 격리된 기묘한 평화로움이 흘렀다. 그는 아무 생각도 없이 잠시 그대로 앉아 있었다. 그러고 나서 그는 짐 가방을 찾았다. 침대 밑에서 두 개를 찾아내고는 짐을 어떻게 꾸릴 것인가 생각했다.

우선 엘리자베스의 옷부터 챙기기 시작했다. 당장 입을 옷가지 몇 벌을 옷장에서 꺼내고 나서 서랍장을 열어 내의와 양말을 챙겼다. 그리고 신발 사이에 작은 편지 묶음을 넣었다. 그동안에도 밖에서는 부르는 소리와 소음이 끊이지 않았다. 밖을 내다보았다. 소방대는 없고 분주히 물건을 나르는 사람들만 보였다. 밍크 외투를 걸치고 작은 가방을 안은 여자가 건너편 파괴된 집 앞에 있는 붉은색 천 의자에 앉아 있는 게 보였다. 아마도 가방 속에 소중한 보석이 들어 있을 것이다. 그래버는 엘리자베스의 보석을 찾기 위해 서랍을 뒤졌다. 작은 장신구가 몇 개 보였다. 가느다란 금팔찌와 자수정이 박힌 오래된 브로치가 나왔다. 그는 금색 실로 된 옷도 챙겼다. 엘리자베스의 물건들을 만지자니 아련한 연정이 마음속에서 일었다. 연정인 동시에 허락되지 않은 무언가를 감히 하고 있다는 가벼운 부끄러움이기도 했다.

그는 엘리자베스 아버지의 사진을 두 번째 짐 가방에 마지막으로 넣고 가방을 잠갔다. 그러고는 다시 안락의자에 앉아 주위를 둘러보았다. 실내에 다시 기묘한 평화가 감돌았다. 잠시 후 이부자리를 가져가야 한다는 생각이 들었다. 그는 리저 부인이 했던 대로 이불과 베개들을 침대 시트에 넣어 말고는 양쪽 끝을 묶었다. 꾸러미를 바닥에 내려놓자 침대 뒤편에 있는 자신의 배낭이 보였다. 그동안 잊고 있었던 것이다. 배낭을 끄집어내는 순간 강철 철모가 바닥으로 떨어졌다. 마치 아래층에서 누군가가 세차게 두드리는 것 같았다. 그는 철모를 한참 동안 내려다보았다. 그러고는 문간에 쌓인 물건들 있는 데까지 발로 밀었다가 함께 아래로 옮겼다.

집들이 타면서 서서히 내려앉았다. 소방대는 오지 않았다. 집 몇 채는 아무것도 아니었다. 불타고 있는 공장들을 구하는 것이 급선무였다. 게다가 도시의 4분의 1이 화염에 휩싸여 있었다.

주민들은 물건들을 끄집어낼 수 있는 만큼 끄집어냈다. 하지만 그것을 가지고 어디로 가야 할지는 몰랐다. 짐을 운반할 수단도 없고 묵을 곳도 없었다. 불타고 있는 집 앞의 일정 구역은 거리와 차단되었다. 그리고 차단선 양편으로 짐이 산더미처럼 쌓여 있었다.

그래버는 플러시 소재로 된 안락의자, 가죽 소파, 의자, 침대와 요람을 보았다. 어떤 가족은 식탁과 의자 네 개를 들고 나와 둘러앉아 있었다. 한쪽 구석을 차지하고서 마치 그곳이 자신들의 소유지인 양 사람들이 지나다니는 것을 막고 있는 일가족도 있었다. 문지기는 터키식 문양이 새겨진 취침용 의자에 누워 잠을 자고 있었다. 집의 담벼락 한쪽에는 리저 부인의 커다란 히틀러 사진 하나가 기대어져 있었다. 그녀는 아이를 품에 안고 침대에 앉아 있었다.

그래버는 엘리자베스의 방에서 비더마이어풍 안락의자를 가지고 나와 거기에 앉고 짐 가방과 배낭과 다른 물건들은 바로 곁에 두었다. 그는 피해를 입지 않은 집에 짐을 맡겨 보려고 했다. 그러나 창문 뒤로 얼핏 얼굴들이 보이는 두 집의 벨을 눌러 보았으나 아무 반응이 없었다. 다른 집에도 이미 짐이 가득 차 있어서 마찬가지였다. 마지막 집에서는 한 여자가 그를 향해 소리를 질렀다. "감히 그런 꾀를 내다니! 그렇게 맡겨 놓고 나중에 여기 눌러 앉으려는 거죠, 안 그래요?"

그래버는 결국 포기하고 말았다. 그러나 자리로 돌아왔을 때 그는 빵과 생필품을 싸 놓았던 꾸러미가 없어졌다는 것을 알아차렸다. 그는 나중에서야 식탁에 둘러앉아 있던 가족이 몰래 음식을 먹고 있는 것을 보았다. 그들은 고개를 돌린 채 음식을 삼키고 있었고 입가에는 부스러기가 남아 있었다. 그러나 그 음식은 다른 사람에게 조금도 양보하고 싶지 않은 그들의 것일 수도 있었다.

그때 갑자기 엘리자베스가 눈에 들어왔다. 그녀는 차단선을 넘어서 들어왔고 넘실거리는 불빛을 받으며 텅 빈 공간에 서 있었다.

"여기야, 엘리자베스!" 그가 소리를 지르며 벌떡 일어났다.

그녀도 뒤를 돌아다보았으나 그래버를 금방 알아보지는 못했다. 그녀는 불을 배경으로 검은 물체처럼 서 있었고 오직 머리카락만이 붉게 빛났다. "여기야!" 그는 다시 소리를 지르면서 손을 흔들었다.

그녀는 그에게로 달려왔다. "여기 있었군요! 다행스럽게도!"

그는 그녀를 힘껏 껴안았다. "너를 데리러 공장으로 갈 수가 없었어. 네 물건을 지켜야 했어."

"난 당신에게 무슨 일이 일어났을까 봐 걱정했어요."

"나한테 무슨 일이 있겠어?"

"당신한테도 무슨 일이 생길 수는 있어요!"

그녀는 그의 가슴에 기대 가쁘게 숨을 쉬었다. "그렇지, 미처 그 생각은 못했어. 난 당신 걱정만 했거든." 그가 놀란 듯이 말했다.

그녀는 위를 올려다보았다. "여기는 어떻게 된 거죠?"

"지붕에 불이 붙었어."

그녀는 여전히 가쁜 숨을 몰아쉬고 있었다. 그는 길 모서리에 물 한 통과 그 옆에 컵 하나가 있는 것을 보았다. 그는 그쪽으로 내려가서 컵에 물을 가득 따라 엘리자베스에게 주었다.

"자, 이거 마셔!"

"이봐요! 당신! 그건 우리 물이에요!" 한 여자가 소리쳤다.

"컵도 우리 거야." 이번에는 주근깨가 있는 열두 살쯤 먹은 사내아이가 소리를 질렀다.

"그냥 마셔." 그래버는 엘리자베스에게 그렇게 말하고는 몸을 돌렸다. "공기는 어떤가? 그것도 당신네들 거야?"

"물하고 컵을 돌려줘요. 통째로 저 사람들 머리 위로 쏟아 버리는 것도 좋겠네요." 엘리자베스가 말했다.

그래버가 컵을 그녀의 입에 갖다 댔다. "아냐. 다 마셔. 줄곧 달려왔잖아?"

"그래요. 줄곧."

그래버는 물통이 있는 곳으로 되돌아갔다. 그에게 소리를 지른 여자는 식탁에 둘러앉아 있던 가족 중의 한 명이었다. 그는 다시 통에서 물을 가득 따라 마시고는 컵을 물통 옆에 내려놓았다. 그들은 이번에는 아무 말도 하지 않았다. 그러나 그래버가 돌아서자마자 꼬마가 즉시 달려와 컵을 들고 가서 식탁에 올려놓았다. "돼지 같은 것들!" 문지기가 식탁 주위의 가족을 향해 소리를 질렀다. 그는 힘겹게 일어나 하품을 하더니 다시 누워 버렸다. 그때 첫 번째 집의 지붕이 내려앉았다.

"여기 내가 옷을 꾸려 놓았어. 거의 네 옷이야. 네 아버지 사진도 거기에 있어. 침대 시트도 들어 있고. 가구도 꺼내도록 해 볼게. 아직 늦지 않았으니까." 그래버가 말했다.

"그냥 놔둬요. 다 타도록."

"왜? 아직 시간이 있는데."

"그냥 타도록 내버려 둬요. 그러면 모든 게 끝나 버릴 테니까. 그게 맞아요."

"무엇이 끝나지?"

"과거가. 과거는 우리로서도 어쩔 수 없어요. 우리에게 짐만 될 뿐이에요. 좋았던 것도 마찬가지예요. 우린 모든 걸 새로 시작해야 해요. 과거는 이미 무너졌어요. 우린 돌아갈 수 없어요."

"하지만 가구는 팔 수도 있는데."

"여기서?" 엘리자베스가 주위를 둘러보았다. "길거리에서 경매를 할 순 없어요. 봐요! 가구는 너무 많고 집은 별로 없어요. 이런 상태가 오래갈 거예요."

다시 비가 내리기 시작했다. 굵고 뜨뜻한 빗방울이었다. 리저 부인은 우산을 펼쳐 들었다. 꽃이 달린 새 모자를 꺼내 왔던 여자가 무심결에 그것을 쓰고 있다가 벗어서 옷 속으로 감췄다. 문지기가 다시 잠에서 깨어나 재채기를 했다. 리저 부인이 가지고 나온 유화 속의 히틀러는 빗속에서 마치 울고 있는 것처럼 보였다. 그래버는 배낭에서 외투와 천막용 방수포를 꺼냈다. 그는 외투를 벗어 엘리자베스를 감싸 주고 침대 위에 텐트를 세우기 시작했다. "오늘 밤에 잘 곳을 마련해야 돼." 그가 말했다.

"비 때문에 불이 꺼질지도 몰라요. 이 사람들은 모두 어디서 잘까요?"

"모르겠어. 이 거리는 잊어버린 모양이야."

"여기서도 잘 수 있어요. 침대도 있고 외투도 있고 천막도 있으니까요."

"그럴 수 있을까?"

"피곤하면 어디서든 잘 수 있어요."

"빈딩의 집에 빈방이 있긴 해. 거기로 가긴 싫지?"

엘리자베스가 고개를 저었다.

"폴만 선생님 댁도 있어. 그분의 지하 납골당에 잠잘 곳이 있어. 며칠 전에 여쭈어 보았거든. 임시 숙박소는 틀림없이 꽉 찼을 거야. 그런 게 있다면 말이야." 그래버가 말했다.

"조금 더 기다려 봐요. 우리 층은 아직 타지 않았으니까."

엘리자베스는 군용 외투를 입고 빗속에 서 있었다. 그녀는 조금도 의기소침해하지 않았다. "마실 게 좀 있었으면 좋겠어요. 물 말고." 그녀가 말했다.

"있고말고. 짐을 꾸리다가 책장 뒤에서 보드카를 발견했어. 잊고 있었던 거야."

그래버가 침대 시트를 풀었다. 술병은 이불 솜털 속에 숨겨 놓았고 그래서 도둑을 맞지 않았던 것이다. 그는 술잔도 꾸려 놓았다. "여기 있어. 다른 사람이 눈치채지 않도록 조심히 마셔야 해. 들켰다가는 리저 부인이 국가적 불행을 비웃는다고 고발할 테니까 말이야."

"다른 사람이 눈치채지 못하게 하려면 오히려 조심하지 말아야 해요. 난 경험으로 그걸 깨쳤어요." 엘리자베스는 잔을 받아들고 쭉 마셨다. "멋져요. 내가 원하던 거예요. 마치 야외 카페에 있는 것 같아요. 담배도 있죠?"

"전부 가지고 나왔어."

"좋아요. 그럼 우린 필요한 걸 전부 갖춘 셈이군요."

"가구를 몇 개 더 꺼낼까?"

"올라가지 못하게 하고 있어요. 그리고 가지고 와도 쓸 데가 없어요. 오늘 밤 우리가 잘 곳으로 가구를 가져갈 순 없잖아요."

"한 사람은 지키고 다른 사람은 숙소를 찾으면 돼."

엘리자베스는 고개를 흔들고는 잔에 남은 술을 비웠다. 지붕이 무너졌다. 벽이 흔들리는가 하더니 곧이어 위층의 바닥이 무너졌다. 그 집에 살던 사람들은 거리에서 비명을 질렀다. 커튼 밖으로 불꽃이 넘실거렸다. "우리 층은 아직 괜찮아." 그래버가 말했다.

"오래 걸리지 않을 거요." 그의 뒤에서 한 사내가 말했다.

그래버는 뒤를 돌아다보았다. "왜 그렇지요?"

"우리보다 당신들이 운이 좋다는 법은 없어, 젊은이, 난 저기서 이십삼 년이나 살았어. 그런데 지금 그게 불타고 있는 거야. 그러니 당신 집이 불타지 말란 법은 없는 거지."

그래버는 사내를 묵묵히 쳐다보았다. 야윈 대머리 사내였다. "저는 이런 건 우연의 문제일 뿐 도덕의 문제는 아니라고 봅니다."

"정의의 문제지. 그게 무슨 말인지 안다면!"

"잘은 모르겠습니다만, 그건 제 탓이 아닙니다." 그래버가 씩 웃었다. "아직도 그런 걸 믿고 계신다면 힘든 인생을 사시는 겁니다. 보드카 한 잔 드릴까요? 화를 내는 것보다는 이게 더 도움이 될 겁니다."

"고맙소! 하지만 술은 관두시오! 이제 당신 방이 무너지면 필요할 테니까."

그래버는 술병을 도로 내려놓았다. "우리 방이 무너지는지 내기하겠습니까?"

"뭐라고?"

"내기를 하겠느냐고요?"

엘리자베스가 큰 소리로 웃었다. 대머리가 두 사람을 멍하게 바라보았다. "이 천박한 양반아, 내기를 하자고? 그리고 아가씨도 덩달아 웃어? 정말이지 말세야!"

"아가씨가 웃지 말란 법이 어디 있어요? 우는 것보다는 웃는 게 낫죠. 특히 둘 다 아무 소용이 없을 땐 말입니다." 그래버가 말했다.

"당신들은 기도나 하시오!"

윗벽이 안쪽으로 무너져 내려앉기 시작했다. 윗벽은 그 층의 바닥을 뚫고 엘리자베스의 방 위로 떨어졌다. 리지 부인은 우산으로 얼굴을 가리고 발작적으로 흐느끼기 시작했다. 식탁에 둘러앉은 가족들은 알코올램프에 맥아 커피를 끓이는 중이었다. 붉은색 안락의자에 앉아 있던 여자는 의자 등받이 위로 신문지를 펼쳐서 비를 막아 보려고 애를 썼다. 요람 속의 아이도 소리를 질렀다. "우리의 이 주간의 보금자리가 사라지고 있어."

"정의다!" 대머리가 만족해서 소리를 질렀다.

“내기를 했으면 좋았을걸 그랬네요. 당신이 이긴 게 틀림없으니까.”

“난 유물론자가 아냐, 젊은이.”

“그럼 왜 그렇게 집 때문에 소리를 질렀나요?”

“저건 내 집이었어. 자넨 그걸 이해 못해.”

“모릅니다, 당연하지만요. 독일 제국은 너무 일찍부터 나를 세계를 떠도는 방랑자로 만들었으니까요.”

“그걸 고맙게 생각해야 돼.” 대머리가 입에 손을 갖다 대고는 꿀꺽 침을 삼켰다. “그건 그렇고 이제는 보드카 한잔 얻어 마실 수 있겠지.”

“이제는 드릴 수 없습니다. 대신에 기도나 하시지요.”

리저 부인의 방에서 불꽃이 튀었다. “책상이 타고 있어요. 밀고자의 책상 속에 든 것도 모두!” 엘리자베스가 속삭였다.

“원하는 바였어. 석유 한 방울을 거기 뿌려 놓았지. 그런데 우린 이제 뭘 하나?”

“잘 곳을 찾아야 해요. 잘 곳이 없으면 거리에서 자요.”

“거리나 공원에서.” 그래버는 하늘을 올려다보았다. “텐트로 비는 막을 수 있어. 하지만 다 막을 수는 없어. 지하 은신처 같은 데가 있으면 좋을 텐데. 안락의자와 책은 어떻게 해야 할까?”

“여기 그대로 두기로 해요. 내일까지 그대로 있다면 그건 그때 결정하기로 하고.”

그래버는 배낭을 지고 침구를 어깨에 둘러멨다. 엘리자베스는 짐 가방을 들었다. “이리 줘. 난 짐을 끌고 다니는 데 익숙하니까.”

다른 두 집의 위층이 우지직 소리를 내며 무너졌다. 불붙은 나무 조각들이 사방으로 튀었다. 리저 부인이 날카롭게 비명을 지르면서 껑충 뛰어올랐다. 새빨갛게 달아오른 숯불이 밧줄로 차단된 거리를 넘어서 그녀의 얼굴에 명중한 것이다. 엘리자베스의 방에서도 화염이 솟구쳤다. 그리고 이어서 천장이 무너졌다. "이제 가요." 엘리자베스가 말했다.

그래버는 창을 올려다보았다. "좋은 날이었어. 정말 최고의 날이었어. 이제 가자." 그가 말했다.

엘리자베스의 얼굴이 화염으로 붉게 빛났다. 그들은 안락의자 사이로 걸어갔다. 대부분의 사람들은 말없이 그리고 체념한 표정으로 앉아 있었다. 어떤 사람은 옆에 책을 한 꾸러미 쌓아 놓고 읽고 있었다. 보도 위에는 중늙은이 두 명이 어깨를 나란히 한 채 앉아 있었다. 그들은 망토를 걸치고 있었는데 마치 머리가 두 개 달린 가련한 박쥐와 같은 모습이었다.

"어제까지만 해도 절대로 헤어질 수 없다고 믿었던 것들과 헤어지는 것이 얼마나 쉬운 일인지, 정말 놀라워요." 엘리자베스가 말했다.

그래버는 다시 한 번 주위를 둘러보았다. 집을 가지고 달아났던 주근깨 꼬마가 어느새 그들의 비더마이어풍 안락의자를 차지하고 앉아 있었다. "리저 부인이 깡충깡충 뛰는 동안에 핸드백을 슬쩍했어. 서류가 가득 들어 있어. 불 속에 던져 버려야지. 그러면 누군가가 집단 수용소로 끌려가는 것을 막을 수 있을지도 몰라." 그가 말했다.

엘리자베스가 고개를 끄덕였다. 그녀는 두 번 다시 뒤돌아보지 않았다.

그래버가 오랫동안 노크를 했다. 그러고는 문을 흔들어 보았다. 그러나 아무도 문을 열어 주지 않아 엘리자베스가 있는 곳으로 돌아왔다. "폴만 선생님이 집에 안 계셔. 아니면 아무에게도 문을 열어 주지 않으려고 하실 수도 있고."

"이제 여기 계시지 않는지도 몰라요."

"다른 데 어디서 살 수 있겠어? 가실 데가 없어. 지난 세 시간 동안 봤잖아. 혹시……." 그래버는 다시 문 앞으로 갔다. "아냐. 게슈타포는 오지 않았어. 만일 왔다면 다른 꼴이었을 거야. 이제 어떡하지? 방공호로 갈까?"

"싫어요. 이 근처에 있을 데가 없을까요?"

그래버가 주위를 살펴보았다. 밤이었다. 어둠침침한 붉은 하늘을 배경으로 검은 폐허가 들쭉날쭉하게 서 있었다. "여기 지붕이 조금 나와 있어. 이 아래에 있으면 비는 맞지 않겠어. 한쪽으론 천막을 걸고 다른 쪽으론 외투를 걸치면 되겠네." 그가 말했다.

그래버가 대검을 꺼내 지붕을 두들겼지만 아무 일이 없었다. 그는 폐허에서 쇠막대기를 몇 개 찾아내 그것을 힘껏 땅에 박고 그 위에 천막을 걸쳤다. "이건 커튼이야. 다른 한쪽에 외투를 걸면 이제 텐트가 되는 거야. 어떻게 생각해?"

"도와줄까요?"

"아니. 짐을 지키고 있어. 그걸로 충분해."

그래버는 바닥에 깔린 파편과 돌멩이를 치웠다. 그런 다음에 짐 가방을 들여놓고 잠자리를 마련했다. 배낭은 머리맡에 놓았다. "이제 숙소가 마련됐어. 난 지금까지 이것보다 더 험한 곳에서 살았어. 물론 당신은 아니지만." 그가 말했다.

"시간이 지나니까 나도 익숙해지고 있어요."

그래버는 엘리자베스의 비옷과 알코올램프 그리고 알코올병을 꺼냈다. "빵은 도둑맞았지만 배낭 속에 통조림이 몇 개 있어."

"요리할 데는? 냄비는?"

"반합이면 충분해. 빗물도 얼마든지 있고. 또 보드카도 남았어. 뜨거운 물을 술에 타는 것도 괜찮아. 그러면 추위를 덜 타거든."

"차라리 보드카를 그대로 마실래요."

그래버가 램프에 불을 붙였다. 푸르스름한 불빛이 텐트를 환하게 만들었다. 그는 콩 통조림을 땄다. 그리고 그것을 데워서 결혼 증인 클로츠에게서 받은 소시지 남은 것과 함께 먹었다. "폴만 선생님을 더 기다려 볼까, 아니면 잠을 잘까?"

"자고 싶어요. 피곤해요."

"옷을 입은 채로 자야 해. 그럴 수 있지?"

"피곤해서 금방 잠들 거예요."

엘리자베스는 구두를 벗어서 도둑맞지 않도록 배낭 앞에 놓았다. 그리고 양말은 말아서 주머니에 넣었다. 그래버는 그녀에게 모포를 덮어 주었다. "어때?"

"호텔 같아요."

그는 엘리자베스의 옆에 몸을 뉘었다. "집 때문에 슬프지 않아?"

"아뇨. 처음 공습을 당한 이후로 각오하고 있었어요. 처음에는 슬펐지만 그 뒤로는 모든 시간이 선물이라는 생각이 들었어요."

“그래, 맞아. 하지만 항상 그런 맑은 마음으로 살아가는 건 힘들지 않을까?”

“모르겠어요. 희망이 없다면 또 모르죠. 하지만 지금은 모든 게 달라요.” 그녀가 그의 어깨에 기대 중얼거렸다.

그녀는 잠이 들었다. 천천히 그리고 조용히 숨을 쉬었다. 그래버는 잠시 동안 말똥말똥한 채로 누워 있었다. 일선의 병사들이 이룰 수 없는 소망이라고 말하던 것들 중의 하나가 바로 이것이 아니던가. 숙소, 침대, 여자, 그리고 고요한 밤.

21

그는 잠에서 깨어났다. 폐허 더미를 조심스럽게 밟는 발소리가 들려왔던 것이다. 그는 살그머니 모포에서 기어 나왔다. 엘리자베스는 몸을 뒤척이다가 다시 잠들었다. 그래버는 천막을 통해 밖을 살폈다. 폴만이 돌아왔을 수도 있고 아니면 도둑이나 게슈타포가 왔을 수도 있었다. 그들은 대개 이런 때에 나타난다. 만일 게슈타포라면 폴만이 집으로 오지 않도록 미리 일려야 했나.

어둠 속에서 그림자 두 개가 어른거렸다. 그는 최대한 숨을 죽이고 그들을 따라갔다. 신발도 신지 않았다. 하지만 몇 미터도 못 가서 헐겁게 서 있던 담벼락 잔해에 부딪혔고, 잔해는 소리를 내며 무너졌다. 그는 몸을 움츠렸고 그림자들 중 하나가 뒤를 돌아다보았다. "거기 누구요?" 폴만의 목소리였다.

그래버가 자리에서 일어났다. "폴만 선생님, 접니다. 에른스트 그래버입니다."

"그래버? 자네가 무슨 일인가?"

"아무것도 아닙니다. 집이 폭탄에 맞아 갈 곳이 없었습니다. 선생님 댁에서 우리가 하루나 이틀 정도 묵을 수 있을까 해서 왔습니다."

"누구라고?"

"저와 제 아냅니다. 며칠 전에 결혼했거든요."

"물론, 물론이고말고." 폴만이 다가왔다. 그의 얼굴은 어둠 속에서 아주 창백하게 빛났다. "내가 오는 걸 보았던가?"

그래버는 잠시 주저하다가 대답했다. "예." 지나치게 조심하는 것은 아무 소용도 없었다. 그건 엘리자베스를 위한 것도 아니며, 지금 폐허 어딘가에 소리 없이 숨어 있는 그 사람을 위한 것도 아니었다. "예. 저를 믿으셔도 됩니다." 그가 반복해서 말했다.

폴만이 이마를 문질렀다. "그래, 틀림없어." 그는 어쩔 줄 모르고 그대로 서 있었다. "자네는 내가 혼자가 아닌 걸 보았겠지?"

"그렇습니다."

폴만은 마침내 결단을 내린 것 같았다. "좋아, 들어오게. 잔다고 했지. 실내가 넓지는 않아. 하지만 일단 들어오게."

그들은 모퉁이를 돌아갔다. "별일 아니네." 폴만이 그림자를 향해 말했다. 폐허에서 한 남자가 나타났다. 폴만은 자물쇠를 열고 그래버와 그 남자를 안으로 들어가게 했다. 그러고는 다시 안에서 현관문을 잠갔다. "그런데 자네 아내는 지금 어디 있나?"

"밖에서 자고 있습니다. 이부자리를 가지고 와서 천막을 만들었습니다."

폴만은 어둠 속에 가만히 서 있었다. "자네에게 미리 말해 두겠는데, 여기 있다가 발각되면 자네가 위험해질지도 몰라."

"알고 있습니다."

폴만이 헛기침을 했다. "나 때문에 위험하다는 거네. 나는 지금 혐의를 받고 있거든."

"저도 그렇게 알고 있습니다."

"자네 아내도 마찬가지인가?"

"그렇습니다." 그래버가 잠시 뜸을 들인 뒤 대답했다. 또 다른 남자는 그래버의 등 뒤에서 쥐 죽은 듯이 조용히 서 있었다. 그의 숨소리만 들렸다. 폴만이 걸어가서 문을 닫고 커튼을 내린 후 아주 작은 램프에 불을 붙였다. "이름은 모르는 게 좋아. 이름을 모르면 누설할 수도 없으니까. 에른스트와 요제프만으로도 충분해." 그가 말했다.

요제프는 아주 지쳐 보였다. 마흔 살 정도 되는 남자로 좁고 긴 유대인의 얼굴이었다. 아주 침착해 보였고 그래버에게 미소를 지었다. 그러고는 옷에 묻은 석회 먼지를 털어 냈다.

"여기도 더 이상 안전하지는 않아." 폴만은 그렇게 말하고 자리에 앉았다. "하지만 요제프는 오늘 밤 여기서 지내야 해. 어제까지 지내던 집이 없어졌거든. 내일 낮에 다른 은신처를 찾아봐야지. 여기는 더 이상 안전하지 않아. 요제프, 그 때문이야."

"알겠습니다." 요제프가 대답했다. 의외로 굵은 목소리였다.

"그리고 에른스트?" 폴만이 물었다. "자네는 내가 혐의를 받고 있다는 걸 알아. 혐의를 받고 있는 사람의 집에 머무른다는 것, 또 수배 중인 사람과 밤에, 이런 시각에 같이 있다가 발각된다는 게 어떤 의미인지 알고 있을 테지."

"예."

"어쨌든 오늘 밤은 아무 일도 없을 거야. 시내가 아수라장이니까. 그러나 사람의 일이란 알 수 없는 거야. 그래도 괜찮은가?"

그래버는 아무 말도 하지 않았다. 폴만과 요제프는 서로를 쳐다보았다. 그래버가 말했다. "저 자신은 두려워할 것도 없습니다. 며칠 후면 일선으로 돌아가야 하니까요. 그러나 아내의 경우는 다릅니다. 계속 여기서 살아야 합니다. 미처 그 점은 생각지 못했습니다."

"자네를 내쫓으려고 그러는 게 아니네."

"잘 압니다."

"밖에서 자면 어떻겠소?" 요제프가 물었다.

"물론 가능합니다. 비를 맞지 않도록 텐트도 쳐 놓았고요."

"그러면 밖에 있도록 하시오. 그래야 당신과 우리는 아무 관계도 없는 게 됩니다. 내일 아침 일찍 짐을 여기로 옮기시오. 당신이 가장 걱정하는 건 그것이지요, 안 그렇습니까? 아니면 카타리나 성당에 짐을 맡길 수도 있어요. 그 성당의 집사가 허락할 겁니다. 훌륭한 사람이거든요. 성당은 일부만 파괴되었어요. 지하실은 멀쩡합니다. 거기에 짐을 보관하시지요. 그러면 낮 동안 마음 놓고 거처를 구하러 다닐 수 있소."

"맞는 말이야, 에른스트. 요제프는 이런 일에 있어선 우리보다 밝아." 폴만이 말했다.

그래버는 오래전과 마찬가지로 다시 자신의 이름을 부르고 있는 이 지친 노인에게 갑자기 진한 애정이 솟구쳤다. "저도 그렇게 생각되는군요. 괜히 선생님을 번거롭게 해서 죄송합니다." 그가 대답했다.

"무슨 일이건 있으면 아침 일찍 오게. 두 번은 천천히, 그리고 두 번은 빨리 노크를 하게. 요란하지 않게 말이야. 그러면 내가 알아들어."

"알겠습니다. 고맙습니다."

그래버는 텐트로 돌아왔다. 엘리자베스는 아직 잠들어 있었다. 그가 몸을 눕히자 그녀는 어슴푸레 잠을 깼다가 다시 잠들었다.

그녀는 아침 6시에 잠에서 깼다. 마차가 덜거덕거리며 지나갔다. 그녀가 기지개를 켰다. "너무 잘 잤어요. 그런데 여긴 어디죠?" 그녀가 말했다.

"얀 광장이야."

"그렇군요. 그런데 오늘 밤은 어디서 자죠?"

"그건 낮 동안에 생각하기로 하지."

그녀는 다시 누웠다. 텐트와 외투 사이로 서늘한 아침 햇살이 비쳐 들어왔고 새들은 지저귀며 노래했다. 그녀는 외투를 옆으로 밀쳤다. 바깥에는 아침 하늘이 노랗게 빛나고 있었다. "어떻게 보면 집시의 생활 같아요. 모험으로 가득 찬." 그녀가 말했다.

"그래, 그런 식으로 생각하기로 해. 어젯밤에 폴만 선생님을 만났어. 필요한 게 있으면 선생님을 깨우면 돼." 그가 말했다.

"필요한 건 없어요. 커피는 아직 있죠? 여기서 요리해도 될까요, 아니면?"

"이성적인 건 모두 그렇듯이 요리도 금지돼 있어. 하지만 무슨 상관이야? 우린 집시야."

엘리자베스는 머리를 빗기 시작했다. "집 뒤의 항아리에 깨끗한 빗물이 고여 있어. 세수 정도는 간단히 할 수 있을 거야." 그래버가 말했다.

엘리자베스가 상의를 걸치며 말했다. "주변을 살펴보고 싶어요. 마치 시골에 온 것 같군요. 물도 펌프로 푸고. 예전 같으면 낭만적이었겠죠, 안 그래요?"

그래버가 큰 소리로 웃었다. "지금도 그래. 러시아의 진창에 비한다면 말이야. 결국은 생각하기 나름이야."

그는 이부자리를 둥글게 말았다. 그리고 램프에 불을 붙이고 물을 담은 반합을 위에 올렸다. 갑자기 엘리자베스의 방에서 그녀의 배급표를 찾아오지 않은 것을 깨달았다. 그녀는 막 세수를 하고 돌아왔고, 얼굴에 생기가 넘쳤다. "배급표를 갖고 있어?" 그가 물었다.

"아뇨. 창가의 책상에 두었는데. 작은 서랍 속에."

"야단났군! 그걸 가져오는 걸 잊어버렸어. 왜 그 생각을 못했을까? 시간은 충분했는데."

"더 중요한 다른 것들을 생각했겠죠. 예를 들면 내 황금색 옷 말예요. 배급표는 오늘 새로 신청하면 돼요. 배급표가 불타 버리는 건 종종 있는 일이니까."

"엄청나게 오래 걸릴지도 몰라. 독일 관리들은 세상의 종말이 와도 좀스럽게 구는 걸 멈추지 않으니까."

엘리자베스가 큰 소리로 웃었다. "공장에서 한 시간 조퇴하고 배급표를 받으러 가겠어요. 집이 불타 버렸다는 보증은 문지기가 해 줄 테죠."

"오늘도 출근할 생각이야?" 그래버가 물었다.

"가야 해요. 집이 불타 버리는 건 늘 있는 일이에요."

"빌어먹을 공장을 불 질러 버리고 싶군."

"나도 그래요. 하지만 그러면 다른 공장으로 배치되겠죠. 더 지독한 곳으로. 어쨌든 무기를 만드는 공장으로 가고 싶지는 않아요."

"그냥 빠져 버리는 건 어때? 어제 당신한테 무슨 일이 있어 났는지 누가 알겠어? 물건을 건져 내다가 다쳤을 수도 있잖아."

"그런 것도 증명서를 제출해야 해요. 공장에도 의사와 경찰이 있거든요. 만일 거짓말을 하다가 탄로 나면 처벌받아요. 시간 외 노동을 하거나 휴일이 취소될 수도 있고, 더 심하면 집단 수용소로 보내져 국민 교육을 받아야 해요. 거기서 돌아오는 사람은 다시는 빠질 생각을 못하죠."

엘리자베스가 대용 커피를 담은 반합 뚜껑에 뜨거운 물을 부었다. "내가 사흘간 휴가를 냈다는 걸 잊지 말아요. 한꺼번에 너무 많은 요구를 할 순 없어요." 그녀가 아버지 때문에 그렇게 하지 못한다는 걸 그는 알고 있었다. 그렇게 해야 아버지한테 도움이 된다고 믿는 것이다. 그것은 모든 사람의 목을 죄고 있는 올가미와 같은 것이었다.

"나쁜 놈들! 사람들을 가지고 아주 달달 볶는군!" 그가 말했다.

"여기 커피 있어요. 화내지 말아요, 우린 그럴 시간이 없어요."

"바로 그것 때문에 화가 나는 거야, 엘리자베스."

그녀가 고개를 끄덕였다. “알아요. 우리는 시간이 별로 없어요. 게다가 함께 지낸 시간도 짧았어요. 당신의 휴가는 끝나가고, 또 그 대부분은 기다리는 데 써 버렸어요. 나도 용기를 내서 당신이 있는 동안만이라도 공장 일을 쉬어야 하는데.”

“당신은 용기가 대단해. 그리고 기다릴 게 아무것도 없는 것보다는 무언가를 기다리는 편이 언제나 더 나은 거야.”

그녀가 그에게 키스했다. “당신은 옳은 말을 찾는 법을 빨리도 익혔군요. 이제 가야 해요. 그런데 오늘 밤은 어디서 만나죠?” 그녀가 말했다.

“어디서 만날까? 지금은 마땅한 장소도 없어. 우리는 처음부터 새로 시작해야 해. 내가 공장으로 당신을 데리러 갈게.”

“만일 그사이에 무슨 일이 생긴다면요? 공습이나 교통 차단 같은.”

그래버는 잠시 생각했다. “난 짐을 꾸려서 카타리나 성당으로 갈 거야. 그곳을 우리가 만나는 두 번째 장소로 정하기로 하지.”

“밤에도 문이 열려 있나요?”

“왜 밤이야? 밤에는 돌아가기도 힘든데.”

“그야 알 수 없어요. 한번은 여섯 시간이나 방공호 속에 쪼그리고 앉아 있었어요. 최악의 경우 소식이라도 전해 줄 사람이 있으면 좋을 테지만. 만날 장소를 정해 놓는 것만으론 안심할 수 없어요.”

“우리 두 사람 중 한쪽에 무슨 일이 생기는 경우를 말하는 거야?”

“그래요.”

그래버도 고개를 끄덕였다. 그는 사람들이 얼마나 쉽게 실종되는지 잘 알고 있었다. "오늘은 폴만 선생님께 부탁할 수도 있어. 아니, 거긴 불안해." 그는 곰곰이 생각하다가 갑자기 소리를 질렀다. "빈딩이다. 거기는 안전해. 당신한테 그 녀석 집을 보여 주었잖아. 그 녀석은 우리가 결혼한 걸 아직 모르고 있어. 하지만 상관없어. 내가 가서 미리 말해 둘게."

"다시 식량을 징발하러 가나요?"

그래버가 웃었다. "미처 그 생각을 못했는데, 정말 우린 먹을 것이 필요해. 안 그러면 다시 타락해야 해."

"우린 오늘 밤도 여기서 자나요?"

"안 그랬으면 좋겠어. 낮 동안에 다른 곳을 찾아볼게."

그녀의 얼굴에 순간 그늘이 어렸다. "그렇게 해요. 이제 난 가 봐야 해요."

"빨리 짐을 꾸려 폴만 선생님께 맡겨 놓고 공장까지 당신을 데려다 줄게."

"그럴 시간이 없어요. 뛰어가야만 해요. 그럼 저녁에. 공장이나 카타리나 성당 아니면 빈딩의 집. 정말 흥미로운 인생이죠!"

"흥미로운 인생이라니, 제기랄." 그래버는 그렇게 말하면서 그녀의 뒷모습을 바라보았다. 그녀는 광장을 가로질러 갔다. 아침 날씨는 맑았고 하늘은 깊고 푸른 청색이었다. 폐허 위에는 아침 이슬이 은빛 그물처럼 반짝였다. 엘리자베스는 뒤를 돌아보고 손을 흔들었다. 그러고는 다시 빠르게 걸어갔다. 그래버는 그녀가 걷는 모습을 좋아했다. 그녀는 마치 자국을 따라 걷듯이 한 발 한 발 앞으로 내디뎠다. 그는 아프리카에서 원주민 여성들이 그렇게 걷는 것을 본 적이 있었다. 그녀는 다시 한 번 뒤돌아 손을 흔들고는 광장 끝에 있는 집들 사이로 모습을 감추었다. 그래버는 마치 전선에 있는 것 같다는 생각이 들었다. 전선에서는 한 번 헤어지고 나면 언제 다시 만나게 될지 결코 알 수 없는 것이다. 이런 게 흥미로운 인생이라고!

8시에 폴만이 집에서 나왔다. "먹을 거라도 있는지 궁금하군. 빵은 조금 있는데."

"고맙습니다. 우린 충분히 먹었습니다. 카타리나 성당에 다녀올 동안 이부자리와 짐 가방을 맡아 주시겠습니까?"

"물론."

그래버가 짐을 안으로 옮겼다. 요제프는 보이지 않았다.

"자네가 다시 올 때 내가 없을지도 몰라. 그럼 두 번은 길게, 두 번은 짧게 노크를 하게. 요제프가 열어 줄 테니까." 폴만이 말했다.

그래버가 짐 가방을 열었다. "집시 생활을 하는 것 같습니다. 이렇게 되리라고는 미처 생각지 못했어요." 그가 말했다.

폴만이 지친 표정으로 웃었다. "요제프는 삼 년 전부터 그런 생활을 하고 있어. 몇 달 동안은 전차 속에서 밤을 새우기도 했지. 밤새 빙빙 도는 거야. 그 시간 동안 그는 앉아 있을 수밖에 없고 십오 분 정도밖에 눈을 붙일 수 없었어. 그것도 공습이 있기 전의 얘기지. 지금은 그것마저도 불가능해."

그래버는 가방에서 쇠고기 통조림을 한 개 꺼내 폴만에게 주었다. "남은 겁니다. 요제프에게 주십시오."

"고긴가? 자네도 필요할 텐데?"

"아닙니다. 그에게 주십시오. 그런 사람들이 살아남아야 합니다. 모든 게 지나가 버리면 이후에는 어떤 일이 벌어질까요? 세상은 어떻게 될까요? 새롭게 시작할 수 있을 만큼 충분히 남아 있을까요?"

노인은 한동안 묵묵히 있었다. 그러고는 구석에 있는 지구의 쪽으로 걸어가 그것을 빙그르르 돌렸다. "이게 보이나?" 그가 물었다. "세계 안에서 이 자그마한 부분이 독일이야. 엄지손가락만으로도 충분히 가려 버릴 수 있어. 지구의 아주 작은 부분일 뿐이야."

"그렇습니다. 하지만 우리는 이 작은 부분에서 시작하여 세계의 커다란 부분을 정복했습니다."

"그래, 어느 정도 정복했지. 하지만 신망을 얻지는 못했어."

"아직은 그렇습니다. 하지만 우리가 정복한 부분을 그대로 지킬 수 있다면 어떻게 되겠습니까? 십 년. 이십 년. 오십 년. 그러면 승리와 성공으로 놀랄 만큼 유능한 설득자도 나타날 것입니다. 우리 나라에서도 그것을 보았지요."

"우리는 승리하지 못했어."

"그건 증거가 아닙니다."

"증거가 될 수 있네. 그것도 아주 유력한 증거야." 폴만은 그렇게 말하고는 지구의를 계속 돌렸다. "세계는 멈추지 않아. 일정 기간 동안 조국에 절망했다면 세계를 믿어야 하네. 일식이라는 건 있지만 밤이 영원히 지속될 수는 없는 거야. 적어도 이 지구상에서는 절대로 그럴 수가 없어." 폴만은 이제 지구의를 반대 방향으로 돌렸다. "자네는 새롭게 시작할 만큼 남아 있을지 물었어. 교회는 어부들 몇 명과 지하 납골당의 신자들 몇몇 그리고 로마의 투기장에서 살아남은 소수의 사람들로부터 시작되었던 거네."

"그렇습니다. 나치스도 뮌헨의 맥주 집에서 죽치던, 직장도 없는 소수의 광신자들로부터 시작됐지요."

폴만이 미소를 지었다. "자네 말이 옳아. 그러나 전제 정치가 오래 계속된 적은 결코 없었네. 인류는 편편한 대로를 걸어서 진보하진 않았어. 밀기도 하고 순식간에 전진하기도 하고 후퇴하면서 경련을 일으키기도 했지. 우리 인간들은 너무 교만했어. 피투성이 과거를 이미 극복했다고 생각했지. 그러나 이제 우리는 과거로 돌아가지 않고는 현재를 성찰할 수 없다는 걸 알고 있어."

그는 모자를 들었다. "이제 가 봐야 하네."

"이건 선생님이 주신 스위스 그림책입니다. 비에 좀 젖었어요. 저는 꿈을 잃었지만 이 책을 보고 다시 찾았습니다." 그래버가 말했다.

"잃어버린 꿈을 다시 찾을 필요는 없어. 꿈이란 건 다시 찾을 필요가 없는 거니까."

"그렇지 않습니다. 그럼 그 밖에 무슨 일을 할 수 있을까요?" 그래버가 말했다.

"중요한 건 믿음이야. 꿈은 언제라도 새롭게 창조되는 거야."

"그럴지도 모르겠군요. 그렇지 않다면 차라리 목을 매 죽는 편이 낫겠지요."

"자네는 아직도 젊어. 내가 무슨 말을 하겠나? 자네는 정말이지 아직도 젊어." 폴만은 외투를 걸쳤다. "이상한 일이야. 나는 청춘이라는 걸 언제나 완전히 다른 식으로 보았으니까 말이야."

"저도 마찬가지입니다."

요제프의 말대로였다. 카타리나 성당의 집사가 짐을 맡아 주었다. 그래버는 배낭을 그곳에 맡겼다. 그러고는 주택과로 갔다. 주택과는 학교의 자연 표본실로 옮겨져 있었다. 지도 열람대와 알코올에 담근 표본들이 들어 있는 유리 진열장이 그대로 있었다. 여직원은 뱀과 도마뱀과 개구리 들이 들어 있는 유리병을 서류 고정대로 사용하고 있었다. 게다가 파충류의 발 사이에는 의안을 한 박제 다람쥐 한 마리가 호두를 들고 있었다. 잿빛 머리 여직원은 친절한 사람이었다. "당신 이름을 임시 숙소 신청자 명단에 기입해 두겠어요. 주소가 어디지요?" 그녀가 말했다.

"없습니다."

"그러면 가끔씩 방문해 문의해 보세요."

"도움이 될까요?"

"가능성은 별로 없습니다. 당신보다 먼저 신청한 사람이 육천 명은 되니까요. 직접 찾아보는 게 나을 겁니다."

그는 안 광장으로 돌아와 폴만 집의 문을 두드렸다. 아무 응답이 없었다. 그는 잠시 기다렸다가 남아 있는 엘리자베스의 물건을 확인하기 위해 마리엔 가로 갔다. 엘리자베스의 집은 문지기가 살던 층까지 불타 있었다. 소방대가 방금 전에 다녀갔는지 여기저기 물방울이 뚝뚝 떨어졌다. 엘리자베스의 방에는 아무것도 남아 있지 않았다. 밖에 내놓았던 안락의자도 없었다. 하수구에 장갑이 몇 켤레 버려져 있었는데 그게 전부였다. 그래버는 문지기가 자기 방의 커튼 뒤에 있는 것을 보았다.

문지기에게 잎담배를 가져다주기로 한 약속이 떠올랐지만, 그것은 이미 오래전의 일이었고 이제 새삼스럽게 지킬 필요도 없을 것 같았다. 사람의 일이란 알 수 없는 것이긴 하지만. 그는 알폰스를 만나 필요한 것을 가져오기로 결심했다. 어쨌든 저녁에 먹을 양식이 필요했다.

바로 그 집만 직격탄을 맞고 폐허로 변해 있었다. 정원에는 아침 햇살이 쏟아졌고 자작나무는 바람에 흔들렸다. 수선화는 황금색으로 빛났고, 나무들은 막 꽃을 피우고 있어서 마치 흰빛과 장밋빛 나비들이 그 위로 날아다니는 것 같은 착각이 들 정도였다. 다만 빈딩의 집만이 황폐한 잿더미가 되어 정원에 생긴 폭탄 구멍 쪽으로 기울어져 있었다. 구덩이 속에 야트막하게 고인 물에 파란 하늘이 비쳤다. 그래버는 멈추어 서서 믿을 수 없다는 듯이 그것을 바라보았다. 이유는 알 수 없지만 알폰스에게만은 불행한 일이 일어날 수 없을 거라고 생각했던 것이다. 그는 천천히 건물로 접근했다. 새들의 수영장은 산산이 부서져 망가졌고, 출입문은 라일락 숲 위로 내던져져 있었다. 사슴뿔들은 그 아래 땅속에 동물이 묻히기라도 한 듯 풀밭에서 나뒹굴었다. 양탄자 하나가 야만족 정복자의 번쩍이는 깃발인 양 나뭇가지에 걸려 펄럭였다. 꽃밭에는 나폴레옹 브랜디병이 기운 채로 서 있었는데, 밤사이 그곳에 짙은 색 호리병박이 솟아난 것 같았다. 그래버는 술병을 들어 올려 살펴보고는 주머니에 넣었다. 아마도 지하실은 파괴되지 않아 삽으로 파냈을 거라는 생각이 들었다. 그는 건물 뒤편으로 갔다. 부엌의 입구는 그대로였다. 문을 열자 누군가가 움직이는 기척이 들렸다. "클라이네르트 부인." 그가 말했다.

커다랗게 흐느끼는 소리가 답을 대신했다. 가정부가 반쯤 허물어진 실내에서 밖으로 나왔다. "불쌍한 주인님! 좋은 분이셨는데!"

"무슨 일입니까? 그 사람이 다치기라도?"

"죽었어요. 돌아가셨어요, 그래버 씨. 정말 인생을 즐기시는 분이었는데."

"죽었다고요?"

"그렇습니다. 실감이 나지 않아요, 그럴 수가 있나요?"

그래버가 고개를 끄덕였다. 죽음이란 것은 아무리 자주 목격하더라도 정체를 알 수 없는 것이다. "어쩌다 그렇게 됐나요?" 그가 물었다.

"주인님은 지하실에 계셨어요. 그런데 지하실이 무너진 겁니다."

"이 집의 지하실은 대형 폭탄에 견디기에는 너무 약했어요. 왜 자이델 광장의 대방공호로 피신하지 않았을까요? 여기서 몇 분이면 가는데."

"그분은 괜찮을 거라고 생각했어요. 그리고……." 클라이네르트 부인은 망설이다가 입을 열었다. "여자 손님이 계셨어요."

"뭐라고요? 대낮에?"

"그분은 전날 밤부터 여기 계속 머물렀어요. 키가 크고 금발이었어요. 대장님은 키가 큰 금발 여성을 좋아하셨답니다. 제가 닭고기 튀김을 갖다 드리고 얼마 안 되어 공습이 시작됐어요."

"그 부인도 죽었습니까?"

"예. 그분들은 옷도 제대로 입지 못했답니다. 대장님은 파자마를 입은 채로, 부인은 얇은 비단 가운을 입은 채였어요. 발견 당시 그런 모습이었지요. 저로선 도무지 어떻게 할 수도 없었어요. 그분에게 그런 일이 벌어지다니! 제복도 못 입은 채로 말입니다!

"죽어야 할 운명이었다면 그보다 더 나은 죽음을 맞았으리라고는 단정할 수 없는 겁니다. 점심은 들었든가요?" 그래버가 말했다.

"예. 정식으로. 포도주와 좋아하시는 후식도 곁들여서 말입니다. 생크림을 얹은 사과 케이크를요."

"그렇군요, 클라이네르트 부인. 그 정도면 훌륭한 죽음입니다. 나도 그런 식으로 죽고 싶어요. 그러니까 부인도 그렇게 목을 놓아 우실 필요는 없습니다."

"하지만 너무 이른 나이라."

"언제 죽어도 이른 건 마찬가지랍니다. 일흔이 되어도 마찬가집니다. 장례식은 언제인가요?"

"모레 9시입니다. 입관은 벌써 했습니다. 한번 보시겠습니까?"

"어디 있지요?"

"여기 지하실 창고에 있습니다. 그곳은 서늘합니다. 관은 벌써 못을 박았고요. 집의 뒤쪽은 그렇게 피해를 입지 않았습니다. 정면만 박살이 났어요."

그들은 부엌을 지나 지하실로 갔다. 깨진 유리 조각들이 한쪽 구석에 모아져 있었고 포도주와 통조림이 바닥에 쏟아져 냄새가 가득했다. 그리고 지하실 한가운데 바닥에 밤색 관이 안치되어 있었다. 주변의 선반에는 절인 과일을 담은 유리병과 통조림이 엎어지고 뒤죽박죽이 된 채로 널려 있었다. "관을 어떻게 그렇게 빨리 구했지요?"

"당에서 마련해 주셨습니다."

"장례식은 여기서 합니까?"

"그렇습니다. 모레 9시입니다."

"나도 참석하겠어요."

"돌아가신 대장님이 무척 기뻐하실 겁니다."

그래버가 부인을 물끄러미 쳐다보았다. "살아생전에 대장님은 항상 당신을 높이 평가하셨습니다." 부인이 말했다.

"도대체 왜 그랬을까요?"

"대장님한테 무언가를 바라지 않는 사람은 당신뿐이라고 늘 말씀하셨습니다. 그리고 당신은 오랜 세월 일선에 계셨고 해서."

그래버는 잠시 관 앞에 서 있었다. 그는 뭐라고 꼬집어 말할 수 없는 느낌은 들었지만 그렇게 슬프지는 않았다. 다만 별다른 느낌도 없었기 때문에 울고 있는 여자 앞에서 부끄러울 뿐이었다. "그런데 이것들은 모두 어떻게 할 생각이에요?" 그가 선반을 바라보면서 물었다. "필요한 만큼 가져가세요, 그래버 씨. 어차피 낯선 사람들 손으로 들어갈 거니까요."

"부인이 보관하는 게 좋겠어요. 저것들 대부분을 부인이 직접 졸여서 만들었으니까."

"제 몫은 벌써 챙겨 놓았습니다. 저는 그렇게 많이 필요하지 않아요. 그러니까 필요한 만큼 전부 가져가세요, 그래버 씨. 여기 오셨던 당원들도 눈이 동그래졌거든요. 저장품이 너무 많으면 좋지 않아요. 혼자서 매점매석한 것 같은 인상을 주니까요."

"그럴 테지요."

"바로 그 때문입니다. 다른 사람들이 오면 이 모든 것이 낯선 사람들의 손으로 넘어가게 됩니다. 하지만 당신은 빈딩 대장님의 진정한 친구입니다. 대장님은 누구보다도 당신에게 많은 것을 주시고 싶을 거예요."

"가족은요?"

"아버님은 살아 계십니다. 하지만 대장님이 아버지를 어떻게 생각하셨는지 잘 아시죠? 물론 아버님에게 드릴 것도 충분합니다. 두 번째 창고에도 병이 많이 있어요. 원하는 건 얼마든지 가져가세요."

부인은 선반으로 가서 통조림들을 집어서 가져왔다. 그녀는 그것들을 관 위에 올려놓고는 다른 것들을 가져오려고 했다. 그러고는 잠시 생각을 하더니 다시 통조림들을 관에서 집어 들고 부엌으로 가져갔다.

"잠깐만요, 클라이네르트 부인. 가져가고 싶은 게 있는지 잠시 골라 보겠습니다." 그래버가 말했다. 그는 통조림들을 쳐다보았다. "저건 아스파라거스군요. 네덜란드 아스파라거스는 필요 없어요. 정어리 통조림도 놔두도록 합시다. 그리고 절인 족발도요."

"옳습니다. 제가 지금 원체 정신이 없어요."

그녀는 부엌의 의자 위에다가 한 무더기를 꾸렸다. "너무 많아요. 저걸 어떻게 다 운반하겠어요?" 그래버가 말했다.

"두 번이고 세 번이고 다시 오세요. 낯선 사람들 손에 넘어

가면 무슨 소용이겠어요, 그래버 씨? 당신은 군인이고, 따뜻한 사무실에서 빈둥거리는 나치스 당원들보다는 권리가 있어요!"

그럴지도 모른다고 그래버는 생각했다. 엘리자베스도, 요제프도, 폴만도 마찬가지로 권리가 있는 것이다. 그러므로 이번에 사양한다면 바보밖에 안 된다. 이러나저러나 알폰스한테는 이롭지도 해롭지도 않은 것이다. 폐허 현장에서 조금 벗어났을 때에야 비로소 그는 자신이 알폰스와 함께 있다가 파묻혀 죽지 않은 것은 그저 우연일 뿐이라는 생각이 들었다.

요제프가 문을 열었다. "빠르군요." 그래버가 말했다.

"자네가 오는 걸 보고 있었어." 요제프는 문에 뚫린 작은 구멍을 가리켰다. "내가 미리 뚫어 놓은 걸세. 좀 도움이 돼."

그래버가 탁자 위에 꾸러미를 내려놓았다. "성당에 갔다 왔어요. 집사가 오늘 밤은 거기서 보내도 좋다고 했습니다. 소개 감사드립니다."

"젊은 집사던가?"

"아닙니다. 나이가 많던데요."

"나이 든 집사는 좋은 사람이네. 그분은 나를 보조 집사로 꾸며서 일주일 동안이나 성당에 있을 수 있게 해 주었어. 그러다가 갑자기 검색이 들이닥쳤고, 나는 오르간 속에 숨었지. 젊은 집사 놈이 밀고를 했던 거야. 그 녀석은 반유대주의자거든. 종교적인 반유대주의자. 그런 것들도 이 세상에 있어. 우리가 이천 년 전에 그리스도를 죽였기 때문이라는 거야."

그래버가 꾸러미를 풀었다. 그러고는 주머니에서 정어리와 청어 통조림을 꺼냈다. 요제프는 그것을 보았으나 얼굴빛 하나 변하지 않았다. "보물이군." 그가 말했다.

"나누기로 해요."

"그럴 만큼 여유가 있나?"

"보십시오. 제가 유산을 상속받았습니다. 돌격대장에게 말입니다. 마음에 걸리세요?"

"정반대야. 오히려 입맛이 더 나는군. 자네는 이런 선물을 받을 만큼 돌격대 간부들을 잘 아는가?"

그래버가 요제프를 물끄러미 쳐다보았다. "그렇습니다. 어쨌든 대장하고는 친했어요. 악의도 없고 선량한 사람이었죠." 그가 말했다.

요제프는 아무 대꾸도 하지 않았다. "인간이란 동시에 그런 식으로 존재할 수 있다는 걸 믿지 않으십니까?" 그래버가 물었다.

"자네는 믿는가?"

"그럴 수 있다고 생각합니다. 우유부단하거나 근심 걱정이 많거나 마음이 약해서 협조를 할 수 있다고 봅니다."

"하지만 그렇다고 해서 돌격대 대장까지 될 수 있을까?"

"그것도 가능하다고 봅니다."

요제프가 미소를 지으며 말했다. "이상한 일이야. 사람들은 종종 살인자는 어디서나 언제나 살인자이고 그 밖에 다른 것이 될 수 없다고 생각하지. 그런데 실제로는 자기 존재의 좁다란 일부분만 동원해도 끔찍한 불행을 퍼뜨릴 수 있는 거라네, 안 그런가?"

"그렇습니다. 하이에나는 언제나 하이에나지요. 하지만 인간은 더 다양한 면모를 가지고 있어요." 그래버가 대답했다.

요제프가 고개를 끄덕였다. "집단 수용소 대장들 중에 유머를 갖춘 사람도 있고, 또 사람들에게 친절하고 동지애를 갖춘 친위대원도 있어. 그리고 애써 세상의 선한 면만을 보면서 끔찍한 일에는 눈을 감아 버리거나 그것을 일시적이거나 엄혹한 필연으로 여겨 버리는 동시대인도 얼마든지 있어. 그들은 말하자면 탄력적인 양심을 가진 사람들이지."

"그리고 두려움에 떠는 인간도."

"그래, 두려움에 떠는 인간도." 요제프가 차분한 목소리로 말했다.

그래버는 침묵을 지키다가 말했다. "저는 당신을 돕고 싶고 도울 수 있었으면 합니다."

"도울 일이 별로 없어. 난 혼자야. 잡히거나 아니면 살아남는 거지." 요제프는 마치 남의 얘기를 하는 것처럼 말했다.

"친척은 없나요?"

"있었어. 동생이 하나, 누이가 둘, 아버지와 아내, 그리고 아이 하나. 모두 죽었어. 둘은 맞아 죽었고, 하나는 병으로 죽었고, 나머지는 독가스로."

그래버가 그를 말없이 쳐다보았다. "집단 수용소에서요?"

"그래. 거기는 사람 잡는 설비가 뛰어나." 요제프는 차분하지만 냉정하게 말했다.

"거기서 탈출하신 거군요?"

"탈출했어."

그래버는 요제프를 다시 물끄러미 쳐다보았다. "우리가 얼마나 증오스러울까요?"

요제프가 어깨를 으쓱했다. "증오! 그런 건 사치야! 증오하면 경계심을 잃게 돼."

그래버는 창밖을 내다보았다. 바로 밖에는 붕괴된 집의 잿더미가 높게 쌓여 있었다. 작은 램프가 내는 약한 불빛이 더 어두워진 것 같았다. 불빛은 폴만이 구석으로 밀어 놓았던 지구의를 비추었다.

"자네는 다시 일선으로 돌아가는가?" 요제프가 부드러운 목소리로 물었다.

"그렇습니다. 당신을 쫓는 범죄자들이 권력을 더 연장할 수 있도록 싸우려고 돌아갑니다. 당신을 체포해서 교수형에 처할 수 있을 정도로 충분히 오랫동안 권력을 유지할 수 있게 말입니다."

요제프는 가볍게 동의를 표하면서 침묵을 지켰다.

"돌아가지 않으면 총살될까 봐 가는 겁니다." 그래버가 말했다.

요제프는 대답하지 않았다.

"탈주하면 놈들이 부모님과 아내를 집단 수용소로 보내거나 죽일 것이기 때문에 돌아가는 겁니다."

요제프는 여전히 침묵을 지켰다.

"저는 갑니다. 제 이유가 이유도 아니고 그러면서도 몇백만이 내세우는 이유라는 것을 압니다. 정말이지 우리는 당신의 경멸을 받아 마땅합니다!"

"너무 실없는 말은 말게." 요제프가 나직하게 말했다.

그래버는 그를 말없이 바라보았다. 그의 진의를 알 수가 없었다.

"아무도 경멸이라는 말을 입에 올리지 않네." 요제프가 말했다. "자네가 그렇게 생각할 뿐이지. 그게 자네에게 왜 그렇게 중요한가? 내가 폴만 선생님을 경멸한단 말인가? 매일 밤 목숨을 걸고 나를 숨겨 주는 사람을 내가 경멸해야 한단 말인가? 그들이 없었다면 내가 살아남을 수 있었을까? 자네는 정말 순진해!"

요제프는 그렇게 말하면서 다시 미소를 지었다. 마치 자신과는 아무 상관도 없는 유령이 미소를 짓기라도 한 것처럼 미소는 그의 얼굴을 살짝 스치고 지나갔다.

"우리는 지금 본론에서 벗어나 있어. 말이 너무 많으면 못쓰는 법이야. 반성도 지나치면 안 돼. 아직 그럴 단계가 아냐. 마음만 약해질 뿐이니까. 과거를 회상하는 것도 아직 일러. 현실이 너무 엄중하거든. 지금은 자기 자신을 위험으로부터 어떻게 지킬 것인가를 생각해야 돼." 그는 통조림을 가리키며 다시 말했다. "이건 내게 도움이 될 거야. 가지도록 하지. 고마워."

그는 통조림이 든 상자를 받아 책 뒤로 숨겨 놓았는데, 그 동작이 아주 서툴렀다. 손가락의 아랫마디가 뭉개지고 손톱은 모두 빠져 있었다. 요제프가 그래버의 시선을 느끼고 말했다. "집단 수용소를 추억하는 작은 기념물이지. 거기 소대장이 벌인 일요일 오락의 희생물이랄까. 소대장은 그 놀이를 크리스마스 촛불 붙이기라고 불렀어. 끝이 뾰족한 성냥 말이네. 차라리 발가락에다 불을 붙였더라면 좋았을 텐데. 그러면 사람들 눈에도 띄지 않고. 다른 사람들이 금방 알아보거든. 그렇다고 늘 장갑을 끼고 다닐 수도 없는 일이고."

그래버가 자리에서 일어났다. "제 헌 군복과 급료부를 드리면 도움이 될까요? 필요할 때 써먹으면 될 텐데요. 저는 불에 타 버렸다고 하면 그만이고요."

"고맙네. 하지만 내겐 필요가 없어. 나는 앞으로 루마니아인으로 변장할 생각이야. 폴만 선생님이 그런 묘책을 생각해 내셨어. 아주 기발한 분이야. 평소에는 그렇게 보이지 않지만, 안 그래? 나는 루마니아인으로, 강철 전선의 일원으로, 당원으로 행세하는 거야. 내 얼굴은 루마니아인과 비슷하거든. 내 상처도 공산당 놈들에게 당했다고 하면 납득시키기 쉬워. 그런데 이부자리와 가방은 다 가지고 갈 건가?"

그래버는 요제프가 자기와 헤어지고 싶어 한다는 것을 눈치챘다. "여기 계속 머무실 거죠?" 그가 물었다.

"왜?"

그래버는 자기 몫의 통조림을 모두 그에게 건넸다. "더 많이 가져올 수도 있습니다. 다시 한 번 가서 더 가져올 수 있어요."

"이것만으로도 충분해. 짐을 많이 끌고 다닐 수도 없어. 지금 곧 떠나야 하거든."

"담배. 참, 담배를 잊고 있었군요. 거기엔 담배도 많습니다. 가지고 올까요?"

요제프의 표정이 달라졌다. 갑자기 긴장이 풀리고 부드러워졌다. "담배 좋지." 그는 마치 오랜 친구의 이름을 부르는 것처럼 말했다. "그거라면 얘기가 다르지. 담배라면 먹는 것보다 중요해. 물론 기다릴게."

22

카타리나 성당의 회랑에는 이미 많은 사람들이 대기하고 있었다. 거의 모든 사람들이 짐 가방이나 보따리 위에 걸터앉거나 꾸러미와 상자에 둘러싸여 있었다. 대부분이 여자와 아이들이었다. 그래버는 이부자리와 짐 가방을 들고 그 틈에 섞여 있었다. 말상을 한 노파가 그의 옆에 앉아서 말했다. "우리를 피난민이라고 내쫓지나 않았으면 좋겠어! 온갖 소문이 다 들리거든. 막사도 별로 없고 먹을 것도 부족하고, 농부들이 인색하고 야박해졌다는 거야."

"난 아무래도 상관없어요!" 깡마른 처녀가 대꾸했다. "여기서 일단 빠져나가고 싶어요. 무슨 일을 당한다 해도 죽는 것보다는 낫겠죠. 우리는 도움을 받아야 해요. 전 재산을 모두 잃었으니까. 도움을 받는 게 마땅해요."

"며칠 전에 라인란트에서 피난민을 태우고 온 열차가 이곳을 통과했는데, 정말 몰골이 말이 아니었지! 그들은 메클렌부르크로 보내졌어."

"메클렌부르크라고요? 그곳엔 부자 농민들이 많이 살아요."

"부자 농민!" 말상을 한 노파가 화난 듯이 웃었다. "농부들과 함께 지내려면 뼈 빠지도록 일을 해야 해. 그래도 배불리 먹으면 안 되는 거야. 총통님이 이런 사실을 아셔야 하는데!"

그래버는 말상과 깡마른 처녀를 쳐다보았다. 그들의 등 뒤에는 로마네스크 양식의 늘어선 기둥들 사이로 성당 정원의 때 이른 녹음이 눈부시게 빛났다. 회랑에 있는 석상들의 발치엔 수선화가 가득 피어 있었다. 지빠귀 한 마리가 예수의 채찍질 장면을 묘사한 석상 위에 앉아 노래를 불렀다.

"우린 무료로 숙소를 제공받아야 해요." 깡마른 처녀가 말했다. "충분히 가진 사람들이 베풀어야 해요. 우린 전쟁의 희생자니까요. 전쟁의 희생자!" 처녀가 되풀이했다.

집사가 나타났다. 축 처진 붉은 코에다 어깨가 축 늘어진 마른 남자였다. 게슈타포의 수배를 받는 사람을 숨겨 줄 정도로 용기 있는 사람이라고는 도저히 믿기지 않았다.

집사는 사람들을 안으로 들어오게 했다. 그는 사람들 각자에게 번호표를 나누어 주고 동시에 꾸러미와 짐 가방에다가 같은 번호가 적힌 번호표를 일일이 붙였다. "오늘 밤에 너무 늦지 마십시오. 자리가 별로 없어요." 그가 그래버에게 말했다.

"자리가 별로 없나고요?" 카타리나 성당은 커다란 건물이었다.

"그렇습니다. 신도석(信徒席)은 숙소로 제공하지 않습니다. 아랫방과 복도만 제공하고 있어요."

"너무 늦게 온 사람들은 어디서 잡니까?"

"아직 멀쩡한 회랑에서도 자고 성당 마당에서도 잡니다."

"신도석 아래쪽의 방들은 방공 시설이 되어 있나요?"

집사는 온화한 눈길로 그래버를 쳐다보았다. "성당을 처음 건립할 땐 아무도 그런 생각을 하지 못했지요. 암흑의 중세 시대였으니까요."

그래버는 정원과 회랑을 지나서 밖으로 나왔다. 성당은 심하게 훼손되어 있었다. 탑 하나가 쓰러졌고 햇빛이 사정없이 안으로 비쳐 들어왔다. 어둠침침한 실내를 밝은 햇살이 환하게 비추었다. 유리창도 몇 개 깨졌으나 참새들은 그 창가에 앉아 짹짹거렸다. 옆의 신학교는 완전히 무너졌다. 그리고 바로 옆에 방공호가 있었다. 그래버는 그 안으로 들어갔다. 방공호는 성당에 속해 있던 오래된 술 창고를 보강한 것이어서 술통을 놓던 받침대가 아직 그대로 있었다. 공기는 축축하고 싸늘하고 향긋한 냄새가 났다. 수세기 동안 쌓여 온 포도주 냄새가 폭격의 밤이 풍기는 불안의 냄새를 여전히 이기고 있는 것 같았다. 벙커 안쪽, 마름돌로 된 천장에 걸려 있는 묵직한 쇠고리들이 보였다. 이 지하실이 술 창고가 되기 전에는 마녀나 이단자를 고문하는 곳이었다는 사실이 떠올랐다. 손은 쇠사슬에 묶인 채 매달리고 다리에는 묵직한 쇳덩이를 단 채 자백할 때까지 새빨갛게 달아오른 집게로 고문을 당했던 것이다. 그리고 자백 후에는 기독교적인 이웃 사랑과 하느님의 이름으로 처형을 당했다. 집단 수용소의 고문 기술자들은 훌륭한 모범을 알고 있었던 것이다. 나사렛의 목수 아들도 특이한 후예들을 둔 셈이었다.

그래버는 아들러 가를 따라 걸었다. 저녁 6시였다. 온종일 방을 찾아 헤맸지만 허사였다. 너무 지쳐 오늘은 그만두기로 결심했다. 이 구역은 황폐함 그 자체였다. 그야말로 잿더미의 연속이었다. 짜증을 내며 걸어갔다. 그러다가 도무지 믿을 수 없는 광경을 보고 갑자기 눈이 번쩍 뜨였다. 폐허 한복판에 작은 이층집이 서 있었던 것이다. 오래되고 약간 기울어졌지만 조금도 피해를 입지 않은 채였다. 주위는 정원이었고 파릇파릇해지는 나무들이 서 있었다. 상한 곳이 단 한 군데도 없었다. 폐허의 사막 한가운데서 발견한 오아시스 같았다. 정원의 담장 위로는 라일락 잎이 파릇파릇 피어 있었고 담장의 판자들은 단 하나도 부서지지 않았다. 어느 쪽으로 가든 스무 걸음만 걸어가면 다시 으스스한 폐허가 펼쳐져 있었다. 그런데 이 작고 오래된 정원과 이 작고 오래된 집만, 파괴 중에도 가끔 그런 일이 있듯이 기적적으로 살아남았던 것이다. 정문 위에는 '여관 및 레스토랑 뷔테'라고 쓰여 있었다.

정원으로 통하는 문은 열려 있었다. 그는 안으로 들어갔다. 유리창이 한 장도 깨지지 않은 것이 조금도 이상해 보이지 않았다. 오히려 당연히 그래야 한다는 생각이 들 정도였다. 기적은 언제나 절망 가까이에서 기다리는 법이었다. 하얀 반점이 있는 갈색 사냥개가 문 옆에서 잠들어 있었다. 꽃밭에는 수선화와 제비꽃, 튤립이 피어 있었다. 이 모든 것을 언젠가 본 것 같은 느낌이었다. 언제인지는 기억나지 않지만 오래전인 것 같았다. 아마도 꿈속에서 본 장면일지도 몰랐다. 그는 문 안으로 들어갔다.

홀은 텅 비어 있었다. 카운터에는 유리잔만 몇 개 놓여 있을 뿐 술병은 보이지 않았다. 맥주가 나오는 꼭지는 반짝거렸지만 그 아래의 체는 말라 있었다. 벽 쪽으로 테이블이 세 개 있고 그 주위로 의자들이 놓여 있었다. 가운데 테이블 위에는 그림이 걸려 있었는데, 티롤 지방을 그린 풍경화였다. 히틀러의 초상화는 없었다. 그래버도 그런 것을 기대하지는 않았다.

중년의 부인이 들어왔다. 그녀는 빛바랜 푸른색 블라우스 소매를 높이 걷어 올리고 있었다. 그리고 "하일 히틀러."라고 말하지 않고 "구텐 아벤트.*"라고 인사했다. 정말 저녁다운 느낌이 들게 하는 그런 인사였다. 하루 일과를 마치고 나면 저녁에는 누구나 좋은 저녁을 기대하기 마련인 것이다. 그래버는 언젠가 옛날에 그런 날도 있었다는 생각이 들었다. 그는 처음에는 폐허의 먼지 때문에 목이 타서 마실 것 정도를 구할 생각이었다. 그런데 갑자기 오늘 밤 엘리자베스와 함께 이곳에서 지내고 싶다는 생각이 들었다. 저주받을 평지가 지평선 끝까지 펼쳐져 있는 음울한 세상의 바깥에서 훌륭한 하룻밤을 보내고 싶었던 것이다. "여기서 저녁 식사를 할 수 있을까요?"

부인이 망설였다. "배급표를 가지고 있습니다만." 그가 급히 말했다. "여기서 식사를 할 수 있다면 근사할 겁니다. 뜰에서라면 더 좋고요. 일선으로 돌아가야 할 날이 얼마 남지 않았거든요. 아내와 나를 위한 2인용 배급표를 가지고 있습니다. 원하신다면 통조림을 드릴 수도 있습니다."

"우리 집에는 완두콩 요리밖에 없어요. 원래 식사는 대접하지 않거든요."

---

* 저녁 인사. '좋은 저녁'이라는 뜻.

"완두콩 요리도 좋습니다. 오랫동안 먹어 보지 못했어요."

부인은 미소를 지었다. 저절로 솟아나는 평화로운 미소였다. "편할 때 언제든 오세요. 원하신다면 뜰에서 식사를 해도 됩니다. 너무 추우면 실내에서 해도 되고요."

"뜰에서 하겠습니다. 아직도 환하니까요. 8시쯤 와도 되겠습니까?"

"완두콩 수픈데 별로 시간에 구애받지 않아도 됩니다. 언제든 편한 시간에 오세요."

부모님 집의 문패 밑에 편지가 꽂혀 있었다. 어머니로부터 온 편지였다. 전선에서 반송한 것이었다. 봉투를 뜯었다. 편지는 아주 간단했다. 아버지와 어머니는 내일 이주자들과 함께 시를 떠나게 되고, 행선지는 모르며, 만일을 대비한 안전 조치이니 걱정하지 말라는 내용이었다.

날짜를 보았다. 그가 휴가를 받기 일주일 전에 부친 것이었다. 공습에 대한 이야기는 한마디도 없었다. 어머니는 조심스러워서 검열을 경계했던 것이다. 편지를 부친 바로 그날 집이 폭격되었을 가능성은 별로 없었다. 아마도 이전이었을 것이고, 그렇지 않다면 이주 대상으로 결정될 이유도 없었다.

그는 편지를 천천히 접어서 주머니에 넣었다. 부모님은 살아 계시다. 이번에는 누가 뭐래도 그 점을 확신할 수 있었다. 주위를 돌아다보았다. 물결무늬의 판유리 같은 것이 이제 자기 앞에서 땅 속으로 가라앉는 것 같은 느낌이었다. 하켄 가도 폭격을 받은 다른 거리와 같은 모습이었다. 18번지를 에워싸고 있던 공포와 고통은 이제 소리도 없이 사라져 버렸다. 다른 곳과 마찬가지로 벽돌 더미와 폐허만 있을 뿐이었다. 그는 심호흡을 했다. 기쁨이 아니라 깊은 해방감이 느껴졌다. 어디서나 늘 지고 다니던 무거운 짐이 갑자기 그의 어깨에서 내려졌던 것이다. 이제 휴가 동안 부모님을 만날 수 있을까 없을까 하는 생각은 더 이상 하지 않았다. 오랫동안의 불확실성이 그 생각을 묻어 버렸던 것이다. 두 분이 살아 계신다는 것만으로도 만족스러웠다. 그분들은 살아 있다. 이것으로 무언가가 종결되었고, 그는 자유의 몸이 되었다.

마지막 공습이 있던 날, 이 거리에도 여러 차례 폭탄이 떨어졌다. 정면만 남아 있던 그 집도 이번에는 완전히 붕괴되었다. 폐허 가운데서 신문 역할을 하던 그 문짝은 조금 떨어진 곳의 폐허 사이에 세워져 있었다. 그래버는 머리가 돌아 버린 공습 경비원이 어찌 됐을까 궁금해했는데 마침 그 당사자가 맞은편에서 다가왔다. "군인 아저씨, 아직도 여기 있나!"

"그렇소. 당신도 그렇군요."

"자네에게 온 편지는 봤는가?"

"봤소."

"어제 오후에 왔어. 이제 자네 편지를 문짝에서 떼어 내도 되겠지? 자리가 급히 필요해. 다섯 사람이나 그 자리를 기다리고 있다고."

"아직은 안 되오. 며칠만 기다려 주시오."

"때가 됐어." 공습 경비원은 마치 선생님이 말 안 듣는 학생을 꾸짖기라도 하듯이 날카롭고 엄하게 말했다. "우린 자네를 오래 참아 주었네."

"당신이 이 신문의 편집자라도 된다는 말이오?"

"공습 경비원은 전권이 있어. 질서 유지를 위해서 말이야. 지난번 공습 때 아이 셋을 잃어버린 미망인이 있어. 그걸 알리려면 그 자리가 필요한 거야."

"그럼 내 자리를 사용하시오. 내 우편물은 어쨌거나 옛집으로 오는 것 같으니까."

공습 경비원은 그래버의 종이쪽지를 뜯어서 그에게 건네주었다. 그래버가 그것을 찢어 버리려 하자 공습 경비원이 그의 손을 잡았다. "돌았어, 군인 아저씨? 그런 건 찢으면 안 돼. 그러면 자기의 행운을 찢는 거나 마찬가지야. 한번 구원은 영원한 구원이야. 단 그 쪽지를 지니고 있는 한. 자네는 정말 철딱서니가 없어!"

"그렇군!" 그래버는 그렇게 말하고 쪽지를 접어서 주머니에 넣었다. "나도 그렇게 되기를 바라오. 그런데 당신은 어디서 살고 있소?"

"나는 이사했어. 편안한 창고를 하나 발견했거든. 지금은 거기서 쥐들한테 세를 주고 살고 있지. 아주 재미나게."

그래버는 고개를 들어 사내를 쳐다보았다. 그의 마른 얼굴에서는 아무것도 알아낼 수가 없었다. "단체를 만들 생각이야. 가족이 폐허 속에 묻힌 사람들을 위한 단체 말이야. 우리는 서로 도와야 해. 안 그러면 시는 꿈쩍도 안 해. 적어도 사람이 파묻혀 있는 장소라면 어디든 목사가 기도를 올려야 해. 그곳이 축복받은 장소가 되도록 말이야. 내 말 알겠어?" 사내가 말했다.

"그래요, 알겠소."

"좋아. 그런 짓을 어리석다고 생각하는 사람들도 있어. 물론 자네가 우리의 일원이 될 필요는 없어. 자네는 빌어먹을 편지를 받았으니까."

그의 초췌한 얼굴이 갑자기 일그러졌고 종잡을 수 없는 고통과 분노의 표정이 나타났다. 공습 경비원은 다급히 돌아서더니 왔던 길로 성큼성큼 돌아갔다.

그래버는 그의 뒷모습을 한동안 바라보다가 계속 걸어갔다. 그는 부모님이 살아 계신 것을 엘리자베스에게는 알리지 않기로 마음먹었다.

그녀는 공장 앞의 광장을 가로질러 혼자서 걸어왔다. 공장은 아주 외롭고 자그마해 보였다. 어스름 때문에 광장은 지금까지보다 더 넓어 보였고 그 뒤의 낮은 건물들은 더 앙상하고 더 황량해 보였다.

"휴가를 얻었어요. 다시 말예요." 그녀가 헐떡이며 말했다.

"얼마나?"

"사흘. 마지막 사흘이요."

그녀는 감정을 억누르고 있었다. 눈이 빨갛게 되더니 순식간에 눈물이 가득 고였다. "사정을 얘기했더니 그 자리에서 사흘간 휴가를 허락했어요. 나중에 밀린 시간을 충당해야 하지만 그건 아무 일도 아녜요. 나중 일은 정말 아무것도 아녜요. 할 일이 많을수록 나한텐 더 좋을지도……." 그녀가 말했다.

그래버는 아무 대답도 하지 않았다. 마치 어두운 유성이 지나가는 것처럼 갑자기 그는 깨달았다. 우리는 마침내 헤어져야 한다. 물론 그것은 다른 사실들과 마찬가지로 그가 오래전부터 알고 있었던 것이긴 했지만 실감나게 가슴 깊이 느끼지는 못하고 있었다. 그사이에 아주 많은 일들이 벌어졌던 것이다.

그러다가 갑자기 거대하고 서늘한 두려움을 몰고서, 뼛속까지 꿰뚫는 창백한 빛이 번져 나갔다. 그 빛은 삶의 우아함과 마법을 꿰뚫어 버리고 오로지 삭막한 골격과 필연성만 남기는 엑스선 같은 것이었다.

그들은 서로 마주보았다. 두 사람은 그것을 느끼고 있었다. 그들은 텅 빈 광장에 서서 서로를 쳐다보았고, 상대방이 얼마나 고통스러워하는지를 느꼈다. 그들은 폭풍우 속으로 떠밀려 간다고 생각했지만 꼼짝도 않고 그대로 서 있었다. 언제까지나 피해 왔던 절망의 순간이 마침내 다가왔던 것이다. 그들은 이제 실제로 어떤 일이 일어날지를 보고 있었다. 그래버는 엘리자베스가 홀로 공장에서, 방공호에서, 아니면 또다른 어떤 방에서 별다른 희망도 없이 자신을 기다리는 모습을 떠올렸다. 엘리자베스는 그래버가 스스로 믿지도 않는 일을 위해 위험 속으로 떠나는 모습을 보고 있었다. 절망감이 그들을 흔들어 놓았다. 그와 동시에 치명적인 애틋함이 두 사람의 머리 위로 폭우처럼 쏟아져 내렸다. 그 애틋함을 그대로 받아들이면 그들 자신이 찢어지고 말 것 같아서 그것에 굴복할 수가 없었다. 그들은 어쩔 줄 몰랐고 아무것도 할 수 없었다. 그저 그것이 시그러질 때까지 기다려야만 했다.

그래버가 겨우 말을 할 수 있기까지 끝없는 시간이 흐른 것 같았다. 그는 엘리자베스의 눈에 눈물이 마른 것을 보았다. 그녀는 꼼짝도 않고 그대로 서 있었다. 마치 눈물이 안으로 흘러들어간 것 같았다. "그럼, 이제 우리는 사흘간 마음 놓고 함께 사는 거야." 그가 말했다.

그녀도 미소를 지어 보였다. "그래요. 내일 밤부터."

"좋았어. 우리에겐 몇 주일이나 마찬가지야. 전에 말한 것처럼 날짜를 계산한다면 말이야."

"그래요."

그들은 계속 걸었다. 스러져 가는 저녁놀이 텅 빈 집의 유리창에 잊힌 커튼처럼 걸려 있었다.

"어디로 가죠? 그리고 어디서 자죠?" 엘리자베스가 물었다.

"성당의 회랑에서 자면 돼. 날씨가 따뜻하면 뜰에서 자도 되고. 지금은 완두콩 수프를 먹으러 가는 거야."

폐허 사이에서 뷔테 레스토랑이 나타났다. 그래버는 순간 그 건물이 아직 있다는 것이 이상하게 여겨졌다. 마치 신기루같이 믿기지 않았다. 그들은 정원의 문을 지나 안으로 들어섰다. "어때?" 그가 물었다.

"전쟁이 모르고 놓쳐 버린 평화의 구역 같아요."

"그래. 오늘 밤에도 계속 그럴 거야."

꽃밭에는 흙냄새가 진동을 했다. 그사이에 누군가가 물을 준 모양이었다. 사냥개가 꼬리를 흔들면서 주위를 돌아다녔다. 주둥이를 핥고 있는 것으로 보아 식사를 충분히 한 것 같았다.

뷔테 부인이 다가왔다. 부인은 흰 앞치마를 두르고 있었다. "뜰에 앉으실래요?"

"예, 뜰에서. 그리고 가능하다면 전 세수를 하고 싶은데요." 엘리자베스가 말했다.

"물론 할 수 있죠."

뷔테 부인은 엘리자베스를 집 안으로 데리고 들어가 2층으로 안내했다. 그래버는 부엌을 지나 정원으로 나왔다. 흰색과 붉은색 체크무늬 식탁보를 씌운 탁자와 의자 두 개가 마련되어 있었다. 그리고 탁자 위에는 컵과 접시 그리고 김이 모락모락 나는 커피와 물도 있었다. 목이 말라 우선 물을 마셨다. 물은 차고 포도주보다 맛이 좋았다. 정원은 밖에서 예상했던 것보다 더 넓었다. 그곳에는 이미 파릇파릇해지고 있는 잔디밭, 딱총나무와 라일락 그리고 막 이파리가 나온 오래된 나무가 몇 그루 있었다.

엘리자베스가 돌아왔다. "이런 데를 어떻게 알았어요?"

"우연히 알았어. 안 그러면 이런 데를 어떻게 발견하겠어?"

그들은 잔디밭을 가로질러 가서 관목의 막 솟은 봉오리들을 손으로 느껴 보았다. "라일락 봉오리가 벌써 돋았네요. 아직 새파랗지만 곧 꽃을 피울 거예요."

"그래. 꽃을 피울 거야. 몇 주만 지나면." 그래버가 대답했다. 그녀가 그에게로 다가갔다. 비누와 신선한 물과 청춘의 냄새가 풍겼다. "여긴 정말 아름다워요. 그런데 이상하게도, 이곳에 온 적이 있다는 느낌이 들어요."

"나도 처음 보았을 때 그랬어."

"모든 게 옛날 그대로인 것 같아요. 당신과 나, 그리고 이 정원. 그런데 작은 어떤 것, 결정적인 무언가가 빠진 것 같아요. 그것만 있다면 옛날 그대로의 모습일 것 같아요." 그녀가 그의 어깨에 머리를 기댔다. "그 순간은 오지 않을 거예요. 인간이란 언제나 그 직전에 머물러요. 하지만 옛날에 한번 우리는 이걸 모두 실제로 경험했고 또 이후에도 그것은 반복될 거예요."

뷔테 부인이 수프 항아리를 들고 왔다. "우리의 배급표를 드릴게요. 많진 않아요. 일부는 불에 타 버렸거든요. 하지만 이 정도면 충분할 겁니다." 그래버가 말했다.

"이렇게 많이는 필요 없어요. 완두는 늘 있는 거예요. 소시지만 조금 들었어요. 남은 소시지도 나중에 돌려줄게요. 그리고 뭘 좀 마시겠어요? 맥주가 몇 병 있는데." 뷔테 부인이 말했다.

"잘됐군요. 안 그래도 맥주 생각이 간절했는데." 저녁놀이 희미하게 흔적만 남아 있었다. 지빠귀가 울기 시작했다. 그래버는 오전에도 지빠귀 한 마리가 우는 소리를 들었던 것이 떠올랐다. 새는 교차로의 정거장에 앉아 있었다. 그 이후로 많은 일이 일어난 것 같았다. 그는 항아리의 뚜껑을 열었다. "소시지. 그것도 고급 돈육 소시지. 그리고 진한 완두콩 수프. 정말 훌륭한 식사야!"

그는 접시에 음식을 담았다. 이 순간은 집과 정원과 아내, 식탁과 음식 그리고 안락함 또는 평화가 모두 그의 것이었다. 그가 물었다. "엘리자베스, 앞으로 십 년 동안 지금처럼 폐허 속의 이 정원에서 함께 살기로 계약을 맺자고 한다면 거기에 서명할 거야?"

"당장. 아니 더 오래."

"나도 마찬가지야."

뷔테 부인이 맥주를 가지고 왔다. 그래버는 병을 따고 잔 두 개에 맥주를 가득 채웠다. 그들은 맥주를 마셨다. 맥주는 시원하고 맛이 좋았다. 그들은 수프를 먹었다. 서로 마주 보면서 천천히 그리고 평화롭게 식사를 했다.

어두워졌다. 탐조등 불빛이 하늘을 가로질러 구름을 뚫고 더 높은 곳으로 올라갔다. 지빠귀는 노래를 멈추었다. 밤이 시작되었다.

뷔테 부인이 다시 와서 접시를 채워 주었다. "많이 드시지 않았네요. 젊은 분들은 많이 드셔야 합니다."

"정말 실컷 먹었습니다. 항아리가 거의 비었어요."

"샐러드를 조금 가져오겠어요. 치즈도."

달이 떠올랐다. "이제 우린 모든 걸 가졌어요. 달도 있고 정원도 있고, 음식은 충분하게 먹었고 밤은 그대로 남아 있어요. 너무 멋져서 견디기 어려울 정도예요." 엘리자베스가 말했다.

"예전에는 다들 이런 식으로 살았어. 모두들 그걸 대수롭지 않게 여겼던 거야."

그녀는 고개를 끄덕이며 주위를 살펴보았다. "여기서는 폐허가 전혀 보이지 않아요. 정원의 위치 때문에요. 나무들이 폐허를 가려 주고 있어요. 믿기지 않아요. 이런 곳이 아직 남아 있다니!"

"전쟁이 끝나면 그런 나라로 갈 거야. 조금도 파괴되지 않은 거리를 볼 수 있고, 밤이면 환하게 불을 밝히고, 공습을 두려워할 필요도 없는 나라로. 거기서 우리는 불빛 찬란한 쇼윈도 앞을 산보할 거고, 거리의 불빛이 너무 밝아 밤에도 낮처럼 우리 얼굴을 볼 수 있을 거야."

"우리를 받아 줄까요?"

"여행인데? 왜 안 받아 주겠어? 스위스를 말하는 거야?"

"그럼 스위스 돈이 필요하겠군요. 그걸 어떻게 구하죠?"

"카메라를 가져가 거기서 팔면 돼. 그러면 몇 주는 살 수 있을 거야."

엘리자베스가 큰 소리로 웃었다. "아니면 우리한테 없는 보석이나 모피 외투도 팔지 그래요?"

뷔테 부인이 샐러드와 치즈를 가지고 왔다. "여기가 마음에 드세요?"

"예, 정말요. 조금 더 있어도 괜찮죠?"

"계시고 싶은 대로요. 그럼 커피를 가지고 오겠어요. 물론 대용 커피지만."

"커피까지. 오늘 우리는 제후들처럼 사는 거야." 그래버가 말했다.

엘리자베스가 또 웃었다. "처음에는 제후들처럼 살았어요. 거위 간과 캐비아를 먹고 팔츠 포도주를 마셨잖아요. 지금은 오히려 보통 사람들처럼 사는 거예요. 나중에도 이런 식으로 살겠죠. 산다는 건 아름다운 거죠?"

"그래, 엘리자베스."

그래버가 그녀를 바라보았다. 공장에서 나올 때는 지친 표정이었으나 지금은 완전히 회복한 상태였다. 그녀의 감정은 언제나 순식간에 변했다. 별로 애쓰지 않고도 저절로 변화가 일어났다.

"산다는 게 아름다워요. 우린 그 점을 거의 모르고 있었어요. 거의. 그러니 우리 앞엔 많은 것이 기다리고 있어요. 다른 사람들에겐 당연한 일도 우리에겐 멋진 모험이 될 거예요. 화재 냄새가 나지 않는 공기, 배급표가 필요 없는 식사, 원하는 걸 마음대로 살 수 있는 가게, 파괴되지 않은 도시들. 미리 주위를 돌아보지 않고도 얘기를 나눌 수 있는 분위기. 어떤 두려움도 가질 필요가 없는 상태! 이렇게 되려면 오래 걸릴 테죠. 하지만 공포는 차츰차츰 사라지고, 가끔씩 나타난다 하더라도 우리의 행복으로 변할 거예요. 공포가 더 이상 필요하지 않다는 것을 금방 알게 되니까요. 당신도 그렇게 믿지 않아요?"

"믿어. 그래, 엘리자베스. 그러고 보니까 우리 앞엔 행복이 줄지어 기다리고 있군." 그래버가 애써 대답했다.

그들은 그 집에 오래 머물렀다. 그래버는 식사비를 지불했고 뷔테 부인은 자러 갔다. 그들은 단 둘만의 시간을 가질 수 있었다.

달이 높이 떠올랐다. 밤의 대지와 싱싱한 잎의 냄새가 한층 더 강렬하게 풍겼고, 바람도 멎었으므로 일순간 그 향기가 내내 도시를 뒤덮고 있던 먼지와 잿더미 냄새를 몰아냈다. 관목들 사이로 휙 스치는 소리가 들리나 했더니 고양이가 쥐를 쫓고 있었다. 폐허 속에는 먹을 것이 충분했기 때문에 시내에는 예전보다 쥐들이 더 많이 들끓었다.

그들은 11시에 자리에서 일어났다. 정든 섬이라도 떠나는 것 같았다.

"아주 늦었군요. 자리가 모두 찼어요." 그들이 도착하자 집사가 말했다. 아침에 본 사람과는 다른 집사였다. 이자는 깔끔하게 면도를 했고 대도가 빳빳했다. 요제프를 고발한 자가 바로 이 녀석일 거라는 생각이 들었다.

"회랑에서 자면 안 됩니까?"

"거기 지붕이 있는 자리는 피난민들로 꽉 차 있소. 그런데 당신들은 왜 관청의 임시 숙박소에 가지 않는 거요?"

자정임을 고려하면 우둔한 질문이었다. "우린 하느님을 더 믿지요." 그래버가 대답했다.

집사가 잠시 그래버를 날카롭게 쳐다보았다. "여기 있고 싶다면 야외에서 자야 하오."

"상관없소."

"당신들은 결혼했소?"

"그렇습니다. 왜요?"

"여기는 하느님의 집이오. 결혼하지 않은 남녀는 여기서 함께 잘 수 없소. 회랑에도 남자 구역과 여자 구역이 따로 마련되어 있소."

"부부도 마찬가집니까?"

"물론이오. 회랑은 성당의 소유니까. 여기서는 육체적인 욕망이란 있을 수 없소. 게다가 당신들은 결혼한 것 같지도 않고."

그래버가 결혼 증명서를 꺼냈다. 집사는 니켈 안경을 걸치고 영원한 램프의 빛으로 그것을 읽었다. "얼마 되지도 않았군." 그가 말했다.

"교리 문답서에는 결혼 기간에 대해 이러쿵저러쿵 따지는 조항은 하나도 없소."

"성당에서 식을 올린 거요?"

"이보시오. 우린 피곤하오. 내 아내는 낮 동안 중노동을 했어요. 우린 이제 정원에서 자겠소. 이의가 있으면 우리를 쫓아내 보시오. 하지만 여러 사람이 필요할 거요. 간단하진 않을 거란 말이오." 그래버가 말했다.

신부 한 사람이 어느새 그들 곁에 있었다. 소리 없이 다가왔던 것이다. "무슨 일인가?" 집사가 사정을 설명하자 신부는 두세 마디 듣고는 말문을 막았다. "뵈머, 전능하신 하느님을 모독하지 말게. 사람들이 여기서 자야 하는 것만도 가슴 아픈

일이야." 그러고는 그래버를 향해 몸을 돌려 말했다. "내일 지낼 곳이 없으면 밤 9시까지 제7관으로 오시오. 나는 비덴디크 신부라고 합니다. 나의 여집사가 당신들을 어디든 묵게 해 줄 거요."

"정말 감사합니다."

비덴비크는 고개를 끄덕이고 나서 자리를 떠났다. "자, 하느님의 하사관님!" 그래버가 집사에게 말했다. "소령님이 당신에게 명령을 내렸소. 당신은 따라야 해. 성당은 수백 년에 걸쳐 유일하게 성공한 독재 체제니까. 마당으로는 어떻게 가오?"

집사는 성구실(聖具室)을 지나 그들을 안내했다. 어둠 속에서 미사용 성의가 번쩍거렸다. 문을 하나 지나고 복도를 지나자 뜰이 나타났다. "신부님들의 묘 위에서 자면 안 되오. 저기 회랑 옆에서 자란 말이오. 그리고 따로 누워 자시오. 침구도 따로 쓰고. 옷도 벗을 수 없소." 뵈머가 투덜대며 말했다.

"구두도요?"

"구두도 안 되오."

그들은 회랑으로 건너갔다. 복도에서는 다양한 음계로 코 고는 소리가 마치 협주곡처럼 들려왔다. 그래버는 텐트와 모포를 잔디 위에 펼치고는 엘리자베스를 보았다. 그녀는 큰 소리로 웃었다.

"왜 웃는 거야?" 그가 물었다.

"그 집사 때문에. 그리고 당신 때문에."

"좋아." 그래버는 짐 가방을 벽에 기대어 놓고 배낭을 베개처럼 놓았다. 그때 갑자기 리드미컬하게 코 고는 소리를 뚫고 여자의 비명 소리가 터져 나왔다.

"안 돼요! 안 돼! 아아…… 아……." 비명은 목구멍 속으로 잠겼다.

"조용히 하라고!" 누군가가 호통을 쳤고, 여자가 다시 비명을 질렀다. "조용히 하라니깐! 제기랄!" 다른 목소리가 더 크게 소리를 질렀다. 그러자 비명 소리가 질식이라도 한 듯 뚝 그쳤다.

"저러니까 우리는 지배자 민족이지! 꿈속에서도 우린 명령에 복종해." 그래버가 말했다.

그들은 자리에 누웠다. 벽 쪽으로는 거의 두 사람밖에 없었다. 다만 양쪽 구석에 무언가가 검게 솟아 있는데, 그곳에 사람들이 잠들어 있었다. 폭탄으로 파괴된 탑 뒤로 달이 걸려 있었다. 신부들의 오래된 무덤 위로도 한 줄기 빛이 비쳤다. 무덤 몇 개는 허물어져 있었는데 폭탄 때문에 그런 것은 아니었다. 관은 녹이 슬고 뭉개져 있었다. 뜰 한가운데 들장미 넝쿨 속에 커다란 십자가가 세워져 있었다. 그 주변으로 길을 따라 십자가 길*의 여러 장소가 석상으로 만들어져 있었다. 엘리자베스와 그래버는 예수의 채찍질과 가시 면류관을 묘사한 석상 사이에 자리를 잡고 누 있다. 그 뒤쪽, 제2구역에는 정원으로 열려 있는 회랑의 기둥과 둥근 아치가 희미하게 빛났다. "이리로 와." 그래버가 말했다. "그놈 금욕주의자 집사의 규칙 같은 건 엿이나 먹으라고 해!"

* 그리스도 수난의 길. 길 중간에 머무는 지점이 열네 곳 있다.

23

무너진 탑 주위로 제비들이 날아다녔다. 이른 아침 햇살이 부서진 지붕 타일 구석구석을 비추었다. 그래버는 알코올램프를 싼 보따리를 끌렀다. 취사를 해도 되는지 알 수 없었지만 누군가가 금지하기 전에 일단 시도하고 본다는, 병사들의 오래된 습관에 따르기로 했다. 그는 반합을 들고 수도꼭지를 찾아다녔다. 수도꼭지는 십자가형을 당하는 예수 석상 뒤에 있었는데 턱수염이 붉은 사내가 입을 딱 벌린 채 거기서 자고 있었다. 그는 외발이었고 의족을 바로 옆에 벗어 놓고 있었다. 니켈 의족은 아침 햇살에 마치 기계처럼 번쩍였다. 그래버는 늘어선 기둥 사이로 회랑 안을 들여다보았다. 집사의 말 그대로였다. 남녀의 잠자리는 따로 분리되어 있고 남쪽에는 여자들만 자고 있었다.

돌아오니 엘리자베스는 깨어 있었다. 그녀는 회랑 안에서 보았던 핏기 없는 얼굴들과 달리 생기가 돌았고 잠도 푹 잔 것 같았다. "씻을 데를 봐 두었어. 사람들이 우르르 모여들기 전에 가. 종교 단체의 건물은 위생 시설이 충분하지가 않거든. 따라와, 신부들의 세면장을 알려 줄게."

그녀가 웃었다. "당신은 여기서 커피나 지켜요. 잘못하면 도둑맞을지도 모르니까요. 세면장은 내가 찾아볼게요. 어느 쪽으로 가야 하죠?"

그가 위치를 세세하게 설명해 주었다. 그녀는 뜰을 지나갔다. 잠을 아주 곱게 잔 탓에 옷은 조금도 구겨지지 않았다. 그녀의 뒷모습을 지켜보자니 갑자기 더 애틋한 마음이 들었다.

"저런, 주님의 마당에서 음식을 끓이는군!" 펠트 구두창을 단 경건한 집사가 소리 없이 다가왔다. "더군다나 고통의 묵주 상 앞에서!"

"기쁨으로 넘치는 묵주 상은 어디 있소? 그리로 갈 수도 있소."

"여긴 모두 신성한 곳이오. 당신은 거기 신부님들이 잠들어 있다는 것을 모르시오?"

"나는 지금까지 공동묘지에 앉아서 밥을 지어 먹었소." 그래비가 차분한 목소리로 말했다. "아니면 우리가 어디로 가면 되는지 말해 주시오. 여기에도 구내식당이나 임시 취사장 같은 게 있소?"

"구내식당이라?" 집사는 썩은 과일을 씹는 것 같은 표정으로 말했다. "여기에?"

"그리 나쁜 생각 같진 않소만."

"당신 같은 이단자들한테야 그럴 테지. 하지만 다르게 생각하는 사람들이 있다는 게 다행스러워. 그리스도의 성역에 음식점이라니! 신성 모독이야!”

“그건 결코 모독이 아니오. 그리스도가 약간의 빵과 생선으로 몇천 명을 배불리 먹였다는 사실을 당신도 알지 않소. 하지만 그리스도는 당신과 같은 까마귀는 아니었어! 당장 눈앞에서 꺼지시지! 지금은 전시야. 세상이 어떻게 돌아가는지도 모를 테지만.”

“비넨디크 사제님께 너의 신성 모독을 고하겠다!”

“멋대로 하라고! 그분이 너를 내쫓을 거야, 이 밥맛없는 위선자야!”

집사는 짐짓 위엄도 보이고 격분도 하면서 펠트 구두를 신은 채 물러갔다. 그래버는 빈딩이 남긴 유산 가운데 하나인 커피 봉지를 뜯고 냄새를 맡았다. 진짜 원두 커피였다. 그는 커피를 쏟아 넣었다. 냄새가 퍼졌고 즉시 반응이 돌아왔다. 신부들의 무덤 뒤에서 머리가 헝클어진 한 사내가 코를 킁킁거렸다. 그러고는 재채기를 하면서 자리에서 일어나 가까이 다가왔다.
“한잔 주시지?”

“저리 비켜. 여기는 하느님의 집이야. 여기는 자선하는 데가 아냐. 받기만 하지.” 그래버가 말했다.

엘리자베스가 돌아왔다. 마치 산책이라도 하는 듯 경쾌하고 여유로운 걸음걸이로 걸어왔다. “커피는 어디서 났어요?” 그녀가 물었다.

“빈딩의 유산이야. 빨리 마셔야 해. 그렇지 않으면 회랑에 있는 사람들이 죄다 우리를 덮칠 거야.”

태양은 어느새 고통의 묵주 상을 비추고 있었다. 채찍질하는 석상의 좌대 앞에는 보라색 반점이 있는 제비꽃이 피어 있었다. 그래버는 배낭에서 빵과 버터를 꺼냈다. 그리고 주머니칼로 빵을 자르고 거기에 버터를 발랐다. "진짜 버터군요. 이것도 빈딩의 유산이에요?" 엘리자베스가 물었다.

"전부 그에게서 얻었지. 이상한 일이야. 그는 내게 좋은 일만 해 주었는데, 난 녀석이 조금도 좋아지지 않았어."

"그 때문에 그 사람이 그랬을 수도 있어요. 당연하다고도 할 수 있죠."

엘리자베스는 그래버와 나란히 배낭 위에 앉았다. "나는 일곱 살 때 지금같이 이런 식으로 살아 보고 싶다는 생각을 했어요."

"난 빵 굽는 사람이 되고 싶었어."

그녀가 큰 소리로 웃었다. "대신에 빵을 공급하는 사람이 되었군요. 최고의 공급자. 그런데 지금 몇 시나 됐을까요?"

"짐을 우선 꾸려 놓고 공장에 데려다 줄게."

"아네요. 되도록이면 여기 이 양지에서 오래 있도록 해요. 짐을 싸서 가져가려면 시간도 너무 많이 걸리고, 또 아래쪽에 가서 짐을 전부 맡기고 돌아오려면 오래 기다려야 하니까요. 회랑엔 벌써 사람들이 가득해요. 내가 가고 나서 그때 해요."

"알았어. 그건 그렇고 여기서 담배를 피워도 될까?"

"글쎄요. 하지만 당신이 그렇게 걱정할 필요는 없을 것 같아요."

"맞아. 여기서 쫓겨날 때까지 우리 하고 싶은 대로 하자. 시간도 별로 없으니까. 그리고 오늘은 옷을 홀랑 벗고 잘 수 있는 곳을 찾을 거야. 어쨌든 비덴디크 신부에게 가고 싶지는 않지, 안 그래?"

"그래요. 차라리 폴만 선생님 쪽이 낫겠어요."

해가 더 높이 떠올랐다. 해가 현관을 훤하게 비추자 기둥 그림자가 벽에 드리워졌다. 사람들이 그곳을 들락거리는 모습이 마치 빛과 그림자로 된 감옥을 들락거리는 것 같았다. 아이들의 울음소리도 들렸다. 정원 한쪽 구석에 있던 외발은 의족을 달고 그 위로 바지를 끌어내렸다. 그래버는 빵과 버터와 커피를 꾸려 넣었다. "8시 십 분 전이야. 갈 시간이야. 공장으로 데리러 갈게, 엘리자베스. 만일 무슨 일이 있으면 우선 뷔테 부인의 정원에서, 그리고 그다음은 바로 여기야."

"알았어요." 엘리자베스가 자리에서 일어났다. "낮 동안에 헤어져 있는 것도 이제 마지막이군요."

"그 대신 오늘 밤은 내내 깨어 있는 거야. 그래야 놓쳐 버린 하루를 보충하지."

그녀는 그에게 키스를 하고 급히 길을 나섰다. 그래버는 누군가가 웃는 소리를 듣고 화가 나 뒤를 돌아보았다. 젊은 여자가 기둥 사이에 서서 아이를 담장 위에 올려놓았고 아이는 여자의 머리카락을 잡고 있었다. 그녀가 아이와 함께 웃고 있었는데, 그래버와 엘리자베스는 그 모자의 존재를 전혀 알아차리지 못했던 것이다. 그는 짐을 꾸리고 반합을 헹구러 갔다. 의족 사내가 그를 따라왔다. 발이 땅에 닿을 때마다 금속성 소리가 요란하게 났다. "이봐, 군인 아저씨."

그래버가 걸음을 멈추었다. "커피를 마신 게 자네였나?" 의족이 말했다.

"맞아. 그런데 다 마셔 버렸어."

"그건 알아." 사내의 눈은 아주 크고 푸르렀다. "내가 말하는 건 커피 찌꺼기야. 그거 버릴 거면 차라리 나를 주게. 재탕하면 되니까."

"좋아, 기꺼이." 그래버는 찌꺼기를 모조리 긁어 그에게 주었다. 그러고는 짐을 들고 나갔다. 빌어먹을 집사와 한바탕할 각오를 했다. 그러나 그곳엔 붉은 코가 나와 있었다. 그는 성찬식의 포도주 냄새를 풍기며 아무 말도 하지 않았다.

문지기는 불탄 집의 창가에 앉아 있다가 그래버를 보고 손을 흔들었다. 그래버가 안으로 들어갔다. "혹시 편지 온 거 없나?"

"있어. 당신 부인 앞으로. 수취인이 크루제 양으로 되어 있어. 그러니까 맞는 거지, 안 그래?"

그래버는 편지를 받아들었다. 문지기가 묘한 눈초리로 지켜보는 것을 알아차렸다. 그는 편지를 보는 순간 얼어붙었다. 게슈타포로부터 온 편지였다. 봉투를 뒤집어 보니 누군가가 개봉했다가 도로 붙인 흔적이 역력했다.

"언제 왔던가?" 그가 물었다.

"어젯밤."

그래버는 봉투를 꼼꼼하게 들여다보면서 문지기가 편지를 먼저 읽어 보았다는 것을 확신했다. 그래서 그 자리에서 봉투를 열어 편지를 끄집어냈다. 엘리자베스에게 오전 11시 30분까지 출두하라는 통지서였다. 그는 시계를 보았다. 10시 직전이었다.

"좋아, 마침내 도착했군! 오랫동안 기다리던 편지야."

그는 편지를 주머니에 넣으면서 말했다. "또 다른 건 없나?"

"없어. 또 다른 게 필요한가?" 문지기가 캐묻는 듯한 표정으로 물었다.

그래버가 웃으면서 말했다. "우리가 살 집이 없을까?"

"없어. 집이 또 필요한가?"

"나 말고, 내 아내를 위해서 말이야."

"그래?" 문지기가 확신이 서지 않는다는 표정으로 말했다.

"그렇군. 소개해 주면 사례를 단단히 할 텐데."

"그래?" 문지기가 다시 한 번 말했다.

그래버는 자리를 떴다. 그 사내가 창가에서 계속 자기를 주시하고 있음을 알아차렸다. 그는 멈추어 서서 앙상한 뼈만 남은 지붕을 관찰하는 듯한 시늉을 했다. 그러고는 다시 천천히 걸어갔다.

바로 다음 길모퉁이를 돌자마자 그는 재빨리 편지를 꺼냈다. 인쇄물이었기 때문에 아무런 단서도 찾을 수 없었다. 대문자 A가 너무 높게 찍히는 타자기로 엘리자베스의 이름과 날짜만 찍혀 있었다. 그의 가슴에서 어떤 두려움이 솟아올랐다. 종이쪽지는 죽음의 냄새를 풍겼다.

그래버는 카타리나 성당 앞에 서 있었다. 어떻게 여기까지 오게 되었는지 자신도 몰랐다. "에른스트!" 누군가가 등 뒤에서 속삭였다. 돌아서서 보니 요제프였다. 군용 외투를 입은 그는 그래버를 못 본 체하면서 성당 안으로 들어갔다. 그래버는 주위를 둘러보다가 일 분 후에 그를 따라 안으로 들어갔다. 요제프는 성구실 가까이에 있는 빈 벤치에 앉아 있었다. 요제프가 조심스럽게 눈짓을 했다. 그래버는 제단 앞으로 갔다가 주위를 돌아보고는 다시 돌아와 요제프 옆에 무릎을 꿇고 앉았다.

"폴만 선생님이 잡혔어." 요제프가 속삭였다.

"뭐라고요?"

"폴만 선생님. 오늘 아침 게슈타포가 그분을 데려갔어."

그래버는 그 순간 폴만의 체포가 엘리자베스의 출두 통지서와 무슨 관련이 있는 게 아닌가 하는 느낌이 들었다. 그가 요제프를 뚫어지게 바라보았다. "폴만 선생님도!" 그래버가 마침내 입을 열었다.

요제프가 재빨리 고개를 들었다. "또 누가?"

"아내가 게슈타포의 출두 통지서를 받았어요."

"몇 시에?"

"오늘 오전 11시 30분입니다."

"통지서를 갖고 있나?"

"예."

그래버는 요제프에게 편지를 넘겨주었다. "선생님은 어떻게 잡혀가셨나요?" 그가 물었다.

"잘 몰라. 현장에 없었으니까. 내가 집으로 돌아왔을 때 문 앞에 놓인 돌이 원래 위치와 다른 곳에서 뒹굴고 있어서 무슨 일이 일어났다는 걸 알아차린 거야. 폴만 선생님이 끌려가면서 그 돌을 옆으로 걷어찬 거지. 그게 우리가 정한 암호 중 하나였어. 그리고 한 시간 후에 그분의 책들이 자동차에 실리는 걸 보았지."

"뭔가 선생님에게 불리할 만한 게 있었습니까?"

"아마도 없었을 거야. 위험하다고 생각되는 건 다른 장소에 모조리 묻어 버렸거든. 물론 통조림도."

그래버는 요제프의 손에 있는 쪽지를 보았다. "마침 선생님께 가려던 참이었습니다. 앞으로 어떻게 해야 할지 여쭤 보려고요."

"나도 그 때문에 여기 온 거야. 게슈타포의 끄나풀이 선생님의 집에 잠복하고 있을 게 분명해." 요제프는 출두 통지서를 돌려주었다. "자네는 어떻게 할 생각인가?"

"모르겠습니다. 방금 받았으니까요. 당신이라면 어떻게 하시겠습니까?"

"달아나지." 요제프가 망설이지 않고 말했다.

그래버는 제단이 희미하게 빛나고 있는 어둑어둑한 공간을 말없이 쳐다보다가 말했다. "일단 혼자 가서 무슨 일인지 알아볼 생각입니다."

"만일 자네 부인에게 용건이 있다면 자네에겐 아무것도 알려 주지 않을 걸세."

그래버는 등골이 서늘해지는 것을 느꼈다. 그러나 요제프는 사실을 사실대로 말했을 뿐이었다. 더 이상은 아니었다. "아내를 체포할 생각이었다면 폴만 선생님처럼 곧장 체포했을 겁니다. 안 그런 걸 보면 다른 이유가 있을 수도 있어요. 그래서 제가 먼저 가 볼 생각입니다. 중요하지 않은 일일 수도 있고요." 그래버가 자신 없는 태도로 말했다. "그렇다면 도망가는 것이 맞지 않죠."

"아내는 유대인인가?"

"아닙니다."

"그렇다면 좀 다르지. 유대인이라면 무조건 달아나야 해. 아내가 지방으로 여행을 갔다고 하면 안 될까?"

"안 됩니다. 근로 봉사자로 등록되어 있어요. 금방 드러날 겁니다."

요제프가 잠시 궁리를 했다. "자네 아내를 체포하려는 게 아닐 수도 있어. 자네 말대로 곧장 체포하면 될 테니 말이야. 혹시 짚이는 데라도 있나?"

"장인이 집단 수용소에 있습니다. 아내와 한집에 살고 있던 사람이 밀고했을 수도 있고요. 아니면 우리가 결혼한 걸 보고 누군가가 주목했을 수도."

요제프는 다시 생각에 잠겼다. "장인과 관련된 서류는 다 없애 버리게. 편지나 일기 같은 것 말이네. 그런 다음에 가 보게. 혼자서. 원래부터 그럴 생각이었지, 안 그래?"

"그렇습니다. 편지를 오늘 아침에 받았기 때문에 공장에 있는 아내에게 연락할 수 없었다고 말할 생각입니다."

"그게 최선이겠군. 그게 곤경에서 벗어나는 길이야. 자네한텐 아무 일도 일어나지 않을 거야. 어차피 일선으로 돌아갈 몸이니까. 그걸 막지는 못할 거야. 그리고 아내의 은신처가 필요하다면 내가 주소를 주겠네. 하지만 우선 다녀오게. 나는 내일 오후까지 여기 있을 거네." 요제프는 잠시 망설이다가 말했다. "비덴디크 신부님의 고해실이야. '외출'이란 표찰이 걸려 있는 곳이지. 그렇게 표찰이 걸려 있으면 나는 몇 시간 동안은 잘 수가 있어."

그래버는 자리에서 일어났다. 성당 안의 싸늘하고 어둑어둑한 곳에 있다가 나왔기 때문에 문밖의 따가운 햇살에 눈이 부셨다. 너무 환하게 비추어서 이미 게슈타포의 포로가 되어 버린 것 같았다. 그는 거리를 천천히 걸어갔다. 마치 유리 종을 쓰고 걸어가는 듯한 기분이었다. 그를 둘러싼 모든 것이 낯설고 도달할 수 없는 무언가가 되어 버린 것 같았다. 아이를 안고 있는 여자가 갑자기 인간적인 안정 그 자체로 보여 고통스러운 질투심이 일었다. 벤치에 앉아 신문을 읽고 있는 남자는 자신으로서는 결코 도달할 수 없는 무사태평의 상징처럼 보였다. 웃으면서 대화를 나누고 있는 사람들은 가파르게 떨어져 나간 다른 세계의 존재들 같았다. 그의 머리 위로 암흑과도 같은 근심의 그림자가 드리워졌다. 그림자는 마치 그래버가 나병 환자이기라도 하듯 세상으로부터 그를 격리시켰다.

그는 게슈타포 건물로 들어가 호출장을 제시했다. 친위대원은 복도를 지나 연결된 부속 건물을 가리켰다. 복도는 서류와 환기되지 않은 사무실과 막사의 냄새를 풍겼다. 그는 이미 세 사람이 대기하고 있는 방에서 기다려야 했다. 한 사내는 안마당을 향한 창가에 서 있었다. 그는 두 손을 등 뒤로 돌리고 오른쪽 손가락으로 왼쪽 손등을 피아노 치듯이 두드렸다. 다른 두 사내는 의자에 쪼그리고 앉아 정면만 바라보고 있었다. 한 사내는 대머리인 데다가 언청이 입술이어서 손으로 거듭 입을 가렸다. 다른 사내는 히틀러 콧수염을 하고 있었는데 얼굴이 푸석푸석하고 창백했다. 그가 들어서자 모두 그래버를 흘낏 돌아보았다가 얼른 시선을 돌렸다.

잠시 후 안경을 쓴 친위대원이 들어왔다. 모두 즉시 자리에서 일어났다. 그래버는 문에서 가장 가까운 곳에 서 있었다.

“자네는 무슨 일로 여기 왔나?” 친위대원은 의아해하면서 물었다. 군인은 보통 군법 회의의 관할이었다.

그래버가 편지를 제시하자 친위대원은 그것을 읽어 내려갔다. "이건 당신한테 보낸 게 아냐. 크루제 양 앞으로 발송된 거네."

"제 아내입니다. 우린 며칠 전에 결혼했습니다. 아내는 지금 군수품 공장에서 일하고 있기 때문에 제가 대신해서 출두했습니다."

그래버는 결혼 증명서를 꺼냈다. 혹시나 해서 가지고 왔던 것이었다. 친위대원은 갈피를 잡지 못하고 손가락으로 귀를 후볐다. "좋아, 어쨌든 지하의 72호실로 가 보게."

그는 그래버에게 서류를 돌려주었다. 그래버는 생각했다. 지하실은 게슈타포 건물에 대해 나도는 소문 중에서도 가장 악명 높은 곳이 아니던가.

그는 계단을 내려갔다. 그를 향해서 걸어오고 있는 사내 두 명이 그를 부러운 듯이 쳐다보았다. 그들이 이제 막 위험의 문턱에 있는 데 반해 그래버는 이미 자유의 몸이 된 걸로 생각했기 때문이었다.

72호실은 칸막이가 되어 있고 별도로 분리된 사무실도 있는 넓은 공간이었다. 심심해하던 직원이 그래버에게서 편지를 받아들었다. 그래버는 왜 자신이 왔는지를 설명하고 다시 결혼 증명서를 제시했다.

직원이 고개를 끄덕이며 말했다. "부인을 대신해 수령하겠소?"

"예."

직원은 서류 두 통을 책상 위로 밀었다. "여기에 수령했다고 쓰고 그 아래에 이렇게 서명하시오. 엘리자베스 크루제의 남편이라고. 그리고 결혼 날짜와 호적과의 이름도 기입하도록. 서류

한 통은 가져가도 좋소."

그래버는 천천히 서명을 했다. 인쇄된 것을 읽는 모습을 보이고 싶지 않았다. 하지만 무턱대고 서명부터 하기도 싫었다. 그동안에 직원은 선반을 뒤졌다.

"제기랄, 그 재는 어디로 간 거야?" 그가 마침내 소리를 질렀다.

"홀트만, 자네는 또 뒤죽박죽으로 만들어 놓았군. 크루제의 꾸러미를 가져오란 말이야."

칸막이 저쪽에서 누군가가 투덜거렸다. 그래버는 자신이 수감자인 베른하르트 크루제의 재를 수령했다는 서류에 서명했음을 알게 되었다. 또한 그는 두 번째 서류에서 베른하르트 크루제가 심장 마비로 죽었다는 것도 확인할 수 있었다. 직원은 칸막이 뒤쪽으로 갔다가 담배 상자 하나를 들고 나타났다. 상자는 갈색 종이로 빠듯하게 포장되어 끈으로 묶여 있었다. 상자 옆구리에는 아직도 '클라로'라고 인쇄되어 있고 담배 상자의 다채로운 무늬도 일부나마 여전히 남아 있었다. 그것은 붉은색과 황금색 문양으로 파이프 담배를 피우는 인디언들이 좋아하는 무늬였다.

"여기 재가 있네." 직원은 그렇게 말하면서 졸린 눈으로 그래버를 쳐다보았다. "군인인 자네에게 새삼 말할 필요도 없겠지만 절대로 침묵을 지켜야 한다. 사망 광고는 일절 할 수가 없다. 신문에 내거나 회람으로 돌릴 수도 없다. 물론 장례식도 금지다. 알겠나?"

"예."

그래버는 담배 상자를 받아들고 그곳을 나왔다.

그는 즉시 엘리자베스에게는 아무 말도 하지 말아야겠다고 판단을 내렸다. 나중에 그녀가 알게 되느냐는 우연에 맡기기로 했다. 하지만 그런 일은 없을 것이다. 게슈타포는 두 번 다시 통지하지 않을 테니까. 지금으로서는 그녀를 혼자 남겨 두는 것만으로도 충분했다. 그녀에게 아버지의 죽음을 알린다는 것은 그야말로 너무나 잔인한 짓이었다.

그는 카타리나 성당으로 천천히 걸어갔다. 거리에 갑자기 생기가 넘쳐흘렀다. 위협은 지나갔고, 죽음으로 변신했다. 하지만 그것은 낯선 자의 죽음이었다. 그리고 낯선 자의 죽음에는 이미 익숙해져 있었다. 엘리자베스의 아버지는 어린 시절에 보았을 뿐이었다.

옆구리에 낀 담배 상자가 느껴졌다. 틀림없이 크루제의 재는 아닐 것이다. 홀트만이 아무렇게나 다른 재하고 바꾸어 버릴 수도 있는 일이고, 집단 수용소의 직원들이 이런 일에 신경을 쓴다는 것은 상상하기 어려웠다. 대량으로 소각을 하면서 개개인의 재를 구분한다는 것은 불가능했다. 화부가 몇 삽 떠서 봉지에 넣으면 그걸로 끝이었다. 그래버는 어째서 그런 일이 공공연하게 일어나는지 이해할 수 없었다. 그것은 잔악한 행위와 그 행위를 더욱 잔악하게 만드는 관료주의의 합작품이었다.

그는 재를 어떻게 할 것인지 망설였다. 폐허 어딘가에 묻어 버릴 수도 있고 그럴 기회는 얼마든지 있었다. 아니면 공동묘지로 가져갈 수도 있었다. 하지만 그렇게 하려면 허락을 받아야 하고 또 무덤도 필요하므로 엘리자베스가 눈치를 챌 수도 있었다.

그는 성당으로 들어가 비덴디크 신부의 고해실 앞에 멈추어 섰다. '외출'이라는 표찰이 걸려 있었다. 그는 녹색 커튼을 옆으로 젖혔다. 요제프가 그를 쳐다보았다. 요제프는 경계 상태로 앉아 있었는데 여차하면 그래버의 배를 걷어차고 즉시 달아날 태세였다. 그래버는 그곳을 지나쳐서 성구실 가까이에 있는 벤치로 갔다. 잠시 후 요제프가 왔고 그래버는 담배 상자를 가리켰다. "이것 때문이었습니다. 장인의 유해입니다."

"다른 일은 없고?"

"그것뿐입니다. 그러데 폴만 선생님 소식은 좀 들으셨나요?"

"아니."

그들은 함께 유해 상자를 보았다. "담배 상자로군." 요제프가 말했다. "대개는 오래된 마분지 상자나 깡통이나 종이 봉지에 넣어 주지. 그러니까 담배 상자 정도면 거의 관에 해당하는 셈이야. 그런데 이걸 어디로 모실 생각인가? 여기 성당에?"

그래버가 고개를 가로저었다. 그가 할 일이 순간적으로 떠올랐던 것이다. "회랑의 뜰로 하겠습니다. 거긴 일종의 공동묘지니까요."

요제프가 고개를 끄덕였다. "당신을 위해서 제가 해 드릴 일이라도 있는지요?" 그래버가 물었다.

"저 옆문으로 빠져나가 거리에 혹시 수상한 자들이 없는지 보고 오게. 난 이곳을 떠나야 하거든. 1시부터는 반유대주의자 집사가 당번이야. 자네가 오 분 내로 돌아오지 않으면 거리에 아무 이상이 없는 걸로 알겠네."

"알겠습니다."

그래버는 햇빛을 받으며 서 있었다. 잠시 후 요제프가 문 밖으로 나와 그래버의 옆을 스쳐 지나갔다. "행운을!" 그가 낮게 중얼거렸다.

"행운을!"

그래버는 성당으로 돌아갔다. 회랑의 정원에는 때마침 아무도 없었다. 날개에 빨간 반점이 있는 나비 두 마리가 작은 꽃들이 하얗게 피어난 관목 주위를 날아다녔다. 관목은 알로이시우스 블뤼머 신부의 무덤 곁에 있었다. 그래버는 그쪽으로 다가가서 무덤을 살펴보았다. 무덤 세 개가 허물어져 있었는데, 블뤼머의 무덤은 거의 잔디 바닥에 닿을 정도로 구멍이 나 있었다. 그곳이 안성맞춤이었다.

그는 집단 수용소에 수감되었던 가톨릭교도의 유해임을 알리는 쪽지를 적어 갈색 종이 아래로 넣었다. 나중에라도 담배 상자가 발견될 경우에 대비해서였다. 이어서 그는 대검으로 잔디를 조금 잘랐다. 그러고는 조심스럽게 아래쪽 바닥에 이미 나 있는 구멍을 상자가 들어갈 수 있을 만큼 더 넓혔다. 공사는 순조로웠다. 퍼 올린 흙으로 다시 구멍을 메웠고 그 위에 잔디를 덮었다. 혹시라도 이 유해가 베른하르트 크루제의 것이라면 그는 성역에, 고위직 신부의 발 아래에 안식처를 얻은 셈이었다.

그래버는 자리로 돌아가 회랑의 돌담에 기대어 앉았다. 돌담은 햇볕을 받아 따뜻했다. 어쩌면 신성 모독일 수도 있다고 그는 생각했다. 아니면 너무 지나친 감상일 수도 있었다. 베른하르트 크루제는 가톨릭 신자였고, 가톨릭 신자들은 화장이 금지되어 있었다. 하지만 지금은 특별한 상황이니까 성당에서도 묵인할 것이다. 상자 안에 있는 것이 크루제의 유해가 아니라 개신교 교도이거나 정통파 유대인을 포함한 다른 희생자들의 유해일지도 모르지만, 그래도 상관은 없을 것이다. 여호와도 개신교의 하나님도 가톨릭의 하느님도 굳이 반대하시지는 않을 것이다.

그는 마치 뻐꾸기 알처럼 다른 사람의 보금자리로 몰래 밀어 넣어진 담배 상자가 묻혀 있는 무덤을 쳐다보았다. 그동안 아무 느낌도 들지 않았는데, 이제 모든 것이 끝나고 나자 갑자기 깊고 끝없는 비통함이 솟구쳤다. 그것은 죽은 자에 대한 추념 이상의 것이었다. 폴만이 거기에 있었고, 요제프, 그가 목격했던 비참함, 전쟁 그리고 자신의 운명까지 몰아닥쳤다.

그는 자리에서 일어났다. 파리에서 무명용사의 묘를 본 적이 있었다. 그것은 프랑스의 위대한 전투들을 새겨 놓은 개선문 아래에 화려하게 장식되어 있었다. 그는 블뤼머 신부의 무너진 잔디 묘지와 그 아래에 있는 담배 상자가 그것과 비슷하게 생각되었다. 아니 그 이상이었다. 명예와 위대한 전투의 무지개는 없지만.

"오늘 밤은 어디서 자죠? 성당에서?" 엘리자베스가 물었다.

"아니. 기적이 일어났거든. 뷔테 부인에게 갔는데, 거기 방이 하나 비었다는 거야. 부인의 딸이 며칠 전에 시골로 갔대. 우린 거기서 묵을 수 있어. 그리고 내가 떠난 후에도 당신은 그 방에 있을 수 있고. 우리 짐을 벌써 거기로 옮겨 놓았어. 그런데 당신 휴가는 얻은 거야?"

"응. 돌아가지 않아도 돼요. 당신도 이제 나를 기다리지 않아도 되고요."

"잘됐어! 오늘 밤 휴가를 실컷 즐기도록 하자! 밤새도록 얘기하고 놀다가 내일 낮까지 실컷 자는 거야."

"그래요. 별들이 다 나올 때까지 정원에 앉아 있어요. 하지만 난 그 전에 얼른 가서 모자를 하나 사야 해요. 오늘은 모자가 필요한 날이에요."

"모자를 가지고 뭘 하게? 오늘 밤 정원에서 쓰려고?"

엘리자베스가 웃었다. "그럴지도 모르죠. 하지만 그런 게 중요한 게 아니에요. 중요한 건 모자를 산다는 거예요. 그건 상징적인 행동이거든요. 모자는 깃발과 같아요. 행복할 때도 사고 불행할 때도 사는 거예요. 당신은 이해가 안 가죠, 그렇죠?"

"그래. 하지만 하나 사기로 하자. 그래서 당신의 자유를 축하하는 거야. 그게 저녁 식사보다 더 중요해! 그런데 문을 연 가게가 있을까? 그리고 의복권도 필요하지 않아?"

"가지고 있어요. 모자를 파는 곳도 알고 있고."

"좋아. 당신의 금빛 드레스에 어울리는 모자를 사자."

"그럴 필요는 없어요. 그건 잠옷이거든요. 그저 어떤 모자든 사기만 하면 돼요. 그게 절대적으로 중요해요. 그렇게 하려고 공장을 쉬는 거예요."

가게의 진열장 일부는 유리가 부서지지 않고 그대로 남아 있었다. 부서진 부분은 판자에 못을 쳐 가려 놓았다. 그들은 안을 들여다보았다. 모자 두 개가 걸려 있었는데 하나는 조화로 장식한 것이고 다른 하나는 알록달록한 깃털로 꾸민 것이었다. 그래버가 보기엔 둘 다 별로였다. 엘리자베스에게 어울릴 것 같지 않았다. 그가 망설이고 있는 사이에 백발의 부인이 막 문을 닫으려고 했다. "얼른!" 그가 말했다.

여주인이 그들을 가게 뒤쪽의 등화관제가 된 공간으로 안내했다. 여주인은 엘리자베스와 대화를 나누었는데, 그래버는 무슨 말인지 도무지 알아들을 수가 없었다. 그는 문 옆에 있는, 부서지기 일보 직전인 황금색 의자에 앉았다. 여주인은 거울 앞의 전등을 켜고 상자에서 모자와 재료를 꺼냈다. 잿빛 가게가 갑자기 마법의 동굴로 변했다. 파랑, 빨강, 장밋빛, 하양 등 현란한 모자들의 색깔이 불타오르듯이 공간을 가득 메웠다. 다채로운 색깔의 비단 모자들이 비밀 축제를 위해 마련된 것처럼 빛나고 있었다. 엘리자베스는 방금 막 그림 속에서 빠져나오기라도 한 것처럼 빛의 세례를 받으며 거울 앞에 서서 이리저리 모자를 쓴 자신의 모습을 비추어 보았다. 그녀의 뒤로는 여명이 내리고 다른 공간은 모두 그 여명 속으로 잠기고 있었다. 그래버는 아무 말도 없이 앉아서 그 장면을 지켜보았다. 낮 동안의 사건을 전부 겪고 난 후 찾아온 꿈 같은 장면이었다. 그는 엘리자베스가 처음으로 완전히 시간에서 해방되어 자기 자신으로 돌아가 자유롭고 심원한 유희의 세계에 몰두해 있는 모습을 보았다. 그녀의 주위는 빛과 부드러움과 사랑이 넘쳤다. 그녀는 전투에 대비해 무기를 시험해 보는 여자 사냥꾼처럼 집중했고 진지했다. 그는 두 여자의 나지막한 대화를 들었지만 내용은 알 수 없었다. 그것은 마치 샘물의 속삭임 같았다. 엘리자베스의 주위가 환해 보였다. 마치 그녀가 빛을 발산하는 것 같았다. 그는 그녀를 사랑했고 갈망했으며 이 말 없는 행복 앞에서 다른 것은 모두 잊었다. 그 행복 뒤로 헤아릴 길 없는 상실의 그림자가 드리워져 있었지만, 그것도 이 순간의 행복을 더 깊게 하고 더 빛나게 하고 더 값지게 했으며 비단 천에 반사된 빛처럼 더 애틋하게 할 뿐이었다.

"이 모자를 살게요. 금색으로 된 이 간편한 모자를 살게요. 머리에 꼭 끼는." 엘리자베스가 말했다.

24

창문 밖으로 별이 보였다. 야생 포도 넝쿨이 자그마한 돌담을 기어오르고 그중 몇 개는 아래로 드리워져 소리 없는 시계추처럼 바람에 흔들거렸다.

"나는 울지 않아요. 혹시 눈물을 보이더라도 걱정 말아요. 내가 우는 게 아니라 마음속에 있는 무언가가 그렇게 하고 싶은 거예요. 때로는 그냥 울고 싶을 때도 있어요. 하지만 그건 슬퍼서가 아니라 행복하기 때문이에요." 엘리자베스가 말했다.

그녀는 그래버의 어깨에 머리를 파묻고 팔에 안겨 누워 있었다. 색이 검고 오래된 호두나무 목재로 만든 널찍한 침대였다. 침대의 양쪽 끝은 높다랗게 휘어져 있었다. 그리고 역시 호두나무로 만든 화장대가 구석에 있고 창가에는 탁자 하나와 의자 두 개가 놓여 있었다.

"난 행복해요. 지난 이 주 동안 너무 많은 일이 생겨서 그 모든 것을 내 안에 다 담을 수 없을 정도로. 그렇게 해 보려

했지만 되지 않아요. 그러니 오늘 밤 내가 자제하지 못하더라도 참아 줘요." 엘리자베스가 말했다.

"난 당신이 도시를 벗어나 시골에 있으면 해."

"당신이 가고 없으면 어디에 있으나 마찬가지예요."

"그렇지 않아. 시골은 공습을 받지 않거든."

"언젠가는 그들도 폭격을 멈출 테죠. 시내에는 이제 남아 있는 것이라곤 거의 없어요. 공장에 다니는 한 도시를 떠날 순 없어요. 어쨌거나 난 이 마법이 깃든 방을 가지게 된 게 기뻐요. 더군다나 뷔테 부인도 있고."

그녀는 차분하게 호흡을 가다듬었다. "난 곧 안정을 찾을 거예요. 너무 신경과민이라고 생각하진 말아요. 지금 행복하니까. 하지만 요동치며 흔들거리는 행복이죠. 단조롭고 천편일률적인 암소의 행복은 결코 아녜요."

"암소의 행복, 누가 그런 걸 바라겠어?" 그래버가 말했다.

"잘은 모르겠지만 그래야 더 오랫동안 견뎌 낼 수 있을 것 같아요."

"나도 그런 생각이 들어. 하지만 우리가 당분간은 그러고 싶지 않다는 거지."

"십 년간의 안정되고 착하고 단조롭고 소시민적인 암소의 행복, 그런 삶에 완전히 파묻힌다 하더라도 그렇게 나쁘진 않을 테죠!"

그래버가 큰 소리로 웃었다. "우리가 빌어먹을 흥밋거리만 추구하는 삶을 사니까 그런 발상이 나오는 거야. 우리의 선조들은 달랐어. 그들은 모험을 갈구하고 암소의 행복은 증오했다고."

"우린 아녜요. 우린 다시 소박한 소망을 가진 소박한 인간이 되었어요." 엘리자베스는 그렇게 말하고는 그래버를 쳐다보았다. "지금 자지 않을래요? 밤새도록 한 번도 깨지 않고 자고 싶지 않아요? 내일 밤에 당신이 떠나고 나면 다시 그럴 기회가 올지 누가 알겠어요?"

"기차에서도 얼마든지 잘 수 있어. 도착하려면 며칠 걸리니까."

"침대에서는 언제 잘 수 있죠?"

"그럴 일은 없어. 내일부터 내가 기대할 수 있는 건 야전용 침대나 아니면 짚으로 만든 매트리스야. 곧 익숙해지지. 그렇게 나쁘지 않아. 여름이 오니까. 러시아에선 겨울이 정말 지긋지긋해."

"겨울을 또 러시아에서 보내야 할지도 모르겠군요."

"이런 식으로 후퇴만 계속하면 겨울에는 폴란드나 독일에 있게 될지도 몰라. 그러면 별로 춥지는 않을 거야. 그 정도는 익숙한 추위니까."

이제 그녀가 언제 다시 휴가를 나오는지 물을 것이라고 그래버는 생각했다. 하지만 이제 그런 것은 더 이상 생각하고 싶지 않았다.

하지만 그녀는 물어야 하고 나는 대답해야 한다. 가능한 한 빨리 끝내는 것이 좋다. 나는 지금 온전히 이곳에 머물러 있는 것이 아니다. 나의 일부만 여기 있으며 그것은 마치 피부가 벗겨진 살과도 같다. 실제로 상처를 입지도 않는다.

다만 그것은, 피부 없는 살은 눈에 보이는 상처보다도 더 민감한 법이다. 그는 창밖에서 흔들거리는 넝쿨과 거울 속에서 나부끼는 은색과 회색을 올려다보았다. 바로 뒤에 비밀이 숨겨져 있고, 바로 다음 순간 언제라도 그 비밀이 정체를 드러낼 것만 같았다. 그때 사이렌 소리가 들려왔다.

"여기 있기로 해요. 옷을 입고 허겁지겁 방공호로 달려가긴 싫어요." 엘리자베스가 말했다.

"좋아."

그래버는 창가로 가서 탁자를 옆으로 밀어 붙이고 밖을 내다보았다. 밤하늘은 맑고 차분했으며 정원에는 달빛이 비치고 있었다. 꿈을 꾸기에 안성맞춤인 초현실적인 밤이었고, 또 공습을 하기에도 좋은 밤이었다. 뷔테 부인이 문밖으로 나오는 것이 보였다. 그녀의 얼굴은 몹시 창백했다. 그가 창문을 열었다.

"지금 막 깨우려던 참이었어요." 부인이 소음을 뚫고 소리를 질렀다.

그래버가 고개를 끄덕였다. "방공호…… 라이프니츠……."라는 소리가 들려왔다.

그는 손을 흔들었고 부인이 집 안으로 들어가는 것을 보았다. 일 분을 더 기다렸으나 부인은 돌아오지 않았다. 그녀 역시 집에 머물 생각이었던 것이다. 그도 그것이 당연하다고 생각했다.

마땅히 그래야 한다는 생각이 들었다. 부인은 집을 떠날 필요가 없었다. 이 정원과 집은 눈에 보이지 않는 마력에 의해 보호를 받는 것 같았다. 집과 정원은 그 위를 지나가는 울부짖음에도 불구하고 말없이 그대로 있었다. 나무도 창백한 은색 잔디 뒤에 가만히 서 있었다. 관목도 꼼짝하지 않았다. 창문 밖의 포도 넝쿨조차도 더 이상 흔들리지 않았다. 평화로운 작은 섬은 파괴의 폭풍을 튕겨 내는 유리 방공호 속에 있는 듯 달빛 아래 고요히 있었다.

그래버는 몸을 돌렸고, 엘리자베스는 자리에서 일어나 침대에 걸터앉았다. 그녀의 어깨는 핏기가 없었고 어깨가 둥글게 구부러진 부분에는 부드럽게 그늘이 드리워졌다. 그녀의 가슴은 단단하고 대담하고 실제보다 커 보였다. 그녀의 입은 검게 보였고 두 눈은 투명하여 거의 아무런 색도 띠지 않았다. 그녀는 두 손을 뒤로 뻗어 베개를 짚고 있었으며, 마치 먼 곳에서 갑자기 나타난 사람처럼 침대에 가만히 앉아 있었다. 그 순간 그녀의 모습은 세계의 종말을 앞두고 달빛을 받고 있는 정원처럼 낯설고 고요하고 신비로웠다.

"뷔테 부인도 여기에 남았어." 그래버가 말했다.

"이리 와요."

그는 침대를 향해 걸어가면서 잿빛과 은빛의 거울에 비친 자신의 얼굴을 보았다. 그는 얼굴을 알아볼 수가 없었다. 한 번도 본 적이 없는 사람의 얼굴이었다. "어서." 엘리자베스가 다시 말했다.

그는 그녀에게로 머리를 숙였고, 그녀는 그를 두 팔로 껴안았다. "무슨 일이 일어나도 난 무섭지 않아요."

"아무 일도 없을 거야. 오늘 밤엔." 그는 자신이 왜 그렇게 믿는지 알 수 없었다. 그의 믿음은 정원, 집, 달빛, 거울, 엘리자베스의 어깨 그리고 그의 마음속을 가득 채운 거대하고 드넓은 고요함과 관계가 있는 것 같았다. "아무 일도 없을 거야."

그는 다시 말했다.

그녀는 몸을 덮은 천을 바닥에 던져 버리고 실오라기 하나 걸치지 않은 채 드러누웠다. 허리로부터 쭉 뻗은 두 다리는 길고 탄력이 넘쳤으며, 나신은 어깨와 가슴을 지나 편편한 배꼽에 이르기까지 점점 가늘어졌다. 마르지 않은 넓적다리는 부드럽게 물결치면서 양편에서 삼각 지대를 향하여 돌입하는 것 같았다. 그것은 젊은 여인의 성숙한 육체로서 이미 소녀의 몸은 아니었다.

그는 그녀를 느꼈고, 그녀는 그에게로 미끄러지며 안겼다. 마치 천 개의 손이 서로 얽혀서 그를 붙들고 떠받치는 것 같았다. 두 사람은 조금의 빈틈도 없이 서로 밀착되어 있었다. 그것은 일순간의 요란한 격정이 아니라 서서히 그리고 지속적으로 흐르다가 갑자기 범람하면서 모든 것을 뒤덮어 버리는 소용돌이였다. 말도, 경계도, 지평선도 그리고 마침내 자기 자신도 휩쓸려 가 버렸다.

그가 고개를 들었다. 어느새 저 멀리 아득한 곳에서 돌아와 있었다. 그는 귀를 기울였다. 자신이 얼마나 오랫동안 떠나 있었는지 알 수 없었다. 밖은 조용했다. 그는 착각인가 싶어서 누운 채 다시 귀를 기울였다. 하지만 아무 소리도 들리지 않았다. 폭발음도 고사포 소리도 더 이상 들리지 않았다. 그는 눈을 감고 다시 뒤로 누웠다. 그러고는 다시 눈을 떴다. "그들은 오지 않았어, 엘리자베스." 그가 말했다.

"그런가요." 그녀가 속삭였다.

그들은 나란히 누워 있었다. 그래버는 바닥에 내팽개쳐진 흰 천과 거울과 활짝 열린 창문을 바라보았다. 그는 밤이 결코 끝나지 않을 것이라고 생각했다. 하지만 시간은 아주 천천히 고요 속으로 새롭게 밀쳐 들어갔다. 창밖의 포도 넝쿨이 다시 바람에 흔들렸고, 그 그림자가 거울 속에서 일렁거렸으며, 멀리서 소음이 들려오기 시작했다.

그래버가 엘리자베스를 쳐다보았다. 그녀는 아직도 눈을 감고 입을 벌린 채 깊은 숨을 쉬고 있었다. 그녀는 아직 돌아오지 않았고, 그는 벌써 돌아왔다. 그녀는 언제나 더 오랫동안 저 멀리 가 있었다. 그는 생각했다. 나도 그렇게 하고 싶어, 그렇게 할 수 있었으면, 그렇게 완벽하게 자신을 오랫동안 망각해 보았으면. 그것은 그가 그녀에게서 부러워하는 것이고, 그 때문에 그녀를 사랑하게 되고 그 때문에 놀라게 되는 어떤 것이었다. 그녀는 그가 따라갈 수 없고 가더라도 충분히 오래 있을 수 없는 어떤 곳에 있었다. 그를 두렵게하는 것은 바로 그것이었다. 갑자기 혼자 내동댕이쳐지고 낭패를 당한 그런 느낌이었다.

엘리자베스가 눈을 떴다. "비행기들은?"

"모르겠어."

그녀는 머리를 쓰다듬어 올리며 말했다. "배가 고파요."

"나도 그래. 먹을 건 온갖 게 다 있어."

그래버가 자리에서 일어나 빈딩의 창고에서 가져온 통조림을 들고 왔다. "이건 닭고기 튀김, 이건 송아지 고기, 토끼 고기도 있고, 설탕에 절인 과일도 있어."

그래버가 유리병을 땄다. 그는 엘리자베스가 돕는 것보다는 가만히 누워서 기다리는 걸 더 좋아했다. 그는 신비로부터, 어둠으로부터 아직 돌아오지 않은 여자가 곧바로 부지런한 주부로 변신하는 것을 좋아하지 않았다.

"난 알폰스의 물건들을 볼 때마다 부끄러운 생각이 들어. 그에게 꽤나 나쁜 짓을 한 것만 같아." 그가 말했다.

"그 사람도 분명히 다른 사람에게 나쁜 짓을 했어요. 그걸로 갚은 거예요. 그런데 그 사람의 장례식엔 갔나요?"

"아니. 제복을 입은 당원들이 너무 많아서 안 갔어. 다만 힐데브란트 연대장의 조사는 들었어. 우리 모두 알폰스를 본받아 그의 마지막 소원을 완수해야 한다고 말하더군. 적군과는 가차 없이 싸워야 한다고 말이야. 하지만 빈딩의 마지막 소원은 그런 게 아니었어. 잠옷을 걸친 금발 여자와 파자마 바람으로 창고에 있었으니까."

그래버는 고기와 설탕에 절인 과일을 뷔테 부인이 빌려 준 접시 두 개에 쏟아 부었다. 그러고 나서 빵을 자르고 포도주 병을 땄다. 엘리자베스는 몸을 일으키고는 벌거벗은 채 호두나무 침대 앞에 서 있었다. "당신은 여러 달 고개 숙여 군용 외투나 깁고 있었던 여자 같지 않아. 매일 체조라도 한 여자 같아." 그래버가 말했다.

"체조? 체조는 보통 절망적인 기분이 들 때 하는 거잖아요?"

"그런가? 그런 생각은 미처 못해 봤는데."

"절망하게 되면, 더 이상 몸을 구부릴 수 없을 때까지 체조를 하거나, 죽도록 지칠 때까지 주변을 뛰어다니거나, 열 번이라도 방 청소를 하거나, 머리가 아플 때까지 머리를 빗거나 그러잖아요."

"그러면 도움이 되나?"

"절망하기 직전까지는요. 더 이상 아무것도 생각하고 싶지 않을 때 말이죠. 하지만 절망의 끝까지 가게 되면 쓰러지는 수밖에."

"그러고는?"

"생명이 어디선가 다시 물결치며 돌아올 때까지 기다리는 거죠. 숨을 쉴 만큼의 생명 말예요. 생활을 위한 목숨이 아니라."

그래버가 잔을 들어 올렸다. "우린 나이에 비해 절망을 너무 많이 알아. 잊어버리도록 해야지."

"우린 또 잊는 것에 대해서도 너무 많이 알고 있어요. 그것마저도 잊어버리고 싶어요." 엘리자베스가 말했다.

"좋아. 이 토끼 고기를 먹게 해 준 클라이네르트 부인을 위하여!"

"그리고 우리에게 정원과 이 방을 빌려 준 뷔테 부인을 위하여."

그들은 단숨에 잔을 비웠다. 포도주는 차고 향기롭고 신선했다. 그래버는 두 잔을 다시 채웠다. 술잔 속의 달이 황금색으로 빛났나. "나의 당신, 밤 동안에 깨어 있으니 정말 좋아요. 이야기도 더 잘되고." 엘리자베스가 말했다.

"그래, 맞아. 밤이면 당신은 하느님의 건강하고 젊은 딸이야. 군용 외투나 만드는 재봉사가 아니라. 그리고 나도 병사가 아니야."

"밤 동안 사람들은 원래 그래야 하는 존재로 돌아가요. 그렇게 되어 버린 존재가 아니라."

"그럴 거야." 그래버가 토끼 고기와 설탕에 절인 과일과 빵을 쳐다보며 말했다. "그동안 우린 너무 피상적이었어. 밤 동안에 자고 먹기만 했으니까."

"그리고 사랑도 했잖아요."

"마시기도 했지."

"그래요. 마셔요." 엘리자베스가 그에게 잔을 내밀었다.

그래버가 웃었다. "우린 감상에 빠지고 비탄에 잠기고 깊은 이야기도 나누어야 했어. 그런데 그 대신에 우린 토끼를 반 마리나 먹고 생명을 찬양하며 하느님께 감사하고 있는 거야."

"그게 더 나아요. 안 그래요?"

"그래, 그게 전부야. 아무런 강요도 받지 않는다면 모든 게 선물이 되는 거야."

"그건 일선에서 배웠나요?"

"아니야. 여기서 배웠어."

"좋아요. 우리가 배울 필요가 있는 모든 건 그것이에요, 그렇죠?"

"그래. 그리고 약간의 행운이 따르면 되는 거야."

"우린 그것도 가졌나요?"

"그래. 우린 지상에 있는 모든 걸 가졌어."

"이제 모든 게 끝나 버렸으니까 슬프지 않아요?"

"끝난 게 아니라 변했을 뿐이야."

그녀가 그를 물끄러미 쳐다보았다. "나는 슬퍼." 그가 말했다. "내일 당신과 작별할 생각을 하니 죽을 것처럼 슬퍼. 그러나 내가 슬퍼하지 않으려면 단 한 가지 방법 밖에 없어. 내가 당신을 결코 만난 적이 없었던 걸로 하는 거지. 그렇게만 된다면 슬퍼하지 않고 그 대신 공허함을 안고 덤덤하게 떠나겠지. 그렇게만 된다면 슬픔은 더 이상 슬픔이 아닐 거야. 그것은 말하자면 어두운 행복이야. 행복의 다른 쪽 한 면."

엘리자베스가 자리에서 일어났다.

"아마도 제대로 표현하지는 못한 것 같아. 하지만 내 말을 알아듣겠지?" 그래버가 말했다.

"알겠어요. 당신은 정말 멋지게 표현했어요. 더 이상 훌륭하게 표현할 수는 없을 거예요. 난 당신이 그렇게 말하리라는 것을 알고 있었어요."

그녀가 그에게로 다가갔다. 그는 그녀를 느꼈다. 그녀는 갑자기 특정한 이름이 아니라 세상의 모든 이름을 가진 존재가 되었다. 그 순간 견딜 수 없는 흰색의 빛과 같은 불꽃이 그의 온몸으로 타올랐다. 그리고 모든 것이 하나임을 깨달았다. 이별은 귀환이고, 소유는 상실이며, 삶은 죽음이고, 과거는 미래였다. 영원히 그리고 도처에 영원의 석상이 존재하며 그것은 결코 지워질 수 없다는 것을 깨달았다. 그 순간 그의 아래쪽에 있는 대지가 활처럼 팽창하고 두 발이 무언가에 밀쳐져 앞쪽으로 돌진하면서 튕겨 나갈 것 같았다. 그는 엘리자베스를 꼭 안고서 그녀와 함께 그녀 안으로 뛰어들었다.

마지막 날 오후. 그들은 정원에 앉아 있었다. 고양이가 살며시 지나갔다. 고양이는 새끼를 배고 있었고 온전히 자신에게만 몰두해서 주위를 거들떠보지도 않았다. "난 아기를 가지고 싶어요." 엘리자베스가 갑자기 말했다.

그래버가 놀라서 그녀를 바라보았다. "아기라고? 왜?"

"왜라니요?"

"아기라고? 이런 형편에! 아기를 가질 수 있다고 생각해?"

"그럴 수 있다고 생각해요."

그가 그녀를 물끄러미 쳐다보았다.

"난 지금 당신한테 무슨 말을 하거나 행동을 하거나 키스하거나 기뻐하거나 부드럽게 굴어야 해, 엘리자베스. 그런데 그게 잘 안 돼. 내가 보기에 그런 생각은 너무 일러. 아직 아기에 대해서는 생각해 보지 않았어."

"당신은 그런 생각을 할 필요가 없어요. 당신과는 아무 상관없으니까. 나도 확신은 없어요."

"아기라고! 우리가 이 전쟁에 적응한 것처럼 그 애도 자라면서 새로운 전쟁을 맞이하게 될 테지. 그 애가 태어날 세상이 얼마나 비참할지 한번 생각해 봐."

고양이가 다시 다가오더니 부엌으로 통하는 길을 살금살금 걸어갔다.

"아이들은 매일 태어나요." 엘리자베스가 말했다.

그래버는 히틀러 유겐트와 자기 부모님을 고발했다는 어린애를 떠올렸다. "무엇 때문에 우리가 이런 말을 하는 거지? 그저 희망에 불과해. 안 그래?" 그가 말했다.

"아이를 가지겠다는 생각이 조금도 없어요?"

"잘 모르겠어. 평화로운 시대라면 얘기가 다르겠지만. 지금까지 거기에 대해서 생각해 본 적이 없어. 우리 주위는 온통 황폐해졌고 대지는 오랫동안 독으로 가득할 거야. 그런데 어떻게 어린애를 가질 생각을 할 수 있을까?"

"바로 그래서 필요한 거예요." 엘리자베스가 말했다.

"왜?"

"애들을 그런 환경에 맞서 싸우도록 교육하기 위해서죠. 만일 현재와 같은 사태에 반대하는 사람들이 모두 아이를 낳지 않는다면 어떤 일이 벌어질까요? 야만스러운 사람들만 아이를 낳게 된다면 어찌 되겠어요? 그렇게 된다면 누가 이 세상에서 정의를 다시 실현할 수 있겠어요?"

"당신은 그래서 아이가 필요하다는 건가?"

"꼭 그렇지는 않아요. 막 떠오른 생각일 뿐이지."

그래버는 아무 말도 하지 않았다. 그녀의 의견에 반대할 이유는 없었다. 그녀의 말이 옳았다. "당신의 머리를 따라갈 수가 없어. 나는 결혼했다는 사실도 아직 실감이 나지 않아. 그런 판에 아이를 가질지 말지를 결정해야 하다니." 그가 말했다.

엘리자베스가 웃으면서 자리에서 일어났다. "당신은 이 문제에서 가장 중요한 점을 모르고 있어요. 내가 원하는 건 아이지만 결국 당신의 아이를 원한다는 거예요. 난 이제 가서 뷔테 부인과 저녁 식사를 의논하겠어요. 통조림으로 최고의 요리를 만들어야죠."

그래버는 혼자 정원의 의자에 앉아 있었다. 하늘은 온통 불그스레한 구름으로 덮여 있었다. 오늘 하루도 지나갔다. 오늘은 불법으로 훔친 시간이었다. 휴가를 스물네 시간이나 넘겼던 것이다. 출발 신고는 했지만 아직 떠나지 않고 있었다. 이제 저녁이고 한 시간 내로 출발해야 했다.

그는 다시 한 번 우체국에 갔다. 하지만 부모님에게서는 아무 소식도 없었다. 그는 이별에 대비해 이런저런 정리를 해 놓았다. 뷔테 부인은 앞으로도 엘리자베스를 자기 집에 머물게 하겠다고 약속했다. 그는 집의 지하실도 살펴보았다. 안전할 만큼 충분히 깊지는 않았으나 그래도 튼튼하게 지어진 편이었다. 그는 라이프니츠 가의 공설 방공호도 둘러보았다. 그곳은 시내에 있는 여느 방공호에 못지않게 튼튼했다. 그는 편안하게 뒤로 기대고 있었다. 부엌에서 그릇이 맞부딪치는 소리가 들려왔다. 참으로 긴 휴가였다. 삼 주가 아니라 삼 년간의 휴가였다. 그동안의 시간이 그에게는 마치 흔들리는 대지 위에 있었던 것처럼 불확실하게 느껴졌고 다소 성급하게 지나간 것도 같았다. 하지만 그는 믿으려고 했다. 그 시간은 부정할 수 없는 진실한 순간이었다고.

엘리자베스의 목소리가 들렸다. 그녀가 아기에 대해 한 말을 곰곰이 생각해 보았다. 갑자기 벽이 뚫린 듯한 느낌이었다. 그리고 새로 생긴 구멍으로 정원이 보이는 것처럼 불확실하나마 한 조각 미래가 흔들거리며 보였다. 그래버는 벽 너머에 대해서는 결코 생각해 보지 않았던 것이다. 처음에 휴가를 나왔을 때 그는 무언가를 찾아내고 받아들이고 소유하고 싶었다. 그리고 다시 떠날 때는 자기 이름을 단, 자신을 증명할 수 있는 무엇인가를 남겨 두고 싶었다. 하지만 아기 같은 건 결코 생각해 보지 않았다. 그는 라일락 나뭇잎 사이로 짙어져 가는 저녁놀을 바라보았다. 끝도 없이 이어지는 생명이란 무엇인가. 생명이, 지금까지는 그 앞에서 멈출 수밖에 없었던 벽을 넘어 계속 이어진다는 것은 얼마나 놀라운 일인가. 지금까지 거의 성급한 약탈이라고 여겼던 것을 다시 한 번 평화로운 소유물이 될 수 있다고 느끼는 것은 참으로 놀라웠다. 그리고 아직 태어나지도 않은, 지금까지 결코 알지 못했던 낯선 존재, 끝도 없고 연민으로 가득한 미래의 존재에게 생명을 전달한다는 것은 참으로 불가사의한 것이었다. 그것은 얼마나 광대하고 예감으로 가득한 세계인가. 불멸이라는, 가련하면서도 위안에 찬 망상은 우리가 원하기도 하고 원하지 않기도 하지만 결국은 우리가 원하는 그 무엇이었다.

"기차는 6시에 출발해. 짐은 모두 다 꾸려 놓았어. 이제 나는 가야 해. 역에는 나오지 마. 여기서 바로 떠나고 싶어. 여기 네가 살고 있는 모습 그대로를 가져가고 싶어. 정거장에 가면 사람들도 붐비고 또 당황하게 될 거야. 지난번에 어머니가 정거장까지 오셨거든. 오시지 말라고 할 수가 없었어. 결국은 어머니나 나나 무척 힘들었지. 거기서 벗어나는 데 한참이나 걸렸어. 역에서 울고 있는, 지치고 땀을 흘리는 여자만 머릿속에 떠올랐거든. 실제의 어머니가 아니라. 무슨 말인지 알겠어?"

"알겠어요."

"좋아. 그럼 이렇게 하자. 당신은 내가 다시 아무것도 아닌 하나의 군번이 되고, 짐을 진 나귀처럼 군대로 끌려가는 장면을 봐서는 안 돼. 난 지금 여기서 이대로 작별하고 싶어. 그리고 이 돈을 받아. 쓰고 남은 거야. 일선에서는 필요 없어."

"나도 돈은 필요 없어요. 필요한 돈은 벌어서 쓰겠어요."

"일선에서는 쓰고 싶어도 쓸 수 없다니까. 받아 두었다가 옷을 사. 실용적인 것 말고 멋진 옷을 사. 당신의 황금색 모자에 어울리는 것으로 말이야."

"나는 이 돈으로 당신에게 필요한 물건을 사 보내겠어요."

"아무것도 보내지 마. 거기는 여기보다 먹을 게 많아. 당신 옷을 사라고. 난 당신이 모자를 살 때 무언가를 배웠어. 꼭 옷을 사겠다고 약속해. 조금도 쓸모없고, 전혀 실용적이지 않은 걸로 말이야. 혹시 이걸로 부족할까?"

"충분해요. 구두까지 살 수 있어요."

"그럼 잘됐네. 이왕이면 금색 구두를 사."

"알겠어요. 가벼운 황금색 가죽 구두를 사겠어요. 뒤축이 높은 걸로. 당신이 돌아올 때 그걸 신고 마중 나갈게요." 엘리자베스가 말했다.

그래버는 배낭에서 어머니에게 주려고 가지고 왔던 검은색 성상을 꺼냈다. "이건 내가 러시아에서 가져온 거야. 당신이 가지고 있어."

그러나 그녀는 그것을 받지 않았다. 그녀의 얼굴에 당황한 빛이 역력했다. "싫어요, 에른스트. 그건 다른 사람에게 줘요. 아니면 도로 가져가든가. 그건 너무, 너무 심각해요. 도로 가져가요."

그는 성상을 살펴보았다. "이건 파괴된 집에서 발견한 거야. 이것에 행운이 따를 것 같진 않군. 그 점을 미처 생각지 못했어." 그는 성상을 다시 배낭에 넣었다. 황금색 바탕에 천사들과 함께 있는 성 니콜라이 상이었다.

"당신이 원한다면 성당으로 가지고 가겠어요. 우리가 잔 적이 있는 카타리나 성당으로." 엘리자베스가 말했다.

우리가 잔 적이 있는 성당이라는 말을 그래버는 곱씹었다. 어제만 해도 그곳은 가까이에 있었다. 하지만 지금은 끝없이 먼 곳에 떨어져 있는 것이다. "거기서는 받지 않을 거야. 종교가 다르니까. 사랑의 하느님이지만 대리인들이 그렇게 관용적이지는 않아." 그래버가 말했다.

그는 이 성상을 크루제의 유해와 함께 블뤄머 신부의 묘 속에 묻어 버렸으면 좋았을걸 하고 생각했다. 하지만 그렇게 하는 것이 오히려 더 신성 모독일지도 몰랐다.

그는 뒤를 돌아보지 않았다. 느리지도 빠르지도 않게 걸어갔다. 배낭은 무거웠고 역까지의 거리는 멀기만 했다. 모퉁이를 돌고 또 모퉁이를 돌았다. 일순간 엘리자베스의 머리카락 냄새가 풍겼다. 이어서 오래된 화재 냄새와 늦은 오후의 후덥지근한 냄새, 날씨가 점점 더 따뜻해지면서 폐허에서 올라오는 달착지근하고 썩은 냄새가 풍겼다.

둑을 넘어갔다. 린덴 거리의 가로수들은 한쪽은 검게 불타 있었고, 반대쪽은 파릇파릇했다. 강은 쓰레기로 가득 차 모르타르와 지푸라기와 자루와 난간의 잔해와 침대 조각 사이로 느릿느릿 기어가고 있었다. 그는 생각했다. 만일 지금 공습이 시작된다면 나는 대피해야 할 것이다. 그러면 기차를 놓칠 구실이 생기는 셈이다. 내가 갑자기 나타난다면 그녀는 뭐라고 할까? 그는 이리저리 생각해 보았지만 자신도 알 수 없었다. 하지만 잠시 좋다 하더라도 그것은 곧 고통으로 변해 버릴 것이 분명했다. 그것은 정거장에서 발차 시간이 늦어져 삼십 분간 여유가 생긴다 해도 결국은 그 삼십 분 동안 당황스러운 대화를 이어가야 하는 것과 같았다. 게다가 그는 아무것도 얻을 게 없었다. 공습이 시작되면 기차도 떠나지 않고 기다리므로 그는 예정대로 기차를 탈 수밖에 없는 것이다.

기차는 이미 출발할 태세였다. 몇몇 객차에 '군 전용'이라고 쓰여 있었고, 그 앞에서 경비병이 서류를 조사했다. 그래버가 하루 늦은 것에 대해서는 아무 말도 하지 않았다. 그래버는 기차에 올라타 창가에 앉았다. 잠시 후 다시 병사 세 명이 차에 올랐다. 하사관과 아직 상처가 있는 병장, 그리고 나머지 한 명은 앉자마자 무언가를 먹기 시작한 포병이었다. 젊은 보조 간호사 두 명이 브로치 대신 철제 갈고리 십자가를 단 나이 든 간호사과 함께 나타났다. "커피가 있군. 보라고!" 하사관이 말했다.

"우리 게 아냐. 저건 처음 출정하는 보충병 수송대에게 주는 거야. 이전에 그렇게 들었어. 아마 일장 연설도 있을 거야. 우리에겐 필요 없는 일이지만." 병장이 대답했다.

피난민 한 무리가 들어왔다. 그들은 번호를 복창했고, 판지 상자와 짐 가방을 든 채 두 줄로 서서 커피 주전자를 쳐다보고 있었다. 친위대 장교들이 몇 명 나타났다. 그들은 멋진 장화와 승마 바지 차림으로 학처럼 역 구내를 서성거렸다. 휴가가 끝난 병사들 세 명이 객실로 들어섰다. 그들 중의 하나가 창문을 열고 몸을 밖으로 내밀었다. 밖에는 아이를 안은 여자가 서 있었다. 그래버는 아이를 먼저 보고 여자를 쳐다보았다. 그녀는 엉성하게 다리미질한 색깔 바랜 여름옷을 입었는데 목덜미엔 주름이 잡히고 눈꺼풀은 두꺼우며 가슴은 축 늘어져 있었다. 이제 그는 모든 것을 훨씬 더 명료하게 깨달을 수 있었다. 빛과 그가 보았던 모든 것. "그럼, 안녕, 하인리히." 여자가 말했다.

"그래. 조심해, 마리. 그리고 모두에게 안부 전해."

"그래."

그들은 아무 말도 없이 서로 얼굴을 쳐다보았다. 악기를 든 남자들이 승강장의 중앙에 정렬했다.

"멋지군! 젊은 대포밥들이 음악의 전송을 받으며 출전한다. 제기랄, 이런 건 이미 옛날에 없어져야 하는 건데." 병장이 말했다.

"우리도 커피 한 잔은 얻어 마실 자격이 있는데. 우리는 뭐라 해도 고참병 자격으로 출전하는 거야." 하사관이 대꾸했다.

"오늘 밤까지 기다려. 그러면 수프 대신으로 나올 거야."

행진 발소리와 구령이 들려왔다. 보충병들이 도착했다. 거의 대부분이 아주 어렸고 건강한 연장자는 드문드문 보일 뿐이었다. 연장자들은 돌격대나 친위대에서 밀려난 자들 같았다.

"아직 수염도 깎지 않는 것들이 대부분이야. 저 풋내기들을 보게! 애들이야! 일선에서 저런 것들을 믿고 싸워야 하다니." 병장이 말했다.

보충병들이 정렬을 했다. 하사관들이 고함을 지르자 곧 조용해졌다. 누군가가 연설을 시작했다.

"창문 닫아." 병장이 창밖의 아내를 쳐다보고 있는 사내에게 말했다.

사내는 아무런 대꾸도 하지 않았다. 연설자의 목소리가 마치 양철 성대에서 나오는 것처럼 덜커덩거렸다. 그래버는 좌석에 등을 기대며 눈을 감았다. 하인리히는 계속 창가에 붙어 있었다. 병장이 소리 지르는 것을 듣지 못했던 것이다. 그는 당황하고 멍하고 슬픈 눈으로 마리를 쳐다보았다. 마리도 마찬가지로 남편만을 쳐다보았다. 그래버는 엘리자베스가 오지 않은 것이 다행이라고 생각했다.

마침내 연설이 끝났다. 음악가 네 명이 「독일, 모든 것 위의 독일」과 「호르스트 베셀」을 연주했다. 그들은 두 노래 모두 1절만 신속하게 연주했다. 객실 안의 누구도 꼼짝하지 않았다. 병장은 콧구멍을 후볐고 그 과정을 아무렇지도 않은 듯이 지켜보았다.

보충병들이 객차에 오르기 시작했다. 커피 주전자가 그들을 따라갔다. 잠시 후 주전자는 비어서 돌아왔다. "이런 갈보 년들! 고참병을 목 말려 죽일 작정인가?" 하사관이 말했다.

구석에 앉아 있던 포병이 잠시 먹는 것을 멈추고 말했다. "뭐라고 한 거야?"

"갈보 년들이라고 했다. 그런데 넌 뭘 삼키고 있어? 송아지 고기?"

포병은 샌드위치를 다시 씹으면서 말했다. "돼지고기……."

"돼지고기라……." 하사관은 객실 안에 있는 병사들의 얼굴을 차례대로 쳐다보았다. 그는 동의를 구했지만 포병은 신경도 쓰지 않았다. 하인리히는 여전히 창가에 서 있었다. "베르타 숙모님께도 안부 전해." 그가 마리에게 말했다.

"그래."

그들은 다시 침묵을 지켰다. "왜 출발을 안 하는 거야? 벌써 6시가 지났는데." 누군가가 물었다.

"장군을 기다리고 있을지도 몰라."

"장군들은 비행기로 다녀."

그들은 다시 삼십 분을 기다려야 했다. "이제 가 봐, 마리." 하인리히가 이따금 말했다.

"기다릴게."
"애한테 밥을 먹여야지."
"밤 동안 아무 때나 먹이면 돼."
두 사람은 다시 한동안 입을 다물었다. "요제프에게도 안부를." 하인리히가 마침내 말했다.
"그래, 알았어. 안부 전할게."
포병이 커다란 소리로 방귀를 뀌고 깊이 한숨을 쉬더니 이내 잠이 들었다. 기차는 마치 그 순간을 기다리기라도 한 것 같았다. 기차가 천천히 움직이기 시작했다. "그럼, 모두에게 안부 전해 줘, 마리."
"당신도, 하인리히."
기차는 점점 더 빨리 달렸다. 마리는 기차를 따라가며 달렸다.
"애를 잘 돌봐, 마리."
"그래, 그래, 하인리히, 당신도 조심해요."
"그래, 그래."
그래버는 달리고 있는 여자의 수심에 찬 표정을 창 아래로 바라보았다. 그녀는 십 초 동안이라도 더 하인리히를 보려고 목숨을 걸고 달리는 것처럼 보였다. 그때 언뜻 엘리자베스의 모습이 보였다. 그녀는 정거장의 창고 뒤에 서 있었다. 기차 안에서는 그녀의 모습을 볼 수 없었던 것이다. 순간 믿어지지 않았지만, 분명 그녀의 얼굴이 뚜렷이 보였다. 어쩔 줄 몰라 하는 그녀의 얼굴은 마치 죽은 사람 같았다. 그는 자리에서 벌떡 일어나 하인리히의 옷깃을 잡아당겼다. "창문에서 비켜!"
그래버는 갑자기 모든 것을 잊어버렸다. 그가 왜 혼자서 정거장까지 왔는지도 잊어버렸다. 아무 생각도 들지 않았다. 오로지 그녀의 얼굴을 보아야 했다. 가장 중요한 말을 잊고 있었던 것이다.

그가 하인리히의 목덜미를 잡아당겼지만, 하인리히는 창밖으로 몸을 더 내밀었다. 두 팔꿈치를 밖으로 내밀어 지탱하면서 창문을 온통 막고 있었다. "리제에게도 안부 전해." 그는 덜컹거리는 소리를 누르겠다는 듯이 고함을 질렀다.

"비켜! 창문에서 떨어져! 내 아내가 저기 있어!"

그래버는 한쪽 팔로 하인리히의 어깨를 잡아 세게 당겼다. 하인리히는 뒤쪽으로 물러서면서 그래버의 무릎을 걷어찼다. "모두 다 조심해!" 하인리히가 소리를 질렀다.

여자의 목소리는 더 이상 들리지 않았다. 그래버는 하인리히의 무릎을 걷어차고 어깨를 뒤로 잡아당겼다. 하지만 하인리히는 물러서지 않았다. 그는 한쪽 팔꿈치로 창문에 기대 균형을 잡으면서 다른 쪽 손을 흔들었다. 기차가 곡선을 그리며 방향을 돌렸다. 하인리히의 머리 너머로 엘리자베스의 얼굴이 간신히 보였다. 그녀는 이미 멀리 떨어져 있었고 자꾸 작아졌다. 그녀는 창고 앞에 혼자 서 있었다. 그래버는 하인리히의 지푸라기같이 뻣뻣한 머리카락 위로 손을 흔들었다. 그녀는 아마도 손을 흔드는 것을 보았을 것이다. 하지만 그것이 누구의 손인지는 알아보지 못했을 것이다. 건물이 나타났고, 정거장은 더 이상 보이지 않았다.

하인리히는 천천히 창가에서 떨어졌다. "이놈의 새끼……." 그래버는 격분해서 달려들다가 이내 멈추고 말았다. 뒤를 돌아보는 하인리히의 눈에서 굵은 눈물방울이 뚝뚝 떨어졌다. 그래버는 올렸던 손을 내렸다. "이런, 제기랄!"
"저런, 저런!" 병장이 말했다.

25

이틀 후 그는 소속 연대를 찾아내고 중대 본부에 귀대 신고를 했다. 특무 상사는 보이지 않고 사무병만 멍하게 앉아 있었다. 마을은 그래버가 전에 알았던 위치보다 120킬로미터나 서쪽에 자리 잡고 있었다. "여긴 어떤가?"

"고약하지. 휴가는 어땠어?"

"그저 그랬어. 무슨 일은 없었고?"

"온갖 일이 벌어졌어. 우리가 지금 어디 있는지만 봐도 알겠지."

"중대원들은 모두 어디 갔나?"

"소대 하나는 참호를 파고 있고 다른 소대는 시체들을 묻고 있어. 낮에 돌아올 거야."

"여러 가지로 많이 변했나?"

"차차 알게 돼. 자네가 여기를 출발했을 때 누구누구가 있었는지 난 몰라. 그사이에 보충병들이 많이 왔어. 어린애들이야. 겨울철 파리들처럼 죽어 가고 있지. 전쟁이 무언지 도통 모르는 녀석들이야. 그리고 상사 하나가 새로 왔어. 선임 하사관이 죽었거든. 뚱뚱이 마이네르트 말이야."

"일선에서 죽었나?"

"아냐. 변소에 앉아 있다가 당했어. 비곗덩어리가 되어 공중으로 날아가 버렸지." 사무병이 하품을 했다. "돌아가는 사정은 곧 알게 될 거야. 그런데 자넨 왜 고향에서 엉덩이에 폭탄 파편이라도 맞지 않았어?"

"그러게 말이야. 왜 안 그랬을까? 가장 좋은 생각이 떠오르면 보통 그땐 이미 늦은 거야." 그래버가 말했다.

"나라면 며칠 더 여유 있게 있다가 돌아오겠어. 여긴 뒤죽박죽이라 아무도 자네가 없다는 걸 알아차리지 못해."

"그것도 마찬가지야. 돌아오고 나서 그런 생각이 드니까 말이야."

그래버는 마을을 돌아보았다. 지난번에 있던 마을과 비슷했다. 마을들은 어디나 다 비슷비슷했고 어디나 다 황폐해져 있었다. 하나 다른 점이 있다면 이제 눈이 거의 남아 있지 않다는 것이었다. 온통 축축하고 질퍽질퍽했다. 장화는 깊이 빠졌고 진흙은 구두를 벗기려는 것처럼 꽉 붙들고 놓아주지 않았다. 그래서 큰길에다 목판을 이어서 깔아 놓고 그 위로만 다녔다. 목판들은 물속에서 철벅거렸고, 한쪽 끝을 밟으면 다른 쪽 끝이 물방울을 뚝뚝 흘리며 위로 솟아올랐다. 해가 얼굴을 내밀었고 날씨는 꽤 따뜻했다. 그래버는 고향에 있을 때보다 훨씬 더 따뜻하다고 느꼈다. 그는 전선의 굉음에 귀를 기울였다. 격렬한 포성이 우르릉거리며 들려왔다가 다시 사라졌다. 그는 사무병이 지정해 준 방공호를 찾아서 빈자리에 소지품을 놓았다. 그는 하루나 이틀 정도 휴가를 넘기지 못하고 귀대한 자신에게 정말 화가 났다. 여기서는 사실상 아무도 그를 필요로 하지 않는 것 같았다. 그는 다시 밖으로 나왔다. 마을 앞쪽에 여기저기 참호가 있었지만 지금은 물이 가득 차 있고 벽은 무너져 있었다. 어떤 곳에는 좁다란 콘크리트 벙커들이 세워져 있었는데, 축축한 풍경 속에서 마치 묘비처럼 보였다.

그래버는 되돌아갔다. 거리에서 라에 중대장을 만났다. 라에는 뿔테 안경을 걸치고 학처럼 조심스럽게 목판 위를 걷고 있었다. 그래버가 그에게 보고를 했다. "자네는 운이 좋았어. 자네가 출발하자마자 모든 휴가가 취소되었지." 라에가 말했다. 그는 환한 눈으로 그래버를 쳐다보았다. "어때, 보람이 있었나?"

"예, 있었습니다." 그래버가 대답했다.

"좋아. 우리는 지금 진흙탕 속에 앉아 있어. 이건 임시 진지야. 곧 새로 만든 예비 진지로 후퇴할 거야. 그런데 예비 진지는 보았던가? 그곳을 지나왔을 텐데."

"아닙니다. 못 봤습니다."

"못 봤다고?"

"예, 중대장님." 그래버가 말했다.

"여기서 40킬로미터 가량 떨어져 있지."

"그곳을 통과한 것은 어젯밤인 것 같습니다. 저는 그때 깊이 잠들어 있었습니다."

"그렇겠군."

라에는 그래버의 표정을 살폈다. 무엇인가 묻고 싶은 게 있는 눈치였다. 그가 마침내 입을 열었다. "자네 소대장이 전사했네. 뮐러 소위 말이야. 신임 소대장은 마스 소위야."

"알겠습니다."

라에는 산보 지팡이로 질퍽질퍽한 땅을 쿡쿡 쑤셨다. "이런 식으로 땅이 질면 러시아군도 대포와 전차를 앞세우고 전진하기는 어려워. 덕분에 우리는 부대를 정비할 시간을 버는 거지. 모든 게 일장일단이 있는 법이야. 안 그런가? 하여튼 돌아와 줘서 고맙네, 그래버. 지금은 젊은 보충병을 훈련시킬 고참병이 필요해." 그는 계속해서 진흙탕을 찔렀다. "그런데 그곳은 어땠나?"

"여기와 비슷합니다. 공습이 잦습니다."

"그래? 그렇게 심한가?"

"다른 도시와 비교는 못하겠지만 최소한 며칠마다 한 번씩 공습이 있었습니다."

라에는 더 많은 정보를 기대한다는 듯이 그래버를 쳐다보았다. 그러나 그래버는 입을 닫았다.

다른 분대원들이 정오에 돌아왔다. "어이, 휴가병! 이 사람아, 이런 난장판으로 왜 돌아왔어? 어째서 탈영하지 않았냐고?" 임머만이 말했다.

"어디로?" 그래버가 물었다.

임머만이 그의 머리를 긁적거리며 말했다. "스위스로."

"그걸 생각하지 못했군, 이 꾀돌이. 날마다 탈영병을 위한 특별 호화 열차가 매일 스위스로 출발하고 있어. 지붕에 적십자를 새기고 있어 폭격도 받지 않아. 그리고 스위스 국경 전체에 '환영!'이라고 쓴 개선문이 서 있다고 해. 그 밖에 또 알고 있는 게 있나, 이 멍청이? 그런데 넌 언제부터 그런 말을 함부로 하는 거지?"

"난 언제나 하고 싶은 말은 하는 사람이야. 봄바람 살랑거리는 고향 땅에서 자네가 그걸 잊어버렸던 거지. 더욱이 우린 지금 후퇴 중이야. 패주라고 해도 무방해. 100킬로미터씩 후퇴할 때마다 내뱉는 말은 조금씩 더 자유로워지지."

임머만은 군복에 묻은 진흙을 털어 내면서 말했다. "뮐러는 죽었어. 마이네케와 슈뢰더는 후송됐고, 뮈케는 엉덩이에 맞았는데 바르샤바에서 뒈진 모양이야. 그리고 고참 중에 또 누가 있더라? 맞아, 베르닝이 있지. 그는 오른쪽 다리를 잃었어. 출혈이 너무 심해 죽었지."

"히르쉬란트도." 그래버가 말했다.

"히르쉬란트? 그 녀석은 왜?"

"녀석도 죽었어."

"바보 같은 소리. 저기 앉아 있잖아."

그래버는 그가 가리키는 곳을 바라보았다. 과연 히르쉬란트는 오래된 술통 위에 앉아 반합을 열심히 닦고 있었다. 그는 생각했다. 이런, 어떻게 된 거야? "저 녀석 어머니는 히르쉬란트가 전사했다는 통보를 받았어. 직접 물어봐야겠군."

그래버가 히르쉬란트에게 가서 말했다. "네 어머니를 만났어."

"정말 그런 거야? 약속을 잊지 않았다고? 난 네가 그렇게 할 거라고는 생각지 않았어."

"왜 못 믿는 거야?"

"나를 위해 뭔가를 해 주는 사람을 지금까지 만나지 못했거든."

사실은 그래버도 그 일을 겨우 떠올린 것이었다.

"어머니는 어때? 어떻게 지내신대? 내가 잘 지낸다고 말씀드렸지?" 히르쉬란트가 물었다.

"히르쉬란트, 네 어머니는 네가 전사한 걸로 알고 있어. 중대로부터 통지를 받았나 봐."

"뭐라고? 있을 수 없는 일이야."

"네 어머니가 나한테 직접 그렇게 말씀하셨어."

히르쉬란트가 그래버를 물끄러미 쳐다보았다. "난 거의 매일 어머니께 편지를 보냈는데."

"네가 이전에 보낸 편지들이라고 어머니는 믿고 있었어. 어째서 그런 일이 일어났는지 알겠어? 히르쉬란트는 두 사람이 아니야."

"그건 그래. 누군가가 일부러 그런 짓을 했을 수도 있어."

"일부러 그런 짓을 할 사람은 없어."

"없다고? 슈타인브레너도?"

"그 녀석도 아직 살아 있나?"

"물론. 그 녀석은 특무 상사가 죽고 나서 이틀간 본부에서 근무하도록 명령을 받은 적이 있었어. 마침 그때 사무병도 병으로 입원했고."

"만일 그렇다면 그건 비열한 위조 행위야."

"그래."

"하지만 그런 문서에 서명하는 건 라에의 책임이야."

"우리 어머닌 그런 건 알지 못해. 이 서명이나 저 서명이나 모두 마찬가지지야."

그래버는 갑자기 그 일이 슈타인브레너의 소행이라는 사실을 처음보다 더 분명히 깨달았다. “정말 더러운 장난질이야! 도저히 믿기 어려워. 그 잡놈이 왜 그런 짓을 한 거야?” 그가 분통을 터뜨리며 말했다.

“장난질이야. 나를 교육시키려고. 내게 유대인의 피가 섞여 있잖아. 그런데 우리 어머닌 뭐라고 하시던가?”

“침착하셨어. 즉시 어머니께 편지를 보내. 내가 말한 것을 그대로 써. 내가 방문했던 일을 기억하실 테니.”

“어머니가 편지를 받아 보려면 오래 걸리겠지.”

그래버는 히르쉬란트의 입술이 부들부들 떨리는 것을 보았다. “같이 중대 본부로 가자. 거기서 정정문을 작성해서 전보를 보내는 거야. 그렇지 않으면 라에에게 가든가.” 그가 제안을 했다.

“그건 할 수 없어.”

“왜 안 된다는 거야? 더 이상의 일도 할 수 있어. 슈타인브레너를 고소할 수도 있는 거라고.”

“안 돼. 난 할 수 없어. 아무것도 증명할 수 없어. 그리고 그렇다 하더라도…… 아니, 일러바칠 수도 없어. 난 할 수 없어. 모르겠어?”

“알겠어, 히르쉬란트. 하지만 이런 일을 영원히 묻어 둘 수는 없는 거야.” 그래버가 화를 내며 말했다.

그래버는 저녁을 먹고 나서 슈타인브레너를 만났다. 슈타인브레너는 갈색 얼굴에 쾌활한 표정이었다. 햇볕에 보기 좋게 그을린 것이 마치 고딕 양식에 등장하는 천사의 모습 같았다.

“고향의 분위기는 어때?” 그가 물었다.

그래버가 반합을 내려놓고 말했다. "국경에 도착하자마자 친위대 대위가 우리를 불러 모으고는 국내 정세에 대해 한마디라도 발설하면 엄한 처벌을 내릴 거라고 경고하더군."

슈타인브레너가 웃었다. "나 자신이 친위대 소속이야. 나한테는 무슨 말을 해도 돼."

"그렇게 한다면 나는 가련한 당나귀 신세가 되고 말 거야. 제국 군대의 계획을 방해하는 자는 총살형을 받게 돼 있어."

슈타인브레너가 웃음을 거두었다. "말을 그럴듯하게 하는군. 저 너머에 뭔가 재앙이 기다리고 있기라도 한 것처럼!"

"난 아무 말도 하지 않아. 다만 친위대 대위가 우리에게 했던 말을 되풀이할 뿐이야."

슈타인브레너는 그래버를 이리저리 훑어보았다. "너, 결혼했지, 안 그래?"

"어떻게 알았어?"

"난 뭐든지 알아."

"본부에서 보았군. 잘난 척하지 말게. 넌 종종 본부에 가잖아, 그렇지?"

"필요할 때면 언제든 가지. 나도 이번에 휴가를 가면 결혼할 거야."

"그래? 상대는 있나?"

"고향에 있는 친위대 사령관의 딸이야."

"물론 그럴 테지."

그래버가 빈정거렸지만 슈타인브레너는 한쪽 귀로 흘려들었다. "혈통이야 둘 다 일급이지." 그는 자신의 말에만 열중해 있었다. "난 스칸디나비아-프리슬란트 계이고 여자 쪽은 라인-

니더작센 계지. 우린 육아 수당과 인종 수당을 받게 돼 있어. 당연히 아이들은 교육상 특권을 누리게 될 거야. 이 모든 걸 당에서 제공하지. 그리고 오 년이 지나면 내 아내는 모범적인 어머니로서 제국 여성 협회에서 중요한 직책을 맡게 돼. 만일 쌍둥이나 세쌍둥이를 낳는다면 총통께서 직접 그들의 대부가 되어 주시는 거야. 아마도 이삼 년 내로. 다섯 번째 아이를 낳게 되면 총통께서 더 총애를 베푸실 테지. 그러면 나의 일생은 완벽하게 보장받는 거야. 상상해 보라고!"

"하고 있어."

"바로 인종의 품종 개량이라는 거지! 유대인도 근절해야 하지만, 독일인을 순혈로 대체하는 일도 중요해. 새로운 지도자 인종으로 말이야."

"넌 유대인을 많이 해치웠나 보구나?"

슈타인브레너가 씩 웃었다. "네가 내 수행 기록을 본다면 그런 건 묻지 않을 거야. 그땐 정말 멋진 시절이었지." 그는 속내를 털어놓을 듯이 그래버에게로 몸을 기울였다. "난 전속을 신청했다. 친위대 사단으로 복귀하려고 말이야. 거기로 가야 신나는 일이 벌어지지. 출세 기회도 더 많아지고. 모든 것이 대규모로 이루어지지. 더러운 러시아 놈들에게는 지겨운 군법 회의 같은 건 필요도 없어. 그냥 송두리째 처치해 버리는 거지. 얼마 전에는 오후 한나절 만에 폴란드인과 러시아인 배반자들을 삼백 명이나 해치웠지. 그래서 여섯 사람이나 독일 십자가 훈장을 받았어. 여기서는 기껏해야 시시한 게릴라들만 걸려들어. 그 정도를 죽여서는 훈장도 못 받아. 네가 없는 동안에 기껏 여섯 명 정도를 처치했을 뿐이야. 소탕 대대나 친위대 보안부에선 몇백씩 몇천씩 잡아들이고 있지. 그러면 출세길이 훤히 보이는 거야!"

그래버는 러시아의 붉은 노을을 바라보았다. 까마귀 몇 마리가 마치 검은 천 조각처럼 펄럭거리고 있었다. 슈타인브레너는 완벽한 당의 산물이었다. 그는 완벽하게 건강하고 완벽하게 훈련을 받았으며 완벽하게 자신의 생각은 없고 완벽하게 비인간적이었다. 자동 기계와도 같은 그에게는 총기 소제나 체조나 살인이나 모두 똑같은 일이었다.

"네가 히르쉬란트의 사망 통지서를 그의 어머니에게 보냈지, 그렇지?"

"누가 그렇게 말하던가?"

"난 이미 알고 있었어."

"네가 알 리가 없어. 무슨 수로?"

"내가 알아냈어. 참 그럴듯한 장난질이군."

슈타인브레너가 웃었다. 그는 남이 비웃는 것을 알아차리는 귀가 없었다. 그의 잘난 얼굴이 만족감으로 빛나고 있었다. "너도 그렇게 생각하나? 늙은 할멈의 얼굴 표정을 한번 상상해 봐! 그리고 나한테는 아무 일도 일어날 리가 없어. 히르쉬란트 녀석은 오히려 무언가 말하기를 두려워할 테니. 설령 그가 항의를 하는 일이 있더라도 착오라고 하면 그만이야! 흔히 있는 일이니까."

그래버가 그를 날카롭게 쳐다보았다. "배짱이 대단해." 그가 말했다.

"배짱이라고? 그만한 일에 무슨 배짱까지. 단지 웃자고 한 짓이야."

"그렇지 않아. 배짱이 필요해. 누구든 그런 짓을 하면 그 자신이 곧 죽거든. 잘 알려진 이야기지."

슈타인브레너가 큰 소리로 웃었다. "바보 같은 소리. 그건 할머니들이나 믿는 미신이야."

"미신이 아냐. 그런 짓을 하는 인간은 자신의 죽음을 초래하는 거라고. 이건 분명한 사실이야."

"이봐, 설마 그걸 믿는 건 아닐 테지?" 슈타인브레너가 말했다.

"난 믿고 있어. 너도 믿어야 해. 이건 게르만 민족의 오래된 신앙이야. 난 네 입장이 되고 싶진 않아."

"넌 미쳤어!" 슈타인브레너가 자리를 박차고 일어났다. 그는 이제 더 이상 웃지 않았다.

"난 그와 비슷한 짓을 한 녀석을 둘이나 알고 있어. 둘 다 그 직후에 죽어 버렸지. 다른 한 놈은 그래도 운이 좋았어. 실탄이 불알에 명중했으니까. 물론 성 불구자가 되었지. 너도 그 정도로 죗값을 받을지도 모르지. 하지만 쌍둥이나 세쌍둥이를 낳는 건 끝이야. 물론 다른 녀석이 너 대신 수고를 하면 되겠지만. 어쨌든 당이 중요하게 생각하는 건 순수한 핏줄이야. 개인은 전혀 문제가 안 돼."

슈타인브레너가 그래버를 노려보았다. "이봐, 너 정말 멍청해졌구나! 전에도 그랬나? 기왕에 나왔으니 말인데 모두 헛소리야. 개소리라고!" 그가 말했다.

슈타인브레너는 일 분쯤 서 있다가 자리를 떴다. 그래버는 몸을 뒤로 젖혔다. 일선에서 굉음이 들려왔고 까마귀들이 어지럽게 날아 다녔다. 그는 갑자기 전방을 한 번도 떠나지 않았던 것 같은 느낌이 들었다.

그는 자정에서 2시까지 경계 근무여서 마을을 한 바퀴 돌았다. 전선의 포화를 배경으로 폐허가 새까맣게 서 있었다. 하늘이 부르르 떨렸다. 하늘은 포구에서 나는 섬광으로 밝아졌다 어두워졌다를 반복했다. 장화는 마치 저주받은 영혼처럼 진흙탕 속에서 신음 소리를 냈다.

아무런 예감도 없이 고통이 급작스럽게 다가왔다. 며칠간의 여행 동안 아무것도 생각하지 않고 멍하게 마비되어 있었던 것이다. 이제 그것이, 온몸을 갈가리 찢는 것 같은 고통이 갑작스럽게 예고도 없이 찾아왔다.

그는 가만히 서서 기다렸다. 움직이지 않았다. 그는 칼날이 움직이기를 기다렸다. 그리하여 칼날이 고통이 되고, 이름을 얻고, 이름과 함께 소재지가 밝혀지고, 그와 함께 고통의 칼날이 이성과 위안의 테두리 안으로 들어오거나 아니면 최소한 운명적으로 받아들일 수 있는 순간을 기다렸다.

그러나 그 순간은 오지 않았다. 상실에서 오는 뚜렷한 고통 이외에는 아무것도 없었다. 영원한 상실이었다. 어디에도 건너길 다리는 없었다. 이전에는 가지고 있었지만. 이제 그것을 잃어버린 것이다. 그는 내부에 귀를 기울였다. 어디선가 목소리가, 희망의 메아리가 들려올 것 같아서였다. 하지만 공허함과 정체 모를 고통만 있을 뿐이었다.

그는 생각했다. 너무 일러. 다시 올 거야, 나중에 고통이 지나가고 나면. 그는 그것을 불러일으키려 했고, 그것을 놓아 버리고 싶지 않았다. 견디기 힘든 고통의 와중에서도 그대로 가지고 있고 싶었다. 견디기만 하면 그것이 다시 돌아오리라고 그는 생각했다. 그는 이름들을 불렀고 기억하려고 애를 썼다. 안개 속에서 엘리자베스의 당혹스러운 얼굴이 떠올랐다. 마지막으로 보았던 것과 같은 얼굴이었다. 그녀가 지었던 다른 표정들은 모두 희미하게 사라지고 그 얼굴만 분명히 보였다. 그는 뷔테 부인의 정원과 집을 떠올리려고 했다. 그렇게 할 수 있었다. 하지만 피아노를 두드려도 소리가 들리지 않는 것과 같았다. 무슨 일이 있었을까? 그는 생각했다. 그녀에게 무슨 일이 생겼을지도 모른다. 어쩌면 그녀가 의식이 없는 상태일지도 모른다. 바로 지금 집이 무너졌을지도 모른다. 그녀가 죽었을지도 모른다.

그는 진창에서 장화를 빼냈다. 진창이 신음 소리를 냈다. 그는 자신이 식은땀을 흘리고 있다는 것을 알아차렸다.

"녹초가 될 거야." 누군가가 말했다.

자우어였다. 그는 파괴된 축사 한구석에 서 있었다. "사방 1킬로미터 이내에서는 소리가 다 들리겠어. 도대체 거기서 무얼 하는 거야? 맨손 체조라도 하시나?" 그가 말했다.

"결혼은 했을 테지, 자우어, 안 그래?"

"물론이지. 농장이 있으면 결혼하는 게 맞아. 여자가 없으면 농장은 유지될 수가 없으니까."

"결혼한 지는 오래됐나?"

"십오 년. 그런데 왜?"

"결혼하고 나서 그렇게 긴 세월이 흐르고 나면 어떻게 되는 거지?"

"이 사람아, 도대체 무슨 소린가! 도대체 무엇이 어쨌단 말인가?"

"자네를 붙들고 있는 닻이나 마찬가지가 아닌가 말이야. 늘 그걸 생각하면서 그곳으로 돌아가고 싶은가?"

"닻이라니, 도대체 무슨 말인가? 물론 나도 그런 생각을 하지. 오늘은 종일 그런 생각을 했어. 지금은 씨를 뿌리고 나무를 심을 때야! 그것만 생각하면 머리가 멍해져."

"난 자네의 농장이 아니라 자네 마누라에 대해서 묻는 거야."

"그것도 마찬가지야. 방금 말했다시피 여자가 없으면 농장은 안 돼. 그런데 그게 어쨌다는 거야? 근심 걱정 그 자체지. 그리고 임머만의 주장에 따르면 전쟁 포로들은 혼자 있는 여자라면 누구와도 잠을 잔다는 거야." 자우어가 코를 풀었다. 그러고는 영문 모를 이유에서 다시 덧붙여 말했다. "그건 커다란 2인용 침대란 말이야."

"임머만은 허풍쟁이야."

"녀석은 말하지. 여자가 일단 남자 맛을 알게 되면 남자 없이는 견디지 못한다는 거야. 곧 다른 남자를 찾는다는 거지."

"저런, 멍청한 새끼!" 그래버가 갑자기 화를 버럭 내면서 소리를 질렀다. "그 빌어먹을 공산당 놈은 모든 사람이 똑같다고 생각하지. 그건 가장 멍청한 생각이야!"

26

그들은 이미 서로를 구별할 수 없었다. 군복조차도 분간할 수 없었다. 병사들은 철모를 보거나 목소리를 듣거나 아니면 사용하는 언어를 듣고서야 아군을 분간할 수 있었다. 참호들은 이미 오래전에 무너졌다. 유탄으로 생긴 구덩이와 벙커가 이루는 구불구불한 선이 바로 전선이었다. 전선은 끊임없이 달라졌다. 비와 굉음과 밤과 폭발의 섬광과 튀어 오르는 진흙탕 말고는 아무것도 없었다 마침내 제공권도 무너졌다. 적군의 비행기가 분쇄해 버린 것이다. 굵은 빗방울이 거세게 쏟아졌고 더불어 폭탄과 수류탄도 유성처럼 날아들었다.

탐조등의 흰 불빛은 흩어진 구름 사이를 마치 개들처럼 이리저리 오락가락했고, 고사포의 포화는 격동하는 지평선의 굉음을 뚫고 따따따 소리를 냈다. 불덩어리가 된 비행기들은 아래로 추락했고, 예광탄의 황금색 산탄은 다발 모양을 이루어 비행기 뒤를 쫓아갔다. 황백의 낙하산 조명탄은 순식간에 나타났다가 깊은 물속에 빠지기라도 한 것처럼 사라졌다. 그리고 다시 맹렬한 사격이 시작되었다.

열이틀째였다. 처음 사흘 동안은 전선을 유지했다. 철조망을 가설한 벙커는 그렇게 심한 손상을 입지 않고 포격을 잘 견뎌 냈다. 그러다가 마침내 외곽의 진지가 붕괴되었고 적군의 전차가 방어선으로 돌입했다. 그러나 대전차포가 전차의 돌파를 몇 킬로미터 뒤로 저지했다. 여명이 밝아 오는 하늘 아래로 전차들이 불타오르며 멈추어 있었고, 몇 대는 뒤집어진 딱정벌레처럼 전복되어 한참동안 캐터필러를 공전했다. 징벌 대대는 길에 통나무를 깔고 무선 통신을 복구하기 위해 투입되었다. 그들은 거의 아무런 엄호도 없이 작업해야 했으므로 두 시간 동안 대대원의 반 이상이 희생되었다. 폭격기가 전투기의 엄호도 없이 저공비행을 하며 잿빛 하늘에서 내려와 철조망 진지를 공격했다. 엿새째에는 벙커의 절반이 쓸모없어져서 단지 엄폐물로만 사용할 수 있었다. 일곱째 날 밤에 러시아군이 습격했으나 그대로 격퇴되었다. 그러고 나서 마치 노아의 홍수가 다시 시작된 것처럼 비가 쏟아졌다. 병사들은 이제 서로를 알아보기도 어려웠다. 그들은 모두가 동일한 보호색을 지닌 벌레들처럼 제각각 포탄 구덩이의 질퍽한 진창 속을 기어 다녔다. 중대는 기관총을 장치한 파괴된 진지 두 개에 의존하고 있었다. 그 뒤로는 박격포가 대기하고 있었다. 남은 병사들은 포탄 구덩이와 무너진 담벼락의 잔해 뒤에 쪼그리고 앉아 있었다. 라에가 한쪽 진지를, 마스가 다른 쪽 진지를 방어했다.

그들은 그렇게 사흘을 버텼다. 이틀째에 탄약이 거의 바닥났다. 러시아군이 마음만 먹으면 간단히 돌파할 수 있을 정도였다. 하지만 공격은 없었다. 해가 기울 무렵 독일군 비행기가 몇 대 날아와 탄약과 식량을 투하했다. 병사들은 그중 일부를 가져와서 먹었다. 밤에 지원군이 도착했고 공병대가 통나무 길을 완성했다. 무기와 기관총이 보충되었다. 그러나 한 시간 후 포병의 준비 포격도 없이 기습 공격이 감행되었다. 전선 50미터 앞 지점에서 러시아군이 갑자기 나타났다. 러시아군이 던진 수류탄 중 일부는 폭발하지 않았다. 하지만 러시아군은 전선을 돌파했다.

깜박이는 폭발의 섬광. 그래버는 바로 눈앞에서 철모와 그 밑의 하얀 눈, 크게 벌린 입, 그리고 그 뒤로 살아 있는 나뭇가지처럼 마디가 불거진 팔을, 수류탄을 던지려고 쳐든 적군의 팔을 보았다. 그는 재빨리 총을 쏘았고 수류탄을 던질 줄도 모르는 바로 옆의 보충병에게서 수류탄을 빼앗아 던졌다. 수류탄이 폭발했다. "멍청아, 안전핀을 뽑아야지! 나한테 넘겨! 뽑지 말고!" 그가 보충병에게 소리를 질렀다.

두 번째 수류탄은 터지지 않았다. 사보타주. 순간 그의 머릿속으로 이 생각이 지나갔다. 포로들의 사보타주야. 그들이 지금 우리에게 반기를 든 거야! 그는 다시 수류탄을 던졌고 몸을 숙이는 순간 러시아군의 수류탄이 자신을 향해 날아오는 것을 보았다. 그는 진창 속으로 납작 엎드렸고 동시에 폭발의 압력과 채찍으로 두들겨 맞는 듯한 충격과 자신에게 내려 덮치는 흙덩어리를 느꼈다. 그는 손을 뒤로 뻗으면서 고함을 질렀다. "어서, 빨리! 내놔!" 손에 수류탄이 넘겨지지 않자 그는 비로소 뒤를 돌아보았다. 뒤에 있던 보충병의 모습은 보이지 않았고, 그의 손에 잡힌 진흙은 물컹한 살덩어리였다. 그는 손으로 훑어 검대를 찾았고, 거기에 달린 마지막 수류탄 두 개를 떼어 냈다. 그 순간 적군의 그림자가 포탄 구덩이의 가장자리를 기어오르다가 훌쩍 뛰어넘어 계속 달리는 것이 보였다. 그는 진흙 바닥에 그대로 납작 엎드렸다.

이제 잡혔다고 그는 생각했다. 잡혔어. 돌파당했어. 그는 조심스럽게 구덩이의 한쪽으로 기어갔다. 이대로 가만히 있으면 흙더미가 보호해 줄 것이다. 낙하산 조명탄의 빛 아래 보충병의 사지가, 다리는 다리대로 팔은 팔대로 갈가리 찢겨져 흩어진 모습이 드러났다. 수류탄이 바로 그의 배에서 폭발했던 것이다. 그의 몸이 폭발을 완화해 그래버를 구해 준 셈이었다.

그는 포탄 구덩이의 가장자리보다 높지 않게 머리를 낮춘 채 가만히 누워 있었다. 오른쪽 진지에서 기관총을 발사했다. 그리고 왼쪽 진지도 사격을 개시했다. 진지가 사격을 하고 있는 한 절망적이지는 않았다. 양쪽 진지가 협공 사격을 하면서 그 지점을 지켜 내고 있었던 것이다. 러시아군도 더 이상 오지 않았다. 아마도 아군 전선의 일부만 뚫렸을 것이다. 그는 진지의 뒤쪽으로 돌아가야 한다고 생각했다. 머리에 통증이 느껴지고 반쯤은 마비된 것 같았다. 머리 뒤쪽의 상처는 좁기는 하지만 날카롭게 느껴졌다. 이것이 고참병과 보충병을 구분하는 차이였다. 보충병은 겁을 먹고 당황하기 때문에 훨씬 더 쉽게 무너지는 것이다. 만일 러시아군이 돌아온다면 죽은 척하면 되었다. 진흙탕 속에서 그를 발견하는 것도 어려운 일이니까. 하지만 총탄이 빗발치더라도 진지 가까이로 가 있으면 가 있을수록 나중에 더 좋을 것이 분명했다.

그는 구덩이의 가장자리를 기어 나와 다음 구덩이로 가서 재빨리 그 안으로 뛰어들었다. 그는 물을 한 바가지나 마시고 잠시 가만히 있다가 다시 기어갔다. 다음 구덩이에는 시체가 둘 있었다. 그는 그대로 기다렸다. 그때 수류탄 소리가 들렸고 왼쪽 진지 근처에서 수류탄이 폭발하는 것이 보였다. 러시아군이 돌격하여 진지를 양쪽에서 공격했다. 기관총이 불을 토했다. 잠시 후 수류탄 터지는 소리가 멎었다. 그러더니 이번에는 진지 쪽에서 사격을 개시했다. 그래버는 앞쪽으로 기어갔다. 아무래도 러시아군이 돌아올 것 같았다. 그들은 아마도 커다란 구덩이 속에 병사들이 있다고 짐작할 것이다. 그러므로 작은 구덩이에 피해 있는 것이 좀 더 안전할 것이다. 그는 작은 구덩이에 도달해 그 안에 누워 있었다. 빗방울이 거세게 쏟아졌고 기관총이 불을 뿜었다. 그러자 포격이 다시 시작되었다. 오른쪽 진지에 직격탄이 떨어졌고, 진지는 공중으로 흩어져 날아가 버린 것 같았다. 축축한 아침이 느릿느릿 밝아 왔다.

그래버는 여명이 시작되기 전에 탈출할 수 있었다. 파괴된 전차 뒤에서 그는 자우어와 보충병 두 명을 만났다. 자우어의 코에서는 피가 흐르고 있었다. 수류탄이 바로 옆에서 터졌던 것이다. 보충병 한 명은 배가 터져 창자가 드러나 있었고 비가 그 안으로 떨어졌다. 배를 동여맬 만한 것도 없었고 붕대를 감는다 해도 소용이 없었다. 빨리 죽는 편이 차라리 나았다. 다른 보충병은 다리가 부러져 있었다. 포탄 구덩이에 추락했는데, 물컹물컹한 바닥에서 왜 다리가 부러졌는지 이해가 되지 않았다. 가운데 부분이 폭파되고 홀랑 타 버린 전차 속에는 검게 탄 병사들의 해골이 보였다. 한 병사의 상체는 전차 밖으로 나오다 걸려 있었다. 그의 얼굴은 반만 탔고 다른 쪽 반은 붉은빛과 보랏빛으로 심하게 부풀어 올라 터져 있었다. 치아는 물기를 머금은 석회처럼 아주 하얀 빛이었다.

왼쪽 진지에서 연락병이 빠져나왔다. "진지 옆으로 집합!" 그가 쉰 목소리로 말했다. "구덩이 속에 또 누가 있나?"

"모른다. 그런데 위생병은 없나?"

"모두 죽었거나 부상이다."

연락병은 진지로 다시 기어갔다. "위생병을 데려올게. 아니면 붕대라도 가지고 오겠어." 그래버가 배에 빗물이 스며들고 있는 보충병에게 말했다. 보충병은 아무 대꾸도 하지 않았다. 그는 창백한 입술로 아주 작게 쪼그라든 채 진흙 바닥에 누워 있었다. "너를 들것에 태워서 끌고 갈 수는 없어." 그래버는 다리가 부러진 병사에게 말했다. "이런 진창에서는 안 돼. 우리한테 매달려서 성한 다리로 뛰어 봐."

그들은 병사를 양쪽에서 부축하여 구덩이에서 구덩이로 비틀거리며 옮겼다. 시간이 오래 걸렸다. 부축하던 이들이 풀썩 쓰러지자 보충병은 신음 소리를 질렀다. 다리가 뒤틀렸던 것이다. 이제 더 이상 갈 수 없었다. 그들은 보충병을 진지 근처에 있는 벽의 잔해 뒤에 놓아두고 위생병이 발견할 수 있도록 그 위에 철모를 걸어 놓았다. 그 옆에는 러시아군 두 명이 쓰러져 있었다. 한 명은 목이 없었고, 다른 한 명은 엎어져 있었는데 그 아래가 온통 붉은 피로 물들어 있었다.

러시아군의 시체가 여기저기 보였다. 그리고 이어서 아군의 시체도 보였다. 라에는 부상을 입었는데, 왼쪽 팔에 붕대를 건성으로 감고 있었다. 중상자 세 명은 빗속에 천막으로 덮여 있었다. 붕대는 더 이상 없었다. 한 시간 후에 융커스 보급기 한 대가 상자를 여러 개 투하했다. 그러나 너무 앞쪽, 러시아군이 있는 곳에 떨어지고 말았다.

일곱 명이 살아왔다. 나머지는 오른쪽 진지에 모여 있었다. 마스 소위는 전사했다. 라이네케 특무 상사가 대신 지휘하고 있었다. 탄약은 얼마 남지 않았고 수류탄 투척병은 모두 전사했다. 그러나 중기관총 두 개와 경기관총 두 개는 아직 제대로 작동했다.

징벌 중대에서 열 명의 지원병이 왔다. 그들은 탄약과 통조림을 운반해 왔고 들것을 가지고 와서 부상병도 실어 갔다. 그중 두 명은 100미터도 채 가기 전에 공중으로 날아가 버렸다. 포격으로 오전 내내 거의 모든 연락이 두절되었다.

한낮이 되자 비가 그치고 해가 얼굴을 내밀었다. 그러자 날씨가 바로 더워졌고 진흙이 말라 땅이 딱딱해졌다. "놈들은 경전차로 공격해 올 거야. 제기랄, 대전차포는 어디 있지? 꼭 있어야 돼. 그게 없으면 우린 끝장이야." 라에가 말했다.

폭격이 계속되었다. 오후에 다시 융커스 보급기가 날아왔다. 보급기는 메서슈미트기(機)의 호위를 받았다. 적군의 슈트르모빅기가 나타나 이들을 공격했다. 두 대가 격추됐다. 이어서 메서슈미트기가 두 대 떨어졌다. 융커스기는 더 전진할 수가 없어서 보급 상자를 훨씬 후방에 떨어뜨렸다. 메서슈미트기가 공중전을 펼쳤다. 아군기는 러시아기보다 빨랐다. 하지만 러시아기는 아군기보다 세 배나 많았다. 아군기는 달아나야 했다.

다음 날, 시체에서 썩는 냄새를 풍기기 시작했다. 그래버는 진지 안에 앉아 있었다. 아직도 스물두 명이 남았다. 반대편에도 라이네케가 이와 비슷한 수의 병사들을 모아 놓았다. 나머지는 전부 죽거나 부상을 당했다. 원래는 백이십 명이었다. 그는 앉아서 총기를 닦았다. 오물이 잔뜩 묻어 있었다. 아무 생각도 하지 않았다. 그는 다만 하나의 기계에 불과할 뿐이었다. 과거는 아무것도 떠오르지 않았다. 그저 거기 앉아서 대기하고 자고 경계하고 방어할 준비만 갖추고 있었다.

다음 날 아침, 전차가 돌진해 왔다. 지난밤에 대포와 박격포와 기관총 때문에 진지는 고립되어 있었다. 전화선은 몇 차례 복구되기는 했으나 이내 다시 두절되었다. 오기로 예정되었던 지원병은 도착하지 않았다. 독일의 포병은 약해져 갔다. 러시아군의 포화는 치명적이었다. 진지는 두 차례나 직격탄을 맞았지만 잘 견뎠다. 하지만 그것은 이미 진지라고 할 수도 없었다. 마치 폭풍우를 만난 배처럼 흙탕물 속에 잠겨 비틀거리는 콘크리트 덩어리에 불과했다. 바로 가까이에 대여섯 번 포탄이 떨어져 진지를 뒤흔들어 놓았다. 포탄이 떨어질 때마다 병사들은 벽으로 부딪쳤다.

그래버는 탄환이 어깨에 스쳐 찰과상을 입었지만 붕대를 맬 수 없었다. 조금 남아 있는 코냑을 뿌릴 뿐이었다. 진지가 굉음을 내면서 좌우로 흔들렸다. 진지는 이제 폭풍우를 만난 배가 아니라 대해의 바닥에서 기관이 멈춘 채 흔들리는 잠수함이었다. 시간이라는 것도 더 이상 존재하지 않았다. 시간도 마찬가지로 어딘가로 발사되어 없어져 버린 것 같았다. 병사들은 어둠 속에 쪼그리고 앉아 기다렸다. 불과 이 주 전에 거닐었던 고향의 도시는 이제 더 이상 존재하지 않았다. 휴가라는 것도 없었고 엘리자베스라는 여인도 더 이상 존재하지 않았다. 모든 것은 죽음과 죽음 사이에 있는 거친 꿈에 지나지 않았던 것이다. 로켓 하나가 솟아올랐다가 꺼져 버린 삼십 분 동안의 망상일 뿐이었다. 이제 오로지 진지가 있을 뿐이었다.

러시아군의 경전차가 돌진했다. 보병들이 그 뒤를 따라 함께 돌진했다. 중대는 전차들을 그대로 통과시키고 뒤따르던 보병들에게 십자 포화를 퍼부었다. 달아오른 기관총의 총신에 병사들의 손은 화상을 입었다. 그들은 쏘고 또 쏘았다.

러시아군의 대포는 이미 그들을 포격할 수 없었다. 전차 두 대가 방향을 틀어 굴러 오더니 포격을 가했다. 어차피 반격도 할 수 없는 일방적인 게임이었다. 기관총으로는 전차를 상대할 수 없었다. 병사들은 틈새를 향해 사격했다. 하지만 그런 식의 사격은 소발로 쥐잡기였다. 사격을 뚫고 나온 전차들이 포격을 가하자 진지가 진동하고 콘크리트가 갈라졌다.

"수류탄!" 라이네케가 고함을 질렀다. 그는 한 다발로 묶은 수류탄을 어깨에 걸치고 입구 쪽으로 기어갔다. 그는 일제 사격이 끝나자 진지로부터 엄호를 받으며 밖으로 기어 나갔다.

"기관총 사수들은 저 전차를 공격하라." 라에가 명령했다. 기관총은 전차에 접근해 궤도 바퀴를 폭파하려고 하는 라이네케를 엄호했다. 거의 가망 없는 시도였다. 러시아군의 중기관총이 불을 뿜었다.

잠시 후 전차들 중 하나가 포격을 멈추었다. 누구도 전차가 폭발하는 것을 보지는 못했다. "잡았다!" 임머만이 소리를 질렀다. 당원 동지들을 향해 사격을 하는 그는 더 이상 공산당원이 아니었다. 자신의 생명을 지키기 위해 싸우는 동물일 뿐이었다.

전차는 더 이상 불을 뿜지 않았다. 기관총이 두 번째 전차를 향해 사격을 가하자 전차는 방향을 돌리더니 사라졌다. "여섯 대를 격파했어!" 라에가 외쳤다. "놈들은 돌아올 것이다. 모든 기관총은 일제 사격을 하라. 보병들을 저지해야 한다!"

"라이네케는 어디 있어?" 생각이 돌아온 임머만이 물었다. 아무도 몰랐다. 이후 라이네케의 모습은 보이지 않았다.

그들은 오후 내내 저항을 계속했다. 양쪽의 진지는 가루가 되었지만 사격은 멈추지 않았다. 하지만 점차 뜸해지기 시작했다. 탄약이 거의 바닥이 났다. 병사들은 통조림을 먹고 구덩이에 괸 물을 마셨다. 히르쉬란트는 손에 관통상을 입었다.

태양이 타올랐다. 하늘은 반짝이는 거대한 구름으로 가득했다. 진지는 피와 화약 냄새가 진동했다. 버려진 시체들은 잔뜩 부풀어 올랐다. 잠을 잘 수 있는 사람은 모두 잤다. 진지가 고립되어 있는지 아니면 아직 연락이 가능한지도 알 수 없었다.

밤이 되자 포격은 더 격렬해졌다. 그러다가 갑자기 포격 소리가 그쳤다. 그들은 적군의 공격을 예상하고 밖으로 몰려나갔지만 공격은 없었다. 두 시간 동안 조용하기만 했다. 이 조용한 두 시간이 격전보다 더 병사들의 기운을 갉아먹었다.

새벽 3시. 진지는 뭉개진 강철과 콘크리트 덩어리 그 이상도 그 이하도 아니었다. 그들은 밖으로 나와야 했다. 여섯 명이 죽었고 세 명이 부상을 입었다. 후퇴를 해야 했다. 복부에 관통상을 입은 병사를 몇백 미터 끌고 갔지만 그는 죽고 말았다.

러시아군이 다시 공격을 시작했다. 중대는 기관총 두 대로 싸워야 했다. 그들은 포탄 구덩이 속에 진을 치고 필사적으로 방어했다. 그러고는 다시 퇴각했다. 러시아군은 그들을 실제 이상으로 강하게 보았다. 그 때문에 그들은 목숨을 건질 수 있었다. 두 번째 공격에서 자우어가 쓰러졌다. 머리에 총탄을 맞고 즉사했다. 조금 후 히르쉬란트가 허리를 구부리고 달리다가 쓰러졌다. 그는 천천히 몸을 돌리고는 그 자리에 누워 있었다. 그래버가 그를 구덩이 속으로 끌어당겼다. 그는 구덩이 안으로 미끄러지면서 굴러떨어졌다. 그의 가슴은 총격을 받아 찢겨져 있었다. 그래버는 그의 몸을 더듬다가 피 묻은 지갑을 발견하고 그것을 주머니에 쑤셔 넣었다. 이제 그의 어머니에게 그가 살아 있다고 편지를 쓸 이유는 없었다.

그들은 이제 두 번째 방어선에 도달했다. 잠시 후 다시 후퇴하라는 명령이 내려졌다. 중대는 전투 현장에서 빠져나왔다. 예비 진지가 이제 전선이 되었다. 그들은 몇 킬로미터 후방에 집결했다. 중대에서 살아남은 병사는 서른 명이었다. 며칠 후 보충병을 받아 중대는 다시 백이십 명이 되었다.

그래비는 야전 병원에서 프레젠부르크를 만났다. 임시로 설치한 막사였다. 프레젠베르크는 왼쪽 다리가 뭉개져 있었다. "우선 절단하고 보겠다는 거야." 그가 말했다. "더러운 보조 의사 새끼가 말이야. 다른 방법은 몰라. 그래서 내일 후송이 되게 손을 써 놨어. 경험 있는 의사가 한번 보는 게 나을 것 같아서 말이야."

프레젠부르크는 철사 바구니를 무릎에 낀 채 야전 침대에 누워 있었다. 침대는 활짝 열린 창문 옆에 있었다. 창밖으로 평지가 조금 보였다. 풀밭에는 붉은 꽃, 노란 꽃, 흰 꽃이 피어 있었다. 병실에는 썩는 냄새가 진동했다. 침대가 세 개 더 있었다.

"라에는 뭘 하고 있지?" 프레젠부르크가 물었다.

"팔을 다쳤어. 뼈는 괜찮고."

"입원했나?"

"아니. 중대에 남았어."

"그럴 거라고 생각했어." 프레젠부르크의 얼굴이 움직였다. 얼굴의 반쪽만 미소를 지었다. 상처가 있는 다른 반쪽은 그대로 굳어 있었다.

"돌아가고 싶지 않은 사람이 많아. 라에도 그래." 프레젠부르크가 말했다.

"왜 안 돌아가겠다는 거야?"

"포기한 거지. 희망도 없고, 믿음도 없으니까."

그래버는 양피지처럼 창백한 프레젠부르크의 얼굴을 쳐다보았다. "그럼 넌?" 그래버가 물었다.

"모르겠어. 우선 이것부터 정리해야지." 그가 철사 바구니를 가리켰다.

풀밭에서 따뜻한 바람이 불어왔다. "이상해, 안 그래?" 프레젠부르크가 물었다. "눈이 내릴 때는 이 나라에 여름이 절대로 오지 않을 것 같았어. 그런데 갑자기 여름이 온 거야. 벌써 지긋지긋하지만."

"맞아."

"고향은 어때?"

"모르겠어. 양쪽을 결부시킬 수가 없어. 휴가와 이곳을 말이야. 전에는 가능했는데 이제는 안 돼. 서로 너무 동떨어져 있어. 무엇이 현실인지 도대체 모르겠어."

"누가 그런 걸 알겠어?"

"나는 안다고 생각했지. 그곳에서는 모든 것이 제자리에 있다고 생각했어. 하지만 이제는 모르겠어. 휴가가 너무 짧았어. 그리고 이곳과 너무 멀리 떨어져 있고. 심지어 고향에서는 더 이상 사람을 죽이지 않겠다고 생각했지."

"많은 사람들이 그렇게 생각하지."

"그렇군. 고통은 심하지 않은가?"

프레젠부르크가 고개를 흔들었다. "여기에 기대하지도 않았던 게 있더군. 모르핀이야. 한 대 맞았는데 아직도 효과가 있어. 고통은 있어. 하지만 다른 사람의 고통같이 느껴져. 한두 시간 더 갈 거야."

"병원 열차는 안 오나?"

"구급차가 있어. 그게 가까운 역까지 부상병을 수송해."

"여긴 금세 우리 중 누구도 남아 있지 않게 될 거야. 이제 자네마저 가 버리는군." 그래버가 말했다.

"아마 놈들이 잘 기워 줄 거야. 그러면 다시 돌아올게."

그들은 서로 쳐다보았다. 둘 다 그 말이 사실이 아니라는 건 알고 있었다.

"난 믿고 싶어." 프레젠부르크가 말했다. "적어도 모르핀의 효과가 떨어지지 않는 한두 시간 동안은 말이야. 제기랄, 인생의 어떤 순간은 너무 짧아, 안 그래? 그러고 나서 아무것도 알 수 없는 또 다른 인생이 다가오는 거지. 이게 말하자면 나의 제2의 전쟁이야."

"자네는 나중에 뭘 할 건가? 뭔가 생각하는 게 있나?"

프레젠부르크가 슬쩍 미소를 지었다. "다른 사람들이 나를 어떻게 대해 줄지 모르겠어. 난 우선 그 점이 궁금해. 여기서 빠져나갈 거라고는 생각지도 않았거든. 여기서 땡땡 인생 종 칠 줄 알았어. 그러니 이제 반쯤은 인생 끝난 걸로 생각하는 데 익숙해져야 돼. 그게 더 간단한 길인지는 모르겠어. 거기 비하면 다른 건 쉬워 보여. 시간이 지나면 더러운 짓도 다 잊히는 거야. 대가를 치러야 하는데도. 하지만 사실은 사실이야. 죽음이 모든 걸 씻어 주니 어쩌니 하겠지만 그건 다 개수작이야. 그렇지 않아. 나 피곤해, 에른스트. 내가 병신이라고 느끼기 전에 일단 푹 자고 싶어. 잘 가게."

그가 그래버에게 손을 내밀었다. "자네도, 루드비히." 그래버가 말했다.

"물론이지. 지금은 물이 흘러가는 대로 헤엄치며 따라갈 거야. 원초적인 생명의 충동을 따라서 말이야. 이전에는 이렇지 않았어. 아마 그것도 하나의 기만이었을 거야. 하지만 그 안엔 조금이나마 숨겨진 희망이 있었어. 이젠 아무 상관도 없지만. 사람들이란 자기 자신이 결말을 내려야 한다는 걸 늘 잊고 살아. 그건 우리가 소위 이성이라는 것과 나란히 선물로 받은 거야."

그래버가 고개를 가로저었다.

프레젠부르크는 절반의 미소를 지었다. "자네 말이 맞아. 우리는 그러면 안 돼. 이 모든 것이 다시는 일어나지 않도록 애쓰는 게 나아. 그리고 그걸 확실하게 하려면, 필요하면 이 손으로 다시 총을 잡을 거야." 그는 머리를 뒤로 눕혔다. 갑자기 맥이 빠져 버린 것 같았다. 그래버가 문간에 섰을 때 그의 눈은 이미 감겨 있었다.

그래버는 마을로 돌아왔다. 옅은 저녁놀이 하늘을 물들이고 있었다. 비는 더 이상 오지 않았다. 질퍽하던 땅은 말랐고 버려진 밭에는 꽃과 잡초가 자라났다. 일선에서는 포성이 울려 퍼졌다. 갑자기 모든 것이 낯설어졌고, 결속된 존재들이 모두 산산이 흩어지는 듯했다. 그래버는 이런 느낌을 알고 있었다. 한밤에 문득 깨어나 자기 자신이 어디 있는지 모를 때 종종 이런 기분에 사로잡혔던 것이다. 세상으로부터 떨어져 나와 어둠 속에서 완전히 홀로 되어 둥둥 떠다니는 그런 느낌이었다. 그런 상태가 오래 지속되지는 않았다. 언제나 원래대로 되돌아가는 길을 발견하는 것이다. 하지만 그때마다 언젠가는 다시 돌아올 수 없게 될 거라는 나지막하고 이상한 느낌이 남았다.

그것은 두려움은 아니었다. 어디로 가나 끝도 없을 것 같은 광막한 평원에 내버려진 아이처럼 움츠러들 뿐이었다. 그는 두 손을 주머니에 넣고 주위를 돌아보았다. 늘 보던 광경이었다. 폐허, 버려진 밭, 러시아의 일몰, 아득한 전선에서 번쩍이는 섬광. 그리고 언제나처럼 그의 가슴 한가운데를 관통하는 절망의 냉기.

그는 주머니 속에서 엘리자베스의 편지를 느꼈다. 거기에는 따뜻함과 애틋함과 사랑의 달콤한 울렁거림이 있었다. 그러나 그것은 말끔히 정돈된 집을 밝히는 램프가 아니라 늪 위를 오르락내리락하는 도깨비불이었다. 그 뒤를 따라가려고 하면 할수록 늪은 점점 더 깊어지고 질퍽거렸다. 그는 돌아가는 길을 찾기 위해 램프를 밝히려고 애썼다. 하지만 집을 짓기도 전에 램프를 먼저 밝힌 꼴이었다. 그는 불을 폐허에 내려놓았다. 그러나 불은 폐허를 장식하는 것이 아니라 더욱 쓸쓸하게 만들

뿐이었다. 고향에서는 미처 그 점을 알지 못했다. 그는 그 빛을 좇아다녔고, 따라가기만 하면 충분하다고 믿으면서 조금도 의심하지 않았다. 하지만 결코 충분하지 않았다.

그는 될 수 있는 한 그러한 생각을 떨쳐 버리려 했다. 그가 원했던 그것이 오히려 그를 붙들고 데려가 더욱 더 고립시키는 것을 목도하기란 쉬운 일이 아니었다. 하지만 그렇게 멀리까지 그를 데려가 버린 것은 아니었다. 그것은 그의 마음을 뒤흔들었고 그를 꼼짝 못하게 만들었다. 그 작고 개인적인 행복은 이제 늪 속으로 가라앉았다. 그것은 저 광대한 비참과 절망이라는 끝없는 늪에서 자신을 지킬 수 없었다. 그는 엘리자베스의 편지를 꺼내 읽었다. 일몰의 붉은 노을이 편지지를 물들였다. 이미 내용을 외워 버렸지만 다시 한 번 읽었다. 하지만 그럴수록 더 고독해졌다. 휴가는 너무 짧았고 다른 것들은 너무 길었다. 그것은 휴가였다. 하지만 병사의 삶은 휴가가 아니라 전선에서 보낸 시간에 따라 평가되는 것이다.

그는 편지를 도로 주머니에 넣었다. 엘리자베스의 편지를 본부에서 찾았던 부모님의 편지와 함께 간직하고 있었던 것이다. 이리저리 궁리해도 부질없는 일이었다. 프레젠부르크의 말이 옳았다. 이제 한 발 한 발 앞으로 가는 일만 남았다. 내 목숨도 위급한 판에 세계의 수수께끼까지 풀 수는 없었다. 그는 생각했다. 나는 어째서 그녀를 마치 잃어버린 물건이라도 되는 것처럼 떠올렸을까? 하지만 내게는 그녀의 편지가 있다! 그녀는 살아 있다!

마을이 가까워졌다. 음산하고 황폐했다. 마을들은 다시는 재건될 수 없을 것 같았다. 자작나무 가로수 길이 하얀 집의 잔해 쪽으로 이어졌다. 이전에는 그곳에 정원이 있었을 것이 분명했다. 여기저기 꽃들이 피어 있고 더러운 못가에는 동상이 하나 서 있었다. 피리를 부는 목양신이었다. 하지만 그의 장엄한 한낮을 찾아오는 자는 아무도 없었다.

보충병 몇 명만이 과일 나무 아래서 익지도 않은 버찌를 줍고 있었다.

27

"게릴라다!" 슈타인브레너가 입술을 핥으면서 러시아인들을 살펴보았다. 그들은 마을 광장에 서 있었다. 남자 두 명과 여자 두 명이었다. 여자 한 명은 젊었는데, 둥근 얼굴에 광대뼈가 튀어나와 있었다. 네 명 모두 오늘 아침에 끌려왔다.

"게릴라 같진 않은데." 그래버가 말했다.

"게릴라 맞아. 아니라는 걸 어떻게 알아?"

"그렇게 보이지 않아. 가난한 농부들처럼 보여!"

슈타인브레너가 웃었다. "그런 식이라면 이 세상에 죄인은 있을 수 없어."

그래버가 마음속으로 생각했다. 그건 그래. 네 녀석이 가장 훌륭한 사례지. 라에가 다가와 물었다. "이자들을 어떻게 해야 하나?"

"그자들은 여기서 체포됐습니다. 명령이 내려질 때까지 감금해 놓아야 합니다." 특무 상사가 대답했다.

"여긴 우리 일만 해도 태산이다. 왜 연대로 보내지 않는 건가?"

라에는 대답을 기대하지 않았다. 연대는 더 이상 일정한 주둔지가 있는 것이 아니었다. 기껏해야 사령부에서 사람을 보내 러시아 포로들을 심문하고 나서 지시를 내리는 게 고작이었다.

"마을 입구에 영주의 저택이었던 집이 있습니다. 거기에 창고가 있는데, 쇠창살도 있고 문도 철문이고 자물쇠도 단단합니다." 슈타인브레너가 보고했다.

라에가 의심스러운 눈초리로 그를 쳐다보았다. 슈타인브레너의 생각을 읽었던 것이다. 러시아 포로들이 늘 그렇듯이 그에게서 탈주를 시도할 것이고 그러면 그것이 그들의 최후가 되는 것이다. 마을 입구에서라면 그런 일 정도는 쉽게 날조할 수 있었다.

라에가 주위를 둘러보고는 말했다. "그래버, 자네가 이자들을 맡게. 슈타인브레너가 창고의 위치를 알려 주면 그곳이 적당한지 직접 조사해. 그러고 나서 나에게 알려. 보초도 하나 세우고 말이야. 포로들을 너희 분대에서 떼어 놓고. 자네가 책임을 맡아. 자네만 말이네." 그가 덧붙여 말했다.

포로 중의 하나는 다리를 절뚝거렸다. 늙은 여자는 정맥류를 앓고 있었고, 젊은 여자는 맨발이었다. 마을 입구에서 슈타인브레너가 남자 포로들 중에서 젊은 포로의 등을 툭 쳤다.

"야! 이 자식아! 도망쳐!"

사내가 몸을 돌렸다. 슈타인브레너가 웃으면서 손을 흔들었다. "달아나! 달아나라고! 어서! 넌 자유야!"

중년의 러시아인이 러시아어로 무언가를 말했다. 젊은 사내는 달아나지 않았다. 슈타인브레너가 장화로 그의 뒤축을 걷어찼다. "달아나라고! 이 멍청아!"

"그만둬! 라에의 명령을 들었잖아." 그래버가 말했다.

"이놈들을 여기서 달아나게 하면 어떨까? 남자들만 말이야. 열 발자국쯤 가면 쏘는 거야. 여자들은 가두어 놓았다가 밤에 젊은 년을 끌어내는 거지." 슈타인브레너가 속삭였다.

"그만하고 어서 꺼져! 포로들 지휘는 내가 맡았으니까."

슈타인브레너는 젊은 여자의 장딴지에서 시선을 떼지 못했다. 여자는 짧은 치마를 입고 있었고 그 아래로 튼튼한 갈색 다리가 보였다. "놈들은 어차피 총살당할 거야. 우리 아니면 보안부가 처치하겠지. 그러니까 우리는 젊은 년과 재미나 보는 거야. 말로만 떠벌리면 무슨 소용이야. 휴가에서 이제 막 돌아온 주제에." 슈타인브레너가 설명했다.

"아가리 닥쳐! 네 여자나 생각해! 친위대 사령관 따님 말이야! 라에가 너에겐 창고 위치를 알려 주라고 했을 뿐이야, 그게 전부야." 그래버가 말했다.

그들은 하얀 집으로 통하는 가로수 길을 걸어갔다. "여기야." 슈타인브레너가 무뚝뚝하게 말하면서 잘 보존되어 있는 작은 건물을 가리켰다. 건물은 돌로 단단하게 지어져 있었고 쇠창살로 된 문은 밖에서 자물쇠를 채우게 돼 있었다.

그래버는 건물을 자세히 살펴보았다. 마구간이나 헛간으로 사용하던 건물 같았다. 바닥은 시멘트가 발라져 있어서 다른 도구가 없으면 밖으로 탈출하는 것이란 불가능했다. 포로들이 도구를 가지고 있지 않은지는 이미 확인해 두었다.

그는 문을 열고 포로들을 안으로 들어가게 했다. 보초를 서기 위해 따라온 보충병 두 명이 총을 들고 경비를 섰다. 포로들은 한 명씩 창고 안으로 들어갔다. 그래버는 자물쇠를 채우고 다시 확인을 했다. 단단하게 채워져 있었다.

"철창 속의 원숭이들 같아." 슈타인브레너가 씩 웃으면서 말했다. "바나나! 바나나! 바나나가 먹고 싶지 않니, 이 원숭이들아?"

그래버가 보충병 쪽을 돌아보며 말했다. "너희들은 이곳을 지킨다. 아무 일도 일어나지 않게 책임을 지는 거다. 교대는 나중에 한다. 너희들 가운데 독일어 할 줄 아는 사람 있나?" 그가 포로들에게 물었다.

아무도 대답하지 않았다. "짚이 있으면 나중에 보내 주도록 하지. 가자." 그래버가 슈타인브레너에게 말했다.

"푹신푹신한 침대도 몇 개 해 드리시지그래."

"가자! 너희들, 경계 철저히 해!"

그는 라에에게 가서 감방이 안전하다고 보고했다. "몇 사람을 차출해서 잘 감시하도록 해. 며칠 후 사정이 좋아지면 포로들을 처리하도록 한다." 라에가 말했다.

"알겠습니다."

"두 명보다 더 필요한가?"

"아닙니다. 창고는 안전합니다. 밤에 거기서 잔다면 저 혼자서도 할 수 있을 정도입니다. 아무도 밖으로 나올 수 없습니다."

"좋아, 그렇게 하도록 하지. 우리는 빠른 기간 내에 보충병들에게 전투 기술을 습득시켜야 해. 보고에 따르면……." 라에는 말을 중단했다. 안색이 좋지 않았다. "어떻게 돌아가는지 자네도 잘 알고 있겠지. 그럼 가 봐."

그래버가 소지품을 챙겨 왔다. 그의 소대에는 아는 사람이 거의 없었다. "그러면 넌 간수가 되는 거야?" 임머만이 물었다.

"그래. 거기선 실컷 잘 수 있어. 새파란 놈들을 훈련시키는 것보단 낫지."

"잘 시간도 별로 없을 거야. 일선이 어떻게 돌아가는지 너도 알잖아?"

"엉망진창이지."

"다시 후퇴 중이야. 러시아 놈들이 사방에서 방어선을 돌파하고 있어. 한 시간 전부터 별별 소문이 다 떠돌아. 대공세야. 이곳은 평지라서 의지할 데도 없어. 이번에는 멀찌감치 후퇴해야 할 거야."

"독일 국경까지 후퇴하면 이 전쟁이 멈출 것 같아?"

"넌 그렇게 생각해?"

"아니."

"나도 그래. 누가 전쟁을 끝낼 수 있을까? 참모 본부는 물론 아니야. 그들은 절대로 책임을 지지 않을 거야." 임머만이 쓴웃음을 지었다. "지난번 전쟁 때는 임시 정부를 급히 만들어서 뒤처리를 감당하게 했지. 멍청이들이 목을 쭉 내밀고 휴전 협정에 서명을 하고는 일주일 만에 조국을 배신했다는 비난을 받았어. 하지만 이번에는 달라. 총체적인 정부의 총체적인 패배야. 교섭을 맡을 당이란 게 아예 없어."

"물론 너의 당을 제외하고 말이겠지." 그래버가 씁쓸하게 말했다. "너한테 신물이 나도록 들었어. 그건 또 다른 총체적인 정부고, 어차피 똑같아. 난 자러 가겠어. 내가 인생에서 원하는 건 마음대로 생각하고 마음대로 말하고 마음대로 행동하는 거야. 그러나 우리가 좌와 우의 메시아들을 가진 이후로 내 소망은 어떤 살인보다도 훨씬 더 큰 범죄가 되었어."

그는 임머만과 논쟁에 빠진 것에 화가 났다. 슈타인브레너와의 논쟁만큼이나 의미가 없기 때문이었다. 그는 배낭을 들고 야전 취사장으로 갔다. 그곳에서 야식용으로 콩 수프 한 국자와 빵과 소시지를 받았다. 그래서 마을 안으로 다시 돌아갈 필요는 없었다.

이상할 만큼 조용한 오후였다. 보충병들은 짐을 갖다 놓고 돌아갔다. 일선에서 포성이 들려오긴 했지만 오늘만큼은 조용하게 느껴졌다. 창고 앞에는 짓뭉개지고 군데군데 유탄 구멍이 있긴 해도 잔디가 깔려 있었다. 그리고 그 앞의 길 가장자리에는 꽃나무도 몇 그루 자라고 있었다.

그래버는 자작나무 가로수 길 뒤편 정원에서 반쯤 남아 있는 작은 건물을 발견했다. 그곳에서 창고를 감시할 수 있었다. 그 안에는 책도 몇 권 있었는데, 가죽 장정에 절단면에는 금박칠이 희미하게 남아 있었다. 모두 눈비에 젖어 망가졌지만 한 권만은 읽을 수 있었다. 전원 풍경을 담은 낭만적인 판화들이 있는 책이었다. 본문은 프랑스어로 되어 있었다. 그는 천천히 책장을 넘기면서 점차 그림 속으로 빠져들었다. 그림들은 그의 마음속에 고통스럽고 도달할 길 없는 그리움을 일깨웠고, 그것은 책을 덮고 난 후에도 한참 동안 지속되었다. 그는 자작나무 가로수 길을 따라 연못으로 갔다. 그곳에는 더러운 오물과 잡풀 사이에서 피리를 부는 목양신의 석상이 쪼그리고 앉아 있었다. 뿔 하나가 없긴 했지만 목양신은 혁명과 공산주의와 전쟁의 와중에서 살아남았다. 목양신은 여기 있는 책들과 마찬가지로 전설의 시대, 1차 대전 이전의 시기에서 유래한 것이었다. 그래버가 태어나기 이전의 시대였다. 그래버는 1차 대전 후에 태어났고, 인플레이션의 곤궁과 전후의 불안 속에서 성장했으며, 새로운 전쟁 속에서 깨어났던 것이다. 그는 연못가를 한 바퀴 돌고 반만 남은 건물 곁을 지나 포로들에게로 돌아왔다. 그는 쇠창살 문을 쳐다보았다. 그것은 처음부터 창고에 있던 게 아니라 나중에 덧붙여진 것이었다. 어쩌면 이 저택과 정원의 주인 자신이 저 쇠창살 뒤에서 죽음을 기다리고 있었는지도 모르는 일이었다.

나이 든 여자는 잠들었고 젊은 여자는 한쪽 구석에 웅크리고 있었다. 두 남자는 선 채로 기울어 가는 태양을 바라보고 있었다. 그들은 그래버를 쳐다보았지만 여자는 앞만 바라보았다. 제일 나이가 많은 포로가 그래버의 거동을 주시했다. 그래버는 되돌아 나와 풀밭에 드러누웠다.

하늘 위로는 구름이 지나가고 자작나무 가지에선 새들이 재잘댔다. 푸른색 나비 한 마리가 유탄 구멍들 위에서 그리고 꽃에서 꽃으로 이리저리 날아다녔다. 조금 후에 또 다른 나비가 날아왔다. 그것들은 함께 어울렸고 서로 뒤를 좇았다. 한 쌍의 나비는 짝을 지어 햇빛 찬란한 대기 속으로 날아갔다. 그래버는 이윽고 잠이 들었다.

저녁이 되자 보충병 한 명이 포로들의 식사를 가져왔다. 저녁 식사는 점심때의 콩 수프에 물을 탄 것이었다. 보충병은 포로들이 다 먹을 때까지 기다렸다가 사발을 가지고 돌아갔다. 보충병은 담배도 가져왔는데, 다른 날보다 더 많이 들어 있었다. 그러나 이것은 나쁜 징조였다. 식사가 더 좋아지고 담배가 더 많이 지급된다는 것은 어려운 전투가 임박했다는 뜻이었다.

"오늘 밤은 두 시간 동안 특별 훈련을 받도록 지시받았습니다." 보충병은 그렇게 말하고는 심각한 눈빛으로 그래버를 쳐다보았다. "전투 연습과 수류탄 투척과 총검술입니다."

"중대장님 지시에는 이유가 있는 거야. 벌을 주려고 그런 건 아냐."

보충병이 고개를 끄덕였다. 그는 동물원의 짐승이라도 구경하는 것처럼 러시아인들을 쳐다보았다. "저들도 인간이야." 그래버가 말했다.

"그렇습니다. 러시아인입니다."

"그래, 러시아인이다. 총을 겨누고 여자들만 한 사람씩 이쪽으로 나오게 해."

그래버가 창살 사이로 말했다. "모두들 왼쪽 구석으로. 늙은 여자만 이쪽으로. 나중에 모두들 밖으로 나오게 할 테니까."

제일 연장자가 다른 사람들에게 뭐라고 설명을 했고, 포로들은 시키는 대로 했다. 보충병이 총을 겨누고 있고 늙은 여자가 앞으로 나왔다. 그래버는 문을 열었고 늙은 여자를 밖으로 나오게 한 후 문을 잠갔다. 늙은 여자가 울기 시작했다. 총살을 당한다고 생각했던 것이다. "아무 일도 아니라고 이 여자에게 말해. 용변을 보게 하는 것뿐이라고." 그래버가 나이 든 러시아인에게 말했다.

연장자가 얼른 늙은 여자에게 말했고, 늙은 여자는 울음을 멈추었다. 그래버와 보충병은 담장이 두 개밖에 남지 않은 건물의 한쪽 구석으로 그녀를 데려갔다. 그는 늙은 여자가 돌아오기를 기다렸다가 이번에는 젊은 여자를 밖으로 나오게 했다. 그녀는 재빨리 그리고 온순하게 그의 앞을 지나갔다. 남자들의 경우는 더 간단했다. 그는 그들을 건물 뒤로 돌아서 끌고 간 후 한눈팔지 않고 지켜보았다. 젊은 보충병은 아랫입술을 앞으로 내밀고 사력을 다해 엄숙한 자세로 총을 겨누었다. 그는 마지막 사내를 창고 안으로 되돌려 넣고는 문을 잠갔다.

"초긴장 상태였습니다." 보충병이 말했다.

"그랬던가?" 그래버는 다시 총을 내려놓았다. "돌아가도 좋아."

그는 보충병이 보이지 않을 때까지 기다렸다. 그러고는 한 개비씩 나눠 피울 수 있도록 담배를 노인에게 건네주었다. 성냥불도 켜서 쇠창살 안으로 넣어 주어 모두들 담배를 피웠다. 담뱃불이 어둑어둑한 가운데 빛나며 그들의 얼굴을 비추었다.

그래버는 젊은 러시아 여자를 보는 순간 갑자기 엘리자베스에 대한 그리움이 울컥 솟았다. "당신, 좋은 사람." 늙은 러시아인이 그의 눈치를 보면서 말했다.

노인은 얼굴을 쇠창살에 바싹 맞대고 있었다. "전쟁에 졌다…… 독일인들은…… 당신은 좋은 사람." 그가 나지막하게 말했다.

"바보 같은 소리."

"왜 아니란 말이오…… 우리를 꺼내 주시오…… 함께 가지 않겠소?" 주름진 얼굴이 잠시 젊은 여자 쪽으로 얼굴을 돌렸다가 다시 그래버를 보았다. "함께 갑시다…… 그리고 마루스야에…… 숨어서…… 좋은 곳…… 살아요. 살아요……." 그가 절박한 목소리로 반복해서 말했다.

그래버가 고개를 저었다. 그것은 해결책이 아니라고 그래버는 생각했다. 그건 아니야. 그렇다면 해결책은 어디에? "살아요…… 죽지 말고…… 포로……. 당신도…… 죽지 말고…… 우리한테 오면 돼요…… 우리는 죄가 없어……." 러시아인이 속삭였다.

그 말은 선명하게 울렸다. 그래버는 몸을 돌려 그곳을 떠났다. 저녁의 부드러운 마지막 빛 아래 그 소리는 선명하게 울렸다. 아마도 그들은 죄가 없을 것이다. 무기도 발견되지 않았고 게릴라처럼 보이지도 않았다. 두 늙은이는 결코 아니다. 그들을 풀어 준다면 무언가를, 보람 있는 무언가를 하는 거라고 그는 생각했다. 죄 없는 인간 몇 명을 구하는 것이다. 그러나 함께 갈 수는 없다. 그쪽으로 갈 수는 없다. 그는 주변을 맴돌았다. 다시 샘 있는 곳으로 돌아왔다. 자작나무들은 이제 하늘을 배경으로 검게 보였다. 그는 돌아왔다. 창고의 어두운 곳에서 담뱃불 하나가 빛나고 있었다. 늙은 러시아인의 얼굴이 쇠창살 뒤에서 희미하게 빛나고 있었다. "살아요……. 좋아요…… 우리한테서……." 그가 말했다. 그래버는 나머지 담배를 꺼내 벌린 손에 내밀었고 성냥도 몇 개 꺼내어 노인에게 주었다. "이거…… 피우시오…… 오늘 밤에……."

"살아요…… 당신은 젊어…… 그러면 전쟁은 끝…… 당신은 좋은 사람…… 우린 죄가 없소…… 살아요…… 당신도…… 우리도…… 모두……."

나지막하지만 깊은 목소리였다. 그 목소리는 암거래상이 '버터' 하고 말하는 것처럼 '살아요.' 하고 말했다. 매춘부가 '사랑'이라고 말하는 것 같았다. 부드럽고 절박하고 유혹적으로 그리고 거짓으로. 마치 흥정이라도 하듯. 그래버는 그 목소리에 자기가 이끌려 간다는 느낌이 들었다.

"닥쳐!" 그가 노인에게 소리를 질렀다. "쓸데없는 소리 그만. 안 그러면 상부에 고발할 거야. 그러면 끝장이다!" 그는 다시 순찰을 시작했다. 일선의 포성은 더욱 격렬해지고 있었다. 첫 번째 별들이 모습을 보였다. 그는 갑자기 고독에 사로잡혔고, 차라리 지하 벙커의 악취와 전우들의 코 고는 소리를 들으며 함께 누워 있는 게 더 좋았을 거라는 생각이 들었다. 혼자 내버려져 있고 혼자 결단을 내려야 했다.

그는 잠을 자려고 정원에 있는 정자에 짚을 깔았다. 그는 생각했다. 잠이 든 사이에 포로들이 탈출을 할 수도 있다. 하지만 소용없는 일이다. 그는 그들이 탈출할 수 없다는 것을 알았다. 창고를 개축한 사람들이 단단하게 잘 만들어 놓았던 것이다.

일선은 점점 더 요란해졌다. 비행기들이 굉음을 내며 밤하늘을 날았고 기관총이 콩 볶듯이 사격을 했다. 폭탄이 폭발하는 둔탁한 소리도 들려왔다. 그래버는 귀를 기울였다. 소음이 더욱 커졌다. 그래버는 그들이 탈출할 거라는 생각이 다시 들었다. 그는 자리에서 일어나 창고로 갔다. 그곳은 아주 조용했다. 포로들은 잠들어 있는 것 같았다. 그는 노인의 얼굴을 어렴풋이 확인하고는 걸음을 돌렸다.

자정 후에 그는 일선에서 치열한 전투가 벌어졌음을 알았다. 대포들이 일선 후방까지 포격을 퍼부었다. 포탄이 마을에서 멀지 않은 곳에 떨어졌다. 그래버는 아군의 진지가 얼마나 약한지 알고 있었다. 그는 교전 단계를 하나하나 그려 볼 수 있었다. 곧 전차가 돌진할 것이다. 연이은 포격으로 땅이 뒤흔들렸다. 미친 듯한 굉음이 지평선에서 지평선으로 이어졌다. 온몸으로 그것을 느꼈다. 그에게도 곧 일이 닥치리라는 것을 그는 알아차렸다. 하지만 이상하게도 모든 것이 그의 주위를, 러시아인 몇 명이 안에 쪼그리고 있는 작고 하얀 건물을 중심으로 회오리치며 맴도는 것 같았다. 이 모든 파괴와 죽음이 벌어지는 가운데 그곳이 갑자기 어떤 중심이 되어 버린 것 같았다. 그리고 모든 것은 그들에게 어떤 일이 벌어지는가에 달려 있는 것 같았다. 그는 우왕좌왕하면서 창고 쪽으로 접근했다가 되돌아왔다. 주머니 속의 열쇠를 만지작거리며 짚 위에서 잠을 설쳤다. 그러다가 아침 무렵에야 깊고 불안한 잠 속으로 빠져들었다.

깜짝 놀라 잠을 깨니 사방이 잿빛이었다. 전선은 생지옥이었다. 포탄이 이미 마을을 넘어 날아다니고 있었다. 그는 창고 쪽을 쳐다보았다. 쇠창살은 그대로였다. 러시아인들이 그 너머에서 움직이는 것이 보였다. 그때 슈타인브레너가 허겁지겁 달려왔다. "후퇴다! 러시아군이 방어선을 돌파했다. 전원 마을에 집합! 얼른! 난장판이다! 소지품을 챙겨라!" 슈타인브레너가 소리쳤다.

그가 그래버에게로 달려왔다. "저 안에 있는 놈들을 얼른 처치해야지."

그래버는 심장이 격렬하게 뛰는 것을 느꼈다. "명령서는?" 그가 물었다.

"명령서라고! 멍청이, 마을에서 벌어지는 꼴을 보면 명령서 소리 따위는 안 나올 거다. 넌 적군이 공격해 오는 소리도 안 들리나?"

"들린다."

"그럼, 잘 알겠군. 어서! 놈들을 끌고 갈 수 있다고 생각하나? 쇠창살 사이로 쏘아서 처리하자고."

슈타인브레너의 눈이 파랗게 타올랐고 콧구멍이 벌름거렸다. 그는 검대를 만지작거렸다.

"안 돼. 여기는 내 책임이야! 명령서가 없으면 썩 꺼져!" 그래버가 말했다.

슈타인브레너가 웃었다. "좋아. 그럼 네가 놈들을 쏴라."

"안 돼." 그래버가 말했다.

"둘 중 하나는 놈들을 처치해야 돼. 끌고 갈 수는 없어. 물렁한 생각은 버려. 어서, 나도 도울 테니."

"안 돼. 쏘지 마." 그래버가 말했다.

"안 된다고?" 슈타인브레너가 눈을 치켜뜨며 쳐다보았다. "안 된다고?" 그가 천천히 반복했다. "네가 지금 무슨 소리를 하는지 알기는 아는 건가?"

"알아. 알고말고."

"그래, 안다고? 그렇다면 네가 무슨 짓을 하는지도……."

슈타인브레너의 얼굴이 돌변했다. 그가 권총을 잡는 순간, 그래버가 총을 뽑아 그를 쏘았다. 슈타인브레너는 비틀거리다가 쓰러졌다. 그는 아이처럼 한숨을 쉬었고, 그의 손에서 권총이 떨어져 나갔다. 그래버는 그의 몸뚱이를 물끄러미 쳐다보았다. 포탄이 정원 위로 울부짖으면서 통과했다.

그는 정신을 차리고 창고로 걸어갔다. 그리고 주머니에서 열쇠를 꺼내 문을 활짝 열었다. "가라." 그래버가 말했다.

러시아인들이 그를 쳐다보았다. 그의 말을 믿지 않았던 것이다. 그가 총을 던져 버렸다. "가, 어서 가란 말이야." 그가 다급하게 말하면서 자신의 빈손을 보여 주었다.

젊은 러시아인이 조심스럽게 한 발자국 밖으로 내디뎠다. 그래버는 등을 돌려 슈타인브레너가 누워 있는 곳으로 되돌아갔다. "살인자." 그는 그렇게 말했지만 누구를 향해 말하는 것인지는 자신도 알 수 없었다. 슈타인브레너를 들여다보았지만 아무 느낌도 없었다. "살인자." 그가 다시 한 번 말했다. 그것은 슈타인브레너와 자기 자신 그리고 다른 수많은 사람들을 향한 절규였다.

그러고 나자 갑자기 여러 생각들이 서로 충돌하기 시작했다. 그의 몸에서 돌멩이 하나가 굴러 나간 것 같았다. 무엇인가가 영원히 결정되고 말았던 것이다. 아무런 무게감도 느껴지지 않았다. 그는 무슨 일이든 해야 한다는 것을 알고 있었다. 그러나 허공으로 날아가 버리지 않기 위해 무언가를 붙들어야 할 것 같았다. 머릿속이 휘청거렸다. 그는 가로수 길을 따라 조심스럽게 걸었다. 무엇인가 너무도 중대한 일을 단행해야 하지만 아직 할 수 없었다. 아직. 그것은 여전히 너무 멀리 있고 너무 새롭고 고통스러울 정도로 분명했다.

그는 러시아인들을 보았다. 그들은 허리를 구부리고 여자를 앞세운 채 한 덩어리가 되어 달아나고 있었다. 그들 중의 하나가 뒤를 돌아보며 그를 발견했다. 남자의 손에는 뜻밖에도 총이 들려 있었다. 남자는 총을 들어 겨누었다. 그래버는 총구의 검은 구멍을 보았다. 구멍은 점점 커졌다. 그는 큰 소리로 부르고 싶었다. 큰 소리로 급히 소리를 질러야 할 것들이 많았다.

그래버는 충격을 느끼지 못했다. 갑자기 눈앞에 풀이 보였다. 밟혀서 반쯤 짓이겨진, 불그레한 꽃망울과 이파리가 달린 식물이 바로 눈앞에 보였다. 그 풀은 점점 더 커졌다. 이전에도 이런 광경을 본 적이 있었다. 하지만 언제였는지는 기억나지 않았다. 풀은 흔들거렸고, 수그러지는 그의 머리와 점점 더 가까워지는 지평선을 배경으로 소리도 없이 홀로 서 있었다. 물론 작디작은 질서에서 오는 위안과 그 모든 평화도 함께했다. 풀이 점점 더 커져 마침내 하늘 전체를 가렸다. 그리고 그의 눈이 감겼다.

작품 해설

1

에리히 마리아 레마르크는 대학에 재학 중이던 1916년, 열여덟의 나이로 1차 대전에 참전했다가 여러 차례 부상을 입고 살아남아 전쟁 후에 귀환한다. 교사 양성소를 졸업하고 시골의 초등학교 교사, 회사원 생활을 하다가 베를린으로 나와 《스포츠 회보》의 편집인이 되었고, 1918년 이후 잡지에 스포츠 관련 소설, 콩트 등 잡문을 쓰며 생계를 유지했다. 요즘 말로 룸펜 생활을 하던 그는 1929년에 『서부 전선 이상 없다』를 발표함으로써 일거에 세계적인 작가의 반열에 올랐다. 작품은 곧 25개 언어로 번역되었고, 일 년 반 사이에 350만 부나 팔렸다. 1차 대전을 배경으로 병사들의 삶과 죽음과 전우애를 그린 이 소설은 참전 경험을 바탕으로 전쟁의 참혹함을 근접 묘사한 반전 소설의 대작이다.

소설가 귄터 그라스는 20세기 유럽의 역사에서 가장 중요한 사건들을 뽑아 일화로 만든 소설 『나의 세기』에서 무려 네 장에 걸쳐 레마르크에 대해 서술한다. 그라스가 설정한 가상의 장면이기는 하지만 여기서 레마르크는 전쟁 숭배자인 에른스트 윙어와의 대담에서 자신이 체험한 전쟁의 비극을 이렇게 회상한다. "M16 철모든, 나중에 나온 M17 철모든 훈련도 별로 받지 못한 보충대 신병들에게는 너무 컸기 때문에 계속 미끄러져 내렸습니다. 근심에 찬 입과 떨고 있는 턱의 모습이 그들의 동안(童顔)에 역력했지요. 희극적이면서도 비참한 광경이었어요." 영국군에게 염소 가스를 사용했을 때의 광경에 대해서도 언급하고 있다. "그들은 며칠씩이나 질식에 시달리다가 타 버린 폐를 조금씩 토해 냈어요. 가스 구름이 널따란 해파리처럼 땅 전체에 가라앉았거든요. 방독면을 너무 일찍 벗어 버린 자들도 화를 당했어요. 언제나 경험 없는 보충병들이 희생이 되었지요." 『서부 전선 이상 없다』에 대한 독자들의 뜨거운 반응은 이처럼 현장감 넘치는 생생한 묘사에 상응하는 것이었다.

전쟁 후의 독일 사회에는 정당들이 난립했고 파업과 쿠데타 등 정부를 전복하려는 시도가 끊이지 않았다. 가혹한 조건으로 강화 조약을 체결한 것에 대해 좌익과 우익 할 것 없이 정부를 격렬하게 비난함으로써 국가의 권위는 무너졌고, 1923년에 혼란은 절정에 달했다. 그 후 미국에서 대규모 차관이 들어오면서 독일은 경제 회복과 함께 어느 정도 정치적 안정을 찾는 듯했으나, 1929년의 경제공황으로 경제는 다시 회생 불능의 늪으로 빠져들었고, 그런 암울한 시대를 배경으로 독재자 히틀러가 등장했던 것이다.

'독일인의 자존심을 세우겠다! 먹여 주겠다!'라는 선동적인 구호에 민주적인 바이마르 헌법을 자랑하던 독일 시민 사회의 이성은 순식간에 허물어지고 말았다. 누가 무어라 해도 히틀러 정권은 '합법적'으로 탄생했던 것이다. 그리하여 겉보기에 한 개인에서 시작된 것으로 보이는 광기는 온 나라로 퍼져 나갔고 국가 단위의 광기는 국경을 넘어 전 세계 차원의 전쟁으로 번져 나갔다.

반전 소설로 세계적인 명성을 얻었던 레마르크도 히틀러 체제로부터 환영받을 리는 만무했다. 레마르크는 나치스가 정권을 잡기 전인 1932년에 이미 스위스로 이주해 있었고, 망명길에 오른 지식인과 예술가를 자신의 집으로 맞아들이기도 했다. 이후 다른 반체제 작가들과 마찬가지로 레마르크의 작품들은 불태워졌고 1938년에는 국적도 박탈당했다. 이에 레마르크는 1939년에 미국으로 망명한다.

1940년에 발표한 『너의 이웃을 사랑하라』는 히틀러 정권에 의해 쫓겨난 망명자 문제를 다루고 있다. 게슈타포의 추적을 피해 이 나라에서 저 나라로 방황하는 독일 피난민들의 비극과 사랑을 그리고 있는 이 소설은 레마르크의 작품들 중에서 가장 비극적이면서도 스릴이 넘친다. 강제 수용소와 가스실의 공포에서 탈출한 피난민들은 인접 국가의 국경 경비대에 사살당할 위험을 무릅쓰고 국경에서 국경으로 방황을 계속한다. 그리하여 파리로, 파리의 허름한 여인숙으로 몰려든다. 얼마나 많은 생명이 사라져 갔는지 헤아릴 수도 없다. 그러나 어떠한 불안이나 절망도 인간의 영혼을 말살하지는 못한다. 이 소설의 남녀 주인공은 사랑의 힘으로 방황을 견딘다. 악이 넘쳐 나기 때문에 역설적으로 그 사랑은 더욱 아름답게 빛난다.

1946년에 발표한 『개선문』은 나치스의 강제 수용소를 탈출하여 파리에 불법 입국한 외과 의사 라빅의 이야기이다. 그에게 인간이란 수술 칼 아래에 놓인 하나의 고깃덩어리일 뿐이다. 이십여 년 전 전쟁에서 얻은 상처가 그의 영혼을 얼어붙게 한 것이다. 부유하고 아름답고 총명한 한 미국 여성이 그를 사랑한다. 그녀는 전쟁 중인 유럽을 피해 미국으로 함께 가자고 권유한다. 그러나 아름다운 케이트의 육체에는 생명을 좀먹는 불치의 병이 이미 깃들어 있다. 우연히 알게 된 조앙 마두도 의지할 데 없는 고독한 배우이다. 라빅을 사랑하지만 불안을 견디지 못해 이 남자에서 저 남자로 방황을 계속한다. 사랑은 비극으로 끝난다. 끝없는 공포와 절망이 파리와 프랑스와 전 유럽을 뒤덮는다. 신대륙으로 출발하는 20세기의 방주, 노르망디 호는 케이트를 태우고 유럽의 해안을 떠나 버린다. 유럽은 고립된다. 그리고 선전 포고. 유럽의 마지막 피난처였던 프랑스도 이제 더 이상 피난처가 되지 못한다. 라빅은 마지막 시간을 공원에서 보내고 친구에게 작별인사를 한 다음, 다른 피난민들과 함께 트럭을 타고 끌려간다. 광장에는 어둠만 깔려 있다.

1952년에 발표한 『생명의 불꽃』과 1954년에 발표한 『사랑할 때와 죽을 때』는 2차 대전이 끝나 갈 무렵 나치 독일의 파국을 그린 작품들이다. 『생명의 불꽃』에서 파국의 무대는 독일의 강제 수용소이지만, 『사랑할 때와 죽을 때』의 무대는 붕괴 직전의 러시아 전선 그리고 연합군의 폭격으로 폐허가 된 독일의 도시이다. 잿빛 죽음의 거리에서 주인공 그래버와 엘리자베스는 절망의 와중에도 아름다운 사랑을 나눈다.

1963년에 출간된 『리스본의 밤』은 1933년부터 1942년까지 구 년에 걸친 망명객의 수난사이다. 주인공 슈바르츠의 망명 생활, 아내와의 애정 문제, 사선을 넘나드는 극적인 탈출 등이 담담한 문체로 전개된다. 독일의 강제 수용소에서 파리로 탈출해 온 슈바르츠는 위조 여권을 입수하지만, 친위대 대장인 처남의 밀고로 다시 강제 수용소에 수감된다. 이곳에서 탈출한 그는 처남의 끈질긴 추격을 받으면서도 아내를 구출하려고 다시 독일에 잠입한다. 그리고 마침내 아내와 함께 탈출에 성공해 리스본으로 망명한다. 1970년 6월, 레마르크의 사후에 그의 유작인 『그늘진 낙원』의 원고가 발견되었고, 우여곡절 끝에 1971년 7월에 발표되었다. 이 작품은 레마르크가 미국에 망명한 1939년 이후의 체험을 수기 형식으로 그린 것이다.

2

『서부 전선 이상 없다』가 1차 대전에 직접 참전했던 레마르크의 경험을 그리고 있는 작품이라면, 이번에 번역하여 소개하는 소설 『사랑할 때와 죽을 때』는 히틀러 체제가 일으킨 2차 대전의 실상, 특히 러시아 전선에서 독일 병사들이 겪었던 참혹한 경험을 묘사한 전쟁 소설이다.

러시아 전선에 투입되었던 병장 그래버에게 삼 주간의 특별 휴가가 주어진다. 그러나 이 년 만에 돌아온 고향은 연합군의 폭격으로 처참하게 무너진 폐허일 뿐이다. 부모의 생사를 찾아 헤매던 그는 같은 학교를 다녔던 엘리자베스를 만나게 되고 그녀와 사랑에 빠진다. 그의 한 친구는 히틀러의 친위대 돌격대장이 되어 있고, 자신의 은사는 그 친구로부터 감시를 당한다.

부모의 생사도 확인하지 못한 채 휴가가 끝나 가고 그는 마지막으로 엘리자베스에게 청혼을 한다. 게슈타포의 감시 속에 두 사람은 일사천리로 결혼식을 진행하고 며칠 후 그래버는 다시 전선으로 복귀한다. 이어지는 러시아군과의 전투 속에서도 그는 끝까지 살아남는다. 그러다 그래버에게 포로를 감시하라는 임무가 주어진다. 포성이 가까워지는 급박한 순간, 그래버는 마지막까지 인간의 존엄성을 잃지 않으려 애쓴다.

3

『사랑할 때와 죽을 때』는 영어와 네덜란드어, 스웨덴어판이 먼저 출간되었다. 그러고 나서 키펜호이머 & 비치 출판사에서 독일어로 출간했는데, 어찌된 셈인지 나중에 나온 독일어판에서는 레마르크가 넘긴 원본의 내용이 상당 부분 수정되었다. 게다가 열 쪽 정도는 완전히 삭제되었다!

이에 대해 1954년 10월 16일자《디 벨트》지는 이렇게 비판했다. "개선될 가능성이 없고, 교육의 가능성이 없는 사람들을 화나게 할 수도 있는 부분들이 삭제되었다." 참혹한 전쟁을 경험하고도 제대로 정신을 차리지 못한 무지몽매한 시민들의 눈치를 보느라 출판사가 자발적으로 검열을 했다는 것이다. 서독의 경제가 본격적으로 회복되던 아데나워 시대의 독일 시민 사회가 전쟁 후에도 냉전 이데올로기의 뒤에 숨어 독일의 범죄를 은폐하려 했던 것이다. 《베르너 분트》지는 이것을 보다 구체적으로 지적한다. "이전의 독일 병사들이 마음의 상처를 느낄 만한 구절들을 삭제했다."

레마르크가 날카롭게 문제를 제기한 장면들을 평퍼짐하게 중화한 이러한 검열은 그의 원래 의도와는 전혀 다른 것이었다. 예컨대 친위대 병사인 슈타인브레너가 강제 수용소에 복무한 사실이 삭제되었는데, 이것은 강제 수용소라는 변명의 여지가 없는 미증유의 범죄와 러시아와의 전쟁을 가급적이면 분리하려는 의도일 수밖에 없다. 러시아와의 전쟁은 국가 대 국가의 정상적인 전쟁일 뿐이라는 논지이며, 나치 체제를 등장시킨 독일 시민 사회의 책임을 은폐하고 싶었던 것이다. 마지막 장면에서 파르티잔이 아니었던 러시아인들을 파르티잔으로 바꾸어 버린 것도 같은 맥락이다. 그래버는 정치적인 이해관계를 떠나 인간적인 차원에서 포로들을 풀어 주었는데 러시아인들은 정치적으로 보복했다는 인상을 주기 위한 것이었다. 경제 부흥이라는 절박한 과제와 냉전이라는 거대한 역사의 흐름이 놓여 있었다 해도, 이는 분명 작가의 의도를 무시한 것임에 틀림없다. 그래버가 슈타인브레너를 '의도적으로' 사살한 부분도, 독일어판에서는 '정당방위'로 순화되어 표현되었다. 나치 이념의 대변자인 슈타인브레너가 모범적인 독일 병사, 즉 그래버에 의해 '의도적으로' 살해되도록 내버려 두지 않았던 것이다. 이처럼 당대 독일의 상황은 레마르크의 소설마저도 냉전의 도구로 만들어 버렸고, 독일 시민 사회의 책임을 철저하게 추궁하려 했던 그의 의도는 희석되고 말았다. 물론 이번 한국어판은 수정, 삭제되었던 부분을 복원한 판본을 번역 대본으로 삼았다.

언제나 그렇듯이 과거사 청산이 제대로 이루어지지 못한 사회는 진실을 덮으려 하고, 올곧은 작가는 이에 저항하며 역사의 진실을 밝히려 한다. 그것이 작가의 존재 이유가 아니던가. 자연을 노래하는 것이 새의 운명이라면, 시대의 고통과 희망을 노래하는 것은 작가의 운명이다. 그렇다면 반전 소설의 대가 레마르크는 모든 것이 스러져 가는 가운데 어디에서 희망의 증거를 찾았던가? 엘리자베스는 그래버의 아이를 꼭 가지겠다면서 이렇게 말한다. "야만스러운 인간들만 아이를 낳게 된다면 어찌 되겠어요?" 소박한 여성의 소박한 발언 같지만 여기에는 당대 독일 사회를 바라보는 작가의 착잡한 심정이 깃들어 있음을 알 수 있다. 2차 대전의 화약 냄새가 채 사라지기도 전에 역사 망각의 길로 접어드는 독일 사회, 자욱한 안개 한가운데서 비틀거리는 독일 시민 사회에 대한 작가의 미움과 슬픔과 희망의 감정을 동시에 읽을 수 있다. 장황한 변명도 설명도 하고 싶지 않았으리라. 섣불리 희망을 말하고 있지는 않지만, 그래도 레마르크의 작품은 우리의 슬픔을 어루만져 주고 영혼을 단련해 주고 살아갈 희망과 힘을 준다. 그래버와 엘리자베스가 나누는 건배사는 단순하면서도 그 울림이 깊다. "관용을 위해 건배!" 『양철북』의 작가 귄터 그라스가 『게걸음으로 가다』를 발표하고 난 후, '전쟁의 상처를 왜 다시 건드리는가?'라는 물음에 "슬픔을 이기기 위한 노력을 다했을 뿐입니다."라고 답한 것도 같은 맥락으로 보인다.

4대강 공사 강행, 천안함 침몰 사건 등으로 세상은 어수선하지만 4월의 금수강산은 의연하고 아름답다. 온 산에 진달래와 개나리가 불꽃처럼 피어난다. 파괴의 힘은 거칠지만 그 파괴를 복원하는 자연의 힘은 더욱 부드럽고 강력하다. 선악을 넘어 세상의 고통과 희망을 전하는 문학의 힘이라는 것도 그 자연으로부터 오는 것이 아니겠는가.

마지막으로 민음사 편집부에 고마운 마음을 전한다. 문장을 보는 편집자의 날렵한 시선이 없었다면 이 책이 지금처럼 깔끔한 모습으로 세상에 선을 보이지는 못했을 것이다.

2010년 4월

장희창

작가 연보

1898년 6월 22일 독일 베스트팔렌의 오스나브뤼크에서 인쇄 직공이었던 페터 프란츠 레마르크와 안나 마리아 슈탈크네히트 사이에서 출생.

1912년 사 년 동안 성당 부속 학교를 다닌 뒤 성 요한 학교에 입학. 칸트의 『순수 이성 비판』, 니체와 쇼펜하우어의 철학 서적 등을 탐독.

1915년 천주교 계통의 3년제 초등학교 교사 양성소에 입학.

1916년 오스나브뤼크에 살고 있던 화가이자 시인 프리츠 회르슈테마이어를 만남. 젊은이들이 모여 삶과 예술을 논하던 그의 다락방 모임에서 자신이 추구하던 삶과 예술의 이상향을 발견. 뮌스터 대학 재학 중이던 열여덟 살 때 1차 대전에 징집.

1917년 6월 12일 서부 전선에서 부상을 입고 야전 병원에 수용되었다가 8월 하순 뒤스부르크의 병원으로 후

송됨. 이때의 경험은 이후 그의 출세작 『서부 전선 이상 없다(Im Westen nichts Neues)』에서 상세하게 그려짐.

1918년 정신적 지도자였던 회르슈테마이어가 서른다섯의 젊은 나이에 사망. 병원에 있는 동안 서기병으로 일하면서 부상자들을 위해 피아노를 치거나 시를 쓰면서 후방의 자유 시간을 즐김. 10월 31일 병원에서 퇴원하여 오스나브뤼크의 보병 연대로 배치되지만 일주일 후 종전.

1919년 제대하고 고향으로 돌아와 교사 양성소에서 학업을 계속. 8월 1일 로네라는 작은 마을에서 임시직 교사로 교직 생활 시작.

1920년 11월 20일 교직을 떠나 온갖 임시직을 전전. 회르슈테마이어와 자신의 유년기를 추념하는 처녀작 『꿈의 다락방(Die Traumbude)』 출간.

1922년 오스나브뤼크를 떠나 하노버로 이주. 훗날 오스나브뤼크는 이 도시가 낳은 세계적인 작가를 기리면서 시내의 환상(環狀) 도로를 레마르크 로(路)로 명명.

1923년 하노버에서 배우이자 무희였던 일제 유타 참보나를 모델로 한 소설 『감(Gam)』을 쓰기 시작. 이 작품은 유고 상태로 있다가 1998년에 출간.

1925년 베를린 최초의 스포츠 잡지 《스포츠 화보(Sport im Bild)》의 편집인으로 당시 문화의 중심으로 진입. 유타 참보나와 결혼.

1927년 《스포츠 화보》의 기자로 활동하면서 잡지에 자동

차 경주를 소재로 한 세 번째 소설 『지평선의 정거장(Station am Horizont)』을 연재. 역시 유고로 남아 있다가 1998년에 출간.

1929년 1차 대전의 체험을 바탕으로 쓴 『서부 전선 이상 없다』 발표. 49개국 언어로 번역되면서 세계적인 작가의 반열에 오름.

1930년 1월 4일 유타 참보나와 이혼. 12월 미국에서 제작된 영화 『서부 전선 이상 없다』가 독일에서 상영. 나치스와 보수주의자들이 상영 거부 캠페인을 벌임.

1931년 『귀로(Der Weg zurück)』 출간.

1932년 나치스의 탄압을 피해 스위스 국경의 아스코나에 거처를 마련했다가 같은 해 4월 포르토 론코로 이주.

1933년 1월 29일 베를린 탈출. 다음 날인 1월 30일 히틀러 정권이 수립되고 2월 27일 국회의사당에 화재가 발생하자 나치스는 이를 계기로 수많은 지식인들을 탄압. 이미 스위스에 삶의 터전을 마련해 놓았던 레마르크는 망명길에 오른 지식인과 예술가를 자신의 집으로 맞아들임. 5월 10일 독일의 대학들에서 반체제적인 작품들이 불태워졌는데 레마르크의 『서부 전선 이상 없다』와 『귀로』도 포함됨.

1937년 『세 전우(Drei Kameraden)』 출간. 9월 리도에서 여배우 마를레네 디트리히를 만남. 이후 그녀는 1940년 가을까지 레마르크의 삶의 동반자가 됨.

1938년 유타 참보나가 스위스에서 추방되지 않도록 그녀와 재결합. 11월 말 디트리히가 캘리포니아로 떠나면서 그녀와 보냈던 파리 시절에 대한 소설을 구상.

1939년 미국으로 망명.

1940년 『네 이웃을 사랑하라(Liebe deinen Nächsten)』 출간.

1942년 10월 비벌리힐스를 떠나 당시 망명객들이 모여들던 뉴욕으로 이주.

1946년 『개선문(Arc de Triomphe)』 발표.

1947년 8월 15일 유타 참보나와 함께 미국 국적 취득.

1948년 6월 구 년간의 미국 망명 생활을 청산하고 포르토론코로 돌아감.

1951년 4월 찰리 채플린의 아내이자 배우였던 폴레트 고다르를 만남.

1952년 독일 강제 수용소 내의 투쟁을 소재로 한 『생명의 불꽃(Der Funke Leben)』 발표.

1954년 『사랑할 때와 죽을 때(Zeit zu leben und Zeit zu sterben)』 발표.

1956년 1차 대전 이후 나치스가 등장하던 당시 독일 사회의 혼란상을 그린 소설 『검은 오벨리스크(Der schwarze Obelisk)』 발표.

1957년 유타 참보나와 이혼.

1958년 고다르와 결혼.

1961년 『하늘은 총아를 모른다(Der Himmel kennt keine Günstlinge)』 발표.

1963년 『리스본의 밤(Die Nacht von Lissabon)』 발표.

1967년 독일 정부에서 십자 훈장 수여. 심장병으로 로카르노 병원에 입원.

1970년 9월 25일, 로카르노의 병원에서 사망.

1971년 레마르크가 세상을 떠난 지 아홉 달 만에 유작 『그늘진 낙원(Schatten im Paradies)』 출간.

1998년 『그늘진 낙원』이 『약속의 땅(Das gelobte Land)』으로 재출간.

세계문학전집 246

사랑할 때와 죽을 때

1판 1쇄 펴냄 2010년 4월 30일
1판 25쇄 펴냄 2024년 10월 31일

지은이 에리히 마리아 레마르크
옮긴이 장희창
발행인 박근섭, 박상준
펴낸곳 (주)민음사

출판등록 1966. 5. 19. (제 16-490호)
서울특별시 강남구 도산대로1길 62(신사동) 강남출판문화센터 5층 (우편번호 06027)
대표전화 02-515-2000 팩시밀리 02-515-2007
www.minumsa.com

ISBN 978-89-374-6246-7 04800
ISBN 978-89-374-6000-5 (세트)

* 잘못 만들어진 책은 구입처에서 교환해 드립니다.

세계문학전집 목록

51·52 **내 이름은 빨강** 파묵 · 이난아 옮김 노벨 문학상 수상 작가
53 **오셀로** 셰익스피어 · 최종철 옮김 서울대 권장도서 100선
54 **조서** 르 클레지오 · 김윤진 옮김 노벨 문학상 수상 작가
55 **모래의 여자** 아베 코보 · 김난주 옮김
56·57 **부덴브로크 가의 사람들** 토마스 만 · 홍성광 옮김 노벨 문학상 수상 작가
58 **싯다르타** 헤세 · 박병덕 옮김 노벨 문학상 수상 작가
59·60 **아들과 연인** 로렌스 · 정상준 옮김 《뉴스위크》 선정 100대 명저
61 **설국** 가와바타 야스나리 · 유숙자 옮김 노벨 문학상 수상 작가 | 서울대 권장도서 100선
62 **벨킨 이야기 · 스페이드 여왕** 푸슈킨 · 최선 옮김
63·64 **넙치** 그라스 · 김재혁 옮김 노벨 문학상 수상 작가
65 **소망 없는 불행** 한트케 · 윤용호 옮김 노벨 문학상 수상 작가
66 **나르치스와 골드문트** 헤세 · 임홍배 옮김 노벨 문학상 수상 작가
67 **황야의 이리** 헤세 · 김누리 옮김 노벨 문학상 수상 작가
68 **페테르부르크 이야기** 고골 · 조주관 옮김
69 **밤으로의 긴 여로** 오닐 · 민승남 옮김 노벨 문학상 수상 작가 | 미국대학위원회 선정 SAT 추천도서
70 **체호프 단편선** 체호프 · 박현섭 옮김
71 **버스 정류장** 가오싱젠 · 오수경 옮김 노벨 문학상 수상 작가
72 **구운몽** 김만중 · 송성욱 옮김 서울대 권장도서 100선 | 국립중앙도서관 선정 청소년 권장도서
73 **대머리 여가수** 이오네스코 · 오세곤 옮김
74 **이솝 우화집** 이솝 · 유종호 옮김 논술 및 수능에 출제된 책(1998~2005)
75 **위대한 개츠비** 피츠제럴드 · 김욱동 옮김 《타임》 선정 현대 100대 영문소설
76 **푸른 꽃** 노발리스 · 김재혁 옮김
77 **1984** 오웰 · 정회성 옮김 《타임》 선정 현대 100대 영문소설 | 《뉴스위크》 선정 100대 명저
78·79 **영혼의 집** 아옌데 · 권미선 옮김
80 **첫사랑** 투르게네프 · 이항재 옮김
81 **내가 죽어 누워 있을 때** 포크너 · 김명주 옮김 노벨 문학상 수상 작가
82 **런던 스케치** 레싱 · 서숙 옮김 노벨 문학상 수상 작가
83 **팡세** 파스칼 · 이환 옮김
84 **질투** 로브그리예 · 박이문, 박희원 옮김
85·86 **채털리 부인의 연인** 로렌스 · 이인규 옮김
87 **그 후** 나쓰메 소세키 · 윤상인 옮김
88 **오만과 편견** 오스틴 · 윤지관, 전승희 옮김 미국대학위원회 선정 SAT 추천도서
89·90 **부활** 톨스토이 · 연진희 옮김 논술 및 수능에 출제된 책(1998~2005)
91 **방드르디, 태평양의 끝** 투르니에 · 김화영 옮김
92 **미겔 스트리트** 나이폴 · 이상옥 옮김 노벨 문학상 수상 작가
93 **페드로 파라모** 룰포 · 정창 옮김
94 **차라투스트라는 이렇게 말했다** 니체 · 장희창 옮김 국립중앙도서관 선정 청소년 권장도서
95·96 **적과 흑** 스탕달 · 이동렬 옮김 국립중앙도서관 선정 청소년 권장도서
97·98 **콜레라 시대의 사랑** 마르케스 · 송병선 옮김 노벨 문학상 수상 작가 | BBC 선정 꼭 읽어야 할 책
99 **맥베스** 셰익스피어 · 최종철 옮김 서울대 권장도서 100선 | 미국대학위원회 선정 SAT 추천도서
100 **춘향전** 작자 미상 · 송성욱 풀어 옮김 서울대 권장도서 100선
101 **페르디두르케** 곰브로비치 · 윤진 옮김
102 **포르노그라피아** 곰브로비치 · 임미경 옮김
103 **인간 실격** 다자이 오사무 · 김춘미 옮김
104 **네루다의 우편배달부** 스카르메타 · 우석균 옮김

105·106 **이탈리아 기행** 괴테·박찬기 외 옮김
107 **나무 위의 남작** 칼비노·이현경 옮김
108 **달콤 쌉싸름한 초콜릿** 에스키벨·권미선 옮김
109·110 **제인 에어** C. 브론테·유종호 옮김 BBC 선정 꼭 읽어야 할 책
111 **크눌프** 헤세·이노은 옮김 노벨 문학상 수상 작가
112 **시계태엽 오렌지** 버지스·박시영 옮김 《타임》 선정 현대 100대 영문소설 | 《뉴스위크》 선정 100대 명저
113·114 **파리의 노트르담** 위고·정기수 옮김 미국대학위원회 선정 SAT 추천도서
115 **새로운 인생** 단테·박우수 옮김
116·117 **로드 짐** 콘래드·이상옥 옮김 《뉴스위크》 선정 100대 명저
118 **폭풍의 언덕** E. 브론테·김종길 옮김 미국대학위원회 선정 SAT 추천도서
119 **텔크테에서의 만남** 그라스·안삼환 옮김 노벨 문학상 수상 작가
120 **검찰관** 고골·조주관 옮김
121 **안개** 우나무노·조민현 옮김
122 **나사의 회전** 제임스·최경도 옮김 미국대학위원회 선정 SAT 추천도서
123 **피츠제럴드 단편선 1** 피츠제럴드·김욱동 옮김
124 **목화밭의 고독 속에서** 콜테스·임수현 옮김
125 **돼지꿈** 황석영
126 **라셀라스** 존슨·이인규 옮김
127 **리어 왕** 셰익스피어·최종철 옮김 서울대 권장도서 100선 | 《뉴스위크》 선정 100대 명저
128·129 **쿠오 바디스** 시엔키에비츠·최성은 옮김 노벨 문학상 수상 작가
130 **자기만의 방·3기니** 울프·이미애 옮김
131 **시르트의 바닷가** 그라크·송진석 옮김
132 **이성과 감성** 오스틴·윤지관 옮김
133 **바덴바덴에서의 여름** 치프킨·이장욱 옮김
134 **새로운 인생** 파묵·이난아 옮김 노벨 문학상 수상 작가
135·136 **무지개** 로렌스·김정매 옮김
137 **인생의 베일** 서머싯 몸·황소연 옮김
138 **보이지 않는 도시들** 칼비노·이현경 옮김
139·140·141 **연초 도매상** 바스·이운경 옮김 《타임》 선정 현대 100대 영문소설
142·143 **플로스 강의 물방앗간** 엘리엇·한애경, 이봉지 옮김 미국대학위원회 선정 SAT 추천도서
144 **연인** 뒤라스·김인환 옮김
145·146 **이름 없는 주드** 하디·정종화 옮김
147 **제49호 품목의 경매** 핀천·김성곤 옮김 《타임》 선정 현대 100대 영문소설
148 **성역** 포크너·이진준 옮김 노벨 문학상 수상 작가 | 퓰리처상 수상 작가
149 **무진기행** 김승옥
150·151·152 **신곡(지옥편·연옥편·천국편)** 단테·박상진 옮김 《뉴스위크》 선정 100대 명저
153 **구덩이** 플라토노프·정보라 옮김
154·155·156 **카라마조프가의 형제들** 도스토옙스키·김연경 옮김
157 **지상의 양식** 지드·김화영 옮김 노벨 문학상 수상 작가
158 **밤의 군대들** 메일러·권택영 옮김 퓰리처상 수상 작가
159 **주홍 글자** 호손·김욱동 옮김 서울대 권장도서 100선 | 미국대학위원회 선정 SAT 추천도서
160 **깊은 강** 엔도 슈사쿠·유숙자 옮김
161 **욕망이라는 이름의 전차** 윌리엄스·김소임 옮김
162 **마사 퀘스트** 레싱·나영균 옮김 노벨 문학상 수상 작가
163·164 **운명의 딸** 아옌데·권미선 옮김

165 **모렐의 발명** 비오이 카사레스 · 송병선 옮김
166 **삼국유사** 일연 · 김원중 옮김 서울대 권장도서 100선
167 **풀잎은 노래한다** 레싱 · 이태동 옮김 노벨 문학상 수상 작가
168 **파리의 우울** 보들레르 · 윤영애 옮김
169 **포스트맨은 벨을 두 번 울린다** 케인 · 이만식 옮김
170 **썩은 잎** 마르케스 · 송병선 옮김 노벨 문학상 수상 작가
171 **모든 것이 산산이 부서지다** 아체베 · 조규형 옮김 《타임》 선정 현대 100대 영문소설
172 **한여름 밤의 꿈** 셰익스피어 · 최종철 옮김 미국대학위원회 선정 SAT 추천도서
173 **로미오와 줄리엣** 셰익스피어 · 최종철 옮김 미국대학위원회 선정 SAT 추천도서
174·175 **분노의 포도** 스타인벡 · 김승욱 옮김 노벨 문학상 수상 작가 | 《타임》 선정 현대 100대 영문소설
176·177 **괴테와의 대화** 에커만 · 장희창 옮김
178 **그물을 헤치고** 머독 · 유종호 옮김 《타임》 선정 현대 100대 영문소설
179 **브람스를 좋아하세요...** 사강 · 김남주 옮김
180 **카타리나 블룸의 잃어버린 명예** 하인리히 뵐 · 김연수 옮김 노벨 문학상 수상 작가
181·182 **에덴의 동쪽** 스타인벡 · 정회성 옮김 노벨 문학상 수상 작가
183 **순수의 시대** 워튼 · 송은주 옮김 《뉴스위크》 선정 100대 명저 | 퓰리처상 수상작
184 **도둑 일기** 주네 · 박형섭 옮김
185 **나자** 브르통 · 오생근 옮김
186·187 **캐치-22** 헬러 · 안정효 옮김 《타임》 선정 현대 100대 영문소설
188 **숄로호프 단편선** 숄로호프 · 이항재 옮김 노벨 문학상 수상 작가
189 **말** 사르트르 · 정명환 옮김
190·191 **보이지 않는 인간** 엘리슨 · 조영환 옮김 《타임》 선정 현대 100대 영문소설
192 **왑샷 가문 연대기** 치버 · 김승욱 옮김 퓰리처상 수상 작가
193 **왑샷 가문 몰락기** 치버 · 김승욱 옮김 퓰리처상 수상 작가
194 **필립과 다른 사람들** 노터봄 · 지명숙 옮김
195·196 **하드리아누스 황제의 회상록** 유르스나르 · 곽광수 옮김
197·198 **소피의 선택** 스타이런 · 한정아 옮김 퓰리처상 수상 작가
199 **피츠제럴드 단편선 2** 피츠제럴드 · 한은경 옮김
200 **홍길동전** 허균 · 김탁환 옮김
201 **요술 부지깽이** 쿠버 · 양윤희 옮김
202 **북호텔** 다비 · 원윤수 옮김
203 **톰 소여의 모험** 트웨인 · 김욱동 옮김
204 **금오신화** 김시습 · 이지하 옮김
205·206 **테스** 하디 · 정종화 옮김 미국대학위원회 선정 SAT 추천도서 | BBC 선정 꼭 읽어야 할 책
207 **브루스터플레이스의 여자들** 네일러 · 이소영 옮김
208 **더 이상 평안은 없다** 아체베 · 이소영 옮김
209 **그레인지 코플랜드의 세 번째 인생** 워커 · 김시현 옮김 퓰리처상 수상 작가
210 **어느 시골 신부의 일기** 베르나노스 · 정영란 옮김
211 **타라스 불바** 고골 · 조주관 옮김
212·213 **위대한 유산** 디킨스 · 이인규 옮김 서울대 권장도서 100선 | BBC 선정 꼭 읽어야 할 책
214 **면도날** 서머싯 몸 · 안진환 옮김
215·216 **성채** 크로닌 · 이은정 옮김
217 **오이디푸스 왕** 소포클레스 · 강대진 옮김 서울대 권장도서 100선
218 **세일즈맨의 죽음** 밀러 · 강유나 옮김
219·220·221 **안나 카레니나** 톨스토이 · 연진희 옮김 서울대 권장도서 100선

222 오스카 와일드 작품선 와일드 · 정영목 옮김

223 벨아미 모파상 · 송덕호 옮김

224 파스쿠알 두아르테 가족 호세 셀라 · 정동섭 옮김 노벨 문학상 수상 작가

225 시칠리아에서의 대화 비토리니 · 김운찬 옮김

226·227 길 위에서 케루악 · 이만식 옮김 《타임》 선정 현대 100대 영문소설 | 《뉴스위크》 선정 100대 명저

228 우리 시대의 영웅 레르몬토프 · 오정미 옮김

229 아우라 푸엔테스 · 송상기 옮김

230 클링조어의 마지막 여름 헤세 · 황승환 옮김 노벨 문학상 수상 작가

231 리스본의 겨울 무뇨스 몰리나 · 나송주 옮김

232 뻐꾸기 둥지 위로 날아간 새 키지 · 정회성 옮김 《타임》 선정 현대 100대 영문소설

233 페널티킥 앞에 선 골키퍼의 불안 한트케 · 윤용호 옮김 노벨 문학상 수상 작가

234 참을 수 없는 존재의 가벼움 쿤데라 · 이재룡 옮김

235·236 바다여, 바다여 머독 · 최옥영 옮김

237 한 줌의 먼지 에벌린 워 · 안진환 옮김 《타임》 선정 현대 100대 영문소설

238 뜨거운 양철 지붕 위의 고양이 · 유리 동물원 윌리엄스 · 김소임 옮김 퓰리처상 수상작

239 지하로부터의 수기 도스토옙스키 · 김연경 옮김

240 키메라 바스 · 이운경 옮김

241 반쪼가리 자작 칼비노 · 이현경 옮김

242 벌집 호세 셀라 · 남진희 옮김 노벨 문학상 수상 작가

243 불멸 쿤데라 · 김병욱 옮김

244·245 파우스트 박사 토마스 만 · 임홍배, 박병덕 옮김 노벨 문학상 수상 작가

246 사랑할 때와 죽을 때 레마르크 · 장희창 옮김

247 누가 버지니아 울프를 두려워하랴? 올비 · 강유나 옮김

248 인형의 집 입센 · 안미란 옮김

249 위폐범들 지드 · 원윤수 옮김 노벨 문학상 수상 작가

250 무정 이광수 · 정영훈 책임 편집 서울대 권장도서 100선

251·252 의지와 운명 푸엔테스 · 김현철 옮김

253 폭력적인 삶 파솔리니 · 이승수 옮김

254 거장과 마르가리타 불가코프 · 정보라 옮김

255·256 경이로운 도시 멘도사 · 김현철 옮김

257 야쿱을 둘러싼 추측들 욘존 · 손대영 옮김

258 왕자와 거지 트웨인 · 김욱동 옮김

259 존재하지 않는 기사 칼비노 · 이현경 옮김

260·261 눈먼 암살자 애트우드 · 차은정 옮김 《타임》 선정 현대 100대 영문소설

262 베니스의 상인 셰익스피어 · 최종철 옮김

263 말리나 바흐만 · 남정애 옮김

264 사볼타 사건의 진실 멘도사 · 권미선 옮김

265 뒤렌마트 희곡선 뒤렌마트 · 김혜숙 옮김

266 이방인 카뮈 · 김화영 옮김 노벨 문학상 수상 작가 | 미국대학위원회 선정 SAT 추천도서

267 페스트 카뮈 · 김화영 옮김 노벨 문학상 수상 작가 | 국립중앙도서관 선정 청소년 권장도서

268 검은 튤립 뒤마 · 송진석 옮김

269·270 베를린 알렉산더 광장 되블린 · 김재혁 옮김

271 하얀 성 파묵 · 이난아 옮김 노벨 문학상 수상 작가

272 푸슈킨 선집 푸슈킨 · 최선 옮김

273·274 유리알 유희 헤세 · 이영임 옮김 노벨 문학상 수상 작가

275 **픽션들** 보르헤스 · 송병선 옮김 서울대 권장도서 100선
276 **신의 화살** 아체베 · 이소영 옮김
277 **빌헬름 텔 · 간계와 사랑** 실러 · 홍성광 옮김
278 **노인과 바다** 헤밍웨이 · 김욱동 옮김 노벨 문학상 수상 작가 | 퓰리처상 수상작
279 **무기여 잘 있어라** 헤밍웨이 · 김욱동 옮김 미국대학위원회 선정 SAT 추천도서
280 **태양은 다시 떠오른다** 헤밍웨이 · 김욱동 옮김 《타임》 선정 현대 100대 영문 소설
281 **알레프** 보르헤스 · 송병선 옮김
282 **일곱 박공의 집** 호손 · 정소영 옮김
283 **에마** 오스틴 · 윤지관, 김영희 옮김
284·285 **죄와 벌** 도스토옙스키 · 김연경 옮김 미국대학위원회 선정 SAT 추천도서
286 **시련** 밀러 · 최영 옮김
287 **모두가 나의 아들** 밀러 · 최영 옮김
288·289 **누구를 위하여 종은 울리나** 헤밍웨이 · 김욱동 옮김 노벨 문학상 수상 작가
290 **구르브 연락 없다** 멘도사 · 정창 옮김
291·292·293 **데카메론** 보카치오 · 박상진 옮김
294 **나누어진 하늘** 볼프 · 전영애 옮김
295·296 **제브데트 씨와 아들들** 파묵 · 이난아 옮김 노벨 문학상 수상 작가
297·298 **여인의 초상** 제임스 · 최경도 옮김 미국대학위원회 선정 SAT 추천도서
299 **압살롬, 압살롬!** 포크너 · 이태동 옮김 노벨 문학상 수상 작가
300 **이상 소설 전집** 이상 · 권영민 책임 편집
301·302·303·304·305 **레 미제라블** 위고 · 정기수 옮김
306 **관객모독** 한트케 · 윤용호 옮김 노벨 문학상 수상 작가
307 **더블린 사람들** 조이스 · 이종일 옮김
308 **에드거 앨런 포 단편선** 앨런 포 · 전승희 옮김 미국대학위원회 선정 SAT 추천도서
309 **보이체크 · 당통의 죽음** 뷔히너 · 홍성광 옮김
310 **노르웨이의 숲** 무라카미 하루키 · 양억관 옮김
311 **운명론자 자크와 그의 주인** 디드로 · 김희영 옮김
312·313 **헤밍웨이 단편선** 헤밍웨이 · 김욱동 옮김 노벨 문학상 수상 작가
314 **피라미드** 골딩 · 안지현 옮김 노벨 문학상 수상 작가
315 **닫힌 방 · 악마와 선한 신** 사르트르 · 지영래 옮김
316 **등대로** 울프 · 이미애 옮김 《타임》 선정 현대 100대 영문소설 | 《뉴스위크》 선정 100대 명저
317·318 **한국 희곡선** 송영 외 · 양승국 엮음
319 **여자의 일생** 모파상 · 이동렬 옮김
320 **의식** 노터봄 · 김영중 옮김
321 **육체의 악마** 라디게 · 원윤수 옮김
322·323 **감정 교육** 플로베르 · 지영화 옮김
324 **불타는 평원** 룰포 · 정창 옮김
325 **위대한 몬느** 알랭푸르니에 · 박영근 옮김
326 **라쇼몬** 아쿠타가와 류노스케 · 서은혜 옮김
327 **반바지 당나귀** 보스코 · 정영란 옮김
328 **정복자들** 말로 · 최윤주 옮김
329·330 **우리 동네 아이들** 마흐푸즈 · 배혜경 옮김 노벨 문학상 수상 작가
331·332 **개선문** 레마르크 · 장희창 옮김
333 **사바나의 개미 언덕** 아체베 · 이소영 옮김
334 **게걸음으로** 그라스 · 장희창 옮김 노벨 문학상 수상 작가

335 **코스모스** 곰브로비치 · 최성은 옮김
336 **좁은 문 · 전원교향곡 · 배덕자** 지드 · 동성식 옮김 노벨 문학상 수상 작가
337·338 **암 병동** 솔제니친 · 이영의 옮김 노벨 문학상 수상 작가
339 **피의 꽃잎들** 응구기 와 시옹오 · 왕은철 옮김
340 **운명** 케르테스 · 유진일 옮김 노벨 문학상 수상 작가
341·342 **벌거벗은 자와 죽은 자** 메일러 · 이운경 옮김 퓰리처상 수상 작가
343 **시지프 신화** 카뮈 · 김화영 옮김 노벨 문학상 수상 작가
344 **뇌우** 차오위 · 오수경 옮김
345 **모옌 중단편선** 모옌 · 심규호, 유소영 옮김 노벨 문학상 수상 작가
346 **일야서** 한사오궁 · 심규호, 유소영 옮김
347 **상속자들** 골딩 · 안지현 옮김 노벨 문학상 수상 작가
348 **설득** 오스틴 · 전승희 옮김
349 **히로시마 내 사랑** 뒤라스 · 방미경 옮김
350 **오 헨리 단편선** 오 헨리 · 김희용 옮김
351·352 **올리버 트위스트** 디킨스 · 이인규 옮김
353·354·355·356 **전쟁과 평화** 톨스토이 · 연진희 옮김
357 **다시 찾은 브라이즈헤드** 에벌린 워 · 백지민 옮김
358 **아무도 대령에게 편지하지 않다** 마르케스 · 송병선 옮김
359 **사양** 다자이 오사무 · 유숙자 옮김
360 **좌절** 케르테스 · 한경민 옮김 노벨 문학상 수상 작가
361·362 **닥터 지바고** 파스테르나크 · 김연경 옮김 노벨 문학상 수상 작가
363 **노생거 사원** 오스틴 · 윤지관 옮김
364 **개구리** 모옌 · 심규호, 유소영 옮김 노벨 문학상 수상 작가
365 **마왕** 투르니에 · 이원복 옮김 공쿠르상 수상 작가
366 **맨스필드 파크** 오스틴 · 김영희 옮김
367 **이선 프롬** 이디스 워튼 · 김욱동 옮김 퓰리처상 수상 작가
368 **여름** 이디스 워튼 · 김욱동 옮김 퓰리처상 수상 작가
369·370·371 **나는 고백한다** 자우메 카브레 · 권가람 옮김
372·373·374 **태엽 감는 새 연대기** 무라카미 하루키 · 김난주 옮김
375·376 **대사들** 제임스 · 정소영 옮김
377 **족장의 가을** 마르케스 · 송병선 옮김 노벨 문학상 수상 작가
378 **핏빛 자오선** 매카시 · 김시현 옮김
379 **모두 다 예쁜 말들** 매카시 · 김시현 옮김
380 **국경을 넘어** 매카시 · 김시현 옮김
381 **평원의 도시들** 매카시 · 김시현 옮김
382 **만년** 다자이 오사무 · 유숙자 옮김
383 **반항하는 인간** 카뮈 · 김화영 옮김 노벨 문학상 수상 작가
384·385·386 **악령** 도스토옙스키 · 김연경 옮김
387 **태평양을 막는 제방** 뒤라스 · 윤진 옮김
388 **남아 있는 나날** 가즈오 이시구로 · 송은경 옮김
389 **앙리 브륄라르의 생애** 스탕달 · 원윤수 옮김
390 **찻집** 라오서 · 오수경 옮김
391 **태어나지 않은 아이를 위한 기도** 케르테스 · 이상동 옮김 노벨 문학상 수상 작가
392·393 **서머싯 몸 단편선** 서머싯 몸 · 황소연 옮김
394 **케이크와 맥주** 서머싯 몸 · 황소연 옮김

395 **월든** 소로 · 정회성 옮김
396 **모래 사나이** E. T. A. 호프만 · 신동화 옮김
397·398 **검은 책** 오르한 파묵 · 이난아 옮김 노벨 문학상 수상 작가
399 **방랑자들** 올가 토카르추크 · 최성은 옮김 노벨 문학상 수상 작가
400 **시여, 침을 뱉어라** 김수영 · 이영준 엮음
401·402 **환락의 집** 이디스 워튼 · 전승희 옮김
403 **달려라 메로스** 다자이 오사무 · 유숙자 옮김
404 **아버지와 자식** 투르게네프 · 연진희 옮김
405 **청부 살인자의 성모** 바예호 · 송병선 옮김
406 **세피아빛 초상** 아옌데 · 조영실 옮김
407·408·409·410 **사기 열전** 사마천 · 김원중 옮김 서울대 권장도서 100선
411 **이상 시 전집** 이상 · 권영민 책임 편집
412 **어둠 속의 사건** 발자크 · 이동렬 옮김
413 **태평천하** 채만식 · 권영민 책임 편집
414·415 **노스트로모** 콘래드 · 이미애 옮김
416·417 **제르미날** 졸라 · 강충권 옮김
418 **명인** 가와바타 야스나리 · 유숙자 옮김 노벨 문학상 수상 작가
419 **핀처 마틴** 골딩 · 백지민 옮김 노벨 문학상 수상 작가
420 **사라진 · 샤베르 대령** 발자크 · 선영아 옮김
421 **빅 서** 케루악 · 김재성 옮김
422 **코뿔소** 이오네스코 · 박형섭 옮김
423 **블랙박스** 오즈 · 윤성덕, 김영화 옮김
424·425 **고양이 눈** 애트우드 · 차은정 옮김
426·427 **도둑 신부** 애트우드 · 이은선 옮김
428 **슈니츨러 작품선** 슈니츨러 · 신동화 옮김
429·430 **세계의 끝과 하드보일드 원더랜드** 무라카미 하루키 · 김난주 옮김
431 **멜랑콜리아 I–II** 욘 포세 · 손화수 옮김 노벨 문학상 수상 작가
432 **도적들** 실러 · 홍성광 옮김
433 **예브게니 오네긴 · 대위의 딸** 푸시킨 · 최선 옮김
434·435 **초대받은 여자** 보부아르 · 강초롱 옮김
436·437 **미들마치** 엘리엇 · 이미애 옮김
438 **이반 일리치의 죽음** 톨스토이 · 김연경 옮김
439·440 **캔터베리 이야기** 초서 · 이동일, 이동춘 옮김
441·442 **아소무아르** 졸라 · 윤진 옮김
443 **가난한 사람들** 도스토옙스키 · 이항재 옮김
444·445 **마차오 사전** 한사오궁 · 심규호, 유소영 옮김
446 **집으로 날아가다** 랠프 엘리슨 · 왕은철 옮김
447 **집으로부터 멀리** 피터 케리 · 황가한 옮김
448 **바스커빌가의 사냥개** 코넌 도일 · 박산호 옮김
449 **사냥꾼의 수기** 투르게네프 · 연진희 옮김
450 **필경사 바틀비 · 선원 빌리 버드** 멜빌 · 이삼출 옮김
451 **8월은 악마의 달** 에드나 오브라이언 · 임슬애 옮김

세계문학전집은 계속 간행됩니다.